STEFANIE HASSE

NIGHT

Matching

Ravensburger

MIX
Papier | Fördert
gute Waldnutzung
FSC® C111262

1 3 5 4 2

Diese Ausgabe enthält beide Bände der Reihe »Matching Night«,
erschienen 2021 im Ravensburger Verlag:
»Matching Night, Band 1: Küsst du den Feind?«
»Matching Night, Band 2: Liebst du den Verräter?«

Copyright © 2021, 2024 by Stefanie Hasse
© 2021, 2024 Ravensburger Verlag GmbH, Postfach 2460, D-88194
Dieses Werk wurde vermittelt durch die Michael Meller Literary Agency GmbH,
München.

Lektorat: Franziska Jaekel
Umschlaggestaltung: © Andrea Janas | andreajanas.com
unter Verwendung mehrerer Motive von © janniwet, © LayerAce.com, © I WALL,
© Shebeko, © tomertu und © ARTYuSTUDIO (alle von Shutterstock) sowie von
© kjpargeter/depositphotos

Alle Rechte vorbehalten
Printed in Germany

ISBN 978-3-473-58680-6

ravensburger.com

Matching

NIGHT

Küsst du den Feind?

Band 1

Für alle, die nach ihrem persönlichen Glück suchen ...
und dafür kämpfen.

Prolog

»Hi, Honey!« Die junge dunkelhaarige Frau schickte einen Luftkuss durch die Kamera.

»Wie geht es dir? Was macht dein *Verehrer*?« Er spuckte das Wort aus wie einen abgekauten Kaugummi.

»Ach, der.« Die schöne Dunkelhaarige winkte ab, gestikulierte mit der Hand, in der sie das Smartphone hielt, und das Bild wackelte. »Es ist zum Glück bald vorbei. Der ganze Verein geht mir auf die Nerven.« Sie pustete eine vom Wind ins Gesicht gewehte Haarsträhne weg. »Wenn ich ihn noch eine Woche länger ertragen müsste, würde ich zur Furie werden.«

Ihr Freund grinste. So kannte er sie.

»Dann halt durch! Und meld dich wieder. Aber nicht nur mit einem Foto!«, fügte er nach einer kurzen Pause hinzu.

»Wird gemacht, Honey!« Sie schickte erneut einen Luftkuss über das Display, ihre blauen Augen strahlten wie eh und je.

Der Videoanruf endete und der Junge seufzte. Er konnte es kaum erwarten, wieder von ihr zu hören.

Er vermisste sie. Mehr, als er es ihr gegenüber je zugegeben hätte.

1

SAMSTAG, 24.10.

»Es kann doch nicht sein, dass es auf dem ganzen Campus kein einziges freies Zimmer gibt! Vielen Dank für Ihre *Hilfe*.« Manchmal wünsche ich mir, es gäbe noch Telefone, bei denen man den Hörer aufs Gerät knallen kann wie in alten Filmen. Das »Beenden«-Feld zu drücken ist nicht annähernd so befriedigend. Nicht einmal, wenn ich so fest drauftippe, dass mein ganzer Finger wehtut.

Tylers Lachen schwebt durch den Raum. »Ich liebe dein Feuer, Cara.«

An seinen Grübchen kann ich sein breites Grinsen selbst von schräg hinten erkennen. Und das trotz seines Dreitagebarts. Er lungert wie fast immer auf der Couch herum, während ich voller Verzweiflung über meine Wohnsituation beim täglichen Abtelefonieren meiner Liste kaum eine Sekunde stillstehen kann.

Nun dreht er sich zu mir um, schiebt den Arm lässig auf die Rückenlehne und legt den Kopf darauf, sodass ihm ein paar gewellte Strähnen ins Gesicht fallen, hinter denen er zu mir aufsieht.

»Gib auf, Cara«, sagt er mit sanfter Stimme und einem Blick, der vermutlich jedes weibliche Wesen aufseufzen ließe. Zumindest alle, die nicht wie ich völlig verzweifelt nur eines im Kopf haben: ein bezahlbares Zimmer. Was in Whitefield aber vermutlich ein genauso unrealistischer Wunsch ist wie das Einhorn damals zu meinem sechsten Geburtstag.

»Hör auf, meinen Teppich durchzulaufen, und setz dich zu mir.« Tyler klopft neben sich auf das schwarze Leder und schafft es mit seinem Dackelblick, dass ich seufzend die Couch umrunde.

»Den Tag kann ich streichen.« Ich lasse mich neben ihn fallen. Tyler rückt sofort näher und legt seinen Arm um mich. Dankend lehne ich den Kopf an seine Schulter.

»Du weißt, dass du dir den ganzen Stress sparen könntest. Mein Angebot gilt. Du kannst mein Zimmer haben und ich schlafe auf der Couch.«

»Mir fallen immer noch eine Menge Gründe ein, warum das eine schlechte Idee ist«, erwidere ich.

»Einen davon kannst du streichen.«

Ich rücke von ihm ab und schaue ihm in die braunen Augen.

»Dass du mich nicht kennst«, sagt er, als hätte ich selbst darauf kommen müssen.

»Ich kenne dich immer noch nicht gut genug, um mit dir zusammenzuwohnen«, erwidere ich mit einem Lächeln.

Tyler hat mir dieses Angebot tatsächlich schon bei unserer ersten Begegnung in der Wohnheimverwaltung gemacht, als ich Mrs Carson schon fast auf Knien angefleht habe, ein Zimmer herbeizuzaubern. Vergeblich natürlich, sonst wäre mein Problem ja gelöst. Als wir uns später wieder zufällig über den Weg gelaufen sind, kam er gleich wieder darauf zu sprechen.

»Außerdem war das nur einer der Gründe. Es gibt nicht umsonst Wohnheime für Frauen und Wohnheime für Männer.«

»Das wäre kein Problem. Für mich würde man sicher eine Ausnahme machen. Mein Dad könnte …«

Ich schüttele hastig den Kopf. So etwas will ich auf keinen Fall. Mir ist inzwischen bewusst, dass sich Tyler bei jedem Problem an seinen Dad wenden kann, aber ich will nicht diejenige sein, auf die mit dem Finger gezeigt wird, nur weil ein ehemaliger britischer Botschafter beim Dekan angerufen hat, damit er für mich eine Ausnahme macht.

»Ich schaffe es ohne Hilfe.«

Tyler zieht mich wieder an sich und massiert mir die Schulter. Seine Bartstoppeln streifen über mein Haar, als er den Kopf schüttelt. »Du bist völlig überarbeitet. Das Studium, der Job im Diner, die lange Fahrtzeit …«

»Vergiss nicht die tägliche Parkplatzsuche«, füge ich der endlosen Liste an Gründen hinzu, die eigentlich für die Annahme seines Angebots sprechen.

»… die tägliche Parkplatzsuche«, wiederholt er. Inzwischen zählt er die Gründe an seinen für England viel zu gebräunten Fingern ab. »Und dann noch dein Job in der Redaktion. Es ist zu viel, Cara. Das hältst du nicht mal ein Trimester durch.«

Während ich nur daran denken kann, was passieren würde, wenn ich krank werde, versucht Tyler, meine Sorgen mit kleinen gemalten Kreisen in meinem Nacken zu vertreiben. Mit einem wohligen Seufzen senke ich das Kinn auf die Brust und ein dichter Vorhang kupferroter Haare fällt zwischen mich und Tyler.

»Wenn dir das schon gefällt …«, setzt Tyler an, doch ich schiebe schnell die Haare zur Seite und sehe ihn vorwurfsvoll an. Mit einem schuldbewussten Grinsen um die vollen Lippen zuckt er mit den Schultern. »Einen Versuch war es wert, C.«

Wenn Tyler im Flirtmodus ist, nennt er aus irgendeinem Grund alle beim Anfangsbuchstaben – als könnte er sich die vollen Namen nicht merken. Was bei der beträchtlichen Anzahl an Flirtpartnerinnen auch kein Wunder ist, denn ich habe da keinerlei Exklusivrecht.

Tyler flirtet bei unseren zahlreichen Besuchen bei dem kleinen Italiener auf dem Campus auch jedes Mal mit der Kellnerin, obwohl er ein X-Chromosom zu wenig besitzt, um ihr Interesse zu wecken. Das stört ihn jedoch nicht im Geringsten. Tyler Walsh sieht das Flirten als Sport und strebt vermutlich die Profiliga an. Solange er es bei mir nicht übertreibt, genieße ich seine Aufmerksamkeit. Nach Mason bin ich froh, zu wissen, woran ich bin, und dieses Freundschaftsding reicht mir vollkommen. Ich kann nicht noch einmal jemanden in mein Leben lassen, dessen Eifersucht mir die Luft zum Atmen nimmt. Für so etwas hätte ich auch gar keine Zeit.

»Und du bist dir sicher, dass du diesen Anblick nicht gleich nach dem Aufwachen beim ersten Kaffee sehen willst?« Er deutet mit einer Bewegung über seinen durchaus ansehnlichen Körper. Zumindest kurz habe ich das Bild vor Augen, wie er mit einem Handtuch um die Hüfte aus der Dusche kommt, schiebe es aber schnell von mir und sehe weg.

»Tausend Pfund für deine Gedanken. Mir gefällt es, wenn ich dich zum Erröten bringe, C.«

Ich höre sein breites Grinsen und verfluche meine helle Haut, die jede noch so kleine Hitze in den Wangen wie Leuchtreklame wirken lässt.

»Wenn sich das Feuer deiner Haare und aus deinem Inneren auf deinen Wangen zeigt.« Er lacht wie immer neckisch, wenn er mich mit seiner Direktheit aus dem Konzept bringt.

Ich schlage ihm spielerisch gegen die Brust, er stöhnt theatralisch auf und lässt sich gegen die Rückenlehne fallen. Sofort weckt sein nur unterhalb der Brust geknöpftes Hemd erneut meine Handtuchfantasien. Dann richtet er sich urplötzlich auf, zieht ein Bein auf die Couch und setzt sich seitlich vollkommen aufrecht hin, als wären wir nicht in seinem Wohnheim, sondern bei einem … Bewerbungsgespräch oder so.

Stirnrunzelnd setze ich mich auch auf und sehe ihn mit erhobener Braue an.

»Wenn du mein Angebot immer noch ausschlägst, muss ich dir wohl etwas beichten.« Er streicht sich die Haare aus der Stirn, die Bewegung wirkt irgendwie fahrig. Ich habe Tyler in den ganzen Wochen seit unserem Kennenlernen nie so … unsicher erlebt. Das macht mich nervöser als die spielerischen Flirts, die ich wenigstens einschätzen kann.

»Ist etwas passiert?«, frage ich, weil er nicht fortfährt. In seinem Inneren scheint ein Kampf stattzufinden. Ich habe keine Ahnung, welche Seite gewinnt.

»Ich habe mich wegen deines Problems umgehört und dich bei den *Ravens* empfohlen.« Er presst die Worte so schnell hervor, dass mein Gehirn eine Weile braucht, um sie auseinanderzuzerren und zu verstehen, was mir offensichtlich anzusehen ist.

»Die Ravens sind eine sehr exklusive Studentinnenverbindung, die … sehr gute Beziehungen hat.«

»Ich habe noch nie von ihnen gehört«, sage ich ehrlich, während ich meinen Kopf angestrengt nach *Ravens* durchforste.

»Sie bieten Zimmer in ihrem Wohnheim an, stellen Lehrmittel bereit …«

»Und wieso sollten sie ausgerechnet mich aufnehmen? Ich habe mich nicht einmal beworben.«

»Man kann sich bei den Ravens auch nicht bewerben. Man wird ausgewählt.« Tyler betont den letzten Satz irgendwie seltsam. Ein Schauer rieselt mir über den Rücken, doch ehe ich etwas erwidern kann, fährt er fort: »Du hast die oberste Raven gestern kennengelernt. Valérie war bei dir im Diner und live dabei, als du deinen hübschen Kellnerinnenhintern verteidigt hast, wie ich gehört habe.«

Meine Augen weiten sich vor Überraschung, als ich mich an meine gestrige Schicht erinnere – und die beiden Idioten, die mir die ganze Zeit dämliche Anmachsprüche zugerufen haben, bis es mir zu blöd wurde. An der Theke saß eine Frau, die eigentlich die ganze Zeit auf ihr Handy gestarrt hat, sogar beim Trinken aus ihrer Kaffeetasse. Und trotzdem hat sie mitbekommen, wie ich mich gegen die Typen zur Wehr gesetzt habe.

»Da war eine Dunkelhaarige mit kinnlangem Bob«, greife ich die Erinnerung auf. »Sie hat mir gestern gratuliert und wollte mir einen Drink ausgeben, weil ich zwei betrunkene Studenten hinausgeworfen habe, die mit ihren schlechten Sprüchen offenbar ins Guinessbuch der Rekorde wollten.«

Tyler nickt mit zusammengekniffenen Lippen, ehe er sich über die stoppelige Wange streift, was ein kratzendes Geräusch verursacht.

»Sie glaubt, dass du eine gute Raven abgeben würdest. Denk darüber nach. Das Wohnheim der Ravens ist auf dem Campus, du hättest keine lange Anfahrt mehr …«

Ergeben reiße ich die Hände nach oben. »Schon gut, ich schau mir die Verbindung mal an, okay?«

»Gut.« Tyler lässt sich wieder gegen die Lehne sinken, hebt den rechten Arm, damit ich zu ihm rutschen kann, während er mit seiner Linken nach der Fernbedienung angelt.

Ich lehne mich an ihn und male mir aus, wieder auf dem Campus zu wohnen wie kurz nach meiner Ankunft zum Early Arrival, als ich mich viel zu naiv in mein BWL-Studium stürzen wollte und tatsächlich geglaubt habe, das Leben würde mir keine weiteren Steine mehr in den Weg legen.

2

SONNTAG, 25.10.

Whitefield liegt noch völlig verschlafen vor mir, als ich mich von meinem Bed & Breakfast, das sich direkt an der Autobahn befindet, Richtung Universität aufmache. Die Sonne steht so tief, dass sie mir trotz heruntergeklappter Sonnenblende direkt ins Gesicht scheint und ich sofort Hannahs Neckerei im Ohr habe, mein Augenzusammenkneifen würde zu frühen Falten führen. Ich habe es in der vergangenen Woche nicht geschafft, meine beste Freundin zu treffen, geschweige denn, in der Redaktion mitzuarbeiten. Mein schlechtes Gewissen sorgt für viel mehr Falten als die Sonne. Wäre der Verkehr auch an anderen Tagen wie heute, könnte ich locker täglich zumindest kurz bei ihr vorbeischauen.

Lediglich die Parkplatzsuche stellt sich als ebenso große Challenge heraus wie wochentags. Ich kreise etliche Male rund um das St. Joseph's und die benachbarten Colleges, bis ich meinen alten Honda in eine so enge Parklücke quetsche, dass mir die Fahrer der Autos daneben vermutlich die Pest an den Hals wünschen werden, falls sie heute wegfahren wollen.

Bei nasskalten acht Grad überquere ich die hölzerne Brücke über den schmalen Fluss, der von den letzten Nebelfetzen bedeckt noch vor der Biegung in grauem Nichts endet und das Gebäude des St. Joseph's mit den Fachbereichen Wirtschaft und Politik von der archäologischen Fakultät nebenan trennt. Vor neun Uhr morgens am Wochenende ist auch die Parkanlage nahezu verwaist. Das herrschaftliche alte Hauptgebäude des St. Joseph's mit seinen Pilastern, den Sandsteinfiguren und Spitzbogenfenstern liegt nun direkt vor mir am Ende der langen Wiese mit den kleinen Wegen und vereinzelten kahlen Bäumen. Links und rechts von mir befinden sich die ersten Nebengebäude, Büros der Tutoren und ein paar Wohnheime – mit vermutlich sehr glücklichen, noch schlafenden Studenten. Mein Neid ist ihnen gewiss.

Ich steuere weiter auf das imposante Renaissancegebäude vor mir zu und wie jedes Mal, wenn ich Zeit genug habe, den Anblick zu genießen, überkommt mich unbändiger Stolz, hier studieren zu dürfen. Auch wenn der Weg alles andere als leicht war und die Kosten mir und meiner Familie noch immer alles abverlangen.

Wir glauben an dich, steht in schnörkeligem Handlettering auf meinem Abschiedsplakat, das nun in einem der Umzugskartons darauf wartet, dass ich endlich ein Wohnheimzimmer beziehen kann. Der Spruch ziert auch das Notizbuch, das mir meine Schwester Phoebe in die Hand gedrückt hat, ehe ich ins Auto gestiegen bin. »Das ist ein Glückstagebuch. Du musst jeden Tag alles Positive eintragen – und sei es noch so klein und unbedeutend«, hat sie gesagt und dafür gesorgt, dass ich nach meiner Ankunft in Whitefield erst einmal googeln musste, was ein Glückstagebuch überhaupt ist.

Viel einzutragen hatte ich seither nicht. Aber Phee hatte recht. Es lässt mich besser durchhalten, mein Pensum zu schaffen und gleichzeitig die Hoffnung zu bewahren, irgendwann doch noch Glück zu haben und ein Zimmer zu bekommen.

Ich folge dem langen geteerten Pfad, der von buntem Laub gesäumt ist, und ziehe meinen Mantel fester um mich, weil mir die feuchtkalte Luft immer mehr in den Nacken kriecht.

»Hast du was Schönes geträumt, C.?« Tylers Stimme hallt von den Gebäuden wider, während er die drei Stufen vor seinem Wohnheim hinabsteigt und mir einen Kaffeebecher reicht. Ich bin sprachlos und nehme den Becher dankend an. Der aus der Trinköffnung aufsteigende Dampf duftet nach Vanille.

»Wie komme ich zu der Ehre? Und warum bist du schon wach?« Ich sehe an Tylers Funkeln in den Augen, wie gut gelaunt er selbst um diese Uhrzeit ist.

»Wenn du jetzt endlich zugibst, dass du immer von mir träumst, gibt es sogar noch mehr.« Er streckt mir die bisher verborgene rechte Hand entgegen, in der er eine Tüte der besten Bäckerei Whitefields hält.

»Du willst, dass ich dich belüge, nur um ... was zu bekommen?« Tyler öffnet die Tüte und der verführerische Duft lässt meinen Magen knurren. Ein siegessicheres Lächeln umspielt seine vollen Lippen. »Sind die Eclairs von *Eva* nicht eine kleine Lüge wert? Oder die Tatsache, dass du mich zum glücklichsten Mann der Welt machen würdest?« Er drückt die Eclairs gegen seine Brust und zu meiner Schande muss ich gestehen, dass ich nur daran denken kann, wie er die armen kleinen Dinger zerquetscht. Genau das sage ich ihm auch, woraufhin ich ein kurzes Lachen ernte, begleitet von einem Kopfschütteln.

»Du zerstörst systematisch mein Selbstbewusstsein«, sagt Tyler gespielt pikiert. Da noch immer kleine Lachfältchen seine Augen umrahmen, kann es nicht so tragisch sein.

Mit einer schnellen Bewegung reiße ich die Tüte an mich und tätschele sie – vorsichtig – mit der Hand, in der ich den Kaffeebecher halte. Die Glocke der Kapelle läutet zur vollen Stunde.

»Ich muss zu Hannah. Ich habe ihr versprochen, pünktlich um neun da zu sein.« Ich wende mich zum Gehen.

»Sehen wir uns später? Vielleicht zum Lunch?«, ruft mir Tyler hinterher und ich drehe mich um. Er hat diesen hoffnungsvollen Blick perfekt drauf. Ich kann gut nachvollziehen, warum unentwegt getuschelt wird, wenn er an einer Gruppe Frauen vorbeigeht.

»Vielleicht«, erwidere ich nur knapp.

»Du bringst mich noch um, C. Und das wäre ein tragischer Verlust für die Menschheit.«

Kopfschüttelnd gehe ich weiter, kann mir ein Lachen aber nicht verkneifen.

Noch immer bester Laune – und von Eclair- und Vanilleduft umhüllt – betrete ich die alte Bibliothek. Auf dem Campus gibt es auch eine neue, moderne Bibliothek, aber hier, zwischen all den uralten Büchern, die einen so besonderen Geruch verströmen, fühle ich mich am wohlsten. Etliche dunkel lasierte Regalreihen beherbergen Schätze, in denen schon zahlreiche Nobelpreisträger geblättert haben. Die Whitefield University brachte neben Cambridge und Oxford die meisten klugen Köpfe hervor. Ein wohliger Schauer durchfährt mich, als ich den großen Lesesaal passiere, um am Ende durch eine alte Holztür in die Redaktion zu treten. Für das Redaktionsbüro des *St. Joseph's Whisperer* hätte es keinen besseren Ort geben können. Nach dem dunklen und nur von spärlichen Lampen erhellten

Lesesaal blendet mich das Licht jenseits der Tür. Das Fenster bietet den perfekten Ausblick auf den West Court des Colleges. Hinter dem gegenüberliegenden Gebäude sieht man die Kapelle aufragen. Hannah schaut von ihrem Laptop auf. Ihre langen dunklen Haare hat sie zu einem lockeren Dutt hochgesteckt. Ihr liegt die Begrüßung schon auf der Zunge, das kann ich ganz deutlich sehen, dann jedoch kneift sie die Augen zusammen, sodass ich das dunkle Blau darin kaum noch erkennen kann. Für einen ganz kurzen Moment analysiert sie mich, sie hat ein wirklich gutes Händchen dafür, obwohl sie nur ein Jahr Psychologie studiert hat. Aber gepaart mit der Tatsache, dass wir uns schon fast unser ganzes Leben lang kennen, bin ich oft ein offenes Buch für sie.

»Hast du etwa ein Wohnheimzimmer gefunden?«

So schnell kann man gute Laune zerstören. Ich verziehe das Gesicht und Hannah mustert mich weiter. Ihr Blick gleitet von der einen Hand mit dem Kaffee zur anderen mit der Tüte aus *Evas Pâtisserie*. »Du hast mir nichts mitgebracht? Du bist die schlechteste beste Freundin der Welt!« Sie reißt empört die Augen auf.

»Ich habe … die Sachen nicht selbst besorgt«, sage ich geheimnisvoll.

»Sooo?« Hannah zieht das O so in die Länge, dass es einen eigenen Song verdient hätte. Ich stelle die Sachen auf dem Tisch ab, ziehe langsam meine Jacke aus und hänge sie über die Stuhllehne. Dabei spüre ich bei jeder kleinsten Bewegung, dass Hannah mich beobachtet. Ich sehe konsequent zum vollgestellten Sideboard an der Wand, über dem gerahmte Artikel des *Whisperer* hängen – Berichte über berühmte weibliche Ehemalige des St. Joseph's neben anderen berühmten Heldinnen wie Michelle Prentiss, der ersten Präsidentin der USA. Hannahs persönliche *Wall of Fame*. Ihre zweite Leiden-schaft zeigt das Poster einer Rose, die aus dem gesamten Text von *Romeo und Julia* besteht.

»Du hast die Sachen aber nicht von Mr Mysterious …« Ihr scannender Blick trifft meinen. »Oder etwa doch?« Ihre Stimme wird lauter, fordernder. Leider kennt Hannah meine Vorgeschichte mit Jungs, insbesondere das »Kapitel Mason« mit dem dramatischen Ende. Daher hat sie auch alles andere als gut reagiert, als ich ihr von meinem ersten Treffen mit Tyler im Büro der Wohnheimzentrale erzählt habe. Zu der Zeit wusste ich nicht, wer Tyler wirklich ist, geschweige denn, wie er heißt, also haben wir ihn Mr Mysterious genannt. Tylers Angebot, bei ihm einzuziehen, hat bei Hannah sämtliche Alarmglocken läuten lassen. Weil da aber nichts als Freundschaft zwischen uns ist – außer dem spielerischen Flirten natürlich –, habe ich Hannah bisher nicht mehr von ihm berichtet. Zwischen Tyler und mir gibt es klare Grenzen und Hannah hat genug um die Ohren. Sie soll sich nicht auch noch ständig Sorgen um mich machen, die völlig unberechtigt sind.

An meinem schuldbewussten Blick erkennt sie die Antwort. Sie reißt erneut die Augen auf. »Hat er denn inzwischen einen Namen?«

Ich starre auf den massiven Holztisch zwischen uns, auf die Papierberge darauf und überlege, wie genau ich Hannah klarmachen kann, dass zwischen Tyler und mir nichts läuft. Da fällt mein Blick auf Hannahs To-do-Liste. Etliche Zeilen sind durchgestrichen, die Zeile ganz oben ist mehrfach eingekreist.

Wohnheimzimmer Cara.

»Du hast also trotz deiner guten Kontakte immer noch nichts gefunden?« Ich deute auf die Liste.

Etwas irritiert über den Themenwechsel schaut Hannah auf den Block. »Leider nicht.« Ich höre das ehrliche Bedauern in ihrer Stimme. »Ich warte aber noch auf ein paar Antwortmails.«

»Ich habe von den Zimmern im Wohnheim der Ravens gehört.« Sofort habe ich Hannahs volle Aufmerksamkeit.

»Von wem?« Zittert ihre Hand etwa? Schnell verschränkt sie die Finger ineinander. Eine Geste, die ich nur allzu gut von früher kenne. Aber ich habe sie lange nicht gesehen. Zuletzt, als sie mir zu Hause in meinem Zimmer gegenübersaß und erzählt hat, dass sie auf Mädchen steht. Ich habe es als Erste erfahren und ihr Vertrauen berührt mich noch heute. Auch wenn es damals keinen Grund dafür gab, konnte ich ihre Nervosität nachvollziehen. Aber jetzt?

»Wieso hast du mir nie von der Verbindung erzählt?«

Hannah zieht die Lippen zwischen die Zähne. Es dauert, bis ich eine Antwort bekomme. Das Ticken der alten Bahnhofsuhr an der Wand gegenüber der Wall of Fame – zwischen dem alten Stadtplan von Whitefield und einem für das Ambiente viel zu modernen Whiteboard – sagt mir, dass zwanzig Sekunden vergehen, bis sie den Mund wieder öffnet.

»Ich arbeite seit Beginn des Trimesters an einem Artikel über die Verbindung.«

Ich warte, bis mehr kommt, eine Erklärung, weitere Erläuterungen zum Inhalt des Artikels … irgendwas. Doch ich warte umsonst. »Und?«

Hannah lässt sich nach hinten gegen die Lehne fallen. Der Holzstuhl knirscht protestierend. Dann holt sie tief Luft. »Es kursieren ziemlich viele Gerüchte über die Ravens.« Schon an ihrem Gesichtsausdruck erkenne ich, dass es keine positiven Gerüchte sind. Hannah sieht aus, als wäre sie bei einer Beerdigung. »Im letzten Jahr ist eine Bewohnerin des Wohnheims von einem Partywochenende mit den Ravens nicht mehr zurückgekommen. Kurz darauf haben weitere Studenten das College verlassen, die höchstwahrscheinlich auch mit den Ravens in Verbindung standen.« Hannah schluckt deutlich hörbar. »Es gibt etliche Gerüchte darüber, was passiert ist, aber ... Egal welcher Spur ich folge, alles verläuft im Sand. Bitte halte dich von dieser Verbindung fern.«

Ich schaue meine Freundin lange an, vermisse aber etwas in ihren Augen. Das Feuer, mit dem sie für ihre Arbeit beim *Whisperer* und den dazugehörigen Recherchen brennt. Das Reporterfeuer, das sie dazu gebracht hat, Psychologie sausen zu lassen und auf Journalismus umzusteigen. »An *dem* Artikel sitzt du seit Beginn des Trimesters, ohne mir davon zu erzählen? Und dafür versetzt du mich auch noch die ganze Zeit?« Ich starre sie fassungslos an. Sie hat bisher ein Geheimnis daraus gemacht, aber jetzt erinnere ich mich an den Papierstapel, den ich vor ein paar Wochen für sie aus dem Drucker im Nebenraum des Redaktionsbüros geholt habe. Da stand irgendwas von Raben und Löwen, aber ich dachte, es ginge um Sportklubs.

»Ich versetze *dich*?« Kein Mensch hat seine linke Augenbraue so gut im Griff wie Hannah. Präzise wie ein Uhrwerk kann ich daran ablesen, wie ausgeprägt ihre Skepsis ist. Der herausfordernde Ton in ihrer Stimme wäre nicht nötig gewesen. Oder dass sie sich nun wieder nach vorn beugt und die Unterarme auf den Tisch legt.

»Das war ein blöder Kommentar von mir, sorry«, räume ich ein. »Aber ...«

Sie schüttelt hastig den Kopf. »Ich bin immer noch schwer beeindruckt von deinem Pensum und quetsche mich gern in jede freie

Lücke.« Ihr Lächeln verwandelt sie in einen anderen Menschen. Von der rasenden Reporterin zur besten Freundin der Welt. Hannah hat eines der heiß begehrten Teilstipendien für das St. Joseph's ergattert und mir so lange von diesem College vorgeschwärmt, bis ich mich ebenfalls beworben habe. Dann lag die Zusage im Briefkasten – und landete mit der späteren Absage für ein Stipendium auf meinem Schreibtisch, wo ich sie wochenlang nicht beachtet habe. Bis Grandma Liv und Großtante Mary die Zügel in die Hand genommen und alles Geld der Familie zusammengekratzt haben, um mich hierherzuschicken.

Wir glauben an dich.

Ich blinzele die Tränen weg, die mich immer überkommen, wenn ich an die Liebe meiner Familie denke. Meine Schwester Phoebe hat mit ihren Vereinskolleginnen sogar Kuchen verkauft, um Geld für ein kleines gebrauchtes Auto zu sammeln, sonst hätte ich unmöglich von der günstigen Wohnung aus pendeln können, die Großtante Mary für mich organisiert hatte – und die wegen Asbestverseuchung verbarrikadiert war, als ich pünktlich zum Early Arrival in Whitefield eingetroffen war.

»Ich kenne diesen Blick«, unterbricht Hannah meine Gedanken und greift nach meiner Hand, die neben dem noch unberührten Kaffeebecher und der Papiertüte liegt. »Du bist wieder kurz davor zu behaupten, dass dein Studium hier unter einem schlechten Stern steht.«

Sie zieht quasi die Gedanken direkt aus meinem Hirn. Wäre sie nicht einer der liebsten Menschen der Welt, fände ich diese Eigenschaft sehr bedenklich.

»Ich habe doch recht.« Ich spüre, wie sich das tiefe schwarze Loch, das mich nach der Absage des Stipendiums verschluckt hat, wieder öffnet, mich zu sich zerrt.

Hannah spürt es ebenso. Schnell steht sie auf, umrundet den Tisch und setzt sich auf den Stuhl neben mir. Sie greift nach meiner Hand und drückt sie. »Du schaffst alles, was du dir vornimmst, Cara. Phee hat es dir bunt auf weiß geschrieben. *Wir glauben an dich.* Weil ich dich kenne und weiß, dass du einfach alles schaffen kannst, auch wenn ich dich nicht so oft zu Gesicht bekomme und froh bin, dass du mir hier aushilfst.«

»Das war das Mindeste, was ich dir anbieten konnte, nachdem du mich bei dir aufgenommen hast«, sage ich mit erstickter Stimme.

»Was ja leider nicht für lange Zeit funktioniert hat.« Sie schlägt die Lider nieder und ich denke an den Fluch, der offenbar auf mir liegt. Das von meiner Familie angemietete bezahlbare Zimmer in Campusnähe war leider unbewohnbar und Hannah hat mich kurzfristig bei sich aufgenommen. Zumindest so lange, bis ihre Mitbewohnerin ein Trimester früher ankam als geplant. »Aber umso dringender suche ich nach Ersatz.«

»Danke«, sage ich ehrlich. »Für alles.«

Sie steht auf und grinst mich breit an. »Dafür, dass wir jetzt so viel von deiner exklusiven Zeit verprasst haben, muss ich dir jetzt wohl bei den Eclairs helfen.« Sie schnappt sich im Vorbeigehen die Papiertüte und ignoriert meine Empörung gekonnt. Schnell greife ich nach meinem Becher, ehe ich den Vanilla-Macchiato auch noch teilen muss. Hannah ist manchmal schlimmer als meine kleine Schwester.

Im Laufe des gemeinsamen Vormittags trifft dann auch endlich Luca ein – Student im letzten Studienjahr und mit Hannah die bisher einzige feste Belegschaft des *Whisperer*. Er sieht aus, als wäre er direkt aus dem Bett gefallen, falls er überhaupt geschlafen hat.

Während Hannah uns damit beauftragt, die Social Media Accounts unserer Kommilitonen nach interessanten Geschichten zu durchforsten, arbeitet sie weiter akribisch an dem nun wieder geheimen Projekt. Als Luca uns Mittagessen besorgt, spreche ich sie darauf an.

»Warum hängst du so an dieser Story? Sie ist ein Jahr alt. Also wieso …«

Hannahs Kopf schießt nach oben. »Ich möchte nur, dass du dich von diesen Ravens fernhältst, bis … Halte dich bitte einfach von ihnen fern.« Ihre Stimme klingt plötzlich fremd, total verändert, während ihr Blick hin und her schießt, als wäre sie nicht in der Lage, mir in die Augen zu sehen. Ihre Wortwahl fällt mir jedoch sofort auf und zerrt ungewollte Bilder in mein Bewusstsein. »Ich möchte, dass du … Halte dich von ihnen fern …« Masons Stimme hallt in meinem Kopf wider und ich würde mir am liebsten die Ohren zuhalten. Seine ständigen Zurechtweisungen verstummen einfach nicht, übertönen Hannahs heruntergerattere Erklärung zum Schutz von Informanten. Ich muss raus hier, ehe mich meine Vergangenheit einholt.

»Du musst das verstehen. Das hier ist eine heiße Story. *Ich* bin die Chefredakteurin und *ich* entscheide, was veröffentlicht wird.«

»*Du musst … ich … ich … ich …*« Masons Stimme in meinem Kopf wird lauter.

Hannah hat sich noch nie so benommen, weshalb mich der bittere Geschmack der Ernüchterung auf der Zunge umso heftiger schlucken lässt.

»Wenn das so ist, kann ich ja gehen. Im Diner schätzt man meine

Arbeit.« Ich beiße so fest die Zähne zusammen, dass mein Kiefer schmerzt. Meine Augen brennen trotzdem. Ich stehe auf und wende mich bereits ab, verharre dann jedoch, als ich höre, wie ein weiterer Stuhl hastig zurückgerückt wird. Doch als nichts geschieht, schnappe ich mir meine Jacke und renne wie ein kleines Kind davon.

Ich komme ungeplant viel zu früh im Diner an, habe aber – als hätte ich eine Vorahnung gehabt – heute Morgen meine Unterlagen mit den Aufgaben in Wirtschaftslehre mitgenommen. Also setze ich mich zu Suki an den Tresen – sie ist im Diner meine Kollegin und studiert ebenfalls im ersten Jahr an der Whitefield University – und breite meine aktuellen Probleme in Wirtschaft vor mir aus. Leider arbeitet mein Unterbewusstsein gegen mich und schiebt immer wieder die Frage nach oben, was nur mit Hannah los ist.

Nachdem Suki eine Reihe von Bestellungen serviert hat, stellt sie sich mir gegenüber hinter den Tresen, beugt sich vor und flüstert mit verschwörerischem Grinsen:»Ein total heißer Typ hat eben nach dir gefragt.«

Mit dem Wirtschaftsgeschwafel und Hannahs harschen Worten im Kopf dauert es, bis das Gesagte bei mir ankommt. Suki schaut ständig über meine Schulter hinweg, ein so strahlendes Lächeln auf den Lippen, dass die Sonne neidisch werden könnte.

»Wer denn?«, frage ich und folge automatisch ihrem Blick.

Tyler hat es sich in einer der Sitznischen bequem gemacht und zwinkert mir zu. Wenn ich zwinkere, sieht es aus, als hätte ich etwas im Auge, aber bei ihm wirkt es gar nicht so dämlich, wie ich immer geglaubt habe. Ich raffe meine Unterlagen zusammen, bitte Suki um einen Chai Latte und gehe zu Tyler hinüber.

»Was machst du hier? Stalkst du mich etwa?«

Er sieht mich entsetzt an, als würde er die Bedeutung meiner Worte nicht verstehen. Dann blinzelt er und legt ein freches Grinsen auf. »Ich wusste, dass du die Mittagsschicht hast, und wollte deine Ankunft hier mit meinem Anblick versüßen. Aber du hast meinen Plan zunichtegemacht, denn du warst vor mir hier.«

Ich lache und will wissen, was genau er geplant hatte. Er zieht ein Buch aus der Tasche – eine Schmuckausgabe von *Stolz und Vorurteil* –, schlägt es auf, lehnt sich lässig zurück und sieht tatsächlich innerhalb nur eines Wimpernschlags aus, als wäre er total in die Geschichte versunken. Der Mann sollte an eine Schauspielschule gehen.

»Jane Austen?«

Tylers Augenaufschlag ist nicht zu verachten. Sein Blick ist noch etwas entrückt, als er erwidert: »Nächste Woche ist die Feminismus-Debatte. Ich will gut vorbereitet sein.«

Mir liegt auf der Zunge, ihm die vielen antifeministischen Äußerungen vorzuwerfen, die er in seinem Flirt-Meisterkurs offenbar gelernt hat, aber in diesem Moment meldet sich die Türglocke. Als wäre ich im Dienst, lege ich ein Lächeln auf und schaue den neuen Gästen entgegen. Doch mein Lächeln verrutscht sofort, denn Hannah betritt das Diner. Ich sehe zu Tyler, dann zurück zu Hannah, die mich bereits entdeckt hat, und lasse mich ergeben gegen die Rückenlehne sinken.

Einen schlechteren Moment, meine freundschaftliche Beziehung zu Tyler zu erklären, als direkt nach unserem ersten Streit seit Kindertagen, gibt es wohl nicht.

Hannah durchquert das Diner mit schnellen Schritten. »Es tut mir so leid, Cara«, sagt sie, noch ehe sie bei mir angekommen ist. »Ich wollte mich nicht mit dir streiten oder die Chefin raushängen lassen …« Was immer sie sagen wollte, verpufft in einem schockierten Ausdruck beim Anblick meines Gegenübers. Ihr Mund klappt zu, ihre Lippen verziehen sich zu einem schmalen Strich, bevor sie wieder zu mir sieht. »Wir sollten uns unter vier Augen unterhalten. Bitte.«

Ich komme nicht einmal dazu, die beiden einander vorzustellen, weil Tyler *Stolz und Vorurteil* zuschlägt, in die Tasche steckt und mit einem kurzen »Wir sehen uns« zu Suki geht, um seine Bestellung noch zu stornieren oder zu bezahlen. Ich starre ihm irritiert hinterher, während sich Hannah auf Tylers Platz setzt.

Ich vermute, dass sie sich noch einmal für den Streit entschuldigen will, komme ihr aber zuvor. »Es tut mir leid wegen vorhin, aber … du hast dich mir gegenüber noch nie so benommen!«

Wenigstens wirkt sie zerknirscht. Aber nur für einen kurzen Moment, dann ändert sich ihr Gesichtsausdruck und tiefe Vorwürfe spiegeln sich darin. »Tyler Walsh?« Ihre Stimme ist so laut, dass die Kunden an den Nachbartischen zu uns sehen.

»Du kennst ihn?«

»Ich studiere nicht nur Journalismus, sondern auch Politik und leite dazu noch eine Zeitung. Wie kann ich ihn nicht kennen? Sein Dad war bis vor zwei Jahren noch Botschafter in Griechenland, strebt seither eine innerpolitische Karriere an«, rattert sie ihr Wissen herunter. »Aber das ist jetzt auch egal.« Sie winkt mit einer lässigen Handbewegung ab, sodass die Charms an ihrem Armband klimpern. »Sag mir bitte, dass er *nicht* Mr Mysterious ist.« Ihr Blick wirkt gehetzt, ich sehe regelrecht die Gedanken in ihrem Kopf rasen.

»Doch, er ist es«, erwidere ich, was wie eine Entschuldigung rüberkommt, obwohl ich mich nicht dafür entschuldigen muss, mit wem ich in Kontakt stehe. Auch nicht meiner besten Freundin gegenüber.

»Ich habe gehört, dass er wieder auf das St. Joseph's geht. Und unter all den Studenten musste er ausgerechnet dir über den Weg laufen?«

»Wieder?«, hake ich nach.

Hannah nickt langsam und streicht sich eine Haarsträhne hinters Ohr, sodass rein gar nichts mehr zwischen ihrem Scannerblick und mir steht. Dann holt sie tief Luft. »Genau das wollte ich dir nicht erzählen. Vorhin, meine ich. Ich recherchiere doch für den Artikel über die verschwundene Raven-Studentin ...« Sie wartet mein bestätigendes Nicken ab. »Tyler Walsh ist einer der Studenten, von denen ich dir vorhin erzählt habe – die nicht mehr zu den Vorlesungen erschienen sind.«

»Wie bitte?« Mehr fällt mir bei dem Chaos in meinem Kopf gerade nicht ein.

»Beverly Grey und Tyler Walsh sind Ende November zur selben Zeit *verschwunden*. Es gibt sogar dämliche Gerüchte, die besagen, dass sie garantiert ein Paar waren und sein Dad etwas gegen die Beziehung mit einer Amerikanerin hatte.« Dem Augenverdrehen nach zu urteilen glaubt Hannah die Begründung nicht. »Es gibt noch andere potenzielle Erklärungen, aber keine davon erklärt, warum Tyler wieder hier ist und Beverly nicht.« Hannahs Augenbrauen bilden beinahe eine nahtlose Linie, während sie auf ihrer Wange herumkaut.

»Ich könnte ihn fragen«, biete ich an. Wenn das Hannah endlich von dem Artikel losreißen kann, in den sie sich verbissen hat, wäre das doch eine gute Idee.

Sie sieht mich schockiert an. »Nein! Halte dich lieber fern von ihm«, rät sie mir. »Tyler Walsh hat keinen sehr guten Ruf. Nach Mason …«

Ich schlucke. Der Name ist eigentlich tabu. Hannah nennt ihn sonst immer nur Lord Voldemort. Genau deshalb habe ich ihr nicht von Tyler erzählt. Ich wusste, dass sie die beiden vergleichen würde. Aber ich bin inzwischen eine andere.

»Es ist kein Witz, Süße.« Hannah greift über den Tisch, schnappt sich meine Hände und knetet sie. »Gegen Tyler ist Mason ein Engel.«

»Da läuft nichts zwischen uns«, erkläre ich jetzt endlich, auch wenn es sich wie eine Rechtfertigung anhört. »Ich bin gern mit ihm zusammen.« Ich entziehe ihr meine Hände und gestikuliere wild. »Wir sehen uns Filme an, essen zusammen, lachen. Wir haben einfach Spaß.« Das spielerische Flirten erwähne ich nicht. Es ist ein Flirten ohne Gefahr, weil wir uns beide bewusst sind, dass nichts Ernstes dahintersteckt. Das macht es für mich wesentlich einfacher.

Hannah setzt ihre strenge Miene auf, die sie wunderbar von ihrer Mum kopiert hat. »Die Sache stinkt zum Himmel. Die Ravens, das Verschwinden von Beverly und von Tyler … die anderen ausgeschiedenen Studenten … Ich möchte nicht, dass dir etwas passiert, Cara.«

»Ich kann auf mich aufpassen«, erwidere ich nur. »Du bist nur *ein* Jahr älter, keine zwanzig Jahre.«

»Aber ich bin weise wie eine Vierzigjährige. Mindestens.« Sie schenkt mir ein breites Grinsen und zuckt dabei mit ihrer Nase – ihre Geheimwaffe, um mich zum Lachen zu bringen –, da tritt jemand zu uns an den Tisch.

»Deine Schicht beginnt«, sagt Suki entschuldigend. »Ich würde übernehmen, hab aber ein Treffen mit meiner Lerngruppe.«

Mein Blick huscht zur großen Wanduhr. Ich bin entsetzt, wie schnell die Zeit vergangen ist. »Sorry, ich habe nicht auf die Uhr gesehen. Bin sofort da.«

Suki nickt und geht. Ich verabschiede mich noch von Hannah, packe meine Sachen zusammen und bringe sie ins Hinterzimmer, wo ich mir meine Schürze umbinde und mich an die Arbeit mache.

3

MONTAG, 26.10.

Verdammt, verdammt, verdammt! Ich hupe. Natürlich vergeblich, weil es absolut sinnlos ist, jemanden anzuhupen, der ebenso wenig Schuld an dem Stau auf der Autobahn hat wie ich. Aber irgendwie muss ich meine Anspannung loswerden. Die Minuten auf der Uhr am Armaturenbrett rasen dahin wie Sekunden. Wenn ich die Landstraße genommen hätte, hätte ich irgendwie um die Sperrung herumfahren können ...

Wenn. Wenn meine ursprünglich gemietete Wohnung nicht asbestverseucht gewesen wäre, wenn Hannahs Mitbewohnerin nicht schon eingezogen wäre, wenn ... Verdammt! Ich schlage auf das Lenkrad, bis mein Handballen schmerzt. Warum ausgerechnet heute – dem einzigen Tag, um sich für den Praxiskurs bei Jane Deveraux einzuschreiben? Mein Wirtschaftsprofessor hat mir *dringend angeraten,* an diesem Zusatzkurs teilzunehmen, da ich ansonsten *erhebliche Schwierigkeiten* bekommen könnte, den Stoff zu schaffen.

Phoebe hat es gestern Abend bei unserem sonntäglichen Skype-Familienhangout treffend zusammengefasst: »Wenn du dort nicht hingehst, fällst du durch.«

Deshalb bin ich eine Stunde früher aufgestanden, habe mich in die Dusche gequält und meine Augenringe mit einer Tonne Concealer übermalt, damit mich Professorin Deveraux nicht für einen Zombie hält. Doch das bringt natürlich alles nichts, wenn ich noch länger auf der verdammten Autobahn feststecke. Mehrmaliges Hupen dringt von draußen zu mir. Ich bin offensichtlich nicht die Einzige, die ihren Frust auf diese Weise loswerden will.

Die Einschreibezeit beginnt genau jetzt. Ich sehe die Minuten dahinrennen – ein Countdown zu meinem Versagen. Ich kann es mir schlichtweg nicht leisten, durch einen Kurs zu fallen und die Punkte nicht zu bekommen. Es mag für einige Studenten hier lächerlich klingen, aber jeder Penny meiner Familie steckt im Projekt »Caras Zukunft« – die Bezeichnung meiner Schwester, nicht meine Idee –, was voraussetzt, dass ich meine akribische Planung durchziehe. Ein verlorener Kurspunkt bedeutet keinen Abschluss an der Elite-Uni.

Endlich kommt Bewegung in das eintönige Bild vor mir. Bremslichter leuchten auf, weil einige Fahrer ihre Motoren starten. Noch dreißig Minuten bis zum Ende der Einschreibung. Meine Hände zittern und ich schlinge sie fest um das Lenkrad. Endlich rollt die Metallkolonne an. So langsam, dass mich auf dem Feldweg jenseits der Autobahn ein Jogger mit Hund überholt. Ich hätte einfach aussteigen und zu Fuß gehen sollen.

Noch fünfzehn Minuten bis zum Scheitern. Das Gaspedal zu drücken hat sich noch nie so gut angefühlt. Mein Honda schießt um die Kurve der Autobahnabfahrt. Kurz überlege ich, ob ich den P&R-Service nutzen soll, damit ich keinen Parkplatz suchen muss, aber schon bin ich an der Zufahrt vorbei. Gedanklich gehe ich sämtliche Parkmöglichkeiten auf dem Collegegelände durch und die jeweilige Laufstrecke bis zum Tutorengebäude des St. Joseph's. Spontan entscheide ich mich für den Parkplatz am West Court und biege ab. Eine Fehlentscheidung. Der Parkplatz ist überfüllt – wie immer um diese Zeit. Ich verfluche mich und versuche es auf dem Parkplatz der Jura-Fakultät nebenan. Dort habe ich Glück. Ich springe aus meinem Auto und renne los. Von hier aus muss ich mehrere Innenhöfe durchqueren, um das St. Joseph's zu erreichen. Rote Backsteinmauern ziehen an mir vorüber. Die Glocke der Kapelle des St. Joseph's schlägt zur vollen Stunde, als ich gerade am East Court ankomme. Meine Beine fühlen sich bereits schwammig an, trotzdem renne ich weiter. Auf dem Main Court hallen meine Schritte von den hohen Nebengebäuden wider, klingen wie ein anfeuerndes Klatschen. Einen Durchgang später renne ich direkt auf das Tutorengebäude zu, vor dem ein Aufsteller mit einem Foto von Professorin Deveraux aufgebaut ist. Keuchend wie eine Dampflok renne ich gegen die Tür, um sie aufzustoßen – und verstauche mir das Handgelenk.

Es ist abgeschlossen.

Ich bin zu spät.

Mein heißer Atem kondensiert an der Scheibe, vernebelt die Sicht auf den Flur dahinter und die eine Tür, durch die ich wenige Minuten zuvor hätte treten müssen. Ich lehne meine Stirn an das kalte Glas und ringe nach Luft. Dann fasse ich mich wieder. Ich richte mich auf, starre mein verzerrtes Spiegelbild an und hebe meine Hand, um zu klopfen. Es kann nicht an ein paar Minuten scheitern. Das darf einfach nicht sein.

Die Tür hinter der Scheibe öffnet sich tatsächlich. Aber mir kommt nicht die Frau von dem Foto entgegen, sondern eine junge

Brünette mit streng nach hinten gekämmtem Haar und einer Brille.

»Professorin Deveraux …«, stammele ich, nachdem sie aufgeschlossen hat.

»Sie ist schon weg. Sorry. Sie legt äußerst viel Wert auf Pünktlichkeit.« Ohne ein weiteres Wort klappt sie den Aufsteller und damit all meine Hoffnung zusammen und trägt beides ins Gebäude.

Ich wäre pünktlich gewesen. Überpünktlich sogar. Ich hätte mir die Beine in den Bauch gestanden, bis die Professorin endlich eingetroffen wäre. Wenn ich nicht in diesem verdammten B&B wohnen müsste!

Ich greife zum Handy in meiner Umhängetasche und wähle mit zitternden Fingern Tylers Nummer. Wenn ich mir das Geld für die Unterbringung im völlig überteuerten B&B spare und ein paar Schichten mehr im Diner übernehme, könnte ich es vielleicht trotzdem schaffen. Ganz gleich, was Hannah von der Idee hält.

4

MONTAG, 26.10.

Ich starre wie gebannt auf das vor mir liegende »Wohnheim« der Ravens und mir kommen mindestens zehn passendere Bezeichnungen dafür in den Sinn.

Raven House – wie Tyler es genannt hat – ist eher ein kleines Schloss im georgianischen Stil. An den Gebäudeecken befinden sich sogar kleine Türmchen! Zwei geschwungene Treppen führen zu einer Terrasse hinauf, über die man den Haupteingang betreten kann. Darunter liegt ein kleiner Arkadengang mit einem düsteren Eingang. Vielleicht eine … Bar? Doch mein Blick wird von der klassizistischen Fassade mit den beiden Säulen neben dem Eingang eingefangen, auf deren Querbalken ein Vogel – vermutlich ein Rabe – abgebildet ist. Auf mich wirkt es wie der Eingang zu einem römischen Tempel und ich verharre mehrere Minuten voller Ehrfurcht, ehe ich dem gepflasterten Weg weiter folge.

Erst auf den zweiten Blick erkenne ich, wie modern das Gebäude trotz des alten Baustils ist. Die Fenster sind strahlend weiß, zu weiß für bemaltes Holz. Beim Näherkommen sehe ich, dass es sich um moderne Kunststoffsprossenfenster handelt, die perfekt in die Rundbögen am quaderförmigen Vorbau mit den Säulen eingepasst sind.

An der Seite, fast im Gebüsch unter den hohen Bäumen versteckt, sprießen mehrere Alu-Kaminrohre aus der Fassade.

»Warum habe ich das Gebäude bisher nie bemerkt?«, habe ich Tyler gefragt, als er mich am West Court entlang und durch einen mir ebenfalls unbekannten Innenhof des Tutorengebäudes zu einer Backsteinmauer begleitet hat, der wir bis zu einem Metalltor gefolgt sind.

»Die Ravens legen sehr viel Wert auf Privatsphäre«, war seine knappe Antwort, ehe ich das letzte Stück durch den nur spärlich bewachsenen Rosenbogen allein gegangen und in einem verborgenen Garten gelandet bin. Später werde ich meinen Standort bei Google Maps suchen und mich an der Aufnahme von oben orientieren. Die University of Whitefield ist ein einziges großes Labyrinth. Vermutlich kann man hier auch nach mehreren Studienjahren noch verborgene Orte entdecken. Orte wie Raven House vor mir.

Ich hole noch einmal tief Luft, dann gehe ich auf die linke Treppe zu. Oben öffnet sich die Eingangstür und eine Frau mit dunklem kurzem Bob kommt mir über das Terrassenpflaster entgegen. Ich erkenne sie tatsächlich wieder, wie Tyler es versprochen hat. Sie war es, die mir zum Rauswurf der betrunkenen Idioten im Diner gratuliert hat.

»Hi, Cara! Ich bin Valérie«, begrüßt sie mich, reicht mir die Hand und schenkt mir ein strahlendes Lächeln. »Es freut mich, dich endlich offiziell kennenzulernen.« Sie hat einen wortwörtlichen Porzellanteint, selbst ihre Finger wirken zart wie die einer Puppe – einer sehr hübschen Puppe mit aristokratischen Zügen, eingerahmt von kinnlangen braunen Haaren. Ich will ihr die Hand schütteln, doch sie zieht mich zu sich und haucht neben meinen Wangen Küsschen in die Luft. Völlig überrumpelt lasse ich es geschehen und rieche dabei ihr schweres süßliches Parfüm.

Sie tritt wieder zurück und reibt sich über die nur in eine dünne Bluse gehüllten Arme. »Lass uns reingehen und alles Weitere besprechen. Wir wollen hier draußen schließlich nicht erfrieren.« Ich folge ihr über die Terrasse zur Tür, die für uns geöffnet wird. Eine junge Frau mit weißblonden kurzen Haaren starrt mich unverhohlen an. Ich habe noch nie jemanden gesehen, dem ein Pixie-Cut mit rasierten Seiten so gut steht.

»Das ist Laura Sanderson«, erklärt Valérie, während wir den Windfang durchqueren und einen großen Saal betreten. Ich kann mich weder vorstellen noch jemanden begrüßen, weil mir glatt die Luft wegbleibt. Im Inneren kann man Raven House garantiert nur noch als Schloss bezeichnen. Der Raum vor mir ist größer als das Haus meiner Eltern und meiner Grandma zusammen und eindeutig in mehrere Bereiche unterteilt. Ich sehe eine große Polsterlandschaft vor einem gigantischen Flatscreen, weitere Sitzecken mit kleinen Tischchen und eine Theke, hinter der eine Frau gerade von Dampf umgeben Milch aufschäumt. Kurz darauf bringt sie zwei große Gläser zu einem der Tische, an dem sich zwei junge Frauen angeregt unterhalten.

»Willkommen in Raven House«, sagt Valérie nach einer Weile, damit ich genug Zeit habe, alles auf mich wirken zu lassen. Laura steht inzwischen am Tresen und spricht mit der Barista. Dann dreht sie sich zu Valérie und mir um und ruft: »Wollt ihr auch einen Chai Latte?«

Valérie sieht kurz zu mir, ich nicke noch immer sprachlos und sie signalisiert Laura unser Ja.

»Wie ist dein erster Eindruck?«, fragt sie mich, nachdem sie mich zu einem der Tische bugsiert hat, der garantiert echt antiquarisch ist und keine Nachbildung. Ich fahre mit den Fingerspitzen über die kleinen Dellen im goldbemalten Holz. Gebrauchsspuren aus Jahrzehnten, vielleicht sogar Jahrhunderten, überlege ich, während ich nach einer Antwort suche.

»Ich bin …« Mir fallen keine Worte ein, die annähernd beschreiben könnten, wie ich mich fühle. *Vollkommen überwältigt* oder *absolut sprachlos* werden meinen Emotionen nicht ansatzweise gerecht. Dazu mischt sich eine noch nicht greifbare Angst. Angst, doch nicht hierher zu passen und nur in einem Traum gelandet zu sein.

Valérie schmunzelt. »Glaub mir, ich kenne das Gefühl. Und vor sechs Jahren wusste ich auf dieselbe Frage auch nicht, was ich antworten soll.« Wir setzen uns auf die Polsterstühle mit den Holzschnitzereien. So habe ich wenigstens kurz Zeit, darüber nachzudenken, warum Valérie nach einer so langen Zeit immer noch am St. Joseph's ist und ihr Studium noch nicht beendet hat.

Während Laura ein Tablett mit drei Gläsern zu uns balanciert, sehe ich mich weiter um. Hoch über uns gibt es ein paar quadratische, in Stuck eingefasste Dachfenster zwischen aufwendigen Deckenmalereien. Der Saal hier unten ist ein Lichthof, mehrere Galerien ziehen sich über drei Etagen rund um das Gebäude, alle Geländer sind mit auffälligen Balustraden versehen. Im zweiten Stock geht gerade eine blondhaarige Frau die Galerie entlang, wenig später taucht sie aus einem Durchgang auf und geht zu einer Sitzecke, wo es sich schon mehrere Studentinnen gemütlich gemacht haben. Eine davon zieht meinen Blick wie magisch an, denn sie hat die grellsten Haare, die ich je außerhalb des Internets gesehen habe. Die Farbe changiert zwischen Lila und dunklem Blau bis zu kräftigem Pink am Ansatz. Die Strähnen fallen in Wellen bis zur Mitte ihres Rückens und die Farbe scheint sich je nach Lichteinfall leicht zu verändern. Sie beugt sich über einen kleinen Tisch, auf dem Unterlagen verstreut liegen, und notiert etwas.

Valérie folgt meinem Blick, während sie den Metalltrinkhalm ihres Glases zum Mund führt. »Das ist unser Paradiesvogel, Dione Anderton.« Sie sagt das ohne jegliche Wertung. »Sie ist immer beschäftigt. Wirklich *immer*.«

Mein Gehirn läuft heiß, als ich versuche, den Namen einzuordnen, doch mir fällt nicht ein, woher ich ihn kenne.

»Ihre Mutter, Danielle Anderton, ist die Inhaberin und erste Designerin von D. A.«, erklärt Laura mit einem abfälligen Blick, als verurteile sie mich dafür, dass ich nicht sofort auf das angesagteste Label des Jahrzehnts gekommen bin, zumindest was die modebegeisterte Meinung angeht. Aber wenn etwas aus dem Bereich High Fashion tatsächlich bis an meine Ohren dringt, muss es wohl so sein. Mode interessiert mich nämlich in etwa so sehr wie Fliegenfischen.

Dione hat wohl ihren Namen gehört, denn sie schaut auf. Als sie uns entdeckt, lächelt sie uns mit grell pinkfarbenen Lippen zu und winkt kurz.

»Dione ist nicht die Einzige aus gutem Hause«, teilt mir Laura in besserwisserischem Tonfall mit und rattert wie auswendig gelernt herunter: »Valérie hier ist eine waschechte französische Duchesse.« Sie spricht das Wort französisch aus und tätschelt dabei die Vorsitzende der Ravens am Unterarm. Valérie scheint diese Art von Aufmerksamkeit als unangenehm zu empfinden, entzieht Laura den Arm und schaut mich entschuldigend an.

»Solche Titel bedeuten heute nicht mehr viel«, sagt sie und winkt ab. »Zum Glück. Damals, als Felicitas Raven als eine der ersten weiblichen Studentinnen einen Ort für künftige Kommilitoninnen schaffen wollte, war es noch anders. Ohne Titel gab es keinen Zugang zu Universitäten, schon gar nicht zu einer so renommierten wie Whitefield.« Valérie trinkt einen Schluck und erinnert mich daran, dass auch vor mir ein Getränk steht.

Ich ziehe am Metalltrinkhalm und halte nur mit größter Mühe ein entzücktes Seufzen zurück. Der Chai Latte schmeckt himmlisch und ich muss mich richtig auf Valéries Worte konzentrieren, die mit der Geschichte der Ravens fortfährt.

»Es gab nur Klubs für Männer, die ihr den Zutritt verweigerten. Also hat sie kurzerhand einen Teil ihres Erbes verwendet, um eines der Gebäude auf dem Campus zu kaufen«, mit einer Geste unterstreicht sie das Offensichtliche, »es zu sanieren und nur für Frauen zu öffnen. Einen Klub für Studentinnen und mit genügend Räumen, damit diese auch einen Ort zum Wohnen haben.«

Eine starke junge Frau, die in ihrer Zeit für etwas gekämpft hat, das heute zum Glück Alltag ist. Ich habe ihre hochgeschlossene Kleidung vor Augen, noch ehe Valérie auf ein goldgerahmtes Gemälde über dem Kamin am anderen Ende des Raumes deutet. Die dunkelhaarige Frau darauf deckt sich mit meiner Vorstellung.

»Hast du Lust auf eine kleine Führung?«

Dazu kann ich natürlich nicht Nein sagen. Wir stehen zeitgleich auf und Valérie fährt mit der Geschichtsstunde fort. »Als die Universitäten endlich auch dem *gemeinen Volk* offenstanden«, sie stockt bei der abfälligen alten Bezeichnung, »hat sie begonnen, unter diesen mutigen ersten Studentinnen ohne Titel Nachwuchs für ihre Gemeinschaft zu akquirieren. Sie hat nie einen Unterschied zwischen Adel und Volk gemacht und noch heute folgen wir diesem Grundsatz.« Valérie sieht von mir zu Laura und wieder zurück. »Wir sind Frauen. Wir sind alle gleich.«

Laura presst die Lippen zusammen wie ein zurechtgewiesenes Kind. Ich kann sie nicht leiden.

»Wurde deshalb der Name Raven House gewählt?«, will ich die unangenehme Stille beenden, die nur von unseren widerhallenden Schritten auf dem glänzenden Marmorboden gefüllt wird.

»Ursprünglich war es nur der ›Women's Club‹, aber das hat sich nicht durchgesetzt. Da die meisten Verbindungen der Männer Tiernamen tragen, hat es sich angeboten, Felicitas Raven mit der Namensgebung zu ehren. Heute sind wir alle stolz, Ravens zu sein.«

Diesen Stolz strahlt Valérie auch aus und ich fühle mich plötzlich im Gemeinschaftsraum der Ravens, der eine so skurrile Mischung aus Renaissance und Moderne ist, wie aus der Zeit gefallen. Mit dem gemauerten Kamin in Valéries Rücken und dem Gemälde der Gründerin zwischen etlichen Stuckarbeiten und eingelassenen Säulen kommt es mir vor, als flaniere ich tatsächlich mit einer damaligen Duchesse durch ihr Schloss. Und tief in mir spüre ich, dass ich dazugehören will. Dass ich es mir nicht nur wünsche, weil es mein Leben einfacher machen würde, sondern weil ich Teil einer Gemeinschaft sein will, die sich gegenseitig unterstützt. Wir steigen gerade die polierte Marmortreppe empor und treten anschließend auf die Galerie.

»Auf dieser Seite der Etage wohnen die Anwärterinnen und die Ravens im ersten Jahr.« Sie macht eine ausladende Geste, die knapp die Hälfte des Stockwerks einschließt.

Ich zähle die Türen. Auch wenn sich ein paar vielleicht hinter den Säulen befinden, sind es nicht sehr viele.

»Wir nehmen jedes Jahr maximal acht neue Studentinnen auf«, erklärt Valérie. »Natürlich gibt es in jedem der Zimmer ein eigenes Bad. Würdest du uns kurz in dein Zimmer lassen, Laura?«

Laura sieht alles andere als begeistert aus, aber ich kann sie verstehen. Wer möchte schon seinen persönlichen Rückzugsort irgendwelchen Fremden zeigen?

»Das ist nicht nötig«, sage ich daher schnell und hoffe, vielleicht ein paar Pluspunkte bei Laura zu kassieren, aber sie zuckt nur mit den Schultern und wendet sich der nächstgelegenen Tür rechts vom Treppenhaus zu.

»Hier, bitte.« Sie tritt zur Seite und ich bekomme einen kurzen Einblick in ein Zimmer, das mehr nach Labor aussieht als nach einem Schlafplatz. Eine Tür direkt neben dem Eingang führt in ein Badezimmer, das sogar mit einer Wanne ausgestattet ist. Neben den Fenstern steht ein schmales Bett, der Rest des Raums ist mit Tischen vollgestopft, auf denen etliche Gerätschaften stehen, die ich nicht einmal benennen könnte. Genau das fällt Valérie in diesem Moment wohl auch auf.

»Okay, Lauras Zimmer ist nicht gerade das beste Beispiel.« Sie lacht. »Aber die meisten Studentinnen bringen Teile ihrer Arbeit mit nach Raven House und die wenigsten nutzen die Arbeitsplätze auf dieser Etage.« Sie deutet vage zur anderen Seite des Gebäudes. »Diones Zimmer sieht dagegen aus wie eine Schneiderwerkstatt.« Sie komplimentiert uns zurück zum Treppenhaus. »Willst du noch die Etage der älteren Ravens sehen?« Sie zeigt quer über die Galerie nach oben. »Da oben ist auch mein Zimmer.«

Ich schüttele den Kopf, der gefüllt ist mit all den neuen Eindrücken und der alles entscheidenden Frage: Was muss ich anstellen, um Teil dieser Gemeinschaft zu werden? Doch ich traue mich nicht, sie laut zu stellen.

Valérie liest sie jedoch offenbar aus meinem Gesicht. »Wann kannst du einziehen?«

»Ich … ich muss keinen Test machen oder so?«, stammele ich vollkommen überrumpelt und bleibe mitten auf dem Treppenabsatz stehen.

»Ich habe dich am Wochenende im Diner beobachtet und genau das gesehen, was wir brauchen. Wenn du möchtest, kannst du noch heute einziehen und wirst damit die letzte der acht Raven-Anwärterinnen für dieses Jahr.« Ihre hellblauen Augen verstärken das Strahlen ihres Lächelns.

Ich weiß nicht, was ich denken oder fühlen, geschweige denn sagen soll. Stattdessen blinzele ich eifrig gegen das Brennen in meinen Augen an. Wenn ich mir die Miete spare, schaffe ich den Abschluss vielleicht trotz des fehlenden Punktes in meinem Wirtschaftskurs, wenn auch nur mit einem Jahr Verzögerung.

»Danke«, presse ich schließlich zittrig hervor.

Valérie dreht sich zu mir um und legt leicht eine Hand auf meinen Arm, während sie sich an Laura wendet. »Würdest du uns kurz allein lassen?«

Mit einem pikierten Gesichtsausdruck dreht Laura um und eilt die Treppen wieder hinauf, vermutlich zu ihrem Zimmer.

»Willst du nicht zu uns …« Valérie unterbricht sich und schüttelt den Kopf. »Warum bist du so traurig?«

Ich erzähle ihr von dem verpatzten Termin und von der Chance, die sich mir durch den Einzug in Raven House bietet, während wir zurück zu unserem Tisch im Lichthof gehen.

»Der Praxiskurs bei Jane Deveraux?«, hakt sie nach und ich nicke.

Ohne eine weitere Erklärung zieht sie ihr Handy aus der Tasche und wählt eine Nummer. »Hi, Jane, Valérie hier.« Mein Herzschlag gerät aus dem Takt. »Ich habe hier eine vielversprechende Studentin, die den Anmeldetermin zu deinem Kurs verpasst hat.«

Meine Augen weiten sich. Ich wüsste nur allzu gern, was Professorin Deveraux am anderen Ende sagt, während Valérie und ich uns setzen. Sie legt doch so viel Wert auf Pünktlichkeit.

»Cara Emerson. Danke, Jane.«

Valérie beendet das Gespräch und legt das Handy mit dem Display nach unten auf den Tisch. Ich platze vor Erwartung und nehme mir vor, zu jeglichem Nachholtermin zwei Stunden früher da zu sein und sämtliche Tests über mich ergehen zu lassen, die mir die Professorin auferlegt. Ich würde alles für diese Möglichkeit tun. Die Aussicht auf den Einzug in Raven House war schon ein Silberstreifen am Horizont, eine zweite Chance für den Zusatzkurs in Wirtschaft ist wie gleißendes Sonnenlicht.

»Du bist drin. Jane bittet dich aber, zu den Kurszeiten pünktlich zu sein.«

Mein Mund öffnet sich, ich stammele unzusammenhängende Wörter aus Teilen unterschiedlicher Fragen, die in meinem Kopf herumsausen.

Valéries Mundwinkel kräuseln sich. »Jane hat früher im dritten Stock gewohnt. Sie ist immer noch eine Raven. Wir halten zusammen.« Sie leert ihren Chai Latte, um mir Zeit zu geben, meine Fassung zurückzugewinnen. Sie ist mindestens genauso aufmerksam und empathisch wie Hannah.

»Also: Wann kannst du einziehen? Wir haben einen Umzugsservice an der Hand, der sogar all deine Sachen verpackt, bevor sie hergebracht werden.«

»Das ist nicht nötig«, erwidere ich, die vollen Umzugskartons vor Augen, die sich im B&B stapeln. »Die meisten Sachen sind noch verpackt und der Rest passt in einen Koffer.«

»Dann würde ich sagen, ich schicke den Transporter in einer Stunde zu dir und heute Abend gibt es einen kleinen Umtrunk zur Begrüßung unserer letzten Anwärterin.«

Ich lächele, nicke eifrig und kann es selbst dann noch nicht fassen, als ich nach der Verabschiedung von Valérie – mit Wangenküsschen – die geschwungene Außentreppe hinab in Richtung St. Joseph's West Court zurückeile.

Mein Herz pocht schneller als bei meinem Sprint über den ganzen Campus heute Morgen. Doch dieses Mal pumpt es Endorphine durch meine Adern.

5

MONTAG, 26.10.

Den *Willkommensumtrunk* hätte jeder andere als majestätischen Empfang bezeichnet. Die meisten Sitzgelegenheiten im Lichthof, den Valérie mit einem saloppen »Gemeinschaftsraum« abwertet, wurden zur Seite geräumt, auf kleinen Stehtischen brennen Kerzen und die Anzahl der ausnahmslos weiblichen Gäste übersteigt die Wohnkapazitäten bei Weitem.

Zwei gut gebaute Umzugshelfer hatten meine Habseligkeiten in ein Zimmer im ersten Stock getragen, ich war nur noch nicht zum Auspacken gekommen, weil ich meinen Honda noch umparken musste. Raven House liegt am Rand der Whitefield University und verfügt über einen eigenen bekiesten Parkplatz hinter einer rund zwei Meter hohen Mauer, den man durch ein altmodisches Eisentor erreichen kann. Mein alter Honda sah im ersten Moment zwischen den teuren Wagen noch schäbiger aus. Aber weiter hinten auf dem Parkplatz erkannte ich noch andere preiswertere Modelle, was mich zutiefst beruhigt hat.

»Jetzt stelle ich dir mal ein paar Leute vor«, holt mich Valérie aus meinen Gedanken und reicht mir ein Glas Champagner, das sie sich vom Tablett eines umhereilenden Kellners geschnappt hat. Valérie hakt sich bei mir unter und zieht mich mit sich zu Dione Anderton, die inmitten einer Gruppe junger Frauen steht und mit ihren auffälligen Haaren schon von Weitem heraussticht.

»Das sind unsere diesjährigen Raven-Anwärterinnen«, verkündet sie. »Dione und Laura hast du ja bereits kennengelernt. Das sind Celeste, Nasreen, Emily, Kairi und Charlotte.« Ihr freundliches Lächeln wird von jeder der genannten Frauen erwidert, ehe sie mich vorstellt. »Meine Lieben, das hier ist Cara, unser letzter Neuzugang in diesem Jahr.«

Ich bringe gerade noch so eine Begrüßung über die Lippen, da zieht Valérie mich auch schon weiter. Binnen kürzester Zeit lerne ich sehr viele Frauen kennen, deren Namen, Titel und Funktionen ich mir kaum merken kann. Und je mehr Professorinnen, Stadträtinnen und Mitglieder irgendwelcher Komitees mir Valérie vorstellt, desto eingeschüchterter fühle ich mich. So viele hochrangige Frauen, hier im Lichthof von Raven House vereint. Hannah würde durchdrehen, wenn sie das wüsste!

Valérie nippt kurz an ihrem Getränk und tippt dann eine Frau mit grau meliertem Haar an. Ich verkneife mir gerade noch ein Luftschnappen, als ich in ihr die Präsidentin der Universität erkenne. War sie etwa auch eine Raven? Oder ist es normal, dass sie auf *kleinen* Verbindungspartys auftaucht?

Sie plaudert gerade mit Jane Deveraux und einer anderen Frau, vermutlich ebenfalls eine Professorin, und begrüßt mich dann mit einem freundlichen Lächeln.

Einfach so.

»Du kannst dich wieder beruhigen«, flüstert Valérie ganz nah an meinem Ohr. »Das war schließlich nicht Keira Knightley.« Damit bringt sie mich zum Schmunzeln und wendet sich dann gleich Professorin Deveraux zu. Sie hat schon irgendwie recht, aber zu sehen, wie weit die Verbindungen der Ravens reichen, ist mindestens genauso bewunderungswürdig.

»Jane, das ist Cara. Wegen ihr habe ich dich heute angerufen«, stellt mich Valérie noch kurz vor, ehe sie davonrauscht.

Die Professorin reicht mir die Hand und schenkt mir ein warmes Lächeln. Sie trägt ein dunkelblaues knielanges Kostüm, das ihren kurvigen Körper perfekt betont. Ihre schulterlangen schwarzen Haare locken sich am Ende und umrahmen das hübsche Gesicht mit den hohen Wangenknochen. Ihre hellen Augen bilden einen starken Kontrast zu ihrer dunklen Haut.

»Vielen Dank, dass Sie mich noch zum Kurs zugelassen haben«, sage ich nach einer respektvollen Begrüßung. Ich will mich im Nachhinein nicht für die Verspätung rechtfertigen, das käme mir falsch vor. »Ich verspreche Ihnen, dass ich zu jedem Kurs überpünktlich sein werde.«

Mein Versprechen bringt Professorin Deveraux zum Schmunzeln. »Ich freue mich, endlich wieder eine Raven in meinem Praxiskurs zu haben. Die Letzte hat das College leider vor einer Weile verlassen.« Dann sieht sie jemanden hinter mir und entschuldigt sich.

»Dione!«, ruft sie in Richtung der bunthaarigen Anderton-Tochter, die zu uns tritt. »Richte deiner Mum aus, das Kleid war perfekt. Vielen Dank! Courtney war eine entzückende Debütantin.«

»Das mache ich. Aber …« Dione kaut auf ihrer Unterlippe. »Es war nicht von Mum. Ich habe es entworfen und sogar genäht.«

»Das ist ja unglaublich. In eurer Familie liegt wirklich Talent.«

Von so viel Lob bekommt Dione rote Wangen und schaut schnell zu Boden.

»Kennt ihr euch denn schon?«, lenkt Professorin Deveraux ab und sieht zwischen Dione und mir hin und her. »Dione, das ist Cara. Dione ist ebenfalls Anwärterin und bestimmt schon ganz gespannt, was auf sie zukommt, auch wenn sie von ihren Eltern vermutlich schon eingeweiht wurde. Die beiden sind schließlich seit Jahren unser *legendärer* Match.« Sie stößt ein leises verträumtes Seufzen aus. »Was für ein Glück deine Mum hatte, Dione! Zum Neidischwerden.« Sie lächelt selig.

Dione winkt mit einer lässigen Handbewegung ab, ehe sie sich direkt an mich wendet und mir die Hand reicht. »Hi, Cara. Hör nicht auf Jane. Meine Eltern wollten mir nicht alles verraten. Manchmal genießen sie es, geheimnisvoll zu sein.« Sie verdreht die Augen und ihr lila glitzernder Lidschatten schimmert auf. »Unsere Zimmer liegen übrigens direkt nebeneinander. Also falls du etwas brauchst, klopf einfach. Wollen wir uns etwas zu essen holen?«

Ohne wirklich eine Antwort abzuwarten, hakt sie sich bei mir unter und zieht mich zu dem kleinen Büffet im Nebenraum. Dort stellt sie mich weiteren Ravens vor. Als wir mit unseren Tellern in den Lichthof zurückkehren, grinst sie mich an. »Und, kann ich dich nun zu allen Namen abfragen?«

Vor Schreck verschlucke ich mich beinahe und ihre Mundwinkel zucken, noch ehe ich eine Antwort geben kann.

»Das war ein Scherz. Gott, ich kenne noch immer nicht alle Namen, dabei wohne ich schon seit zwei Wochen in Raven House.«

Ihr Lächeln ist ansteckend und die Hitze in meinen Wangen löst sich langsam wieder auf, während wir unsere Häppchen essen und zwischen den Ravens umhergehen.

Ich kenne Dione erst seit ein paar Stunden und doch kommt es mir vor, als wären es mehrere Jahre. Wir unterhalten uns über alles Mögliche, sogar über Mode – und zu meinem Erschrecken macht es mit ihr sogar Spaß, sich darüber auszutauschen. Es ist wahnsinnig interessant, wie intensiv sie sich mit Schnitten und Farben auseinandersetzt und über die Aussage ihrer Entwürfe nachdenkt. Die Zeit vergeht wie im Flug und ehe wir uns versehen, haben wir den Abend komplett verquatscht, während Kellnerinnen und Kellner fleißig für Getränkenachschub sorgen. Es tut gut, jemanden in Raven House zu haben, der mit mir auf einer Wellenlänge liegt. Ich werfe kein einziges Mal einen Blick auf die große Wanduhr wie bei all den langweiligen Empfängen der Versicherungsgesellschaft, für die Dad arbeitet und zu denen er mich gern mitschleppt. Irgendwann schlägt Valérie mit einem Löffel gegen ihr Champagnerglas, bedankt sich bei den Anwesenden und wünscht allen, die nicht in Raven House wohnen, einen guten Nachhauseweg.

Als ich schließlich in mein Zimmer zurückkehre, bin ich noch so aufgekratzt, dass ich als Erstes mein Glückstagebuch aus einem der Umzugskartons krame. Heute gibt es wirklich einen Grund, ein paar Seiten zu füllen. Dem Tagebuch vertraue ich auch an, wie dankbar ich bin, nun eine Raven zu sein.

6

DIENSTAG, 27.10.

Ich sitze im »Esszimmer« von Raven House, das eher den Namen Speisesaal verdient hätte, und hadere mit mir, ob ich es genießen oder befremdlich finden soll, bedient zu werden wie im All-inclusive-Urlaub.

Die grauhaarige Frau, die sich mir als Hausdame vorgestellt hat, war etwas schockiert, so früh jemanden zu sehen. Sie und eine junge Frau waren noch dabei, die vielen runden Tische einzudecken, als ich nach einem für meine Verhältnisse ausgiebigen Schlaf mit gepackter Tasche nach unten gekommen bin und vorsichtig in den Raum gelinst habe. Sie hat sich sofort entschuldigt, dass sie noch nicht so weit sei, und mir versprochen, am nächsten Tag alles früher für mich vorzubereiten. Da ich auf keinen Fall will, dass wegen mir irgendjemand früher mit der Arbeit beginnen muss, habe ich ihr Angebot dankend abgelehnt und mir vorgenommen, ab morgen etwas später nach unten zu kommen.

Sie schiebt mich zu einem der bereits eingedeckten Tische. Auf ihre Frage hin, was ich zu essen haben möchte, bestelle ich Müsli, was eher wie eine Frage klingt, aber hoffentlich den wenigsten Aufwand bedeutet.

Sie gießt mir noch Kaffee aus der Kanne vor mir ein und rauscht dann davon. Dampf steigt mir entgegen. Der Geruch belebt meine Sinne. Ich nippe vorsichtig an der Tasse und scrolle durch die Newsfeeds auf Instagram, als eine Nachricht eingeht. Gestern habe ich Tyler nur noch geschrieben, dass ich drin bin, weil dann alles viel zu schnell ging.

> Ich habe heute Nachmittag keine Kurse und kann dir helfen, deine Sachen zu holen.

> Da kommst du zu spät.

Ich grinse, ehe ich noch hinzufüge:

> Zwei äußerst attraktive Jungs haben mir geholfen.

> Du verschmähst mich, C.? Das trifft mich zutiefst.

Er schickt noch das Emoji mit den schwarzen Kulleraugen hinterher. Ich weiß nie, ob ich es gruselig oder niedlich finden soll, und starre es noch unentschlossen an, als die junge Kollegin der Hausdame ein kleines Tablett mit verschiedenen Müslisorten und einem Kännchen Milch vor mir abstellt.

Schnell bedanke ich mich und nehme mir vor, morgen etwas präziser mit meiner Bestellung zu sein, ehe ich mich wieder meinem Handy widme.

> Aber es freut mich für dich, dass es geklappt hat. Ich hätte es nicht überlebt, wenn du irgendwann vor Erschöpfung umgekippt wärst.

> Spinner!
> Holst du mich heute Abend aus der Redaktion ab?

> Hast du denn Zeit?

> Mehr denn je.

Mit einem zufriedenen Lächeln blicke ich auf mein Handy. Die getippten Worte machen es noch viel greifbarer. Ich habe nicht nur jeden Morgen über eine Stunde mehr Zeit für meine Vorbereitungen, sondern kann durch die kurzen und direkten Wege von Raven House zum Rest von St. Joseph's sogar zwischen meinen Kursen herkommen, um zu lernen.

»Guten Morgen«, erklingt eine mir schon nach einem Abend vertraute Stimme und ich schaue auf. Dione lässt sich mir gegenüber auf den Stuhl fallen. Ihre Haare hat sie mit einer Klammer zu einem lila-pinkfarbenen Nest hochgesteckt und im Gegensatz zu gestern ist sie ungeschminkt, aber mindestens genauso hübsch.

»Endlich sitze ich hier morgens nicht mehr ganz allein. Alle anderen sind entsetzliche Morgenmuffel.« Sie lächelt mich an und bedankt sich bei der Kellnerin, die gerade eine Tasse heißes Wasser und ein Teesieb vor Dione abstellt, ohne dass diese etwas geordert hat.

»Miley ist so aufmerksam. Ein echter Engel!« Dione taucht das

Metallsieb in die Tasse, sodass ich endlich dazu komme, meine neue Zimmernachbarin zu begrüßen.

»Und wie hast du geschlafen?«, fragt Dione, nachdem sie bei Miley ein Frühstücksei mit Toast bestellt hat.

Ich nehme erst einen Schluck von meinem Kaffee, damit ich nicht allzu überschwänglich antworte. »Sehr gut«, sage ich ruhig und um einen neutralen Ausdruck bemüht. Doch das bringt nicht wirklich etwas, also lasse ich meine Gefühle raus und lächele Dione breit an. »Nein, das trifft es nicht annähernd. Ich habe himmlisch geschlafen. Und länger, als ich es in letzter Zeit gewohnt war.«

»Das freut mich. Laura hat Brittany erzählt, dass du seit der Early Arrival Woche bereits mehrmals umziehen musstest.«

Irritiert darüber, woher Laura – die mit dem weißblonden Pixie – das weiß, und mit der Sorge, was hier noch so alles herumerzählt wird, nicke ich. Ein ungutes Gefühl breitet sich in meiner Magengegend aus und lässt meinen Kaffee plötzlich bitter schmecken.

»Ich drücke dir alle Daumen, die ich habe, dass dein Umzug hierher dein letzter war und du eine vollwertige Raven wirst.«

Miley serviert Dione ihr Frühstück. Ich verfolge jede Bewegung, sehe zu, wie sie eine Ecke ihres Toasts mit Ei abschneidet und kurz pustet, bevor sie den Bissen in den Mund schiebt. So normal. Sie bemerkt nicht, dass mir gerade eiskalt wird und mir alle möglichen Gedanken über ihre kurze Aussage durch den Kopf schießen.

Mit krächzender Stimme frage ich: »Wie meinst du das?«

Dione legt die Gabel ab und sieht mich an. »Du wirst erst eine Raven, wenn du die Anwärterphase überstanden hast.« Eine kleine Falte erscheint zwischen ihren Augenbrauen. »Hat Valérie dir das nicht gesagt?«

Ich erinnere mich vage an die Bezeichnung »Raven-Anwärterin«, die ich in meinem Glücksrausch jedoch nicht als das wahrgenommen habe, was sie bedeutet. Anwärterin. Kein Mitglied. »Sie wollte heute irgendwann noch mit mir sprechen.« Ich schlucke vergeblich, um den Kloß loszuwerden, der in meiner Kehle aufsteigt. Es wäre ja auch zu schön gewesen. Automatisch denke ich an all die Gerüchte, die über die Verbindungen an britischen Universitäten existieren. Wilde Geschichten über teils widerliche Mutproben, die Anwärter zu überstehen haben. Mir wird schlecht. Vor ein paar Monaten hat die *Sun* online über ein Aufnahmeritual einer Bruderschaft berichtet, bei der sich die Teilnehmer eine Nacht lang betrinken mussten – auch nachdem sie sich übergeben hatten. Jetzt ist mir der Appetit vergangen und ich lege meinen Löffel in meine Müslischale.

»Zieh nicht so ein Gesicht. Es ist gar nicht so schlimm. Meine Eltern haben es beide überlebt.«

»Beide? Die Ravens …«

»Ach das, ja«, nuschelt sie mit vollem Mund und kaut dann erst mal auf. »Valérie hat dir auch nicht erzählt, dass die Ravens die Schwesternverbindung der Lions sind?«

Ich schüttele den Kopf. Das ungute Gefühl wird zu einem festen Knoten in meinem Magen.

»Okay, hier ein kurzer Crashkurs: Früher waren die Lions – eine der ältesten Bruderschaften am St. Joseph's – und die Ravens so was wie Todfeinde. Sie haben ständig versucht, sich zu übertrumpfen, haben Mutproben veranstaltet, sind ins Wohnheim der anderen eingebrochen und so weiter.« Dione verdreht die Augen. »Bis sich in einem Jahr alles verändert hat. Ich sage nur *Romeo-und-Julia-*

Dramatik.« Sie seufzt theatralisch. »Eine Raven hat sich unsterblich in einen Lion verliebt und sie haben sich geweigert, sich gegenseitig zu denunzieren. Die damalige Vorsitzende der Ravens und ihr männliches Pendant haben es als Unsinn und kurze Romanze abgetan, aber die beiden standen zueinander, egal, wer ihnen Steine in den Weg warf. Sie meisterten alle Anwärteraufgaben ihrer jeweiligen Verbindungen gemeinsam, unterstützten sich, sodass sie besser waren als der Rest. Die anderen haben erkannt, dass Zusammenhalt wichtiger ist, als die Energie in die Streitigkeiten zu legen, und änderten die Regeln für die Anwärterphase.«

Ich hänge an Diones Lippen, begierig, mehr zu erfahren. Auch über diese Lions. Doch sie lässt mich zappeln, schiebt sich einen weiteren Bissen in den Mund und kaut gefühlt zweihundert Mal, bis ich fast platze. Wäre mein Kaffee, den ich zur Beschäftigung meiner Hände unentwegt umrühre, Milch, hätte ich vermutlich längst Butter in meiner Tasse.

»Sobald alle Anwärterinnen und Anwärter in die Verbindungshäuser eingezogen sind, findet am Ende der darauffolgenden Woche die Matching Night statt, um das perfekte Paar aus Raven und Lion zu finden.«

»Eine Kuppelparty?«, rutscht es mir heraus und ungewollt strömen Bilder von Mason auf mich ein.

Dione wiegt grinsend den Kopf. »Nicht ganz. Aber ein bisschen vielleicht schon. Deshalb werden auch nur Singles eingeladen.« Sie reibt sich über die Stirn. »Meine Eltern sind noch immer glücklich zusammen und ich hoffe, dass ich mich mit meinem Match ebenso gut verstehe.«

»Also war deine Mum eine Raven und dein Dad ein Lion?«, fasse ich zusammen, während ich jeden Gedanken an meine letzte Beziehung vehement von mir schiebe. »Und bei dieser Datingparty wurden sie verkuppelt?«

»So ist es nicht ganz. Die Vorsitzenden der beiden Verbindungen verschaffen sich in der Woche vor der Matching Night bereits einen Eindruck über die Anwärterinnen und Anwärter, aber erst die Matching Night selbst ist entscheidend für die Auswahl der Paare. Mum hat mir nicht alles erzählt, aber es wird mit ein paar Spielchen ermittelt, wer gut zu dir passen würde. Mit deinem Match erledigst du dann die Aufgaben in der Anwärterphase. Meine Eltern tuscheln noch heute darüber und Mum kichert dabei wie ein Teenager.« Sie verzieht angewidert das Gesicht, aber vermutlich will niemand wissen, was die Eltern im selben Alter so getan haben. Ich kann sie verstehen. Gleichzeitig beruhigt mich ihre Aussage. Wenn es nur darum geht, gemeinsam Aufgaben zu erledigen, habe ich kein Problem damit, selbst mit meinem Background. Ich werde das Ganze einfach als Partnerarbeit wie in der Highschool betrachten.

»Das klingt ja nicht mal so tragisch, wie ich im ersten Moment dachte.« Ich entspanne mich etwas, der Knoten im Magen löst sich – zumindest bis Dione erneut den Kopf wiegt, sodass ihr Nest aus Haaren hin und her wippt.

»Ihr müsst gut zusammenarbeiten. Je besser ihr seid, desto mehr Punkte bekommt ihr als Paar. Dann steht ihr die Ausscheidungstage locker durch.«

»Ausscheidungstage?«

»Jede Woche scheidet mindestens ein Paar mit den wenigsten Punkten aus und beide verlieren ihre Anwärterschaft.«

Ich starre Dione so lange an, bis die Umgebung verblasst. Es war einfach zu schön, um wahr zu sein. Ich denke an Hannah, an die Warnung vor den Ravens. An dieses Mädchen, das im letzten Jahr verschwunden ist. Hat auch sie die Anwärterschaft verloren und deshalb das College verlassen? Wenn sie in einer ähnlichen Situation war wie ich, wäre es plausibel. Vielleicht sollte ich Hannah davon erzählen.

»Die meisten scheiden übrigens laut Dad aus, weil sie Minuspunkte kassieren und nicht, weil sie an den Aufgaben scheitern.«

»Wofür bekommt man Minuspunkte?« Ich weiß nicht mehr, was ich fühlen soll.

»Wenn man sich einer Aufgabe verweigert, ein schlechtes Bild auf die Verbindung wirft, wenn man mit Außenstehenden darüber redet …«

»Aber es wissen doch alle, dass es Verbindungen an der Uni gibt. Das ist doch kein Geheimnis«, werfe ich ein.

»Das stimmt natürlich. Aber wie überall ist es verboten, über Aufnahmerituale zu sprechen. Bei uns umfasst dieses Verbot die Matching Night und die Aufgaben der darauffolgenden zwei Wochen. Du darfst wirklich niemandem davon erzählen, wenn du eine Raven werden willst. Das ist eine der heiligsten Regeln, die mir Mum als Allererstes eingetrichtert hat.« Ihre Augen flehen mich geradezu an, ihre Worte ernst zu nehmen. Wenn sie wüsste, wie ernst die Sache für mich tatsächlich ist, wie viel für mich auf dem Spiel steht.

Ich nicke, die Lippen zusammengepresst, damit Dione nicht bemerkt, wie sehr sie zittern.

7

DIENSTAG, 27.10.

Das Wort »Anwärterin« schwebt wie ein Damoklesschwert über mir und das ungute Gefühl von heute Morgen verschwindet während des ganzen Tages nicht. Ich kann mich nur schwer auf die Dozenten konzentrieren und lese die Kopien, die wir zu Beginn jedes Kurses erhalten, unzählige Male durch, ohne den Sinn zu erfassen, weil sich die Hoffnungslosigkeit durch meine Adern frisst. Vergangene Nacht habe ich meiner Schwester noch geschrieben, dass ich Sonntag beim Familien-Skype geniale Neuigkeiten hätte ... nun weiß ich nicht, was ich ihr antworten soll, denn sie wollte natürlich sofort wissen, was los ist. Ich verbringe den Unterricht in Gedanken versunken und wandere im Anschluss geistig vollkommen abwesend zur alten Bibliothek. Nicht einmal der Geruch und der Anblick der alten Bücher kann mich heute aufheitern.

Hannahs bedrückte Miene, als ich die Redaktion des *Whisperer* betrete, macht es nicht besser.

»Du bist den Ravens beigetreten?«, fragt sie knapp und ich weiß nicht, was ich erwidern soll, wie ich – ohne die heiligste Regel der Ravens zu verletzen – erklären kann, dass es noch nicht sicher ist. Dass ich vielleicht aus dem tollen Zimmer mit eigenem Bad und

Blick auf den Glockenturm der Kapelle und der hübschen Renaissancekulisse des St. Joseph's ausziehen muss, wenn ich etwas Falsches sage.

Hannah schließt die Tür zum Nebenraum, in dem Luca eifrig auf seiner Tastatur herumtippt und nebenbei mit jemandem am Tisch gegenüber spricht, den ich nicht sehen kann. Dann setzt sie sich auf die Tischkante direkt vor meine Nase und senkt ihre Stimme zu einem kaum hörbaren Flüstern. »Ich weiß, dass du nicht darüber reden darfst.«

Ich sehe sie schockiert an, tausend Fragen im Kopf, was sie über die Ravens weiß, während sich Eiseskälte in mir ausbreitet. Die Angst, dass meine beste Freundin etwas aus mir herauskitzelt, das endgültig all meine Pläne zerstören würde, sitzt mir im Nacken wie damals die Akupunkturnadeln gegen meine ständigen Kopfschmerzen. Während ich im Praxiskurs bei *Jane* – Professorin Deveraux – saß, ist mir wieder bewusst geworden, dass ich diese zusätzliche Chance nur meinem Anwärterinnenstatus zu verdanken habe. Würde ich auch diesen Kurs verlieren, wenn ich keine Raven werde? Innerhalb von vierundzwanzig Stunden hat sich meine Gefühlswelt *zweimal* um einhundertachtzig Grad gedreht. Es ist zum Heulen. Und ich kann darüber nicht einmal mit Hannah sprechen – noch mehr Grund zum Heulen.

»Wie konntest du trotz meiner Warnung und dem Wissen, dass Beverly nach diesem Partywochenende nicht mehr gesehen wurde, dort einziehen? Wieso vertraust du mir nicht mehr, Cara?«

Ich kenne Hannah gut genug, um ihren Ärger über meinen Einzug aus ihrer Stimme herauszuhören, obwohl ihre Miene neutral bleibt. Doch ihre Vorwürfe überrumpeln mich. Mein Gehirn arbeitet noch an einer Erwiderung, einer Formulierung, wie ich ihr klarmachen kann, dass es meine einzige Option ist, und sie mich als beste Freundin doch unterstützen sollte, da spricht sie schon weiter. »Aber immerhin dürftest du Gerüchten zufolge ab jetzt so eingespannt sein, dass du keine Zeit mehr hast, dich mit Tyler Walsh zu treffen.«

Über Tyler will ich jetzt ganz bestimmt nicht reden und ich darf nichts über die Ravens verraten. Also versuche ich, sie abzulenken, und zwinge mir ein Lächeln auf die Lippen, so schwer es mir auch fällt. Seit ich in Whitefield bin, habe ich nie so deutlich gespürt wie heute, dass uns das letzte Jahr offenbar voneinander entfernt hat. »Was steht heute an? Gibt es neue Recherchen zu erledigen?«

Hannah mustert mich skeptisch, ehe sie erwidert: »Ich möchte, dass du diese Dokumente aus dem Sekretariat durchgehst.« Sie reicht mir eine Kladde, auf deren Reiter oben der Name *Grey, Beverly* steht.

»Eine Studentenakte?«, stoße ich aus, meine Stimme klingt wie ein lautes Quietschen. »Woher hast du die?«

Hannah sieht zur geschlossenen Tür zum Nebenraum und wartet kurz, ob jemand nachschauen kommt, doch alles bleibt ruhig.

»Ich kann meine Quelle nicht preisgeben«, wiederholt sie wie bei unserem letzten Gespräch in der Redaktion. Wenigstens wirkt sie ein klein wenig schuldbewusst. »Ich bin noch an einer anderen Spur dran, aber die Akte muss heute noch durchgearbeitet werden, damit niemand den Diebst… das Ausleihen bemerkt.«

Ich ergebe mich, setze mich an meinen Platz und gehe die Dokumente über Beverly Grey durch, während ich versuche zu verstehen, warum sich Hannah innerhalb eines Jahres so sehr verändert hat.

Beverly Grey war in ihren wenigen Wochen am St. Joseph's eine ziemlich engagierte Studentin, gehörte einigen offenen Klubs an – vom Schach-Klub bis zu einer Umweltschutzbewegung, die mit »problematisch?« gekennzeichnet ist. Doch ich finde nichts, was Hannah vielleicht weiterhelfen könnte. Auf dem Deckblatt ist lediglich mit einem Stempel vermerkt, dass Beverly »ausgeschieden« ist. Keinerlei Gründe dafür.

Die Enttäuschung darüber ist Hannah so deutlich ins Gesicht geschrieben wie das inzwischen durchgestrichene »Wohnheim Cara« neben ihrem Laptop. Sie hat ihre Liste nicht aktualisiert, fällt mir auf. Sie ist an dieser Story dran und notiert ihre geplanten Schritte nicht. Das ist ungewöhnlich. Hannah ist ein Listen- und Planungs-Freak, wie Phoebe immer mit einem Augenverdrehen anmerkt.

»Feierabend für heute«, verkündet Hannah und klappt ihren Laptop zu. »Du solltest deine neuen Freunde nicht allzu lange warten lassen«, schiebt sie nicht ohne eine große Portion Sarkasmus in der Stimme hinterher, was mir einen Stich versetzt. Ich verkneife mir eine bissige Antwort, raffe die Unterlagen wieder zusammen und schiebe ihr die Studentenakte von Beverly Grey zu.

»Dann bis … bald«, verabschiede ich mich und schließe die Tür hinter mir. Das Gefühl von Verlust wühlt sich durch mein Inneres, während ich durch die noch gut besuchte Bibliothek gehe.

Noch am Abend setze ich mich mit einem frisch aufgebrühten Lavendeltee und meinem Handy in den Gemeinschaftsraum und recherchiere auf eigene Faust nach Beverly Grey. Der Name ist nicht allzu selten, daher füge ich der Suche die Schlagworte »Whitefield« und »St. Joseph's« hinzu. In dieser Kombination spuckt mir die

Suchmaschine den Instagram-Account einer jungen Frau aus, die ich dem Foto der Akte nach als die richtige Beverly Grey erkenne. Ich scrolle durch ihren Feed und werde sofort davon angezogen. Beverly ist nicht nur die schönste Frau, die ich je gesehen habe, sie schafft es auf all ihren Fotos auch noch, eine Natürlichkeit auszustrahlen, für die man Mutter Natur mit Dankeshymnen überschütten sollte. Im Hintergrund erkenne ich Wahrzeichen aus ganz Europa.

Die letzten Bilder der vergangenen Wochen schaue ich mir genauer an. Sie postet nicht regelmäßig, aber ein, zwei Bilder pro Monat. Ich sehe Beverly auf den Champs-Élysées, über ihr bunt gefärbte Blätter, weit im Hintergrund ein Stück des Triumphbogens. Das Bild davor zeigt sie auf einem schnörkeligen französischen Balkon mit Blick auf Paris. Sie trägt einen Morgenmantel, lehnt sich über das Metallgeländer, hat eine Tasse in der Hand und blickt verträumt auf die Stadt. Der Eiffelturm scheint über ihrer Tasse zu schweben. An ihrem Handgelenk baumelt eine dünne Silberkette mit größeren Kettengliedern in regelmäßigen Abständen, in die türkisfarbene Steinchen eingelassen sind. Das süße Armband zieht meinen Blick automatisch an und ich tippe – geprägt von all den Influencern, die mir sonst in meinem Homefeed begegnen – auf die Kette. Leider ist keine Marke hinterlegt, was ich sehr bedaure. Ich hätte zumindest gern gewusst, woher das Armband stammt – auch wenn ich es mir wahrscheinlich sowieso nie leisten könnte.

Auf den nächsten Bildern sticht mir das Armband immer zuerst ins Auge. Beverly trägt es wirklich ständig. Am Strand von Cannes ebenso wie beim Posen vor einer zerstörten Säule im Forum Romanum in Rom. Inzwischen zeigt der Zeitstempel vergangenes Frühjahr. Ich scrolle über Weihnachtsbilder und etliche Schneebilder hinweg. Beverly beim Skifahren, beim Snowboarden, in einer rustikalen Holzhütte mit Kamin. Herbstliches Laub rund um ihre Beine ... Ihr Leben in den vergangenen zwölf Monaten war offenbar traumhaft.

Sie hat viele Likes unter ihren Bildern und beantwortet offenbar akribisch jeden Kommentar – und sei es nur mit einem Herzchen oder einem anderen Emoji. Dann entdecke ich sogar Bilder vom St. Joseph's. Die Kathedrale, das Hauptgebäude. Beverly unter dem Rosenbogen, an dem der Weg durch den verborgenen Garten zu Raven House beginnt.

Ich habe keine Ahnung, was Hannah veranlasst, weiterzugraben, und scrolle zu einem Foto von Beverly an einem gut besuchten Strand. Der Ort ist mit Venice Beach vertagt. Beverly trägt ein ärmelloses Strandkleid, die Kette mit den Türkisen baumelt wie immer an ihrem Handgelenk. Auf dem zweiten Bild desselben Posts ist eine Nahaufnahme davon. Die Bildunterschrift lautet: *Wenn du die besten Freunde der Welt hast ... Er hat mir zum Abschied diese Kette anfertigen lassen, weil er weiß, wie sehr ich Türkise liebe. Ein Unikat wie er. Als könnte ich ihn in Europa vergessen!*

Darunter folgt eine ganze Armee aus Augenverdreh-Emojis. Ein Einzelstück also. Nun ist klar, warum ich auf den vorherigen Bildern keinen Hinweis auf die Marke des Armbands finden konnte.

»Hey du, was machst du?« Jemand berührt mich sanft an der Schulter und ich zucke zusammen. Blinzelnd sehe ich auf. Ich fühle mich, wie aus einem Traum gerissen, so sehr hat mich Beverly Greys Leben aufgesogen.

Valérie setzt sich mir gegenüber und lächelt mich an. Ein kurzhaariger Kellner bringt eine Tasse Kaffee, ein Milchkännchen und einen Keks auf einem winzigen Tablett, das er vor Valérie abstellt. Sie bedankt sich und schenkt ihm ein so zauberhaftes Lächeln, dass er sein »Gern geschehen« regelrecht stammelt.

»Du hast eine einschlagende Wirkung«, bemerke ich und grinse dem jungen Mann hinterher.

Valérie zuckt nur mit den Schultern. »Manche sind Freundlichkeit offenbar nicht gewohnt. Er ist neu in Raven House und wird damit hoffentlich bald vertraut sein.« Sie rührt die Milch in ihren Kaffee und legt den Löffel sorgfältig auf der Untertasse ab. »Wenn du dein Handy schon hier hast«, beginnt sie und deutet auf mein zur Seite gelegtes Smartphone, »kannst du dir direkt die Raven-App installieren.«

»Eine App?«, hake ich irritiert nach, greife aber schon nach meinem Handy.

»Nur eine dieser Messenger- und Broadcast-Apps, die sonst hauptsächlich Firmen auf ihre individuellen Bedürfnisse anpassen lassen können. Der Entwickler war ein Lion. Die ursprüngliche Idee, eine eigene App für seine Verbindung zu entwickeln, hat ihn inzwischen weltweit bekannt und reich gemacht.«

Via AirDrop sendet mir Valérie einen Link zu und ich installiere die App mit einem grauen Globus, unter dem »unverified« steht. Erst nach den von ihr diktierten Anmeldedaten verändert sich das Bildchen der App zu einem Raben in einem blauen Kreis.

»Jetzt kannst du dich direkt anmelden. Aber bitte nutze keinen Nickname, sondern deinen vollen Namen – mit Unterstrich dazwischen. Wir haben hier keine Geheimnisse untereinander.«

Ich tippe meinen Namen ein und wähle ein Passwort. Die Eingangsseite der App öffnet sich.

»Unter ›Profil‹ kannst du ein Foto von dir hochladen, deine Biografie ergänzen und so weiter. Das ist aber alles keine Pflicht.« Sie deutet auf eine kleine Silhouette unter der Akku-Anzeige. »Hier findest du die Geschichte, die Regeln und Leitsätze der Ravens.« Nun tippt ihr Finger auf das Icon »Firma« und es öffnet sich ein ewig langer Fließtext mit Paragrafen und Artikeln. »Geh mal zurück und auf ›Einstellungen‹, dann verifizieren wir dich als Raven-Anwärterin.«

Ich folge ihren Anweisungen und schlucke kurz, als ich die Supervisorrechte für die Einstellungen meines Accounts an Valérie übertrage.

»Mach dir keine Sorgen. Bei der ersten Version wurden diese Rechte noch automatisch vergeben, aber dank der erweiterten Datenschutzgesetze mussten wir es so lösen. Mit diesen Supervisorrechten kann man auch nur innerhalb der App agieren, der Rest deines Handys bleibt davon ausgenommen.«

Exakt das steht auch in dem Text, den ich gleich zweimal bestätigen muss. Das ungute Gefühl bleibt trotzdem, denn in meinem Hinterkopf melden sich Horrorstorys über manipulierte Handys, die den Empfänger über die Navigationsapp zu falschen Adressen lotsen. Ich schaudere.

»Hier siehst du alle Ravens und alle Anwärterinnen, die im Verbindungshaus wohnen.« Valérie deutet auf das Icon *Mitarbeiter*. Ich klicke darauf und entdecke sofort einige bekannte Namen und Gesichter und darunter statt einer Durchwahl die Zimmernummer in Raven House. »Du kannst jeden direkt in der App anschreiben oder anrufen. Die zweite Mitarbeiterliste enthält die Kontakte der Lions und deren Anwärter, sie wird aber erst nach der Matching Night freigeschaltet. Anrufe innerhalb der App bitte nur, wenn es dringend ist. Der Raven-Klingelton deaktiviert die Stummschaltung des Handys und ist nur für Notfälle reserviert.«

Ich habe keine Ahnung von Programmierung, aber sollte die Stummschaltung des Smartphones nicht wirklich alle Geräusche unterbinden? Die Abgabe der Supervisorrechte im Hinterkopf nicke ich knapp und murmele:»Ich schreibe sowieso lieber.« Und das entspricht auch der Wahrheit. Beim Chatten kann ich bestimmen, wann ich antworte, bei einem Gespräch nicht. *Caras Zeitmanagement für Einsteiger.*

»Dann bist du jetzt bereit für die Anwärterphase. Dione hat mich schon gebeten, dass sie dich bei den Vorbereitungen zur Matching Night unterstützen darf.« Sie lächelt in ihren Kaffee, den sie eben zu ihrem Mund führt.

»Sollte ich Angst haben?«, frage ich vorsichtig und sehe mich bereits in eins der grotesken Kleider der letzten D. A.-Modenschau gesteckt, die Dione mir auf ihrem Handy gezeigt hat.

»Vielleicht ein bisschen?«, erwidert Valérie mit einem entschuldigenden Grinsen, ehe sie einen Schluck trinkt. »Aber ganz gleich, was Dione vorhat, es wird ein unvergessliches Wochenende, das verspreche ich dir.«

8

FREITAG, 30.10.

Der Rest der Woche fliegt nur so dahin. Mein Pensum, mit dem ich seit Trimesterbeginn so sehr zu kämpfen hatte, schafft sich praktisch von allein. Ich sehe genau vor mir, wie ich meine Hausarbeiten und Aufsätze zu den wöchentlich gestellten Aufgaben künftig mit den exklusiven Lerngruppen in Raven House problemlos meistere. Wenn man sich nicht mehr um Essen, Wäsche und Sonstiges kümmern muss, was man zum Überleben braucht, und jegliche Unterstützung bekommt – seien es zusätzliche Fachbücher, schwer aufzutreibende Dokumentationen oder Berichte bis hin zu Einzelunterricht bei versierten Ex-Ravens –, ist das Studentendasein ein wahr gewordener Traum.

Ein Traum, aus dem ich nur unfreiwillig ausbreche. Aber auch wenn Valérie mir angeraten hat, die Arbeit im Diner aufzugeben, will ich weiterhin dort arbeiten. Ich habe mit Suki und einer weiteren Kollegin die Schichten getauscht, damit ich nächste Woche frei habe und mich auf die Matching Night vorbereiten kann – sofern das denn möglich ist.

Daher kehre ich heute erst ziemlich spät auf den Campus zurück. Auf dem Weg vom Parkplatz zum Verbindungshaus schreibe ich Hannah eine Nachricht. Ich habe seit Dienstag nichts mehr von ihr gehört und frage sie, ob wir uns vielleicht morgen zum Frühstück treffen wollen.

Ihre Antwort kommt prompt.

> Ich habe keine Zeit. Bin vielleicht auf eine neue Spur zu Beverly gestoßen.

Der Name nervt mich inzwischen richtig. Vielleicht habe ich mich durch die vielen Grübeleien nur hineingesteigert, aber meine gute Laune verschwindet wie auf Knopfdruck und ich wähle Hannahs Nummer. Doch sie nimmt den Anruf nicht entgegen und ich werde irgendwann zur Mailbox umgeleitet. Ich beschließe, morgen definitiv noch vor meiner Mittagsschicht im Diner bei ihr vorbeizuschauen, um endlich dieses unsägliche Thema zu klären, das zwischen uns steht. Dieser Plan fühlt sich richtig an und mit einem neuen Ziel vor Augen betrete ich Raven House durch den Hintereingang.

Im Lichthof lungern einige Ravens auf der Sofalandschaft herum und sehen sich auf dem großen Flatscreen irgendeinen Film an. Sie verfolgen die Bilder so aufmerksam, dass ich automatisch hinsehe. In dem Moment geht ein kollektives Seufzen durch die Gruppe, weil sich irgendein Paar in die Arme fällt und küsst. Ich habe keine Ahnung, welcher Film es ist, weil nur noch Lippen zu sehen sind, ehe der Abspann beginnt. Ein klassisches Happy End. Mit dem Gedanken an ein Happy End zwischen Hannah und mir und meinem Entschluss, sie morgen nicht aus meinen Fängen zu lassen, bis sie mir erzählt, was sie zu verbergen versucht, beginne ich zu lächeln.

Die Mädchen rappeln sich nacheinander auf und strecken sich. Ich gehe direkt zur Theke, an der Miley auf einem der Barhocker sitzt und sich gerade bemüht unauffällig über die Augen reibt. Offenbar hat sie nichts zu tun und den Film mitgeschaut. »Haben sich die Tränen denn gelohnt?«, frage ich und sie will sofort vom Hocker springen. »Bleib sitzen!«, füge ich schnell hinzu. »Ich kann meine Cola selbst aus dem Kühlschrank holen.« Und genau das mache ich. »Möchtest du auch etwas?«, frage ich sie über die Theke hinweg.

Sie sieht mich irritiert an, schüttelt dann aber den Kopf. »Nein, danke«, sagt sie sehr leise, was mich zu einer wichtigen Frage drängt. »Darfst du etwa nicht?«

Valérie hat zwar betont, dass alle Ravens gleich behandelt werden, aber Miley ist eine Angestellte von Raven House. Selbst nach fast einer Woche ist es für mich noch befremdlich, bedient zu werden wie in einem Hotel.

Miley sieht mich entsetzt an. »Was? Nein, nein. Natürlich darf ich mich hier bedienen. Und Valérie hat auch nichts dagegen, wenn ich mitschaue oder auch mal mit den anderen am Tisch sitze. Ich habe nur keinen Durst.«

Und als hätte sie Valérie heraufbeschworen, betritt die Vorsitzende der Ravens gerade vom Treppenaufgang aus den Lichthof. Mit prüfendem Blick scannt sie den Raum wie ein Schäfer seine Schafherde. Und damit kenne ich mich aus. Aufgewachsen im Südwesten Englands, in der Grafschaft Dorset, haben Mum, Phee und ich oft die zahlreichen Herden besucht, um die Lämmchen zu bewundern – und Nachwuchs kommt bei den Dorset-Schafen nicht gerade selten vor. Der Blick des alten Mr MacKenzie, der Mum schon seit ihrer

Kindheit kannte, glich tatsächlich dem von Valérie jetzt. Zufrieden durchquert sie den Lichthof und kommt auf mich zu.

»Willst du etwas trinken?«, frage ich sie, schließlich stehe ich hinter der Theke.

Miley schaut etwas unruhig zwischen Valérie und mir hin und her.

»Bist du immer noch da?«, fragt Valérie entsetzt, als sie Miley bemerkt. »Du hast doch schon lange Feierabend.« Sie wirft einen Blick auf ihr Handy.

Miley antwortet mit einem Grinsen auf den Lippen: »Der Film war zu gut, um mittendrin zu gehen.«

Valérie lacht und ich muss ebenfalls grinsen. Die kurze Sorge, Miley würde hier nicht gut behandelt werden, verpufft wie Nebel in der Sonne.

»Aber ich wollte mich gerade von Cara verabschieden. Morgen bin ich zum Frühstück wieder da.« Miley steht vom Barhocker auf.

»Bis morgen«, sage ich.

Valérie winkt kurz zum Abschied.

»Willst du nun etwas trinken oder nicht?« Ich gieße mir Cola in ein Glas und trinke gierig. Im Diner ist freitags immer viel los und ich hatte kaum eine Pause.

»Gern, aber bitte keine Cola. Sonst bin ich morgen früh noch wach und meine Augenringe wären unkaschierbar.« Sie lacht. »Wenn noch Limonenwasser da ist, nehme ich davon ein Glas. Aber ich kann mir das auch selbst holen«, schiebt sie schnell hinterher.

Ich schüttele den Kopf. »Wenn ich schon mal hier stehe, kann ich das auch übernehmen.« Während ich die Karaffe aus dem Kühlschrank hole, die Miley offenbar frisch aufgefüllt hat, und das Wasser eingieße, fällt mir auf, dass ich Valérie die ganze Woche kaum gesehen habe.

»Darf ich dich was fragen?« Insgeheim habe ich seit Dienstag auf eine Gelegenheit gewartet, sie allein anzutreffen.

»Natürlich«, antwortet sie prompt.

»Kennst du Beverly Grey?« Ich schiebe ihr das Glas Limonenwasser über die Theke. Die kleinen platzenden Bläschen befeuchten meine Hand. »Sie hat hier gewohnt ...«

»Natürlich kenne ich sie. Sie war eine der vielversprechendsten Anwärterinnen, aber nicht – oder vielleicht noch nicht – für das Studentenleben gemacht. Beverly war so voller Energie, sie hat nie auch nur dreißig Minuten still gesessen.« Valéries Blick ist auf einen Punkt weit hinter mir gerichtet, sie schiebt die heute dunkelroten Lippen vor, während sie in ihre Erinnerungen abtaucht. Dann blinzelt sie und kehrt ins Hier und Jetzt zurück. »Ich kann ihre Entscheidung verstehen, erst einmal durch Europa zu reisen.«

Valéries Lächeln ist ansteckend. Sie nimmt einen Schluck aus ihrem Glas und stellt es anschließend wieder ab. »Ich habe erst vor ein paar Tagen mit ihr geschrieben. Da war sie in Rom, glaube ich.« Sie runzelt die Stirn. »Bei den vielen Stationen ihrer Tour verliert man den Überblick.« Sie aktiviert ihr Handy und klickt auf die Raven-App.

»Du chattest über diese App mit ihr? Sie ist doch keine Raven«, sage ich unsicher.

»Nur weil sie eine Auszeit einlegt, heißt das nicht, dass sie keine Raven mehr werden kann.« Valérie scrollt durch mehrere Chatverläufe. »Ah, hier. Sie ist in Pisa.« Sie dreht mir ihr Handy zu und ich sehe ein Bild von Beverly, die so posiert, als lehne sie am gleich großen schiefen Turm. Darunter steht folgender Chat:

Absolutes Touristen-Muss, oder? :-)

Allerdings. Mein Neid ist mit dir.
Das Wetter in Italien scheint mir auch
trockener zu sein als hier bei uns
in Essex.

Das Wetter ist toll.
Es ist fast so heiß wie die Jungs hier. ;-)
Aber beides hätte ich dir auch vor meiner
Reise sagen können!

seufz
Genieße deine Auszeit.

Mach ich.
Bis bald.

»Sie schickt ständig so tolle Bilder, da kann man nur neidisch werden«, sagt Valérie, während sie das Handy wieder auf die Theke legt.

»Du könntest doch auch …«, setze ich an, schließe den Mund aber wieder. Ich weiß immer noch nicht, ob Valérie wirklich eine ewige Studentin bleiben will, wie es Dione diese Woche flüsternd erwähnt hat.

»Nein, dieses ganze Reisen wäre nichts für mich.« Sie schüttelt den Kopf. »Auch wenn sich alle über das Wetter hier beschweren, es ist genau richtig für mich. Meine Familie wohnt in der Nähe von Nizza, dort ist es im Sommer entsetzlich bis unerträglich heiß und ich kann mich den ganzen Tag nur im Haus verstecken.«

Ich nicke, aber wirklich nachvollziehen kann ich es nicht. Ich sauge förmlich jeden Sonnenstrahl in mich auf. Im Herbst habe ich da aber leider nicht allzu viel zu tun.

»Jetzt wird es Zeit für mich«, Valérie gähnt hinter vorgehaltener Hand, dann trinkt sie den Rest ihres Glases aus. »Ich hoffe, du bist mir nicht böse, wenn ich dich allein lasse?« Sie sieht sich um. Die anderen sind offenbar ebenfalls in ihren Zimmern verschwunden. Der Gemeinschaftsraum ist verwaist.

»Nein, gar nicht. Ich sollte jetzt auch mal ins Bett.«

Sie nickt mir zum Abschied zu, wie es garantiert nur eine Duchesse kann, und geht in Richtung Treppe davon.

Ich trinke noch mein Glas leer und bin mir absolut sicher, dass sich morgen all meine Probleme mit Hannah in Luft auflösen werden. Valérie hat Kontakt zu Beverly und ich werde Hannah haarklein erzählen, was ich eben in dem kurzen Chat gelesen habe.

9

SAMSTAG, 31.10.

Die Zeichen für eine Aussprache mit Hannah stehen auch im Morgennebel noch gut. Ich habe so wunderbar geschlafen wie nie, nachdem ich die Neuigkeiten über Beverly sogar in mein Glückstagebuch eingetragen habe, weil sich eine rettende Idee, ein positives Zeichen, etwas zum Guten zu wenden, wie pures Glück anfühlt. Und das trotz des Dämpfers, weil Hannah immer noch nicht auf meine Anrufe reagiert hat. Also stecke ich ein paar der leckeren Frühstücksteilchen ein und gehe damit direkt zu ihrem Wohnheim. Ihre Mitbewohnerin Alina öffnet mir die Tür und blinzelt mich verschlafen an. Sie trägt einen flauschigen Morgenmantel und rosa Fellpantoffel.

»Ich muss dringend mit Hannah reden. Ist sie da?«

Alina reibt sich den Schlaf aus den Augen und gähnt herzhaft. »Ich habe sie seit Tagen nicht gesehen. Wir ...«, sie runzelt die Stirn, »sehen uns eigentlich nie.« Sie streicht sich gedankenverloren eine verirrte Haarsträhne aus dem Gesicht, um einen kurzen Blick zur Wand neben der Tür zu werfen. »Sie ist in der Redaktion, steht hier.« Sie tippt mit dem Finger auf etwas.

Ich spicke um den Türrahmen herum zu einer kleinen Tafel. Es sieht Hannah ähnlich, dass sie auch solche Kleinigkeiten akkurat festhält. Ich lächele und verabschiede mich von Alina. »Dann schau ich mal in der Redaktion vorbei. Danke.«

Ich drehe mich um und höre gerade noch, wie Alina irgendein Abschiedswort vor sich hin murmelt. Während ich die Treppe hinunterrenne, wähle ich erneut Hannahs Nummer, erwische aber wieder nur die Mailbox. Trotz der positiven Energie, mit der ich aufgestanden bin, zieht sich mein Magen zusammen und ich halte mich krampfhaft an dem gestrigen Eintrag ganz unten im Glückstagebuch fest – dem Resümee des Tages, falls es denn eines gibt: *Glück ist ... die Gewissheit, etwas zum Positiven verändern zu können.*

Schon auf dem Weg zur Redaktion sehe ich, dass in beiden Räumen das Licht an ist, was in der Herbstzeit selbst tagsüber fast unumgänglich ist. Beim Durchqueren der Bibliothek wähle ich erneut Hannahs Nummer. Ich höre sogar das Klingeln durch die geschlossene Tür der Redaktion. Der Klumpen in meinem Magen ballt sich zu Ärger zusammen. Ärger gewürzt mit Enttäuschung. Ohne aufzulegen, öffne ich die Tür und rufe Hannahs Namen.

Binnen eines Wimpernschlags kommt sie aus dem Nebenraum und schließt die Tür hinter sich. »Hi, Cara!« Sie bemüht sich um ein Lächeln, das ihr aber noch nie so schlecht gelungen ist. »Was machst du denn um diese Zeit hier?« Ihre Wangen zucken, so angestrengt versucht sie, ihre Mundwinkel nach oben zu ziehen.

Ich beende den Anruf auf ihrem Handy und ihr nerviger Klingelton bricht endlich ab. Stille erfüllt den Raum und die Anspannung hängt drückend zwischen uns.

»Ich will meine beste Freundin besuchen und ihr Frühstück vorbeibringen«, sage ich und hebe die Papiertüte hoch, die eigentlich nicht für Freundinnen, sondern zum Mitnehmen für den Rest des Tages gedacht ist. »Sie geht nämlich nicht ans Handy. Hast du sie gesehen?«

Als sie meinen sarkastischen Tonfall hört, sieht Hannah betreten zu Boden.

»Warum versteckst du dich vor mir?«, dränge ich weiter.

Es dauert, bis sie mir eine Antwort gibt. »Ich weiß, du willst es nicht hören, aber ...« Sie schluckt hörbar. »Aber ich habe Informationen, dass Beverly nicht in dem Hotel abgestiegen ist, in dem sie zuletzt anscheinend gewohnt hat.«

Ich senke den Blick und atme einmal tief durch, um mich zu beruhigen. »Ach ja?«, erwidere ich schnippisch. »Ich habe nämlich einen Chatverlauf gesehen, dass sie gerade in Pisa die italienische Sonne – und Jungs – genießt.«

Hannah schüttelt so energisch den Kopf, dass sich ein paar Strähnen ihrer braunen Haare aus dem Pferdeschwanz lösen. »Das ist unmöglich.«

»Sagt wer? Und woher hast du überhaupt deine Informationen?«, frage ich ohne jegliche Wertung in der Stimme, was mich große Mühe kostet. Ich habe so sehr gehofft, dass sich alles aufklären würde.

Sie wiegt langsam den Kopf. »Das kann ich dir nicht sagen.«

»Verdammt, Hannah!« Ich werde wieder lauter und es klingt so verzweifelt, wie ich mich fühle. »Wir haben immer über alles geredet, es gab keine Geheimnisse zwischen uns. Was ist passiert?«

Sie hadert mit sich. Ihr Blick huscht durch den Raum. Dann erkenne ich, dass sie aufgibt. »Ich kann es dir nicht sagen. Noch nicht. Bitte, Cara, du musst ...«

Ich schüttele den Kopf. »Nein, Hannah. Ich *muss* gar nichts. Du hast mich damals vor Mason gewarnt, kannst du dich noch erinnern? Er hat mir nur Vorschriften gemacht, weil er mir nicht vertraut hat. Und genau das tust du jetzt auch!«, schleudere ich ihr entgegen. Sie verzieht nicht einmal das Gesicht, ich sehe aber, wie sie schluckt. »Wenn du mir nicht vertraust, dann …« Ich will es nicht aussprechen und damit greifbar machen, dass unsere Freundschaft, die seit Kindertagen existiert, kaputtgeht. In Gedanken reiße ich die gestrige Seite aus dem Glückstagebuch. Wie bescheuert bin ich, zu glauben, ich könnte etwas zum Positiven verändern?

»Cara, bitte!«, beginnt sie, ihre Augen zucken hin und her, als würde sie fieberhaft nach einem Text suchen, von dem sie ablesen kann. »Weißt du noch, wie es mit Mason anfing?«

Ich weiche getroffen einen Schritt zurück und stoße die aufkommenden Bilder weg.

»Ich habe versucht, mit dir zu reden, aber du warst noch nicht bereit. Du hast ihm mehr geglaubt als mir. Erinnerst du dich? Aber jetzt musst du mir vertrauen, bis ich dir mehr erzählen kann.«

»Wie kannst du das vergleichen?«, schreie ich, ehe ich mich mit fest zusammengepressten Lippen umdrehe und die Redaktion verlasse. Ich stürme zwischen den dunklen Bücherregalreihen hindurch nach draußen, wo ich bebend Luft hole. Ich kämpfe mit den Tränen, meine Augen brennen höllisch. Ich hätte nie gedacht, dass fehlendes Vertrauen so entsetzlich wehtun könnte.

Und das nur wegen eines Artikels! Während ich langsam Richtung Raven House gehe, fasse ich zusammen, was ich über Hannahs Recherchen weiß. Es ist nicht viel. Aufgrund ihres Einspruchs, als ich ihr von meinem Einzug in Raven House erzählt habe, muss ich davon ausgehen, dass ihre Untersuchungen die Verbindung mit einschließen. Vielleicht sieht sie mich jetzt als Spionin, was wirklich absurd wäre. Warum nur verbeißt sie sich ausgerechnet in diese ein Jahr alte Story? Es gibt doch weit Interessanteres zu berichten. Zum Beispiel, dass immer noch hin und wieder ominöse Typen mit großen Taschen auf dem Campus herumschlendern, um im richtigen Moment Kameras mit gigantischen Teleobjektiven zu zücken.

Joshua Prentiss' Studium am St. Joseph's wäre ein Artikel, der vermutlich weit über die Campusgrenzen hinaus Interesse wecken würde. Aber nein, abgesehen von einem Exklusivinterview mit Hannah am Wochenende vor dem Trimesterstart gab es im *Whisperer* nichts über den Sohn der US-Präsidentin zu lesen. Keine einzige Zeile. Der Campus-Sicherheitsdienst versucht, die Paparazzi vom Gelände fernzuhalten, was aber nicht immer gelingt. Deshalb findet man in den Online-Ausgaben der Klatschpresse wesentlich mehr Infos zu Joshua Prentiss als im *Whisperer*. Hannah hat Lucas und meinen Ratschlag abgelehnt, die Exklusivität der Studentenzeitschrift auszunutzen. Entgegen jeder Vernunft. Alle Artikel des *Whisperer* wären durch die Online-Medien gegangen, hätten die Reichweite erhöht und damit auch den Bekanntheitsgrad. Das war wohl der erste Moment, in dem ich meine Freundin nicht mehr verstanden habe.

Mein Handy vibriert in meiner Tasche. Ich hoffe bis zum allerletzten Moment, Hannahs Namen zu lesen, aber auf dem Display erscheint »Tyler Walsh«.

»Ja?«, nehme ich den Anruf entgegen.

»Ist etwas passiert?« Tyler klingt sofort alarmiert und seine Fürsorge bringt das Fass – oder besser gesagt die Tränen – zum Überlaufen. Ich schüttele den Kopf, was er natürlich nicht sehen kann, daher wiederholt er seine Frage mit etwas mehr Nachdruck in der Stimme.

»Cara, erzähl!«, fügt er hinzu. Im Hintergrund höre ich eine Frauenstimme fragen, was sie ihm bringen darf. Tyler bittet um einen kurzen Moment und ein kleiner Teil von mir ist sehr froh darüber. Der fiese Teil, der Tyler offensichtlich kein Frühstück gönnt. Der Teil, der ihn heute braucht. Wie kann es sein, dass ein Mensch, den ich nur wenige Wochen kenne, zu meiner einzigen Konstanten geworden ist?

Statt einer Antwort bringe ich nur ein Schniefen hervor.

»Wo bist du?«

Ich lasse mich gerade auf eine Bank im Park fallen. Die Feuchtigkeit dringt sofort durch meine Hose. »Ich bin im Park. Kurz hinter der Brücke.« Ich will nicht jammern, ich will ihn nicht bitten, herzukommen und mir zu erklären, warum es sich anfühlt, als hätte meine beste Freundin mit mir Schluss gemacht. Aber das brauche ich auch nicht.

»Rühr dich nicht von der Stelle. Ich bin gleich bei dir.« Ich höre die Frauenstimme von vorhin etwas fragen und Tyler entschuldigt sich, dass etwas Wichtiges dazwischengekommen sei.

Immerhin bin ich ihm wichtig. Die Erkenntnis könnte ein Glücksmoment sein, was sich aufgrund der düsteren Wolke über mir aber nicht so anfühlt. Vielleicht ist genau das mein Resümee des Tages: *Glück ist ... es auch zu erkennen, obwohl es sich zwischen Kummer und schlechter Laune versteckt.*

Selbst meine innere Stimme klingt sarkastisch und ich konzentriere mich schnell wieder auf Tyler, der jede Menge Unsinn ins Telefon plappert, ohne dass ich den Inhalt erfasse. Lediglich der Name Jane Austen bleibt kurz in meinem Kopf. Aber *was* er sagt, ist auch nicht wichtig. Wichtig ist die Tatsache, dass er das Telefonat nicht beendet, sondern immer weiterredet. Selbst dann, als seine Atmung schneller geht, weil er offenbar rennt. Allein mit diesem Wissen bringt er mich zum Lächeln, obwohl es mir immer wieder die Kehle zuschnürt, sobald ich an Hannah denke.

Kurz darauf sehe ihn schon von Weitem den Weg entlangkommen, und während er mich damit vollquatscht, dass Bad Boys offensichtlich schon in längst vergangenen Zeiten *in* waren, werden seine Atemzüge immer regelmäßiger. Er hat seinen Rhythmus gefunden und kommt schließlich fast entspannt bei mir an.

»Da mir jetzt mein Frühstück bei *Eva* entgangen ist, musst du mich wohl dorthin begleiten«, sagt er noch ins Handy, obwohl er schon vor mir steht.

Ich beende das Gespräch und stecke mein Smartphone in die Tasche, bevor ich zu ihm hochschaue. Das Funkeln in seinen Augen hebt meine Laune auf das bisherige Tageshoch.

»Muss ich das?«, sage ich und bemühe mich, nicht zurückzulächeln, was in Tylers Gegenwart fast unmöglich ist. Ganz gleich, wie die äußeren Umstände aussehen.

»O ja. Du kannst doch nicht verantworten, dass dieser Traumkörper zusammenbricht, schon vergessen?« Er streckt mir die Hand entgegen. Ich nehme sie an und er zieht mich mit so viel Schwung hoch, dass ich in seine Arme falle. Für einen kurzen Moment stehen wir ziemlich nah beieinander, der Knoten in meinem Magen explodiert und wird zu einem Kribbeln, das sich in meinem ganzen

Körper ausbreitet. Hastig weiche ich zurück. Alarmglocken läuten in meinem Kopf. So ist es noch nie zwischen uns gewesen.

»Lass uns Eva besuchen.« Ich verhaspele mich selbst bei diesem kurzen Satz und gehe mit schnellen Schritten in die Richtung, aus der Tyler eben angejoggt kam. Er holt schnell auf und wir gehen Seite an Seite weiter, wobei ich den kleinen Abstand zwischen uns deutlich spüre.

Ohne ein Wort gewechselt zu haben, kommen wir in der kleinen hellen Pâtisserie an und das altmodische Glöckchen über unseren Köpfen begrüßt uns mit einem fröhlichen Läuten. Das Kribbeln in meinem Körper ist endlich verebbt und nimmt der Situation die Peinlichkeit. Und ja, es ist mir peinlich. Wir haben uns eindeutige Signale gegeben und ich habe mir geschworen, nicht wieder als Häufchen Elend zu enden wie nach Mason. Schon gar nicht, wenn ich mich aufs Studium konzentrieren muss – und nun auch noch auf die kommenden Aufgaben als Raven-Anwärterin.

Wieder klar im Kopf, steuere ich auf einen Zweiertisch an der Fensterfront zu, hänge meine Jacke über die Stuhllehne und frage Tyler, was er als Entschädigung bestellen möchte.

»Willst du mich etwa bedienen?«, fragt er mich vollkommen irritiert. Sein Gesichtsausdruck ist so entsetzt, dass ich loslache.

»Ich kann es doch nicht verantworten, dass du nicht umgehend zu deinem Frühstück kommst.«

»Die paar Minuten, die wir warten müssen, bis Eva Zeit hat, werde ich überleben.« Er lässt sich auf den Stuhl fallen und mustert mich eindringlich.

»Ich bestehe darauf.« Vor allem will ich nicht, dass er schon wieder für mich bezahlt, wenn ich mich endlich mal revanchieren kann.

»Na dann«, sagt er ergeben und teilt mir seine Wünsche mit. Glücklicherweise bin ich geübt im Merken von Bestellungen, sodass ich kein Problem habe, Eva hinter dem Tresen alles weiterzugeben. Tyler hat wie immer Sonderwünsche, was seinen Kaffee angeht, und die Besitzerin weiß sofort, dass die Bestellung für ihn ist.

»Er ist öfter mit dir zusammen hier als mit anderen«, bemerkt sie, während sie auf einem Teller meine Eclairs arrangiert. Die Glöckchen bimmeln im Hintergrund und passen zum Takt meines flatternden Pulses.

»Wir sind nur gute Freunde«, sage ich hastig. Offenbar zu hastig, denn Evas Mundwinkel zucken kurz, bevor sie über meine Schulter hinweg zu unserem Tisch am Fenster sieht. Ihre grauen Augenbrauen ziehen sich zusammen und alarmiert drehe ich mich um.

Hannah steht vor Tyler. Er hat sich erhoben und die beiden funkeln sich an.

»Ich bin gleich wieder da und hole die Sachen«, sage ich zu Eva und durchquere die Pâtisserie mit schnellen Schritten. Hannah und Tyler haben inzwischen die Aufmerksamkeit aller Gäste auf sich gezogen.

»Was tust du hier?«, frage ich Hannah, die gerade Tyler anschnauzt, er solle mich in Ruhe lassen. »Und warum interessiert es dich noch, was ich mache?« Den Seitenhieb kann ich mir nicht verkneifen.

»Ich wollte mich bei dir entschuldigen. Du hast mich vorhin im falschen Moment erwischt.« Sie zieht mich am Ärmel meines Hoodies ein paar Schritte von Tyler weg. Ich spüre die Blicke von zwei jungen Frauen auf mir, die sich schnell abwenden, als ich mich zur Seite drehe.

»Hör zu, ich hätte dich nicht so abwimmeln dürfen, als du mir von Beverly erzählt hast. Aber was du da über den Handy-Chat dieser Valérie berichtet hast, kann nicht stimmen.«

»Ernsthaft jetzt?« Ich kann meine Augen gar nicht genug verdrehen.

»Ich weiß da etwas über Beverly«, Hannah kaut auf ihrer Wange, »etwas Privates, das dem widerspricht, was du mir erzählt hast.« Ihre Stimme ist nur noch ein Flüstern. »Es liegt nicht an mir, dieses Geheimnis weiterzuerzählen, weil es ... weitreichende Folgen haben könnte. Aber ich flehe dich an, mir zu vertrauen.« Sie greift nach meiner Hand. Ihre Finger sind eiskalt. »Bitte, Cara.«

Hinter Hannahs Rücken kommt Tyler langsam näher, als wollte er mich gegen meine beste Freundin verteidigen.

»Sein Ruf ist mehr als eindeutig. Ich will dich nur beschützen, Süße.«

»Das ist keine Erklärung. Warum giftest du ihn so an? Über die Gerüchte, dass sie zusammen durchgebrannt sind, hast du doch auch nur gelacht. Außerdem kann ich gut selbst entscheiden, mit wem ich meine Zeit verbringe.« Ich entziehe ihr meine Hand. »Entweder du erklärst mir alles und vertraust mir jetzt endlich mal, oder ...« Ich kann es nicht aussprechen, aber Hannah weiß ganz sicher, was ich sagen will.

Sie senkt den Blick, schluckt und zieht die Lippen zwischen die Zähne. »Ich kann nicht. Noch nicht«, haucht sie kaum hörbar. Dann dreht sie sich so schnell um, dass sie beinahe in Tyler hineinrauscht. Hastig weicht sie ihm aus und ich sehe die finsteren Blicke der beiden, ehe die Türglöckchen läuten und ich nur noch durch die großen Fenster verfolgen kann, wie meine beste Freundin ihr Handy aus der

Hosentasche zieht, bis sie irgendwann aus meinem Blickfeld verschwindet.

»Was hat die denn?«, höre ich jemanden hinter mir sagen.

»Vielleicht ihre Tage? Oder sie ist eifersüchtig«, folgt ein zweiter Kommentar.

Blitzschnell drehe ich mich zu den vor Gift triefenden Stimmen um. Es sind Brittany und Cheryl, Ravens im zweiten Studienjahr und Lauras beste Freundinnen im Wohnheim. Zumindest glaube ich das. Sie hocken ständig zusammen.

»Was stimmt nicht mit euch? Sie ist eine Frau wie ihr und ihr zieht so über sie her?«

Obwohl sie sitzen und zu mir aufsehen müssen, habe ich unter Brittanys arrogantem Blick das Gefühl, auf Chihuahuagröße zu schrumpfen.

»Sie ist nicht *wie wir*«, sagt Brittany mit angewidertem Gesicht. »Ich habe bei ihr immer das Gefühl, als ziehe sie mich in Gedanken aus.« Sie schaudert demonstrativ und erntet für ihre Schauspielkunst ein bellendes Lachen von Cheryl.

»Ihr seid doch völlig krank«, zische ich. Ich hasse Vorurteile. Und ich verabscheue Menschen, die nur in Klischees denken. In Gedanken zähle ich bis drei, um mich zu beruhigen. »Du musst nicht von dir auf andere schließen, Brittany«, presse ich dann hervor.

Tyler tritt neben mich und fasst mich sanft am Arm, aber ich bin noch nicht fertig. »Nur weil du vielleicht bei jedem Typen anfängst zu sabbern, muss es Hannah nicht genauso gehen.«

Cheryl keucht entsetzt auf. Vermutlich spricht nie jemand so mit der Millionärstochter – oder Milliardärstochter? –, an der sie immer klebt. Aber in ihrem hübschen Kopf scheint es wenigstens etwas

Verstand zu geben. Sie hält ihre Freundin fest und murmelt:»Da hat sie nicht ganz unrecht, Brit.«

Brittany erdolcht Cheryl mit ihrem Blick.

»Nur weil Hannah auf Frauen steht, ist sie doch nicht automatisch scharf auf jede, oder?«, fährt Cheryl trotzdem fort.

Brittany grummelt eine Antwort, die ich nicht verstehen kann, weil Tyler mich langsam von den beiden Giftgurken weg zu unserem Tisch lotst. Eva hat inzwischen unsere Bestellung gebracht und ich sehe mich zum Tresen um, fange ihren Blick auf und danke ihr mit einer Geste.

Wir setzen uns. Nach dem ersten Bissen in mein Eclair verpufft der Ärger über Brittany und Cheryl, und als ich zwei Gebäckstücke verputzt habe, schiebt sich ihre Oberflächlichkeit so weit in den Hintergrund, dass ich mich an die Frage erinnere, die mir beim Beobachten von Tyler und Hannah in den Sinn kam.

»Woher kennt ihr euch eigentlich?«

Tyler sieht fragend zu mir auf, einen Hauch Sahne im Mundwinkel.

»Ich meine dich und Hannah. Woher kennst du sie?«, werde ich genauer. Ich kann verstehen, dass Hannah Tyler kennt – den Politikernachwuchs zu stalken gehört vermutlich zu ihrem Job. Ich habe aber nicht damit gerechnet, dass es umgekehrt auch der Fall ist. Oder hat Tyler nur auf ihre offene Feindseligkeit reagiert? Ich habe nicht mitbekommen, ob sie tatsächlich miteinander gesprochen haben.

Es kann unmöglich daran liegen, dass sie etwas miteinander hatten, was ich anderen weiblichen Bekanntschaften durchaus unterstellen könnte. Hannah liegt nicht ganz falsch mit Tylers Ruf. Getratsche über seinen *sorglosen Umgang* mit Frauen gibt es überall, sobald ich mit ihm unterwegs bin. All das stört mich nicht, weil wir uns nur in der »Friendzone« bewegen.

»Wir ... Ich habe sie noch nie getroffen, aber einiges von ihr gelesen«, erwidert er vage, bemerkt an meinem Gesichtsausdruck jedoch schnell, dass mir diese Antwort nicht reicht. »Ich will nicht über deine Freundin oder ihre Arbeit lästern«, schiebt er hinterher, was mich aber alles andere als beruhigt. Eher im Gegenteil. Was ist am St. Joseph's nur aus Hannah geworden?

Ich ignoriere Tylers Bemühungen, meine Laune mit schlechten Witzen zu heben, und schreibe Hannah, was genau sie für ein Problem mit Tyler hat. Ich kann mir kaum vorstellen, dass die offene Feindseligkeit nur mit seinem Ruf zu tun hat, auch wenn er nicht gerade der beste ist.

Eine halbe Stunde später verabschiede ich mich von Tyler, um pünktlich zu meiner Schicht im Diner zu kommen. Ich will eigentlich nur noch kurz mein Ladekabel holen, ehe ich in die Stadt fahre, da höre ich meinen Namen, als ich Raven House gerade wieder verlassen will. Ich bleibe stehen und atme erst einmal durch, bevor ich mich zu Laura umdrehe.

»Was willst du? Ich muss zu meiner Schicht ins Diner«, erkläre ich ihr.

Laura zupft an ihrem weißblonden Pony und dreht sich eine der kurzen Strähnen um den Finger. »Du weißt, dass die Ravens keine miese Publicity dulden.«

Ich starre sie an und begreife nicht, was sie von mir will.

Laura kommt langsam näher, nimmt die Hand herunter und mustert theatralisch ihre rot lackierten künstlichen Fingernägel. »Ich habe von dem Aufstand gehört, den deine Freundin bei Eva angezettelt hat. Es gibt Storys und Snaps dazu.«

»Und?«, frage ich mit einem Blick auf die Uhr an der Wand, die mir verrät, dass ich nun nicht mehr ganz so entspannt wie geplant zum Diner fahren kann.

»Vielleicht liest du dir unsere Grundsätze noch mal durch – stehen alle in der App. Valérie sieht es nicht gern, wenn die Ravens in den Schmutz gezogen werden. Du solltest auf deinen Umgang achten.« Ihre Stimme ist so honigsüß wie ihr Lächeln, dennoch versprüht sie mit jedem Wort mehr Gift als Brittany und Cheryl zusammen.

»Und du willst mich bei Valérie verpetzen? Ich bin mir sicher, dass *so etwas* auch nicht gern gesehen wird«, blaffe ich zurück.

»Das ist kein Petzen. Valérie hat mich zur zweiten Vorsitzenden ernannt.« Lauras Wangen heben sich. Ihr Äußeres ist umwerfend schön, aber innerlich ist sie das genaue Gegenteil.

»Gratulation«, sage ich sarkastisch und lasse Laura dann einfach stehen. Ist Valérie auf Lauras Schleimerei hereingefallen? Oder hat sie den Job Brittany und Cheryl zu verdanken? Dione hat mir letzte Woche noch erzählt, dass Valérie immer eine »Zweite« unter den Anwärterinnen wählt, das ist Tradition, und sie hat sogar gehofft, sie würde es werden wie ihre Mum damals in ihrer Anwärterphase. Hoffentlich ist sie nicht traurig darüber, dass die Wahl nun ausgerechnet auf Laura gefallen ist.

Auf dem Weg zum Parkplatz vibriert mein Handy. Ich merke, dass ich gar nicht mehr mit einer Nachricht von Hannah gerechnet habe, aber ihre Erklärung auf meine Frage, was sie gegen Tyler habe, ist erneut so vage, dass sie nicht wirklich zählt.

> Er hat sich gegenüber einer Freundin nicht gut benommen.

Mehr steht da nicht. Mit einem so lapidaren Satz will mich Hannah abspeisen? Ich drücke auf das Hörersymbol und rufe sie an. Ausnahmsweise nimmt sie direkt ab.

»Und das ist dein Grund, ihm zu sagen, er soll sich von mir fernhalten? Dein Ernst?«, sage ich, ohne ihre Begrüßung – oder was auch immer sie sagen wollte – abzuwarten.

»Du weißt, ich kann nicht darüber reden, solange die Recherche ...«

»Es hat also wieder mit Beverly Grey zu tun? Hannah, du steigerst dich da in etwas hinein. Die beiden sind nicht zusammen durchgebrannt.« Das hat mir Tyler letzte Woche schon in einem halben Lachanfall versichert, nachdem ich ihm von dem Gerücht erzählt hatte.

»Etwas stimmt nicht. Ich vertraue meinem Instinkt. Ich werde diesen Artikel schreiben.« Hannahs Stimme klingt kalt.

»Dann werde ich wohl besser nicht mehr im *Whisperer* mithelfen, bis du damit durch bist.« *Sonst wird es zwischen uns noch eskalieren,* füge ich in Gedanken hinzu. »Vielleicht ändern sich deine Prioritäten dann wieder. Ich hoffe es.« Mit diesen Worten beende ich das Gespräch und ignoriere das Summen des sofort wieder eingehenden Anrufs, während ich in meinen Honda steige. Bevor ich losfahre, schalte ich das Handy auf stumm.

10

DONNERSTAG, 5. 11.

Ich starre auf die unbeschriebene Seite vor mir und blättere durch die vergangenen Tage. Seit dem Streit mit Hannah am letzten Wochenende habe ich nichts mehr von ihr gehört und nichts mehr in mein Glückstagebuch eingetragen. Ich habe gehofft, mich wenigstens an einen Glücksmoment zu erinnern, während ich für die erkältete Suki im Diner einspringe. Doch ausgerechnet heute sind alle Kunden schlecht gelaunt, ganz gleich, wie breit ich sie anlächele und wie freundlich und schnell ich sie bediene. Ich ernte kein einziges Dankeschön oder ehrliches Lächeln, das für einen klitzekleinen Glücksmoment sorgen könnte. Ich könnte die Filmabende mit Tyler eintragen, überlege ich. Aber die sind in den vergangenen Tagen zur Routine geworden. Büßen Momente wie das gemütliche Beieinandersitzen auf einer bequemen Couch, einen wundervollen Menschen neben sich, ernsthaft an Glücksgefühl ein, nur weil sie nicht einzigartig sind? Dann müssten wir alle stets einer immer neuen Dosis Glück hinterherjagen. Ich schüttele den Kopf, trage für Montag den Fernsehabend mit Tyler ein und für gestern, wie glücklich ich mich schätzen kann, ein – zumindest vorübergehendes – Zuhause bei den Ravens gefunden zu haben – und in Dione eine neue

Freundin. Außerdem notiere ich, wie gut es tut, nicht ständig im Stress zu sein. Seit ich nicht mehr so viel Zeit auf der Autobahn verbringen muss, haben die Tage gefühlt achtundvierzig Stunden und mein Pensum, die Hausarbeiten und alles, was ich vor meinem Einzug in Raven House in meinen Terminkalender stopfen musste, schaffe ich nun mit links. Ich weiß nicht, ob ich es mir einbilde, aber ich habe sogar das Gefühl, dass mich die Professoren in den Kursen inzwischen anders behandeln. Aber vielleicht habe ich inzwischen auch nur mehr Zeit, darüber nachzudenken.

Der Eintrag für heute ergibt sich nur eine halbe Stunde später: *Glück ist … wenn dein Kollege noch vor seiner Schicht ankommt und dir anbietet, sofort gehen zu können.*

Wenigstens etwas, oder? Ich strahle ihn an wie ein Glückskeks und freue mich, heute nicht ganz so spät nach Raven House zurückzukehren.

Im Lichthof springt Dione sofort auf und kommt mir mit schnellen Schritten entgegen, als hätte sie schon die ganze Zeit auf mich gewartet. Heute trägt sie ihre bunten Haare in lockeren Wellen und sieht wie immer atemberaubend aus. Selbst ihr bequemer »Hausanzug«, wie sie ihn nennt, ist farblich auf ihre Haare abgestimmt.

»Dein Kleid für die Matching Night ist fertig!« Sie platzt beinahe vor Energie. Ihre blauen Augen funkeln, während sie nach meiner Hand greift und mich mit sich zum Treppenhaus zieht. »Ich habe dir geschrieben, dass du dich beeilen sollst, aber …«

»Du weißt doch, dass ich im Diner Handyverbot habe«, erkläre ich ihr nicht zum ersten Mal und sie seufzt theatralisch. »Ich lasse es immer in meinem Fach im Umkleideraum – Dans Büro. Und der würde die Krise bekommen, wenn ich es nicht ausschalte oder zumindest auf lautlos stelle.«

»Ich weiß, ich weiß!« Sie winkt ab und hetzt mit mir im Schlepptau die Treppenstufen hoch. »Aber du glaubst gar nicht, wie aufgeregt ich bin. Und wie ... nervös.« Sie dreht sich zu mir um, lässt endlich meine Hand los und zupft mit den Fingern an den blauen Spitzen ihrer Haare herum.

»Nervös? Meinetwegen?« Ich will ihr natürlich nicht unterstellen, dass sie nie nervös ist. Niemand kann immer selbstbewusst sein. Aber sie kennt mich doch inzwischen. Cara, die Mode-Phobikerin. Ich habe absolut keine Ahnung davon, ob etwas »in«, »akzeptabel« oder »völlig out« ist. Ganz zu schweigen davon, ob diese Begriffe überhaupt noch für eine adäquate Beschreibung taugen.

»Für mich war es die größte Herausforderung, dein Gesicht perfekt zu verbergen.« Sie geht weiter und lässt mich mit dieser Aussage auf dem Treppenabsatz stehen.

Ich folge ihr. Langsam. Wie durch knietiefes eiskaltes Wasser. Auch wenn es oberflächlich ist, belasten mich ihre Worte. Niemand hört so etwas gern. Es ist auch nicht sehr nett, überhaupt so etwas zu sagen. Mum hätte mir und Phee was erzählt.

Irgendwann komme ich an der Tür zu ihrem Zimmer an, bleibe auf der Schwelle stehen und starre auf das Chaos aus Stoffen, Ankleidepuppen, Kleidern und Nähutensilien vor mir. Diones Zimmer hat denselben Grundriss wie meins, könnte aber nicht unterschiedlicher wirken. Es sieht so aus, als würde sie schon seit Jahren hier wohnen. Am Rahmen des großen Theaterspiegels kleben unzählige Fotos. Dione sticht auf vielen von ihnen heraus. Auch an den Wänden hängen zahlreiche Bilder, eingerahmte Modeskizzen, eine Urkunde für irgendeinen Preis, ein paar Familienfotos. Sie scheint zuversichtlich, die Anwärterschaft zu überstehen, sonst hätte sie nicht so viel Aufwand betrieben, sogar zum Bettzeug passende Gardinen aufzuhängen. Ich mache einen Schritt nach vorn, vorsichtig darauf bedacht, auf keinen der teuer aussehenden Stoffe zu treten.

»Was ist los? Freust du dich nicht auf die Anprobe?«, fragt Dione und springt über zwei Stoffberge auf mich zu. »Ich weiß, du kannst dem ganzen Modezirkus nicht so viel abgewinnen wie ich, aber ...«

»Was stimmt mit meinem Gesicht nicht?«, presse ich hervor. Inzwischen sind die alten Geschichten wieder präsent – wie mich die anderen Kinder wegen meiner Kupferhaare ausgelacht haben, wie später in der Highschool über meine »hässlichen Sommersprossen« gelästert wurde. Alle noch so leisen geflüsterten hämischen Worte, die mich jeden Tag mehr verunsichert haben. Bis Hannah dem ein Ende gesetzt hat.

»Warum sollte etwas damit nicht stimmen?« Dione schaut mich irritiert an.

»Du sagtest, dass dein größtes Problem wäre, mein Gesicht zu verbergen.« Ein bitterer Geschmack haftet auf meiner Zunge, ein Echo aus vergangenen Tagen.

Dione legt den Kopf schief und zieht ihre dunklen Augenbrauen zusammen, die ihre natürliche Haarfarbe erahnen lassen. Dann streicht sie mir eine Haarsträhne hinter das Ohr. »Dein Gesicht ist perfekt«, sagt sie. »Es harmoniert, alles ist stimmig. Das war mein Problem.«

Ich verstehe immer noch nicht, worauf sie hinauswill, während sie sich umdreht und nach etwas sucht. Als sie es gefunden hat, streckt sie mir die Hand hin, in der sie ein filigranes metallenes Etwas hält.

»Der Matching-Night-Ball ist ein Maskenball«, sagt sie und hält sich die asymmetrische »Maske« vor das Gesicht. Das hauchdünne mit Glitzersteinchen versehene Gitter innerhalb der schwarzen Metallschnörkel umrundet lediglich ihr rechtes Auge. Auf der anderen Seite ist nur ihre Braue bedeckt, unterhalb ihrer blauen Augen baumeln drei feingliedrige Ketten. »Ich will auf keinen Fall deine wundervollen Sommersprossen verbergen«, sagt sie und fährt meine Sommersprossen nach, die mir früher so verhasst waren. »Ich hoffe, das ist okay für dich. Es war nicht so einfach, dem Schmuckdesigner klarzumachen, was genau ich will.« Sie lacht unsicher.

Als ich nichts erwidere, wird sie unruhig. Ich verdränge all die Lästereien von früher und wispere: »Sie ist perfekt.«

»Na dann warte erst mal ab, bis du dein Kleid siehst.«

Sie legt die Maske auf einen kleinen Beistelltisch inmitten des Chaos und geht zielstrebig zwischen mehreren kopflosen Ankleidepuppen hindurch. Sie tragen ausladende Ballkleider mit tausend Lagen Stoff über breiten Reifröcken. Mir graut vor der Vorstellung, so etwas tragen zu müssen. Mit einem leisen Schaben und Quietschen schiebt Dione die monströsen Kleider zur Seite und gibt den Blick auf das schönste Kleid frei, das ich jemals gesehen habe.

Im Vergleich zu den pompösen Kleidern daneben wirkt das bodenlange Teil schlicht, aber es übt einen Zauber auf mich aus, der mich wie magisch anzieht. Der untere Stoff ist cremeweiß. Darüber liegt ein schwarzer Organzastoff, der ellbogenlange Ärmel bildet und in Wellen über den leicht ausgestellten Rock fällt. Von der Taille abwärts, die von einem gerafften schwarzen Seidenband betont wird, rund um das Dekolleté und auf den transparenten Ärmeln wurden zahlreiche schwarze Stickereien eingearbeitet, die perfekt zu der Maske passen.

»Sag was!«, drängt Dione. Sie steht inzwischen direkt neben mir und sieht mich erwartungsvoll an. »Es ist zu schlicht, oder?« Der Glanz in ihren Augen schwindet mit einem lauten Seufzen.

»Es ist …«, ich suche verzweifelt nach Worten, »perfekt. Ich weiß gar nicht, wie ich dir danken soll.«

»Es gefällt dir, ja? Ich weiß, dass du diesem Schnickschnack«, sie deutet auf die Monsterkleider der anderen Puppen, »nichts abgewinnen kannst. Du bist natürlicher, echter. Da drängte sich dieser Entwurf für dich geradezu auf.«

Ich umarme Dione, presse sie so fest an mich, dass ich in ihrem lila-pinkfarbenem Haar zu ersticken drohe.

Glück ist … wenn deine Freundin dich so gut kennt, dass sie das perfekte Kleid für dich zaubert.

»Ich hatte wirklich Bedenken wegen dieser Matching Night und dem dazugehörigen Ball«, sage ich, nachdem ich sie wieder losgelassen habe, »aber nun freue ich mich darauf.« Meine Worte kommen aus tiefstem Herzen und Dione quietscht vor Freude.

»Jetzt solltest du es aber anprobieren, falls ich noch Kleinigkeiten ändern muss. Es war schwer, nicht schon den Entwurf direkt an dir abzustecken. Ich musste schätzen.« Sie reibt sich über die Schläfe. »Zieh dich am besten dort hinten aus.« Sie deutet auf einen aus drei Spiegeln bestehenden Paravent in der Ecke neben ihrem Bett. »Ich gebe dir gleich das Kleid nach hinten.«

Ich folge ihrer Anweisung, schlüpfe aus meinen Klamotten und in das Kleid, das Dione mir nach hinten reicht. Anschließend komme ich wieder zu ihr. »Den Reißverschluss konnte ich nicht ganz zumachen.« Umständlich versuche ich es ein weiteres Mal, aber Dione ist schneller, schließt die letzten Zentimeter und dreht mich zum Paravent um. Ich erkenne mich selbst kaum wieder. Wann habe ich das letzte Mal ein Kleid getragen? Ich kann mich nicht erinnern. Und ein Modell wie dieses stand für mich bisher sowieso außerhalb jeder Reichweite.

»Alle Lion-Anwärter werden neidisch auf deinen Match sein«, sagt Dione vollkommen überzeugt. Unsere Blicke begegnen sich im Spiegel, während sie an meiner durch das breite schwarze Band optisch schmaleren Taille herumzupft. »Und wirklich jedem Gast auf dem Ball werden die Augen ausfallen.« Sie begutachtet ihr Werk noch einmal absolut zufrieden.

»Wie wird der Abend eigentlich ablaufen?«, frage ich, während ich wieder hinter dem Paravent verschwinde, um mich umzuziehen.

»Laura wurde von Valérie beauftragt, mit mir über die Anwärterphase zu sprechen, aber sehr viel habe ich nicht aus ihr herausbekommen. Haben dir deine Eltern vielleicht mehr über das Matching-Night-Wochenende erzählt?«

»Schön wär's«, ruft sie zurück. Ich höre ihre Schritte im Zimmer. »Obwohl mich das natürlich am meisten interessiert hat.« Sie schnaubt. »*Wo wäre denn da der Spaß, Schatz*«, säuselt sie mit verstellter Stimme, vermutlich die Imitation ihrer Mutter. Und auch wenn zwischen ihrer und meiner Familie Welten liegen, klingt es doch so, als wären sich unsere Mütter ähnlich. Der Gedanke bringt mich zum Lachen.

»Was ist so lustig?« Dione kommt wieder näher, ihre Stimme wird lauter. Ich ziehe mir gerade den dicken Strickpullover über mein ärmelloses Top und befreie anschließend meine Haare.

»Den Spruch habe ich auch schon von meiner Mum gehört«, erkläre ich, als ich mit dem Kleid im Arm zu ihr gehe. »Auch wenn es dabei nicht um ominöse Verbindungspartys ging.«

»Mütter sind alle gleich«, seufzt Dione und ich nicke bestätigend. Das Thema hatte ich zuletzt mit Hannah. Der Gedanke an sie verursacht einen kurzen Stich in meiner Brust und mein Lächeln verpufft. Was sie wohl gerade tut? Ich beantworte mir die Frage selbst: Sie steigert sich in ihre Verschwörungstheorien bezüglich Beverly Grey hinein. Ich schlucke meine Eifersucht – als die ich meine Gefühle inzwischen identifiziert habe – hinunter und hoffe, dass sie mich zwischen all ihren Recherchen wenigstens ab und zu so vermisst wie ich sie.

»Was hast du heute noch vor?«, fragt Dione und sieht mich dabei fast so erwartungsvoll an wie vor meiner Meinung zu ihrem Kleid. Ich traue mich kaum, ihr zu sagen, dass ich bereits verplant bin.

»Ich wollte mit Tyler einen Film schauen«, sage ich langsam, dann kommt mir eine Idee. »Willst du mitkommen? Ich schwöre, er beißt nicht – auch wenn er gern flirtet. Ich werde dafür sorgen, dass er sich benimmt.«

Dione runzelt die Stirn. »Meinst du, das ist ihm recht? Ich denke, dass er mit dir allein …«

Ich schüttele hastig den Kopf. »Wir sind nur Freunde, die einen identisch guten Filmgeschmack haben«, erkläre ich. »Ich genieße die Zeit mit ihm, aber nicht, weil ich was von ihm will. Ich frag ihn einfach kurz, wenn du möchtest.«

Dione lächelt. »Sehr gern. Ich muss wirklich mal wieder raus aus

Raven House. Seit Tagen hänge ich an den Entwürfen und habe mehr Zeit mit kopflosen Puppen und Stoffen verbracht als in meinen Kursen.«

Ich sende bereits die Nachricht an Tyler ab und schaue zu Dione auf, die sich gerade die Augen reibt. Das pure schlechte Gewissen kneift mich in den Nacken. »Ich bin eine so schlechte Freundin«, sage ich schnell. »Ich habe dir die ganze Arbeit aufgehalst und kein einziges Mal angeboten, dir zu helfen.«

»Ach, Quatsch!« Dione winkt lässig ab, das Lächeln kehrt auf ihr Gesicht zurück. »Teamwork ist sowieso nicht gerade meine Stärke«, sagt sie dann. »Das bringt meine inneren Abläufe komplett durcheinander. Und mein Kopf mag es nicht, wenn Pläne durcheinandergebracht werden.«

»Das kenne ich«, erwidere ich nur und verkünde daraufhin, dass Tyler sich »sehr über zwei Frauen an seiner Seite freut, auf die er seinen Charme gerecht verteilen kann«.

Dione lacht. »Das klingt aber sehr selbstbewusst.«

»Du hast ja keine Ahnung!« Ich lasse mich von ihrem Lachen anstecken.

»Dann ist es doch gut, dass ich diese Wissenslücke noch schließen kann, ehe morgen dann die heiße Phase für uns Anwärterinnen startet.«

11

FREITAG, 6.11.

»Eine Stretchlimousine mit Chauffeur? Ernsthaft?« Ich starre das auf Hochglanz polierte schwarze Fahrzeug vor uns an. Daneben steht ein grauhaariger Mann im Anzug, der die Tür aufhält. Hinter ihm kommen weitere identische Fahrzeuge an und verstopfen unseren kompletten Parkplatz.

Valérie hat uns angewiesen, den Hinterausgang zu nehmen. Das Gepäck für das Wochenende sollten wir schon vor den Kursen am Morgen im Flur vor unsere Zimmer stellen. Da Dione nicht nur mein Kleid verpackt hat, versperrten gleich ein ganzer fahrbarer Kleiderständer und zwei monströse Koffer den Flur vor ihrem Zimmer, während vor meiner Tür ein kleiner schwarzer Handgepäckskoffer stand. Alles sollte laut Valérie noch vor uns am Ziel ankommen, das sie jedoch niemandem mitgeteilt hatte.

Selbst Laura ist nervös. Sie knibbelt die ganze Zeit an ihren Fingern herum, bis Brittany ihr auf die Finger haut. Nicht fest, aber doch so, dass Laura ihren Körper strafft und eine Maske auflegt, die sie regelrecht arrogant wirken lässt. Brittany und Cheryl haben keinen guten Einfluss auf Laura.

Valérie steigt in die erste Limousine, weitere Ravens folgen ihr.

Ich höre einen Korken knallen und kurz darauf Gläserklirren und ausgelassenes Lachen aus dem losrollenden Wagen, dessen blickdichte Scheiben sich gerade schließen.

Wir Anwärterinnen wurden angewiesen, die letzte Limousine zu nehmen, also warte ich hier zusammen mit Dione, Celeste, Nasreen, Emily, Kairi, Charlotte und Laura – Letztere mit deutlichem Abstand zu uns, als hätten wir irgendeine ansteckende Krankheit. Zwei weitere Limos fahren mit älteren Ravens davon. Ich verfolge ihren Weg bis zur Hauptstraße, wo sie sich zwischen anderen Fahrzeugen einreihen, die ebenfalls an den Feldern entlang zur Straße fahren. Aufregung mischt sich in die entsetzliche Warterei.

»Sind das die Lions?«, frage ich Dione und zeige auf einen sich etwas weiter östlich vom Campus entfernenden Wagen.

Dione nickt. »Lion Manor liegt direkt hinter der Mauer neben Raven House.« Sie deutet auf die Backsteinmauer, die den Parkplatz von Raven House trennt und das gesamte Grundstück der Ravens umgibt.

»Sie wohnen direkt neben uns?« Meine eigentliche Frage, warum uns das nicht gesagt wurde, schwingt wohl in jeder Silbe mit.

»Keine der Anwärterinnen soll vorab spionieren, hat Mum mir erzählt. Das erste offizielle Zusammentreffen soll während der Matching Night stattfinden.«

Endlich hält die letzte Limousine vor uns und wir steigen nacheinander ein. Eine Mischung aus kribbelnder Nervosität und prickelnder Vorfreude erfüllt den nach Leder duftenden Innenraum. Weiße Polster warten zu beiden Seiten des innen viel größer wirkenden Wagens auf uns, dazwischen gibt es eine kleine Bar, in der Gläser und Getränke mit Neonlicht beleuchtet sind.

Während wir unserem Ziel immer näher kommen, kochen Gerüchte rund um die sagenumwobene Matching Night hoch. Einzig Laura starrt über die Schulter zum getönten Fenster hinaus und beteiligt sich nicht an unserem Gespräch. Einem kleinen Teil von mir tut sie leid, aber dann denke ich wieder an ihre arrogante Art, und das Mitleid schmilzt dahin wie die Eiswürfel aus dem Sektkühler, die Celeste auf den Boden gefallen sind.

Was offenbar auch Nasreen auffällt. Sie sieht von Laura zu mir und ihre dichten Brauen rücken näher zusammen. Dann spricht sie Laura mit einer Direktheit an, die diese erstarren lässt. »Bist du nur wegen des Stipendiums hier oder willst du auch Spaß haben?«

»I…ich will eine Raven werden«, stammelt Laura.

»Aber warum?« Nasreen lehnt sich ehrlich neugierig nach vorn, weshalb ich meine Frage zurückhalte. Dione neben mir mustert die beiden wie auch alle anderen Anwärterinnen.

Endlich hat sich Laura wieder im Griff und setzt die Zickenmaske von Brittany und Cheryl auf. »Weil ich es verdient habe.« Mehr sagt sie nicht, starrt nur wieder zum Fenster hinaus und lässt die Blicke, die sich alle zuwerfen, an sich abprallen.

»Stipendium?«, frage ich Nasreen.

»Wusstest du das nicht?«, fragt sie mich beinahe schockiert. »Weshalb bist du Anwärterin geworden?«

»Wegen Raven House«, gebe ich leise zu und rutsche unruhig auf dem Leder hin und her.

»Und dir hat niemand gesagt, dass zusätzlich zur kostenlosen Unterbringung auch alle anderen Kosten des Studiums übernommen werden?«

Ich schüttele den Kopf, sehe dann vom Boden zwischen den Sitzbänken wieder auf und direkt in Nasreens von zarten Lachfältchen umringte dunkle Augen. »Dann hat unsere Nummer zwei wohl etwas versäumt.« Ihr Blick huscht kurz zu Laura, die aber nicht reagiert, ehe sie wieder mich ansieht. »Das nenne ich mal eine positive Überraschung. Ich hoffe, du schaffst es.«

Ich bin verwirrt von ihrer Direktheit und murmele nur ein »Danke«. Während der weiteren Fahrt habe ich nur noch das Stipendium und all die Möglichkeiten im Kopf, die eine Mitgliedschaft bei den Ravens bedeuten würde: Meine Familie könnte sofort die Kredite auslösen und die Hypothek auf Großtante Marys Haus tilgen. Es wäre … ein Traum. Ein Traum, für den ich kämpfen werde – erst recht mit dem Verdacht, dass Laura mir absichtlich so viel verschwiegen hat.

Der Himmel ist mit rosafarbenen Schäfchenwolken betupft, als wir durch ein breites geöffnetes Metalltor rollen. Wir starren alle zum Fenster hinaus, verfolgen die kunstvoll in Form geschnittenen Hecken und passieren mindestens zwei Brunnen, ehe die Limousine eine Kurve fährt und auf meiner Seite des Wagens ein majestätisches Gebäude nach oben wächst. Kairi stößt einen leisen Schrei aus und verschließt dann sofort mit ihrer Hand den Mund. Der Fahrer öffnet die Tür, alle steigen langsam aus und betrachten voller Ehrfurcht den barocken Prachtbau vor uns.

»Willkommen auf dem Landsitz der Stewards«, werden wir von Valérie begrüßt. Sie steht auf der von steinernen Balustraden gesäumten Vordertreppe, flankiert von all den anderen Ravens. »Lord und Lady Steward verbringen die Wintermonate in Italien und haben uns freundlicherweise ihren Sommersitz überlassen.« Sie macht eine ausladende Geste. »Bitte folgt mir, damit wir unseren Flügel beziehen können. Die Lion-Anwärter werden ebenfalls gleich ankommen.«

Begleitet von lautem Gemurmel gehe ich neben Dione die Stufen hoch. Wir folgen Valérie in einen Seitenflügel, in dem sie uns auf verschiedene Etagen verteilt. Dione und ich bekommen ein Zimmer, worüber ich mehr als froh bin. Unser Gepäck ist schon da, und kurz nachdem wir uns frisch gemacht haben, werden wir von einem Dienstmädchen in einer perfekten Uniform, die ich nur aus Kostümgeschäften und Serien kenne, abgeholt und in den pompösen Speisesaal gebeten.

Bis jetzt habe ich den Speisesaal in Raven House für luxuriös gehalten. Was nun vor mir liegt, ist schlichtweg die Kulisse eines historischen Films. Der riesengroße Raum wird von einer Tafel in U-Form dominiert. Die Wände sind voller edler Kunstwerke, zwischen denen Lampen hängen, die alten Gaslichtern nachempfunden sind. Hoch über uns reflektieren Tausende Kristalle mehrerer Kronleuchter das Licht und sprenkeln die Gemälde und Tapeten.

Das Dienstmädchen bittet uns, noch zu warten, und deutet auf Valérie, die neben einem jungen Mann mit kurzen dunkelblonden Locken an der Stirnseite der Hufeisentafel sitzt. Neben ihnen reihen sich Ravens und Lions auf, die ich besonders genau mustere. Ich erkenne ein paar der Jungs vom Campus wieder oder – wie den Sohn eines Medienimperiums – aus der Presse. Auf jeder Seite sind noch acht Plätze frei. Ich sehe zur Seite und entdecke einen weiteren Eingang zum Speisesaal, wo ein paar Jungs miteinander feixen und zu uns deuten. Die Lion-Anwärter. Dezent daneben steht ein Typ im Anzug, der wie aus der Zeit gefallen scheint. Alles an ihm schreit *Security*.

Nachdem wir unsere Plätze eingenommen haben, betrachte ich die acht uns gegenübersitzenden Lion-Anwärter etwas genauer – und verschlucke mich fast, als sich ein Typ mit hellbraunen Haaren und in eine Lederjacke gekleidet endlich von seinem Sitznachbarn abwendet und ich ihn erkennen kann. Dione neben mir kneift mich in den Oberschenkel, sodass ich beinahe aufschreie.

»Das ist Joshua Prentiss!«, flüstert sie so laut, dass besagter Joshua sofort zu uns herüberschaut – wie alle anderen im Raum auch. Hitze schießt mir in die Wangen und ich starre auf das blütenweiße Stoff-Tischset vor mir. Eigentlich hätte mir klar sein müssen, dass der Sohn der US-Präsidentin der perfekte Nachwuchs für die Lions ist. Offenbar ist mir tief in meinem Inneren noch nicht klar, in welchen Kreisen ich mich wirklich befinde, obwohl mich ihr Luxus tagtäglich umgibt.

Während das Essen von einem Schwarm Kellnerinnen und Kellner serviert wird, geben Valérie und Kellan Thomas – der Vorsitzende der Lions – kleine Hinweise zum Verlauf des Abends.

»Kellan und ich haben auf unseren Tablets eure Bewertungsbögen.« Sie sieht alle Raven-Anwärterinnen nacheinander direkt an. »Das klingt aber wesentlich schlimmer, als es ist«, sagt sie an Kairi gewandt, die ganz blass geworden ist. »Wir ›bewerten‹ lediglich, wie ihr euch in bestimmten Situationen schlagt, damit wir euch den perfekten Match zuweisen können.« Sie sieht zu Kellan neben sich, der daraufhin das Wort ergreift.

»Lions dulden keine Hahnenkämpfe«, ermahnt er seine Anwärter, die sich sofort etwas aufrichten – oder habe ich mich getäuscht? »Es wird nicht von euch entschieden, auf wen ihr am morgigen Matching-Night-Ball trefft. *Wir* entscheiden das.« Kellans Kiefermuskulatur arbeitet. Obwohl er sich nicht bewegt, gleiten Schatten über sein markantes Gesicht. Bei den Lions scheint eine etwas strengere Ordnung zu herrschen.

Während der endlos vielen Gänge aus winzigen Portionen auf gigantischen Tellern tauschen Anwärter und Anwärterinnen unentwegt Blicke aus wie schüchterne Teenager. Manche wirken sogar abschätzend, kalkulierend. Wobei man wohl kaum am Essverhalten sehen kann, wer zu einem passen könnte. Oder doch? Valérie und Kellan tuscheln ständig miteinander und deuten auf ihre Tablets auf dem Tisch, in die sie mit dem dazugehörigen Stift Notizen machen.

Für den Rest der Mahlzeit verkrampfe ich mich bei jedem Bissen, während mir seltsame Fragen durch den Kopf gehen. Esse ich korrekt? Wo genau soll ich mein Messer ablegen? Ist das der richtige Löffel für die traumhafte Schokocreme, die zum Dessert serviert wird? Und warum fühlt es sich an wie eine Henkersmahlzeit?

12

FREITAG, 6. 11.

Das Wissen, akribisch beobachtet zu werden, macht mich wahnsinnig. Es wird auch nicht besser, als wir den Speisesaal verlassen und in den »Gesellschaftsraum von Lord und Lady Steward« gebeten werden. Die meisten Ravens und Lions biegen einen Flur vorher ab, nur wenige sind neugierig auf die Datingspielchen, die nun folgen sollen. Na ja, je weniger »Zeugen« diese Peinlichkeit hat, desto besser, denke ich mir, während ich einen Fuß vor den anderen setze, aber eigentlich am liebsten davonlaufen würde.

Dione nimmt meine Hand und drückt sie kurz. Im Gegensatz zu meinen Eisklötzen ist ihre warm und weich. »Es ist keine Prüfung, bei der du versagen kannst«, flüstert sie in mein Ohr und ich nehme mir vor, die Worte zu beherzigen, mit denen Dione meine tiefste Angst eingefangen hat.

Im Gesellschaftsraum erwartet uns ein Speeddating-Szenario, wie ich es aus Filmen kenne: acht Tische, auf denen ein Blumenarrangement aus Rosen und eine Kerze stehen, die Romantik assoziieren sollen. In mir erweckt beides eher den Drang, davonzulaufen.

»Nicht«, haucht Dione, legt mir die Hand auf den Rücken und schiebt mich weiter auf einen der Tische zu.

Ergeben setze ich mich.

Kellan erklärt den Ablauf. »Sobald ich das Startzeichen gebe, setzen sich die ersten Herren zu den Damen. Ihr habt jeweils fünf Minuten Zeit, einen ersten Eindruck voneinander zu bekommen. Nach den fünf Minuten rücken die Lion-Anwärter einen Tisch weiter. Danach könnt ihr eure potenziellen Matches für die weiteren Spiele vielleicht schon richtig gut einschätzen. Viel Spaß!«

Die Jungs treten an die Tische. Das Schaben des Stuhls meines ersten Gegenübers verursacht bei mir eine Gänsehaut und ich schaudere, als er mir gerade mit einem ebenso unsicheren Lächeln seinen Namen nennt: Niklas Arvidsson.

»Geht es dir gut?«, fragt er gleich im Anschluss und wir verbringen die vollen fünf Minuten Datingzeit mit einem oberflächlichen Gespräch über unsere aktuelle Befindlichkeit. Nach Niklas' skandinavischer Blässe und den blonden Haaren ist der Kontrast zu meinem nächsten Gegenüber, Julio Hernandez, umso stärker. Der überaus selbstbewusste Spanier prahlt mit der Firma seines Dads und würde sich damit bei einem normalen Date sofort ins Aus schießen, ganz gleich, wie charmant er darüber hinaus sein kann.

Barron Carstairs ist das typische Klischee eines arroganten Sprösslings uralten Adels – worüber ich innerhalb der fünf Minuten mehr erfahre als über ihn. Seine steife Haltung, die übertriebenen Bewegungen seiner Hände – ich hätte mit Dione um alles Mögliche gewettet, dass er so versnobt ist, wie er aussieht. Und ich hätte gewonnen.

Das erste gute »Date« habe ich mit Kemal Bayoumi, der Biochemie studiert – erst jetzt fällt mir auf, dass ich von keinem der anderen Jungs bisher etwas über den Studiengang erfahren habe –, weil er seine »gesamte Kindheit im Labor seiner Eltern verbracht« hat und »garantiert schon über dem ersten Strampler einen Laborkittel trug«. Mit seinem Humor verzaubert er mich regelrecht und dadurch entspanne ich mich zum ersten Mal an diesem Abend. Die fünf Minuten sind leider viel zu schnell um.

Mein nächster Datepartner ist Thomas Baumgärtner. Er stammt aus Deutschland, hat drei Geschwister, spielte Fußball bis in irgendeine Liga, die mir nichts sagt, ist von zu Hause abgehauen und wohnt nun bei seiner Tante. Sein Monolog klingt wie die Sprachausgabe meines Handys, wenn ich mir einen Wikipedia-Artikel vorlesen lasse. Zum Glück ist unsere Zeit begrenzt.

Anando Rai nennt mir direkt nach seiner Begrüßung und Vorstellung die Bedeutung seines indischen Vornamens: Glück und Freude. Und ebendies möchte er für mich sein. Wir diskutieren den Rest der Zeit darüber, was mein Name bedeutet. Da *cara* im Spanischen *teuer* heißt, spricht er mich nur noch mit »Teuerste« an, während ich immer wieder zum Nachbartisch spicke, an dem Emily gegenüber von Joshua Prentiss sitzt, der wortwörtlich auf seinem Stuhl hängt wie dahingeworfene Klamotten. Statt mich auf mein Glück – Anando – vor mir zu konzentrieren, bemerke ich jede noch so kleine Regung des Präsidentinnensohns.

Ziemlich erleichtert springt er auf, als die Runde zu Ende ist, komplimentiert Anando von seinem Platz und setzt sich mit einem spitzbübischen Zucken des rechten Mundwinkels mir gegenüber. Die Arme legt er lässig auf den Tisch, dann wartet er ab, bis ich ihn ausreichend gemustert habe. Seine schwarze Lederjacke hat er inzwischen abgelegt, nur ein sehr enges dunkelblaues T-Shirt bedeckt seinen offensichtlich gut trainierten Oberkörper.

»Genug gestarrt?«, fragt er und unterbricht damit meinen ausführlichen Scan – schließlich hat man nicht jeden Tag den Sohn der ersten Präsidentin der USA direkt vor sich.

Nein, das ist gelogen. Seine Mutter könnte weiß Gott wer sein, ich würde vermutlich trotzdem seiner geraden Kieferlinie folgen und meinen Blick über die Bartstoppeln bis zu seinen dunkelblauen Augen wandern lassen, vor denen ein paar hellbraune Haarsträhnen hängen. Joshua Prentiss strahlt mit jeder Zelle ein übertriebenes Selbstbewusstsein aus, das mit dem von Tyler konkurrieren kann. Auch wenn es sich bei ihm anders anfühlt. Wo Tyler wie ein offenes Buch ist, wirkt Joshua Prentiss so kühl und distanziert, als hätte ich nicht das Recht, ihm gegenüberzusitzen – geschweige denn, ihn zu mustern. Automatisch versperrt sich etwas in mir und geht in Deckung. Ich lehne mich nach hinten und verschränke die Arme vor der Brust.

»Na also. Geht doch«, sagt Joshua und streicht sich die Haare aus dem Gesicht, ehe er loslegt. »Ich bin Josh, meine Lieblingsfarbe ist Schwarz – und ja, mir ist bewusst, dass es keine Farbe ist. Sollte Schwarz ausgeschlossen sein, nehme ich Jeansblau. Deine?«

Ich starre ihn an, während die abgefeuerten Worte langsam in mein Hirn sickern. »Türkis?«, erwidere ich zögernd und nach einem kurzen, kaum sichtbaren Zusammenzucken nickt er.

»Ich habe keine Geschwister. Du?«

»Eine Schwester, Phoebe«, sage ich vollkommen überrumpelt und füge wie aus dem Nichts hinzu: »Wir nennen sie meistens Phee.«

»Wie du vermutlich weißt, ist mein Dad gestorben. Leben deine Eltern noch, sind sie geschieden oder …«

»Das wird jetzt aber persönlich, oder?« Ich setze mich aufrechter hin, um zumindest annähernd auf gleicher Höhe zu sein.

»Wir müssen die fünf Minuten bestmöglich ausnutzen. Ich will gewinnen.« Er grinst kurz, dann hakt er nach: »Und? Geschieden, verwitwet ...«

»Verheiratet«, sage ich und warte auf den nächsten Teil des Verhörs. Josh nutzt die Zeit wirklich optimal aus und ich weiß am Ende mehr von ihm – private, *wichtige* Dinge als nach Thomas' heruntergeratterter Zusammenfassung.

Der letzte Speeddate-Kandidat lässt sich mir gegenüber auf den Stuhl fallen und stöhnt theatralisch, während er sich seine blonden Dreadlocks aus dem Gesicht schiebt. »Ich weiß, wie unhöflich ich rüberkomme, aber wenn ich mir noch irgendeine Information merken soll, explodiert mein Gehirn.«

Ich lache und er grinst mich an, seine weißen Zähne heben sich stark von seiner dunklen Haut ab. »Dann soll ich nicht einmal meinen Namen nennen?«, frage ich.

Er zieht kurz sein Lippenpiercing zwischen die Zähne. »Na gut, vielleicht doch.« Er reicht mir die Hand, sie ist warm und rau. »Hi, ich bin Austin Sanders und definitiv nicht für so was hier geeignet.«

Lächelnd stelle ich mich ebenfalls vor.

»Freut mich, dich kennenzulernen, Cara. Was studierst du?«

»BWL. Ich weiß, langweilig, aber ...«

»Langweilig? Am St. Joseph's ist nicht einmal BWL langweilig. Oder hast du bisher den Eindruck?«

»Nein, eher im Gegenteil, aber ...«

»Dann sag das nicht, nur weil du denkst, andere denken so darüber.«

Ich kneife die Augen zusammen und überlege, was er studieren könnte. Aber ich bin sauschlecht im Raten, also frage ich nach.

»Jura.«

Ein offenbar vorurteilsbehafteter Teil in mir will etwas dazu sagen, doch ich presse rasch die Lippen aufeinander, was Austin zum Grinsen bringt.

»Ich liebe es, Vorurteile anderer gegen mich zu verwenden.« Er wackelt mit der ebenfalls gepiercten Augenbraue.

»Erwischt«, gebe ich zu.

»Du bist nicht die Einzige. Das wird später meine Superhelden-kraft vor Gericht: unterschätzt zu werden.«

Wir lachen beide und erneut finde ich es schade, als Valérie das Speeddating für beendet erklärt.

Alle erheben sich und wenden sich den beiden Vorsitzenden der Verbindungen zu.

»Zeit, euer frisch erworbenes Wissen auf die Probe zu stellen«, beginnt Kellan, das Tablet unter den Arm geklemmt, ehe Valérie fortfährt: »Wir bitten euch nun in Paaren nach vorn. Cara, Austin. Erweist ihr uns die Ehre, zu beginnen?«

Als könnten wir Nein sagen. Wir sehen uns kurz an, heben die Schultern und gehen nach vorn, wo Kellan gerade zwei Stühle mit den Rückenlehnen aneinander aufstellt. Nachdem wir uns hinge-setzt haben, drückt Valérie mir eine grüne und eine rote Karte in die Hand, während Kellan das Spiel erklärt.

»Ihr bekommt jeweils eine grüne und eine rote Karte. Ich stelle euch Fragen und ihr müsst antworten, indem ihr die grüne Karte für Ja und die rote Karte für Nein hochhebt. Wer etwas sagt oder irgend-wie versucht, das Ergebnis zu beeinflussen, bekommt einen Minuspunkt, den ihr über euren Match hinaus mit euch tragen werdet und der vielleicht zum Ausscheiden führt, wodurch ihr eure Anwärterschaft verlieren würdet.«

Ich schlucke, plötzlich wieder die Bedeutung der Situation im Blick. Das hier ist nicht nur Spaß, sondern – zumindest für mich – bitterer Ernst. Mithilfe eines passenden Partners, mit dem ich die späteren Aufgaben perfekt lösen kann, könnte ich die Vision, die ich während der Fahrt hierher hatte – wie sich alle finanziellen Sorgen meiner Familie in Luft auflösen –, wahr werden lassen. Von allen Kandidaten des Speeddatings könnte ich mir am besten eine enge Zusammenarbeit mit Austin vorstellen. Daher strenge ich mich enorm an, doch wir scheitern grandios. Jedes Mal wenn wir dieselbe Karte hochhalten, jubeln die anderen – was leider bei zehn Fragen nur zwei Mal vorkommt. Aber ich weiß weder, ob Austins Mum Richterin ist – ich tippe auf ja –, noch glaubt er, dass mein Lieblingskaffeezusatz Karamell ist. Es ist zum Verrücktwerden.

Zu allem Unglück wiederholt sich das Spiel, während sich ein Lion-Anwärter nach dem anderen hinter mich setzt und die Fragen alle gleich dämlich bleiben. Der Letzte in der Runde ist Josh, mit dem ich dank des ausgiebigen Speedverhörs ganze sieben Übereinstimmungen habe. Zwei davon waren geraten, aber was soll's.

Josh bleibt sitzen und ich darf endlich aufstehen, mich zu Dione und den anderen gesellen und ebenso wie sie jubeln oder buhen, je nach Übereinstimmung. Die fiese Seite in mir freut sich über jedes Buh, das einem Fail zwischen Laura und Josh folgt. Sie ist mit leuchtenden Augen zum Stuhl gegangen, hoch motiviert und siegesgewiss, doch am Ende hatten die beiden gerade einmal vier Übereinstimmungen.

Als Dione an der Reihe ist und sich ihre Partner abwechseln, bin ich beeindruckt, was sie aus den Jungs herausbekommen hat und wie viel diese offenbar über Dione wissen. Sie ist eindeutig ein Speeddating-Profi und weiß, worauf es ankommt. Die meisten Punkte schafft sie mit Barron und Austin.

Als alle dran waren, ist es schon kurz nach elf und trotz des Mitfieberns bin ich wahnsinnig müde und kann mir ein Gähnen nicht mehr verkneifen. Valérie und Kellan beraten sich ein Stück entfernt von uns.

»Ein Spiel haben wir noch, ehe wir euch entlassen. *Kiss, Mary, Kill.* Bitte kommt einzeln nach vorn.«

Laura springt auf und geht zu den beiden. Kellan fächert ein paar Karten auf und Laura zieht drei davon. Welche Namen darunter sind oder wie sie sich entscheidet, bleibt unter den dreien.

Als ich später vorn stehe, schaue ich mir die primitive Kiss-Mary-Kill-Tabelle auf dem Tisch an, bis Kellan neu gemischt hat und sieben Karten professionell auffächert. Ich ziehe die ganz rechts, wie ich es von klein auf bei sämtlichen Kartenspielen tue. Phee meinte mal, dass ich den schönen Fächer wohl nicht zerstören will, aber ich habe keine Ahnung, ob das stimmt.

Ich wende die Karten und starre auf die Namen, mein Hirn rückt mit dem Hinweis nach, dass es nur sieben Karten waren, nicht acht. *Kiss, Mary, Kill* mit … den Raven-Anwärterinnen Nasreen, Laura und Dione.

Warum habe ich erwartet, dass ich den Karten potenzielle Matches zuordnen muss? Während der Wartezeit bin ich die Lion-Kandidaten durchgegangen, sodass mich die weiblichen Namen nun vollkommen aus dem Konzept bringen.

»Du musst die Karten nur in die für dich passende Spalte legen«, erklärt Valérie noch einmal.

Schnell ordne ich die Karten. Dione würde ich heiraten. Ich schiebe ihren Namen in die mittlere Spalte. Wenn ich eine der drei umbringen müsste, wäre es wohl Laura. Ihr Name liegt nun unter »Kill«. Bleibt im Ausschlussverfahren nur noch der Kuss mit Nasreen.

Valérie macht ein Foto davon, ehe Kellan die Karten zusammensammelt und mischt. Valérie lächelt mich aufmunternd an, was sich wie ein Lob anfühlt, ehe sie Niklas nach vorn ruft.

Dione fragt mich stumm nach meinem Urteil, aber ich schweige. Ich kann mir nur allzu gut vorstellen, dass diese Überraschung auch eine bleiben soll, daher signalisiere ich ihr nur ein »später«.

Als endlich alle gewählt haben, dürfen wir gehen. Dione und ich sind gerade an der Tür des Gesellschaftsraums angekommen, da stellt Laura die Frage, die vermutlich nicht nur mir auf der Zunge liegt.

»Wann verrätst du uns denn das Ergebnis der Matching Night, Valérie?«

»Ihr lernt euren Partner morgen Abend beim Ball kennen.«

13

SAMSTAG, 7.11.

Spa-Tag. Das war für mich immer ein vollkommen abstrakter Begriff, den ich nur aus Zeitschriften und Serien kannte. Im Gegensatz zu den meisten Ravens. Ich spüre eine Mischung aus Neugier und Spannung, will unbedingt wissen, ob so ein »Entspannungstag« für Glücksmomente sorgen kann. Gestern Abend habe ich aus Mangel an anderen guten Momenten in mein Glückstagebuch eingetragen: *Glück ist ... etwas überstanden zu haben, vor dem du Angst hattest.*

Ich habe den Aufgaben der Matching Night aus Angst vor einer möglichen Blamage mit einem mulmigen Gefühl im Bauch entgegengesehen. Aber rückwirkend betrachtet – jetzt, wo ich nichts mehr am Ergebnis ändern, sondern nur noch hoffen kann –, war das Ganze eher eine Kleinigkeit, auch wenn die Gesellschaft einiger Lions nicht immer angenehm war. Aber dasselbe gilt auch für einige Ravens.

Blicke fliegen zwischen den wartenden jungen Frauen hin und her. Alle tragen bequeme Kleidung und lässig gebändigtes Haar, kein großartiges Styling oder Schminke im Gesicht. Unsere Limousinen holen uns direkt nach dem ausgiebigen Frühstück ab und kutschieren uns in ein nahegelegenes Wellnesshotel, dessen gesamter Spa-Bereich heute exklusiv für uns reserviert ist.

An Diones Seite betrete ich den von Lavendelduft erfüllten Wartebereich. Alles wirkt strahlend, glänzend und ... steril. In unseren flauschigen weißen Bademänteln und den fluffigen Hausschuhen fügen wir uns wenig später farblich perfekt ein. Eine Kellnerin kommt mit einem Tablett voller Gläser zu uns, verteilt sie und fragt, aus welcher der bereitgestellten Karaffen sie einschenken dürfe. Ich wähle Mineralwasser, in dem ein paar Limettenscheiben auf und ab schwimmen wie etwas Lebendiges.

Während wir es uns auf den Sesseln bequem machen, wird eine nach der anderen – oder auch kleine Grüppchen – für die Anwendungen abgeholt. Das nahezu einzige Gesprächsthema ist – wie sollte es anders sein – der bevorstehende Matching-Night-Ball und die potenziellen Matches.

»Ich verstehe nicht, wie ich mit Josh so schlecht abschneiden konnte«, höre ich Laura zu Cheryl sagen. Sie sitzen zu dritt beisammen und Brittany scheucht die Angestellten herum, als gehöre ihr das ganze Hotel.

»Er hat so viele Dinge gefragt. Wir hätten weit mehr Übereinstimmungen haben müssen.«

»Offenbar wollte er nicht mit dir matchen«, wirft Brittany ein und starrt in meine Richtung. »Sondern mit einer anderen.« Sie nimmt einen Schluck aus ihrem Glas, ohne ihren Blick von mir zu nehmen. »Er wird schon noch sehen, was er davon hat.«

Dione, Nasreen und ein paar ältere Ravens haben ebenfalls mitgehört. Letztere verdrehen die Augen. Garantiert gab es auch zu ihrer Zeit Zankereien um die begehrtesten Partner. Neid kann Valérie jedoch nicht leiden, weil das nur schlechte Stimmung verbreitet. Und offenbar hat auch sie das Gespräch mitbekommen, denn innerhalb weniger Sekunden erhebt sie sich von ihrem Platz an der glänzenden Theke und geht mit schnellen Schritten auf die Dreiergruppe zu. Sie flüstert Laura etwas ins Ohr, das dem neugierigen Gesichtsausdruck zufolge nicht einmal Brittany und Cheryl hören können. Laura strafft die Schultern und setzt sich aufrechter hin. Diese Haltung hält sie bei, bis Celeste, Dione, Nasreen und ich zu unseren Anwendungen abgeholt werden.

Ich hätte nie gedacht, dass beruhigende Klänge, vorgewärmte Steine auf dem Rücken, Massagen und Öle tatsächlich dazu beitragen können, den Kopf freizubekommen. Wie die magischen Hände und Zaubermittelchen das angestellt haben, kann ich im Nachhinein nicht mehr sagen. Aber am späten Nachmittag fühle ich mich wie nach einer Woche Dauerschlaf und bleibe selbst in der Limousine entspannt, als erneut das Thema Ball aufkommt.

Dione und ich machen uns einen Spaß daraus, die Jungs unseren Anwärterkolleginnen zuzuordnen. Als sich alle bis auf Laura anschließen, lasse ich mich sogar darauf ein, meine wild aus der Luft gegriffenen Matches auf kleinen Zetteln zu notieren, die Nasreen aus einem Notizbuch in ihrer Handtasche gerissen hat. Danach lassen wir unsere Zettel kreisen.

»Der Fußballtyp? Echt jetzt?«, fragt Emily und sieht mich empört an. »Der war so langweilig. Was habe ich dir denn getan?« Ihr Gesichtsausdruck vernichtet das Ergebnis sämtlicher *Jungbrunnen*-Behandlungen. Alle lachen im Chor über die Reaktion, die nicht die einzige bleibt. Im Prinzip beschwert sich jede Anwärterin über jeden Match, als wir die Zettelstapel durchgehen. Bei mir sind von Austin

(Yeah!), über Niklas (Gähn!) und Barron (Gott, nein!) fast alle dabei.

Schließlich lässt sich auch Laura dazu hinreißen, ihre fiktiven Matches zu kommentieren. »Der Typ mit den verfilzten Haaren? Was soll ich denn mit dem? Ah, schon viel besser.« Mit einem zufriedenen Grinsen schaut sie auf den nächsten Zettel. Celeste neben ihr spickt darauf und liest Joshuas Namen vor.

»Woher wusste ich nur, dass du ihn dir krallen willst?«, spricht Nasreen meine Gedanken aus und erntet dafür einen stechenden Blick aus Lauras leuchtend grünen Augen, ehe sie ein kokettes Lächeln aufsetzt, das ihre hohen Wangenknochen hervorhebt.

»Weil ich es verdient habe.«

Ich bin mir sehr sicher, dass alle Raven-Anwärterinnen ihre ganz eigene Meinung dazu haben. Doch niemand kommt mehr dazu, sie auszusprechen, denn der Wagen hält vor dem Herrenhaus der Stewards und wir steigen aus.

Valérie steht wie am Tag davor auf der Treppe und wartet auf uns. »Ihr könnt alle direkt in den Gymnastikraum gehen. Eure Kleider wurden bereits dorthin gebracht.«

Wir folgen ihr die Treppe hinauf und einen der Flure entlang zu einem Raum mit hohen Fenstern, Parkett und einer komplett verspiegelten Wand. Etliche Kleiderständer auf Rollen sind darin verteilt und es stehen mehrere bequeme Stühle vor der Spiegelwand, neben denen – den Utensilien auf den Beistelltischen zufolge – Friseure und Visagisten auf uns warten.

Während wir uns anziehen, schminken und frisieren lassen, bringen uns Kellnerinnen Snacks, die das verpasste Abendessen ersetzen sollen, und dazu Gläser mit perlendem Champagner. Ich lehne jedoch ab und bestelle lieber Wasser, schließlich möchte ich gern Herrin über all meine Sinne sein, wenn ich gleich meinem Match gegenübertrete. So weit denken aber offenbar nicht alle. Charlotte leert ein Glas nach dem anderen, ihre Nervosität ist regelrecht greifbar. Der Alkohol macht ihr Zittern jedoch eher schlimmer als besser. Ich bringe ihr ein paar der winzigen Blätterteigtäschchen und kann sie überreden, etwas zu essen.

Kurz vor sieben bin ich fast fertig und starre mein Spiegelbild an. Das Kleid sitzt jetzt tatsächlich noch besser als bei der Anprobe, was ich nicht für möglich gehalten hätte. Aber nun habe ich das Gefühl, alles oberhalb des Seidenbandes an meiner Taille wäre ein Teil von mir, eine zweite Haut. Der hauchdünne Stoff mit den Stickereien schmiegt sich an meine Arme bis knapp unter die Ellbogen, wo die Ärmel in einem Spitzensaum enden. Der tragende Teil des Kleides darunter sitzt weder zu eng noch lässt es mich unförmig wirken. Es betont meine Figur perfekt. Die hohen schwarzen Stilettos, die ich zusammen mit Dione ausgewählt habe, sind bequemer als erwartet.

Die Stylistin tritt hinter mich und nimmt die Halbmaske aus meiner Hand. Meine Haare hat sie so hochgesteckt, dass sie das Band der Maske unter einer der Strähnen zuknoten kann. Das Metall ist für einen Moment noch eiskalt, als es meine Haut berührt, wärmt sich jedoch schnell auf. Die Kettenglieder streifen bei jeder kleinen Bewegung sanft über meine linke Wange wie ein zarter Kuss.

Die Maske macht die Veränderung perfekt. Es ist eindeutig, dass ich es bin – die kupferroten Haare sind schwer zu verbergen –, dennoch wirke ich wie eine vollkommen andere Person. Ich bin mir nur noch nicht sicher, wie ich das finden soll.

Auch Dione hat inzwischen ihre Maske erhalten. Ihr Kleid gleicht einer Galaxie. Zahlreiche Glitzersteinchen – oder Diamanten – auf dem glänzenden dunklen Stoff funkeln bei jeder Bewegung. Von ihrer Taille aufwärts ziehen sich rosafarbene Schlieren über den Stoff, die dann in einer Farbexplosion auf ihrem Kopf enden. Ihre Maske ist ein filigranes Geflecht aus Silber, so zart, als würde schon ein Wangenkuss sie von ihrem Gesicht schmelzen.

»Du siehst hinreißend aus«, sage ich, als sich unsere Blicke im Spiegel begegnen. Zarte Röte zeigt sich am unteren Rand ihrer Maske.

»Äh … danke«, sagt sie und zupft an ihrer perfekt sitzenden Taille herum.

»Und ich betone, dass ich damit nicht deine Kreation meine«, lege ich nach, weil ich es unglaublich süß finde, wie schlecht sie mit Komplimenten umgehen kann.

»Anwärterinnen«, dringt nun Valéries Stimme durch den Gymnastiksaal und ein Ruck geht durch den Raum. Alle stehen inzwischen verändert vor der Spiegelwand, viele in selbst geschneiderten Modekreationen von Dione, was in meinem Inneren eine Wärme aufsteigen lässt, die ich als Stolz deute. Auch Valérie trägt ein Kleid von Dione. Ein nachtschwarzer Traum, der in einem langen ausgestellten Rock mit schwarzen Federn endet, die auch ihre Halbmaske bedecken. Ihre kinnlangen Haare hat sie nach hinten gegelt und aus den Spitzen ragen etliche weitere schwarze Federn hervor. Auf ihren Schultern ruht eine Stola, die zu leben scheint. Tausende schwarze Marabu-Federn erzittern bei jeder Bewegung und jedem noch so kleinen Lufthauch. Durch die geöffnete Tür hinter ihr dringt leise Musik zu uns herein. Nichts Klassisches, wie man in diesem Haus erwarten würde, sondern wummernde Bässe, über denen eine leise Melodie schwebt.

»Folgt mir bitte.« Valérie dreht sich um, wir kommen ihrem Befehl nach und treten aus dem Gymnastikraum auf den Flur hinaus. Weil es inzwischen dunkel ist, beleuchten zahlreiche vergoldete Wandlampen den Weg über den dicken Läufer, der unsere Schritte verschluckt und das Gehen in den hohen Absätzen erschwert. Mit jedem Dezibel, den die Musik lauter wird, schlägt mein Herz schneller. Das ganze Styling und die aufwendigen Kleider erinnern mich an die Abschlussbälle in Highschool-Filmen, und unter die Angst, auf irgendeine Weise zu versagen und meine Träume zu vernichten, mischt sich eine knisternde Aufregung. Das Kribbeln in meinem Bauch breitet sich immer weiter aus, als wäre ich in einem solchen Film gefangen und bereit, meinem Abschlussdate zu begegnen. Dione greift nach meiner Hand und ich drücke sie sanft, als uns Valérie anhält.

»Anwärterinnen, es ist so weit.«

Wenn ich sie nicht sehen könnte, würde ich ihr breites Lächeln garantiert hören, das ihre Maske leicht nach oben schiebt.

»Stellt euch bitte in der von mir genannten Reihenfolge auf.« Sie schaut auf das Tablet, das auf ihrem Unterarm ruht wie ein Teil von ihr. Passend zum Outfit hat es eine Schutzhülle mit aufgedruckten Federn. Sie tippt kurz auf das Display und die Musik verstummt. Stimmen und Geflüster steigen eine nicht weit entfernte Treppe empor, ehe eine erwartungsvolle Stille einsetzt, als hätte das alte Gebäude die Luft angehalten.

Valérie senkt die Stimme zu einem kaum hörbaren Flüstern.

»Laura als meine Zweite geht voran.«

Laura tritt mit erhobenem Kopf nach vorn. Sie trägt ein trägerloses goldenes Meerjungfrauenkleid, das ihre schlanke Figur betont, ehe es in weiten Wellen über ihre hohen goldenen Schuhe fällt und beinahe den Boden streift. Selbst unter der goldenen Halbmaske ist ihr Ausdruck eindeutig zufrieden.

»Danach folgen Charlotte, Kairi, Emily, Nasreen und Celeste.« Alle genannten Mädchen reihen sich im Flur auf. »Den Abschluss bilden Dione und Cara.«

Mit zitternden Knien stelle ich mich als Letzte in die Reihe. Dione sieht über die Schulter zu mir und schenkt mir ein aufmunterndes Lächeln.

»Es ist kein Test«, flüstert sie, ehe wir Valérie im Gänsemarsch zur Treppe folgen. Mit einem kurzen Tippen auf ihr Tablet löscht Valérie sämtliche Kristallkronleuchter im Foyer und taucht alles unterhalb der Treppe in vorübergehende Dunkelheit. Einen Wimpernschlag später erleuchten Tausende kleine Lichter das Geländer rechts und links der Treppe, selbst die Stufen vor uns schimmern in einem sanften goldenen Licht. Von unten muss es aussehen, als schwebe Laura auf Sternen hinab, um ihre Hand auf den Unterarm ihres maskierten Begleiters zu legen, der am Fuß der Treppe auf sie wartet. Ich kann im Halbdunkel dort unten nicht erkennen, wer ihr Match ist.

Charlotte, Kairi und die anderen folgen Lauras Beispiel, haken sich bei ihrem Partner unter und verschwinden aus meinem Blickfeld, begleitet von sanften Gitarrenklängen. Der perfekte Soundtrack.

Dione wirft mir noch einen kurzen Luftkuss zu, bevor sie nach unten geht. Mit zusammengekniffenen Augen glaube ich, am Fuß der Treppe Austins Rastazöpfe zu erkennen, und mein Magen sackt nach unten.

»Bist du bereit?«, flüstert Valérie und streicht mir sanft über den nackten Unterarm.

»Ich weiß nicht«, erwidere ich ehrlich und zaubere damit ein Lächeln auf Valéries Lippen.

»Ich wünsche dir viel Spaß beim Ball. Jetzt aber los, dein Match wird sonst ungeduldig.« Sie deutet mit dem Kopf zur Treppe und drückt noch ein letztes Mal meinen Arm.

Ich gehe auf das Licht am oberen Absatz zu und habe plötzlich nur noch einen Gedanken: Was, wenn ich über den Saum des Kleides stolpere, wenn ich auf den hohen Absätzen umknicke und die Treppe hinunterstürze, anstatt anmutig hinabzusteigen wie die anderen Anwärterinnen? Was, wenn ... Mit der rechten Hand umklammere ich das Geländer und drehe mich zu Valérie um.

»Du darfst dich ruhig am Geländer festhalten, da spricht nichts dagegen«, sagt sie mit ansteckend entspannter Stimme. »Mir ging es damals nicht anders. Die Aufregung hat Gummi aus meinen Beinen gemacht.«

Ich schließe die Augen, hole ein letztes Mal tief Luft, hebe meine Lider und wage den ersten Schritt. Dann den nächsten. Meine Hand schwebt nur noch über dem Handlauf, ich muss mich nicht festhalten, denn mit jeder Stufe werde ich sicherer. Am Ende der Treppe greife ich nach der Hand, die mir entgegengehalten wird. Sie ist überraschend rau, durch die Halbmaske kann ich den dazugehörigen Lion-Anwärter jedoch nicht ausmachen. Die vollen Lippen verziehen sich zu einem schwachen Lächeln, das eher gezwungen und daher alles andere als beruhigend auf mich wirkt. Die

Augen sind unter der schwarzen, mit Silber bestäubten Maske kaum zu sehen.

»Willst du hier nur rumstehen, Emerson?«

Meine fluffige Abschlussball-Traumdate-Stimmung gefriert beim Klang der eiskalten Stimme, der ein genervtes Seufzen folgt.

14

SAMSTAG, 7. 11.

Ich bin mir nicht sicher, ob Sekunden, Minuten oder Stunden vergehen, ohne dass ich mich an dem mir angebotenen Arm unterhake. Die zahlreichen Lichter um mich herum verschwimmen zu einem goldenen Rauschen.

»Joshua Prentiss?«, vergewissere ich mich, nachdem ich meine Stimme wiedergefunden habe.

»Josh«, erwidert er knapp, aber bestimmt. Und in einem Ton, der nur allzu deutlich macht, dass er normalerweise das Sagen hat. Dann schiebt er seinen angewinkelten Arm noch ein Stück weiter in meine Richtung. »Wir können hier warten, bis die Party vorbei ist, aber ich habe seit heute Nachmittag nichts gegessen und daher …«

»Was haben sich Valérie und Kellan nur gedacht?«, spreche ich meine Gedanken laut aus. Offenbar liegt genug Enttäuschung in meiner Stimme, denn Josh lässt seinen Arm fallen und dreht sich zu mir um.

»Wie bitte?«, fragt er mit seinem amerikanischen Akzent und schiebt die silberglänzende Maske nach oben.

Mit einem Blick auf den ungläubigen Gesichtsausdruck kommen mir die nachfolgenden Worte wie von selbst über die Lippen. »Warum sind sie der Meinung, *wir* würden perfekt zusammenpassen? Wir haben …«, ich rudere mit einer Hand in dem spärlichen Raum zwischen uns, »nichts gemeinsam.«

»Ich bin ganz deiner Meinung, Emerson.« Josh greift meine noch immer in der Luft hängende Hand und legt sie auf seinen Unterarm. »Aber wir sind doch erwachsen genug, das nicht jedem zu zeigen.« Er kneift die Augen zusammen und schiebt die Lippen vor. »Zumindest einer von uns ist es.«

Dann besitzt er auch noch die Unverschämtheit, meine untergehakte Hand zu tätscheln wie ich den Kopf von Phee, wenn ich sie ärgern will. Das gefrorene und anschließend zersplitterte Abschlussdate-Feeling schmilzt in der wütenden Hitze dahin, die nun in mir brodelt.

»Ich werde auf dich achten, *Prentiss*«, verwende ich wie er zuvor nur den Nachnamen. »Als Erwachsene macht man das so.«

Ich ignoriere das Zischen, mit dem er absichtlich laut einatmet, ziehe den Sohn der mächtigsten Frau der Welt mit mir und halte auf den Ballsaal zu.

Ein unmaskierter junger Mann tritt vor der doppelflügeligen Tür näher, aber Josh hebt den Arm und winkt ab. »Nein, Jace, es ist okay.«

»Vergiss es, Josh.« Dieser Jace kommt entschlossen näher, ich weiche automatisch zurück. »Sicherheitskontrolle.«

Ich drehe mich zu Josh um. »Ist das dein …«

»Jason Miller, Secret Service.« Statt eines Ausweises hält er mir einen schwarzen Stab vor die Nase und beginnt damit in nur wenigen Zentimetern Abstand über mein Kleid zu fahren. Das Ding gibt ein konstantes schwaches Surren von sich und ich realisiere, dass ich von der Highschool-Lovestory in einen Polit-Thriller gesprungen bin.

Jason gibt mit einem Nicken sein Okay, dass wir den Weg fortsetzen dürfen. Dieses Mal ist es Josh, der mich vorantreibt, weil ich noch immer nicht darüber hinwegkomme, dass ich eben durchleuchtet wurde wie auf einem Flughafen.

»Was für ein toller Start in die Ballnacht«, murmele ich leise vor mich hin. Josh hat aber so gute Ohren, dass er mich hört.

»Nicht nur in die Ballnacht.« Er setzt ein breites Grinsen auf, das eher besorgniserregend als nett ist, aber bevor ich nachhaken kann, höre ich Valéries Stimme aus den Boxen schallen.

»Liebe Ravens, liebe Lions und liebe Anwärterinnen und Anwärter. Willkommen zum jährlichen Maskenball. Würden unsere Matches bitte nach vorn treten?«

Die Schar der Maskierten gleitet zur Seite, sodass Josh und ich auf direktem Weg zum DJ-Pult gehen können, wo Valérie sich das Mikro gekrallt hat. Ich höre das Getuschel um uns herum, immer und immer wieder Joshs Namen – und den seiner Mutter. Er wabert nach oben bis unter die hohe gewölbte Decke, unter der zahlreiche Kristallkronleuchter winzige Lichtpünktchen durch den Saal werfen, der aus Barbies Königinnentraum entsprungen sein könnte. Überall funkelt verschwenderisches Gold, mal mattiert, mal auf hochglänzenden Flächen, die im spiegelnden Licht aussehen, als würden sie brennen. Zu unserer Rechten sind etliche bodentiefe Fenster, vor denen transparente goldene Gardinen hängen. Und direkt vor meiner Nase stolziert die goldene Meerjungfrau Laura am Arm ihres Partners nach vorn. Ich kann immer noch nicht erkennen, wer es ist. Im Vergleich zu den Anwärterinnen sind die Jungs in ihren Smokings nahezu im Einheitslook erschienen, daher bin ich froh, als Josh mir »Barron Carstairs« zuraunt, als könnte er meine Gedanken lesen. Etwas dezenter gekleidete maskierte Kellner huschen mit Tabletts zwischen den Gästen umher, ein paar von ihnen flankieren aber auch Valérie und Kellan.

»Eure erste Aufgabe startet noch heute Abend«, verkündet Valérie mit einem unheilvollen Grinsen und hebt etwas hoch, das verdammt nach ... Nein! Unter Schockstarre sehe ich zu, wie Valérie ein Pärchen nach dem anderen mit Plüsch-Handschellen verbindet. Als sie bei Laura und Barron Carstairs ankommt, die direkt vor uns stehen, weiche ich zurück.

»Stell dich nicht so an, Emerson«, haucht Josh so nah an meinem Ohr, dass sein Atem für eine Gänsehaut sorgt. »Die meisten träumen davon, an mich gefesselt zu sein.«

»Damit sie vor deinen Anmachsprüchen nicht davonlaufen können?«, erwidere ich, ohne ihn dabei anzusehen. Mein Blick ist auf den rosa Plüsch gerichtet, dessen darunterliegendes Metall gerade um Lauras Handgelenk einrastet.

»Mach nicht so ein Gesicht, Cara«, flüstert mir wenig später auch Valérie zu, während Kellan Josh fesselt. »Es werden Fotos gemacht.« Sie deutet kurz mit dem Kopf zur Seite, wo tatsächlich jemand fleißig meinen angewiderten Gesichtsausdruck in Pixel bannt, den vermutlich auch die Maske nicht kaschieren kann. Also ringe ich mir ein Lächeln ab, als Valérie Joshs Arm nah an meinen bringt und das weiche Plüsch an meinem Handgelenk kitzelt.

»Es geht doch nichts über dein bezauberndes Lächeln, Emerson«, raunt Josh mir ins rechte Ohr und ich schwöre, dass ich sein breites Schmunzeln höre. Es hallt in mir nach und übertönt das Klick-klick-

klick, mit dem sich die Fessel immer enger um mein Handgelenk schließt. Valérie drückt am Ende noch einmal meine Hand und tritt lächelnd zurück zu Kellan, der das Mikrofon an sich genommen hat. »Auch von mir ein herzliches Willkommen«, beginnt er. »Alle Ravens und Lions wissen, wie wichtig uns die Tradition der Matching Night und der gemeinsamen Aufgaben der Anwärterphase ist.« Zustimmendes Murmeln, Klatschen und sogar vereinzeltes Jubeln rauschen durch den Saal und hallen von der Gewölbedecke wider. »Für alle Anwärterinnen und Anwärter gilt: Ab jetzt seid ihr an euren Match gebunden. Wenn ihr die Handschellen nach dem obligatorischen ersten Tanz loswerden wollt, kommt zu mir und Valérie. Viel Spaß beim Ball.«

Ich verspüre plötzlich einen unbändigen Drang, zu tanzen. Noch ehe die Musik einsetzt, wende ich mich der noch freien Tanzfläche an der Seite zu, wo der blank polierte Marmor die Deckenlichter reflektiert. Mit einem nicht gerade sanften Zerren an meinem rechten Arm werde ich jedoch gestoppt.

»Willst du etwa, dass ich dich zum Tanz *bitte*?«, wende ich mich an Josh, dessen linke Augenbraue sich daraufhin über den Rand der Maske hebt.

»Wenn, dann bitte *ich dich* zum Tanz, Emerson. Meine Mom hat mich schließlich gut erzogen.«

Die Erwähnung seiner Mutter rückt alles in ein anderes Licht. *Mom.* So … normal. Und doch ist sie die Präsidentin der USA. Ich öffne den Mund, um etwas zu sagen, die Silben bleiben jedoch auf meiner Zunge kleben.

»Die Reaktion ist mir nicht neu. Aber du darfst den Mund wieder schließen.« Er stupst mich am Kinn an.

»Du bist …«, presse ich hervor.

»Gut aussehend, charmant, berühmt für meine guten Sprüche«, hilft er mir auf die Sprünge.

»… ein arroganter Idiot. Warum wurden ausgerechnet wir als Paar ausgesucht? Ich kann Typen nicht ausstehen, die alle Frauen anglotzen, als wären sie Beute. Und ja, ich habe gesehen, wie du Laura auf ihren goldenen Hintern gestarrt hast.«

»Höre ich da etwa Eifersucht, Emerson?«

Wie ich diesen herausfordernden Ton hasse!

»Ganz sicher nicht. Ich mag nur keine arroganten Typen wie dich, die sich selbst überschätzen.«

»Wirklich?«

Ich sehe, wie sich seine Augen hinter der Maske verengen, und erinnere mich plötzlich an ein Gespräch vor ein paar Wochen, einen der täglichen Flirts mit Tyler. Derselbe Vorwurf, aber mit einem Lachen.

»Bei Tyler ist es anders«, murmele ich vor mich hin. Ich brauche klare Grenzen für mich und mein Post-Mason-Herz.

»Wie bitte?«

»Ach, nichts. Lass uns tanzen, damit wir die Dinger loswerden.« Ich wende mich wieder der Tanzfläche zu, auf der bereits das erste Paar in Handschellen tanzt, Kairi und ihr Partner, aber Josh hält mich zurück.

»Was noch?« Ich klinge wie ein maulender Teenager und ärgere mich über mich selbst.

»Während der nächsten Tage ist *alles* ein Test, Cara.« Seine Stimme klingt mit einem Mal anders. Sie bringt auch nicht die genervte Cara hervor, sondern einen anderen Teil von mir zum Schwingen. Außerdem hat er meinen Vornamen benutzt.

»Wie meinst du das?«

»Ich meine, wir sollten uns erst mal das Büffet ansehen, ein paar Runden durch den Saal drehen, mit Freunden sprechen und unter den Letzten sein, die auf die Tanzfläche gehen und anschließend darum bitten, die hier loszuwerden.« Er hebt den linken Arm und zieht damit natürlich meine rechte Hand mit nach oben.

»Du denkst, das ist schon der erste Test?« Ich sehe auf den weichen Plüsch hinab, der wie Wolken um unsere Handgelenke liegt. Was, wenn Josh recht hat?

»Ich denke nach. Solltest du auch mal probieren, Emerson.« Wie gern hätte ich laut aufgestöhnt. War klar, dass die Version von Josh eben nur eine Ausnahme war und er die Mauer zwischen uns sofort wieder hochzieht.

»Wenn ich noch mehr *nachdenke*, stehst du leider gleich ohne Partnerin da. Denn wenn ich es mir recht überlege, wäre ich gerade überall lieber als hier.«

»Du wärst überall lieber als an meiner Seite?«

»Ja, stell dir vor, dein Charme versagt bei mir.«

Seine Mundwinkel kräuseln sich, ehe er sich mit der Zungenspitze die Lippen befeuchtet. »Bist du dir sicher?«

»Ja«, presse ich schnell hervor, bevor sich mein lossprintender Herzschlag auf meine Stimmbänder auswirkt, und lege etwas umständlich mein gefesseltes Handgelenk auf seinen Unterarm. Die Kette zwischen den Handschellen ist dafür gerade lang genug.

»Dann lassen wir meinen Charme wohl besser auf die anderen Gäste wirken.«

»Willst du uns blamieren?«, sprudelt es wie von selbst aus mir heraus. Joshs Mundwinkel zucken, als wir gemeinsam losgehen.

Ich halte Ausschau nach Dione, die mit ihren Haaren eigentlich alles andere als unauffällig ist, kann sie jedoch nirgendwo im Saal entdecken.

»Suchst du jemanden?«, fragt mich Josh. »Sag mir wen, dann kann ich dir von hier oben aus behilflich sein.« Er bemüht sich sichtlich, nicht zu grinsen.

»So klein bin ich nun auch nicht«, verteidige ich mich automatisch. »Schon gar nicht mit denen hier.« Ich hebe mein linkes Bein und ziehe den Rock etwas nach oben. Schlechte Entscheidung. Mein Körper ist es nicht gewohnt, einbeinig auf schmalen Stilettos zu stehen, und ich gerate aus dem Gleichgewicht. Mein Begleiter stützt mich, ehe ich mich wieder gefangen habe.

»Das üben wir besser noch.«

Ich hole tief Luft, lasse die spitze Bemerkung dann jedoch unkommentiert. »Ich suche nach Dione. Dione Anderton. Ich weiß nicht genau, wer ihr Match ist, tippe aber auf Austin.«

Josh nickt kurz und sieht sich im Saal um. »Sie scheint nirgendwo zu sein. Vielleicht müssen die beiden bereits ihre erste Aufgabe erfüllen.«

»Heute schon?«, meine Stimme klingt selbst in meinen Ohren schrill. »Ich dachte, das hier«, ich tippe mit der linken Hand auf seinen Teil der Plüschfesseln, »wäre die erste Aufgabe.«

»*Alles* ist eine Aufgabe, habe ich mir sagen lassen«, murmelt er vor sich hin und schiebt die Maske nach oben. Sein Blick ist in die Ferne gerichtet, er zieht sein Handy aus der Tasche, wählt eine Nummer und fragt: »Wo ist Anderton?« Dann legt er auf.

Weil nichts passiert, denke ich, er will mich nur veräppeln – das süße kleine Mädchen aus der britischen Provinz. Ich setze gerade zu einer Schimpftirade an, als eine Nachricht auf seinem Display erscheint. Josh wirft einen Blick darauf, dann zieht er mich zielstrebig zu den bodentiefen Fenstern. Als er nach draußen deutet, friere ich allein schon bei dem Gedanken an die Temperaturen dort, aber Josh geht zielstrebig weiter. Er hält mir die schwere Glastür auf, was zu einem umständlichen Aneinanderrempeln durch die Fesseln führt. Dadurch merke ich zuerst gar nicht, dass mir anstatt der erwarteten Kälte warme Luft entgegenschlägt, vermischt mit dem Geruch nach feuchter Erde und verschiedenen Pflanzen. Nachdem sich die Tür hinter uns geschlossen hat, höre ich in der plötzlichen Stille das stetige Tropfen von Wasser und leise Stimmen. Dann ein Lachen, das unverkennbar Dione gehört.

Ich ziehe Josh in diese Richtung. Wir passieren zahlreiche knöchelhohe Leuchten, die wie kleine metallene Pilze aussehen und ein indirektes Licht auf den unebenen Pfad werfen. Auf den mit Rindenmulch ausgelegten Wegen fällt es mir schwer, nicht umzuknicken, daher stütze ich mich mehr als einmal unfreiwillig an Josh ab, der zum Glück keinen Kommentar dazu abgibt. Aus diesem Grund halte auch ich mich zurück, als er über eine Bodenwelle stolpert und sich an mir festkrallt.

»Wer hat dir gesagt, wo sie ist?«, frage ich, um das unangenehme Schweigen zwischen uns zu brechen.

»Jace. Es ist sein Job, zu wissen, wer sich wo befindet.« Sein Tonfall klingt so arrogant, dass ich ernsthaft überlege, ob ich mir die grinsende Version von Josh nur eingebildet oder erträumt habe. In diesem Moment biegen wir um einen ausladenden Oleander und landen an einem filigranen, in ein Meer aus Rhododendren gebetteten Metallpavillon, der aus einem Disneyfilm stammen könnte. Jede der unzähligen Streben, die sich oben immer weiter verflechten, ist von einer Lichterkette mit Hunderten kleinen Lämpchen umschlungen. In ihrem Licht entdecke ich Dione und Austin. Sie lungern mit ausgestreckten Beinen auf der Metallbank. So habe ich Dione noch nie gesehen. Sie hat ihre Maske in die Haare geschoben, genau wie Austin, und grinst mich an, während sie auf den Platz neben sich klopft. Ich will mich schon setzen, da beugt sich Josh zu mir. Sein Atem streift mein Gesicht, als er flüstert: »Du musst neben mir sitzen.«

Völlig perplex sehe ich ihn an, dann deutet er mit dem Kinn auf unsere Hände. Vor Freude über Dione habe ich ganz vergessen, dass ich an einen arroganten Idioten gefesselt bin.

»Werde ich. Aber ich sitze auch neben Dione«, sage ich im besten Befehlston und lasse mich langsam neben meine Freundin sinken. Josh ist gezwungen, sich noch weiter nach vorn zu beugen. Mit meiner freien Hand und einem herausfordernd süßen Lächeln klopfe ich auf den freien Platz zu meiner Linken. Joshs Kiefermuskulatur regt sich. Er schürzt die Lippen, gibt dann jedoch nach und setzt sich mit einer Drehung, damit wir uns nicht verknoten, neben mich. Erst dann wird mir klar, dass mein rechter Arm nicht meterlang ist und meine Hand maximal bis zu meinem Oberschenkel reicht, auf den Josh nun in Zeitlupe und mit einem zufriedenen Ausdruck im Gesicht seine gefesselte Hand legt. Ich starre darauf und überlege, was ich sagen soll, als Dione losprustet.

»Das könnte lustig werden«, meint auch Austin und reicht Dione mit seiner freien Hand ein Glas, das neben ihm stand. Dann nimmt er ein weiteres und prostet uns zu.

»Joshua Prentiss«, stellt sich Josh höflich vor. Offenbar hat er wirklich eine bessere Erziehung genossen als der Rest von uns.

»Wissen wir«, erwidert Dione und prustet wieder los.

Austin steigt mit ein.

»Was habt ihr denn schon getrunken oder …«, frage ich unsicher und versetze mir direkt darauf in Gedanken einen Tritt, während Austins Augenbrauenpiercing nach oben wandert. Vorurteile. Hatten wir das nicht erst gestern beim Speeddating?

»Wir haben beschlossen, Spaß zu haben«, erklärt Dione. »Das ist unser erstes Glas, aber von Austins Geschichten wird man high.«

Austin lächelt ehrlich und deutet mit einem Kopfnicken eine Verbeugung an. »Stets zu Diensten.«

Ich werfe einen Blick zur anderen Seite, wo Joshs Miene so ziemlich das Gegenteil ausdrückt. Er sitzt da wie ein bockiges Kind. Ich stupse ihn mit der Schulter an und lege so viel Sarkasmus in die Stimme, wie ich in dieser entspannten, hübsch beleuchteten Kulisse aufbringen kann. »Hast du deinen Charme im Ballsaal gelassen?«

»Den verwende ich nur sparsam. Für heute ist er wohl aufgebraucht.« Seine Stimme ist frei von jeder Emotion.

Ich drehe mich zu Dione, um Josh demonstrativ den Rücken zuzuwenden, was seine Hand etwas weiter auf meinen Oberschenkel zieht. Ich versteife mich, seine Finger ballen sich zur Faust.

»Vielleicht sollten wir jetzt tanzen gehen?«, schlage ich in die Runde vor.

»Um die Nähe zu meinem bezaubernden Match gegen einen Drei-Meter-Radius zu tauschen?«, erwidert Austin und hebt die gefesselte Hand, an der Diones Arm baumelt. Sie grinst. »Dazu bin ich noch nicht bereit.«

»Drei-Meter-Radius?« Ich schaue Josh fragend an und versuche, in seiner Zitronenbissmiene zu lesen.

Er antwortet tatsächlich schneller als Austin. »Die hier sind nur ein Sinnbild für die elektronische Fessel, die Valérie und Kellan in unserer App aktivieren werden, sobald wir zu ihnen gehen.«

»Heißt das …«

Endlich sehe ich wieder ein Grinsen auf Joshs Lippen. Wenn auch ein raubtierhaftes. »O ja, Emerson. Genau das heißt es.«

15

SAMSTAG, 7. 11.

Beim obligatorischen Tanz versuche ich, mir meine *überschwäng-liche* Freude über meinen Match nicht gleich anmerken zu lassen. Dass Josh mich nahezu im Sekundentakt daran erinnert, ist sicher hilfreich. Dennoch hat mir das Treffen im Pavillon gezeigt, wie toll es hätte laufen können. Austin hat ein absolutes Talent, seine Zuhörer in den Bann zu ziehen. Morgen werde ich garantiert Muskelkater vom Lachen haben. Selbst Josh konnte sich hin und wieder ein breites Grinsen kaum verkneifen. Ich hätte gern seine Gedanken gelesen und kann mir vorstellen, dass er als Gegenmittel zu Austins Humor finstere Verfolgungsjagden vor Augen hatte, was auch den wachsamen Blick erklären würde. Irgendwann hat er dann beschlossen, unsere kleine Auszeit zu beenden, und mich – höflich – um einen Tanz gebeten. Dione und Austin haben unisono geseufzt und uns »Kindern« viel Spaß beim Tanzen gewünscht.

Wie gern hätte ich Austin als Match gehabt!

»Wenn wir morgen irgendeine Aufgabe bekommen, bei der man viel laufen muss, wirst du mich tragen müssen«, sagt Josh, nachdem er mich mal wieder viel zu schnell hin und her gerissen hat und ich mit den blöden Schuhen aus dem Gleichgewicht geraten und auf seinem Fuß gelandet bin.

»Wir können gern die Schuhe tauschen. Mal sehen, wie du dich dann anstellst«, gebe ich grummelnd und in meiner Ehre gekränkt zurück. Schließlich haben Hannah und ich in ihrem letzten und meinem vorletzten Highschooljahr einen Tanzkurs besucht.

»Nie wieder!«, erwidert Josh prompt und bringt mich damit aus dem Konzept.

»*Wieder?*«, hake ich nach. »Wie in: Das hast du schon mal gemacht?«

Er mustert mich unter der Maske und überlegt offenbar, wie viel er über sich preisgeben will. »Es war eine Wette mit einer Freundin, weil ich sie … kritisiert habe, mir zu oft auf die Füße zu treten.« Seine Augen glänzen, sein Blick gleitet vermutlich zu jenem Moment, der ihm sofort ein ehrliches Lächeln auf die Lippen zaubert.

Etwas zwickt in meiner Magengegend und ich lenke mich mit einer Rückfrage ab. »Und du konntest echt in den Dingern tanzen?«

»Nicht wirklich. Aber gib's zu, im ersten Moment warst du beeindruckt.« Das spitzbübische Grinsen lässt die emotionale Erinnerung in seinen Augen verblassen.

»Womit habe ich das nur verdient«, sage ich und trete ihm bei der nächsten Drehung mit voller Absicht noch einmal auf den Fuß.

Nachdem Josh genug gejammert hat, gehen wir zu Valérie und Kellan, die uns nach einer kurzen Notiz auf ihren Tablets die Handschellen abnehmen. Ich reibe mir das Handgelenk, während Kellan aus einer Schachtel unter dem Tisch zwei weiße Boxen hervorzaubert, die unsere Namen tragen. Mit gerunzelter Stirn öffne ich die Goldschlaufe und finde im Inneren eine Smartwatch, auf deren Unterseite mein Name eingraviert ist.

»Die Uhren werden mit euren Handys synchronisiert, sobald ihr die Freigabe erteilt«, sagt Kellan und bittet uns um die Codeeingabe auf unseren Handys. Während ich auf die Synchronisation warte, streckt Kellan Josh die Hand entgegen. »Ich muss an dein Handgelenk.«

Josh ziert sich noch immer.

»Die Uhr ist obligatorisch für die Fortsetzung der Anwartschaft.«

Endlich gibt sich Josh geschlagen, erteilt erst die Freigabe auf dem Handy und löst anschließend seinen rechten Manschettenknopf. Gut gebräunte Haut kommt zum Vorschein. Die Muskeln darunter arbeiten, als er den Ärmel hochkrempelt.

Ich reiche Valérie ohne Aufforderung meinen rechten Arm und ohne eine Frage von mir erklärt sie: »Handys kann man dem Partner mitgeben oder irgendwo liegen lassen.« Sie legt mir die Uhr an. Das kühle Metall auf der Unterseite des Displays lässt mich erschaudern. Vielleicht liegt es auch an ihren Worten? »Die Uhr hier sendet Kellan und mir einen Alarm, sollte sie abgenommen werden. Für die Zeit der Anwärterphase werdet ihr sie *immer* tragen, das ist wichtig. Sie ohne triftigen Grund – und ohne Absprache – abzunehmen, führt zum Ausschluss. Das besagen die Regeln.« Sie wartet mit dem verschließen des Armbandes, bis ich zustimmend genickt habe. »Wir erhalten auch ein Signal, wenn ihr euch während der aktivierten Phase mehr als drei Meter voneinander entfernt.« Sie deutet auf das Raven-Symbol neben einem Kompass auf dem Display, dessen Zeiger sich gerade wild im Kreis dreht. »Alles verstanden?«

Ich nicke wieder und starre auf die Zeiger, die gerade zum Stillstand kommen, als Josh seinen Arm senkt.

»Dann ein kurzer Systemtest.« Kellan umrundet den Tisch und zieht Josh mit sich. Das Raven-Symbol auf meinem Display wechselt von Grün über Orange zu Rot, kombiniert mit einer immer stärkeren Vibration. Das komplette Display leuchtet in grellem Rot auf, als Josh die 3-Meter-Grenze überschritten hat.

Valérie ruft über die Musik hinweg: »Signal ist da. Alles korrekt.« Sie hebt den Daumen in Kellans Richtung. Daraufhin schiebt er Josh wieder zu mir, die Farben wechseln wieder, die Vibration wird schwächer und endet dann komplett.

Josh stellt die Frage, die er offenbar in meinem Gesicht gelesen hat: »Wie lange bleibt dieser Alarm aktiv?«

»Heute bis Mitternacht. Morgen habt ihr noch einen Tag für euch allein, ab Montag solltet ihr euch dann von acht bis zwanzig Uhr in der Nähe voneinander aufhalten. Ihr bekommt dazu aber noch eine Push-Nachricht in der App und auch auf der Uhr. Übrigens: Die Uhren sind vollkommen wasserdicht, eine Tiefe ab etwa einem halben Meter schwächt jedoch die Übertragung, was das Signal stört und den Radius falsch berechnen könnte. Beim Tauchen solltet ihr also besser vorsichtig sein.«

»Hatte ich sowieso nicht vor«, murmele ich vor mich hin und versuche in Gedanken bereits, die kommende Woche zu planen. In meinem Kopf klebt dabei neben meinem immer Joshs Gesicht wie eine billige Fotobearbeitung. Wie soll das gehen?

Dione und Austin haben ihren Tanz inzwischen auch beendet und schlendern zu uns.

Argwöhnisch mustert Dione die Uhr an meinem Handgelenk.

»Seit wann hast du denn so eine? Und wieso hast du mir das nicht gesagt? Ich hätte sie passend …«

»Dione!«, ruft Valérie und zieht die Aufmerksamkeit meiner Freundin auf sich, indem sie mit Diones Uhr wedelt.

Sie wendet sich schnell noch einmal zu mir. »Ist es das, was ich denke?«

Ich nicke.

»Na dann los, lassen wir uns weiter fesseln«, sagt Austin mit einem breiten Grinsen und schiebt Dione an mir vorbei.

»Viel Spaß«, wünsche ich ihnen.

»Und jetzt?« Ich sehe auf die ungewohnte Uhr am Handgelenk. »Kann die auch irgendwie die Uhrzeit anzeigen?« Auf dem Display sehe ich nur den Kompass und die grüne Anzeige für die Nähe zu Josh.

»Komm mit«, fordert er mich auf und geht schnurstracks auf einen der Stehtische in der Nähe der Bar zu. Dort nimmt er meine Hand und bettet sie unerwartet sanft auf die weiche Tischdecke. Dann tippt er das Display an und ich bekomme einen Crashkurs in Sachen Bedienung. Selbst auf meine noch so dämlichen Rückfragen reagiert er gelassen und freundlich.

»Und nun drück mal hier«, bittet er mich.

Ich drücke wie gefordert auf das kleine Symbol, starre auf ein blinkendes grünes Herz und warte auf eine Erklärung.

Die Berührung kommt wie aus dem Nichts. Seine Finger fahren mit einer federleichten Bewegung über den Spitzensaum meines Ärmels, mit Daumen und Zeigefinger zieht er eine Spur auf der Ober- und Unterseite meines Unterarms entlang. Noch bevor er mir sanft in den Nacken pustet, verstehe ich, was die App macht. Das Herz blinkt schneller und schneller und die Zahl darunter schießt in die Höhe. Hastig ziehe ich meine Hand weg und schließe die Anzeige, wie er es mir gezeigt hat.

»Mein Charme hat also keine Wirkung?«, sagt er ruhig und beißt sich auf die Unterlippe. »Dein Puls sagt etwas ganz anderes.«

Höheren Mächten sei Dank springt die Anzeige meiner Uhr in diesem Moment auf Mitternacht und das grüne Raven-Symbol verblasst zu einem deaktivierten grauen Feld. Ich renne so schnell aus dem Ballsaal, dass Cinderella neidisch gewesen wäre – und ohne meinen Schuh zu verlieren. Dabei überlege ich ständig, wie ich Josh die nächsten Wochen in meiner Nähe ertragen soll, ohne vor Scham im Boden zu versinken.

Zu allem Unglück kommt es noch schlimmer. Auf meinem Bett wartet ein Umschlag mit Raven-Symbol. Langsam und nervös gehe ich darauf zu, als könnte er mich im nächsten Moment anspringen. Ich *weiß* einfach, dass es die erste Aufgabe ist. Dione hat ihrer Mum dieses Detail entlockt und der Umschlag, der so unschuldig auf meinem Kopfkissen ruht, sieht exakt so aus, wie sie ihn mir beschrieben hat.

Ich reiße ihn auf und entnehme die Karte im Inneren.

Bis zum letzten Ball werden du und dein Match ein Paar spielen. Ergeben die Umfragen der Ravens unter den Kommilitonen am St. Joseph's, dass man eure Beziehung für einen Fake hält, erhaltet ihr Minuspunkte.

Bestätige den Erhalt der Aufgabe in der Raven-App.

Darunter steht ein handschriftlicher Vermerk:

Tu nichts, was ich nicht auch tun würde ;-) V.

Denkt Valérie etwa, sie hätte mir einen Gefallen getan, indem sie mir irgendwie Josh als Match angehängt hat? Ich öffne die App – sogar auf der Smartwatch – und quittiere den Empfang der Aufgabe in dem kleinen Pop-Up. Danach schreibe ich Valérie eine Nachricht und starre auf die Uhr, bis als Sperrbild wieder der Kompass erscheint. Ich blicke auf den Pfeil und bewege mein Handgelenk. Er weist immer in Richtung Flur. Das Raven-Symbol in der Ecke ist grau.

Irgendwann gebe ich auf, mache mich bettfertig und lege mich hin. Dione ist immer noch auf dem Ball und genießt bestimmt die Zeit mit Austin.

Meine Gedanken wenden sich dem heutigen Eintrag in das Glückstagebuch zu. Während ich sie in Richtung Spa-Tag dränge und mich davon zu überzeugen versuche, dass die Stunden der Entspannung, die Besinnung auf den eigenen Körper, die wohltuenden Massagen echte Glücksmomente waren, zerrt mein Unterbewusstsein immer wieder einen ganz anderen Vorschlag hervor: *Glück ist ... wenn eine federleichte Berührung für Herzrasen sorgt.*

Ich hasse es dafür.

16

MONTAG, 9. 11.

Den Sonntag verbrachten Dione und ich mit Ausschlafen, der *Bewertung* unserer Matches – wobei ich leider nur einen Promi-Punkt bekam – und der Heimreise nach Whitefield. Ich gewöhnte mich langsam an das Gewicht der Smartwatch, erschrak nur ein einziges Mal, weil ich vergessen hatte, dass ich sie am Arm trug, und bei einem Blick aus dem Augenwinkel an irgendein widerliches Krabbeltier dachte. Sehr zur Erheiterung von Dione. Am Abend habe ich noch mit meiner Familie geskypt und von meinem vorübergehenden Zimmer in Raven House erzählt. Später hat mich Phoebe noch ewig genervt, weil sie mehr wissen wollte. Ich musste ihr Fotos vom Gebäude schicken, als würde ich hier Urlaub machen. Aber ihre Begeisterung war schon immer ansteckend und so blieb mir nichts anderes übrig, als die ganze Anwärtersache als Hürde zu einem unglaublich tollen Ziel zu sehen: einem Stipendium und einem Ort, der anderen wie ein erstrebenswertes Urlaubsziel erscheint.

Glück ist … einen Ort zu haben, an dem man sich wohlfühlt.

Genau das erzähle ich an diesem Morgen Dione, die mir im Speisesaal von Raven House gegenübersitzt und immer wieder verspielt an ihren bunten Strähnen zupft, während sie mit leuchtenden

Augen von ihren Tagesplänen mit Austin erzählt. Ich hingegen suhle mich in meiner miesen Laune darüber, dass Josh mir nicht einmal auf meine Nachricht in der Raven-App geantwortet hat – geschweige denn, dass wir unsere Nummern ausgetauscht hätten – und ich nun langsam nervös werde, weil ich keine Ahnung habe, ob wir um Punkt acht Uhr innerhalb unseres Sollradius sein werden. Um uns herum ist es ungewöhnlich laut. Während wir den Speisesaal in der letzten Woche fast für uns allein hatten, sind die Tische heute gut gefüllt und Miley verteilt fleißig Kaffee und andere Getränke.

Ich scrolle durch mein Handy und öffne im Minutentakt die Raven-App.

»Wieso antwortet er nicht?«, frage ich Dione, als wäre sie allwissend.

»Vielleicht ist ihm irgendwas dazwischengekommen.«

Ich hebe auffordernd die Brauen, ohne etwas zu sagen.

»Etwas total Präsidentinnen-Sohn-Wichtiges«, fährt sie überschwänglich fort. »Immerhin schleppt er einen Secret-Service-Typen bodyguardmäßig mit sich herum.« Sie zieht die Stirn in Falten. »Kennst du den alten Film mit Kevin Costner und Whitney Houston? Wir haben ihn letztens hier angeschaut und ich frage mich seitdem, wie viele Schützlinge wohl etwas mit ihrem Bodyguard anfangen. Könntest du das für mich in Erfahrung bringen?« Sie steckt sich ein abgezupftes Stück Croissant in den Mund und spült den Bissen mit einem Schluck Kaffee nach.

»Ich soll Josh fragen, ob er etwas mit seinem Bodyguard hat?« Meine Stimme klingt seltsam ruhig, ehe ich mir das Lachen nicht mehr verkneifen kann.

Dione zuckt mit den Schultern. »Na ja … wieso nicht? Und ob er noch irgendjemanden kennt, der etwas mit seinem Bodyguard hat.«

Sie nickt eifrig. »Ich kenne einige exzentrische Menschen und viele reiche Leute, aber tatsächlich ist niemand dabei, der Personenschutz hat. Ist das nicht seltsam?«

Ich zucke mit den Schultern. »Hätte der Typ mich nicht mit seinem Zauberstab abgetastet, hätte ich nicht einmal bemerkt, dass Josh einen Bodyguard hat. Dabei sollte er für diesen Job doch immer in Joshs Nähe sein, oder?« Ich trinke den letzten Schluck Kaffee aus.

»Vielleicht muss ein guter Bodyguard einfach unsichtbar bleiben«, denkt Dione laut nach. »Und seinem Schützling Freiraum lassen.«

»Davon hatte Josh garantiert zu viel. Er ist total verzogen.« Ich werfe einen Blick auf mein Uhrendisplay. »Und er hat immer noch nicht auf meine Nachricht reagiert. Als wäre es nicht schon schlimm genug, dass ich meine Tage mit ihm verbringen muss.«

»Ach, er wird dich schon nicht beißen«, meint Dione zuversichtlich.

»Aber wie soll ich Tyler oder Hannah erklären, dass ich mit Josh Prentiss zusammen bin?«

»Hast du wieder Kontakt zu Hannah?« Dione runzelt die Stirn.

»Nein, immer noch Funkstille. Aber nicht mit Tyler. Er schreibt die ganze Zeit, ob wir uns treffen können, weil er mich O-Ton ›das ganze Wochenende nicht gesehen hat und sein Herz sich nach meiner Gesellschaft verzehrt‹.«

»Er ist so ein Spinner.« Dione schüttelt lachend den Kopf. »Aber vielleicht ist vor allem das deine Aufgabe: *Ihm* zu beweisen, dass du und Josh ein Paar seid.« Sie massiert sich mit dem Zeigefinger die Nasenwurzel. Ein antrainierter Tick, immer wenn sich dort eine

Falte bildet, hat sie mir erklärt. »Valérie und Kellan werden nicht nur Leute über euch befragen, die ihr kaum kennt, glaubst du nicht auch?« Sie zieht kurz die Nase kraus, dann fährt sie fort: »Außerdem ist es gefährlich, sich mit ihm zu treffen. Ihr seid so«, sie hakt ihre Zeigefinger ineinander, »eng miteinander, dass man dir unterstellen könnte, du missachtest die Regeln. Er ist kein Lion. Und auch keine Raven«, schiebt sie hinterher, weil das ja theoretisch erlaubt wäre. »Und wenn jemand Valérie oder Kellan meldet, dass ihr zusammen seid …« Den Rest des Satzes stellt sie mit ihrem Zeigefinger dar, der über ihre Kehle gleitet.

»Das hilft mir jetzt auch nicht weiter«, sage ich ehrlich und sie zuckt mit Dackelblick die Schultern. Ehe ich noch etwas sagen kann, vibriert meine Uhr. Die Benachrichtigung der Raven-App:

In 30 Minuten wird die Verbindung aktiviert.

»Wir sollten los. Sonst dreht Austin durch.« Dione tupft sich mit einer Serviette den Mund ab und erhebt sich. Ich folge ihr nach oben zu unseren Zimmern, verschwinde noch einmal kurz im Bad und treffe sie beim Runtergehen wieder.

Den Blick auf meine Uhr gerichtet gehe ich neben Dione Richtung Westcourt des St. Joseph's. Wir durchqueren den Garten und folgen dem Weg zwischen den abschirmenden Hecken hindurch, ohne dass ich eine Nachricht von Josh erhalte. Mit jedem Schritt wird mir noch bewusster, dass ich für die nächste Zeit, die wegweisend für den Rest meines Studiums ist, von einem anderen Menschen abhängig bin, den ich kaum kenne – der jetzt aber glücklicherweise neben dem Tor zum Raven-Gelände steht und so gelangweilt aussieht wie ich damals, als Mason mich ins Fußballstadion mitgeschleppt hat. Josh trägt Jeans und eine dunkle Lederjacke über einem weißen Hemd, lehnt lässig an der Mauer, die Raven House umgibt, und starrt in die Ferne. Weiter hinten auf dem Hauptweg zum College gehen einzelne Grüppchen vorbei. Eine Frau schaut sehr lange – zu lange – zu uns herüber. Sie trägt eine große Umhängetasche, verlangsamt ihren Schritt und streift sich das flatternde blonde Haar aus dem Gesicht.

Mit Diones Worten im Kopf, überzeugend zu sein, gehe ich direkt auf Josh zu und umarme ihn unbeholfen. Woraufhin er sich versteift.

»So stürmisch heute, Emerson?« Josh weicht nicht aus, sondern flüstert die Worte in mein Ohr. »Ich wusste, dass du dich nach mir sehnst. Du hast es mir schließlich oft genug geschrieben.«

»Und mir zu antworten ist unter deiner Würde?«, frage ich mit einem festgetackerten Lächeln für unsere Kommilitonen, die den Schleichweg durch das Tutorengebäude zum Westcourt nehmen, obwohl mir gerade eher nach Schreien zumute ist.

»Ich hatte etwas Wichtiges zu tun.«

Das Unausgesprochene »und du bist nicht so wichtig« bringt meine Wangen zum Glühen. In diesem Moment hätte ich alles dafür gegeben, einfach weggehen zu können. Aber nein, ich bin an diesen Typen gefesselt, der mich nicht ausstehen kann. Dafür bringe ich schnell so viel Abstand zwischen uns wie möglich.

»Wir sollten wenigstens so tun als ob.« Er deutet mit dem Kopf in Richtung Hauptweg und streckt mir seine Hand entgegen. Ich weiß nicht einmal, wie er die Studentin hinter sich überhaupt bemerkt hat. Mit einem knappen Nicken greife ich nach seiner Hand. Seine

Finger schließen sich vertraut um meine. Zu vertraut. Ich will ihm die Hand entziehen, doch er hält sie fest.

»Wir müssen überzeugend sein, Emerson. Sonst stehst du ohne Zimmer da und ich muss zurück ins Wohnheim zu Jace.« Während er das sagt, beugt er sich zu mir und küsst mich auf den Scheitel. Ich rieche sein Parfüm, irgendein süßlicher Duft, der sich mit seinem Zahnpasta-Atem mischt. Es dauert einen Moment, bis sich mein Hirn wieder soweit geklärt hat, dass ich antworten kann.

»Woher weißt du, dass ich keinen Platz …«

»Jace«, sagt er schlicht, während wir den kleinen Innenhof des Bauwerks durchqueren, in dem die Tutoren ihre Büros haben. Schweigend gehen wir weiter und steuern über den Maincourt hinweg das Kursgebäude an. Ohne nachzufragen, gehe ich einfach davon aus, dass er meine Kurse besucht – schließlich hat er nicht einmal eine Tasche mit seinen Unterlagen dabei.

Wir gehen bereits die langen Flure entlang zu meinem Praxiskurs bei Professorin Deveraux, als die App meldet, dass unsere Verbindung in fünf Minuten aktiviert wird. Weil wir gerade vor der Damentoilette sind, will ich noch kurz reingehen, ehe ich den Rest des Tages darauf achten muss, mich nicht weiter als drei Meter von Josh zu entfernen. Was meiner groben Einschätzung nach nicht so einfach werden dürfte.

»Aber beeil dich!«, sagt Josh, während ich ihm meine Tasche reiche. »Wenn ich vor dem Mädchenklo herumstehe, wirke ich wie ein gestörter Stalker.«

»Vielleicht bist du das ja?«, erwidere ich nur knapp, ehe ich die schwere Holztür aufdrücke, an den sechs Waschbecken vorbeigehe und eine der Kabinen betrete.

Ich höre ein Lachen, dann den Namen eines Jungen, den ich nicht kenne, und zischende Tuscheleien wie früher in der Highschool. Etwas rumpelt und ich will schon rufen, ob alles okay ist, da kommt mir eine andere Stimme zuvor. Kurz darauf wird es erst still, dann höre ich Wasser rauschen.

Als ich mich wieder angezogen habe, ist es zwei Minuten vor acht. Wenn ich zu den Waschbecken gehe, bin ich auf jeden Fall innerhalb der drei Meter, sofern sich Josh nicht von der Tür wegbewegt hat, daher schließe ich die Tür auf und drücke schnell die Klinke.

Besser gesagt, ich *versuche* es.

Denn ganz egal, wie fest ich an der Türklinke rüttele, sie gibt keinen Millimeter nach. Und das wird sie auch nicht, wenn ich weiterhin auf das kleine Display an meinem Handgelenk starre und zusehe, wie der Countdown weiterrennt.

Noch eine Minute bis zur Aktivierung.

Wenn ich bis dahin nicht im Vorraum mit den Waschbecken bin, werden wir unseren ersten Minuspunkt kassieren, der zum Rauswurf führen könnte. Ich sehe mich hastig um und schätze ab, ob ich unter den Kabinenwänden hindurchkriechen kann, auch wenn sich mir vor Ekel die Haare aufstellen, wenn ich auch nur daran denke, auf einer Toilette über den Boden zu robben. Aufgrund des schmalen Spalts würde das aber ohnehin nur ein Schlangenmensch schaffen. Ich sehe nach oben. Die etwas breitere Lücke zwischen Decke und Kabine ist meine einzige Chance.

Ich steige auf den Deckel der Toilette, greife nach dem oberen Rand der Kabinenwand und versuche, nicht daran zu denken, wie eklig es selbst dort oben sein könnte. Dann setze ich einen Fuß auf den unnachgiebigen Türgriff, ziehe mich nach oben, schwinge mich ungalant über die Wand und lasse mich zwischen den anderen Kabinen mit einem lauten Klatschen auf den Boden fallen. Dabei sehe ich, dass eine Teleskopputzstange mit einem breiten Wischmopp daran meinen Türgriff blockiert. Doch dafür habe ich jetzt keine Zeit. Noch zehn Sekunden. Ich eile in den Vorraum, stütze mich am ersten Waschbecken neben der Tür zum Flur ab und hole keuchend Luft. Die Uhr gibt ein schwaches Brummen von sich, als die digitale Fessel aktiviert wird. Das Raven-Symbol in der Ecke leuchtet orange. Geschafft.

Ich drehe gerade das Wasser auf, als ich im Spiegel hinter mir eine Bewegung wahrnehme. Laura reißt gerade ein paar Tücher aus dem Spender und trocknet sich seelenruhig die Hände ab.

»Das war knapp, Cara. Du solltest darauf achten, immer in der Nähe deines Matches zu bleiben.« Sie wirft die Tücher in den Mülleimer und verlässt mit erhobenem Kinn die Damentoilette.

Am liebsten würde ich ihr ohne Händewaschen hinterherrennen und ihr mit all den Bakterien auf meinen Händen den Hals umdrehen! Doch die Vernunft siegt. Ich wasche mir dreimal die Hände und desinfiziere sie anschließend mit der Desinfektionslösung neben der Tür.

»Brauchst du immer so lange?«, sind Joshs erste Worte. Er drückt mir meine Tasche gegen die Brust und wendet sich sofort zum Gehen.

»Laura hat mich eingesperrt«, sage ich, was ihn innehalten lässt.

»Sie hat *was*?«

»Sie hat mit einem Wischmopp die Klinke der Toilettentür blockiert. Ich musste über den Kabinenrand klettern.«

»Wieso macht sie das?« Er streicht sich eine Strähne aus dem Gesicht.

»Weil zwischen den Toiletten da hinten«, ich zeige zur Tür, »und hier draußen«, ich deute auf ihn, »mehr als drei Meter liegen.«

»Sie wollte uns Minuspunkte anhängen!« Endlich checkt er es.

Ich nicke.

»Wir werden uns andere Toiletten suchen«, murmelt er, während wir zu meinem Kurs gehen und uns in der obersten Reihe einen Platz suchen. »Kleinere, die den Abstand nicht gefährden. Oder die für beide Geschlechter zugelassen sind.«

»Ich werde nicht mit dir aufs Klo gehen«, lehne ich sofort ab.

Josh hebt verteidigend die Hände. »War nur ein Vorschlag.«

»Ein total mieser Vorschlag«, ergänze ich und packe meine Unterlagen aus.

»Vielleicht. Aber immerhin mache ich mir Gedanken. Obwohl *ich* noch ein anderes Zimmer auf dem Campus habe.«

Bis zu diesem Seitenhieb und der Erinnerung, dass er nicht wie ich auf die Mitgliedschaft in der Verbindung angewiesen ist, hatte ich mich wieder etwas entspannt – was Josh offenbar gewittert hat und natürlich sofort zunichtemachen musste.

»Macht es dir Spaß, mich immer daran zu erinnern, wie gut du es hast?«, schnauze ich ihn an.

»Wie bitte?«, hakt er mit großen Augen nach, doch ich ignoriere ihn.

»Hast du es deshalb auf einen Match mit mir angelegt? Damit du mir das ständig auf die Nase binden kannst?«

Er geht nicht darauf ein. »Wieso glaubst du, dass ich es darauf angelegt habe?« Seine Brauen bilden nahezu eine Linie. Ich erkläre ihm, was ich von Laura gehört habe.

»Ich hätte meine Seele dafür gegeben, nicht mit ihr zu matchen. Sie ist eine widerliche Person.«

Er sagt das mit so viel Enthusiasmus in der Stimme, dass er mir damit den Wind aus den Segeln nimmt und ich tatsächlich auflache. Die Mädchen vor uns drehen sich mit vorwurfsvollen Blicken um, denn Professorin Deveraux betritt den Raum und füllt ihn mit ihrer unglaublichen Präsenz.

Die nachfolgenden Kurse ziehen sich hin wie eine fiese Grippe und sind an Joshs Seite ungefähr genauso angenehm. Im Laufe des Vormittags erhalte ich einige Nachrichten von Tyler.

> Wie kommt es, dass ich kein Update vom exklusiven Raven-Wochenende bekommen habe?

> Oder Fotos.

> Fotos wären echt toll gewesen.

> Habt ihr in knappen Dessous herumgesessen?

> Ich hätte echt gern Fotos davon gehabt!

> Du bist so ein Spinner!

Ein liebenswerter Spinner, wenn
ich bitten darf.
Heute Filmabend bei mir?

Ich denke an Diones Worte und zögere. Tyler scheint meine Zweifel
zu ahnen.

Komm schon, du brauchst bestimmt
ein wenig Abwechslung und eine
Männerbrust zum Anlehnen.

Als Antwort bekommt er einen Augenverdreh-Smiley.

17

MONTAG, 9.11.

Als Josh und ich uns endlich auf das Mittagessen einigen können, ist die halbe Pause schon vorbei und wir müssen schon fast zu der kleinen Pizzeria joggen, die hungrige Studenten mit fertigen Pizzastücken versorgt.

Das Wetter ist heute mal wieder so klischeehaft englisch, dass es nicht mehr feierlich ist. Die Turmspitze der Kathedrale verschwindet selbst jetzt noch im Nebel. Wir essen, während wir durch den Park zurück zum St. Joseph's gehen. Nach ein paar einsilbigen Antworten von meinem »Freund« habe ich selbst den Small Talk aufgegeben und konzentriere mich nur noch auf meine Pizza, bis ich nichts mehr zur Beschäftigung habe. Josh sieht sich währenddessen immer wieder um oder starrt auf seine Lion-Watch. Als er wieder einmal einen Blick über die Schulter wirft, wird es mir zu viel und ich bleibe stehen.

»Leidest du unter Verfolgungswahn?«, frage ich.

Er blinzelt mich nur an. Dann zuckt sein Mundwinkel, was mich verunsichert.

»Was?«

Als er die Hand hebt, weiche ich im ersten Moment instinktiv zurück.

»Du hast da etwas Tomatensoße«, sagt er in neutralem Ton und streift mit seinem Daumen sanft über meine Wange. Für einen Wimpernschlag verharrt seine Hand und er neigt den Kopf etwas nach unten. In meinem Magen erwacht die Pizza zum Leben.

Dann erklingen schwere Schritte und ich weiche erschrocken zurück. Josh reißt ebenfalls den Kopf nach oben und sucht die Quelle des Geräuschs. Die junge blonde Frau mit der großen Tasche, die ich heute Morgen schon vor dem Grundstück der Ravens gesehen habe, dreht sich gerade noch einmal um, ehe sie weitersprintet. In der Hand hat sie eine Kamera mit Teleobjektiv.

»Nein!«, rufe ich.

Josh reagiert schneller und rennt ihr bereits hinterher. Erst als mein Handgelenk zu brummen beginnt, erwache ich aus meiner Erstarrung und folge ihm. Als ich ihn eingeholt habe, bellt er gerade in sein Handy.

»Hast du sie gefunden?«

»Nein«, erklingt die Antwort laut genug, sodass ich sie hören kann.

Kurz darauf taucht Jace zwischen zwei Gebäuden auf, die Hände entschuldigend erhoben. Er joggt zu Josh und mir. »Sie war nicht dort, wo ich sie aufhalten sollte«, sagt er, ehe er mir kurz zur Begrüßung zunickt. »Vermutlich ist sie in einem der vielen Gebäude hier untergetaucht.« Sein Arm macht eine kurze Geste über die jahrhundertealten Gemäuer, die uns umgeben. »Ich habe das Ganze gleich für eine schlechte Idee gehalten.«

Für einen Angestellten klingt er verdammt vorwurfsvoll, was seine finstere Miene noch unterstreicht.

»Und jetzt?«, frage ich, auch wenn ich die Antwort bereits kenne. Aber die Hoffnung stirbt bekanntlich zuletzt.

»Jetzt warten wir ab, ob Moms Team ein Angebot bekommt, das Foto zurückzuhalten.« Josh streicht sich mit einer fahrigen Geste die Haare aus dem Gesicht. »Und wenn nicht, bist du berühmt.« Seine Stimme trieft vor Sarkasmus.

»Ohhh, danke!«, gebe ich in demselben Tonfall zurück. »Das ist alles, was ich mir je erträumt habe!« In Gedanken sehe ich Phee, die regelmäßig sämtliche Klatschseiten durchkämmt und dort vielleicht schon heute ihre große Schwester zu sehen bekommt. Verdammt! Und da sind auch Mum und Dad, Hannah und ... Tyler.

Ich schlucke.

»Hey, wir kriegen das sicher wieder hin. Moms Assistentin ist sehr gut in ihrem Job.«

Versucht Josh tatsächlich, mich zu beruhigen? Ich sehe ihn an, dann zu Jace, der zuversichtlich nickt.

»Paige hat ein ganzes Archiv voller Fotos von Josh. Wenn er frech wird, droht sie ihm immer, sie an die Presse zu verkaufen«, sagt er grinsend.

Mein Kopf ruckt zu Josh, der mit einem lauten Seufzen in den Himmel schaut, bevor er ebenfalls grinst und Jace freundschaftlich gegen den Oberarm boxt. Die beiden sind wohl eher Freunde als Präsidentinnensohn und Bodyguard. Ich setze den Punkt auf die imaginäre »Was ich über Josh weiß«-Liste. Sehr lang ist sie bisher nicht, weil er fast nur preisgibt, was zu seiner öffentlichen Person gehört, oder eine Show abzieht, was immer wieder deutlich wird, wenn die Maske doch einmal kurz fällt.

Den Rest des Tages verbringen wir mit dem Durchstöbern einschlägiger Newsseiten und im Kontakt mit dieser Paige, die laut Josh für die Öffentlichkeitsarbeit im Weißen Haus zuständig ist und dafür sorgt, dass die Außenwirkung der Präsidentin tadellos bleibt. So hat es mir Josh jedenfalls erklärt und dabei versichert, dass sie seit der Vereidigung seiner Mutter eine wirklich einwandfreie Arbeit geleistet hat. Natürlich sagt er mir nicht, was genau sie denn so gut macht – und verschleiert oder zurückhält. Er wechselt lieber das Thema und fragt mich über mein Leben in Raven House aus, über die Einteilung der Zimmer, über die Hierarchien und ob ich mich wohlfühle. Er fragt sogar, ob ich schon mal in Valéries Zimmer war, weil Kellan bei den Lions anscheinend ein dekadentes Apartment bewohnt, in dem er auch sein Büro untergebracht hat. Aber ich muss ihn enttäuschen.

Am Abend wechseln wir von den Handydisplays zum Starren auf unsere Uhren und ich merke, dass ich noch nie einer Uhrzeit so entgegengefiebert habe.

Keine Sekunde nachdem der Rabe in der Ecke grau geworden ist, rufe ich ein »Bis morgen!« und gehe mit großen Schritten zu Tylers Wohnheim. Während des abgedrehten Stalkens der Klatschseiten habe ich mich so sehr nach einem Stück Normalität gesehnt. Ich habe sogar Hannah geschrieben, mehrmals. Ich hätte ihr so gern von dem unfreiwilligen Foto berichtet. Sie hätte mich aufgemuntert wie immer, wenn mir etwas auf der Seele liegt. Aber meine vielen Nachrichten blieben bisher unbeantwortet, was sich noch schlimmer anfühlt als die Sorge um meine vermeintliche Berühmtheit. Ich vermisse Hannah. Seit ich denken kann, war sie für mich da. Und ich für sie. Was bin ich für eine miese Freundin, wenn ich nicht unterstütze, was sie tut? Wenn ihr die Recherche zum Verschwinden des Mädchens so wichtig ist, sollte ich ihr dabei helfen. Ich könnte ihr vorschlagen, mich in Raven House bei den älteren Studentinnen umzuhören. Sie müssen Beverly ja gekannt haben.

Spontan ändere ich meinen Kurs und halte auf die alte Bibliothek zu. Schon von außen ist deutlich zu erkennen, dass die Redaktion des *Whisperer* unbesetzt ist. Die Bogenfenster des Lesesaals sind erleuchtet, die der Büroräume liegen wie dunkle Grabsteine daneben. Ich drehe wieder um und klopfe wenig später an Tylers Tür.

»Moment!«, ruft er und seine Stimme klingt weiter entfernt, als es sein Apartment eigentlich zulässt.

Ich sehe mich im Treppenhaus um, betrachte die schwarzen Schuhe, die in zwei Paaren vor dem Apartment nebenan blitzblank poliert und völlig akkurat – parallel zur Wand und zueinander – aufgereiht stehen. Sie schreien das Wort »Anzug« geradezu, sodass sie unmöglich einem Studenten gehören können. Na ja, vermutlich hat nicht jeder in meinem Alter seinen Sneakers ewige Liebe geschworen.

»Was gibt es denn da zu sehen?«, höre ich Tyler nah an meinem Ohr, noch ehe ich die Wärme und Feuchtigkeit gemischt mit dem Geruch eines erfrischenden Duschgels wahrnehme. Er trägt nur ein Handtuch um die Hüfte und lehnt sich, mit einer Hand am Türrahmen abgestützt, in den Flur, um meinem Blick zu folgen. Seine Haare sind nass und ich höre, wie die ersten Tropfen leise auf dem steinernen Boden landen.

Ich habe vergessen, was ich eben noch gedacht habe. Mein Hirn ist leer, all meine Sinne sind auf Tyler gerichtet: auf seinen Duft, das schmale glitzernde Rinnsal, das aus den nassen Haaren an seinem Hals hinunterläuft und sich einen Weg über seine Brust bahnt. Ein schräger Teil von mir hatte sich Tyler bereits oben ohne vorgestellt, doch offensichtlich steht es sehr schlecht um meine Fantasie. Seine Brustmuskulatur ist viel ausgeprägter als in meiner Vorstellung und geht in einen nahezu perfekt trainierten Sixpack über. Ein zarter Streifen kurzer dunkler Haare unterhalb seines Nabels verschwindet unter dem Handtuch, wo endlich auch mein Starren enden sollte. Mein Mund ist so trocken, dass ich nur ein heiseres »Hi!« zustande bekomme, worüber sich Tyler köstlich amüsiert.

»Komm rein! Es ist tierisch kalt hier draußen.«

Japp, das sehe ich an seiner Gänsehaut, die das Rinnsal in neue Bahnen lenkt, und an den aufgerichteten Brustwarzen. In der rechten steckt tatsächlich ein *Barbell*. Meine Beine arbeiten zum Glück von selbst und treten an Tyler vorbei in seine Wohnung, während sich mein Blick endlich von den beiden silbernen Kugeln löst, die seine Brustwarze flankieren. Mit einem tiefen Atemzug sauge ich wieder etwas Sauerstoff in mein offensichtlich unterversorgtes Gehirn. Mein Herz rast dementsprechend schnell und ich brauche einen Moment, bis der hormonelle Anfall, dem ich wohl unterliege, vorbei ist. Tylers Grinsen ist so unverschämt, dass ich lachen muss und den Kopf schüttele, aber mehr über mich selbst als über ihn.

»Du hast extra für mich geduscht?«, versuche ich, unsere normale Stimmung wiederherzustellen, nachdem er die Tür hinter uns geschlossen hat.

Er nickt, seine dunklen Augen funkeln noch immer. »Und hätte ich gewusst, welche Wirkung ich damit erziele, hätte ich schon viel früher unter der Dusche getrödelt.« Er streicht sich die Haare nach hinten und schnippt mir anschließend mit der nassen Hand zu, sodass ich ein paar Tropfen abbekomme. »Setz dich und schau dir meine Vorauswahl an. Ich bin gleich zurück.«

Ich genieße das Muskelspiel seiner Arme und der Schulterpartie, während er im Gehen mit den Fingern seine Haare schüttelt, bis der Spiegel, den er gerade passiert, voller kleiner Punkte ist. Erst als Tyler im Bad verschwunden ist, lasse ich mich auf die Couch fallen.

Auf dem kleinen Tisch vor mir steht bereits eine große Schüssel Popcorn zusammen mit einer Schale voller Kekse und einer Pralinenschachtel. Will Tyler mich mästen? Oder weiß er, dass ich gerade heute eine große Portion Endorphine gebrauchen kann – selbst wenn sie sich in Tonnen von Zucker verstecken?

Ich schnappe mir sein Tablet und scrolle durch die neu geladenen Titel. Heute stehen wohl Filme auf dem Plan, die schon zu Mums Zeiten echt alt waren. Und doch hat Tyler offenbar zugehört, als ich von den etlichen Übernachtungen bei Hannah mit *Grease*, *Dirty Dancing* und *Flashdance* erzählt habe. Hannah war anfangs vor allem von der miesen Bildqualität genervt, konnte sich dem Charme von Olivia Newton John aber nicht entziehen und unsere Singalongs waren legendär – legendär peinlich, aber spaßig.

Ich wähle *Grease*, und noch während sich Danny und Sandy am Strand verabschieden, kehrt Tyler aus dem Badezimmer zurück, barfuß in Jeans, aber zumindest lässt das enge schwarze T-Shirt nicht so viele Gehirnzellen verdampfen wie der Anblick seiner bloßen Haut. Er setzt sich neben mich auf die Couch, greift nach der Popcornschale und zieht die Beine im Schneidersitz nach oben, während er sich nach hinten fallen lässt.

Bis das lange Intro endlich vorbei ist, habe ich schon eine Menge Popcorn verdrückt. Beim nächsten Auftritt von Danny durchfährt mich jedoch ein noch nie dagewesener Gedanke. Die Lederjacke, das Lächeln, die Schulter lässig an eine Mauer gelehnt …

Ich werfe mich nach vorn und greife zum Tablet, um den Film zu stoppen. Warum muss ich gerade jetzt ausgerechnet an Josh Prentiss denken?

»Was ist los?«, fragt Tyler kaum verständlich, weil er den Mund voller Popcorn hat.

»Ich habe keine Lust auf den Film. Lass uns einen anderen nehmen.« Ich scrolle bereits durch die Auswahl, als Tyler mir das Tablet wegnimmt. Er sagt kein Wort, bis ich es nicht mehr aushalte und mich ihm zuwende.

»Was ist los? War das Wochenende nicht gut?«

Ich presse die Zähne so fest aufeinander, wie ich kann, verschließe die Lippen, um die Worte zurückzuhalten, die aus mir herausdrängen. Ich bin für diese Heimlichtuerei nicht geschaffen. Vielleicht ist meine persönliche Challenge schon, Stillschweigen über die Raven-Praktiken zu bewahren. Also schüttele ich nur den Kopf, ehe ich stur auf meine Finger hinabschaue, die ich in einer Tour ineinanderschiebe und wieder löse. So lange, bis ich komplett erstarre, weil Tyler mir die Haare, die wie ein Vorhang zwischen uns nach unten gefallen sind, über die Schulter streift.

Seine Berührung ist kaum spürbar und doch schlägt sie ein wie eine Bombe. Nur flüchtig streichen seine warmen Hände über meine Wange und bringen den Duft nach Popcorn mit sich, der sich ebenso schnell auflöst wie die Berührung. Was mir bleibt, ist ein Kribbeln, das bis zu den Fingerspitzen dringt, und das wilde Pochen meines Herzens, das immer schneller wird, je länger Tyler so nah neben mir verharrt. Nah genug, dass mich sein warmer Atem streift. Nah genug, dass ich mich nur ein kleines Stück nach vorn beugen müsste, um ihn zu küssen. Die Sekunden dehnen sich zu Minuten. Unsere Atemzüge gehen schwer. Keiner von uns rührt sich.

Bisher habe ich nie auf diese Weise an Tyler gedacht. Es war alles ein Spiel, ein freundschaftliches Necken, ein wildes Flirten, bis wir vor Lachen Muskelkater bekamen. Alles ohne Gefahr. Ohne Gefahr, verletzt zu werden.

Was hat sich geändert?

Mein Herz setzt mindestens einen Schlag lang aus, als Tyler sich mit der Zunge die Lippen befeuchtet. Er senkt die Lider, ich spüre seinen Blick brennend auf mir, auf meinem Mund. Nur mit Mühe und mehrmaligem Schlucken widerstehe ich dem Drang, ebenfalls etwas gegen die entsetzliche Trockenheit meiner Lippen zu unternehmen.

Tyler sieht unter halb geschlossenen Lidern durch die dichten langen Wimpern zu mir auf. In seinen Augen ruht ein Wunsch, den er offenbar nicht auszusprechen wagt. Er schluckt hörbar und kommt noch ein klein wenig näher. Einladung und Bitte zugleich. Die Luft um uns herum knistert vor aufgestauter Emotionen und ungesagter Dinge. Ich hole bebend Luft, sauge seinen Duft nach Duschgel ein und schließe langsam die Augen. Mein Körper wendet sich ihm wie von selbst weiter zu, der Wärme entgegen, die Tyler ausstrahlt. Stück für Stück – bis sich mein Hirn einschaltet und ich so schnell zurückweiche, dass Tyler aus dem Gleichgewicht kommt und sich gerade noch so an der Rückenlehne festhalten kann, um nicht vornüberzukippen.

Ich war eben fast dabei, eine der wichtigsten Regeln der Ravens zu brechen! Wie konnte es so weit kommen?

»Ich muss gehen!«, sage ich hastig, fahre mit den Fingern durch mein Haar, als hätte schon der Gedanke an einen Kuss sie durcheinandergebracht, bevor ich mit einer Tonne schlechten Gewissens auf den Schultern aus dem Apartment stolpere und in Richtung Raven House renne, so schnell meine wabbeligen Beine es zulassen.

18

DIENSTAG, 10. 11.

Blinzelnd taste ich am nächsten Morgen aus Gewohnheit nach meinem Handy auf dem Nachttisch, obwohl ich den Wecker auch über die Smartwatch deaktivieren könnte. Ich gähne ausgiebig und strecke mich, ehe mich die Realität einholt. Blinzelnd sehe ich die unzähligen Nachrichten von Tyler auf dem Startbildschirm, die den ständigen Vibrationen meiner Smartwatch nach vor allem gestern Abend eingegangen sind. Ich ignoriere sie ebenso wie meinen verräterischen Herzschlag.

Erst ein unerwarteter Name unter den Benachrichtigungen sorgt dafür, dass ich mit einem Mal hellwach bin und mich aufsetze. Eine Nachricht von Hannah. Ich öffne den Chat und fühle mich wie von einem Eimer Eiswasser übergossen, als ich das angehängte Foto sehe.

Es ist ein sehr gutes Foto – für ein Paparazzi-Bild. Im Hintergrund sind die verschwommenen Umrisse der alten Gebäude und die Turmspitze der Kapelle in nebliges Nichts gehüllt, davor stehen zwei Personen, gestochen scharf. Das Bild wurde im perfekten Moment aufgenommen. Joshs Daumen liegt sanft auf meiner Wange und ich sehe zu ihm auf, als wäre er meine Sonne. Wäre ich nicht dabei gewesen, würde selbst ich glauben, dass ich hier Zeuge eines sehr intimen Moments sein darf.

Dann gleitet mein Blick auf Hannahs Nachricht und all die Lügen fallen in sich zusammen wie ein Kartenhaus.

> Gratulation, dass du Tyler Walsh
> losgeworden bist. ;-)

Ich tippe sofort wie eine Wilde los und starre dann auf den Text.

> Das stimmt nicht. Es ist nicht das,
> wonach es aussieht. Er hat mir nur einen
> Klecks Tomatensoße von der Wange
> gewischt.

Ich kann die Nachricht nicht absenden. Was, wenn man ausgerechnet Hannah zur Beziehung von Josh und mir befragt und nicht nur Tyler, wie Dione vermutet hat?

Es tut mir in der Seele weh, Buchstabe für Buchstabe zu löschen, und es fühlt sich an, als würde ich mit jedem weiteren Zeichen einen Teil des Vertrauens zwischen Hannah und mir ausradieren.

Ich kann Hannah nicht belügen.

Aber ich darf ihr auch keinesfalls die Wahrheit sagen. Also werde ich mich für die Zeit der Anwartschaft einfach von ihr fernhalten müssen. Ganz gleich, wie bitter allein der Gedanke daran schmeckt. Sobald ich eine Raven bin, werde ich ihr einfach alles erzählen, und auf ihr Verständnis hoffen, das mir schon so oft im Leben geholfen hat.

Im Speisesaal winkt mir Dione schon entgegen. Dem von ihr nur selten benutzten Concealer zufolge war es eine lange Nacht, mit der ich sie sofort nach der Begrüßung konfrontiere, ehe sie den Schnappschuss erwähnen kann.

»Wir haben ewig geredet, gelacht und waren dann noch in Whitefield in der Spätvorstellung im alten Kino. Ich fürchte, dort bin ich sogar kurz eingenickt.« Sie gähnt hinter vorgehaltener Hand und steckt mich damit an, was sie sofort ausnutzt, um mir ihr Handy über den Tisch zuzuschieben. Mit einem Doppelklick zoomt sie Josh und mich auf dem Foto heran.

»Mein Tag war offensichtlich nicht so aufregend wie deiner. Erzähl!« Sie beißt in ihren Toast und schaut mich dabei aufgeregt an. Wenigstens ihr kann ich die Wahrheit sagen, die weit weniger glanzvoll ist, als das Foto glauben lassen mag. Dione kann ich auch den Grund für meine sehr frühe Rückkehr nach Raven House nennen. Natürlich im Flüsterton.

»Verdammt, Cara. Du musst so aufpassen!« Dione sieht sich im Raum um, als würde jeden Moment ein Spion aus dem Nichts auftauchen. »Das ist kein Spiel. Meine Mum hat mich vor der Anwärterphase gewarnt. Es gibt keine zweite Chance. Die Regeln sind knallhart. Sei bitte vorsichtig.« Sie streckt ihren Arm, an dem ein ganzer Schwarm hauchdünner Metallarmbänder klirrt, über den Tisch und greift nach meiner Hand. »Ich will dich als meine Raven-Schwester behalten«, sagt sie mit ernster Stimme und noch viel ernsterem Blick. »Mach keinen Unsinn und riskiere nicht die Mitgliedschaft – und deine Zukunft – für einen Typen.« Sie sieht mich so lange ohne jegliches Blinzeln an, bis ich nicke.

Erleichtert lehnt sie sich zurück.

»Kannst du das mit Tyler allein klären oder brauchst du meine Hilfe?«

»Ich schaff das schon. Danke.« Ich weiß zwar noch nicht wie, aber nachdem Dione mir noch einmal klargemacht hat, was für mich auf dem Spiel steht, bin ich guter Dinge, es hinzukriegen. Nur noch diese Woche und die nächste. Das muss doch zu schaffen sein.

Überpünktlich verlasse ich Raven House und steuere direkt auf Josh zu, der wieder wie ein Lederjacken-Model an der Wand lehnt, die Daumen in die Gürtelschlaufe eingehakt. Heute sind seine Schultern jedoch hochgezogen und ein fettes *Sorry* steht ihm ins Gesicht geschrieben, als er mich entdeckt. Ich überlege gerade, was ich ihm sagen soll. Schließlich ist die Veröffentlichung des Bildes nicht seine Schuld, da sehe ich etwas weiter hinten auf dem Weg Tyler mit einer Papiertüte, auf der das Logo von *Evas Pâtisserie* prangt, und einem großen Becher Kaffee in der Hand. Verdammt.

Ich stolpere fast zu Josh und umarme ihn wie am Vortag, auch wenn sich heute alles in mir noch mehr dagegen sträubt, weil ich praktisch spüren kann, wie sehr ich Tyler damit verletze. Über Joshs Schulter hinweg sehe ich, wie er schockiert stehen bleibt und sogar beinahe die Papiertüte fallen lässt. Ich will am liebsten zu ihm rennen und mit ihm irgendwelche doofen Sprüche austauschen. Ich will die Zeit zurückdrehen zu einem Moment, in dem noch alles locker zwischen uns war.

Doch als ich gerade den Arm hebe, um Tyler zuzuwinken, greift Josh nach meiner Hand und zieht mich den Weg entlang auf Tyler zu.

»Guten Morgen«, sage ich schon von Weitem und mit einem Lächeln ins Gesicht getackert, obwohl mir eher danach ist, ihm verzweifelt zuzurufen: »Es ist eine Lüge! Rette mich!«

Tyler schaut zwischen Josh und mir hin und her, während wir Schritt für Schritt näher kommen. Immer wieder bleibt sein Blick an unseren verschränkten Fingern hängen. Josh lässt seinen Daumen über meinen Handrücken kreisen und je enttäuschter Tyler aussieht, desto stärker wird mein Drang, Josh meine Hand zu entreißen und mit diesem miesen Theater aufzuhören.

»Denk an deinen Schlafplatz in Raven House und an dein Stipendium«, raunt mir Josh noch zu, ehe wir bei Tyler ankommen, der uns noch immer abschätzend mustert. Josh hat recht. Und Diones Worte hallen wie ein Echo durch meinen Kopf. Wenn ich Tyler von Josh und mir überzeugen kann, dann wohl jeden.

»Guten Morgen«, murmelt Tyler und sieht noch einmal kurz zu Josh. »Wie kam es denn dazu?« Sein Kinn deutet auf unsere Hände, Josh zieht mich näher zu sich, lässt meine Hand los und legt den Arm um meine Schulter.

»Am Wochenende waren wir auf einer Party und da hat es einfach gefunkt«, sagt Josh und reibt mir über den Arm. Ihm scheint zu gefallen, wie Tyler die Augen zusammenkneift, denn seine Hand wandert an meinem Unterarm entlang, ehe sie auf meiner Taille liegen bleibt. Ich versteife mich, bemühe mich mit aller Kraft, nicht einen großen Satz zur Seite zu machen. Wenn ich etwas noch mehr hasse als Arroganz, sind es Besitzansprüche innerhalb einer Beziehung. Und genau das gibt Josh in diesem Moment vor und ich muss dabei so tun, als würde mir das gefallen. Mein Frühstück will wieder aus mir heraus.

»Hi, ich bin Joshua Prentiss«, stellt sich Josh dann vor, lässt mich los und reicht Tyler die Hand. Weil Tyler beide Hände voll hat, nimmt Josh ihm kurzerhand die Papiertüte ab.

»Tyler Walsh«, erwidert Tyler völlig überrumpelt. »Ist alles okay mit dir, Cara?« Seine dunklen Augen brennen sich in meine, er weiß, dass etwas nicht stimmt. »Ich wollte mit dir reden. Dringend.«

»Natürlich ist alles okay«, antwortet Josh für mich. Noch so etwas, das ich in Beziehungen hasse. Es erinnert mich schockierend an meinen Ex Mason und Hannahs ständige Vorträge, dass ich in seiner Gegenwart nicht ich selbst war. Ebenso wenig wie jetzt.

»Vielen Dank für den Lieferservice«, legt Josh nach und hält die Tüte hoch. »Wir müssen jetzt aber zu unserem Kurs.« Er greift wieder nach meiner Hand und zieht mich mit sich, vorbei an Tyler, der zu einer Salzsäule erstarrt ist.

»Wir reden später«, rufe ich noch über die Schulter hinweg.

»Musste das sein?«, zische ich Josh beim Weggehen zu, während ich meinen Fingernagel in seine Handfläche bohre. Er erträgt es mit heroisch unbeeindruckter Miene und schenkt mir sogar ein strahlendes Lächeln, das aus Tylers Sicht vermutlich täuschend echt aussieht. Dann beugt er sich zu mir und drückt mir einen Kuss auf den Scheitel. Mein Handgelenk brummt und ich sehe eine Nachricht von Tyler aufploppen.

> Du und Joshua Prentiss? Dein Ernst?

»Antworte nicht«, sagt Josh, noch ehe ich es vorhabe.

Ich wüsste sowieso nicht, was genau ich darauf antworten sollte.

»Du bist total in mich verschossen und achtest nicht auf Nachrichten von anderen Kerlen«, fährt er vollkommen überzeugt fort.

»Tyler wird wissen, dass etwas nicht stimmt, wenn ich mich plötzlich wie ein verliebter Teenie benehme und einfach alles mit Füßen trete, wofür ich ansonsten stehe. Er kennt mich und weiß, dass ich mich niemals von einem Typen herumkommandieren lassen würde.« Immerhin kann ich die Zurückhaltung gestern Abend auf meine Fake-Beziehung schieben und nicht auf die unsägliche Regel der Ravens, was Nicht-Lions angeht. Vielleicht kann ich mich ja doch weiter auf freundschaftlicher Ebene mit Tyler treffen, bis ich von Josh befreit werde.

Ich entziehe Josh meine Hand, was sich anfühlt, als hätte ich zumindest ein Stück meiner Selbstachtung zurückgewonnen.

Josh sagt nichts dazu. Er reicht mir nur die Papiertüte von *Evas Pâtisserie*. »Bringt er dir öfter Frühstück?«, fragt er, bemüht, seine Stimme neutral klingen zu lassen. Ich sehe ihn an, seine Neugier springt mir praktisch entgegen. Ich lasse ihn zappeln, gewinne immer mehr die Kontrolle zurück, während wir am Tutorengebäude und an Tylers Wohnheim vorbei in Richtung Kursgebäude gehen. Ich spüre etliche Blicke auf mir, als hätten die alten Bauwerke Augen.

Meine Taktik funktioniert. »Läuft da etwas zwischen euch?«, fragt Josh weiter. »Du weißt, dass für die Zeit der Anwärterphase alle Beziehungen außerhalb der Lions und Ravens tabu sind.«

»Ja, verdammt«, sage ich genervt. »Das steht in der App. Ich bin nicht blöd. Und nein, zwischen mir und Tyler läuft nichts. Wir sind Freunde.« Die letzten Wörter würge ich mit rauer Kehle hervor.

»Bist du dir da sicher?«, schreit mir sein Blick deutlicher entgegen, als es Worte hätten tun können.

»Ja, verdammt«, grummele ich, nehme die Tüte an mich, öffne sie und inhaliere den Duft. Sofort hebt sich meine Laune etwas.

»Dann hoffe ich mal, dass Tyler Walsh das genauso sieht. Sonst wird er uns in Schwierigkeiten bringen.«

Während des ersten Kurses erreicht mich Tylers Nachricht mit dem Foto von Josh und mir. Wenn er es heute Morgen noch nicht gesehen hat, wollte er offensichtlich nicht über Josh und mich reden, wie ich vermutet habe, sondern über *ihn* und mich. Meine Kehle schnürt sich zusammen. Es folgen weitere Fotos von Josh. Verschwommene Paparazzi-Bilder oder überbelichtete Fotos von irgendwelchen Partys, auf denen Josh rot leuchtende Pupillen hat oder eine Hand sein halbes Gesicht verdeckt.

»Schreibt er dir immer noch?«, fragt mich Josh beim Mittagessen. Wir haben uns an einer Imbissbude eine große Portion Pommes frites geholt und teilen sie uns nun wie ein verliebtes Paar. Joshs Idee, nicht meine. Während wir nach einer freien Bank suchen, knurrt mein Magen bereits und ich nehme mir einen Happen aus der Schale. Das Herbstwetter macht heute endlich mal eine Pause und gefühlt jeder Student von Whitefield genießt die Sonnenstrahlen im Freien.

»Er schreibt mir nicht nur, sondern schickt mir sehr viele nicht ganz vorteilhafte Fotos von dir.« Ich schiebe mir ein weiteres Stück Pommes in den Mund.

»Die gibt es nicht«, sagt Josh wie aus der Pistole geschossen.

»Wetten doch?« Ich krame mein Handy aus der Tasche und öffne den Chat mit Tyler.

»Die sind schon längst verjährt.« Josh fährt sich durch die Haare und kaut auf der Innenseite seiner Wange herum. Wird er etwa leicht rot?

»Aber sie existieren«, lege ich nach. Natürlich ist er so eitel, dass ihn die Fotos stören. »Das Internet vergisst nicht. Willst du etwas zu der Dunkelhaarigen sagen, die du auf diesem Bild so schön abschirmst?« Ich scrolle weiter und zeige ihm das Foto mit seinen Horrorfilmaugen und der erhobenen Hand.

»Nein.«

Ohne ein weiteres Wort läuft er mit unserem Essen davon. Ich spurte ihm hinterher und überlege, ob ich weiter nachhaken soll, beschließe aber, nicht wie er in offensichtlichen Wunden herumzustochern. Die Portion Pommes ist fast alle, als wir endlich eine freie Bank entdecken. Josh lässt seine Lederjacke von den Schultern gleiten, wirft sie auf die Lehne und setzt sich. Für einen kurzen Moment scheint er irgendwo anders zu sein. Er schließt die Augen und legt den Kopf in den Nacken, um die Sonne zu genießen. Diese Geste ist mir so furchtbar vertraut, dass ich lächeln muss.

Ich setze mich ebenfalls und Seite an Seite kauen wir vor uns hin.

»Die Zeit damals war kompliziert«, bricht er unerwartet das Schweigen.

»Weshalb?«, frage ich ehrlich neugierig.

Er sieht mich an und scheint zu überlegen, was er mir anvertrauen kann. Ich halte die Luft an.

»Mom war noch Kongressabgeordnete, es war mein letztes Highschooljahr und ich habe es ziemlich krachen lassen, je mehr mir Moms Berater irgendwelche Vorschriften gemacht haben.« Er stößt laut die Luft aus. »Die Präsidentschaftskandidatur ist die reinste PR-Show und ihr Kontrahent …« Den Rest des Satzes lässt er offen. Vermutlich hat man ihm auch eingetrichtert, nicht über die politischen Gegner seiner Mutter öffentlich zu urteilen.

Ich nicke, weil ich irgendwie verstehen kann, dass es nicht leicht sein muss, wenn man in ein Leben gezwungen wird, das man sich nicht ausgesucht hat. Ich hatte lange genug eine Zukunft im Versicherungsbüro meines Dads vor Augen. Hätte Hannah mich nicht zu der Bewerbung am St. Joseph's überredet, wäre meine Zukunft vorprogrammiert gewesen. Erst im Büro bei den Angestellten, dann irgendwann an Dads Schreibtisch. Ich schaudere.

»Ist dir kalt?«, fragt Josh und greift schon nach seiner Jacke. Eine winzige Geste, die mich erneut zum Lächeln bringt.

»Nein, alles okay.«

Er sieht mich abschätzend an, dann nickt er.

»Zu guter Letzt wurde ich auf eine Militärakademie geschickt, um den Teil der Bevölkerung von Mom zu überzeugen, der laut Umfragen noch schwankte.«

»Wie kommt es dann, dass du in Europa studierst? Wäre es nicht deine ›heilige Pflicht‹, nach Harvard oder Yale zu gehen?«

»Das war der Kompromiss, den ich mit Mom geschlossen habe. Ich habe hart dafür gekämpft.« Seine Miene wird wieder kalt. Er steht schnell auf und wirft die Pappschale in die Recyclingtonne ein paar Schritte entfernt. Mein Handgelenk beginnt leicht zu vibrieren. Orange.

»Lass uns wieder reingehen«, sagt er und schon ist das kleine bisschen vertraute Atmosphäre zwischen uns verschwunden, als hätte es nie existiert.

Während des Nachmittags ist Josh mies gelaunt, als wollte er den guten Eindruck, den ich für einen Moment von ihm hatte, wieder ausmerzen. Deshalb bin ich heilfroh, mich mit Tylers miesen Bildbearbeitungsversuchen ablenken zu können. Inzwischen ist er dazu übergegangen, Fotos von Josh zu *verschönern*. Weil er mich aber kennt und weiß, dass ich ihm die Lästerei irgendwann vorwerfen würde, googelt er offenbar auch sich selbst und schickt mir Fotos, die von ihm im Netz kursieren. Die Nachricht dazu:

> Falls du auf Bad Boys stehst, kann ich durchaus mithalten. :-P

Auf dem Foto sieht Tyler echt fertig aus. Mehrere leere Gläser und Flaschen stehen vor ihm auf einem kleinen Tisch, ein paar Jungs hocken um ihn herum, die alle wie er das Hemd halb aufgeknöpft haben und sich von einer Horde hübscher Mädchen umgarnen lassen.

> Stammt das aus deiner wilden Jugend? :-)

> Willst du damit sagen, dass ich nicht mehr jung bin?
> Das ist nicht sehr nett, C!

Ich antworte nur mit einem Augenverdreh-Smiley.

> Heute Fernsehabend bei mir? Wir können gern vergessen, was auch immer gestern passiert ist. Aber ich vermisse dich, Cara.

> Ich weiß noch nicht

… tippe ich gerade, als die nächste Nachricht eingeht.

> Und wehe, du versetzt mich, nur
> weil du jetzt einen Freund hast.
> Das ist so Teenie-Drama.
> Über solche Mädchen lästern wir
> in Filmen immer!

Da hat er recht. Ich seufze.

> Außerdem würde mein Selbstbewusstsein
> stark darunter leiden.

Ich will zusagen und spüre ein warmes Kribbeln im Bauch, das ich sofort verdränge. Ich stelle mir vor, wie wir *den Abend vergessen*, und sehe mich schon in Tylers Wohnzimmer auf der Couch an ihn gekuschelt wie vor meinem Einzug in Raven House – ein Abend mit Scherzen und blöden Sprüchen. Doch das Bild verschwimmt und der gestrige Abend taucht vor meinem inneren Auge auf, wie unsere Gesichter sich einander nähern und ich *nicht* zurückweiche.

> Ich kann nicht.
> Tut mir leid.

»Er baggert dich an, obwohl du einen Freund hast? Das ist aber nicht die feine englische Art. Du solltest besser auf deinen Umgang achten, Emerson.« Josh stößt *tztz*-Laute aus und schüttelt in gespielter Empörung den Kopf.

Ich bin nur noch genervt. »Hat dir schon mal jemand gesagt, wie unhöflich es ist, die Nachrichten anderer Leute mitzulesen, *Prentiss?*«

»Touché«, sagt er mit einem Grinsen, das jedoch nichts Echtes an sich hat.

19

MITTWOCH, 11.11.

> Willst du mir nicht ein paar heiße
> Details über deinen berühmten Freund
> verraten? ;-)

Eine von vielen Nachrichten von Hannah. Bei jedem Aufleuchten ihres Namens auf dem Display wird mein schlechtes Gewissen wegen all der Lügen schlimmer. Seit Tagen habe ich keinen Eintrag mehr ins Glückstagebuch gemacht, weil der einzige Moment, der für ein kurzes Glücksgefühl gesorgt hat, meine Raven-Anwartschaft beenden könnte, sollte irgendwer das Buch zufällig in die Finger bekommen.

Beim Frühstück lächelt Dione bei jeder Nachricht, die auf ihrem Handy eingeht, vor sich hin.

»Läuft da etwas zwischen dir und Austin?«, frage ich und spüre, wie sehr ich mich nach dem Gefühl sehne, das sie mit jeder Pore ausstrahlt. Zufriedenheit. Glück. Ein klein wenig davon färbt sogar auf mich ab und ich notiere in Gedanken: *Glück ist ... wenn man sich für andere freuen kann.*

»Nicht so, wie du denkst. Aber ... Die Fake-Beziehung schweißt zusammen. Und nach der gestrigen Aufgabe ...«

»Ihr habt schon eine neue Aufgabe bekommen?« Sofort mache ich mir Sorgen, dass Josh und ich bereits ausgeschieden sind, weil bislang keine weitere Karte auf dem Kopfkissen lag und auch keine Nachricht über die Raven-App eingegangen ist. Was haben wir falsch gemacht? Hat man mir meine Abneigung gegen Josh doch angemerkt? Wurde irgendwer über uns befragt? Hannah vielleicht? Hat sie mich deshalb mit Details zu Josh gelöchert? Verdammt! Vielleicht hätte ich ihr besser doch antworten sollen.

Und sie anlügen müssen.

Nein, das kann ich einfach nicht.

»Hey, alles gut. Tu ihm nicht weh!«, holt mich Dione aus meiner aufsteigenden Panik und deutet nach unten. Ich sehe auf meine Finger, die sich in den lauwarmen Muffin bohren. Intensiver Schokoladengeruch steigt mir in die Nase.

»Die Aufgabe bekommen alle Anwärterpaare nacheinander. Ihr kommt schon noch an die Reihe.« Das Funkeln in ihren Augen erlischt und ein Schatten legt sich über ihr Gesicht.

»Was ist los?«, frage ich alarmiert, ein Stück Muffin fällt auf meinen Teller und ich lege den kleinen Kuchen schnell ab, ehe ich ihn noch komplett zermatsche.

Dione beugt sich über den Tisch, sodass ihre Haare beinahe in die dampfende Teetasse fallen. »Ich glaube, Emily und Anando haben die Aufgabe nicht geschafft.«

»Was musstet ihr denn machen?«, frage ich entsetzt. Meine Stimme klingt so laut, dass zwei Ravens ein paar Tische weiter ihr Gespräch unterbrechen und zu uns schauen.

Dione wirft mir einen mahnenden Blick zu. »Darüber dürfen wir nicht reden. Daher gehe ich ja davon aus, dass alle dieselbe Aufgabe bekommen. Aber sie … Ich habe da was aufgeschnappt … Verdammt, ich darf nichts sagen, ohne gegen die Anweisungen zu verstoßen. Hoffentlich schafft ihr es. Mit Anando hatte ich bisher nichts zu tun und auf Emily kann ich verzichten, auf dich aber nicht. Wenn ihr besteht, fallen die beiden garantiert am Entscheidungstag raus.«

Ich denke darüber nach und überlege, wie Valérie und Kellan die Aufgaben bewerten.

»Ihr müsst die Aufgabe nur durchziehen und dürft keine Minuspunkte kassieren«, sagt Dione in so lockerem Ton, als würde sie über die Designerstücke reden, die sie gerade auf ihrem Handy aufruft.

»Ich habe mir gedacht, dass dieses Kleid perfekt für dich wäre, wenn am Wochenende der nächste Ball ansteht«, wechselt sie wenig unauffällig das Thema. »Was meinst du?« Sie dreht ihr Handy um, damit ich das Outfit besser sehen kann. »Das Motto kannst du dir vermutlich denken, oder?«

Ich starre auf das schwarze Charlestonkleid mit den Glitzersteinchen und den silbernen Pailletten, die in geometrischen Formen angeordnet sind, bevor sie an einem funkelnden Fransensaum enden, der etwas unter den Knien des Models endet.

»Zwanzigerjahre-Party?«

»Exakt!« Dione strahlt mich an und zeigt mir als Nächstes eine Seitenansicht des Models. »Ich würde dir zu schwarzem Chiffon mit silbernen Elementen raten, weil ich fürchte, dass du in einem cremefarbenen Kleid zu blass wirken könntest. Gefällt es dir?«, hakt sie nach und hält mir die dritte Ansicht unter die Nase. Details der aufgestickten Pailletten.

»Es ist wunderhübsch. Aber …«

»Es passt perfekt zu deiner Haarfarbe. Anstatt Federn bekommst du ein Stirnband aus silbernen Pailletten ins hochgesteckte Haar.« Sie zeigt mir ein weiteres Bild, das Porträt eines Models, das so ziemlich genau meine Haarfarbe hat und das beschriebene Stirnband trägt. »Ich liebe die Goldenen Zwanziger.« Dione seufzt laut. »Alles war so stilvoll, die Musik und dann die Frauenbewegung. Warum hat noch niemand eine Zeitreisemaschine erfunden?« Übertrieben seufzend blickt sie auf ihren Tee hinab.

Durch ihre Schwärmerei rückt das Gespräch über die geheime Aufgabe völlig in den Hintergrund. Während des restlichen Frühstücks zeigt Dione mir alle möglichen Kleidervarianten der Zwanzigerjahre und verrät mir, wer welches Kleid am besten tragen könnte. Dann macht sie mich mit den Schuhen dieser Zeit vertraut, geschlossene Sandalen mit niedrigem Absatz.

»Ein paar Ravens haben mir erzählt, dass Valérie diesen Ball am liebsten mag«, plappert Dione munter weiter. »Was ich sofort glauben kann. Ihr Gesicht und ihre Frisur sind prädestiniert dafür. Ich bin so gespannt, was sie tragen wird!«

»Das weißt du nicht?«, frage ich.

»Valérie macht um dieses eine Wochenende anscheinend immer ein Geheimnis. Ich glaube ja, dass sie nur noch am St. Joseph's ist, um weiterhin die Bälle mitzumachen.« Sie lacht so laut, dass erneut Gespräche unterbrochen und Blicke auf uns gerichtet werden. Ich lache nicht, weil auch ich mir schon die Frage gestellt habe, wieso Valérie ihr ewiges Studium nicht endlich abschließt.

Bevor wir nach dem Frühstück kurz in unsere Zimmer zurückkehren, erinnert mich Dione noch einmal daran, keine Fehler zu riskieren, damit ich weiter im Rennen um die Mitgliedschaft bleibe.

»Vergiss nicht, dass Valérie neben ihrem guten Geschmack für Mode einen Riecher für Skandale hat, die bei den Ravens nicht geduldet werden«, sind ihre letzten Worte, ehe sie ihre Tür hinter sich schließt.

Ich sammele meine Unterrichtsmaterialien für den Tag zusammen und gehe nach unten. Dione ist nicht im Gesellschaftsraum. Dafür sitzt Laura mit einem Kaffee an der Theke. Ich versuche, direkt an ihr vorbeizusehen und den Raum einfach zu durchqueren, da klatscht sie rhythmisch in die Hände und wedelt dabei ihr süßliches Parfüm in meine Richtung. Unwillkürlich drehe ich mich zu ihr um. Sie greift gerade nach ihrer Tasse und pustet den aufsteigenden Dampf zu mir.

»Gekonnter Schachzug mit dem *Paparazzi-Bild*«, sagt sie, ehe sie einen Schluck nimmt, um den dramatischen Effekt ihrer Aussage mit der seltsamen Betonung zu erhöhen. Zu meiner Schande wirkt es und die Frage kommt mir schneller über die Lippen, als ich den Mund schließen kann.

»Schachzug?«

»Ach, bitte!« Sie verdreht die Augen unter den krass verlängerten Wimpern. »Elaine Montfort ist eine Top-Fotografin. Sie gehört nicht zu diesen herumlungernden Paparazzi, die der Campus-Security aus einem Kilometer Entfernung auffallen. Wusstest du das etwa nicht?« Sie blinzelt mich unschuldig an und meine Finger verkrampfen sich um den Träger meiner Tasche. Aber ich will mir nicht die Blöße geben, dass ich es tatsächlich nicht wusste, daher zwinge ich mir ein falsches Lächeln auf die Lippen.

»Gratulation zu deiner Detektivarbeit, Laura«, sage ich und imitiere ihren klebrig-süßen Tonfall. »Viel Erfolg bei der nächsten Auf-

gabe. Es sind schon Paare daran gescheitert, wie ich gehört habe.«
Ich speichere ihren ehrlich überraschten Gesichtsausdruck ab, drehe
mich um und gehe zielstrebig auf den Windfang zu. Als ich endlich
außer Sichtweite bin, beschleunige ich meine Schritte, sprinte beinahe bis zur Grundstücksgrenze und hole tief Luft.

Luft, die ich brauche, um Josh, der wie immer an der Mauer auf
mich wartet, mit dem neuen Wissen zu konfrontieren.

»Du hast eine Profifotografin angeheuert, die Bilder von uns
machen sollte?«, brülle ich ihn an.

Er sieht nicht gerade aus, als würde er sich schuldig fühlen. Im
Gegenteil. Seine Lippen formen sich zu einem siegessicheren Lächeln, das mich nur noch mehr in Rage bringt.

»Du bist schuld an dem Stress mit Tyler!«

Er zuckt nur mit den Schultern. »Hättest du deinen ›nur ein
Freund‹-Freund direkt informiert, wäre es nicht so weit gekommen.
Außerdem …«

»Mein Privatleben geht dich überhaupt nichts an«, unterbreche
ich ihn.

»O doch! Und ob es das tut. Nur weil du diesem Weiberhelden
ins Netz gegangen bist, riskiere ich nicht meine Lion-Mitglied-
schaft.«

Ich lache auf. »Als würdest du etwas riskieren. Du bist doch so
oder so drin.« Ich unterdrücke ein Augenverdrehen. Die Lions würden sich den Sohn der ersten US-Präsidentin bestimmt nicht durch
die Lappen gehen lassen.

»Bin ich nicht. Egal, was du denkst. Wir müssen die Anwärterphase ernst nehmen. Jace' Backgroundrecherchen haben ergeben,
dass du genauso für die Aufnahme kämpfst wie ich. Daher habe ich

während der Matching Night falsche Antworten gegeben und alles darangesetzt, nicht mit einer anderen Anwärterin zu matchen.«

Das spontane Geständnis würgt alle weiteren Vorwürfe ab und ich runzele die Stirn. Brittany lag mit ihrer Aussage Laura gegenüber tatsächlich richtig. Josh *wollte* nicht mit ihr matchen.

»Zufrieden?«, mault er und ich sehe, wie seine Kiefermuskulatur arbeitet.

Ich werde ihm nicht die Genugtuung geben, zu antworten, sondern gehe einfach an ihm vorbei. Erst als die Uhr an meinem Handgelenk vibriert, höre ich, dass Josh mir folgt.

Während ich Josh am Vormittag zu seinen Kursen begleite – Valérie und Kellan sorgen für eine vorübergehende Erlaubnis der Anwärterinnen und Anwärter, in »andere Kurse hineinzuschnuppern« –, suche ich nach der Ursache für den bitteren Geschmack, der seit dem Gespräch am Morgen auf meiner Zunge festhängt. Den kurzen Geistesblitz, dass ich über den wahren Grund von Joshs Interesse an mir enttäuscht sein könnte, schiebe ich vehement von mir. Es interessiert mich nicht, warum er mit mir matchen wollte. Definitiv nicht. Also konzentriere ich mich auf seine offenbar hohe Meinung, dass er sein Ziel – die Mitgliedschaft – am besten mit mir erreichen kann, und arrangiere mich mit dem Gedanken, dass wir nun offenbar wirklich Partner sind. Wir verfolgen dasselbe Ziel und sollten an einem Strang ziehen.

Ich beuge mich zu ihm hinüber und flüstere: »Keine Alleingänge mehr wie die Aktion mit dem Pressefoto«, verlange ich.

Er nickt, aber am Zucken seiner Mundwinkel sehe ich, dass er mich nicht ernst nimmt. Ich feuere einen finsteren Blick auf ihn ab, der ein echtes Lächeln hervorlockt.

»Ja, ja, schon gut. Keine Alleingänge mehr. Wir sind jetzt *Partner-in-crime*.« Darauf folgt der Versuch eines Zwinkerns, das eher nach kratzender Kontaktlinse aussieht.

Etwas besser gelaunt und mit der Situation vorerst im Reinen, erzähle ich ihm von der ominösen Aufgabe und dem vermeintlichen Ausscheiden von Emily und Anando.

»Ich danke dem Universum dafür«, flüstert Josh. Er tippt sich an die Schläfe und sieht zur Saaldecke. »Anando ist eine Nervensäge!«

Ich kehre kurz in Gedanken zu unserem Speeddate und dem Gespräch über die Bedeutung unserer Namen zurück. Offenbar nervt Anando auch Josh damit.

»Er kommt jeden Tag mit irgendwelchen Sprüchen über Gott und die Kirche an. Dabei habe ich damit so gar nichts am Hut.« Er streicht sich die Haare aus dem Gesicht. »Höchstens für Mom.« Seine blauen Augen sind für einen Moment verschleiert und ich glaube, die Liebe zu seiner Mutter darin zu erkennen. Ein weiterer Punkt für meine Josh-Liste. Ein eindeutiger Pluspunkt sogar.

»Mir wäre es lieber, wenn Laura und Barron rausfliegen würden«, sage ich ganz leise.

»Stimmt, das wäre mir auch lieber. Carstairs ist ein arroganter Idiot!«

»Da kenne ich noch jemanden«, kontere ich und sehe Josh vorwurfsvoll an. Kurz verändert sich sein Gesicht und ich glaube, sein wahres Ich hinter der Maske ist enttäuscht, doch schon im nächsten Moment zeigt er sich wieder professionell neutral.

»Man tut, was man kann«, sagt er nur und wendet sich wieder seinem Professor zu. Weil ich nicht einmal weiß, in welchem Kurs ich überhaupt sitze und mich der Dozent nicht interessiert, scrolle ich durch die Nachrichten von Tyler.

Oder besser gesagt, seine Warnungen.

> Er behandelt dich nicht gut, C.

> Ich bin immer noch schockiert, wie du dich in seiner Gegenwart benommen hast.

Letztere kam gestern mehrmals – nur geringfügig abgewandelt. Im Prinzip bin ich ihm dankbar dafür. Tyler weiß, was ich von so einem Benehmen halte, er kennt sogar einen winzig kleinen Teil meiner Vergangenheit, weiß von Masons Kontrollsucht. Er ist schließlich der Grund, warum Tyler und ich die Flirtgrenze nie überschritten haben.

In der Mittagspause summt mein Armband leise und meldet eine weitere Nachricht.

> Du solltest dich wirklich von ihm fernhalten. Bitte.

»Kann er nicht mal aufhören, *meiner* Freundin Nachrichten zu schicken?« Joshs Schritte werden energischer und schneller. Ich habe Mühe, mitzuhalten und höre ihn nur vor sich hin grummeln. »Was stimmt mit dem Kerl nicht? Wieso hängt er wie eine Klette an dir?«

»Das tut er doch gar nicht!«, verteidige ich Tyler.

»Ach nein? Dann dreh dich mal um.«

»Wie bitte?«

Josh bleibt stehen, greift nach meiner Hand und wirbelt mich herum. Und tatsächlich. Tyler schlendert gerade bemüht lässig den Weg entlang und hebt die Hand zu einem kurzen Winken.

»Er macht sich Sorgen«, sage ich nur. »Du kennst meine Geschichte nicht.«

Ich kann Josh ansehen, wie gern er Tyler zur Rede stellen würde.

»Und er schon?«

Ich nicke, mache aber keine Anstalten, Josh über Mason aufzuklären, auch wenn er das eindeutig erwartet.

»Ich werde mit ihm reden, okay? Ihn einfach um mehr Raum bitten.«

Ich gehe auf Tyler zu, um ihn um ein Treffen zu bitten. Josh folgt mir, und noch ehe ich den Mund aufmachen kann, blafft er Tyler an:

»Halt dich von uns fern!«

»Als würde ich auf das hören, was *du* mir sagst.« Tyler verschränkt die Arme vor der Brust.

»Das solltest du besser.« Josh strafft die Schultern und macht sich größer.

»Und wenn nicht? Hetzt du dann dein Schoßhündchen auf mich?« Tyler gestikuliert in Richtung Rasenfläche, wo – von mir bisher total unbemerkt – Jace herumlungert und auffällig unauffällig auf sein Handy schaut. Ein paar Meter weiter entdecke ich Laura und Barron, die sich unterhalten.

»Sag ihm, er soll mich nicht verfolgen, oder es gibt Ärger.«

Josh und Tyler stehen sich gegenüber, als würden sie jeden Moment auf Höhlenmenschniveau sinken und eine Schlägerei anfangen.

»Schluss jetzt!«, gehe ich dazwischen, schiebe die beiden auseinander und sehe, wie Jace ebenfalls alarmiert näher kommt, um notfalls einzugreifen.

Ich wende mich Tyler zu, der nur Augen für Josh hat. Im nichtromantischen Sinn. »Können wir uns heute Abend treffen? Kurz nach acht?«, bitte ich ihn.

Tyler mahlt noch einmal mit dem Kiefer, blinzelt dann und richtet den Blick auf mich. Das tödliche Feuer darin erlischt sofort. »Kommst du zu mir?«

Hastig suche ich nach einer anderen Lösung. »Wir treffen uns besser am Brunnen vor dem Hauptgebäude.«

Für einen Moment sieht Tyler irritiert aus, nickt dann aber.

»Bis heute Abend«, sage ich bemüht freundlich und lächele so angestrengt, dass meine Wangen zu zittern beginnen, weshalb ich rasch zu Boden sehe.

Josh geht ohne ein Wort davon. Meine Uhr beginnt sanft zu summen und ich sehe ihm nach. »Warte!«, rufe ich panisch.

»Lass ihn doch«, sagt Tyler mit zufriedenem Gesicht und einer zu großen Portion Genugtuung in der Stimme.

Das Brummen an meinem Handgelenk wird stärker.

Was hat dieser Idiot nur vor? Riskiert er wirklich Minuspunkte, nur weil sein Ego verletzt wurde?

»Ich muss los. Bis heute Abend«, sage ich schnell und will Josh folgen. Das Raven-Symbol wechselt gerade von Orange zu Rot, als Tyler nach meiner Hand greift. Ich muss weg! Zu Josh und seinem verdammten Ego. Ich habe keine Zeit, mit Tyler zu diskutieren.

»Heute Abend. Dann reden wir«, sagt Tyler mit sanfter Stimme, seine Finger gleiten kurz über meinen Handrücken und verursachen überall Gänsehaut, bevor er mich loslässt und ich davonrenne.

»Bist du bescheuert?«, brülle ich Josh an, der stur weiterläuft wie ein trotziges Kind. »Du riskierst für Nichts einen Minuspunkt!«

»Den riskiere nicht *ich*, Emerson, sondern *du*.« Er macht eine bedeutungsschwere Pause. »Wetten, dass Laura schon Valérie geschrieben hat, dass wir gegen Regel Nummer 2 verstoßen haben?«

Ich stöhne auf. Dione hat mich heute früh sogar noch gewarnt. Außenwirkung. Ein Streit zwischen Josh und Tyler – um mich – mitten auf dem Campus gilt sicher nicht als gute Publicity. Verdammt.

Meine Raven-App zeigt eine neue Nachricht.

Lauras Name.

> Danke für deine Unterstützung. :-)
> Ich hoffe, du bist nicht allzu traurig
> über deinen baldigen Auszug.

Jetzt ist mir der Appetit definitiv vergangen. Joshs Vorlesung in Europäischer Politik und die nachfolgenden Stunden verschwimmen zu einem blassen Nebel.

Ich betrete Raven House direkt nach dem Abschalten der elektronischen Fessel und renne hoch in mein Zimmer, um mir kurz eine dickere Jacke zu holen, damit ich nicht erfriere, wenn ich mit Tyler am Brunnen herumstehe.

Doch mit einem Blick auf mein Kopfkissen verpuffen sämtliche Pläne für den Abend.

20

MITTWOCH, 11.11.

»Jetzt verstehe ich, warum Dione mir keine Details verraten hat«, flüstere ich und doch erscheint mir meine Stimme viel zu laut in dem dunklen Flur – mitten in der Nacht allein mit Josh, umringt von dunklen, jahrhundertealten Mauern, die im Tageslicht wesentlich freundlicher wirken. Der graue Stein scheint immer näher zu kommen, während wir in einer Nische unter einem vermutlich entsetzlich wertvollen Tisch kauern und darauf warten, dass der Sicherheitstyp endlich seine stündliche Runde beendet hat.

Heute um Mitternacht werden eure Uhren wieder aktiviert und eine weitere Aufgabe wartet auf euch.
Eure Kleidung sollte mit den Schatten verschmelzen.

So lautete die Botschaft auf meinem Kopfkissen. Ich habe Tyler abgesagt und ignoriere seither die Rückfragen, die unentwegt von ihm eingehen.

> Verbietet ER dir etwa, dich mit mir zu treffen?

Oder sind es deine neuen »Freunde«?

Du musst da raus, C.

Wenn ich gewusst hätte, dass es so läuft,
hätte ich nie den Kontakt hergestellt.

Ich mache mir wirklich Sorgen! :-/

Meine Uhr hat so oft gesummt, dass Josh mir helfen musste, den Vibrationsalarm für Nachrichten zu deaktivieren.

Direkt nach Tyler hatte ich Josh über die Raven-App angeschrieben, weil mir aufgefallen ist, dass ich keine Handynummer von ihm habe – was wir inzwischen geändert haben. Wie sieht es denn aus, wenn mein *Freund* nicht in meiner Kontaktliste steht?

Kurz vor Mitternacht hat Josh dann an unserem morgendlichen Treffpunkt auf mich gewartet. In schwarzer Jeans und schwarzem Hoodie unter der schwarzen Lederjacke, war er *mit den Schatten verschmolzen*, wie es in der Aufgabe stand.

»Der Einbrecherlook steht dir«, sagte ich mit einem Grinsen. Nach mehreren Energydrinks, um nicht müde zu werden, war ich total aufgedreht und hibbelig.

Mein Outfit ist seinem ganz ähnlich. Schwarze Leggins, anthrazitfarbene Sweatjacke mit Kapuze über zwei Sweatshirts, die Haare zu einem straffen Knoten zusammengebunden. Lediglich die Sohlen meiner schwarzen Chucks leuchten in der Dunkelheit. Josh hat nach einem kurzen Blick auf mich die linke Augenbraue angehoben und mich mit »Hi, Bonny!« begrüßt.

Mein »Hi, Clyde!« entlockte ihm ein schiefes Grinsen und selbst im Halbdunkel unter den Laternen sah ich seine Augen funkeln wie auch jetzt, als er sich ein klein wenig aus unserer Nische nach vorn beugt und schnell wieder zurückzieht. Unsere einzige Lichtquelle ist der Mond jenseits der Rundbogenfenster, der sich immer wieder hinter Wolken versteckt und die Schatten wandern lässt.

»Dir macht das Spaß, oder?«, frage ich leise, während ich mein Gewicht verlagere, weil meine Beine einzuschlafen drohen. Josh dreht sich zu mir um. Im schummrigen Licht sieht er aus wie eine Schwarz-Weiß-Fotografie. Der Dreitagebart lässt die Konturen seiner Wangenknochen verschwimmen und ihn irgendwie traumhaft wirken. Seine Wimpern sind zum Neidischwerden lang und dicht. Aus dieser Nähe und ohne etwas zu tun zu haben, kann ich Josh in Ruhe mustern, sehe die zarten Lachfältchen an seinen Augenwinkeln und die etwas tiefere Falte zwischen seinen Brauen. Hannah hat immer behauptet, Schwarz-Weiß-Bilder schüfen aus jeder kleinen Falte tiefe Gräben, womit sie wohl recht hatte. Doch trotz dieser kleinen Fehler wirkt Joshs Gesicht wie gemeißelt.

Ich sollte aufhören, ihn anzustarren.

Schnell sehe ich wieder auf den dunklen Flur und zappele mit einem Bein, weil die Wirkung der Energydrinks irgendwo hin muss. »Wird dich Jace eigentlich retten, wenn du erwischt wirst?«

»Ich habe ihm nichts von der Aufgabe erzählt«, gesteht Josh leise. »Er hätte mich davon abgehalten oder die Sache selbst übernommen.«

Ich drehe mich wieder zu ihm um. »Ist er nicht ein schlechter Bodyguard, wenn er nicht mitkriegt, dass du dich mitten in der Nacht davonschleichst?«

»Ich gehe davon aus, dass er längst schläft. Zumindest hoffe ich das. Er trackt sonst immer meinen Standort.« Obwohl er nicht zu mir sieht, bin ich mir sicher, dass er gerade die Augen verdreht.

»Muss nervig sein, immer überwacht zu werden«, denke ich laut nach.

»Es ist gar nicht so schlimm. Jace ist in Ordnung, er ist ein Freund geworden.«

»Der sich vor dich werfen würde, wenn man auf dich schießt. Oder der dazwischengeht, wenn du dich prügelst. Wie ein großer Bru…«

»Sch!« Josh legt den Zeigefinger auf die Lippen und zieht mich tiefer in die Nische. Seinen Arm lässt er um meinen Bauch geschlungen. Ich lausche angestrengt, höre jedoch nichts als meinen vor Schreck rasenden Herzschlag in meinen Ohren. Der plötzliche enge Körperkontakt wirkt auch nicht gerade beruhigend.

Es vergehen mehrere, gleichmäßige Atemzüge von Josh, die meinen Nacken streifen und die winzigen Härchen, die sich einfach nie bändigen lassen, zum Beben bringen. Dann höre ich tatsächlich Schritte, die immer lauter werden. Ich halte die Luft an. Der grelle Lichtkegel einer Taschenlampe durchtrennt die Schatten im Flur wie ein Laserschwert und ich rücke instinktiv noch etwas weiter nach hinten, noch dichter an Josh, dessen Wärme ich an jedem Zentimeter meines Rückens spüre. Seine Hand liegt brennend an meiner Taille. Es scheinen Stunden zu vergehen, bis der Wachmann fröhlich – und schlecht – pfeifend unser Versteck passiert hat, glücklicherweise leuchtet er nicht in jede der vielen Nischen zwischen den alten Holztüren, in denen teils alte Rüstungen, teils antike Tische stehen wie in unserer.

Nach einer gefühlten Ewigkeit, meine Beine kann ich in der gekrümmten Haltung schon gar nicht mehr spüren, verklingen die Schritte endlich irgendwo in der Dunkelheit jenseits unseres Verstecks. Wir kauern trotzdem noch weiter im Dunkeln, nur um ganz sicher zu sein, dass der Wachmann nicht zurückkommt. Joshs Umarmung lockert sich, dann bleibt nur noch Kälte, wo bis eben sein Arm lag. So leise wie möglich kriechen wir unter dem Tisch hervor.

»Das Büro des Dekans ist da drüben.« Josh deutet nach rechts.

»Ich weiß«, sage ich. »Wir haben uns den Lageplan vor nicht mal einer halben Stunde zusammen angeschaut.«

»Schon okay, ich wollte nur nett sein.«

»Indem du mir unterstellst, orientierungslos zu sein?« Ich schüttele den Kopf.

»Ja, ja, schon gut. Ich hab's verstanden. Lass uns gehen und diese verdammten Bücher suchen.«

Direkt nach der Aktivierung unserer digitalen Fessel erschien eine Nachricht auf unserer App:

Im Büro des Dekans sind zwei Bücher versteckt. Findet sie und nehmt sie an euch. Sie sind euer Ticket für die nächste Phase. Die Lieferantentür ist unverschlossen, den Schlüssel zum Büro legt der Wachmann immer oben auf die Zarge, nachdem er das Büro in stündlichem Rhythmus gecheckt hat.

Gleich darauf folgte eine weitere Nachricht. Ein Foto von zwei in Leder gebundenen Büchern. Auf dem einen war das Logo der Ravens eingeprägt, auf dem anderen konnte man deutlich das Relief eines Löwen erkennen.

»Wir sollen einen Einbruch begehen?«, war meine erste Reaktion, die Josh nur einen kurzen Lacher entlockte, ehe er voll in die Planung einstieg, als hätte er so was schon Tausend Male gemacht. Während wir die beleuchteten Wege über den West Court zum Main Court gingen, rief er die Homepage des St. Joseph's auf und suchte nach dem Orientierungsplan. Das Büro des Dekans war schnell gefunden.

»Es ist kein Einbruch, wenn die Türen unverschlossen sind oder wir einen Schlüssel haben«, sagte er.

»Aber wir sollen etwas stehlen. Das ist ein Verbrechen«, legte ich nach. Ich war froh darüber, nichts zu Abend gegessen zu haben. Mein Magen klumpte sich ununterbrochen zusammen und die Energydrinks brodelten wie in einem Hexenkessel. »Es könnte den Rauswurf für uns bedeuten!«

Mit einem Mal konnte ich verstehen, warum Emily und Anando die Aufgabe nicht erfüllt hatten. Gerade Anando schätze ich viel zu korrekt ein, um etwas Illegales zu tun.

»Bedeutet der Rauswurf bei den Ravens für dich nicht dasselbe?« Josh sah mich nur an und brannte mit seinem intensiven Blick nach und nach alle Zweifel an der Aktion fort. Er hatte recht. Die Ravens waren meine beste Option, vielleicht tatsächlich die einzige.

Sie *sind* meine beste Option.

Ich straffe meinen Körper und folge Josh zum Büro des Dekans. Meine Schuhe quietschen auf dem polierten Marmor und ich fluche leise. Bei dem Versuch, keine Geräusche zu machen, geraten meine Schritte ins Stocken und Josh stößt einen erstickten Laut aus, der

verdammt nach Lachen klingt, während er die obere Kante der Tür-
zarge nach dem Schlüssel abtastet. Er streift ihn dabei nur und der
schwere Metallschlüssel rutscht ab.

Ich sehe ihn in Zeitlupe fallen, in meinen Ohren höre ich bereits den Aufprall auf dem Marmor, das Echo breitet sich aus, während er noch einmal aufspringt und mit einem lauten Klirren nach
dem Wachmann schreit. Mit ungeahnter Reaktionsgeschwindigkeit
schnellt meine Hand nach vorn und greift zielgenau zu. Der Schlüssel landet dumpf in meiner Handfläche. Das Metall ist eiskalt.

»Respekt«, flüstert Josh nur. Er schnappt sich den Schlüssel, steckt
ihn in das Messingschloss und tritt zur Seite: »Die Ehre hast du dir
verdient.«

Ich sehe kurz zu ihm. Das Mondlicht streichelt sein für die Situation viel zu vergnügtes Gesicht. Ich schüttele nur den Kopf. Bei
mir hätte das Herunterfallen des Schlüssels beinahe für einen Herz-
infarkt gesorgt. Schnell trete ich vor und drehe den Schlüssel um, ehe
ich die Türklinke nach unten drücke.

Fast ohne quietschende Sohlen betreten wir das Büro des Dekans,
um unsere Aufgabe zu erfüllen. Je mehr Details sich aus der schummrigen Dunkelheit schälen, desto hoffnungsloser werde ich. Dieses
Büro ist die reinste Bibliothek. Die hohen Wände bestehen praktisch
nur aus schweren Regalen mit Fachbüchern, alter Literatur, Notiz-
büchern und weiß Gott was noch. Mitten im Raum befindet sich ein
massiver Schreibtisch, hinter dem ein viel zu moderner ergonomi-
scher Chefsessel steht. Die Besucherstühle davor könnten jedoch aus
der Zeit der Erbauung des Gebäudes stammen und passen gut zu
dem Kamin, der in die Mauer neben der Tür eingelassen ist und von
weiteren Regalen eingerahmt wird.

»Ich übernehme die Seite, du die andere, okay?«, sagt Josh. Ich bewege mich keinen Zentimeter, daher hakt er nach. »Was ist los? Wir haben nicht ewig Zeit, der Wachmann wird wiederkommen«, erinnert er mich.

»Es ist unmöglich«, bringe ich hervor, während sich meine Träume mit leisen Plopp-Geräuschen auflösen wie Seifenblasen.

»Ist es nicht. Hast du nicht gesagt, dass Anderton und Sanders die Aufgabe erledigt haben? Wenn die das schaffen, schaffen wir es auch.« Er hält meinen Blick so lange gefangen, bis ich nicke.

Wenn Dione ihr Buch gefunden hat, schaffe ich das auch. Wieder und wieder sage ich in Gedanken dieses neue Mantra auf, während ich mit den Fingern die Bücherreihen entlangstreife und hin und wieder einen Band herausziehe, weil der Buchrücken nichts über den Inhalt verrät. Auf der anderen Raumseite arbeitet sich Josh durch ein Regal nach dem anderen. Das Ticken der alten Standuhr zwischen den beiden Fenstern wird mit jedem Schlag lauter. Beim ersten Mal verpasst mir der Viertelstundengongschlag einen Schock. Bei den zwei folgenden Malen zucke ich kaum mehr zusammen.

»Oh, ich hab's«, ruft Josh viel zu laut und wedelt mit einem kleinen Buch. Es ist das Buch der Ravens. Meine Aufgabe ist erfüllt. Josh steckt es unter seine Lederjacke und arbeitet schnell weiter.

Ich bin mit meinen Regalen fertig, Josh steht kurz vor dem Ende seiner Wand. Das Buch der Lions haben wir noch nicht entdeckt. So langsam wird die Zeit knapp. Der Wachmann wird bald wieder seine Runde drehen.

Ich sehe mich nach einem Versteck um. Die einzige Möglichkeit wäre der Mahagonischreibtisch, auf dem sich Akten und allerhand Zettel stapeln. Ich gehe zum Platz des Dekans, krabbele zwischen die mit zahlreichen Intarsien dekorierten Schubfächer und lege meinen Kopf auf den Boden. Durch die schmale Spalte ist die Tür kaum zu sehen. Sollte der Wachmann jedoch weiter in den Raum treten und sich näher umsehen, würde dieses Versteck zu einer Falle werden. Ich will mich aufrichten und stoße mit dem Kopf gegen die steinharte Schreibtischplatte.

Mein »Au!« geht in einem lauten Rascheln unter, während ein Stapel Papier zu Boden segelt. Ein Poltern sagt mir, dass es nicht nur lose Blätter waren. Schnell krieche ich unter dem Schreibtisch hervor, reibe mir dabei den Kopf und hoffe, dass nichts kaputtgegangen ist.

Josh ist schon zur Stelle und hilft mir dabei, mit hastigen Bewegungen die Blätter zusammenzuschieben.

»Geht es?«, fragt er nebenbei. »Wir sollten das kühlen, sobald wir die Sache hier erledigt haben.«

Ich will mich gerade für seine Fürsorge bedanken und ablehnen – so schlimm ist es gar nicht –, da bleibt meine Hand an etwas unter dem Papier hängen. Ich ziehe ein ledernes Buch hervor.

»Hier ist deins«, keuche ich, noch immer atemlos vor Schreck. Ich nehme das Buch an mich. Das Leder erwärmt sich binnen Sekunden.

»Dann nichts wie raus hier.« Josh erhebt sich bereits.

»Wir müssen das in Ordnung bringen«, sage ich und deutete auf die verstreuten Blätter. Josh wägt kurz unsere Optionen ab, dann nickt er.

Wir räumen das Chaos so gut wie möglich wieder auf den Schreibtisch, verlassen das Büro und schließen von außen wieder ab. Meine Finger krallen sich in das weiche Leder das Lion-Buches, während

Josh den Arm nach oben streckt und den Schlüssel zurück an seinen Platz legt. Erst als wir uns mit hastigen Schritten vom Büro entfernen, kann ich wieder atmen und mein Herzschlag beruhigt sich.

Dann ertönt das Geräusch von Metall auf Stein, dessen Echo durch den ganzen Flur hallt. Der Schlüssel muss abgerutscht sein. Wir hören entfernte Schritte. Schritte, die immer schneller werden. Josh reißt mich herum, drängt mich in die Nische neben einer Ritterrüstung und presst sich mit mir in die Schatten. Die Schritte werden lauter. Ich bin mir sicher, dass der Wachmann meinen pochenden Herzschlag hören kann. Je länger ich den Atem anhalte, desto lauter scheint er zu werden. Doch der Mann rennt an uns vorbei, zielstrebig auf das Büro des Dekans zu, vermute ich.

Kurz darauf höre ich ein Schaben, als er den Schlüssel aufhebt. Sein schweres Schnaufen dringt bis zu uns, ehe seine abgehackte, atemlose Stimme den Flur entlangschwebt. »Vermutlich sollte ich doch irgendwo einen Haken anbringen.« Ein schweres Seufzen.

Vor Erleichterung sacke ich zusammen. Josh hält mich, drückt meinen Rücken fest gegen seinen Körper. Ich lasse den Kopf nach hinten fallen, gegen seine Brust und atme dabei sein Parfüm ein. Ein Hauch von Leder hängt über allem. Unwillkürlich kommt mir in den Sinn, dass ich ihn an seinem Geruch erkennen könnte. Selbst in tiefster Dunkelheit – wie hinter einer Ritterrüstung, in der vielleicht Monsterspinnen ein gemütliches Zuhause gefunden haben. Ich schaudere, was Josh missversteht. Er umarmt mich fester, legt sein Kinn auf meinen Kopf und wir verharren eine ganze Zeit lang in dieser Position. Eng umschlungen, schwer atmend. Erst als der Wachmann wieder weg ist und länger kein Geräusch mehr zu hören ist, wagen wir uns aus dem Versteck.

Die kalte Nachtluft hat sich noch nie so gut angefühlt! Ich würde am liebsten unter dem Mondschein tanzen, über das Pflaster rund um den Brunnen schweben, so erleichtert bin ich. Josh ist kreidebleich, wie ich im Licht der Laterne erkenne. Das Plätschern des Brunnens ist das einzige Geräusch, als Josh mehrmals tief durchatmet. Ein Lächeln schleicht sich auf seine Lippen. Ohne Vorwarnung überwindet er die Distanz zwischen uns und schlingt seine Arme um mich. Ich keuche kurz auf, genieße jedoch das ansteckende Lachen und erwidere die Siegesumarmung.

»Wir haben es geschafft«, haucht er in mein Ohr und verursacht kleine Explosionen auf meiner Haut, bevor er mich wieder loslässt und das Raven-Buch aus seiner Jacke hervorzieht.

»Aber sehr knapp«, sage ich, während wir die Bücher austauschen.

»Sei nicht so pessimistisch, Emerson«, erwidert Josh kopfschüttelnd. »Nur das Ergebnis zählt.«

Ich nicke schwach und sehe mir das gestohlene Buch genauer an. Meine Finger fahren die Prägung des Raben nach, ehe ich es aufschlage. Das Vorsatzpapier ist royalblau, die Farbe der Ravens. Auf der nächsten Seite wiederholt sich das Logo, darunter ist mein Name gedruckt.

Die Seite zeigt mir meinen Traum:

Raven Cara Emerson

In winzigen Buchstaben, schon fast einer Fußnote gleich, steht darunter:

Dieses Buch ist dein Mitgliedsausweis. Wenn du es verlierst, es dir gestohlen wird oder anderweitig abhandenkommt, verlierst du sämtliche Ansprüche einer Raven.

»Hast du das gesehen?« Ich deute auf die Fußnote und halte Josh das Buch entgegen. Er blättert gerade in seinem und schaut mit einem Stirnrunzeln zu mir auf. Dann nickt er.

»Du solltest das Buch besser nicht aus den Augen lassen«, rät er mir und ich weiß sofort, worauf er anspielt. Wenn Laura nicht einmal davor zurückschreckt, mich auf der Toilette einzusperren, wird sie garantiert versuchen, mir das Buch wegzunehmen.

»Erobere die Fahne«, murmelt Josh vor sich hin.

»Was?«, frage ich und streiche mir die Haarsträhnen aus dem Gesicht, an denen der leichte Wind unentwegt zupft.

»Es ist wie dieses Spiel. Jede Mannschaft hat eine Fahne, die sie verteidigen muss. Gleichzeitig müssen beide Parteien versuchen, die Fahne des anderen Teams zu stehlen.« Ich erinnere mich dunkel an ein solches Spiel aus irgendeinem Buch oder einer Serie. Aber es klingt logisch, was er sagt.

»Ich werde es hüten wie ein Drache seinen Goldschatz.« Ich presse das Buch gegen meine Brust, der Geruch nach Leder steigt zu mir auf. Josh blättert noch immer in seinem.

»Auf den nächsten Seiten werden die ganzen Regeln wiederholt, die auch in der App stehen. Danach kommt nichts mehr. Vielleicht soll man ein Tagebuch oder so daraus machen?« Mit einem Knall, der von der Fassade des Hauptgebäudes widerhallt, schließt er das Buch und zuckt mit den Schultern.

So langsam ebbt das Adrenalin ab und ich kann mir ein Gähnen nicht mehr verkneifen.

»Wir sollten nach Hause gehen, Emerson. Du bist wohl nicht gerade eine Nachteule.« Josh lächelt, bietet mir den Arm an und ich hake mich bei ihm unter. So ohne Adrenalin oder die Wirkung der Energydrinks in mir friere ich trotz Zwiebellook und bin dankbar für seine Nähe.

Wir wechseln gerade vom erhellten Platz rund um den Brunnen auf den etwas spärlicher beleuchteten Fußweg, als unsere Uhren vibrieren.

Herzlichen Glückwunsch zur bestandenen Aufgabe! Zur Belohnung werden eure Fesseln in den nächsten Minuten abgeschaltet und bleiben morgen deaktiviert. Genießt eure Freiheit, vergesst aber nicht, trotzdem weiterhin als Paar aufzutreten.

Wenn das nicht mal eine tolle Belohnung ist, die ich mir aber auch mehr als verdient habe!

21

DONNERSTAG, 12. 11.

Die restlichen Stunden der Nacht verbringe ich mit dem nicht gerade erholsamen Traum, dass Laura mit triumphierendem Lächeln mein Buch in den Händen hält. Ich schrecke auf, und noch ehe ich meine Augen öffne, taste ich panisch unter dem Kopfkissen danach. Es ist noch da. Meine Hand streift über das Leder und die Enge in meiner Brust lässt langsam nach.

Es dämmert bereits. Ein neuer Tag beginnt.

Ein guter Tag, stelle ich fest, weil ich heute nicht an Josh gekettet bin. Im Bad gehe ich meine heutigen Kurse durch, schmiede Pläne für meine Josh-freie Zeit und tippe mit Zahnbürste im Mund eine Nachricht an Tyler.

> Wollen wir unser abgesagtes Treffen beim Mittagessen nachholen?

Es dauert keine Sekunde, bis die Antwort da ist.

> Hast du denn die Erlaubnis von Prentiss?

Sein Ärger springt mir aus jedem Buchstaben entgegen.

> Ich brauche keine Erlaubnis.

> Wenn du meinst ...
> Wird uns dann sein Schatten beobachten?

Ich habe keine Lust zu streiten, schon gar nicht um diese Zeit.

> Wenn du nicht möchtest ...
> Ich bin auch nicht sauer oder so.
> Ich kann dich sogar verstehen. :-(

> Gut so. Das schlechte Gewissen hast du
> mehr als verdient. :-)

> Heißt das, wir treffen uns mittags?

Ein Mittagessen in aller Öffentlichkeit wäre perfekt. Viele Menschen
bedeuten wenig Privatsphäre und keine Chance auf weitere Küsse.

> Nein, das klappt leider nicht.
> Ich habe einen Termin mit meinem
> Mentor.
> Wie sieht es heute Abend aus?

> Ich muss arbeiten. :-(

> Kann nicht jemand anderes übernehmen?
> :-/

> Ich habe meine Schicht letzte Woche
> schon an Suki abgetreten. Aber Moment,
> ich schreibe ihr.

Ich chatte kurz mit Suki, die sogar froh über das zusätzliche Geld ist, weil sie eine seitenlange Liste mit neuen Unterrichtsmaterialien erhalten hat. Ich sehe wieder einmal die Vorteile der Ravens deutlich vor mir, was meine Entschlossenheit bezüglich Tyler weiter steigert.

> Suki übernimmt! :-)
> Um 6 am Brunnen?

Hauptsache, ich kann ihn endlich von seiner Sorge um mich abbringen, damit ich die letzte Woche der Anwartschaft ohne weitere Zwischenfälle hinter mich bringen kann.

> Ja, ich freu mich.
> Bis dann, C.
> Pass auf dich auf. <3

> Bis dann.

Den ganzen Tag über fühle ich mich seltsam. Es ist ungewohnt, allein in den Kursen für Controlling und Rechnungswesen zu sitzen. Doch obwohl ich keine Ablenkung neben mir habe, kann ich mich kaum konzentrieren. Mittags treffe ich mich mit Dione zum Essen, die glücklicherweise den größten Teil unserer Unterhaltung allein bestreitet, während ich mich wie den Rest des Tages immer wieder umsehe und einen Blick auf meine Uhr werfe. Genauer gesagt auf den Kompass. Entweder hat er eine Störung oder die Magnetfelder der Erde verschieben sich wie in diesem alten Film, in dem plötzlich Vögel vom Himmel stürzen, weil sie desorientiert sind.

Nach drei gemeinsam verbrachten Tagen gleiten meine Gedanken peinlicherweise immer wieder zu Josh.

Womit er wohl seinen Cara-freien Tag verbringt?

Ich nutze die Zeit, um nach dem letzten Kurs noch Besorgungen zu machen, und schlendere die alte Hauptstraße von Whitefield entlang, vorbei an den uralten kleinen Geschäften mit den antiken Schildern aus Holz oder Metall, die über den Fußweg ragen und sich im Wind immer wieder quietschend bewegen. Durch die schmale Straße zu bummeln, gleicht einer Zeitreise. Nur selten holpern Lieferwagen oder mal ein Auto über das Kopfsteinpflaster, die Cafés haben niedliche Vordächer und die Gäste verschwinden hinter Fenstern mit Rundbögen oder Sprossen. Aufgestellte Tafeln kündigen die Angebote des Tages an.

Nachdem ich meinen Bedarf an neuen Stiften und Blöcken in einem süßen Schreibwarengeschäft mit roter Markise gedeckt habe, gehe ich auf dem Rückweg zu einer kleinen Konditorei, von der mir Hannah irgendwann mal erzählt hat. Ich will gerade die Glastür aufdrücken, an der ein hübsches Handlettering den Kunden ein herzliches Willkommen wünscht, als ein Dröhnen durch die Straße hallt.

Ein Motorrad rollt langsam über das Kopfsteinpflaster, der Motor knattert viel zu laut für die Geschwindigkeit. Der Fahrer mit dem tiefschwarzen Helm und dem verdunkelten Visier schaut immer wieder auf seinen Arm und gerät einmal gefährlich ins Schlingern, weil er einer Katze ausweichen muss, die sich daraufhin lautstark beschwert. Während das Motorrad an mir vorbeifährt, sieht der Fahrer schon wieder nach unten. Plötzlich hält er an, das Motorengeräusch verstummt und der Fahrer sieht sich um.

Ich erkenne Josh an der Lederjacke, noch bevor er das Visier nach oben schiebt und sich unsere Blicke treffen.

Jetzt habe ich meine Antwort. Joshua Prentiss verbringt seine freien Tage mit Mordversuchen an Katzen.

Er drückt mit dem Fuß den Ständer nach unten, bis sich das Motorrad leicht zur Seite neigt. Lässig setzt er den Helm ab und hängt ihn an den Lenker. Während er absteigt, lockert er mit den Fingern die platt gedrückten Haare.

»Hi, Emerson«, begrüßt er mich beim Näherkommen. »Hast du mich schon vermisst?«

»Nein«, sage ich viel zu schnell und sehe an seinem zufriedenen Lächeln, dass er meine Lüge durchschaut hat. »Was machst du hier?«, lege ich mit gepresster Stimme nach, weil sich mein Puls gerade drastisch erhöht.

»Dich suchen«, erwidert er nur knapp und öffnet die Jacke, ehe er das anthrazitfarbene Tuch löst, das eng um seinen Hals liegt.

»Du hast mich gefunden. Auch wenn ich nicht weiß, wie.« Hat er etwa Jace auf mich angesetzt?

»Ich werde dich immer finden, Emerson«, sagt er mit einem theatralischen Seufzen, das wie aus einem der kitschigen Liebesfilme klingt, über die Tyler und ich immer Witze machen.

»Ja, klar.« Dieses Mal halte ich das Augenverdrehen nicht zurück.

»Das war mein voller Ernst.« Er deutet mit dem Finger auf den Kompass seiner Uhr. Der Pfeil deutet auf mich.

»Das Ding trackt mich?« Meine Stimme klingt etwas schrill und das Kind an der Hand einer Frau, die uns gerade passieren, sieht mich neugierig an.

»Es trackt dich nicht. Ich sehe nur, in welcher Richtung du dich aufhältst.«

Jetzt wird mir klar, wieso mein Kompass heute ständig durchgedreht ist.

»Warum hast du mich gesucht?«, frage ich nun, da wir das Wie geklärt haben.

»Ich habe von deinen Plänen mit Walsh gehört.«

»Lass mich raten: Das hat dir ein Vögelchen gezwitschert?«

»Ich weiß nicht, was Jace von der Bezeichnung hält.« Er zuckt mit den Schultern. »Du solltest dich nicht mit ihm Treffen, Cara.« Bei der Erwähnung meines Namens wird seine Stimme sanfter, eindringlicher.

»Wieso? Er ist mein Freund.«

»*Ich* bin dein Freund, schon vergessen?«

»In welcher Welt bist du denn aufgewachsen?«, sage ich genervt. »Tyler und ich sind nur Freunde.« Das Wort kommt mir nach dem Fast-Kuss nicht mehr so flüssig über die Lippen wie davor.

»Zumindest weiß *ich*, wie man sich als Gentleman verhält.«

»Schon klar!«, erwidere ich, nachdem mein Auflachen dafür gesorgt hat, dass er das Gesicht verzieht. »Deshalb spielst du auch ständig den arroganten, besserwisserischen oder sogar kindischen Idioten. Oder hast du vergessen, wer gestern davongestapft ist und einen Minuspunkt riskiert hat?«

Wir taxieren uns wie Kontrahenten im Ring. Ich weiß, dass wir keine Gegner sind, dass wir dasselbe Ziel verfolgen, und doch spüre ich, dass es für ihn eine andere Bedeutung hat als für mich. Die vielen unbeantworteten Fragen auf der Josh-Liste. Warum ist er am St. Joseph's? Warum will er unbedingt ein Lion werden? Warum glaubt er, ich wäre die beste Option, dieses Ziel zu erreichen?

»Du solltest vorsichtig sein, Emerson. Dich mit Walsh einzulassen, ist gefährlich.«

»Er sagt dasselbe über dich«, kontere ich. »Er hält dich für einen ›besitzergreifenden Arsch‹. Und ich fürchte, so unrecht hat er da gar nicht. Ich werde meinen Josh-freien Nachmittag nach dieser kurzen Unterbrechung jetzt noch ein wenig genießen und mir Scones holen.« Ohne auf seine Antwort zu warten, lasse ich ihn stehen und schiebe nun endlich die Tür zur Konditorei auf. Köstlicher Duft nach Gebäck und frisch gemahlenem Kaffee steigt mir in die Nase und ich werde von einer wohligen Wärme begrüßt.

Ich schaffe es bis zur Theke, ohne mich nach Josh umzudrehen, was beinahe so unmöglich ist, wie den verdammten Zeiger auf meiner Uhr in eine andere Richtung zu lenken. Ich bestelle fünf der Gebäckteilchen, ehe ich mich dem inneren Zwang ergebe und durch das Schaufenster nach draußen sehe. Josh ist weg, sein Motorrad kann offenbar auch leise fahren. Er bewegt sich gerade in einem Bogen um mich herum, wenn ich meinem Kompass glauben darf.

Gut so, sage ich mir immer wieder, während ich zum Campus zurückgehe und dabei die Tüte mit den duftenden Scones an mich drücke. Dabei behauptet ein verräterischer Teil von mir die ganze Zeit, dass ich mich nur selbst belüge, denn gemeinsam Erlebtes verbindet mehr als alles andere. Doch mit Scones und von Miley zubereitetem Chai Latte bringe ich diesen Teil zum Verstummen.

Am späten Nachmittag hat sich endlich auch der restliche Nebel gelöst, der an Whitefield zu kleben scheint wie Spinnweben. Als ich mich auf den Weg zum Treffen mit Tyler mache, erwartet mich ein lila-pinkfarbenes Aquarell am Himmel, das dem Park eine romantische Atmosphäre verleiht. Dennoch werde ich das Gefühl nicht los, beobachtet zu werden. Immer wieder sehe ich mich um, nehme einen Umweg durch mehrere Innenhöfe, doch das Prickeln im Nacken bleibt.

Erst als ich das Leuchten in Tylers Augen sehe, verfliegt es. Er springt vom Rand des Brunnens auf und starrt mich ungläubig an.

»Ich hätte nicht gedacht, dass du wirklich kommst«, sagt er direkt nach der Begrüßung. »Ohne Prentiss oder seinen Schatten.«

»Warum?«, erwidere ich und gehe absichtlich nicht auf die Spitze gegen Josh ein. »Gestern ist mir etwas Dringendes dazwischengekomm…«

»Lass uns irgendwo hingehen, wo wir reden können. Italienisch? Oder Süßkram bei Eva?«

»Wir können doch auch hier reden«, sage ich und strebe bereits auf den Brunnenrand zu, wo Tyler eben noch gesessen hat.

Er beugt sich näher zu mir und flüstert: »Dieses Mädchen dort drüben ist direkt nach dir gekommen und hat dich seither nicht aus den Augen gelassen, obwohl sie vorgibt, auf ihr Handy zu starren.«

Ich will mich umdrehen und nachsehen, doch Tyler hält mich zurück. »Nicht so auffällig! Vielleicht ist das eine von Prentiss' Spionen.«

Ich schüttele schnell den Kopf. »Wie sieht sie denn aus?«

»Sie hat ultrakurze blonde Haare.« Tyler rümpft die Nase.

»Laura?« Ich greife automatisch zu meiner Umhängetasche und

vergewissere mich, dass das Raven-Buch noch dort ist. Gott, ich werde langsam paranoid.

»Was weiß ich! Ihr Name steht nicht auf ihrer Stirn«, sagt Tyler entschuldigend.

Ich hake mich bei ihm unter und gebe vor, in die Richtung zu wollen, aus der ich gekommen bin. Sofort sehe ich Laura mit einem breiten Grinsen im Gesicht auf einer der gusseisernen Metallbänke am Rand des Platzes sitzen. Mir fällt gleich auf, wie sie ihr Handy hält. Dieses Miststück filmt uns mit ziemlicher Sicherheit! Hastig rücke ich von Tyler ab und stolpere dabei beinahe über einen der Pflastersteine.

»Du ... Tyler«, ringe ich nach Worten. »Ich ... ich denke, wir sollten ...«

»Zu mir gehen?«, flüstert er mir in verschwörerischem Ton zu. »Ich hasse Beobachter auch.« Er zieht die Unterlippe zwischen die Zähne und grinst vergnügt.

»Ich dachte eher daran, das Treffen zu verschieben«, gebe ich zerknirscht zurück.

Sein Ausdruck ändert sich sofort. »Ich lasse dich nicht gehen, ehe wir endlich miteinander geredet haben!« Er greift nach meiner Hand und ich sehe, wie sich Lauras Brauen heben, ehe sie von ihrer Bank aufsteht und davoneilt. Verdammt!

Aber so etwas verstößt nicht gegen die Regeln, oder? Würde es ausreichen, um mich bei Valérie in Ungnade fallen zu lassen? Auch wenn Josh ihr versichern würde, dass es für ihn okay ist, wenn ich mich weiterhin mit Freunden treffe, selbst wenn diese männlich sind? Was für schräge, altmodische Gedanken! Trotzdem spüre ich Panik in mir aufsteigen und bin kurz davor, Laura hinterherzulaufen.

»Rede mit mir, C. Etwas stimmt nicht mit dir und ich muss wissen, was es ist. Du kannst mir vertrauen, egal, worum es geht.« Seine Worte sind wie ein warmes Bad nach einer entsetzlichen Kälte. Alles in mir sehnt sich danach, endlich abzuschalten, sehnt sich nach jemandem, der mit diesem Chaos nichts zu tun hat, der keinen Einbruch und Diebstahl begangen hat, um zu einer Studentenverbindung zu gehören, die knallharte Regeln vorgibt. Doch ich kann nicht.

»Hey, wenn du dir Sorgen machst, dann verschieben wir das Reden, okay? Lass uns einfach einen Film schauen … mit viel Gemetzel«, fügt er nach einer kurzen Pause hinzu und atmet tief durch.

Ich scanne währenddessen den Platz nach Lauras platinblondem Pixie, anderen Ravens oder bekannten Gesichtern, kann jedoch niemanden entdecken. Nicht einmal Jace, dabei hätte ich Josh zugetraut, dass er ihn tatsächlich auf mich ansetzt.

»Dann aber schnell«, presse ich hervor, bevor ich es mir anders überlegen kann, und denke gleichzeitig fieberhaft darüber nach, wie genau ich Tyler davon überzeugen kann, auf Abstand zu gehen und keine Aufmerksamkeit zu erregen, bis die Anwärterphase überstanden ist.

»Du hast *geplant*, hierherzukommen?«, frage ich kurz darauf mit einem skeptischen Blick von dem kleinen dunklen Flur aus in das beleuchtete Wohnzimmer und auf die große Schüssel mit Popcorn und den zwei Millionen weiteren Kalorien, die sich in festem und flüssigem Zustand auf dem Couchtisch und darunter verteilen wie in jedem Kindertraum.

»Pst!«, sagt Tyler nur, ehe er näher kommt, und ich erstarre. »Ich will keine schlechte Stimmung, sondern einfach nur einen Film anschauen wie früher, bevor du zu diesen Weib… den Ravens gezogen bist. Wenn ich gewusst hätte, wie du dich danach verhältst, hätte ich dir nie davon erzählt.«

Die wenige Luft, die zwischen uns passt, ist wie elektrisch geladen. Doch er greift nur über mich hinweg und drückt auf den Lichtschalter im Flur, bevor er wieder zur Seite tritt. Ich hole tief Atem und fürchte, dass es eine ganz miese Idee war, sein Angebot anzunehmen.

Doch weniger als eine halbe Stunde später kommt es mir vor, als wäre ich nie in Raven House eingezogen. Wir brüllen zusammen die doofen Teenager an, die – ohne irgendjemandem Bescheid zu geben – in einem gruseligen, verbotenen Wald herumknutschen und dann bei einem Geräusch natürlich nichts Besseres zu tun haben, als aus dem Auto zu steigen und nachzusehen, anstatt so schnell wie möglich wegzufahren.

»Den Helden-Award würde ich in diesem Fall wohl ausnahmsweise nicht gewinnen«, sagt Tyler, ehe er sich eine Handvoll Popcorn in den Mund schaufelt.

»Diese Aktion schreit eher nach einem Award für Blödheit«, antworte ich und merke, wie ich mich immer mehr entspanne – und das, obwohl schon die nächste Szene zwei Leichen zeigt. Viele leere Schüsseln und Verpackungen später ist das Monster besiegt und der Abspann wirft schwache Schatten auf Tyler, der sich neben mir streckt und dabei meine Schulter streift. Sofort versteife ich mich, untermalt von der bittersüßen Musik des Abspanns.

»Jetzt müssen wir reden«, sagt er dann in fast schon feierlichem Ton und ich würde am liebsten davonlaufen, als wäre er das Monster aus dem Film.

»Ich kann nicht«, sage ich ihm die Wahrheit und schüttele den Kopf, sodass sich ein paar Strähnen aus meiner lockeren Haarklammer lösen.

»Und ich kann an nichts anderes denken als an Montagabend, Cara.« Seine Aufrichtigkeit ist entwaffnend, der Ausdruck in seinen dunklen Augen pure Verzweiflung. Mit einer kleinen Bewegung streift Tyler die losen Strähnen hinter mein Ohr. Die Berührung jagt winzige Blitze durch meinen Körper. »Wir haben uns fast geküsst.«

Mit nur einem Satz ruft er die verdrängte Nähe und das Prickeln jenes Abends zurück. Und wie am Montag müsste ich mich nur leicht zu ihm beugen, um ihn …

Nein, sage ich mir und versuche, meinen rasenden Puls zu beruhigen. Ich sitze im Auto im verbotenen Wald. Die Schatten um mich herum werden immer finsterer.

»Erzähl mir von Josh. Hat er etwas gegen dich in der Hand?«, ändert Tyler so schnell das Thema, dass ich zuerst glaube, mich verhört zu haben.

»Nein!«, sage ich schnell. »Wieso sollte er?«

»Ich habe Nachforschungen angestellt. Mir ist aufgefallen, dass sich seit Kurzem mehrere *Freundschaften* zwischen Lions und Ravens entwickelt haben. Ein großer Zufall, oder?« Sein Atem streift meine Wange. Meine Gedanken rasen umher wie Irrlichter. Wenn er herumschnüffelt, gibt es Ärger mit Valérie und Kellan.

»Könnte sein«, murmele ich zur Antwort.

»Du bist nicht der Typ, der sich von einer Show, wie Prentiss sie abzieht, einlullen lässt. Daher denke ich, dass du Hilfe brauchst. Ich weiß nicht, was dort vorgeht, aber ich werde alles dafür tun, es herauszufinden.« Er atmet mit einem Zischen aus und streicht sich die

Haare aus dem Gesicht. »Du fehlst mir, Cara, und ich lasse mir das zwischen uns nicht von einem arroganten Idioten wie Joshua Prentiss zerstören. Ich werde herausfinden, was er gegen di…«

In meiner Verzweiflung, ihn zum Schweigen zu bringen, tue ich das Schlimmste, was man in dieser Situation machen kann. Eine schrille innere Stimme ruft mir noch die Warnung zu, nicht aus dem Auto zu steigen und dem Geräusch zu folgen. Aber es ist bereits zu spät. Ich beuge mich schnell nach vorn und unsere Lippen treffen sich alles andere als sanft.

Es ist kein Kuss, sondern nur das Aufeinanderpressen von Lippen. Zumindest im ersten Moment. Dann werden Tylers Lippen weich, und als er den Mund leicht öffnet, entfährt ihm ein leises Stöhnen, das mir durch Mark und Bein geht. Seine Zunge teilt meine Lippen, jede tastende Berührung jagt Hitzewellen durch meinen Körper. Starke Arme ziehen mich näher, und während ich mich an seinen Körper schmiege, wird mir mehr und mehr bewusst, wie sehr ich seine Nähe wirklich vermisst habe. Eine Nähe, die ich nun mit jedem Sinn in mich aufnehme. Den Geruch nach Duschgel, der noch an ihm haftet, ein fruchtiges Shampoo, das mich streift, als er eine Spur aus Küssen von meinem Mund zu meinem Ohr zieht, wo jeder seiner stockenden Atemzüge für kleine Explosionen sorgt.

Wie sehr habe ich mich mit der Behauptung, nicht ernsthaft an ihm interessiert zu sein, selbst belogen? Meine Hände krallen sich in sein Haar, dirigieren ihn zu der Stelle am Hals, an der mein rasender Puls schlägt, während ich seine Hände am ganzen Körper spüre, bis sich mein Bewusstsein in Hitze und keuchendem Atem auflöst. Ich finde den Weg unter sein Hemd, spüre das Zucken seiner Bauchmuskeln unter der erhitzten Haut, während sich meine Hände immer weiter voranarbeiten, ihn noch näher an mich pressen und die Außenwelt mit ihren Problemen und Pflichten verschwindet.

Tyler stößt ein heiseres Knurren aus. Ich realisiere erst, dass jemand unentwegt klingelt und an die Apartmenttür hämmert, als die Seifenblase um uns herum platzt und die Realität wieder auf mich einstürzt. Eine Realität, in der ich eben meine Zukunft riskiert habe. Die Hitze in meinem Unterleib wird zu ätzender Säure.

»Wer zum Teufel ist das?«, frage ich mit belegter Stimme, Bilder von Valérie vor mir, auf deren adeligen Gesichtszügen sich schwere Enttäuschung abzeichnet. Steht sie dort vor der Tür?

Vollkommen genervt springt Tyler auf. Er zupft sich das Hemd etwas zurecht, das aber selbst nach dieser Behandlung laut »in flagranti erwischt« schreit wie der Rest seines Äußeren. Die geschwollenen Lippen, das verstrubbelte Haar. Er beugt sich noch einmal kurz zu mir, küsst mich sanft auf die Wange und knabbert an meinem Ohr, ehe er mir zuhaucht, mich nicht einen Millimeter zu bewegen. Was er alles mit der Person anstellen würde, die dort vor der Tür steht, geht in weiterem Klopfen und Klingeln unter, während er zur Tür eilt.

»Was willst *du* hier?«, höre ich ihn dann laut sagen.

Jace' Antwort löscht auch den Rest der Hitzewelle, die Tylers letzter Kuss ausgelöst hat. »Cara muss sofort zurück ins Wohnheim. Dringende Versammlung der Ravens.«

Sie haben mich erwischt. Valérie hat überall Spione, das hat zumindest Dione behauptet. Und nun hat mich irgendwer angeschwärzt und …

Ich springe auf und gehe so schnell zur Tür, dass ich auf dem blank polierten Linoleum im Flur nur schlitternd zum Stehen komme.

»Warum schickt man *dich*, um mich zu holen?«, frage ich Joshs Bodyguard, der mich vorwurfsvoll von oben bis unten mustert, während ich gegen das plötzliche grelle Licht des Flurs anblinzele. Ich fühle seinen Blick auf dem zerknitterten T-Shirt, meinen aufgelösten Haaren, der Röte auf meinen Wangen und den Lippen.

»Ich wohne nebenan«, sagt Jace schlicht und deutet auf die Tür neben Tylers, vor der die ungewohnt polierten und perfekt aufgereihten schwarzen Anzugschuhe stehen.

»Da wohnst *du*?« Meine Stimme hallt viel zu schrill durch das steinerne Treppenhaus und ich verziehe das Gesicht.

»Japp. Seit Josh nach Lion Manor gezogen ist, hab ich das ganze Apartment für mich allein.« Er wirft mir ein schwaches Grinsen zu, bevor er sich durch die Haare fährt. Die Situation scheint ihm unangenehm zu sein. Aber sicher nicht annähernd so unangenehm wie mir.

»Wo ist Josh?«, frage ich, erwarte jedoch keine Antwort.

»Er rettet dir den Arsch, obwohl ich ihn davon abhalten wollte. Zieh dich an und verschwinde von hier.«

Mit einem Mal sehe ich den Profi vor mir, nicht den Freund, von dem Josh erzählt hat. Und diese Person, mit den zu einem Strich verzogenen Lippen und dem drohenden Blick, sorgt dafür, dass ich in meine Sneakers schlüpfe und meine Jacke und Tasche vom Sideboard nehme.

»Du rennst, wenn sie schreien? Cara, du kannst jetzt nicht …«, will Tyler mich aufhalten, aber Jace stellt sich ihm in bester Bodyguardmanier entgegen, die Stimme klirrend kalt.

»Sie kann und sie wird.«

Jace folgt mir die Treppe hinunter, doch bevor ich die Eingangstür öffnen kann, stemmt er sich mit der flachen Hand dagegen und versperrt mir so den Weg.

»Ich muss gehen«, sage ich und versuche, gegen sein Gewicht anzukommen und die Tür aufzuziehen.

»In Raven House ist keine Sitzung. Aber Josh meinte, er müsste dich da wegholen, bevor etwas geschieht.« Erneut ein abfälliger Blick, der auch gut zu Josh gepasst hätte. »Doch offenbar war Josh zu spät. Und ich habe nicht mitbekommen, wie ihr vom Platz abgehauen seid, weil ich Laura gefolgt bin.«

»Josh lässt mich überwachen, wenn ich nicht bei ihm bin? Spinnt er jetzt total?« Meine Stimme überschlägt sich fast.

»Er will in die Verbindung. Und du bist seine Eintrittskarte. Er wird alles tun, um sein Ziel zu erreichen.«

22

FREITAG, 13. 11.

»Emily ist nicht da. Weiß sie denn Bescheid, dass wir heute hier abfahren? Und wo ist Celeste?«Ich sehe mich nach der blond gelockten Anwärterin um und blicke in die sternförmig abgehenden Gassen rund um das *Oxygen*, einem tagsüber natürlich geschlossenen Klub, der zu einer auf dem Campus nicht gerade positiv beurteilten Drinking-Society gehört. Sehr exklusiv und im Umgang mit Frauen sehr fragwürdig.

Zu meiner Überraschung kam heute Vormittag eine Nachricht, dass die digitale Fessel bis zum Eintreffen auf dem Anwesen der Stewards inaktiv bleibt. So konnte ich meinen Kurs in Wirtschaftsinformatik besuchen und sogar noch die Wochenaufgabe bei Professorin Deveraux abgeben. Ich war froh, Josh nicht begegnen zu müssen, aber nun denke ich, dass ich ihn doch hätte suchen oder ihm zumindest schreiben sollen. Nach dem gestrigen Abend wird unser Aufeinandertreffen sicher nicht gerade angenehm.

»Wenn sie tatsächlich ausgeschieden sind, werden sie am Parkplatz warten wie sonst.« Diones Blick schweift dennoch ebenfalls zwischen den Häuserschluchten umher. »Nur diejenigen, die weiter sind, erhalten eine Nachricht.«

Ich sollte mich freuen. Ich bin meinem Ziel einen Schritt näher und doch fühlt es sich alles andere als gut an. Noch immer knotet sich mein Magen zusammen, wenn ich auch nur an Tyler denke. An den Kuss, der so hungrig und verzehrend zugleich war. Aus Angst, wieder in eine Beziehung wie mit Mason zu geraten, habe ich Tyler auf Distanz gehalten, bis es nicht mehr ging.

Eine Limousine nach der anderen füllt sich mit Ravens, bis auch der Wagen für uns Anwärterinnen ankommt. Wir setzen uns genau wie am vergangenen Wochenende hin, die freien Plätze bleiben geisterhaft leer. Das Fehlen von gleich zwei Anwärterinnen ist natürlich Gesprächsthema Nummer eins. Haben sie die Bücher nicht gefunden? Oder anderweitige Fehler begangen?

Nasreen hakt bei Laura nach, die nur eine giftige Antwort gibt. »Geht dich nichts an«, sagt sie, während sie unentwegt an der Innenseite ihrer Wange nagt. Ich glaube, auch als *Zweite* weiß sie nicht mehr als wir – was sie natürlich niemals zugeben würde.

»Habt ihr schon etwas in eure Bücher geschrieben?«, versucht Charlotte, die kühle Stimmung in der Limousine aufzulockern. Alle schütteln den Kopf und sie gibt auf.

Am vergangenen Wochenende hat sich auf dem Steward-Anwesen mein Leben verändert und doch fühlt es sich nicht schlecht an, als wir an geometrisch geformten Buchsbäumen vorbeifahren und auf die von Balustraden gesäumte breite Eingangstreppe zuhalten. Die Stimmung im Wagen hebt sich spontan, die Zurückgelassenen sind vergessen, nervöse Vorfreude scheint alle zu erfassen, sogar Laura, die endlich nicht mehr ihren Stress an ihrer Wange auslässt und sie als Kaugummi missbraucht.

Valérie erwartet uns wie beim letzten Mal auf der Treppe. Heute steht jedoch auch Kellan neben ihr, einen finsteren Ausdruck im Gesicht. Eine Limousine der Lions hält an, als wir gerade aussteigen, und ein Brummen an meinem Handgelenk zeigt mir, dass die Verbindung aktiviert wird. Dione hakt sich sofort bei mir unter und strebt auf die Lion-Anwärter zu.

Austin reißt die Tür auf, ehe der Fahrer ausgestiegen ist und den Wagen umrundet hat, springt aus dem Auto und schließt Dione in die Arme, als hätten sie sich jahrelang nicht gesehen. Danach drückt er mich und seine ungebändigten Rastalocken streifen über mein Gesicht.

»Bin ich froh, dort raus zu sein. Es ist die Hölle auf vier Rädern«, flüstert Austin uns zu und legt einen mitleiderregenden Blick auf.

Dione lacht. »Bei uns war es wie in einer Kühlkammer.« Sie schaudert und sucht bei mir nach Zuspruch.

»O ja. Am Fenster sind noch Eisblumen zu sehen.« Ich deute vage hinter mich, aber Austin und Dione haben sich bereits dem nächsten Thema zugewandt. Die beiden passen auf so vielen Ebenen zusammen, wie ich es nie für möglich gehalten hätte. Ich freue mich für Dione und wünsche ihr – wenn auch mit einem kleinen Funken Neid –, dass ihr Match zu einer ebenso großen Lovestory wird wie der ihrer Eltern.

Um die beiden nicht zu stören, suche ich nach Josh. Die restlichen Lion-Anwärter stehen zusammen auf dem hellen Pflaster seitlich der Treppe. Ich will Joshs Blick auf mich ziehen, doch er schaut demonstrativ in eine andere Richtung. Idiot!

»Ihr Lieben, willkommen zu meinem liebsten Wochenende während der Anwärterphase«, begrüßt uns Valérie und alle Gespräche verstummen. Auch ich wende mich ihr und Kellan zu.

»Nicht jeder hat ein Faible für Partys wie vor einhundert Jahren«, wirft Kellan ein und sieht mit einer hochgezogenen Braue zu Valérie, die aufgeregt von einem Bein aufs andere tänzelt und so breit grinst wie Phee an ihrem Geburtstag, »aber ich freue mich natürlich schon auf die Aufgaben, die euch an diesem Wochenende erwarten.« Er hebt das Tablet kurz hoch, das er in seiner linken Hand hält. »Ihr habt nicht dieselben Zimmer wie am letzten Wochenende, um den Alarm der Fesseln nicht unnötig auszulösen. Folgt den Dienstboten, sie haben euer Gepäck bereits verteilt. Wir treffen uns um neunzehn Uhr zum Dinner.«

Alle streben auf die Treppe zu, ich höre leises Tuscheln über die möglichen Aufgaben und einen abfälligen Kommentar – von Barron – über die »unförmigen Kleider in den Zwanzigerjahren des letzten Jahrtausends«. Dione wartet auf mich und hakt sich bei mir unter, sieht sich aber immer nach Austin um, damit sie im grünen Bereich bleibt. Mein Raven-Symbol leuchtet konstant orange, als ich die Stufen hinaufsteige. Josh will Abstand, aber keine Minuspunkte kassieren. Gut so.

Wir wollen gerade die breite Eingangstür zwischen den Säulen passieren, da hält mich Valérie zurück. »Wir müssen dich noch kurz sprechen.«

Sie kann mir dabei nicht in die Augen sehen. Meine Hände werden eiskalt und ich schaue mich hektisch nach Josh um, als könnte er mich irgendwie retten. Doch er ignoriert mich noch immer, starrt nur auf sein Handy und tippt hastig darauf herum. Hat er sich bei Kellan über mich beschwert, um vielleicht heil aus der Sache herauszukommen? Säure steigt in meinem Hals auf und ich werde den bitteren Geschmack auch nicht los, als Dione kurz meine Hand drückt.

»Wir sehen uns später.« Sie lächelt mich an, aber es wirkt aufgesetzt wie nie zuvor. Sorge steht in ihren Augen und ihr Lächeln fällt in sich zusammen, noch ehe sie sich von mir abwendet und das Gebäude betritt.

Nach allen anderen Anwärterinnen und Anwärtern durchqueren wir den Eingangsbereich. Valérie und Kellan flankieren mich wie Bodyguards – oder eher wie irgendwelche Agenten, die einen Schwerverbrecher überführen. Das einzige Geräusch sind unsere Schritte, vor allem das laute Klackern von Valéries High Heels und das leise Brummen meiner Uhr, das jedoch kein einziges Mal stärker wird. Wir halten uns rechts und folgen dem Flur zum Gesellschaftsraum. Ich muss mich dank der Smartwatch nie umsehen, ob Josh uns immer noch folgt.

Kellan weist mir einen altrosafarbenen Polstersessel zu, dem ein passender Zweisitzer gegenübersteht, auf dem er und Valérie sich niederlassen. Ich wage es nicht, mich nach Josh umzusehen. Selbst dann nicht, als Valérie bei einer Bediensteten Tee für uns bestellt, als wäre das hier nur ein freundliches Zusammentreffen. Dabei spüre ich überdeutlich, dass es das nicht ist. Die Luft im Raum ist schneidend dick. Im Kamin lodert ein wohliges Feuer, doch bei jedem Knacken des Holzes zucke ich zusammen. Wir schweigen uns an, bis der Tee serviert und eingegossen ist, Scones und andere Süßigkeiten auf dem kleinen Beistelltisch stehen und die Angestellte verschwunden ist, nachdem Valérie sich bedankt hat.

Die Vorsitzende der Ravens greift nach ihrer Tasse und hält sie fest, ohne zu trinken. »Wir wollten mit dir sprechen, weil uns etwas zugetragen wurde.« Sie sieht Kellan flehend an, der kurz den Mund verzieht und nach einem entnervten Seufzen für Valérie fortfährt: »Cara Emerson, du hast gegen die oberste Regel während der Raven-Anwartschaft verstoßen und dich mit einem Außenstehenden eingelassen. Als Konsequenz musst du dein Raven-Buch abgeben.«

Der Rand meines Blickfeldes verschwimmt. Ich sehe gerade noch, wie Kellan mir die Hand wie in Zeitlupe entgegenstreckt. Irgendwo wird eine Tasse abgestellt.

Dieses Buch ist dein Mitgliedsausweis. Wenn du es verlierst, es dir gestohlen wird oder anderweitig abhandenkommt, verlierst du sämtliche Ansprüche einer Raven.

Ich schüttele langsam den Kopf. Mein Arm verkrampft sich um meine Tasche, die ich während seiner Worte instinktiv an mich gezogen haben muss. Mein Raven-Buch. Ich kann mich nicht bewegen, selbst die Schüsse, die der Kamin abfeuert, schaffen es nicht durch die lähmende Angst, die sich wie Gift durch meine Adern frisst. Warum habe ich mich auf Tyler eingelassen, die Sicherheit des Autos im verbotenen Wald verlassen wie die dummen Teenager in diesem Horrorfilm?

Ich spüre die Feuchtigkeit einer Träne, die mir aus den Augen rollt, aber ich fühle sie nicht. Da sind nur zerplatzte Träume und Hoffnungen.

»Habt ihr Beweise?«, höre ich Joshs Stimme hinter mir. Natürlich ist er im Raum. Mein Sessel ist mehr als drei Meter von der Tür entfernt. Ich blinzele weitere Tränen aus meinen Augen, um meinen Blick wieder zu klären, und sehe zu Kellan.

»Die haben wir«, sagt er in Joshs Richtung und hält das Tablet hoch, auf dem mich Tyler gerade neben dem Brunnen beim Hauptgebäude fest in die Arme schließt und mir etwas ins Ohr flüstert. Laura! Diese miese Schlange! Ein dünnes Stimmchen in meinem Kopf flüstert jedoch, dass der Teil des Abends ja nicht regelwidrig war, wie ich es mir selbst zur Beruhigung auch eingeredet habe.

Josh gibt dieser Stimme Ausdruck: »Das sagt doch gar nichts. Sie sind Freunde, warum sollten sie sich nicht umarmen dürfen?« Sein Tonfall klingt zu bemüht locker. Ich frage mich, ob ich Anfang der Woche bereits einen Unterschied bemerkt hätte und ob es Kellan und Valérie ebenfalls auffällt.

»Danach wurde sie beobachtet, wie sie Tyler Walshs Wohnheim betreten und erst Stunden später in einem *derangierten Zustand* verlassen hat.«

Kellan spricht wie ein Detective in einer alten Krimiserie und über den *derangierten Zustand* hätte ich gelacht, wenn die Lage nicht so ernst gewesen wäre.

»Und?«, fragt Josh.

Kellan wirft ihm daraufhin einen Blick zu, der deutlich macht, wie sehr er am Verstand des Präsidentinnensohnes zweifelt.

»Es verstößt gegen die oberste Regel, wenn sich eine Anwärterin mit einem Außenstehenden einlässt.« Kellan ist kurz davor, die Beherrschung zu verlieren. Seine Finger schließen sich immer fester um das arme Tablet. Ich würde mich nicht wundern, wenn das Display jeden Moment einen Riss bekommt.

Trotz allem wage ich nicht, mich umzudrehen, sondern behalte Kellan weiterhin im Auge. Selbst als ich langsame Schritte höre. Ich zucke erst zusammen, als sich eine Hand auf meine Schulter legt – viel zu nah an meinem Hals, als dass es eine harmlose Geste sein könnte. Ich rieche Joshs Duschgel. Mein Herz scheint irgendwelche Geschwindigkeitsrekorde brechen zu wollen.

»Sie war nicht in Lion Manor, wenn ich deine Andeutung richtig verstehe.« Kellan kneift die Augen zusammen.

»Ich auch nicht«, höre ich Josh. Er schafft es sogar, seiner Stimme einen neckischen Unterton zu verleihen, ehe er Kellan, Valérie – und auch mich – aufklärt. »Mein Bodyguard bewohnt noch immer mein altes Apartment, das zufällig im selben Gebäude liegt wie das von Tyler Walsh. Cara und ich«, seine Finger wandern bei meinem Namen an meiner Halsbeuge entlang und hinterlassen pure Gänsehaut, »wir dachten, wir bräuchten nach dem Foto in der Presse nicht noch mehr Aufmerksamkeit.« Seine Hand streicht meine Haare zur Seite und ich schmiege mich wie von selbst an sie, eine Geste purer Dankbarkeit. Irgendwo im Hinterkopf hallen Jace' Worte nach: »*Er rettet dir den Arsch.*« Indem er sich versteckt und so für ein Alibi gesorgt hat.

Valérie jauchzt überglücklich und lenkt meine Aufmerksamkeit endlich von Kellan weg. Ihr Blick huscht zwischen uns hin und her und ihre blauen Augen funkeln mindestens genauso wie die winzigen Saphire an ihrem Hals. »Wir haben einen *echten Match!* Dass ich das noch erleben darf!« Sie greift nach Kellans Oberarm, zieht ihn zu sich und drückt ihn, worüber Kellan alles andere als begeistert ist.

Ich wage es nicht, zu atmen, etwas zu sagen oder mich zu bewegen, um nichts falsch zu machen. Daher konzentriere ich mich auf die federleichte Berührung von Joshs Fingern, die wie ein Lufthauch über meine Schulter und den Hals streifen.

»Gratuliere«, sagt Kellan in hartem Ton.

Ist er etwa enttäuscht? Oder spielen die beiden so etwas wie guter Cop, böser Cop?

Als Kellan aufsteht, greift Valérie zu ihrer Tasse, trinkt daraus und atmet tief ein. Dann erhebt sie sich, ist mit zwei großen Schritten bei mir und umarmt mich.»Ich wusste es! Ich freue mich so für euch!« Erst als nicht einmal mehr das Echo ihrer laut klackernden Schritte durch den Flur hallt, wage ich es wieder, mich zu rühren. Ich sacke in mich zusammen, als hätte man mir sämtliche Luft entzogen.

»Danke«, stoße ich schließlich aus.

»Keine Ursache. Ich habe dich ja gewarnt.«

Ich nicke und würde am liebsten zwischen den Polstern verschwinden, aber natürlich passiert das Gegenteil. Josh umrundet den Sessel, geht vor mir in die Hocke und legt seine Hände direkt neben meinen Knien ab. Ich glaube, die Hitze zu spüren, die von ihm ausgeht, eine nervöse Energie.

»Wir sind ein Team, Emerson. Noch bis nächstes Wochenende, okay?«

Ich nicke.

Ich werde mich von Tyler fernhalten, bis das alles vorbei ist. Diese eisige Lähmung wie eben bei der Konfrontation will ich nie wieder spüren. Genauso wenig will ich noch einmal miterleben, wie Kellan seine Finger nach *meinem* Buch ausstreckt.

23

FREITAG, 13.11.

»Ich kann es immer noch nicht fassen, dass er dich gerettet hat«, murmelt Dione vor sich hin und geht dabei in meinem Zimmer auf und ab wie auf einem Laufsteg. Austin sitzt auf der kleinen Couch am Fenster und sieht ihr zu. Ursprünglich wollte er draußen warten, um uns »nicht zu stören«, doch dann hätte sich Dione nicht frei bewegen können und es gehört eindeutig nicht zu ihren Stärken, auf der Stelle zu treten.

»Ich auch nicht. Aber glaub mir, ich hätte ihn dafür am liebsten umarmt«, erwidere ich seufzend und sehe zu meinem großen Doppelbett hinüber – oder eher auf die Wand, vor dem es steht. Dahinter befindet sich Joshs Zimmer, das durch eine Tür im Kleiderschrank mit meinem verbunden ist. Wie primitiv die Erbauer des Gebäudes versucht haben, irgendwelche *Begegnungen* vor dem Personal geheim zu halten!

Durch die unpraktisch angebrachten großen »Schränke« zwischen uns war es zunächst nicht einfach, unsere Zimmer ohne Auslösen der Fessel zu betreten. Die Türen der Suiten liegen mehr als drei Meter auseinander. Es hatte einige Versuche mit starker Vibration inklusive rotblinkendem Raben gebraucht, bis wir nacheinander in den Zimmern waren, die uns das Dienstmädchen zugewiesen hatte. Erst danach haben wir die Tür im Schrank entdeckt und beschlossen, von nun an zusammen durch die Tür zu einem der beiden Zimmer zu gehen. Er oder ich nutzen anschließend den von uns »Affärentür« getauften *geheimen* Durchgang.

»Hauptsache, das Problem ist gelöst.« Dione stößt einen tiefen Atemzug aus. »Und ich hoffe, dass du dich jetzt besser unter Kontrolle hast. Weißt du, welche Sorgen ich ausgestanden habe, als die beiden dich aufgehalten haben?« Dione bleibt vor mir stehen und sieht mir tief – und sehr vorwurfsvoll – in die Augen.

»Ja, *Mum*.« Ich senke den Kopf, damit sie mein Grinsen nicht sieht.

»Du bist unglaublich, Cara. Oder, Austin?«

Austin hebt nur verteidigend die Hände. »Ich werde hier nichts sagen, was später gegen mich verwendet werden kann.«

»Verräter«, zischt Dione, gefolgt von einem Lachen.

Die beiden sind einfach toll zusammen. Aber je mehr Stunden wir gemeinsam verbringen, desto deutlicher wird, dass es – zumindest bisher – nur reine Freundschaft ist. Sie necken sich, reißen Witze, aber flirten kein bisschen. Allein daran hätte ich schon erkennen können, dass es zwischen Tyler und mir anders war. Konnte man überhaupt flirten, ohne automatisch *mehr* zu wollen? Oder war nur ich ganz offensichtlich nicht dazu in der Lage? Auch jetzt, nur mit dem kurzen Gedanken an Tyler, flattern Hunderte Schmetterlinge in meinem Bauch und es fühlt sich nicht mehr zum Davonlaufen an, wenn ich an das Wort *Beziehung* denke. Tyler hat die schlechten Assoziationen mit seiner beharrlichen Art wohl weggebrannt.

»Während der restlichen Anwärterphase musst du dich aber echt anstrengen, Cara«, ermahnt mich Dione noch einmal.

»Wird gemacht. Ich bin Josh was schuldig.« Blöd, aber wahr. Ich kann nur hoffen, dass diese Schuld nicht zu einer noch größeren Last wird, als es der Rauswurf bei den Ravens gewesen wäre.

Der Speisesaal ist heute fast ausschließlich von Kerzen erleuchtet. Mein Mitleid geht an die arme Seele, die all die Dochte anzünden musste. Oder all die Rosen verteilt hatte, die nicht nur auf dem Tisch und in den großen Vasen zwischen den Fenstern stehen, sondern gefühlt überall sind. Ich versuche, mich an die Arrangements vom letzten Wochenende zu erinnern, doch solche Nebensächlichkeiten sind rund um die Matching Night offenbar von meinem Gehirn aussortiert worden.

Das knielange Kleid aus türkisfarbenem Satin, das Dione mir für das Dinner ausgesucht hat, schimmert in all den Kerzenflammen auf, als ich bei Josh untergehakt den Saal betrete.

An der Stirnseite der breiten Tafel springt Valérie auf und winkt uns zu sich.

»Sollen wir etwa bei ihr vorn sitzen?«, flüstere ich Josh zu.

»Die Aufmerksamkeit geht auf dein Konto, Emerson.« Josh zieht mich an meinem untergehakten Arm etwas näher und presst mich an sich. »Und jetzt lächeln!«

Ich versuche es, aber schon nach ein paar Metern beginnen meine Wangen zu spannen. Als mich dann noch Lauras giftiger Blick trifft, fällt meine Maske in sich zusammen, noch bevor wir bei Valérie und Kellan ankommen, die uns die Plätze neben sich zuweisen. Die Seiten sind nicht länger nach Geschlechtern getrennt, die Anwärter sitzen neben ihren Matches, die übrigen Ravens und Lions sind bunt gemischt.

»Was tut sie noch hier?«, fragt Laura so laut, dass alle Gespräche am Tisch verstummen und selbst die Flammen der Kerzen reglos verharren, bis Valérie einen erbosten Blick in Lauras Richtung wirft. »Bei Tisch werden keine Probleme besprochen.«

Mehr muss sie nicht sagen.

Laura setzt sich geknickt hin, tuschelt aber während der fünf Gänge unentwegt mit Barron an ihrer Seite, sodass sogar Nasreen und Thomas neben ihnen immer wieder den Kopf schütteln.

Beim anschließenden Treffen aller Matches im Gemeinschaftsraum lässt Barron die Bombe platzen. Wir haben uns auf die vielen Sofas und Sessel verteilt, um uns die Pläne für das Wochenende anzuhören, das Feuer im Kamin verbreitet eine behagliche Wärme und etliche Bronzekerzenständer lassen alle Gesichter weicher erscheinen.

»Ich lege Widerspruch gegen die weitere Anwartschaft von Cara Emerson ein.« Barron steht neben einem Ohrensessel, in dem Laura wie eine Königin thront, seine Hand ruht auf der Rückenlehne. Die beiden wirken wie auf einem der alten Porträts der Steward-Ahnen im Flur.

Ich sehe sofort zu Valérie, die fest die Lippen zusammenpresst. Kellan neben ihr hat bereits eine Bierflasche in der Hand – was in der Kulisse wie Blasphemie wirkt – und sieht aus, als würde er den offiziellen Teil des Tages nur schnell hinter sich bringen wollen. Doch bevor er etwas sagen kann, strafft Laura die Schultern, setzt sich noch gerader hin und verkündet: »Laut Regelwerk der Ravens hat jeder das Recht, einen Beweis für den *echten Match* zu verlangen.«

Mein Blick sucht den von Josh, der mir keine Antwort auf meine unausgesprochene Frage gibt. Ich versuche es bei Dione, doch die zuckt nur mit den Schultern.

»Laura Sanderson«, dröhnt Valéries Stimme durch den Raum, in dem alle reglos verharren, sodass der keuchende Laut, den Laura angesichts Valéries bedrohlicher Tonlage ausstößt, für jeden hörbar ist. Doch sie fängt sich gleich wieder. »Du zweifelst an dem echten Match der beiden?« Ihre Fingerspitzen zucken und sie umfasst ihr Weinglas fester.

»Das tue ich«, sagt Laura. »Das tun wir beide. Wir zweifeln den *ersten echten Match* an.« Sie hebt ihren rechten Arm und Barron greift nach ihrer Hand. Es sieht ziemlich unbequem aus, aber ich bin mir sicher, die beiden wollen damit zeigen, dass sie ebenfalls ein echter Match sind.

Doch erst mit Kellans nächsten Worten wird mir klar, warum das wichtig ist. »Und ihr beansprucht den Titel des ersten echten Matches und damit die Wildcard also für euch?«

Es folgt ein nahezu erhabenes, ernstes Nicken von Laura.

»Wildcard?«, flüstere ich, ohne die Lippen zu bewegen.

»Die Befreiung von allen Aufgaben der nachfolgenden Woche«, gibt Josh ebenso leise zurück. »Und null Risiko für Minuspunkte«, schiebt er als Erklärung hinterher. »So steht es in den Hausregeln.«

Ich habe mir die Regeln in der App durchgelesen. Mehrmals sogar. Aber eine derartige Stelle habe ich nicht entdeckt. So etwas hätte ich mir gemerkt.

Ein langes Seufzen unterbricht meine Gedanken. »Wenn du darauf bestehst«, sagt Valérie in genervtem Ton und nimmt einen langen Schluck aus ihrem Weißwein. »Cara, Josh, seid ihr bereit, die Herausforderung anzunehmen?«

Ich habe keine Ahnung, was sie meint, daher stoße ich einen leisen Schrei aus, den Josh jedoch sofort mit seinem Mund erstickt.

Die Zeit bleibt stehen. Wenn ich geglaubt habe, dass es vorher still im Raum war, so herrscht jetzt ein Vakuum außerhalb von Josh und mir und der prickelnden Berührung unserer Lippen. Ich will mich instinktiv von diesem Überfall zurückziehen, meine Handflächen pressen gegen seine Brust und ich spüre das hämmernde Herz unter dem weichen Stoff seines Hemds. Es schlägt im selben rasenden Takt wie meins, nervös, verängstigt und ... berauscht. Ehe ich mich versehe, erwidere ich den Kuss, schiebe Josh nicht länger von mir weg, sondern kralle mich an seinem Hemd fest und ziehe ihn näher. Der Kuss vertieft sich, ich nehme den rauchigen Geschmack seines Whiskeys wahr, als seine Zunge endlich auf meine trifft.

Niemand unterbricht uns.

Vielleicht bekomme ich es auch nur nicht mit. Die Welt um uns herum ist untergegangen, es existiert nichts als dieser Kuss und die brodelnde Hitze in einem Meer aus Stille.

Erst als ich das Gefühl habe, darin zu ertrinken, tauche ich wieder auf. Die Umgebungsgeräusche kehren zurück, als ich an die Oberfläche komme. Ich höre zuerst ein einsames Klatschen, dann immer mehr Beifall. Ich kann Josh nicht in die Augen sehen und wende mich schnell ab.

Valérie lächelt mich an und prostet mir zu, Dione in der Nähe des Kamins hält ihren Daumen hoch, während Lauras Gesicht und Dekolleté von etlichen roten Flecken überzogen sind. In meinem Kopf rauscht es noch immer so laut, dass ich Valérie kaum höre.

»Mit *diesem* Kuss habt ihr die Behauptung von Barron und Laura eindeutig widerlegt. Ich erkläre euch zum ersten echten Match dieses Jahres. Die Wildcard geht an Cara und Josh«, sagt sie und erhebt sich. »Nun haben wir etwas ganz Besonderes für euch. Jeweils zwei Matches treten gegeneinander an.«

»Dione und Austin, ihr spielt gegen Kairi und Niklas«, übernimmt Kellan die Einteilung. »Charlotte und Julio, ihr spielt gegen Nasreen und Thomas, Cara und Josh gegen Laura und Barron.«

Natürlich kommt es noch schlimmer. Ich wage nicht, zu Josh neben mir zu sehen. Dafür spüre ich seine Anwesenheit. Dem Kribbeln meiner Haut nach muss jede Zelle meines Körpers kleine unsichtbare Blitze mit ihm austauschen. Rasch lenke ich meine Gedanken weg von ihm, weg von seinem Geruch, weg von …

»Cara, Josh, Laura, Barron«, höre ich Kellan sagen. Mechanisch stehe ich auf und folge Laura und Barron. Der elektrostatischen Aufladung der Luft nach zu urteilen ist Josh direkt hinter mir, als ich bei Kellan ankomme. Täusche ich mich, oder sehe ich ein hämisches Grinsen auf Kellans Lippen, als sein Blick über unsere Vierergruppe schweift?

Die anderen Matches haben sich um Valérie versammelt und werden bereits in das Spiel des Abends eingeweiht. Ich höre Kairis Rückfrage nach den Strafpunkten, ehe endlich auch Kellan mit den Anweisungen beginnt.

»Eigentlich hatten wir einen Escaperoom geplant, aber warum nur ein Zimmer nutzen, wenn wir ein ganzes Anwesen für eine Schnitzeljagd zur Verfügung haben?«, beginnt er und genießt die erwartungsvolle Spannung, die zumindest ich nur vortäusche. Ich muss mich richtig konzentrieren, um meine Gedanken nicht abschweifen zu lassen oder meine Lippen zu berühren, die noch immer nach einem Hauch Whiskey schmecken. Was ist da gerade passiert?

Josh stupst mich mit dem Ellbogen an und flüstert mir ins Ohr, dass ich besser zuhören sollte, anstatt mich meinen Tagträumen von ihm hinzugeben. Zumindest kurzfristig reißt mich seine Arroganz in die Realität zurück.

»Ein Team startet bei Val, eins bei mir. Ihr erhaltet zeitgleich den ersten Hinweis, dann geht es los. Ihr vier startet im ersten Wettkampf.« Er dreht sich zu Valérie um. »Seid ihr so weit?«

Valérie nickt ihm zu und die Paare zerstreuen sich im Raum mit der Anweisung, diesen nicht zu verlassen, wenn sie nicht disqualifiziert werden wollen.

Anschließend stellt sie sich neben Kellan. »Ich bin so aufgeregt«, sagt sie. »Mal sehen, wer unseren Hinweisen schneller folgen kann.« Sie klatscht in die Hände.

»Wer kommt mit mir?«

Sie hat ihre Frage noch nicht zu Ende gestellt, da steht Laura schon neben ihr und zieht Barron mit sich.

»Dann mal los. Viel Glück, Cara und Josh«, verabschiedet sich Valérie und führt unsere Kontrahenten aus dem Raum.

»Wir müssen warten, bis die beiden am Startpunkt sind. Bis dahin erkläre ich noch einmal die Regeln. Erstens: Eure Fesseln sind aktiv. Für jeden Verbindungsabbruch müsst ihr fünf Minuten Strafzeit absitzen, in der ihr nicht miteinander sprechen dürft. Zweitens: Auf eurer Strecke trefft ihr überall Ravens und Lions. Einige können euch helfen, andere helfen vielleicht euren Gegnern.«

»Woher wissen wir, wer zu wem gehört?«, fragt Josh geistesgegenwärtig, während ich die Informationen kaum verarbeiten kann. Mein

Kopf ist noch immer mit dem Kuss beschäftigt. Oder eher mit dem Chaos in meinem Inneren, das er ausgelöst hat.

»Das könnt ihr nicht wissen. Deshalb solltet ihr auf der Hut sein«, sagt Kellan, ehe er auf das Tablet schaut, auf dem sich gerade eine Nachricht öffnet.

»Die anderen sind bereit. Ich verlasse euch jetzt. Ihr bekommt den ersten Hinweis auf eure Uhren geschickt – zeitgleich mit den anderen. Viel Glück!« Kellan verabschiedet sich noch mit einem kurzen Fingertippen an die Stirn, dann geht er mit schnellen Schritten aus dem Raum und zieht dabei sein Handy aus der Tasche. Auf dem Flur höre ich ihn schon telefonieren. Am liebsten wäre ich ihm hinterhergelaufen, um das peinliche Schweigen mit Josh zu verhindern, das sich unausweichlich zwischen uns schiebt.

»Cara!«, sagt er gerade etwas lauter, als hätte er mich bereits mehrmals angesprochen. Ich starre noch immer zur Tür, zu dem Schatten, der im Flur größer und kleiner wird, weil Kellan auf- und abgeht, während er unverständliche Worte in sein Handy spricht.

»He, sieh mich an!« Er tritt vor mich und hält mich sanft an den Schultern fest. Anschließend streift sein Finger mein Kinn und er hebt meinen Kopf ganz langsam an, bis wir uns in die Augen sehen. »Wir müssen das jetzt durchziehen. Vergiss den Kuss, vergiss alles, was eben passiert ist, okay? Wir müssen kämpfen und gewinnen.« Er redet so enthusiastisch, dass er damit die unangenehme Spannung zwischen uns zumindest etwas abschwächt, sodass ich tief durchatmen kann. »Ich würde es mir nie verzeihen, wenn wir gegen den Arsch Barron Carstairs verlieren würden – ganz zu schweigen von Laura.«

Damit entlockt er mir sogar ein müdes Lächeln.

»Bist du bereit zu gewinnen?«, fragt er und grinst mich mit einem spitzbübischen Funkeln in den dunklen Augen an, als würde er mich zu einem weiteren Diebstahl anstiften.

»Immer doch, Clyde«, erwidere ich nach einem weiteren befreienden Atemzug und sein Grinsen wird breiter.

In dem Moment summen unsere Uhren. Der erste Hinweis geht über die Raven-App ein.

Sucht in der Bibliothek nach der Bedeutung des Namens.

»Nach welchem Namen?«, frage ich sofort und sehe Josh an.

»Keine Ahnung. Wir können ja auf dem Weg dorthin überlegen. Vielleicht kommt auch gleich noch eine zweite Nachricht.«

Er nimmt wie selbstverständlich meine Hand. Mein Magen ballt sich zusammen, aber ich lasse die Vernunft siegen. Wenn wir uns an den Händen halten, können wir uns nicht verlieren und den Alarm auslösen. Mit einem kurzen Nicken signalisiere ich ihm, dass es okay ist, dann rennen wir aus dem Gesellschaftsraum. In dem langen Flur des Südflügels lungern immer wieder Ravens oder Lions zwischen den Rosenarrangements herum, deren geballter süßlicher Duft mir schon fast Übelkeit beschert. Wer von ihnen gehört zu uns, wer zu Laura und Barron? Und wie sollen wir das herausfinden?

»Ich wünsche euch viel Glück, ihr Süßen«, ruft uns Brittany mit ihrer honigsüßen Stimme zu, was für mich automatisch wie das Gegenteil klingt. Sie lehnt an der Wand neben der schweren Holztür zur Bibliothek und schnuppert an einer Rose, die sie offenbar aus der Vase auf dem Tisch vor der Wand geklaut hat. Zumindest passt die Blume zu ihrem schienbeinlangen Kleid mit Rosenprint.

Josh drückt die Tür so fest auf, dass sie gegen die Wand kracht und Laura vor Schreck ein Buch aus der Hand fällt. Josh rennt darauf zu, doch sie hebt es schnell auf und schiebt es – verborgen vor uns durch Barron, der sie abschirmt wie ein menschlicher Sichtschutz – wieder ins Regal zurück, dann rennen sie hastig aus der Bibliothek. Offenbar hatten wir eine erheblich weitere Strecke hierher als die beiden.

»Wie konnten sie das Rätsel so schnell lösen und das richtige Buch finden?«, fragt Josh und geht auf das Regal zu, in dem Laura das Buch wieder an seinen Platz gestellt hat. Er begutachtet sorgfältig die möglichen Bücher und zieht sie sogar aus dem Regal. »Vielleicht ist eins davon … wärmer oder riecht nach Laura«, erklärt er, während mein Blick nur über die Buchrücken gleitet – Chroniken der Familie Steward, fein säuberlich nach Jahrhunderten sortiert. Das wäre bei der Aufgabenstellung vermutlich auch meine erste Anlaufstelle gewesen. Und doch wissen wir nicht, von welchem Namen wir die Bedeutung suchen sollen.

Josh ist dazu übergegangen, jedes der potenziell möglichen Bücher mit Buchrücken nach oben und einem Flattern der Seiten nach Hinweisen zu durchsuchen.

»Falls da ein Zettel drin gewesen ist, hat Laura ihn mitgenommen, ganz sicher.« Ich atme tief durch. »Was, wenn sie gar nicht dieselbe Nachricht bekommen haben wie wir?«

Josh sieht zu mir, ohne zu antworten. Gedankenverloren fährt er sich mit der Hand durch das Haar und reibt sich anschließend den Nacken. »Was ist *ein Name* noch?«, murmelt er vor sich hin und sieht sich dabei um. Das Büro des Dekans war schon sehr beeindruckend, doch die Bibliothek der Stewards ist schlicht umwerfend, der

Traum einer jeden Leseratte. »Hat das Wort vielleicht noch eine andere Bedeutung?«

Ich höre ihm nicht mehr zu, sondern gehe zielstrebig auf das Regal mit den Klassikern zu. Josh folgt mir, als meine Uhr zu vibrieren beginnt.

»Du kannst nicht einfach wegrennen!«, ermahnt er mich, während ich nach einem bestimmten Titel Ausschau halte.

»Was suchen wir?«, fragt er.

»Was ist ein Name?«, frage ich und wiederhole damit nahezu seine Worte, die er nur anders betont hat.

»Keine Ahnung«, erwidert er nur und sieht mich an, als zweifele er an meinem Verstand.

»Draußen steht Brittany mit einer Rose in der Hand, einem Kleid mit Rosenmuster und einem Strauß Rosen in der Vase vor der Tür zur Bibliothek. Schon im Speisesaal bestand die Blumendekoration nur aus Rosen, unterwegs bin ich fast in Rosenduft erstickt ...«

»Na und? Was hat das alles mit der Aufgabe zu tun?«

»›Was ist ein Name?‹«, zitiere ich, während meine Finger ungeduldig über die Buchrücken vor mir streifen. »›Was uns Rose heißt, ...‹«

Weiter komme ich nicht, da erkennt Josh endlich, worauf ich hinauswill. Zeitgleich mit mir entdeckt er eine in dickes Leder gebundene Ausgabe von *Romeo und Julia* und zieht sie aus dem Regal. Er lässt erneut die Seiten durch die Finger gleiten, aber wie ich vermutet habe, ist kein Zettel darin.

»Irgendwo im zweiten Akt«, sage ich.

Josh sieht überrascht auf.

»Was?« Ich verdrehe die Augen.

»Ich hätte nicht gedacht, dass du auf tödliche Liebe stehst«, zieht er mich auf.

»Tu ich nicht, aber meine Lehrer an der Highschool. Jedes Jahr wird eine Shakespearewoche veranstaltet und im letzten Jahr habe ich mich der Arbeitsgruppe zu *Romeo und Julia* angeschlossen.«

Ich verrate ihm nicht, dass es in all den Jahren davor nicht anders war, weil Hannah diejenige mit dem makaberen Faible für die tödliche Lovestory ist. Ich bin aus Liebe zu ihr immer mitgegangen und wir haben die altersgemischten Gruppen genossen. Aus Nostalgie habe ich auch mein Abschlussjahr in dieser Arbeitsgruppe verbracht. Ohne Hannah war es jedoch nicht annähernd so lustig. Ich schiebe den Gedanken an sie beiseite. Ich vermisse sie so sehr, dass es wehtut. Sie hätte vermutlich schon bei der Nachricht direkt an Shakespeare gedacht. Ich seufze.

»Da!«, ruft Josh und zeigt auf einen handgeschriebenen Namen direkt neben Julias Monolog über die Bedeutung von Namen.

Alexis Steward.

Den Namen haben Laura und Barron also in den Chroniken der Familie nachgeschlagen. Schnell suchen wir den richtigen Band heraus. Josh hält das schwere Buch, während ich blättere.

Unter dem Foto einer Frau, die recht modern gekleidet ist und das Haar straff nach hinten gekämmt trägt, überfliege ich einen Bericht.

»Hier!«, sage ich, deute auf die Stelle und lese laut vor: »Alexis Steward, ehemalige Papadopolous, liebte das Meer und das Schwimmen. Sie hat ihre Heimat nie vergessen und wollte auch nach ihrer Heirat mit Charles Steward nicht auf ihr liebstes Hobby verzichten. Im Jahr 1961 erweiterte sie Steward Abbey um den Ostflügel, um weiterhin jeden Morgen beim Schwimmen den Sonnenaufgang zu betrachten.«

»Es gibt hier einen Pool?«, fragt Josh und runzelt die Stirn.

»Offensichtlich.«

»Dann mal los.« Dieses Mal zucke ich nicht zurück, als mir Josh die Hand reicht, nachdem er das Buch wieder in die Lücke im Regal gestellt hat. Wir verlassen die Bibliothek und unsere Schritte hallen durch den gesamten Flügel, während wir im selben Takt durch den langen Gang in Richtung Hauptteil des Gebäudes rennen, wo sich Josh zu orientieren versucht.

»Das hier müsste Osten sein.« Er deutet auf ein kurzes Stück Flur, das schon nach wenigen Metern in einem kleinen Erker mit Polsterecke endet und in mir den Wunsch weckt, mich dort unter eine Decke zu kuscheln und zu lesen. Wir sehen durch das Fenster in den Garten hinunter, der viel tiefer liegt, als die Eingangstreppe, die uns in das Gebäude geführt hat.

Ich gehe zurück und drücke die Klinke der einzigen Tür in dem kleinen Flur. Sofort steigt mir der Geruch von Chlor in die Nase.

»Du bist gut«, sagt Josh mit anerkennendem Blick und hält mir die Tür auf. Ich steige die Treppe hinab, die von etlichen kleinen Lampen beleuchtet wird, die mir Stück für Stück einen Einblick in die Tiefe geben.

Das Wasser liegt von Scheinwerfern hell erleuchtet vor uns. Die Reflexionen malen rastlose weißblaue Schlieren an die Wand zu unserer Rechten, die anderen zwei Wände bestehen aus Glas.

Dann sehe ich eine Bewegung im Halbdunkel.

»Da!« Ich lenke Joshs Aufmerksamkeit auf die zwei Gestalten auf einer breiten Loungemuschel vor dem gegenüberliegenden Fenster. Laura und Barron.

»Sie müssen Strafminuten absitzen«, flüstert Josh. »Sie haben sich offenbar zu weit voneinander entfernt.«

Mitleid habe ich nicht. Da sie sich offenbar an das Sprechverbot von Kellan halten, werfen sie uns nur giftige Blicke anstatt irgendwelcher Sprüche zu, die uns ablenken und das Erledigen der Aufgabe verzögern würden. Worin auch immer die besteht.

»Im Pool liegt etwas!« Josh zieht mich näher an den Rand, bis auch ich etwas Dunkles unter der wabernden Wasseroberfläche sehe.

Josh zieht sein Lion-Buch aus der Innentasche seines Jacketts und reicht es mir, ehe er sich im nächsten Moment wortwörtlich die Kleider vom Leib reißt, aus seinen Schuhen schlüpft und kopfüber in den Pool springt, während ich sein Buch zu meinem in die kleine Handtasche von Yves Saint Laurent stecke, die mir Dione passend zu meinem Kleid gegeben hat. Während ich mich damit abmühe, sie zu schließen, beginnt meine Uhr zu summen, obwohl ich direkt am Poolrand stehe und nicht annähernd drei Meter von Josh entfernt bin.

Da fällt mir der Hinweis von Valérie wieder ein, als wir die Uhren bekommen haben. Sie sind zwar wasserdicht, aber Wasser kann die Übertragung stören.

Ich sehe zu Laura und Barron, die offenbar nicht gewarnt wurden und nun ihre Zeit absitzen müssen. Ohne weiter nachzudenken, lasse ich die Tasche fallen, schlüpfe aus den Schuhen und springe samt Designerkleid hinter Josh her – der gerade nach oben kommt und gegen mich stößt.

Prustend fragt er: »Was tust du denn im Pool?«

Als ich es ihm erkläre, schließt er mich freudig in die Arme. Der Umstand, dass er nur Boxershorts trägt und meine Haut nur noch von an mir klebendem Satin bedeckt ist, bringt meinen Körper zum Kochen. Es hätte mich nicht gewundert, Nebelschwaden aufsteigen zu sehen.

Vielleicht hat Josh denselben Gedanken. Vielleicht reagiert er aber auch auf das aufkommende Flüstern von Laura und Barron, die sich eben darum streiten, dass auch Laura mit ins Wasser muss.

»Los, weiter«, sagt er und wir schwimmen hastig zurück zum Rand, die Verlegenheit drängt mit jedem Zug auf mich ein wie das Wasser.

Wir finden tatsächlich mehrere Bademäntel und flauschige Badeschuhe neben der Tür zur Treppe nach oben. Fast gleichzeitig greifen wir zu und ich schlinge die duftende Baumwolle fest um meinen Körper, während wir das Schwimmbad hinter uns lassen.

»Das war übrigens ein Gewicht auf dem Grund des Pools. Darauf stand, dass wir in den Westturm müssen«, sagt Josh. Also jagen wir die Treppe zum Erdgeschoss hoch und weiter in den Westflügel, an dessen Ecke wir bei unserer Ankunft zumindest von außen einen etwas höher liegenden turmartigen Raum gesehen haben. Aber ob der wirklich als Westturm bezeichnet wird?

Mit keuchendem Atem nehmen wir eine Stufe der Wendeltreppe nach der anderen. Die Luft wird immer kühler und ich bereue es, mir nicht die Zeit genommen zu haben, das triefende Kleid auszuziehen, das inzwischen meinen Bademantel durchnässt hat. Als ich schon um eine Pause bitten will, fällt mein Blick auf eine schwere Tür, hinter der das Turmzimmer einsehbar wird – ein winziger Raum mit kleinen Schießscharten und einem Kamin, dessen prasselndes Feuer die einzige Lichtquelle ist. Daneben ist etwas Holz aufgestapelt. Es riecht nach einer kalten Nacht am Lagerfeuer. Kühler Novemberwind zieht gerade mit einem leisen Pfiff durch den Raum und mir wird klar, warum es hier trotz des heimeligen Kamins so kalt ist. In den kleinen Fenstern sind keine Scheiben.

Seitlich der Treppe, an deren oberem Absatz wir gerade angekommen sind, ist ein Teil des Turmzimmers mit einem Vorhang abgeteilt. Vor Josh und mir befindet sich nichts als ein gigantisches Bett. Die dunklen Seidenlaken reflektieren das tanzende Feuer.

Auf dem Bett liegt ein Zettel.

Josh holt ihn, während ich die kurze Zeit zum Verschnaufen nutze und mich vor den Kamin stelle. Trotz der Anstrengung ist mir eiskalt und meine Lippen zittern unentwegt.

»Was ist die nächste Aufgabe?«, bibbere ich.

Josh antwortet nicht, sondern sieht sich nur hektisch um, was mir Angst macht.

Ich eile mit drei zitternden Schritten auf Eisklumpenfüßen zu ihm und nehme ihm das Stück Papier aus der Hand.

Herzlichen Glückwunsch zum Sieg!
Ihr habt eine gemeinsame romantische Nacht gewonnen.

In diesem Moment hören wir, wie ein Schlüssel im Türschloss umgedreht wird.

24

FREITAG, 13.11.

Ich hämmere gegen die schwere Holztür. Meine Schläge hallen in dem kleinen Raum wider und jenseits der Tür durchs Treppenhaus. Mein Herz schlägt schneller und schneller. Die Kälte spüre ich nicht mehr, sie wird vom Erinnerungsstrom verdrängt, der sich über mich ergießt und mich nach unten presst.

»Du kannst nicht einfach Schluss machen«, schreit Mason so laut, dass es in meinen Ohren dröhnt.

»Doch, ich kann«, sage ich so selbstbewusst wie möglich, wie ich es mit Hannah geübt hatte.

»Das ist ihre Schuld, oder? Dieses Miststück hat dich gegen mich aufgehetzt!«, zetert er weiter und fährt sich mit den Händen durch die kurzen Haare. »Nein, sorry, es tut mir leid«, fügt er sofort hinzu. »Ich brauche dich, Cara. Ich kann dich nicht verlieren.« Seine Augen sind rot, er wirkt verloren und ich sehe mich selbst, wie ich immer wieder darauf hereingefallen bin. Doch Hannah hat mir eingetrichtert, stark zu bleiben. »Ich werde jetzt gehen, Mason. Leb wohl.«

Ich gehe mit zielsicheren Schritten zur Tür, doch er ist schneller. Er stößt mich leicht weg – ohne mir wehzutun –, aber ich taumele zurück und muss mit ansehen, wie er die Tür von außen schließt und anschlie-

ßend den Schlüssel herumdreht. Ich hämmere wieder und wieder gegen die Tür, doch niemand ist im Haus, niemand hilft mir. Bis Hannah, die in ihrem Auto vor dem Haus auf mich gewartet hat, kommt und mich rettet.

»Cara, Cara!« Eine Hand legt sich auf meine Schulter. Sanft, beruhigend. Joshs Atem streift meinen noch immer feuchten Nacken und mir wird noch kälter.

Bis eben war die Erinnerung an meine Trennung von Mason nur noch ein Schwarz-Weiß-Foto in einem alten Album auf dem Dachboden meines Geistes. Ich habe Mason hinter mir gelassen, sehe nur hin und wieder den Schatten unserer Beziehung im Augenwinkel. Doch all das Erlebte der letzten Tage war offenbar zu viel für mich. Ich kauere an der Tür, meine Hände schmerzen, weil ich so oft gegen das Holz getrommelt habe.

»Ich werde jetzt Kellan Bescheid geben, dass wir die Aufgabe … oder die Belohnung, wie auch immer sie es nennen, abbrechen. Okay?« Seine sanfte Stimme bewirkt etwas, ich kann wieder atmen, zumindest ein wenig. Ich nicke schwach, will Josh nicht ansehen. Will nicht, dass er mich so sieht – das Wrack, das Mason aus mir gemacht hat und das nun wieder zum Vorschein gekommen ist.

»Du musst zum Kamin. Du bist eiskalt. Komm, ich helfe dir.«

Meine Glieder sind steif, meine Ohren brennen vor Schmerz. Noch immer rinnen ein paar Tropfen aus meinen Haaren und sickern in die weiche Baumwolle des Bademantels. Wenigstens kann Josh dadurch nicht sehen, dass ich weine.

»Hier«, sagt er sanft. Er fasst mich nicht an, zieht mich nicht hoch, sondern bietet mir nur seinen Unterarm als sichere Stütze. Ich weiß die Geste zu schätzen und nutze sie.

Die Hitze des Kamins wärmt mich, kann jedoch die Kälte, die inzwischen meinen ganzen Körper durchdringt, nicht vertreiben. Ich hatte noch nie so eine Panikattacke. Hin und wieder wache ich aus Albträumen von jenem Nachmittag auf, ja. Aber alles andere hatte Hannah mit ihrer bloßen Anwesenheit von mir ferngehalten. Jetzt ist Hannah weg und die Erinnerungen kehren zurück. Ich zittere unkontrolliert, wahrscheinlich eher vor Kälte als vor Angst, während ich jedes einzelne Bild und jedes einzelne Gefühl dieses Nachmittags weit von mir schiebe, wie ich es mit Hannah immer geübt habe. Josh telefoniert in der Zwischenzeit mit Kellan. Mir war nicht aufgefallen, dass er sein Handy aus dem Schwimmbad mitgenommen hat.

»Wir wollen abbrechen. Cara geht es nicht gut ... Wie, dann verlieren wir die Wildcard? Wir haben sie uns verdient, verdammt ... Nein, auf dem Zettel steht, wir haben die Nacht *gewonnen*, nicht, dass wir damit bestraft werden. Einen Gewinn kann man ablehnen ... Moment, ich frage nach.«

»Es geht schon wieder«, sage ich, das Gesicht auf den Kamin gerichtet. Die Hitze verdampft die letzten Tränen. Mein Puls geht wieder normal, lediglich die Kälte ist noch da. Ich lasse mir *nicht* von Mason mein Leben versauen. Nicht noch mehr. Es reicht, wenn allein sein Name einen Schatten auf jegliche potenzielle Beziehung danach wirft. Entschlossenheit rauscht durch meine Adern und ich richte mich sowohl innerlich wie auch äußerlich auf.

»Wirklich? Wir müssen das nicht durchziehen, Cara.«

Endlich drehe ich mich zu Josh um. Sein musternder Blick streift die tropfenden Haare, meine geröteten Augen und den ganzen halb nackten Rest von mir, der unter dem inzwischen offenen Bademantel hervorblitzt. Schnell schlinge ich ihn wieder enger um mich.

»Wir ziehen es durch«, sage ich mit fester Stimme.

Josh spürt offenbar meine Entschlossenheit, denn er nickt kurz und sagt ins Handy: »Wir bleiben. Bis morgen früh dann.« Er wirft das Handy aufs Bett.

Für einen Moment verharrt er von mir abgewandt, fährt sich durch die nassen Haare und atmet tief durch. Dann dreht er sich zu mir um. Auch das Band um seinen Bademantel hat sich gelockert, ich sehe die Gänsehaut auf seiner gut definierten Brust.

»Willst du darüber reden?«, fragt er leise.

Als ich den Kopf schüttele, scheint er erleichtert zu sein.

»Deine ganze Kleidung ist nass.«

»Ach, das habe ich noch gar nicht bemerkt.« Ich bemühe mich um einen lockeren Ton. »Nur leider sind meine Ersatzklamotten gerade nicht hier.«

»Wenn du noch näher an den Kamin gehst, wirst du dich verbrennen. Aber es wird trotzdem nicht helfen, dich zu wärmen.« Er zittert ebenfalls, obwohl er keine nassen Klamotten außer den Boxershorts unter dem Bademantel trägt.

»Du zitterst auch«, spreche ich das Offensichtliche aus, ehe ich checke, dass er meinetwegen nicht ans Feuer herantritt. »Du kannst … sorry, ich wollte dir nicht … Komm her.«

Tiefe Dankbarkeit liegt in seinem Blick und binnen eines Wimpernschlags steht er neben mir und reibt sich die Hände vor den Flammen, ehe er sich bückt und weitere Scheite in das Feuer wirft. Funken stieben auf und ich zucke zurück, trete jedoch sofort wieder näher.

»Es wird nicht reichen und das weißt du«, sagt er leise.

Wie auf Kommando pfeift ein Windstoß durch die Schießscharten und lässt die Flammen ebenso erzittern wie Josh und mich.

»Wollen die uns umbringen?«, frage ich mit bibbernder Stimme. Mühsam bewege ich meine Zehen.

Josh schüttelt den Kopf. »Sie wollen, dass wir *eine Lösung* finden.« Er deutet nur knapp zum Bett, zu der extradicken Decke und den Kissen in den seidenen Bezügen, die ich allerdings nur durchnässen würde, was ich ihm sofort sage.

»Du musst raus aus den nassen Klamotten.«

Er sagt es frei von jeder Anzüglichkeit und ohne Humor. Er will nicht, dass ich es für einen Spruch oder Witz halte. Dann sieht er sich um und geht zu dem Vorhang, hinter dem ich eigentlich auf eine Toilette gehofft habe. Fehlanzeige! Er verbirgt lediglich ein Regal mit Kerzen und weitere Stapel Feuerholz. Ich denke lieber nicht daran, dass es keine Toilette gibt. Zumindest versuche ich es.

»Zieh dich aus!« Er schiebt mich am Vorhang vorbei und zieht ihn zwischen uns wieder zu. Dann höre ich, wie er offenbar mit der schweren Decke kämpft.

»Ich bringe dir das Laken, damit du dich damit bedecken kannst.«

Ich lächele tatsächlich bei dem uralten Begriff. *Bedecken.* Er passt hierher, in einen Turm mit Schießscharten, die nicht verglast wurden, und einem Kaminfeuer als einzige Beleuchtung.

Etwas Kaltes streift meinen Kopf und ich springe zur Seite – fast gegen den Schrank –, als das Satinlaken von der Halterungsstange gleitet, über die Josh es gehängt hat.

Mit eiskalten Fingern öffne ich den Bademantel und lasse ihn zu Boden fallen, wobei er das letzte bisschen Wärme mit sich reißt. Zitternd versuche ich, mich aus dem Kleid zu schälen, doch es klebt an mir wie eine zweite Haut. Eine widerlich kalte zweite Haut. Als ich endlich den verdammten Reißverschluss erreiche und umständlich aufziehe, bin ich bereits ein Eisklotz. Kurz verfluche ich Dione dafür, dass »zu diesem Kleid bei der Oberweite leider nur ein Push-Up akzeptiert werden kann«, der Stunden zum Trocknen brauchen wird. Kurzerhand lege ich ihn ab und schlinge das kühle Laken um meinen nur noch von einem Slip bekleideten Körper, werfe BH und Bademantel über den Vorhang und schiebe ihn zur Seite.

Joshs Blick bleibt einen Moment zu lange an mir hängen, ehe er sich wieder auf seine Aufgabe konzentriert, die dicke Decke vor dem Feuer anzuwärmen.

»Schnell, rein da«, er deutet mit dem Kinn zu der lakenlosen Matratze. Eng in das Laken eingeschnürt, tapse ich hin und lasse mich umständlich darauf sinken. Josh stößt ein unterdrücktes Lachen aus, dann legt er die vorgewärmte Decke über mich. Ich seufze auf, schließe für einen Moment die Augen und genieße, wie das Blut in meine Glieder zurückkehrt. Diese Mischung aus Kribbeln und Brennen war noch nie so schön. Doch die gestohlene Wärme des Feuers ist schnell absorbiert. Ich öffne die Augen und beobachte Josh, der weiteres Holz in den Kamin wirft, nachdem er mein Kleid davor ausgebreitet hat. Nun reibt er seine Hände ganz dicht vor den Flammen. Er zittert, macht jedoch keine Anstalten, ohne Einladung zu mir unter die Decke zu kommen. Also biete ich es ihm an.

»Du solltest auch unter die Decke kommen. Dein Bademantel ist nass«, sage ich.

Schneller, als ich es für möglich gehalten hätte, reißt Josh den Bademantel von sich und legt sich zu mir. Sofort senkt sich die Matratze, sodass ich eilig in die andere Richtung robbe, um nicht zu ihm zu rollen. Er bringt eine Kälte mit sich, die ich sogar durch das Laken fühlen kann, und ich schaudere erneut. Meine Zähne klappern noch immer, stelle ich fest, während ich an die Zimmerdecke starre und zusehe, wie die Flammen des Kamins die Schatten der Balken zum Tanzen bringen.

Ich bin mir nur allzu bewusst, wie nah wir uns sind – fast nackt, nur durch eine hauchdünne Satinschicht und etwas Bettdecke getrennt, die zwischen uns auf die Matratze gesunken ist. Der Kuss am frühen Abend scheint ewig her, drängt sich aber immer stärker zwischen uns, je mehr ich auftaue. Zum ersten Mal habe ich überhaupt Zeit, darüber nachzudenken. Der aufgedrängte Kuss hätte sich nicht gut anfühlen dürfen, oder? Er war nur gespielt, eine überzeugende Show, dass wir ein echter Match sind, rede ich mir ein. Josh hat uns damit die Wildcard für die kommende Woche gesichert.

Neben dem Knistern der Flammen und meinem leisen Zähneklappern sind nur Joshs regelmäßige Atemzüge zu hören, bis eine Bewegung die Matratze erschüttert.

»Rutsch näher«, verlangt er und hebt vorsichtig die Decke zwischen uns an, sodass keine Kälte von außen eindringen kann. Stattdessen trifft mich ein Schwall Wärme aus seiner Richtung. Der lang ersehnte Sonnenstrahl nach einem kalten, nebligen Winter.

Ich rutsche instinktiv näher, lasse aber noch Abstand zwischen uns. Josh vernichtet die restliche Distanz und will den Arm um mich legen. Wir sehen uns an, sein Gesicht liegt im Schatten des Kaminfeuers.

»Du weißt, dass ich rein gar nichts von dem versuchen werde, was dir gerade durch den Kopf geht. Ich will nur nicht erfrieren oder von deinem Zähneklappern um meinen Schönheitsschlaf gebracht werden.«

Ich glaube ihm, auch wenn das Zucken seines Mundwinkels bei jedem anderen Typen eine Warnung gewesen wäre. Ich hebe den Oberkörper leicht an, er schiebt den Arm unter mir durch und zieht mich an sich, sodass sich das Seidenlaken gegen seine nackte Haut presst. So liegen wir Seite an Seite und starren an die Decke. Meine Gedanken nehmen chaotische Züge an. Ich bin mit dem Sohn der amerikanischen Präsidentin so gut wie nackt in einem Bett! Das ist … absurd. Ich kann das nicht.

Ich will wegrutschen, aber sein starker Arm hält mich fest. Ich sehe zu Josh, doch der starrt vollkommen reglos nach oben. Ich mustere sein Profil, das spärliche Licht tanzt über seine Nase und die vollen Lippen. Vielleicht verharrt mein Blick etwas zu lange, während sich sein Arm um mich schmiegt.

»Nicht dass du dir etwas darauf einbildest, Emerson«, sagt er in die Stille hinein und ich höre sein Grinsen, ehe es sich auf seinen Lippen zeigt. »Ich habe nur keine Lust, zu erfrieren. Und jetzt schlaf!«

Ich lächele über seinen Versuch, es mir leichter zu machen. »Ist dir schon mal aufgefallen, dass du ständig mit Befehlen um dich wirfst?«, sage ich zu den Dachbalken und verdränge die Frage, ob dort oben vielleicht eine Horde Spinnen wohnt.

»Wenn es niemand sonst tut, muss man den Job einfach übernehmen«, erwidert er.

»Du kannst Leute nicht zum Einschlafen zwingen«, sage ich und werde von einem langen Gähnen erfasst.

»Offensichtlich schon.« Ein Lachen lässt seinen Oberkörper beben.

»Sag mir, woran du gerade denkst. Deine Stimme bringt mich sicher zum Einschlafen.«

»Na, vielen Dank auch.« Er schnaubt, sein Atem streift mich. Er muss sich mir zugewandt haben. Ich starre stur weiter an die Decke, genieße die Wärme und seine leise Stimme. »Wenn du es unbedingt wissen willst: Hast du dich schon einmal gefragt, was im Tresor der Ravens versteckt ist? Oder habt ihr gar keinen? Der von Kellan ...«

»Häh?«, unterbreche ich ihn und blinzele. Mir ist gar nicht aufgefallen, dass ich die Augen bereits geschlossen habe. »Was ist das denn für ein Themenwechsel?«

Seine Schulter neben meinem Kopf zuckt. »Du wolltest wissen, woran ich denke. Aber wenn du gar nicht daran interessiert bist, solltest du vielleicht doch meinem Befehl folgen.« Er zieht mich mit seinem Arm noch etwas näher an sich. »Gute Nacht, Emerson.«

»Gute Nacht, Prentiss.«

Ich schließe die Augen. Hinter meinen Lidern tanzt das Feuer. Nachdem ich endlich das beklemmende Gefühl losgeworden bin, das Josh ausgelöst hat, weil ein Teil von mir offensichtlich hoffte, er könnte an mich denken, zieht mich das leise Knistern der Flammen irgendwann doch in den Schlaf.

Am nächsten Morgen weckt mich ein Krähen. Blinzelnd versuche ich, mich zu orientieren, und hebe mein Gesicht aus der wohlig warmen Höhle, in der es vergraben war. Ich reiße die Augen auf. Joshs Halsbeuge. Ich liege mit einem Bein um seinen Oberschenkel geschlungen halb auf ihm, eine Hand auf seinem Brustkorb und ... meine nackte Brust an seine Seite gepresst. Ohne mich zu bewegen, versuche ich zu erspüren, wo mein Laken abgeblieben ist.

Es ruht irgendwo auf Hüfthöhe über Josh und mir, weil ich es bei meiner Schling-das-Bein-um-ihn-Aktion wohl mitgerissen habe.

Ganz langsam, Millimeter für Millimeter, rücke ich von der Wärme ab, bedecke zumindest meine Brust wieder mit dem Satin und lasse meinen Fuß über den Matratzenrand hinweg nach unten gleiten.

Verdammt ist das kalt! Ich ziehe das Bein schnell zurück. Neben mir erklingt ein ersticktes Lachen. Ich drehe den Kopf und blicke direkt in Joshs amüsiert funkelnde Augen unter noch halb gesenkten Lidern, umrahmt von Haaren, die in alle Richtungen abstehen und ihn viel jünger wirken lassen.

»Du hättest auch sagen können, dass du wach bist«, brumme ich nur, was ihm ein weiteres Lachen entlockt.

»Und mir den Spaß entgehen lassen? Niemals. Außerdem wird doch sonst immer den Männern nachgesagt, dass sie sich nach einer gemeinsamen Nacht im Morgengrauen aus dem Staub machen.«

»Wir haben …«, setze ich an, aber seine erhobene Braue lässt mich innehalten. Ich verdrehe die Augen. »Ja, okay, wir *haben* die Nacht zusammen verbracht«, gebe ich zu und das siegessichere Lächeln, das Joshs Saphiraugen erstrahlen lässt, fühlt sich wie ein Kitzeln in meinem Magen an.

»Ich bin ein Gentleman und lasse dir den Vortritt«, sagt er, legt sich auf den Rücken und reibt sich den Schlaf aus dem Gesicht.

Während ich mich nun weniger umständlich aus dem Bett schiebe und dabei noch einmal die Kälte verfluche, murmelt er etwas von krähendem Hahn und dass er so etwas noch nie erlebt hat.

Im Kamin ist noch ein kleiner Rest Glut, den ich einhändig – das Satinlaken ist so glatt, dass es sich nicht feststecken lässt – mit kleinen Holzscheiten und etwas Herumstochern mit dem Schürhaken wieder zum Leben erwecke, ehe ich mich hinter dem Vorhang in das tatsächlich getrocknete Kleid zwänge und den Bademantel überziehe. Erleichtert, mich wieder ohne Laken bewegen zu können, fällt meine Aufmerksamkeit auf das nächste Problem. Sofort meldet sich meine Blase mit Nachdruck.

»Wir müssen dringend raus hier«, sage ich, als ich hinter dem Vorhang hervortrete. Josh klettert gerade – nur in seine enge Boxershorts gekleidet – aus dem Bett und streckt sich ausgiebig. Dabei bietet er perfektes Material für eine Muskelstudie. Er fährt sich durch das wirre Haar und versucht vergeblich, es in Ordnung zu bringen. Kaum hat er die Hände gelöst, stehen wieder Strähnen ab.

»Darf ich mich anziehen oder hast du es plötzlich nicht mehr so eilig, Emerson?«

Ich beiße mir ertappt auf die Lippe und drehe mich schnell um. Sein Grinsen kann ich trotzdem in seiner Stimme hören, als er sagt: »Im Morgengrauen wird die Tür offen stehen. Das hat Kellan zumindest gesagt. Da diese dummen Viecher beim ersten Sonnenstrahl krähen, müsste es bereits so weit sein. Ich kann nachsehen«, bietet er an, doch ich gehe schon zielsicher zur Tür und drücke die Klinke.

Seit der Sache mit Mason war ich nicht mehr so froh über eine unverschlossene Tür. Ich sehe über die Schulter zu Josh, der gerade den Gürtel des Bademantels knotet. Mich streift in einem leichten Luftzug sein Geruch, der ihm trotz Tauchgang im Pool und einer Nacht kuscheln noch immer anhaftet.

Dann sehe ich auf meine Uhr. »Du musst wohl mitkommen, die Verbindung ist immer noch aktiv.«

»Wolltest du so eilig weg von mir?«, fragt er, als er sich umsieht und sich sein Handy schnappt.

Meine kleine Handtasche mit meinem Handy, dem Lipgloss – und unseren beiden Büchern! – muss noch im Schwimmbad liegen. Mir wird eiskalt.

»Was ist los?«, fragt er und sieht sich gehetzt um.

»Meine Tasche mit unseren Büchern …«, rufe ich und will bereits loshetzen, da deutet er auf den Boden, wo neben seinem Paar Badeschuhen die kleine Tasche mit dem silbernen ineinandergeschlungenen Buchstaben YSL liegt.

»Wie hast du … wann …«, stammele ich, doch er zuckt nur mit den Schultern, bückt sich und hebt die Tasche hoch. Nachdem er sein Buch herausgenommen hat, reicht er sie mir.

»Ich denke an alles«, flüstert er mir dicht vor der Nase zu, während er an mir vorbei durch die Tür geht. Ich eile ihm hinterher und überlege, ob die Aussage mehr als eine Bedeutung hat.

25

SAMSTAG, 14.11.

Erst beim wöchentlichen Spa-Tag habe ich Zeit, das undurchdringliche Knäuel aus Gedanken und Gefühlen zu entwirren. Doch die Entspannungsmassage und auch die Buchung aller angebotenen Anwendungen des Wellnesshotels werden vermutlich nicht ausreichen, das Chaos wirklich aufzulösen. Eine Woche zuvor war mein einziges Problem, die bevorstehenden Aufgaben mit irgendeinem Lion überstehen zu müssen. Jetzt habe ich eine Wildcard in der Hand und muss keine einzige Aufgabe mehr erfüllen. Nicht einmal die Fessel würde in der kommenden Woche aktiviert werden. Das war die Belohnung für die überstandene Nacht, die Valérie beim Frühstück verkündet hat, ehe sie mit einem breiten Grinsen in ihr Croissant biss. Die Tür war übrigens kurz nach Mitternacht wie in dem anderen Turm leise entriegelt worden, weil weder Valérie noch Kellan oder die anderen Ravens und Lions verantworten wollten, dass jemand nicht zur Toilette gehen konnte. Uns hätte es freigestanden, den Raum zu verlassen, aber wer durchhielt, war die digitale Fessel los – wie Josh und ich und auch Dione und Austin. Unsere jeweiligen Gegner waren zu langsam gewesen und hatten deshalb keinen eiskalten Turm betreten und auch keine Chance auf die Deaktivierung der Fessel erhalten.

Laut Dione bin ich nun schon fast eine Raven – ich müsste schon gegen die obersten Regeln verstoßen oder mein Buch wegwerfen, um nicht aufgenommen zu werden. Ich sollte erleichtert sein, denn meine Chance auf ein Studium ohne Verschuldung meiner Familie liegt zum Greifen nah, aber ausgerechnet jetzt habe ich Probleme, an die ich bis vor Kurzem nicht einmal gedacht habe. Ich kann weder an Tyler noch an Josh denken, ohne dass meinem Herzen oder meinen Hormonen vor lauter Hin und Her schwindelig wird, obwohl ich mir wieder und wieder sage, dass Josh und ich nur eine Show abziehen, dass alles nur eine Inszenierung ist.

Ein Spiel.

Ein Spiel, bei dem ich meinen Traum gewinnen kann.

Dennoch verwirrt er mich.

Die langen stressigen Fahrten von meinem B&B zum College, die auf der Straße verbrachten Stunden, die mir zum Lernen fehlten, die nervenaufreibende Parkplatzsuche – all das scheint Jahre her zu sein. So schnell verdrängt man wohl das Negative.

»Cara! Das ist eine Entspannungsmaske!«, ermahnt mich Dione.

Ich öffne die Augen und wende mich ihr zu. Dabei spüre ich, wie kleine Bröckchen von mir abfallen.

»Also entspann dich gefälligst!«

Dione ruht ganz relaxt auf dem Liegesessel neben mir, mit derselben vermutlich völlig überteuerten »Magie« im Gesicht wie ich, was ihr jedoch das Aussehen einer wunderschönen Marmorstatue verleiht. Meine Haut spannt, weil das Zeug mittlerweile getrocknet ist. Unser Schönheitsguru Patrice wollte zurückkehren, sobald »der Zauber« gewirkt hat.

»Deine Maske hat überall Risse. Ich sehe, wie dein Gesicht arbeitet. Du sollst dich entspannen, nicht nachdenken!« Ihre Maske bekommt lediglich Risse vom Sprechen.

»Als wäre das so einfach.« Mein Augenverdrehen verursacht zum Glück kein weiteres Abbröckeln.

»Dann erklär mir dein Problem in einem Satz«, verlangt sie. »Wenn du das nicht schaffst, bist du selbst das Problem.«

»Ernsthaft? Ist ein Problem kein Problem, wenn man es nicht in einem Satz erklären kann?«, sage ich automatisch, während mein Gehirn längst dabei ist, Ein-Satz-Probleme zu finden.

»Ich leide an keine Ahnung was. Noch immer hungern Menschen überall auf der Welt. Es wird noch immer mehr Geld in die Produktion von Waffen gesteckt als in Hilfsgüter …«

»Ja, ja, schon gut«, werfe ich ein. »Du hast recht.« Dann überlege ich, was genau mein Problem ist. Es dauert etwas, bis ich mir sicher bin. »Ich habe Angst, dass meine Gefühle mir meine Zukunft verbauen.«

Diones Was-habe-ich-dir-gesagt-Blick fällt binnen Sekunden zusammen. »Hast du dich mit Josh gestritten?« Über ihrer Braue bricht die Maske auf und heller Staub rieselt auf ihre dunklen Wimpern, dann weiten sich ihre Augen. »Ist da etwa mehr gelaufen als der Show-Kuss?« Ihr Blick wird weich, vielleicht sogar mitleidig.

Ich schüttele den Kopf. »Es ist … es hat sich falsch angefühlt«, sage ich, doch sie missversteht mich.

»Es wäre schlimm, wenn es sich nicht falsch angefühlt hätte. Er hat dich quasi überfallen.«

Ich sage nichts.

»Oh …«

Pause.

Jetzt versteht sie mich auch so.

»Ooooh!« Ihre Mimik arbeitet und überall lösen sich Teile der Maske auf wie bei einer Statue, die zum Leben erwacht.

Weil sie nicht weiterspricht, erkläre ich: »Es hat sich zu gut angefühlt. Dabei war ich mir bis dahin sicher, dass ich Tyler …«

»Kann es sein, dass man dich nur küssen muss, um dich zu verwirren?« Dione lacht. »Das werde ich mir merken.«

Dione hat ein Talent dafür, miese Laune zu vertreiben. Aber ihre Worte brachten es auf den Punkt.

»Du bist jung, du bist hübsch, du bist fast eine Raven. Nutze einfach die restliche Zeit mit Josh, um dir klarzuwerden, was du ihm gegenüber empfindest. Nach der Aufnahme in die Verbindung kannst du dann offiziell mit ihm Schluss machen und mit Tyler in den Sonnenuntergang reiten.« Sie legt eine Hand auf ihr Herz und begleitet die Geste mit einem theatralischen Seufzen.

»Was ist, wenn Tyler sich bis dahin von mir abwendet?«, fasse ich das vielleicht tiefer sitzende Problem zusammen.

»Pft!«, stößt sie aus. »Wenn er auf dich steht, dann wird er warten. Und kämpfen. Offensichtlich tut er ja so einiges, um dich glücklich zu machen.« Sie zuckt mit den Brauen und kneift sofort hinter der abbröckelnden Maske die Augen zusammen.

»Was soll das heißen? Wir haben nicht …«

Dione hebt abwehrend die Hände. »Du darfst machen, was du willst. *Nach* der Aufnahme bei den Ravens.«

Während des restlichen Tages hilft Dione mir dabei, mich von irgendwelchen Gedanken an Jungs abzulenken. Doch bei den Vorbereitungen für den Abend tut sich ein weiteres Problem auf. Eine Nachricht von Suki.

> Springst du heute Abend für mich ein?
> Mir geht's total schlecht und ich habe dir
> jetzt so oft ausgeholfen.

> Ich bin leider nicht in Whitefield. :-(
> Sonst natürlich gerne.

> Kannst du nicht zurückkommen? Wenn
> Dan mitbekommt, dass es mit der
> Vertretungssuche nicht funktioniert,
> bekommen wir alle Ärger.

> Tut mir wirklich leid, aber ich komme
> erst Sonntag gegen Mittag zurück.

> Übernimmst du dann meine Schicht? Für
> heute frage ich bei den anderen nach.

> Natürlich. Vierzehn Uhr?

Sie schickt nur ein Daumen-hoch-Emoji.

> Gute Besserung.

> Danke.

»Wir wollten doch nicht über Jungsprobleme nachdenken«, ermahnt mich Dione, während sie auf dem mobilen Kleiderständer nach meinem Partykleid sucht, ehe sie mit dem Kleidersack auf dem Arm hinter mich tritt. Ich starre mich immer noch im Spiegel an, um mich an meinen Anblick zu gewöhnen.

»Ich denke nicht an meine Jungsprobleme«, verteidige ich mich und ernte dafür einen vorwurfsvollen Blick aus ausdrucksstark geschminkten Augen. Dione steht das Zwanzigerjahre-Make-up besser als mir, bei ihr wirkt es viel natürlicher, während ich mir vorkomme wie ein anderer Mensch. Die Stylistin hat meine Haare zu Locken gedreht und in Ohrhöhe festgesteckt, sodass sie nicht wie gewohnt glatt bis über meine Brust fallen, sondern sich um meinen Hinterkopf bauschen. Dazu habe ich schwarz umrahmte Augen und komplett schwarze Lider wie eine Gothic-Prinzessin.

Diones Haare wurden in Wellen streng an den Kopf gelegt. Ihr pinkfarbener Ansatz wurde mit einem Spray kaschiert, sodass sie nun das perfekte lilahaarige Flapper-Mädchen ist. Inklusive Haarband, das an ihrer rechten Schläfe in einer pinkfarbenen großen Schleife endet. Mir legt sie gerade das Stirnband an, das ich vor ein paar Tagen auf ihrem Handy bewundern durfte. Die silbernen Pailletten werfen bei jeder Bewegung vor dem hell erleuchteten Theaterspiegel kleine Reflexionen an die Wand daneben.

»Es ist Suki«, erkläre ich Dione, deren skeptischer Blick im Spiegel auf mich gerichtet ist. »Sie hat mich gebeten, heute ihre Schicht zu übernehmen. Auch wenn ich lieber arbeiten würde, als …«

»Ich will nicht hören, dass du dich nicht auf die Party freust. Ich habe so lange nach deinem perfekten Outfit gesucht!«

»Und das Kleid ist ein Traum!«, versichere ich ihr. »Aber Suki ist jetzt so oft für mich eingesprungen, teils sogar kurzfristig. Ich lasse sie nur ungern hängen.«

Dione ist fertig mit dem Stirnband und legt mir eine Hand auf die Schulter. »Du bist der netteste Mensch, den ich kenne. Aber du kannst nicht immer helfen.« Das ist lieb gemeint, dennoch ist es nur eine Floskel. »Suki hilft immer. Und ich enttäusche sie. Aber ich habe angeboten, morgen die Mittagsschicht zu übernehmen.«

»Na also. Das ist doch der perfekte Kompromiss. Und jetzt raus aus den Klamotten!«

Ich gehorche der Meisterin und nur wenig später trete ich an Joshs Arm in meinem schwarzen Charlestonkleid mit Tausenden symmetrischen Glitzersteinchen und Pailletten die Stufen von Steward-Abbey hinab. Ihm steht der Zwanzigerlook natürlich wie alles andere auch. Freundlicherweise hat er mein Raven-Buch zu seinem in die anscheinend extra vergrößerte Innentasche seines Jacketts gesteckt, weil in die Mikrohandtasche, die man damals trug, gerade einmal mein Handy passt.

»Du siehst toll aus«, sagt Josh mit einem galanten Lächeln. Bei jedem Schritt kitzeln mich die unzähligen, von schimmernden Perlen beschwerten Fäden, die von meinem Kleidersaum hängen.

»Und du siehst aus wie ein Gangster«, gebe ich zurück. Obwohl es nicht zur Abendgarderobe aus der Zeit gehört, trägt er eine zum Anzug passende graue Schiebermütze. »Fehlt nur noch die Zigarre oder so.«

Er grinst mich frech an und klopft mit seiner freien Hand auf seine Westentasche, aus der die klassische Kette baumelt. »Ich habe vorgesorgt. Wenn, dann richtig.«

Ich verdrehe die Augen, als wir gerade vor dem Ballsaal ankommen, wo Kellan und Valérie die Türflügel flankieren. Dione hatte recht: Valérie ist wie geschaffen für den heutigen Tag. Auch ihre Haare sind in Wellen an den Kopf gelegt, festgehalten von einem Stirnband mit einer schwarzen Feder an der linken Schläfe. Aber weil ihre Frisur kaum anders wirkt als sonst, strahlt sie eine Natürlichkeit aus, die sie schlicht atemberaubend wirken lässt. Das Make-up betont ihre schmalen Gesichtszüge und die Augen sind ausdrucksstark hervorgehoben. An ihrem schlanken, hellen Hals baumeln mehrere zarte Goldketten in unterschiedlichen Längen.

»Ihr seht fantastisch aus!«, ruft sie, nachdem sie Kairi und Niklas in den Raum verabschiedet hat. »Ein absolutes Traumpaar, nicht wahr?« Sie stupst Kellan an, der gekleidet ist wie die Jungs, die damals Zeitungen verkauft und dabei die Schlagzeilen durch die Straßen gebrüllt haben. Er seufzt mitleiderregend.

»Ihr beide könnt den Abend dank der Wildcard in vollen Zügen genießen«, sie zwinkert Josh und mir zu, »oder ihr helft uns bei der Aufgabe für die übrigen Matches.«

Ohne mich mit Josh abzustimmen, biete ich sofort unsere Hilfe an, denn ich bin dankbar für jede Ablenkung.

»Das habe ich mir gedacht. Ich schicke euch eine Nachricht mit der Aufgabe. Jetzt dürft ihr aber erst einmal das Büffet ausprobieren. Maria hat perfekte Arbeit geleistet.«

Sie deutet zur Tür und wendet sich dann Dione und Austin zu, die inzwischen auch unten sind. Ich habe ihr Lachen schon von Weitem gehört.

Im Raum wurde eine kleine Bühne aufgebaut, auf der bereits eine Jazz-Band spielt, natürlich stilecht mit Schiebermützen. Eine Frau in einem knöchellangen cremefarbenem Charlestonkleid, das sich von ihrer dunklen Haut leuchtend abhebt, steht hinter einem großen silbernen Mikrofon, das aus *The Great Gatsby* stammen könnte. Sogar daran haben die Organisatoren der Party gedacht.

Josh zieht mich zu den Tischen, die neben den geschlossenen Türen zum Wintergarten aufgestellt wurden. Die gefüllten Schüsseln, Platten und Schalen werden von etlichen Kerzen in goldenen Kandelabern beleuchtet. Mein Magen knurrt beim Anblick all der Köstlichkeiten, und ohne uns abzustimmen, belade ich eifrig den Teller, den Josh für uns beide hält. Ich muss ihm zugutehalten, dass ihm kein Wort über die vergangene Nacht – insbesondere meinen Zusammenbruch – über die Lippen kommt. Stattdessen amüsieren wir uns mit Dione und Austin, tanzen sogar zu einer Zwanzigerjahre-Interpretation von Ed Sheeran, bis Dione und Austin eine Nachricht erhalten.

»Unsere nächste Aufgabe wartet«, entschuldigt sich Dione und zieht Austin mit sich. Ich sehe mich nach den anderen Paaren um, auch sie streben auf den Eingang zum Ballsaal zu. Barron sieht noch miesepetriger aus als sonst, wenn das überhaupt möglich ist.

Auch Joshs und meine Uhr signalisieren einen Nachrichteneingang. Der Text kommt von Valérie.

Ihr seid unser heutiges »Ziel«. Die Matches sollen euch finden. Das hier ist die Aufgabe, die sie in fünf Minuten erhalten werden. Denkt daran: Ihr dürft niemandem helfen! Das wäre gegen die Regeln.

Anschließend erscheint ein Foto von einer auf alt gemachten Zeitung. Josh zieht das Handy aus der Tasche, um es besser sehen zu können. Das Titelbild zeigt Josh und mich, eine Aufnahme vom heutigen Tag. Darunter steht die Headline: *Die Fahndung nach der Suffragette Cara Emerson und ihrem aufständischen Verbündeten Joshua Prentiss läuft. Die Behörden haben als Belohnung für ihre Ergreifung eine weitere Wildcard ausgeschrieben.*

»Das ist dann wohl unser Startsignal«, sagt Josh und schaut sich um. Er wählt eine Nummer, während er mich mit der anderen Hand am Rücken zum Büffet schiebt.

»Sollen wir uns unter der Tischdecke verstecken?«, frage ich, doch er hört mir gar nicht zu, sondern spricht in sein Handy.

»Du musst die anderen im Auge behalten. Sorg dafür, dass nur Sanders und Anderton in den Wintergarten kommen … Klar, das machen wir … Bis dann.«

Er drückt die Tür zum Wintergarten auf und bittet mich mit einer kurzen Geste vorzugehen. Feuchte, warme Luft strömt mir entgegen. Die Orchideen neben der Tür verströmen einen so intensiven Duft, dass es meiner Nase schon fast zu viel ist.

Josh sieht noch einmal in den Ballsaal, dann zieht er die Tür hinter uns zu. Sofort verstummt der Partylärm, die Musik ist nur noch leise zu hören.

»Du hast Jace angewiesen, die anderen aufzuhalten?« Ich grinse Josh an.

»Hey, ich bin ein gesuchter Frauenrechtler. Von mir erwartet man doch, sich gegen die Regeln zu verhalten.« Er zieht kurz seine Mütze vom Kopf, streicht sich die Haare nach hinten und setzt sie wieder auf. »Jetzt komm, Suffragette Emerson.«

Sein Lachen hallt in meinem Magen nach, während ich ihm kopfschüttelnd folge. Ich würde mich freuen, wenn Dione und Austin ebenfalls eine Wildcard gewinnen würden. Aber Nasreen und Thomas wären ebenfalls okay. Nur Laura und Barron hätte ich mir gern vom Hals geschafft.

Wir gehen mit schnellen Schritten die indirekt beleuchteten Wege entlang, bis wir am Pavillon ankommen, in dem wir vergangene Woche Dione und Austin getroffen haben.

»Du bist gut«, stelle ich fest, als wir uns setzen. »Das ist – neben unseren Zimmern – vielleicht der erste Ort, an dem uns Dione und Austin suchen könnten.«

»Ein Lob meiner Meisterin«, haucht Josh theatralisch und verdirbt damit wieder einmal die positive Atmosphäre zwischen uns. Mit einem Mal wird mir klar, dass wir allein sind. Nur Josh und ich unter einem Meer von kleinen Lichtern an den Streben des Pavillons. Ich rutsche unruhig auf dem Sitzkissen herum.

»Ist dir etwa kalt?«, fragt Josh irritiert. »Ich finde es hier drückend heiß.« Er trägt neben Hemd und Weste noch immer das Jackett. Die hohe Luftfeuchtigkeit hier drin lässt selbst meine Haut an den nackten Armen glänzen.

»Nein, es ist …« Ich fische nach den richtigen Worten.

»… dir unangenehm, mit mir allein zu sein?«, hilft er mir auf die Sprünge und trifft damit sofort ins Schwarze. Schnell sehe ich weg und verneine die Frage hastig, was er natürlich durchschaut. Er tippt mir auf die Schulter und instinktiv wende ich mich ihm wieder zu.

»Bin ich wirklich so schlimm?«, will er mit entwaffnender Ehrlichkeit wissen.

»Es ist … Ich kann damit nicht umgehen«, sage ich schwach.

»Ich weiß. Aber gerade das macht den Spaß aus.« Er zuckt mit den Brauen und ich stöhne genervt auf. »Ich bin eine so einschüchternde Persönlichkeit, dass ich so etwas ständig erlebe«, sagt er in fast schon feierlichem Ton, woraufhin ich lachen muss. »Gefällt es dir, gegen die Regeln zu verstoßen, Emerson?«

»Welche Regeln?«

»Na, die Anweisung von Valérie, niemandem zu helfen«, erwidert er nur knapp, ehe er die Arme ausbreitet und mit beiden Händen die Metallstreben hinter sich umgreift. Dabei streift er mich, sodass ich instinktiv von ihm wegrücke. Aus Gewohnheit hatte ich mich nah neben ihn gesetzt, dabei ist das gar nicht mehr nötig. Ich werde nie wieder darauf achten müssen, welche Farbe mein Raven-Symbol hat.

»Ich habe gegen keine Regel verstoßen«, verteidige ich mich. Dabei kreist unentwegt das Wort *Mittäterschaft* in meinem Kopf herum, das ich bei einem von Joshs Jura-Kursen aufgeschnappt habe.

Sein Blick sagt etwas Ähnliches. »Und? Stehst du auf den Kick, Verbotenes zu tun? Die Sache mit Walsh …«

Ich hebe die Hand, um ihn zu unterbrechen. Ich will garantiert nicht mit ihm über meine Beziehung zu Tyler sprechen. Dafür nutze ich die Gelegenheit für eine Frage, die ich schon länger mit mir herumtrage. »Wieso kannst du ihn nicht ausstehen? Du kennst ihn doch gar nicht.«

»Wer sagt denn, dass ich ihn nicht ausstehen kann?«

Ich brauche meine Antwort nicht auszuformulieren, er kann sie in meinem Gesicht ablesen.

»Es gibt Liebe auf den ersten Blick und es gibt Menschen, die das Gegenteil auslösen.« Josh zuckt mit den Schultern.

»Du glaubst an Liebe auf den ersten Blick?«

Er verdreht die Augen. »Das war nicht wörtlich gemeint«, verteidigt er sich. »Es gibt einfach Menschen, die triffst du und weißt, dass du dir lieber jedes Brusthaar einzeln ausreißen würdest, als noch eine Minute länger in ihrer Gegenwart zu sein.«

Ich lache über seinen Vergleich, ehe mein Hirn automatisch das gespeicherte Bild seiner nackten Brust aufruft und nach Haaren sucht. Ich stöhne innerlich auf und lenke mich schnell ab, indem ich mich dem Rhododendron widme, dessen pinkfarbene Blütenpracht bis in den Pavillon quillt.

»Sag bloß, du hast so etwas noch nie empfunden? Nicht einmal gegenüber jemandem, von dem du nur Schlechtes gehört hast?«

Ich denke etwas länger darüber nach und schüttele dann den Kopf.

»Stell dir vor, Dione erzählt dir mit Tränen in den Augen von einem Ex, der alles andere als nett zu ihr war, und du begegnest ihm. Wäre das kein Grund, ihn auf den ersten Blick zu hassen?«

Ich stelle mir vor, wie Dione meine Geschichte zum Besten gibt, mir von ihrem Mason erzählt – und wie ich ihn daraufhin kennenlerne.

»Doch, vermutlich würde ich ihn hassen. Aber was hat das mit Ty…«

»Sch!«, unterbricht er mich und wir lauschen gemeinsam den Stimmen, die sich über dem leisen Rascheln und stetigen Tropfen erheben. Es sind nicht Dione und Austin.

Ich seufze leise.

»Komm, wir verstecken uns vor Carstairs. Warum hat Jace ihn nicht aufgehalten?« Josh verzieht enttäuscht das Gesicht und reicht mir die Hand. Mein Herz pocht schnell, ich will Laura nicht zu einer Wildcard verhelfen. Also lasse ich mich von Josh hochziehen und gemeinsam steigen wir über die oberste der Metallstreben, die gleichzeitig die Rückenlehne bilden, direkt in das Meer der ausladenden Rhododendren. Josh zieht mich mit sich nach unten und wir kauern uns auf den feuchten Boden, den Geruch nach frischer Erde in der Nase. Unter unseren Füßen schlängeln sich die schwarzen Schläuche des Bewässerungssystems.

Ich höre Barrons nasale Stimme schon von Weitem und stelle fest, dass bei ihm die fünf Minuten Speeddating ausgereicht haben, um ihn nicht zu mögen. Weshalb ich Joshs Hass-auf-den-ersten-Blick-Gedanken nun auf jeden Fall zustimmen würde – auch wenn es nicht direkt Hass war, was ich Barron gegenüber empfunden habe. Aber Antipathie war es auf jeden Fall.

»Hier stinkt es«, schimpft Laura.

»Aber der Bodyguard von Prentiss lauert nicht umsonst am Eingang herum oder hält Jasaari und Baumgärtner auf. Sie sind hier. Und wir kriegen unsere Wildcard.«

Seine Stimme wird dabei immer lauter. Irgendwann höre ich sogar seine dumpfen Schritte, obwohl die Wege nur aus Rindenmulch bestehen. Instinktiv kauere ich mich noch mehr zusammen und wir lassen uns von den süßlichen Duftschwaden des Rhododendrons einhüllen.

»Was denn jetzt?«, fragt Barron genervt. »Wir müssen uns beeilen.«

»Moment«, sagt Laura nur – und im nächsten Moment durchpeitscht ein schrilles Klingeln die Luft.

»Verdammt!«, sagt Josh neben mir und wirft sich auf meine kleine Handtasche, um den Laut etwas zu dämpfen.

»Was ist das?«, flüstere ich erschrocken. Das Klingeln geht weiter. Es hört sich wie ein Alarmsignal an. »Ich habe das Handy auf stumm geschaltet«, wispere ich.

»Ein Anruf über die Raven-App klingelt immer und sollte nur in Notfällen verwendet werden«, erwidert Josh und gibt auf, den Ton verbergen zu wollen. Und er hat recht. Valérie hatte bei der Einweisung so etwas gesagt, ich habe es nur nie getestet.

Ich höre ein paar dumpfe, schnelle Schritte, ehe jemand den Holzboden des Pavillons zum Knirschen bringt. Kurz darauf raschelt es und wir heben synchron die Köpfe. Über uns ragt Barron Carstairs mit einem widerlichen Grinsen im Gesicht zwischen den hübschen Blüten auf.

»Ich habe sie«, ruft er Laura zu, die sich im nächsten Moment durch den Rhododendron schiebt. Ihr Lächeln sieht dem von Barron erschreckend ähnlich.

Schade für Dione und Austin. Den beiden hätte ich die Wildcard gegönnt.

Wir lassen uns abführen wie Schwerverbrecher. Im Ballsaal bildet sich ein Gang zwischen den Partygästen. Unter Beifall schieben uns Laura und Barron auf die Bühne zu, wo Valérie und Kellan bereits warten und uns empfangen.

26

SONNTAG, 15. 11.

Stark gedämpftes Vogelgezwitscher dringt an mein Ohr, vermischt sich mit dem Rhododendrongeruch, den ich aus meinem Traum mit mir nehme. Es ist so hell. Blinzelnd öffne ich meine Augen und sehe einen breiten Streifen Licht, den die Sonne auf meine Bettdecke malt.

Dann fällt mir ein, dass die Sonne morgens nicht in mein Zimmer scheint, ich setze mich rasch auf und angele nach meinem Handy. Es ist aus, obwohl es noch am Ladekabel hängt. Ich schalte es ein. Während es sich aktiviert, klettere ich aus dem Bett. Warum ist das Handy ausgegangen? Ich habe extra den Wecker gestellt, um noch in Ruhe packen zu können, ehe wir Richtung Whitefield aufbrechen.

Als das Display endlich aufleuchtet, bleibt mein Herz stehen. Es ist schon nach zwölf Uhr.

Ich hämmere gegen die Affärentür zu Joshs Zimmer, die er heute Nacht benutzt hat, um in sein Bett zu kommen – damit alle, die auf den Fluren unterwegs waren, sehen konnten, dass wir uns zum Schlafen in ein gemeinsames Zimmer zurückziehen.

Josh reagiert nicht, also drücke ich auf die Klinke und betrete sein

Zimmer. Es riecht nach ihm und ich muss für einen Moment stehen bleiben, um meine frisch erwachten Sinne zu sortieren. Mein Match liegt in seine Decke verheddert in seinem Bett, das Kissen so fest umschlungen, dass sicher einige neidisch darauf wären.

»Josh«, rufe ich lauter und trete näher. Weil er noch immer keine Regung zeigt, setze ich mich auf die Bettkante und rüttele an seiner Schulter. »Josh!«

Endlich zuckt er zumindest. »Hm?«, gibt er verschlafen von sich, bevor auch der Rest von ihm aufwacht. »Cara?«, fragt er, blinzelt mehrmals gegen die Helligkeit an und reibt sich schließlich die Augen. »Was tust du hier?«

So aus dem Schlaf gerissen ist er offenbar nicht mal zu einem Spruch fähig.

»Es ist schon nach zwölf. Mein Handy war aus, deshalb hat mein Wecker nicht geklingelt. Wir sollten längst auf dem Weg nach Whitefield sein.«

Josh gähnt und schiebt sich die Haare aus dem Gesicht, ehe er sich zumindest etwas aufrichtet. »Das geht klar. Kellan meinte, dass uns mit der Wildcard auch eine eigene Limousine zusteht. Wir kommen also zurück.«

»Ich muss aber um vierzehn Uhr meine Schicht im Diner antreten! Steh auf, wir müssen sofort los.«

Josh schaut zum Fenster, dann zu mir. »Die Limousine wird nicht schnell genug sein.«

»Aber ich darf nicht zu spät kommen, der Job …« Meine Stimme bricht.

»Ich weiß was Besseres. Zieh dich an!«

Sein Blick streift mich wie eine Berührung. Mir wird heiß und kalt, während ich erst jetzt realisiere, dass ich nur in Slip und T-Shirt, das mir knapp über den Po reicht, in seinem Zimmer stehe. Josh will sich eben aus dem Bett schieben, legt dann aber hastig die Decke wieder über seine Beine.

»Jetzt, Emerson! Sonst schaffen wir es garantiert nicht.«

Ich springe vom Bett auf und renne zur Tür. Josh ruft mir noch hinterher, mich warm anzuziehen, was ein ungutes Gefühl zur Folge hat, das sich rund fünfzehn Minuten später noch verschlimmert.

»Ich soll auf dem Ding mitfahren?«, frage ich und beäuge misstrauisch das Motorrad, während Josh mir einen Helm reicht. Er zieht schwer an meinem Arm.

»Japp. Jace ist damit hergekommen, er wird unsere Sachen einsammeln und unsere Limousine nehmen. Mit dem Motorrad sind wir deutlich schneller. Vielleicht schaffen wir es noch rechtzeitig zum Diner.«

Ich schlucke noch, während Josh bereits aufsteigt, die Hände an den Lenker legt und das Motorrad aufrichtet.

»Mit jeder Sekunde, die du zögerst, sinken unsere Chancen, pünktlich zu sein, Emerson«, ruft er unter seinem Helm hervor.

Ich hole tief Luft, setze meinen Helm auf und klettere umständlich hinter Josh auf das Motorrad. Mein Hintern berührt kaum das Polster, da heult der Motor schon auf. Schnell halte ich mich an Joshs Taille fest. Keine Sekunde zu spät, denn wir schießen nach vorn, weil Josh offenbar die Kupplung zu schnell kommen lässt. Meine Finger krallen sich in seine Lederjacke, doch die gibt immer wieder leicht nach, obwohl wir nur langsam die Einfahrt des Steward-Anwesens entlangrollen.

Josh löst eine Hand vom Lenker und wir geraten leicht ins Schlingern, sodass mein Herz für einen Schlag aussetzt und ich Bilder von Unfällen mit Motorrädern vor mir sehe. Er greift mit seinen dicken Handschuhen nach meiner Hand, zieht sie nach vorn und drückt sie gegen seinen Bauch. Meine andere folgt wie von selbst, aber ich versuche dabei, so viel Abstand wie möglich zwischen uns zu wahren, auch wenn ich nur bei der kleinsten Unebenheit auf der langen Einfahrt immer wieder nach vorn hopse. Noch bevor wir auf die Landstraße abbiegen, bremst Josh ab. Er stellt die Beine auf den Boden, öffnet das Visier und dreht sich halb zu mir um.

»Wenn du nicht beim kleinsten Huckel runterfallen oder uns beide aus dem Gleichgewicht bringen willst, musst du dicht zu mir heranrutschen und meine Bewegungen mitmachen.« Er greift mit beiden Händen zu mir nach hinten und zieht mich zu sich, sodass kein Lufthauch mehr zwischen uns passt. »Halt dich fest!«, ruft er noch, ich schlinge im letzten Moment meine Hände um ihn, dann schießen wir los. Ich spüre den Wind, der mir die Haarsträhnen aus der Jacke reißt, die ich kurz davor extra dort hineingestopft habe. Die Landschaft jagt an uns vorbei, während Josh jedes Tempolimit bricht. Einmal versuche ich, an ihm vorbei nach vorn zu sehen, doch meine Nackenmuskulatur hat große Mühe, den von Joshs Körper abgehaltenen Fahrtwind auszugleichen, und ich kauere mich sicherheitshalber wieder an seinen Rücken, halte mich einfach nur fest. Würde Jace dafür sorgen, dass mögliche Strafzettel für zu schnelles Fahren ausbleiben, oder ist das der Job dieser Paige, der Frau, die für Joshs Mutter arbeitet?

Fünf Minuten nach zwei stolpere ich auf wackeligen Beinen und mit eingeschlafenem Hintern ins Diner. Hinter der Theke wartet bereits Dan auf mich. Ich fahre grob durch meine zerzausten Haare und setze mein bestes Lächeln auf, das Dan jedoch nur noch grimmiger blicken lässt. Auch meine Entschuldigung prallt an ihm ab, während ich auf den Durchgang zum Büro aka unserem Umkleideraum zuhalte.

Dan stellt sich mir in den Weg. »Ich kann keine unzuverlässigen Mitarbeiter gebrauchen«, sagt er.

»Ich bin nur fünf Minuten zu spät«, halte ich dagegen. »Das kann doch jedem passieren.«

»Und was ist mit deiner Schicht von letzter Woche? Oder den getauschten Schichten in der Woche davor? Suki ist ständig für dich eingesprungen und nun ist sie von all dem Stress – zusätzlich zum Lernen – krank geworden.«

Ich schlucke. Alles, was ich dazu sagen kann, würde nur nach Ausreden klingen. Ich habe Sukis Situation ausgenutzt. Sie brauchte das Geld, aber ich habe nicht daran gedacht, dass ihr dann die Zeit zum Lernen fehlt.

»Tut mir leid. Es wird nicht wieder vorkommen.« Ich senke den Blick auf das Linoleum zu meinen Füßen.

»Wird es auch nicht. Ich habe schon Ersatz für dich eingestellt.«

Sofort sehe ich wieder nach oben. »Aber ich kann nicht auf den Job verzichten!« Nur dadurch bin ich nicht ganz auf die Ravens angewiesen und hätte zumindest eine Chance auf Eigenständigkeit, falls doch noch irgendetwas schiefgeht.

»Daran hättest du früher denken sollen. Sorry.« Dans Entscheidung steht fest. Da hilft keine Entschuldigung mehr. Trotz Grummeln in meinem Bauch kann ich ihn verstehen. Das hier ist seine

Existenz. Er kämpft dafür wie ich für meine. Ich habe ihn im Stich gelassen und nun bekomme ich die Quittung dafür. Mit hängenden Schultern durchquere ich das Diner und zähle dabei die Quadrate auf dem Linoleum.

»Bekomme ich kein Frühstück?«, fragt eine Stimme.

Ich will schon antworten, als ich realisiere, dass es Josh ist, der in einer der Nischen sitzt.

»Hey, was ist los?«, fragt er mit musterndem Blick.

»Ich wurde gefeuert«, sage ich nur knapp. »Kannst du mich zum Campus bringen?«

»Natürlich!« Josh schiebt sich aus der Bank und wenig später hocke ich wieder an ihn geklammert auf dem Motorrad.

»Tut mir leid, dass du deinen Job verloren hast. Ich hätte schneller fahren sollen«, sagt er, nachdem er die Zündung ausgeschaltet hat und ich abgestiegen bin.

»Noch schneller und wir wären geflogen«, sage ich, um wenigstens ihm ein kurzes Lächeln zu entlocken.

Er verzieht nur die Lippen. »Du brauchst den Job nicht, Cara.« Seine Stimme klingt sanft. »Wir haben die Wildcard, unsere Fessel wird nicht mehr aktiviert. Du hast das Stipendium sicher.«

Ich zwinge mich zu einem Lächeln. Als Dank für den Beruhigungsversuch. Noch sind wir nicht sicher. Wenn jede Woche mindestens ein Match ausscheidet, dann auch diese Woche. Doch das spreche ich nicht aus. Zum Abschied hebe ich noch kurz die Hand, dann öffne ich das Tor zum Garten der Ravens und gehe mit einem tauben Gefühl im Kopf auf Raven House zu.

»Du bist mit Joshua Prentiss zusammen?«, quietscht Phee mir entgegen, kaum dass Skype die Verbindung hergestellt hat. »O mein Gott! Wie ist er denn so? Dana und ich haben kürzlich auf einer Seite ein *Best-of-Video* von ihm gefunden, irgendwer hat vermutlich jedes Oben-ohne-Foto von ihm im Netz aufgespürt und zusammengeschnitten. Er ist sooo heiß! Soll ich es dir schicken? Ach nein …«, sie schüttelt so schnell den Kopf, dass ich nur noch verpixelte Haare sehe. »Du hast ihn ja jetzt live. Ich bin neidisch. Du darfst in dem tollen Haus wohnen, gehst auf coole Bälle und dann hast du auch noch *diesen Typen* an deiner Seite!«

Ich warte, bis Phee sich etwas beruhigt. Dabei spüre ich, dass sich meine Wangen gerötet haben, und hoffe, die Facecam zeigt das nicht zu deutlich. Als sie endlich Luft holen muss, nutze ich meine Chance.

»Ich habe meinen Job im Diner verloren.«

»O nein!«, ruft sie sofort, denkt dann aber darüber nach und fügt hinzu: »Aber du wohnst doch da umsonst, oder?«

Ich habe Phee bisher nicht viel über die Raven-Anwartschaft erzählt, schließlich ist sie auch eine Außenstehende, also muss ich Stillschweigen bewahren und sage nur: »Es ist noch nicht sicher, ob ich auch bleiben kann.«

»Es gibt eine Probezeit wie in amerikanischen Filmen, oder?«, kombiniert Phee sofort. Sie ist viel zu schlau, um sich belügen zu lassen. »Das ist garantiert alles streng geheim. Ich verstehe. Dann nur so viel: Egal, was du unternehmen musst, um dabei zu sein … tu es!«

Wenn sie jetzt noch von dem Stipendium wüsste, würde sie noch mehr ausflippen. Ich atme tief durch, während sie mir von ihrer letzten Woche erzählt.

»Wie geht es denn Hannah?«, fragt sie mich dann so bemüht unschuldig, dass bei mir sofort die Alarmglocken losschrillen.

»Wie soll es ihr denn gehen?«, frage ich zurück.

»Hannah hat mir geschrieben, dass du dich von ihr abschottest. Sie vermisst dich. Weißt du noch, als ich mich mit Dana gestritten habe? Da hast du gesagt, dass wir trotzdem beste Freundinnen sind und immer bleiben werden, ganz gleich, wie schwer wir uns zoffen.«

Ich erinnere mich an das tränenreiche Gespräch. Und den Rest des Satzes, den Phee nun wiederholt.

»Dass wir trotzdem beste Freundinnen sind und immer bleiben werden – wie Hannah und du.«

»Du hast recht, Phee«, gestehe ich.

Meine kleine Schwester grinst frech in die Kamera. »Das habe ich immer, hast du es noch nicht gemerkt?«

»Ist ja schon gut.« Ich schüttele den Kopf. »Bringst du den Laptop noch zu Mum und Dad? Oder sind sie wieder nicht zu Hause?«

»Doch, sind sie. Grandma Liv und Großtante Mary sind zum Tee da. Ich bring dich einfach zu allen. Sie werden sich freuen.« Und schon bewegt sich das Bild hinter Phees Kopf, und mir wird beinahe schwindelig, während sie die Treppen nach unten rennt und mich an die versammelten Familienmitglieder übergibt, die sich förmlich überschlagen, während sie mich zu meinen Erfolgen beglückwünschen, von denen Phee ihnen berichtet hat. Mit jeder Minute hebt sich die Enge um meine Brust, die sich während der Anwärterphase immer mehr um mich gelegt hat. Mir wird richtig leicht ums Herz.

Glück ist … Menschen zu haben, die einen immer lieben, egal was kommt.

Jetzt fehlt nur noch ein Mensch, der bisher ebenso dazuzählte und den ich schon viel zu lange ignoriert habe. Ich mache mich auf den Weg zur Redaktion des *Whisperer*.

27

SONNTAG, 15. 11.

Ich ziehe eine Wolke Eclairduft mit mir in die alte Bibliothek. Auch – oder gerade – am Sonntag ist sie gut besucht, nahezu alle Studiertische sind besetzt, Bücherstapel und Unterlagen liegen vor konzentrierten Studenten. Kaum einer sieht auf, als ich vorbeigehe und zielstrebig auf die Tür zum *Whisperer* zugehe, während ich die Tüte von *Eva* vorsichtig unter den Arm mit den zwei Kaffees in der Papphalterung klemme.

Die Finger schon an der Klinke, zögere ich. Ich habe Hannah in den letzten Tagen ignoriert, eine Bestechung in Form von Koffein und Zucker wird nicht ausreichen. Anstatt die Tür einfach zu öffnen wie früher, klopfe ich leise an.

»Ja?«, ruft Hannah und ich trete ein. Mit dem Fuß schubse ich die Tür hinter mir zu.

Hannah sieht vom Schreibtisch auf, die dunklen Haare sind zu einem losen Knoten gebunden. Unter ihren Augen liegen tiefe Schatten, als hätte sie seit unserer letzten Begegnung nicht mehr geschlafen.

»Du siehst richtig fertig aus«, sage ich anstatt einer Begrüßung oder der zurechtgelegten Entschuldigung.

Hannah mahlt mit dem Kiefer, bevor sie antwortet. »So sieht man aus, wenn man von der besten Freundin abserviert wird. Obwohl …«, sie mustert mich aus zusammengekniffenen Augen, »vielleicht gilt das nicht für jeden.« Dann wendet sie sich wieder den Unterlagen vor ihr zu.

»Das habe ich wohl verdient«, flüstere ich und meine es auch so.

Sie starrt weiter stur auf die Papiere, aber ich kenne sie gut genug, um zu wissen, dass sie genau auf mich achtet.

»Hannah, ich bin die mieseste Freundin der Welt. Ich hätte dir vertrauen müssen und dich nicht ausschließen dürfen. Mein Leben ist gerade …«

Ihr Kopf ruckt nach oben, in ihren Augen funkelt pure Wut, während sie ihrer Enttäuschung freien Lauf lässt. »*Dein* Leben?«, ruft sie so laut, dass ich zusammenzucke. Der Geruch nach Eclairs wird stärker, weil ich die Tüte immer fester an mich presse. »Seit wann geht es nur um dich? Die Cara, mit der ich aufgewachsen bin, denkt an andere, ist besorgt um die Menschen um sich herum, will niemanden verletzen. Ich habe dich vor denen gewarnt und du hast mir nicht geglaubt.« Sie holt Luft, ihre Stimme bebt, während sie heftig blinzelt. »Dann habe ich versucht, Kontakt zu halten, es wiedergutzumachen, weil ich dich ausgeschlossen und mich so auf meine Recherchen fixiert habe. Aber du ignorierst mich. Dabei war mir unsere Freundschaft mehr wert als alles andere.«

War. Ich schlucke.

Hannah stößt ein abfälliges Lachen aus, das mich härter trifft als ihre Vorwürfe. Meine Sicht verschwimmt in Tränen, obwohl ich gegen das Brennen in meinen Augen ankämpfe, das mit jedem Wort von ihr unerträglicher geworden ist. Weil sie recht hat. Ich spüre eine heiße Träne über meine Wange rollen und senke den Blick. Eine weitere Träne fällt in Zeitlupe auf das Fischgrätenmuster der Holzdielen. Wie konnte ich auch nur denken, dass alles sofort wie früher wäre, wenn ich hier einfach so auftauche? Ich beiße mir fest auf die Lippen und wende mich ohne aufzusehen der Tür zu.

Ein Stuhl wird knarrend zurückgeschoben.

»Verdammt, Cara!«, ruft Hannah und ich bleibe auf halbem Weg zur Tür stehen. »Die alte Cara würde mich kennen und wissen, dass ich erst alles rauslassen muss, bevor ich mich beruhigen kann.«

Ich hebe den Kopf leicht an. Ein Hauch von Hoffnung berührt mich wie ein einzelner Sonnenstrahl.

»Und sie würde wissen, dass ich niemanden mit Kaffee und Eclairs von *Eva* aus dem Raum lasse.« Ihre Stimme hellt sich auf, ich höre ihr Lächeln. Es wärmt mich von innen und vertreibt die düstere Wolke, die bis eben über mir hing.

Ich atme tief durch, richte mich auf und drehe mich zu Hannah um. Mit einem schuldbewussten Lächeln reibt sie sich mit dem Handrücken die Tränen aus dem Gesicht.

Dann gibt es kein Halten mehr. Im Nachhinein würde ich behaupten, wir lagen uns plötzlich in den Armen, ohne uns bewegt zu haben. Weil der Weg nicht zählt. Es zählt nur die feste Umarmung, das freudige Schniefen, das den Schmerz wegbrennt. »*Beste Freundinnen – wie Hannah und du*«, souffliert Phees Stimme in meinem Kopf.

»Wo ist die kitschige Musik aus dem Off, wenn man sie mal braucht«, sagt Hannah, als sie sich langsam von mir löst. »Du hast mir gefehlt.«

»Du mir auch. Das darf nie wieder vorkommen, okay?«, sage ich flehend. Das Geheimnis rund um die Ravens muss ich nur noch bis zum Wochenende wahren, danach ist Schluss, schwöre ich mir. Der Gedanke haftet als bittere Note an meinem Gaumen und lässt sich nicht hinunterschlucken.

»Nie wieder«, versichert mir Hannah mit einem heftigen Nicken. Dann reißt sie mir den Kaffee und die Papiertüte aus den Händen und geht zum Schreibtisch. Ich höre nur noch ein lautes Rascheln, als sie gierig die Eclairs befreit.

»Zeit, für den guten Teil.« Sie schiebt mir den Stuhl zurecht, ich lege Tasche und Jacke ab und lasse mich anschließend ihr gegenüber darauf nieder. Hannah leckt sich bereits die Sahne aus dem Mundwinkel.

»Ich weiß, warum ich dir normalerweise nichts Gefülltes mitbringe«, necke ich sie und ernte daraufhin ein Schnauben.

»Ohne Sahne hätte das hier nicht funktioniert.« Sie wedelt mit der Hand zwischen uns hin und her.

»Zum Glück habe ich an die Füllung gedacht.« Meine Wangen lockern sich langsam und ich kann wieder lachen, ohne dass es sich falsch anfühlt. Ich brauche Hannah. Jeder braucht eine Hannah.

Glück ist … einen Menschen zu haben, mit dem man durch dick und dünn gehen kann, den man an miesen Tagen oder in schlechten Momenten vielleicht von sich schiebt, der aber dennoch immer zurückkehrt.

Glück ist … eine Hannah zu haben.

»Danke für die Eclairs«, sagt Hannah, nachdem wir alle süßen Teilchen binnen kürzester Zeit vernichtet haben. Dann richtet sie ihren Reporterblick auf mich. »Wie geht es dir so in Raven House?«

Jetzt folgt wohl der unangenehme Teil des Gesprächs. Doch ich habe mich vorbereitet. Mit einem tiefen Atemzug ziehe ich alle geplanten Sätze aus meinem Kopf.

»Es läuft gut. Ich bin so gut wie drin und dann habe ich auch wieder mehr Zeit für dich.« Ich greife nach dem Pappbecher und trinke einen Schluck. »Woran arbeitest du gerade?«

Hannah denkt zu lange über eine Antwort nach.

»Immer noch am Verschwinden von Beverly Grey?«, hake ich nach.

Sie nickt. »Ich komme einfach nicht weiter. Es gibt immer wieder neue Spuren, die dann wie ausradiert im Nichts enden, als wäre sie ein Geist.« Auch sie nimmt einen Schluck Kaffee, öffnet den Mund, sagt jedoch nichts. Als wäre sie nicht sicher, ob sie die Worte lieber zurückhalten soll.

»Hey, was ist los? Du kannst mit mir über alles reden, das weißt du.« Ich erwidere ihren Blick, bis sie nickt.

»Du … Könntest du in Raven House ein bisschen für mich recherchieren? Ich muss wissen, ob Beverly dort irgendwelche Nachrichten hinterlassen hat, noch mit anderen als dieser Valérie schreibt, von der du mir erzählt hast.«

Das fluffige Gefühl in meinem Inneren fällt zu einem zähen Klumpen zusammen. »Du möchtest, dass ich … spioniere?« Auch wenn ich die Idee bereits selbst hatte, ist es doch etwas ganz anderes, dazu aufgefordert zu werden.

Hannah zögert, nickt dann jedoch. »Ich weiß nicht, wie ich sonst noch an Informationen kommen soll. Das könnte *die* Story überhaupt werden. Größer als alles, was jemals im *Whisperer* erschienen ist.« Ihre Augen sehen mich hoffnungsvoll an, während die wahre

Bedeutung ihrer Worte in meinem Kopf nachhallt. *Die Story* zu finden könnte für Hannah eine Erweiterung des Teilstipendiums bedeuten, ihr Preise einbringen, zukünftige Arbeitgeber auf sie aufmerksam machen. Doch ich will es aus ihrem Mund hören.

»Okay, ich helfe dir ...«, beginne ich und Hannah strahlt mich bereits an. Doch das Strahlen erlischt, als sie den Rest meines Satzes hört und plötzlich ein Graben zwischen uns entsteht, der immer größer wird. »... wenn du mir ehrlich sagst, warum du so auf das Mädchen fixiert bist und mir deine mysteriöse Quelle preisgibst.«

Hannah senkt den Blick und schüttelt träge den Kopf. »Ich kann nicht«, flüstert sie. »Noch nicht. Ich kann dir erst alles sagen, wenn du dort raus bist. Vertrau mir bitte, Cara! Verschwinde von dort, dann erzähle ich dir alles.«

Es tut weh. Trotz allem vertraut sie mir nicht – es sei denn, ich lasse meine Chance auf das Stipendium und all die anderen Vorteile der Ravens hinter mir. Aber das kann sie nicht verlangen. Ich weiß ja nicht einmal, wofür ich das alles aufgaben soll. Hannahs Familie musste sich auch nicht in Schulden stürzen, um ihr den Besuch am St. Joseph's überhaupt erst zu ermöglichen. Dabei kennt sie meine Situation genau und wurde bei mir zu Hause immer mit offenen Armen empfangen. Ein bitterer Geschmack im Mund begleitet die Worte, die wie von selbst nach außen dringen: »Dann kann ich dir auch *noch nicht* helfen.«

Sie nickt, ohne die Miene zu verziehen.

Meine Augen brennen bereits wieder und ich will nur weg von hier. Ich werfe mir Jacke und Tasche über den Arm und gehe, ohne mich zu verabschieden.

Immer wieder reibe ich mir die Tränen aus dem Gesicht, meine

Sicht verschwimmt und auf dem Weg durch den Park gerate ich einmal fast ins Stolpern, weil ich einen großen Stein nicht sehe. Ich haste weiter, den Blick nun auf den Boden gerichtet, sodass ich erst bemerke, dass mir jemand im Weg steht, als es zu spät ist.

»So stürmisch, C.?« Tylers Stimme schlingt sich um mich, noch ehe es seine Arme tun können, weil er mich auffangen will. Ich schaffe es jedoch, selbst das Gleichgewicht zu finden, und schaue nur rund zwanzig Zentimeter von ihm entfernt zu ihm auf. Sofort wechselt sein Gesichtsausdruck von neckisch-flirtend zu ehrlich besorgt.

»Was ist passiert?« Seine Hand wandert zu meiner Wange und wischt eine Träne mit dem Daumen ab, zieht sie jedoch nicht mehr zurück. Wie eine Druckwelle rasen die Gefühle durch meinen Körper. Es ist unmöglich, nicht alle Sinne auf die Berührung zu richten.

»C., rede mit mir!« Seine Finger gleiten sanft unter mein Kinn, um es anzuheben. Dann schaut er mir tief in die Augen. All die Verzweiflung, die er offenbar darin lesen kann, sorgt dafür, dass er für den Bruchteil einer Sekunde zurückweichen will, doch er tut es nicht. Er holt tief Luft und zieht mich in eine Umarmung. Der sanfte Druck, den er dabei ausübt, kämpft gegen den, der mir die Brust zuschnürt. Es ist eine freundschaftliche Umarmung wie die von Hannah kurz zuvor. Schlechte Idee, daran zu denken. Erneut steigt ein Schluchzen in mir auf.

Tyler spürt es und presst mich noch fester an sich, streicht mir wieder und wieder über den Rücken. »Du kannst mit mir über alles reden, Cara. Ich bin immer für dich da. Auch nur als Freund, wenn du das möchtest.«

Neue Tränen dringen nach außen. Ich will ihm sagen, dass er nicht nur ein Freund ist, dass ich mehr empfinde, mich nach seinem Geschmack sehne, nach den prickelnden Küssen, die er auf meiner Haut verteilt hat. Aber ich darf nicht. Noch nicht, verdammt.

Ich presse mich fest an ihn, genieße noch ein paar kurze Atemzüge lang seine Nähe, versuche, den Geruch nach seinem süßlichen Parfüm zu speichern, um ihn in den nächsten Tagen abrufen zu können.

Noch ein paar Tage Schauspielerei, dann ist es vorbei.

Mit aller Kraft, die ich noch aufbringen kann, schäle ich mich aus der Umarmung.

Tyler lächelt mich an. Erwartungsvoll.

»Bald«, wispere ich, kratze sämtliche Selbstbeherrschung zusammen und renne davon. Hoffentlich war es das letztes Mal, dass ich ihn von mir stoßen musste. Neben Hannah ist er der einzige Mensch außerhalb der Ravens, zu dem ich engeren Kontakt habe. Wenn ich die Anwartschaft verpatze, habe ich nur noch die beiden Personen, die ich während der letzten Wochen immer mehr vergrault habe.

28

FREITAG, 20.11.

Die einzige Vorbereitung auf den finalen Ball, die Aufnahmezeremonie und den Abschluss der Matchingphase, war die Auswahl des Ballkleides, das man auch gut als Hochzeitskleid hätte nutzen können. Dione war die ganze Woche über nervös wie nie, doch sobald während der Anproben der Grund für ihre Anspannung zur Sprache kam, blockte sie ab.

»Habt ihr eine weitere Aufgabe bekommen? Ist sie schiefgelaufen?«, hatte ich sie gefragt, während ich auf einem kleinen Podest stand und mehrere Lagen aus leichtem Organzastoff von meiner Taille abwärts nach unten fielen. Das war gestern Nachmittag gewesen und im Zimmer war es dank des Nebels draußen fast zu dunkel, um mit Sicherheit zu sagen, ob sich Diones Lippen tatsächlich kurz zu einem schmalen Strich verzogen hatten, ehe sie den Kopf schüttelte.

»Ist es nicht zu dunkel zum Arbeiten? Ich kann das Licht anschalten«, bot ich an.

»Nein!«, sagte sie viel zu schnell, ehe sich ein kleines Lächeln auf ihren Lippen zeigte. »Sonst verdirbst du dir die Überraschung.«

Viel mehr – außer belanglosem Frühstückstalk – hatten wir in dieser Woche nicht miteinander gesprochen. Dann kam per App die Nachricht, dass jede Anwärterin am frühen Freitagabend in einem eigenen Wagen zum Steward-Anwesen gefahren wird und bereits »festlich gekleidet« sein muss.

So stehe ich jetzt in einem dicken Mantel, unter dem der Traum in Weiß hoffentlich sauber bleibt, auf dem Parkplatz hinter Raven House und warte neben Dione, Nasreen, Kairi, Charlotte und Laura, bis die älteren Ravens in ihre Limousinen gestiegen sind und irgendwo jenseits des Feldes im Nebel verschwinden. Die Stimmung angespannt zu nennen, wäre eine Untertreibung. Jedem von uns ist nur allzu deutlich bewusst, dass alle verbliebenen Anwärterinnen hier stehen. Niemand hat eine andere Adresse genannt bekommen – was bedeutet, dass mindestens eine von uns nicht in Steward Abbey ankommen wird oder dort rausfliegt.

Eine knappe Stunde Verharrens in der kühlen Novemberluft später, was schon einem finalen Belastungstest gleicht, taucht endlich eine Fahrzeugkolonne aus schwarzen Wagen auf und rollt auf uns zu. Erleichtert zähle ich sechs Fahrzeuge. Offensichtlich dürfen wir alle erst einmal einsteigen. Unsere Namen werden aufgerufen, die Reihenfolge ist also nicht willkürlich, was meinen Magen mit jedem gefahrenen Kilometer mehr in Aufruhr versetzt, nachdem auch ich einsteigen durfte und die Limousine vom Platz gerollt ist. Immer wieder verfolge ich auf Google Maps meinen Standort, bisher weicht er nicht von der direkten Route zu den Stewards ab. Das Alleinsein macht mich wahnsinnig, steigert meine Nervosität ins Unermessliche, bis ich den bisher ruhigen Fahrer damit anstecke.

»Ist alles in Ordnung bei Ihnen?«, fragt er und fängt aus blassgrünen Augen meinen Blick im Rückspiegel auf. Der Mann ist schätzungsweise Anfang fünfzig und wirkt im Vergleich zu den Chauffeuren der vergangenen Wochen eher wie ein schlichter Taxifahrer. Kein Anzug, keine Krawatte, dafür aber ein viel weniger strenges Gesicht.

»Ich bin nur nervös«, sage ich unverfänglich und nestele an dem Stoff herum, der sich so weit aufbauscht, dass höchstens noch eine weitere Person auf den Rücksitz passen würde.

»Wegen des Zielorts?«, hakt er nach. Als ich schweige, fährt er fort: »Mein Chef fand es sehr seltsam, dass wir zwölf einzelne Wagen stellen sollen, die alle dasselbe Ziel ansteuern. Was für eine Verschwendung!«

Auch wenn es eine Beschwerde war, beruhigt mich seine Aussage. Alle Matches werden an denselben Ort gebracht. Ravens und Lions. Ich schaffe es, ein schwaches Lächeln nach vorn zu werfen, als könnte ich mich für den verschwenderischen Auftrag entschuldigen.

Die Fahrt dauert länger, als ich erwartet habe. Weil wir schon unsere Abendkleider tragen sollten, gehe ich davon aus, direkt zum Ball gebracht zu werden, und überprüfe ein letztes Mal mein Make-up, als Pete – mein Fahrer – mir sagt, dass wir fast da seien. Kaum habe ich mein Schminktäschchen weggepackt, durchqueren wir das geöffnete Tor zum Anwesen und rollen die lange Auffahrt der Stewards entlang. Im Gegensatz zu den vorherigen Wochenenden sind die Hecken und Büsche rund um das Herrenhaus mit Tausenden kleinen Lichtern geschmückt. Wir fahren an einer langen Reihe Wagen vorbei, die am Rand des Weges parken – kleine Sportwagen, lange Limousinen, schwere SUVs. Heute sind offenbar nicht nur Ravens und Lions aus Whitefield anwesend, was mir einen zusätzlichen Dämpfer verpasst. Ich habe mich inzwischen daran gewöhnt,

Josh als meinen Freund vorzustellen. Auch in dieser Woche haben wir – obwohl wir nicht mussten – die Mittagspausen zusammen verbracht, um den Schein zu wahren. Nun aber einem ganzen Saal voller fremder Menschen eine Beziehung vorzugaukeln, verursacht mir Übelkeit.

Erst als Pete mich darauf aufmerksam macht, dass ich aussteigen könne, realisiere ich, dass wir vermutlich schon seit mehreren Minuten vor dem Gebäude stehen, während ein Junge im Anzug draußen auf ein Zeichen wartet, mir die Tür öffnen zu dürfen.

Pete dreht sich zu mir um und hält mir eine Visitenkarte hin. »Falls Sie vor den anderen hier weg müssen.« Er zwinkert mir zu. »Ich fahre nicht direkt zurück nach Whitefield, sondern verbringe das Wochenende bei meiner Schwester unten im Dorf.« Er deutet vage hinter das Herrenhaus.

Weil ich nicht reagiere, drückt er mir die Karte in die Hand und signalisiert dem Jungen, dass er mir nun die Tür öffnen kann. Schnell stecke ich die Visitenkarte zu meinem Handy und dem Raven-Buch in meine Handtasche, dann steige ich aus.

Der Junge führt mich mit einer kleinen Verbeugung die Stufen hinauf, wo ein älterer Mann im stimmungsvoll beleuchteten Windfang steht, mir den Mantel abnimmt und um meinen Namen bittet. Er überprüft meine Antwort auf einem Tablet und nickt dem Jungen zu. »Es ist alles bereit für die junge Dame.«

Allein die Wortwahl sorgt für einen fetten Kloß in meiner Kehle.

Meine rechte Hand krallt sich um den Träger meiner silberfunkelnden Handtasche, während wir in Richtung Ballsaal gehen. Ich starre stur geradeaus. Irgendwann ist gedämpfte Musik zu hören, gemischt mit leisem Gläserklirren. Ich marschiere nun etwas zielstrebiger darauf zu, doch der Junge hält mich vor dem Ballsaal auf und öffnet eine schwere braune Tür auf der rechten Seite. Sofort rast mein Puls und meine Handflächen beginnen zu schwitzen. Unauffällig wische ich sie an meinem Kleid ab, während ich den Raum langsam betrete und immer mehr erkenne – zumindest den Bereich zu meiner Linken, denn die andere Seite versinkt in Dunkelheit. Knisterndes Kaminfeuer verbreitet eine angenehme Wärme, ein einsamer bronzener Deckenstrahler bricht das altmodische Ambiente, das die beiden hohen roten Polstersessel schaffen, auf denen Kellan und Valérie aufrecht sitzen wie auf einem Thron. Valéries wahrlich königliches mit unzähligen goldenen Steinchen besticktes Abendkleid fließt über das Polster nach unten und lässt sie wie eine Statue wirken. Kellan in seinem maßgeschneiderten Anzug mit Weste und Fliege neben ihr gibt kein so eindrucksvolles, aber dennoch einschüchterndes Bild ab. Vor allem sein finsterer Gesichtsausdruck.

Hinter mir wird die Tür geschlossen und ich fühle mich gefangen.

»Willkommen, Cara«, begrüßt mich Valérie, während Kellan nur schwach nickt.

»Hi«, bringe ich gerade so hervor und kämpfe gegen den inneren Drang an, den Kopf zu senken und einen Knicks zu machen. Ich bleibe etwa anderthalb Meter vor den beiden stehen.

»Wir haben schlechte Neuigkeiten«, sagt Valérie dann ohne Umschweife und bringt damit mein Herz zum Stillstand. Ich kann nicht mehr atmen, mich nicht rühren. Ich starre sie einfach nur an und warte darauf, dass sie meinen Traum für immer zerstört.

»Josh Prentiss hat die Lions verraten«, fährt Kellan fort und bringt mich damit so aus dem Konzept, dass ich nur ein paar unzusammenhängende Worte von mir geben kann. Josh? Ich dachte, es ginge um mich. Dennoch lasse ich nicht zu, dass mich die Erleichterung durchströmt, die den Knoten im Magen bereits gelöst hat. Noch nicht.

»Die Konsequenzen werden dich natürlich nicht tangieren. Manche Verstöße sind nicht dem ganzen Match anzulasten.« Kellans Braue hebt sich leicht, dann fügt er hinzu: »Wie du ja sicher weißt.«

Ich halte seinem Blick stand, suche nach den richtigen Worten. »Was hat Josh getan?« Die Frage, ob Josh jetzt kein Lion wird, bleibt unausgesprochen, schwingt jedoch in jeder Silbe mit. Wir haben gemeinsam dafür gekämpft. Es fühlt sich falsch an, so kurz vor dem Ziel zu scheitern. Ich weiß, wie sehr er zu den Lions gehören will.

»Es geht nicht nur darum, was er getan hat«, erwidert Kellan. Ein fast schon bösartiges Grinsen liegt auf seinen Lippen, als er nach seinem Tablet auf einem kleinen verschnörkelten Beistelltisch neben dem Sessel greift und es mit seinem Fingerabdruck aktiviert. »Wir müssen wieder härter durchgreifen. In den vergangenen Jahren haben wir die Konsequenzen eines Verrats offenbar nicht deutlich genug aufgezeigt.«

Mir wird immer kälter und ich sehe mit einem letzten Rest Hoffnung zu Valérie, doch sie kann mir nicht in die Augen schauen, sondern senkt den Blick, während sie ungewohnt nervös auf ihrem Thron hin und her rutscht und ihr Kleid damit zum Rascheln bringt. Kellan tippt in der Zwischenzeit auf dem Tablet herum und reicht es mir dann.

Beinahe hätte ich es fallen lassen, als ich realisiere, was auf dem Display zu sehen ist.

Das im Halbdunkel liegende Büro des Dekans. Die Tür öffnet sich und Josh betritt den Raum.

Schnitt.

Josh geht zielstrebig durch das Büro.

Schnitt.

Er sucht etwas im Regal und sieht sich immer wieder verdächtig um.

Schnitt.

Dann zieht er ein Buch heraus.

Schnitt.

Er steckt es freudig in die Innentasche seiner Jacke.

Schnitt.

Ich sehe, wie er den Raum verlässt und sich die Tür hinter ihm schließt.

Ich starre weiter auf das letzte Bild der geschlossenen Tür. Mein Atem geht stoßweise, mein Puls rast schneller, als ein Kolibri mit den Flügeln schlägt.

Es gibt Aufnahmen von der Nacht des Einbruchs!

Die Raumtemperatur nimmt rasend schnell ab und ich hätte mich nicht gewundert, wenn plötzlich Eisblumen auf den Fenstern neben Kellans Sessel erblüht wären.

In dieser Aufnahme wurden alle Bilder von mir herausgeschnitten. Aber sicher existiert das Gegenstück. Ich sehe praktisch vor mir, wie ich hinter dem Schreibtisch suche, dann die Unterlagen durchwühle und ein Buch an mich nehme.

»Jede Tat hat Konsequenzen. Wir haben natürlich dafür gesorgt, dass der Einbruch nicht mit dir in Verbindung gebracht wird, Cara.«

Valéries Stimme ist weniger fest als sonst. Es kommt mir vor, als würde eine Entschuldigung darin mitschwingen.

»W…was passiert jetzt mit dem Video?«, presse ich hervor, noch immer nicht in der Lage, normal zu atmen. Mir ist schwindelig und blinzelnd versuche ich, das Gleichgewicht zu halten.

»Josh ist ein Medienliebling«, antwortet Kellan mit einem schon fast angewiderten Gesicht. »Die Presse wird sich nicht lange mit der Frage beschäftigen, ob das Video geschnitten ist. Es wird reichen, dass der Sohn von Präsidentin Prentiss nachts komplett in Schwarz gehüllt im Büro des Dekans herumschleicht. Die anderen werden sich von nun an hüten, gegen die Regeln zu verstoßen.« Er reißt mir das Tablet aus der Hand und legt es wieder auf den Tisch neben sich.

Ich sehe Joshs Gesicht vor mir. Wann immer er von seiner Mutter gesprochen hat, war seine Stimme weich, obwohl er so viel für sie in Kauf nehmen musste. Die Militärakademie, die vielen Vorgaben. All das hat seine Liebe für sie nicht geschmälert und seine Bewunderung war trotz allem immer herauszuhören.

Die negative Publicity, die dieses Video zur Folge hätte, würde nicht nur Josh, sondern auch seine Mutter treffen, die ein Vorbild für alle Frauen der Welt darstellt. Die erste Frau in einem Amt, das seit Inkrafttreten der Verfassung der Vereinigten Staaten von Amerika nur von Männern bekleidet wurde. Auch Hannah und Phee sehen wie ich zu dieser Frau auf – und sehr viele andere ebenso.

Noch während zwei Stimmen in mir diskutieren, frage ich: »Was genau wird ihm denn vorgeworfen? Ich habe doch fast die ganze Zeit mit ihm verbracht.«

Valérie und Kellan sehen sich lange an, während ich nicht einmal zu atmen wage. Wieder übernimmt Kellan den Job des bösen Cops. Er macht ein finsteres Gesicht und öffnet schon den Mund, da kommt ihm Valérie zuvor.

»Ich weiß, dass ihr … zusammen seid«, beginnt sie zögernd, in ihrer Stimme schwingt Bedauern mit und so viel Mitgefühl, dass es mir nur noch mehr Angst macht. Was zur Hölle hat Josh getan? »Du solltest es nicht von uns erfahren«, fährt sie fort. »Aber Josh wurde gestern Nacht mit einer anderen Frau ... *gesehen.*«

Die Betonung dieses einen Wortes malt Bilder von Joshs nacktem, schweißglänzendem Oberkörper vor meinem inneren Auge. Seine Hände über einer Frau, die sich hingebungsvoll unter ihm räkelt.

»Das kann nicht sein«, sage ich mit fester Stimme, obwohl meine Hände dabei zittern. Schnell bringe ich sie zur Ruhe, denke daran, wie Josh mich verteidigt hat, mir geholfen hat. Garantiert hat Barron etwas mit den Anschuldigungen zu tun. Ich glaube einfach nicht, dass Josh ausgerechnet die Regel bricht, die er mir ständig vorgebetet hat. »Er hat die ganze Nacht mit mir verbracht.« Die Lüge kommt mir so leicht über die Lippen, dass ich sie schon fast selbst glaube.

Hinter mir klatscht jemand und das Geräusch peitscht durch den Raum. Hastig drehe ich mich um, mein Kleid bauscht sich auf und der Stoff fängt dabei das Licht des Kaminfeuers ein.

Aus den Schatten im hinteren Teil des länglichen Raums tritt eine dunkelhaarige Frau, die ich auf Mitte bis Ende vierzig schätze. Sie kommt aufrecht, aber vollkommen natürlich, mit großen Schritten auf uns zu und macht damit deutlich, dass sie das Sagen hat. Ihr Gesicht wirkt nicht gerade überfreundlich, aber die zarten Fältchen an den Augenwinkeln lassen sie trotz allem sympathisch wirken. Irgendwoher kenne ich sie.

»Sie sind überzeugt, Senatorin?«, fragt Valérie ungewohnt ... unterwürfig. Diese Haltung passt nicht zu ihr. Ich komme mir vor, als hätte sich mit einem Fingerschnippen der Film geändert, in dem ich gelandet bin.

»Das bin ich«, erwidert die Frau mit amerikanischem Akzent. Ich versuche noch immer, sie irgendwo zuzuordnen.

»Gib mir dein Raven-Buch«, verlangt sie. Ihr Ton ist so gebieterisch, dass ich wie ferngesteuert zu meiner Tasche greife und sie öffne. Mit dem Buch in der Hand klärt sich mein Kopf wieder.

»Was habe ich falsch gemacht?« Meine Hände zittern schon wieder, meine Fingernägel krallen sich so fest in das Leder, dass sie garantiert Spuren hinterlassen. So kurz vor dem Ziel. Ich hätte sie nicht anlügen dürfen.

»Gib mir das Buch«, wiederholt die Frau ungeduldig und streckt mir die Hand entgegen.

Mein Unterkiefer bebt, ich presse fest die Zähne zusammen, um nicht loszuheulen.

So. Verdammt. Knapp.

Die Hand der Senatorin schnellt nach vorn wie der Kopf einer Schlange. Bevor ich reagieren kann, hat sie das Buch in der Hand. Fassungslos sehe ich zu, wie sie damit in Richtung Tür geht und all meine Träume von ausgelösten Krediten und einem stressfreien Studentenleben mit sich nimmt. Sie bleibt vor einem hüfthohen Tisch stehen, auf dem eine kleine unscheinbare Kerze flackert, und beugt sich vor. Ein seltsamer Geruch dringt zu mir und wird stärker, als sie mit dem Buch in der Hand zurückkehrt, das Gesicht vollkommen ausdruckslos.

»Willkommen bei den Ravens, Cara Emerson.«

Während ich noch völlig perplex und wie erstarrt dastehe, lächelt mich die Frau an und schlägt das Buch auf. Unter dem Raven-Symbol mit meinem Namen prangt nun ein Siegel – ein Rabe mit harten Kanten in blaues Wachs gepresst.

Die Senatorin reicht mir das Buch, ich greife im Automodus zu.

»Du kannst jetzt zur Party«, flüstert Valérie neben mir. Ich habe nicht einmal bemerkt, dass sie zu mir gekommen ist. Noch immer benommen, presse ich das Raven-Buch an die Brust und drehe mich zu ihr um.

Valérie zieht mich in eine feste Umarmung. »Herzlichen Glückwunsch, Raven-Schwester!«

»Die nächste Anwärterin wartet schon«, mischt sich Kellan ein und schenkt mir einen abfälligen Blick. Die wärmende Glut des Gemeinschaftsgefühls, das Valérie in mir ausgelöst hat, tritt er damit fast restlos aus. Die dunkelhaarige Frau zieht sich wieder in die Schatten zurück und Valérie schiebt mich zu einer Tür hinter den Sesseln. Als ich sie öffne, höre ich sofort laute Gespräche und Musik. Das im Vergleich zum schummrigen Nebenraum gleißende Licht etlicher Kronleuchter strahlt mich an, sodass ich blinzeln muss. Hinter mir schließt sich die Tür, ohne dass sich Valérie von mir verabschiedet. War es das? Wirklich? Ich stehe vermutlich minutenlang vor der Tür herum, bis ich es realisiere.

Ich habe es geschafft.

Benommen sehe ich mich um, straffe die Schultern und versuche, endgültig zu verdauen, was gerade passiert ist.

Ich bin eine Raven.

Beim Skypen nächsten Sonntag kann ich meiner Familie erzählen, dass ihr Glaube an mich geholfen hat, dass sie die Kredite auslösen und ich mein Studium unter den besten Voraussetzungen und vor allem stressfrei durchziehen und beenden kann.

Glück ist … jemanden zu haben, der an dich glaubt, auch wenn du es nicht tust.

All die Anstrengungen der letzten Wochen haben sich bezahlt gemacht. Ich bin nun eine von ihnen. Mein Blick gleitet über die bunt glitzernde, fröhliche Menge vor mir. Die Gäste plaudern, stoßen an, lachen. Ich suche nach bekannten Gesichtern, doch auf den ersten Blick entdecke ich keine anderen Anwärterinnen, mit denen ich mich gemeinsam freuen könnte. Der Saal ist so voll, dass ich ihn nicht einmal zur Hälfte überblicken kann, also gehe ich los und bahne mir auf der Suche nach Dione oder vielleicht auch Nasreen einen Weg zwischen den vielen Grüppchen hindurch. Mein Blick streift Gesicht für Gesicht, während mein Gehirn Informationen dazu liefert wie eine VR-Brille aus einem Science-Fiction-Film: Caroline Waters, jüngste Vorstandsvorsitzende eines börsengehandelten Unternehmens. Ich habe ein Foto von ihr an Hannahs Wand in der Redaktion des *Whisperer* gesehen, genau wie die Bilder weiterer anwesender Frauen. Brianne MacKellan, die anstatt das Zeitungsimperium ihres Dads zu übernehmen, einfach ihr eigenes Medienunternehmen gegründet hat und nun zu den schärfsten Konkurrenten ihres Dads zählt. Joelle Masterson, eine gefragte Anwältin, die oft an der Seite zahlreicher Prominenter zu sehen ist, denen sie aus der Patsche geholfen hat. Sie alle waren ... *sind* Ravens. Wie ich. Ich spüre ein Prickeln am ganzen Körper, während Phees Stimme in meinem Kopf flüstert: »*Dad sagt doch immer, wie wichtig Beziehungen sind.*«

Ich bin nun eine von ihnen.

Doch sosehr ich auch davonschweben und mich von dem Hochgefühl und der ausgelassenen Atmosphäre des Balls treiben lassen will – allein der Gedanke an die vergangenen Minuten, an das Video von Josh und die damit verbundenen Ängste, ziehen mich nach unten und lassen meine Hände zittern. Dagegen helfen auch all die

Beglückwünschungen der verschwimmenden Gesichter von Gästen nicht, die mich bei meiner Suche nach Dione aufhalten. Ich schüttele fremde, mächtige Hände, bekomme Anfragen zur Vernetzung ... alles, wovon ich geträumt habe.

Und doch fühlt es sich falsch an.

Immer wieder sehe ich Joshs Video vor mir, nur dass ich es jetzt bin, die in dunkler Kleidung das Büro des Dekans durchwühlt und ein Buch stiehlt. Welche Konsequenzen würde dieses Video haben? Wofür kann es benutzt werden? Mit meinem Video könnte jedenfalls nicht die mächtigste Frau der Welt in einem schlechten Licht dargestellt werden. Ich schlucke den bitteren Geschmack hinunter, dass ein Rauswurf aus der University of Whitefield für mich jedoch dasselbe Desaster wäre. Ich taumele durch den Saal und suche weiter nach Dione, die in ihrem silberweißen Kleid, das an ein griechisches Gewand erinnert, doch leicht zu finden sein müsste. Sie könnte mir bestimmt alles erklären, mich beruhigen. Doch ich kann sie nirgendwo entdecken.

Mein Blick streift nach wie vor etliche Gesichter, doch mit einem Mal wirkt jedes ausgelassene Lachen wie Gelächter, jedes vielleicht sogar freundlich gemeinte Lächeln wie ein bedrohliches Grinsen. Meine Schritte beschleunigen sich proportional zu meinem Herzschlag. Das Licht ist viel zu hell, die Luft zu dick. Ich stehe zwischen so vielen Menschen und doch sind sie alle meilenweit entfernt.

Plötzlich sagt eine tiefe Stimme nah an meinem Ohr: »Darf ich um diesen Tanz bitten?«

Ich drehe mich um, habe schon eine Absage auf den Lippen, als ich in Joshs funkelnde Mitternachtsaugen blicke, in denen die Reflexionen der Kronleuchter wie Sterne tanzen. Er grinst mich breit an, während er nach meiner Hand greift und mich mit sich zur Tanzfläche zieht. *Er nimmt einen Teil des tonnenschweren Gewichts von mir und mein Magen scheint für einen Moment zu schweben.* Mein Puls beruhigt sich. *Joshs Nähe beruhigt mich.* Ich kann wieder freier atmen.

»Du hast also für mich gelogen, Emerson?«, fragt er in neckendem Tonfall, als hätte er meine Angst und Unsicherheit gespürt und wollte mich ablenken. Ich bin ihm tatsächlich dankbar dafür und halte eine Antwort zurück, die alles wieder zunichtemachen würde.

»Du siehst atemberaubend aus«, sagt Josh dann leise und zieht mich an sich. Seine Linke ruht auf meiner Taille. Hitze durchströmt mich in Wellen von dieser Stelle aus. Als wir auf der hell beleuchteten Tanzfläche ankommen, wird mir zum ersten Mal bewusst, wie wenig schlicht mein Kleid tatsächlich ist. Dione hat sich an meine Bitte gehalten und einen ganz gewöhnlichen Schnitt gewählt. Ein enges Trägerkleid in A-Linie. Nur der tiefe Ausschnitt hat mich kritisch werden lassen. Mit dem freien Rücken habe ich weniger Probleme. Das Besondere an dem Kleid ist jedoch nicht der Schnitt, sondern die oberste Stofflage, die versprochene Überraschung. Das im Halbdunkel weiß wirkende Kleid funkelt unter den grellen Strahlern wie purer Sternenstaub. Jede noch so kleinste Bewegung lässt den weiten Stoff aufblitzen.

»Danke«, sage ich mit rauer Stimme. »Du siehst auch nicht gerade zum Davonlaufen aus«, füge ich ehrlich gemeint hinzu. Obwohl ich mich an seinen Anblick in Jeans und Lederjacke gewöhnt habe, wirkt der Smoking nicht falsch an ihm – im Gegensatz zu vielen anderen im Saal, die aussehen, als hätten sie in Papas Kleiderschrank gewühlt.

Josh neigt kurz den Kopf, ein stetiges Lächeln umspielt seine Lippen. So gelassen und locker habe ich ihn noch nie erlebt. Hat er tatsächlich an seiner Aufnahme bei den Lions gezweifelt?

Wir tanzen ein paar Minuten lang, dann halte ich es nicht mehr aus. »Sind wir jetzt drin? Endgültig? Keine Verbote oder Prüfungen mehr?« Ich spreche nicht aus, dass nun auch unsere Fake-Beziehung endet. Trotz allem habe ich mich an seine nervtötende Anwesenheit gewöhnt, immer auf der Suche nach den kleinen Momenten, in denen er mir etwas Echtes schenkt und nicht den Joshua Prentiss spielt, den die Medien kennen.

»Vielleicht hätte ich gar nichts dagegen, weiter an dich gekettet zu sein.« Ohne das übertriebene Zucken seiner Augenbrauen wäre der Satz vielleicht ganz nett gewesen.

Ich nehme kurz die Hand von seiner Seite und pike ihm in die Brust. Er reißt theatralisch die Augen auf, sodass ich lachen muss. Der echte Josh schmunzelt, als freue er sich über meine Reaktion.

Die ersten Takte eines langsamen Liedes erklingen und Josh zieht mich näher. Er legt seine Hände locker auf meine Schultern, sodass mir gar keine andere Wahl bleibt, als mitzumachen und meine Hände an seine Taille zu legen. Wir tanzen nicht wirklich, sondern treten eher von einem Bein auf das andere, aber zumindest sind wir im selben Rhythmus.

»Was haben sie dir erzählt?«, fragt Josh nach dem ersten Refrain.

»Valérie und Kellan? Dass du rausfliegst, weil du dich mit einer Außenstehenden eingelassen hast.« Erneut flackern die Bilder seines nackten Oberkörpers vor meinem inneren Auge auf. Hitze schießt mir in die Wangen und ich schaue schnell weg.

»Sehe ich da etwa Eifersucht, Emerson?«

Warum ist er so unausstehlich direkt? Ich gebe etwas zwischen Schnauben und heiserem Lachen von mir, ehe ich mich wieder im Griff habe. »Garantiert nicht, Prentiss.«

»Bleib locker, es war nur ein Test.« Sein Lächeln erreicht seine Augen nicht.

Alles ist ein Test, erinnere ich mich an eins unserer ersten Gespräche.

»Sah ich auf dem Video wenigstens gut aus?« Er lacht, aber nicht für mich. Er sieht sich immer wieder um, während er mich in eine Drehung führt, die mein Kleid in einen funkelnden Diamanten verwandelt.

»Woher weißt du von dem Video?«, frage ich, sobald ich ihm wieder ins Gesicht sehen kann.

Er zieht mich in einen engeren Tanzbereich und umfasst mich mit seinen Armen. »Es ist nie vorbei«, flüstert er ganz nah an meinem Ohr. Seine Worte sorgen für eine Gänsehaut.

»Wie meinst du das?« Ich will mich von ihm schieben und ihn ansehen, doch er lässt es nicht zu.

»Von jeder Raven und jedem Lion gibt es ein Video wie dieses.« Er zieht mich in eine Drehung, damit ich all die in Prada, Chanel, D. A. und weiß Gott was gekleideten Menschen sehen kann und die wahre Aussage dahinter verstehe. »Das ist die wahre Eintrittskarte, Cara. Etwas, das sie gegen dich in der Hand haben, damit du tust, was sie sagen. Deshalb fliegt jeder automatisch raus, der den Einbruch nicht durchzieht.«

Er lächelt charmant, perfekt einstudiert, als würde er nicht gerade mein Traumschloss wegfegen, das ich Bauklotz für Bauklotz während der Anwartschaft errichtet habe – denn er bestätigt all die unangenehmen Überlegungen, die in meinem Kopf Form angenommen haben, seit ich sein Video gesehen habe. Ich bewege mich nur noch mechanisch, lasse mich willenlos von ihm führen. Ein Druckmittel. Die beiden Verbindungen hätten damit jeden denunzieren können, für Joshs Rauswurf sorgen können. Für den Rauswurf jedes Anwärters und jeder Anwärterin. Jedes Lion. Jeder Raven. Ich schaudere, während Josh das Showlächeln aufrechterhält.

»Du wurdest nicht zufällig für die Ravens ausgewählt, Cara.« Seine Stimme klingt ruhig, doch ich spüre sein Herz wild in seiner Brust pochen.

»Ich weiß. Tyler hat mich empfohlen.«

Ein leises Lachen. Nicht heiter, sondern gänsehauterregend. »Sie hatten dich schon vorher im Visier. Walsh hat lediglich den Kontakt hergestellt.«

Jedes seiner Worte kühlt meinen Körper weiter ab, baut eine Eiswand zwischen Josh und mir und dem Rest des rauschenden Festes. Sein Blick huscht immer wieder über die anderen Tanzenden. Er wirkt gehetzt.

»Wenn du willst, erzähle ich dir alles. Aber nicht hier.«

Der Rest des Balls gewinnt wieder an Kontur. Es sind viele Erwachsene da. So viele Menschen sollen irgendwann ein Buch aus dem Büro des Dekans gestohlen haben? Die meisten kenne ich nicht, aber allein ihre Haltung, ihre Gesten und ihre Blicke lassen sie selbstbewusst und mächtig wirken. Barron Carstairs tritt eben mit einem wissenden Lächeln zu einem Mann mittleren Alters. Der Ähnlichkeit ihrer Gesichtszüge nach – bis hin zum identisch überheblichen Blick – handelt es sich dabei vermutlich um seinen Vater. Auch Barron strahlt nun diese ganz besondere Aura aus wie alle hier im Saal.

Als könnte allein das Siegel im Verbindungsbuch den Mitgliedern eine besondere Magie verleihen.

Wie passe ich hier hinein?

Ich wäge meine Möglichkeiten ab. Wenn Josh einen Hinweis hat, sollte ich sein Angebot annehmen.

»Okay«, sage ich leise.

»Dann küss mich«, verlangt er.

Mein Atemzug klingt wie das Zischen einer Schlange. »Wie bitte?«

»Tu so, als würdest du nicht genug von mir bekommen. Der für alle anderen verständlichste Grund, die Party schon früher für ein paar *ungestörte Minuten* zu verlassen.« Sein Grinsen wirkt unverschämt, dennoch erreicht es seine Augen nicht. Er lächelt für die anderen, nicht für mich.

Spielt er immer noch sein schräges Spiel? Ein paar Takte lang beobachte ich die anderen Gäste um uns herum genauer. Sie lachen, stoßen mit Champagnerkelchen an. Mir fallen weitere Gesichter auf, die ich aus den Medien kenne. Politiker, Geschäftsleute. Ich sehe eine Frau in einem funkelnden Cocktailkleid, die in letzter Zeit Schlagzeilen gemacht hat, weil ein Abgeordneter ihres Wahlkreises den Kauf eines Grundstücks durchgeboxt hat, auf dem sie nun eine umstrittene Fabrik baut, obwohl die Anwohner mehrfach dagegen protestiert hatten. Und genau diesem Abgeordneten schenkt sie gerade ein strahlendes Lächeln.

Wie passe ich hier hinein? Hat Josh tatsächlich die Antwort darauf? Ich mustere ihn noch bis zum Ende des Songs, atme tief ein, um mir Mut zu machen, und verdränge die Zweifel, wem ich überhaupt noch vertrauen kann. Dann schlinge ich meine Arme enger um Josh, presse mich fest an ihn, sodass er vor Überraschung kurz aufkeucht, was die Aufmerksamkeit der Tanzenden um uns herum auf sich zieht. Zufrieden mit mir fahre ich anschließend durch sein Haar, streichele ihm über den Nacken und nähere mich seinem Ohr.

»Wir brauchen keinen Kuss, Prentiss.« Ich lache für das Publikum. »Lass uns gehen. Ich bin gespannt, was du mir zu sagen hast.«

29

FREITAG, 20. 11.

Wir schaffen es nur langsam durch die Menge. Josh hält meine Hand, damit wir uns zwischen den weiteren Glückwünschen und Small-Talk-Versuchen nicht verlieren. Mehr als einmal gleitet ein widerlich klebriger Blick über mich, während Josh ein Schulterklopfen und ich ein anzügliches Grinsen bekomme. Auch Armani und Co. sind kein Garant für gutes Benehmen.

Gerade als wir den Saal verlassen wollen, tritt Dione durch die Tür, hinter der ihre letzte Prüfung stattgefunden hat. Ich möchte zu ihr, doch Josh schüttelt den Kopf, zieht mich näher und drückt mir einen Kuss auf die Schläfe. »Nachher«, haucht er mir ins Ohr.

Wir schweigen, während er mich durch den Flur zieht. Jedem, dem wir begegnen, wirft er ein wissendes Grinsen entgegen und erntet dafür ein Lachen oder Zuspruch, bis ich mich trotz makellos weißem Kleid schmutzig fühle.

Wir gehen nicht zur Treppe nach oben. Stattdessen führt mich Josh den kurzen Flur zum Schwimmbad entlang. Das schon zuvor ungute Gefühl verstärkt sich.

»Wieso gehen wir nicht auf unsere Zimmer?«, frage ich und bleibe stehen, während er mir die Tür offen hält. Chlorgeruch steigt mir in die Nase.

»Es könnte sein, dass wir abgehört werden.« Er meint das vollkommen ernst, ich sehe kein Flackern in seinen Augen, kein Zucken der Mundwinkel.

Und ich dachte, *ich* wäre zwischendurch paranoid geworden.

»Komm. Bitte«, sagt er mit so viel Nachdruck, dass ich den nächsten Schritt wage.

Während sich mein Kleid bei jeder Stufe nach unten um meine Beine bauscht, wühle ich so unauffällig wie möglich in meiner Handtasche nach einer möglichen Verteidigungswaffe. Ich wünschte, ich hätte das Pfefferspray aus meiner Jacke mitgenommen. Aber wer hätte gedacht, dass ich es hier brauchen könnte? Und wie kann es sein, dass ich mich in Joshs Gegenwart mit einem Mal ... unwohl fühle? Es dauert all die Stufen nach unten, bis ich das Gefühl wirklich zuordnen kann.

Angst. Josh macht mir Angst.

Er geht zielstrebig um den Pool herum auf die Loungeliegen zu, auf denen Laura und Barron am letzten Wochenende ihre Strafminuten absitzen mussten.

Ich zögere. Alles in mir kreischt, dass etwas nicht stimmt, und ich bleibe auf meiner Seite des Pools stehen. Wir können uns auch so unterhalten.

»Was hat es mit den Videos auf sich? Und was meintest du damit, dass ich schon im Visier der Ravens war, bevor Tyler den Kontakt hergestellt hat?« Ich presse die Worte hervor und sie klingen in der Schwimmhalle voluminös wie ein Schrei. Die Akustik ist besorgniserregend und ich sehe mich automatisch zu den Treppenstufen um, die nach oben zur Tür führen. Nur mit Mühe schiebe ich all die skurrilen Antworten von mir, die mir mein Hirn souffliert.

Josh sieht nicht zu mir, sondern auf das sich träge wellende, blau erleuchtete Wasser. Sein Schweigen erdrückt mich, am liebsten würde ich zu ihm stürmen und ihn schütteln. Vielleicht will er genau das erreichen? Trotz der stickigen warmen Luft habe ich Gänsehaut und reibe mir über die Arme.

Endlich blickt er auf und öffnet den Mund. Über sein Gesicht tanzen die Reflexionen des Wassers. »Weißt du, wo Valérie diese Videos aufbewahren könnte?«

Seine Frage – statt der von mir geforderten Erklärungen – bringt mich aus dem Konzept. »Was? Warum?«

Josh fährt sich durch die Haare, dann erhebt er sich und kommt auf mich zu. Langsam. Mit erhobenen Händen. Als wüsste er genau, was in mir vorgeht. Seine Stimme ist sanft, klingt beinahe wie eine Entschuldigung. »Ich suche nach jemandem. Einer alten Freundin. Ihr Name ist Beverly Grey.«

Den inzwischen verhassten Namen aus seinem Mund zu hören, verwirrt mich noch mehr. »Du kennst Beverly?«

Er nickt langsam. »Ich bin nur am St. Joseph's, um herauszufinden, was mit ihr passiert ist. Deine Freundin Hannah hilft mir dabei.«

In meinem Kopf rasten die ersten Zahnrädchen so laut ein, dass ich fürchte, er könnte es hören. »Von *dir* hat Hannah all die Informationen über sie?«

Er nickt. »Ich habe sie um Stillschweigen über unsere Zusammenarbeit gebeten. Ich konnte schließlich nicht sicher sein, ob du das Stipendium so sehr willst, dass du mich ausliefern würdest, ehe

wir drin sind. Deshalb habe ich auch nichts von den Videos erzählt.«
Er macht eine kurze Pause, sein Blick wird abschätzend. »Du hast
doch mit Hannah gesprochen, oder?«

Ich sehe ihn argwöhnisch an. Das Gefühl, geradewegs in eine Falle
zu tappen, wird immer stärker. Das bisschen Vertrauen, das ich ihm
gegenüber irgendwann gespürt habe, ist verschwunden – falls es je
existiert hat und ich es mir nicht nur eingeredet habe oder einreden
wollte.

Ich will die Falle umgehen, daher lenke ich ihn zu seiner ur-
sprünglichen Aussage zurück. »Du hast gesagt, es gibt einen Grund,
warum ich eine Raven-Anwärterin geworden bin.«

Josh bleibt wenige Meter von mir entfernt stehen. »Du hast mit
Hannah in Richtung Ravens und Lions recherchiert«, beginnt er.
»Weil Hannah sich aber bedeckt hielt und nichts auf dem Server
gespeichert hat, bist nur du aufgefallen. Einer von Kellans Spionen, der beim *Whisperer* arbeitet, hat das jedenfalls herausgefunden.
Nach meinem ersten – und einzigen offiziellen – Besuch in der Redaktion hat Jace ein Gespräch zwischen Luca Santiago und Kellan
mitgehört. Er hat behauptet, dass du im Fall Beverly herumschnüf-
felst und herausfinden willst, was die Ravens und Lions damit zu
tun haben könnten. Kurz danach hast du die Einladung für Raven
House erhalten.«

»Ich habe nicht herumgeschnüffelt, das war nur Hannah«, verteidige ich mich instinktiv.

»Du hast einen großen Stapel Informationen über die beiden
Verbindungen ausgedruckt«, sagt Josh, als müsste er mich nach einem Blackout an etwas erinnern.

»Garantiert nicht«, sage ich, während sich mein Hirn krampfhaft an Details an meine Zeit beim *Whisperer* zu erinnern versucht.»Ich habe nie selbst Artikel geschrieben oder dafür recherchiert. Ich bin nur durchgegangen, was Hannah mir hingelegt hat, oder habe ihr zugearbeitet und Sachen aus dem Drucker gehol...« Aus dem Drucker im Nebenraum, der direkt neben dem Tisch von Luca Santiago steht. Säure steigt in meiner Kehle auf.

Josh hebt die Braue. Ich hasse diesen Was-habe-ich-dir-gesagt-Blick. Aber zumindest habe ich jetzt etwas, woran ich mich festhalten kann. Das hier ist keine Falle, kein weiterer Test. Endlich habe ich die Antwort auf die große Frage, was Joshua Prentiss ausgerechnet ans St. Joseph's geführt hat. Aber seine Erklärung, dass ein Stapel Ausdrucke quasi die Eintrittskarte zu den Ravens gewesen sein soll, macht wenig Sinn, so sehr ich auch versuche, schlau daraus zu werden.

»Luca hat also gepetzt, dass ich anscheinend einen Artikel über die Verbindungen schreiben will, und sofort lädt man mich ein, mich noch genauer umzuschauen, oder was?« Es klingt zu absurd. Mein schrilles Lachen hallt von den Wänden wider.

»Natürlich nicht. Sie haben dich zu sich geholt, um dich zum Schweigen zu bringen und ein Druckmittel gegen dich in die Hand zu bekommen, solltest du auf Dinge stoßen, die nicht für die Öffentlichkeit bestimmt sind, und einen Artikel darüber veröffentlichen wollen.«

Weil ich ihn nur anstarre, während ich versuche, seinen unlogischen Erklärungen zu folgen, fährt er fort.»Sie haben dir das Leben als Raven schmackhaft gemacht. Die zusätzlichen Lernrunden, die Materialien, das tolle Ambiente. Du wolltest dazugehören, das kannst du nicht leugnen.« Sein Blick ist durchdringend wie nie. Er macht einen weiteren Schritt auf mich zu.»Die Regeln untersagen dir, ein schlechtes Licht auf die Verbindung zu werfen. Wahrscheinlich wurde am Anfang darauf gesetzt.« Er fährt sich durch die Haare. »Du wurdest jede Minute beobachtet, Cara. Sie haben einen Keil zwischen dich und alle anderen getrieben.« Er macht eine kurze Pause, während ich nur Bilder von Hannah und Tyler vor meinem inneren Auge sehe.

»Vermutlich haben sie nichts gefunden, was dich ausreichend belasten und unter Druck setzen könnte, deshalb …« Er senkt die Stimme. »Deshalb mussten sie sich etwas einfallen lassen. Da kam ihnen natürlich die Aufgabe gelegen, die alle Matches durchziehen müssen. Solltest du vorhaben, einen Artikel über die Verbindung zu schreiben, könnten sie dich mit dem Video mundtot machen. Du würdest vom College fliegen, sollte der Dekan von dem Einbruch erfahren. Dass sie dir heute mein Video gezeigt haben, ist eine unmissverständliche Drohung, sich auch künftig an die Regeln der Verbindungen zu halten.«

»Aber … ich wollte doch nie …« Mein Ziel war es nur, eine Raven zu werden. Mir wäre im Traum nicht eingefallen, dass ich mich mit einer der Aufgaben erpressbar mache.

»Aus diesem Grund ist es jetzt wichtig, dass wir herausfinden, wo diese Videos aufbewahrt werden.« Joshs Blick ist unglaublich intensiv, als versuche er, mich zu hypnotisieren.

»Nur deinetwegen existiert dieses Video. Du hast mich angestachelt und motiviert, diese Sache durchzuziehen.« Meine Stimme wird immer lauter und durchstößt die Stille der Schwimmhalle wie ein Pfeil.

»Ohne den Diebstahl würdest du inzwischen vermutlich auf der Straße sitzen«, erwidert Josh mit ebenso scharfer Stimme.

»Dank dir bin ich offenbar immer noch kurz davor.« Gott, was habe ich nur getan?»Lieber hätte ich …« Den Rest des Satzes bringe ich nicht über die Lippen, weil es eine Lüge wäre. Für das Stipendium und die Beziehungen, die mir die Ravens in Aussicht gestellt haben, hätte ich alles getan. *Habe* ich alles getan. Ich kann die Schuld niemandem in die Schuhe schieben, nicht einmal Josh, der mich die ganze Zeit nur manipuliert hat.

»Ich musste zu den Lions. Die Verbindungen schotten sich so sehr ab, dass es für die Privatdetektive, die ich angeheuert habe, unmöglich war, mehr herauszufinden. Ich habe mich mit Hannah getroffen, damit jeder auf dem Campus erfährt, dass ich am St. Joseph's studiere, und auf den Prestigedrang der Lions gehofft, die mich tatsächlich eingeladen haben.«

Ich erinnere mich an den Artikel, den *einzigen* Artikel über Josh im *Whisperer*, was ich gegenüber Hannah mehrmals bemängelt habe.

»Ich habe Hannah versprochen, dich im Auge zu behalten, also habe ich dafür gesorgt, dass wir matchen, um unser Ziel zu erreichen.«

Seine Stimme ist ruhig, beinahe gelassen und doch hämmern die Worte immer härter gegen die Mauer aus Ungläubigkeit und Wut, die ich um mich herum erbaut habe. Ich kann nicht zulassen, dass er sie einreißt, denn ich sehe jede unserer Begegnungen, jede gemeinsam gemeisterte Aufgabe in einem anderen Licht.

»Du hast mich benutzt! Du hast mich zur Zielscheibe gemacht!« Meine Stimme klingt schrill, droht, jeden Moment zu brechen. Ich fühle mich schäbig, ausgenutzt. Worauf habe ich mich da nur eingelassen? Ich hatte das Gefühl, zwischen Josh und mir hätte sich etwas entwickelt – dabei war ich für ihn nur Mittel zum Zweck auf der Suche nach seiner Freundin! Hatte er die bildhübsche Brünette vor

Augen, während er mich küssen musste, um den Schein zu wahren? Und Hannah? Was ist aus meiner besten Freundin geworden? Wusste sie, dass ich mich durch die Anwartschaft in etwas hineinreite, aus dem ich nicht so leicht wieder entkommen würde? Meine Enttäuschung mischt sich mit der Angst, Joshs weiteres Handeln genauso wenig durchschauen zu können wie während der letzten Wochen.

Die Gefühle brodeln in meinem Inneren, verwandeln sich in pure Säure, die sich durch meine Schutzmauer frisst. Ich muss verschwinden, ehe sie in sich zusammenfällt.

»Wirst du mir helfen, mehr über Beverly herauszufinden und die Videos zu vernichten?«

Ich drehe mich um. Mein Blick verschwimmt. Hätte ich die Kraft, würde ich diesen verdammten Teil meines Herzens herausreißen, der die Zeit mit Josh genossen hat, sich von ihm hat täuschen lassen – vielleicht sogar kurz erwogen hat, dass da mehr … Ich lasse den Gedanken nicht weiter zu und renne los.

»Cara, warte!«, ruft Josh, während ich zielstrebig auf die Treppe nach oben zuhalte. Hinter mir höre ich keine Schritte. Trotzdem renne ich die Treppe hinauf, so schnell es in den hohen Schuhen möglich ist. Ich muss hier verschwinden. Weg von ihm. Das säurehaltige Gemisch aus Angst, Enttäuschung, Eifersucht und Wut durchströmt meine Adern, lässt mich kaum einen klaren Gedanken fassen.

Um nicht über das Kleid zu stolpern, raffe ich es zusammen und halte es fest. Ich überlege, direkt auf mein Zimmer zu gehen, aber Dione und Austin stehen wie Braut und Bräutigam vor dem Ballsaal und sehen sich suchend um. Als Dione mich entdeckt, winkt sie mich sofort zu sich. Zögernd trete ich näher und konzentriere mich auf ihr warmes, echtes Lächeln, bis das Brennen in meinen

Augen weniger wird. Dione hat mich nie belogen, was die Ravens angeht.

Oder?

Mein Atem geht immer noch schnell. Die Informationen, die Josh mir in Häppchen serviert hat, kreisen unentwegt in meinen Gedanken.

»Wir haben es geschafft!«, ruft Dione und schlingt ihre Arme um mich. Der Goldreif an ihrem Oberarm kratzt mir über die Schulter. »Ich habe so gehofft, dass du Josh schützen würdest. Herzlichen Glückwunsch, Cara!«

»Du wusstest von den Videos?«, frage ich direkt, ohne sie ebenfalls mit Glückwünschen zu überschütten, und schiebe sie auf Armlänge von mir.

Ihr Lächeln fällt in sich zusammen. »Ja, von meinen Eltern.« Sie runzelt die Stirn.

»Und du hast es nicht für nötig gehalten, mir davon zu erzählen?«

»Sie haben mich auf der Fahrt hierher angerufen, obwohl es verboten ist. Ich konnte dich leider nicht vorwarnen. Aber es ist nicht so schlimm, wie du es dir gerade wieder ausmalst.« Sie lächelt milde und schüttelt den Kopf, sodass die großen Kreolen an ihren Ohren wild hin und her baumeln. »Die Videos werden vernichtet, sobald du deinen Abschluss hast. Bis dahin stauben sie ein, weil keiner sie nutzt. Mum hat gesagt …«

»Wie kannst du dir so sicher sein?«, frage ich, meine Stimme klingt völlig fremd. Hart wie Stahl.

Dione weicht zurück und stößt dabei gegen Austin. »Es ist nur eine alte Tradition wie die Matching Night. Die Ehre der Ravens schützt uns.«

Ich lache bitter auf. *Ehre.* Wenn die Ravens und Lions Ehre besäßen, bräuchten sie kein Druckmittel. Doch ich komme nicht dazu, meine Gedanken auszusprechen. Austin zieht uns beide zum Ballsaal, wo Valérie gerade gegen das Mikrofon klopft und alle Ehemaligen willkommen heißt.

»Meine hochverehrten Ravens, liebe Lion-Kollegen«, hallt ihre Stimme durch den Saal. Dione, Austin und ich bleiben an der Tür stehen. »Wir freuen uns, Ihnen heute die nächste Generation vorzustellen. Sie alle haben ihre Loyalität bewiesen. Kommt nach vorn, Leute!«

Unter ohrenbetäubendem Beifall zieht Austin mich und Dione weiter, ich werde von allen Seiten beglückwünscht und freudig angelächelt. Von der kleinen Bühne aus blicke ich schließlich hinab auf die Gesichter.

»Dione Anderton, Cara Emerson, Laura Sanderson, Barron Carstairs, Austin Sanders und – da kommt er ja – Joshua Prentiss«, zählt Valérie unsere Namen auf.

Josh wird von ständigem Schulterklopfen unterbrochen, während er auf uns zuhält. Nur wir sechs haben es geschafft. Nasreen, Charlotte und Kairi haben offensichtlich nicht für ihre Partner gelogen und diese nicht für sie. Was wird nun mit ihren Videos passieren?

Die Übelkeit wird immer stärker, während ich in die offenen Gesichter der Erwachsenen vor mir schaue. Alle lächeln freudig. Oder doch eher abschätzend? Plötzlich fühle ich mich wie Vieh auf einer Versteigerung. Ich sehe die bewertenden Blicke. Die meisten ruhen auf Josh. Er ist der perfekte Kandidat, frühe Beziehungen zu knüpfen. Speichel sammelt sich in meinem Mund, die Übelkeit überrollt mich. Ich schlucke immer schneller dagegen an, atme gepresst.

Die Masse vor der Bühne verschwimmt, Kellans Lachen von irgendwo hinter mir klingt bedrohlich. Sobald es mir möglich ist, stolpere ich von der Bühne. Josh will mich stützen, doch ich lasse es nicht zu, kann mit jedem Blick auf ihn an nichts anderes denken, als dass er mich benutzt hat – wie jeder der hier Anwesenden andere benutzen würde. Mein Magen krampft sich zusammen. Ich muss mich um Haltung bemühen, rede ich mir ein, setze ein Lächeln auf und mäßige meinen Schritt. Ich bleibe sogar zweimal stehen und spreche mit ein paar Ravens, die mich ausfragen und mir ihre Hilfe anbieten. Sogar ein Praktikum in einem großen Unternehmen ist dabei. Ohne die Hintergründe zu kennen, würde ich das Angebot freudig und absolut dankbar annehmen. Ich sehe aus wie eine von ihnen. Ich *bin* eine von ihnen – Teil einer Gruppe mächtiger Menschen. Und ich habe mich noch nie so fehl am Platz gefühlt.

Meine Wangen schmerzen, während ich das Lächeln aufrechterhalte, als mich eine ältere Dame mit grauen Locken und zu viel Schminke im Gesicht über mein wunderschönes Kleid ausfragt. Sie meint, dass ich unter all den Perlen am schönsten glänze.

»Vielen Dank für das Kompliment«, presse ich hervor und entziehe meine Hand ihrer Umklammerung.

Es dauert gefühlte Stunden, bis ich endlich am Rand der Menschenmenge angekommen bin und aus dem Ballsaal verschwinden kann. Ich wühle in meiner Tasche nach dem Handy, um Hannah anzurufen und ihr vorzuheulen, wie richtig sie mit ihren Warnungen lag. Gleichzeitig rufe ich mir in Erinnerung, dass sie mich nicht mit genügend Nachdruck gewarnt hat. Wie viel weiß sie tatsächlich über die Praktiken der Ravens und der Lions? Sie hat Josh gedeckt, verheimlicht, wie gut sie ihn kennt, und nichts dagegen getan, dass er mich immer tiefer in den Sumpf zieht, in dem ich nun fest-stecke.

Mit zitternden Händen hole ich das Handy aus der Tasche. Da-bei ziehe ich versehentlich Petes Visitenkarte mit heraus. Sie fällt zu Boden, ich bücke mich schnell danach und wähle ohne nachzuden-ken die Nummer auf der Karte, während ich mich auf die Suche nach meinem Mantel mache.

Pete bittet mich, außerhalb des Anwesens zu warten, also gehe ich die Einfahrt hinunter. Durch die frische Luft lässt meine Übel-keit nach, zurück bleibt nur eine tiefe Enttäuschung. Mein Traum ist zum Albtraum geworden. Ich wähle Hannahs Nummer, um mich zu entschuldigen oder sie anzubrüllen, da bin ich mir nicht so sicher, doch ich erreiche sie nicht. Ebenso wenig wie Tyler.

Ich versuche es während der gesamten Fahrt zurück zum College immer und immer wieder. Inzwischen peitscht Regen gegen die Windschutzscheibe. Das passende Wetter, bemerkt meine sarkas-tische innere Stimme. Wir passieren gerade das Ortsschild und die ersten noch weit verstreut liegenden Häuser von Whitefield, als Tyler endlich abnimmt.

»Ja?«, stößt er nuschelnd hervor.

Vor Erleichterung bringe ich kein Wort heraus.

»Cara?«, seine Stimme ist immer noch schläfrig. »Was ist los? Geht es dir gut? Wo bist du?«

Pete hält gerade auf dem Besucherparkplatz des St. Joseph's. Ich wühle in meiner Handtasche nach Bargeld, doch meine Finger zit-tern zu sehr.

»Cara! Wo. Bist. Du? Hat Prentiss dir etwas getan?« Jetzt klingt er hellwach.

»Ich bin am Besucherparkplatz. Ich … ich habe kein Geld für den Fahrer«, stammele ich, von Pete höre ich ein unangenehmes Auflachen.

»Ich bin sofort bei dir. Gib mir fünf Minuten.«

Es werden die längsten fünf Minuten meines Lebens und ich war noch nie so froh, Tyler zu sehen. Er bezahlt den Fahrer und hält mir dann die Tür auf. Nieselregen begrüßt mich, doch das stört mich nicht einmal. Ich verabschiede mich von Pete und entschuldige mich für das verpatzte Wochenende bei seiner Schwester, doch er schüttelt nur den Kopf und wünscht mir alles Gute, während er Tylers Geld einsteckt.

Tyler legt einen Arm um mich und schiebt mich über den Parkplatz. »Jetzt erzähl mir, was passiert ist«, bittet er, während wir auf sein Wohnheim zusteuern, als hätten wir eine stille Vereinbarung. Aber ich will auf keinen Fall zurück nach Raven House, auch wenn es im Moment unbewohnt ist, weil alle bei den Stewards sind.

Ich kann einfach nicht.

Stattdessen lande ich auf Tylers Couch und erzähle ihm haarklein alles, was in den letzten drei Wochen geschehen ist. Ich berichte von den Aufgaben, von meinem Match mit Josh und dem Video.

Tyler hört zu. Er unterbricht mich kein einziges Mal, reicht mir nur hin und wieder ein Taschentuch oder drückt mich fest an sich. Erst als ich keine Tränen und keine Stimme mehr habe, schlafe ich erschöpft in seinen Armen ein.

30

SAMSTAG, 21.11.

Wir verbringen den ganzen Samstag auf der Couch, beide in Jogginghose und T-Shirt von Tyler gekleidet, weil ich nicht nach Raven
House wollte, um mir eigene Klamotten zu holen. Wir lassen uns
Essen liefern und Tyler beruhigt mich so weit, dass ich einwillige,
nicht meine Zukunft zu riskieren, indem ich die Ravens verrate –
jetzt, wo ich das Stipendium in der Tasche habe und all meine früheren Sorgen wie ein verblassender Traum scheinen. Er redet mir
gut zu, auf Dione zu hören, deren Eltern nie zulassen würden, ihre
Tochter erpressbar zu machen. Immer wieder sehe ich Dione in ihrem Götteroutfit vor mir, wie sie mir vollkommen überzeugt versichert, dass die Videos nur einstauben würden.

Also antworte ich schließlich auf ihre besorgten Nachrichten und
schreibe ihr, dass mir am Abend nicht gut war und ich am Morgen
direkt nach Whitefield zurückgefahren bin. Sie stellt keine weiteren
Fragen. Joshs Nachrichten ignoriere ich – über den Messenger und
über die App. Als mein lautlos gestelltes Handy dann von einem
Anruf über die Raven-App laut losschrillt, schalte ich es aus. Dennoch muss ich mir eingestehen, dass ein großer Teil des widerlichen
Klumpens in meinem Magen von der Enttäuschung herrührt, von

Josh nur benutzt worden zu sein. Ich brauche eine Pause von dem Leben, in dem ich in den letzten drei Wochen beinahe ertrunken wäre.

Dicht an Tyler gekuschelt, der mich quasi im letzten Moment gerettet und aus dem Sumpf gezogen hat, zögere ich, das Handy wieder einzuschalten, um Hannahs Anrufe und Nachrichten zu beantworten. Aber sie macht sich ernsthafte Sorgen. Also schreibe ich ihr.

> Sorry für die Anrufe heute Nacht.
> Du musst dir keine Sorgen machen.
> Mir geht es gut. Wir telefonieren
> später, okay?

Ich warte keine Antwort ab, sondern schalte das Handy direkt wieder aus, ohne es jedoch wegzulegen. Hannah hat nach den vielen nächtlichen Anrufen mehr verdient als die paar Sätze. Ich betrachte mein Gesicht im spiegelnden Display, wäge ab, ob ich bereits die Kraft habe, mich Hannah zu stellen, die mir so viel verschwiegen und dennoch von Anfang an von den Ravens abgeraten hat. Mein Daumen wandert an der Seite entlang zum Anschaltknopf. Warum hat sie mir nicht den Grund für ihre Warnung genannt? Warum hat sie mir nicht gesagt, dass sie mit Joshua Prentiss zusammenarbeitet, der mich für die Suchaktion nach seiner Freundin benutzt hat? Und wie soll ich ihr erklären, was ich für Tyler empfinde, der für sie wie ein rotes Tuch zu sein scheint. Ich bin noch nicht bereit für solche Diskussionen oder ihre Vorwürfe, wenn ich ihr erzählen würde, wo ich gerade bin.

Ich wandere noch immer mit dem Daumen über den Anschalt-knopf, als sich ein zweites Gesicht im Display spiegelt.

»Gib dir Zeit bis morgen, okay?«, flüstert Tyler mir ins Ohr, weil er offenbar genau weiß, was in mir vorgeht. Oder hat er mitgelesen? Ich will ihn ansehen und drehe den Kopf, wobei sein Dreitagebart über meine Haare und meine Wange streift. Er ist nicht zurückge-wichen, tut es auch jetzt nicht. Mehrere polternde Herzschläge lang sitzen wir reglos da. Warmer Atem, vermischt mit dem Duft nach Minzschokolade, streichelt mich. Sein Gesicht ist noch immer viel zu nah, es ist …

Unsere Lippen treffen mit einem Verlangen aufeinander, das ei-ner Detonation gleicht. Zahlreiche weitere Explosionen lassen mei-nen Körper beben. Mein Handy gleitet mir achtlos aus der Hand. Ich höre gerade noch den gedämpften Aufprall auf dem weichen Teppich, bevor alles um uns herum verblasst. Der Teil von mir, für den Tyler schon immer mehr als nur ein Freund zum Flirten war, übernimmt die Kontrolle, genießt, wie ich unter seinen fordernden Küssen und seinen stockenden Atemzügen mehr und mehr loslasse.

Ich greife in Tylers Nacken, ziehe ihn näher und schaudere, als er so dicht an meinem Mund aufstöhnt, dass ich es nicht nur hören, son-dern auch spüren kann. Er lässt sich nach hinten fallen und zieht mich mit sich, bis ich auf ihm liege. Ich hebe meinen Kopf, sehe in seine dunklen Augen unter halb gesenkten Lidern, fühle, wie sich seine Hände einen Weg unter mein T-Shirt bahnen, ehe ich meinen Vorhang aus Haaren über uns fallen lasse und unsere Küsse vor der Außenwelt verberge. Dass seine Finger zittern, als sie sich in sanften Bewegungen dem Bund der Jogginghose nähern, bringt mich nur noch mehr um den Verstand. Ich necke ihn mit kleinen Küssen an den Mundwinkeln, bäume mich auf, als seine Daumen über meine Taille gleiten, den Stoff nach unten schieben und meinen Beckenknochen umkreisen.

Jeder Millimeter meines Körpers entzündet sich unter seiner Berührung, bis ich komplett in Flammen stehe. Begleitet von Hunderten Küssen, liege ich irgendwann auf dem Rücken, das kühle Leder der Couch unter und Tylers Hitze über mir. Seine Haare kitzeln mich, während er mich mit Küssen bedeckt, die Stromschlägen gleichen. Mein Name klingt auf seinen Lippen wie ein Gebet. Meine Finger krallen sich in seinen Rücken, gleiten durch seine Haare, dirigieren ihn zu mir, um ihn so nah wie möglich zu spüren. Tyler zaubert von irgendwo ein Kondom hervor. Ein letzter Blick, eine letzte Chance, das hier zu beenden, ehe es kein Zurück mehr gibt. Sie bleibt ungenutzt.

Wochen der Sehnsucht und Begierde lassen die Luft knistern, meine Gedanken und Gefühle verschwimmen. Unsere Herzen schlagen im selben Rhythmus, während wir keuchende Atemzüge teilen. Immer schneller, atemloser, bis die Hitze ein letztes Mal auflodert, ich mich an ihm festhalte und auch sein Körper erbebt.

Mit zitternden Armen löst er sich von mir und legt sich neben mich. Seine Fingerspitzen streifen über meine noch immer hypersensible Haut und er grinst unverschämt, als ich zusammenzucke. Doch bevor er etwas Freches sagen kann, versiegele ich seinen Mund mit einem weiteren Kuss, spüre sein Lächeln noch immer an den Lippen, bis er den Kuss erwidert und die Glut erneut entfacht. Die Sonne wandert an den Fenstern vorbei und überlässt den Himmel der Nacht, während ich genieße, erbebe und nach Atem ringe, bis wir irgendwann erschöpft nebeneinanderliegen.

Mein Körper ist noch immer wie berauscht, meine Lippen von all den Küssen geschwollen. Tylers Atem streift über meinen Hals, als er die Haarsträhnen löst, die an meiner verschwitzten Haut kleben. Dann drückt er einen kleinen Kuss an die Stelle und entlockt mir ein wohliges Seufzen.

»Ich weiß nicht, wann ich das letzte Mal eine Nacht durchgemacht habe«, sagt Tyler irgendwann. Mit seinem Finger malt er Kreise und Spiralen um meinen Bauchnabel.

»Durchgemacht?«, frage ich träge, stelle mich dann aber der Realität und sehe zum Fenster, hinter dem man tatsächlich schon den Morgen erahnen kann. Ich fürchte, ich habe noch nie eine Nacht durchgemacht, und als ich mein Gehirn danach durchsuche, bleibe ich immer wieder bei den Bildern der letzten Monate hängen. Szenen mit Tyler. Ich lache, was mich selbst ebenso überrascht wie ihn. Seine Hand unterbricht die Spirale, die er gerade auf meinem Bauch zeichnet, und er sieht mich fragend an.

»Hättest du bei unserer ersten Begegnung gedacht, dass wir irgendwann eine ganze Nacht aufbleiben und …«

Er zuckt mit den Augenbrauen und seine Augen beginnen zu funkeln. »Gedacht nicht, aber gehofft.« Seine Zunge gleitet über seine Lippen und sein Grinsen wird noch frecher, falls das überhaupt möglich ist. Ich schüttele nur den Kopf und verberge das Lächeln, mit dem er mich angesteckt hat.

Dann meldet sich mein Magen und verlangt einen Ausgleich für die verbrauchte Energie. Ich seufze, weil ich keine Lust zum Aufstehen habe.

»Was hältst du davon, wenn du dich nicht vom Fleck bewegst und ich mich schnell auf den Weg zu *Eva* mache?«

Mein Magen antwortet ihm, bevor ich es kann. Allein der Gedanke an Eclairs lässt mich strahlen.

Tyler erhebt sich und sieht von oben kritisch auf mich hinunter, während er sich die Haare aus dem Gesicht streicht. »Sollte ich mir Sorgen machen, dass du beim Gedanken an Frühstück verzückter aussiehst, als heute Nacht?«, grummelt er, ein Lächeln zupft an seinen Lippen.

Ich pruste los. »Bist du etwa eifersüchtig auf Eclairs mit ganz viel Sahne, die im Mund schmilzt und …«

Er beugt sich zu mir und gibt mir einen schnellen Kuss. »Schon verstanden. Ich eile, um Euch in jeder Lebenslage zu befriedigen, Eure Majestät.« Er stupst neckisch mit seiner Nase gegen meine und ich setze mich auf, um mir noch einen Kuss zu stehlen.

Zufrieden grinsend erhebt sich Tyler und schlüpft in seine Klamotten. In seine Decke gekuschelt, schließe ich die Augen und lausche, wie Tyler ins Badezimmer geht. Kurz darauf öffnet und schließt sich die Tür zum Apartment.

So allein vergeht die Zeit plötzlich anders. Mein Hirn kehrt aus dem rosaroten Nebel der Hormone zurück und ich realisiere, dass ich die Nacht mit dem Mann verbracht habe, den ich ständig als »nur ein Freund« abgestempelt habe, während die Anziehung zwischen uns immer stärker geworden ist. Ich habe die letzte Hürde eingerissen, indem ich ihm alles über die Ravens, die Prüfung und die Fake-Beziehung mit Josh erzählt habe. Nun gibt es keine Geheimnisse mehr zwischen uns. Dieses Wissen lässt mich schweben, ich fühle mich so erleichtert, dass ich es nicht mit Worten beschreiben kann. Mit einem Mal glaube ich daran, dass sich alles zum Positiven wenden wird, selbst die verhängnisvolle Mitgliedschaft bei den

Ravens. Ich habe dort in Dione eine echte Freundin gefunden, mit dem Stipendium ist meine Zukunft gesichert. Das alles hat mir Tyler klargemacht.

Glück ist ... jemanden zu haben, der dir beisteht.

Und diese Person habe ich in Tyler gefunden. Er weiß Bescheid und hält dennoch zu mir. Ich muss nicht länger mit Josh abhängen und der Außenwelt eine Beziehung vorgaukeln. Ich könnte mich sogar an den Gedanken gewöhnen, neben Tyler aufzuwachen. Wofür wir natürlich auch schlafen sollten. Meine Wangen erhitzen sich wie bei einem Teenager, als ich an den Rausch der vergangenen Nacht zurückdenke. Es war wundervoll, berührend, tief, echt.

In einem der Nachbarapartments höre ich einen dumpfen Aufprall, als wäre ein Schrank umgefallen. Das Geräusch reißt mich aus meinen süßen Tagträumen und ich öffne die Lider. Draußen ist es inzwischen noch heller geworden. Schließlich meldet sich auch noch meine Blase. Ich suche die von Tyler geliehenen Klamotten zusammen und tapse ins Badezimmer.

Als ich zurückkomme, stelle ich fest, dass es im Wohnzimmer nach unserem Dauergammeln katastrophal aussieht. Also mache mich daran, die Gläser, leeren Flaschen und Verpackungen in die Küche zu räumen. Dabei entdecke ich auch mein Handy, von dessen dunklem Display mir eine wirklich strahlende Cara entgegenblickt.

Ich schalte es an, denn ich habe das Gefühl, mich jetzt auch Hannahs Nachrichten stellen zu können. Während es hochfährt, gehe ich an Tylers Regal entlang, in dem zwischen etlichen Lehrbüchern und dekorativen Steinen eine halb vertrocknete Pflanze vor sich hin vegetiert. Ich will gerade danach greifen, um sie im Waschbecken in der Küche zu wässern, als mein Blick über die beeindruckende Sammlung alter Klassiker daneben gleitet. Eine ledergebundene Ausgabe reiht sich an die nächste.

Ich streife mit den Fingern über die Buchrücken, in denen die Titel eingeprägt sind. Vor allem von Shakespeare. An einem Buch ohne Prägung bleibe ich hängen und ziehe es aus dem Regal.

Mein Handy fällt zu Boden. Meine Hände zittern so sehr, dass ich es kaum schaffe, mit den Fingern die Linien des Löwen nachzufahren, um zu begreifen, was ich da sehe. Um es wahrhaben zu können. Dennoch glaube ich es nicht, als ich den Buchdeckel aufschlage.

Lion Tyler Walsh

Sogar die Fußnote ist dieselbe, die auch in meinem Buch steht. Meine Zähne klappern, während sich die Umgebung immer weiter abzukühlen scheint.

Tyler ist ein Lion.

Ich kann die Worte denken, aber sie ergeben keinen Sinn. Er wohnt nicht in Lion Manor, er ist ...

Er war nur Anwärter. Im Gegensatz zu meinem Buch gibt es kein Siegel unter dem Namen. Ich bin mir sicher, dass die Lions es ebenso handhaben wie die Ravens. Was bedeutet, dass er die Verbindung verlassen hat, sein Buch jedoch behalten durfte. Nur warum?

Ich überblättere schnell das Regelwerk und suche nach irgendwelchen Einträgen. Die Seiten sind ebenso leer wie in meinem Buch, doch weiter hinten löst sich plötzlich etwas zwischen den Seiten, gleitet mit einem kratzenden Geräusch aus dem Buch hervor und landet dumpf auf dem Parkett. Ein kleines Foto sinkt mit einigen Umdrehungen ebenfalls zu Boden.

Ich gehe in die Hocke und hebe die feingliedrige kurze Kette auf, in die in regelmäßigen Abständen türkisfarbene Steinchen eingelassen sind. Ich erkenne dieses Armband sofort und wühle in meinem Hirn nach den Worten, die unter dem Bild auf Instagram standen.

Wenn du die besten Freunde der Welt hast ... Er hat mir zum Abschied diese Kette anfertigen lassen, weil er weiß, wie sehr ich Türkise liebe. Ein Unikat wie er. Als könnte ich ihn in Europa vergessen!

Josh hat gesagt, dass Beverly eine Freundin ist.

Josh ist wegen ihr nach Europa gekommen.

Die Kette fest um meine Finger geschlungen, huscht mein Blick zu dem Foto, auf dem ein Zeitstempel prangt. Das Bild ist ungefähr ein Jahr alt. Es zeigt Tyler und Beverly Grey vor einem endlosen Horizont. Auf der Rückseite ist in computergleicher Schönschrift zu lesen: *Vergiss nicht, dass das Foto nur ein Teil des Videos ist.*

Teil eines Videos ...

Ich drehe das Foto wieder um, registriere nun die eindeutigen Gesten eines Streits. Jemand hat am fünfzehnten November letzten Jahres ein Video von einem Streit zwischen Tyler und Beverly aufgenommen.

Dann fallen auch die letzten Puzzleteile an ihren Platz.

Beverly ist seit einem Jahr verschwunden. Josh sucht seitdem nach ihr.

Sie trägt auf fast jedem der im letzten Jahr geposteten Bilder die Kette, die ich gerade in der Hand halte.

Eine Kette, die Tyler in seinem Besitz hat.

Tyler, der ein Lion ohne Siegel ist.

Tyler, dem Hannah ganz offensichtlich nicht umsonst misstraut hat.

Tyler, der etwas mit Beverlys Verschwinden zu tun haben muss, wofür es offenbar einen Videobeweis gibt.

Ich schrecke zusammen, als mein Handy über die Dielen vibriert, während zahlreiche Nachrichten von Hannah eingehen.

Josh hat mich angerufen und erzählt, dass du einfach abgehauen bist, nachdem er mit dir geredet hat.
Wo steckst du, Cara?

Bist du nach Hause gefahren?

Phoebe hat auch nichts von dir gehört!
Verdammt, wo steckst du?

Sag mir, dass du nicht bei Tyler bist!

Wenn doch, verschwinde sofort von dort!
Tyler ist gefährlich!

Matching

NIGHT

Liebst du den Verräter?

Band 2

Für alle, die mich am Ende von »Matching Night: Küsst du den Feind?« verflucht haben. Sorry!

Prolog

Hannah Blythe war noch nie so aufgeregt wie vor diesem Termin. Seit über einer Stunde ordnete sie jeden noch so kleinen Notizzettel auf ihrem Schreibtisch, legte einen Stift bereit und gleich zwei Ersatzstifte parallel daneben, ordnete sie anders, schrieb ihre Liste mit den wichtigsten Punkten für das Interview wieder und wieder neu, bevor sie einen Blick auf die zahlreichen an die Wand gepinnten Artikel warf. Auf ihre *Wall of Fame*, auf all die Frauen, die Großartiges erreicht hatten oder es noch immer taten. Caroline Waters, jüngste Vorstandsvorsitzende eines börsengehandelten Unternehmens. Brianne MacKellan, die einfach ihr eigenes Medienunternehmen aus dem Nichts gestampft hatte, anstatt zu warten, bis ihr Vater ihr die Nachfolge in seinem Zeitungsimperium abtrat. Joelle Masterson, die wohl härteste Anwältin ganz Großbritanniens und natürlich Michelle Prentiss, die erste amerikanische Präsidentin nach so vielen von Männern geprägten Jahrhunderten.

Die Nervosität kam mit einem Schlag zurück. Es gab mehr als tausend Fragen, die sie dem Sohn der ersten US-Präsidentin stellen wollte – sie würden jeden Interviewrahmen sprengen. Es war einfach die Sensation! Keine Zeitung hatte bisher darüber berichtet, niemand wusste Bescheid, dass Joshua Prentiss das St. Joseph's College in Whitefield besuchen würde, anstatt nach Harvard zu gehen.

Ihre Hände waren ganz feucht vor Aufregung, und als es endlich klopfte, wischte sie die Handflächen kurz an ihrer Hose ab.

Ein mies gelaunter Bodyguard checkte den Raum, dann folgte ein vielleicht historischer Moment. Der Sohn der ersten US-Präsidentin betrat das kleine Büro des *St. Joseph's Whisperer*. Hannah fühlte sich allein durch seine Präsenz gegen die Wand gepresst.

Der Präsidentinnensohn lächelte sein charmantes Kameralächeln, streckte ihr die Hand entgegen und stellte sich vor – als hätte er das nötig.

»Hi, ich bin Joshua Prentiss. Du bist Hannah?«

Schnell schluckte Hannah den Rest ihrer Nervosität herunter und reichte ihm ebenfalls die Hand. Sein Händedruck war erstaunlich fest, die Finger entgegen aller Erwartung rau, während sein Blick sehr lange auf ihrem Handgelenk ruhte. Noch ehe sie etwas erwidern konnte, sah er ihr tief in die Augen und riss mit einem einzigen Satz all die Mauern aus Selbstschutz, Vorwürfen und bloßer Wut ein, die Hannah ein ganzes Jahr lang um sich herum errichtet hatte, die sie am Leben erhalten hatten.

»Ich suche seit einem Jahr nach meiner Freundin Beverly Grey. Ich brauche deine Hilfe.«

1

SONNTAG, 22.11.

Mit dem Handy in der Hand und in Tylers viel zu große Klamotten gekleidet, renne ich über den noch schlafenden Campus. Meine nackten Füße klatschen über den eiskalten Asphalt. Das Geräusch hallt von den uralten Gebäuden wider, die meinen Weg verfolgen wie Spione. Ich spüre ihre Blicke auf mir, eine Gänsehaut bildet sich an meinem ganzen Körper – was jedoch auch an der Kälte liegen könnte. Niemand rennt in England an einem frühen Novembermorgen barfuß und im T-Shirt durch die Gegend. Von zwei dick eingepackten Joggern ernte ich schockierte Blicke. Mein Atem kondensiert zu kleinen Wölkchen, die ich sofort durchstoße. Feuchtigkeit legt sich auf meine Haut wie ein kühler Umschlag. Der ewige Herbstnebel hat den Campus der Whitefield University fest im Griff. Alles ist wie immer – und doch ist für mich alles anders.

Tyler ist – oder war? – ein Lion-Anwärter.

Tyler hat etwas mit Beverly Greys Verschwinden zu tun. Dem Mädchen, dessen Name eine Mauer aus Misstrauen und Zweifel zwischen meiner besten Freundin und mir gebaut hat.

Mit jedem Schritt hämmern sich die beiden Sätze weiter in mein Hirn, das versucht, die Tragweite zu begreifen.

Ich komme mir vor wie in einem Traum. Es kann einfach nicht die Realität sein. Ich kann nicht hier sein, halb nackt in dieser Kälte, und vor dem einzigen Menschen davonrennen, dem ich noch vertraut habe, der mich so lange im Arm gehalten hat, bis die Tränen und der Schock über Joshs wahre Beweggründe versiegt sind.

Mir wird schlecht. Ich renne aber trotzdem weiter. Immer weiter. Hannahs Stimme dringt verzerrt durch den Lautsprecher meines Handys. »Ich kann dich schon sehen, Cara. Du hast es gleich geschafft. Dann bist du in Sicherheit.«

Meine Schritte geraten ins Stocken, ich gehe langsamer. Ich brauche Zeit. Ich muss nachdenken.

Rund um mich herum erheben sich die alten Wohnheimgebäude im viktorianischen Stil mit ihren von Efeu umrankten Fenstern. Hunderte von Augen, die auf mich hinabstarren, meine Zweifel sehen. Denn nicht nur Tyler hat mein Vertrauen verraten, sondern auch meine allerbeste Freundin. Sie hat mir verheimlicht, dass sie gemeinsame Sache mit Josh Prentiss macht, dem ach so tollen Sohn der US-Präsidentin, der in den letzten Wochen mein Vertrauen erschlichen und es vom ersten Moment an missbraucht hat. Sie wurde zwar von ihm gebeten, Stillschweigen zu bewahren, aber welche Versprechen wiegen mehr? Die der besten Freundin gegenüber oder einem Unbekannten? Die Tatsache, dass er der Sohn der US-Präsidentin ist, darf einfach kein Gewicht haben. Die beiden sind der Umgang, vor dem ich meine kleine Schwester Phoebe warnen würde. Warum wollte Hannah Josh unbedingt bei seiner Spionageaktion helfen? Sie hatte wochenlang ein Geheimnis vor mir. Dieses Wissen ist wie eine eitrige Wunde, die noch nicht annähernd dabei ist, zu verheilen.

»Wo ist denn deine Kondition abgeblieben?«, fragt Hannah durchs Telefon. Ihre Stimme klingt so bemüht locker, dass nicht einmal die Verzerrung des Lautsprechers darüber hinwegtäuscht.

Kann ich Hannah noch vertrauen? Oder hat sie unsere Freundschaft, die uns seit dem Kindergarten verbindet, mit ihrer Geheimniskrämerei zerstört?

In dem Moment erhalte ich einen zweiten Anruf. Mein rasendes Herz verdoppelt die Frequenz. Tyler. Der Name erscheint wie eine Antwort auf meine innere Frage auf dem Display. Hannah hat mich auch vor Tyler gewarnt. Doch ich habe nicht auf sie hören wollen.

Tyler, der sich gerade sicherlich fragt, warum ich nicht mehr nackt auf der Couch liege und auf Frühstück warte.

»Cara, was ist los? Du darfst nicht stehen bleiben, sonst erfrierst du!«

Ich höre Hannahs Stimme wie unter Wasser, bin gefangen in einem Strom aus Bildern der letzten Nacht. Fordernde Küsse, stockende Atemzüge. Knisternde Spannung, verursacht durch all die ungesagten Dinge, die unsere angestauten Gefühle haben explodieren lassen. Ich spüre seinen Körper noch immer an meinem, habe seinen Geruch noch in der Nase und seinen Geschmack auf der Zunge. Die Nacht war wie ein Rausch – und nun folgt der scheußlichste Kater meines Lebens. Ich bin aufgewacht, als hätte ich einen Schwall eiskaltes Wasser ins Gesicht bekommen.

»Cara!«

Der nächste Luftstrom kondensiert vor mir, zersetzt sich. Ich atme die Feuchtigkeit ein und sprinte den Rest des Weges. Tyler gibt nicht auf, sein Name vibriert weiter in meiner Hand.

Begleitet vom Klatschen meiner nackten Füße hallt das Brummen von den kahlen Wänden wider, als ich die Treppe zu Hannahs Wohnheimzimmer hochrenne, wo sie mich bereits an der Tür empfängt. Als wäre Tyler direkt hinter mir, zerrt sie mich in ihren Flur und schließt hastig die Tür hinter mir.

»Verdammt, Cara!« Sie lehnt sich schwer atmend gegen die Tür, als wäre sie den Weg bis hierher gerannt.

Passend dazu ist sie noch bleicher im Gesicht als sonst, ihre Haare sehen aus wie damals, als wir versucht haben, bei uns im Dorf *Süßes oder Saures* durchzusetzen. Sie war als Moorhexe verkleidet und hatte strähnige Haare von einer ganzen Packung Haargel. Heute sind die dunklen Schatten unter ihren Augen echt.

»Du siehst scheiße aus«, sage ich, nachdem ich wieder genug Luft zum Sprechen habe.

»Mach so etwas nie wieder!«, schreit sie mich so laut an, dass ich mich automatisch nach ihrer Mitbewohnerin Alina umsehe. Doch es bleibt still.

Mir liegen so viele Dinge auf der Zunge – ganz vorn die Vorwürfe –, sodass ich lieber nichts ausspreche, was ich später ganz sicher bereuen würde. Stattdessen atme ich weiter gegen den Druck auf meiner Brust an. Mein Handy beginnt erneut zu vibrieren.

»Du musst ihm irgendetwas sagen«, drängt Hannah. »Er darf keinen Verdacht schöpfen.«

Ich kann die Bedeutung ihrer Worte nicht erfassen, bin zu

durcheinander. Meine Gefühle sind in einen Mixer geraten und ich lache hysterisch los, anstatt – keine Ahnung – vielleicht zu heulen?

Hannah kommt langsam auf mich zu und greift nach meiner Hand. Nein, nach dem Handy. Sie nimmt es an sich und tippt etwas. Natürlich kennt sie den Code, der die Face-ID umgeht. Sie ist meine beste Freundin. Wir haben keine Geheimnisse voreinander. Zumindest dachte ich das.

Ohne mir das Smartphone zurückzugeben, schiebt sie mich den kurzen Flur entlang ins Wohnzimmer. Bevor Alina früher als geplant ihr Studium angetreten hat, habe ich bei Hannah gewohnt. Womit das ganze Chaos laut Josh begonnen hat.

Hannah drückt mich auf die abgewetzte Couch. Sie fragt, ob ich einen Kaffee möchte, und ich nicke mechanisch. Mein Puls rast noch immer und ich habe kein Gefühl in meinen Füßen. Hannah legt eine schwere Wolldecke über mich.

Kurze Zeit später – und mit einem brennenden Kribbeln in meinen auftauenden Fußsohlen – halte ich einen Kaffee in der Hand und genieße den mit dem Dampf aufsteigenden Geruch.

»Jetzt erzähl!«, fordert Hannah mich auf. »Josh war kurz davor, seinen Bodyguard auf Tyler zu hetzen, weil er schon vermutet hat, dass du dort sein würdest. Ich habe ihn hingehalten, solange ich konnte.« Sie kneift die Augen so weit zusammen, dass ich das dunkle Blau ihrer Iris nicht mehr erkennen kann. Joshs Name wabert wie giftiger Nebel zwischen uns. »Auch wenn du nicht aussiehst, als hätte man dich retten müssen.«

In bester Hannah-Manier schiebt sie ihre Braue nach oben. Millimetergenau kann ich daran das Level ihres herausfordernden Blicks ablesen. Heute bricht sie alle bisherigen Rekorde.

»Tyler wollte Frühstück holen. Ich habe mich in seinem Apartment umgesehen und bin auf das Lion-Buch mit seinem Namen gestoßen.« Ich nehme einen Schluck aus der Tasse. »Darin lag ein Armband. Mit regelmäßig eingefassten Türkisen. Es ist …«

»Beverlys Armband. Ich kenne es.«

Ich nicke. »Dann war da noch ein etwas verwackeltes Foto von Tyler und … Beverly.« Es fällt mir schwer, ihren Namen ohne Wertung auszusprechen. In den letzten Wochen wurde er zu einem roten Tuch für mich, ein Synonym für all den Stress zwischen mir und Hannah. »Auf der Rückseite stand, dass das Foto nur ein Teil eines Videos ist.«

Hannahs Gesicht leuchtet vor Begeisterung. »Du hast es nicht zufällig mitgenommen, oder? Bisher haben wir keine Beweise, dass Tyler etwas mit Beverlys Verschwinden zu tun hat, nur eine Vermutung.« Hannah scannt mich von Kopf bis Fuß, als hätte ich eine geheime Tasche bei mir, dabei trage ich nicht mal Socken oder einen BH.

»Ich habe alles wieder in das Lion-Buch gesteckt und bin abgehauen.« Auf ihren deprimierten Gesichtsausdruck hin füge ich noch vor Sarkasmus triefend hinzu: »Sorry! Wenn das nächste Mal nach einer heißen Nacht herauskommt, dass mein Partner ein verlogener Verbrecher ist, werde ich natürlich daran denken, Beweismaterial zu sichern, anstatt ohne Schuhe und Pulli davonzurennen, als wäre er direkt hinter mir her.« Zur Beruhigung nehme ich einen weiteren Schluck Kaffee. »Verrätst du mir, wie du dort hineingeraten bist?«, frage ich dann und sehe meine Freundin aufmerksam an. Sie hat ihr Pokerface aufgesetzt, gegen das ich noch nie eine Chance hatte.

»Josh hat es dir doch erzählt, oder?« Sie neigt leicht den Kopf, ihre dunklen Haare rutschen über die Schulter.

»Vermutlich wurde alles, was Prentiss mir gesagt hat, von der Wut auf ihn und mich selbst weggebrannt.« Das war die reine Wahrheit.

»Okay, dann von Anfang an. Direkt zum Early Arrival kam Josh zu mir in die Redaktion«, beginnt sie und berichtet dann, wie er sie auf die Story aufmerksam gemacht und gebeten hat, ihn zu unterstützen. »Zu diesem Zeitpunkt wussten wir nicht, dass sich Luca bei den Lions einschleimen wollte und Kellan wohl haarklein über alle Aktivitäten beim *Whisperer* unterrichtet hat. Auch wie du – seiner Meinung nach – etwas später über die Ravens und Lions recherchiert hast.«

»Was mich ins Kreuzfeuer geraten ließ und dann zur Zielscheibe gemacht hat«, füge ich hinzu, die Verbitterung in der Stimme legt sich auf meine Zunge. Wenigstens hat Hannah so viel Mumm, sich zu entschuldigen. Auch wenn sie es nicht mit Absicht getan hat.

»Weshalb ich Josh gebeten habe, auf dich aufzupassen.«

Mir entfährt ein erstickter Laut, der vielleicht ein Lachen hätte werden können – wenn die Sache denn witzig wäre. Die Aufmerksamkeit, die Joshua Prentiss mir geschenkt hat, hat nur dumme Dinge mit meinem Hormonhaushalt angestellt. Irgendwann habe ich mich in seiner Gegenwart sogar wohlgefühlt – und in den Kuss, den er mir zur Aufrechterhaltung unserer Tarnung geben musste, viel zu viel hineininterpretiert. Dabei hat er in all der Zeit nur nach

Hinweisen über seine verschwundene Freundin gesucht. Eine Freundin, die hübscher und natürlicher aussieht als jedes Topmodel und die dabei – zumindest auf Instagram – so sympathisch wirkt wie das Mädchen von nebenan.

Es ist einfach nur gemein, flüstert eine leise Stimme in mir, die nun endlich auch aufgetaut ist und mich bemitleidet. Ich war so was von naiv gewesen. Bei Phee hätte ich über ein solches Verhalten den Kopf geschüttelt, was ich nun an mich gerichtet tue.

Hannah rutscht näher und nimmt mich in den Arm. Ungewohnt zögernd. Wie damals, als sie mir erzählt hat, dass sie auf Mädchen steht und unsicher war, ob sie mich noch wie sonst in den Arm nehmen durfte oder es mir unangenehm sein könnte. War es damals nicht und ist es heute ebenso wenig. Dennoch spüre ich, wie trotz der Berührung etwas zwischen uns steht. Unser gegenseitiges Vertrauen hat einen schweren Schlag erlitten, den vermutlich nicht einmal eine Tonne Eclairs von *Eva* würde kitten können, sondern nur die Zeit.

Mein Handy vibriert auf dem Tisch. Der Summton erfüllt das ganze Wohnzimmer. Ich entsperre es und überfliege noch kurz, was Hannah Tyler vorhin geschrieben hat, bevor ich seine Antwort lese.

> Tut mir leid, dass ich so schnell
> verschwinden musste.
> Hannah hat mich angerufen,
> Frauenprobleme.
> Ich schaue später vorbei, um meine
> restlichen Sachen zu holen.

Ich sehe meine Freundin an, die nur mit den Schultern zuckt. »Klischees sind meistens die besten Ausreden.«

Hoffentlich erledigt sich das Frauenproblem schnell, sonst habe ich bald ein Männerproblem. Und das kannst du nicht verantworten, C.

Tyler hat offenbar tatsächlich keinen Verdacht geschöpft. Ich überlege, was ich ihm antworten soll. Es ist so viel geschehen. Ich habe mir eingestehen müssen, dass ich nicht zu einer reinen Freundschaft mit lockeren Flirts tauge, sondern mehr und mehr Gefühle für Tyler entwickelt habe, die in der letzten Nacht aus mir herausgeflossen sind und sich mit seinen Gefühlen zu einer wirklich explosiven Mischung vermengt haben. Sämtliches Beziehungspotenzial wurde jedoch von der Tatsache ausgelöscht, dass er mir in all der Zeit etwas vorgespielt hat, ich nur eine der unzähligen Frauen auf dem Campus war, mit denen er geflirtet und seine Spielchen getrieben hat. Hannah hatte die ganze Zeit recht, aber ich habe auf mein Bauchgefühl vertraut und mit einem Typen geschlafen, der offenbar etwas mit dem Verschwinden einer jungen Frau zu tun hat.

Ich starre noch immer auf mein Handy, auf dessen erloschenem Display ich mich selbst spiegele. So gestochen scharf, dass ich sogar die vielen Sommersprossen sehen kann. Meine Haare leuchten in den Strahlen der einfallenden Morgensonne wie frisch poliertes Kupfer.

Hannah nimmt mir das Handy aus der Hand und antwortet für mich.

Das wäre natürlich zu schade. :-)

Da bin ich aber froh. Wann sehen
wir uns?
Das letzte Nacht war unglaublich ...

»So genau wollte ich es gar nicht wissen«, jammert Hannah und reicht mir schnell das Handy.

Sie schüttelt sich dabei, während mir mein Unterbewusstsein Momentaufnahmen von schweißbedeckter Haut und leidenschaftlichen Küssen vorführt. Verräterisches Ding, verdammt. Tyler ist gefährlich! Nicht nur für mein Herz, sondern wirklich gefährlich gefährlich. Daher lasse ich mir von Hannah haarklein berichten, was sie und Josh in den letzten Wochen herausgefunden haben.

»Wenn es tatsächlich ein Video gibt, das Beverly und Tyler zeigt und mit dem er garantiert nicht ohne Grund erpresst wird, liegt es sicher bei den Sicherheitsvideos.«

Ich runzele die Stirn, weil ich keine Ahnung habe, wovon sie spricht.

»Die Videos von eurem Einbruch in das Büro des Dekans. Josh nennt sie Sicherheitsvideos, weil sie den Verbindungen die Loyalität der Mitglieder sichert.«

Ich stöhne auf, als ich daran erinnert werde, dass auch von mir ein solches Video existiert. Ein Video, das jederzeit meine Karriere am St. Joseph's beenden kann. Es existiert von jeder Raven und jedem Lion. Laut Dione nur bis zum Ende des Studiums, aber wenn ich an die vielen noch immer loyalen Ex-Studentinnen und Studenten denke, bin ich mir da nicht so sicher. Was bedeutet, dass mich die Verbindungen immer in der Hand haben werden. Es sei denn, ich finde mein *Sicherheitsvideo.*

»Habt ihr eine Ahnung, wo diese Videos sein könnten?«, frage ich. »Kellan und Valérie müssen sie doch irgendwo aufbewahren.«

Hannah schüttelt den Kopf. »Josh und Jace haben schon in Kellans Arbeitszimmer gesucht. In Raven House konnten sie sich noch nicht so genau umsehen, aber ...«

»Wer sagt dir denn, dass das Video von Tyler und Beverly bei den ... offiziellen Videos ist?«, unterbreche ich sie. »Vielleicht erpresst ihn jemand ganz anderes.«

»Das stimmt. Wir tappen leider noch völlig im Dunkeln und können nur hoffen, dass wir es bei den anderen Sicherheitsvideos finden. Und dann ist es Zeit, die Ravens und Lions zu vernichten. Ich wusste, dass die Lions etwas mit dem Verschwinden von Beverly zu tun haben. Sobald wir es auch beweisen können, werden wir sie anzeigen.«

Ich keuche erschrocken auf. »Ich wohne dort, Hannah! Die Ravens zahlen mir und einigen anderen die Studiengebühren. Bei den Lions ist es dasselbe. Zu ihnen gehören nicht nur verwöhnte Rich Kids, sondern Menschen wie du und ich. Nur weil eine Frucht angematscht ist, wirft man doch nicht die ganze Obstschale weg. Sie tun auch Gutes!«

Hannah lacht über meinen Vergleich, in der nächsten Sekunde ist sie wieder todernst. »Das werden wir noch sehen. Auf jeden Fall müssen wir dringend herausfinden, wer die faulige Frucht ist. Neben der hier ...« Sie deutet auf die nächste Message von Tyler.

Ich vermisse dich, C.
Hier riecht alles nach dir und das
verwirrt mich.

Ich presse meine Hand fest auf den Bauch. Vielleicht, um das Kribbeln der sich regenden Schmetterlinge zu unterbinden, vielleicht aber auch, weil mir übel wird.

»So ein manipulativer Arsch!«, ist Hannahs Kommentar dazu.

2

SAMSTAG, 28. 11.

Während der nächsten Tage fühle ich mich wie ein Geist. Ich gehe zu meinen Kursen, verbarrikadiere mich aber anschließend mit meinen Unterlagen in meinem Zimmer. Schon am Dienstag hatte ich die Hausarbeit für das Marketingseminar fertig, die Wochenaufgabe für den Praxiskurs bei Professorin Deveraux am Mittwoch. Durch den Verlust des Jobs im Diner habe ich viel Zeit. So viel Zeit, dass ich meinen Dozenten in Wirtschaftsrecht gestern sogar um eine Zusatzaufgabe gebeten habe, nur um mich abzulenken. Heute Vormittag habe ich sie schon abgegeben und nun keinen Grund mehr, mich weiterhin zu verstecken. Vor den anderen – und vor Hannah, die mir nahezu stündlich schreibt, dass sie sich mit mir treffen will.

Doch wie bei Tyler habe ich das Lernen vorgeschoben.

Ihre letzte Nachricht von heute Vormittag lautete:

> Ich weiß, dass du Angst hast. Ich kenne dich fast mein ganzes Leben lang.
> Aber wir müssen darüber reden, wie es weitergeht.

Die Woche zieht vorüber, ohne dass ich wirklich Teil des Lebens von Raven House bin, auch wenn alles seinen gewohnten Lauf nimmt. Es gibt keine Anwärterspiele mehr, niemand muss sich länger Sorgen machen, Raven House verlassen zu müssen. Ich habe die anderen beobachtet und beschlossen, mich wieder einzufügen. Heute ist der perfekte Moment dafür.

Nur zu sehr wenigen Gelegenheiten kommen fast alle Ravens zusammen. Der wöchentliche Filmabend im Lichthof von Raven House ist eine davon. Sowie die Fenster der drei Stockwerke über uns kein Tageslicht mehr hereinlassen, wird die Chill-Area des gigantischen Lichthofs kurzfristig ausgeweitet, indem die Tische und Sitzgelegenheiten rund um die kleine moderne Theke anders ausgerichtet werden, bevor die große Leinwand per Knopfdruck aus der Stuckdecke herabsinkt und sich nahtlos in die dekadente Mischung aus Moderne und echten Antiquitäten einfügt.

Über dem gemauerten Kamin, in dem gerade ein wohliges Feuer knistert, hängt das goldgerahmte Porträt der Gründerin der Verbindung, die sich ihr zu Ehren heutzutage Ravens nennt. Felicitas Raven war ihrer Zeit weit voraus. Sie kämpfte gegen Ungerechtigkeiten, die in der damals noch ausschließlich von Männern beherrschten Welt fast niemand außer ihr gesehen hat, und entzog sich damit der männlichen Fremdbestimmung.

Ich richte mich immer weiter auf, je länger ich die Gründerin der Ravens betrachte, anstatt der Liebesschnulze zu folgen, die auf der Leinwand läuft und dafür sorgt, dass der Filmabend Lion-freie Zone ist, obwohl die Lions inzwischen freien Zugang zum Gebäude haben, genau wie umgekehrt.

Felicitas Raven hat alles, was ihr zur Verfügung stand, dafür eingesetzt, anderen zu helfen. Sie hat Raven House zu dem Wohnheim gemacht, das ich heute kenne, und die Stipendien eingeführt, um auch Frauen ohne adlige Herkunft einen Zugang zur Universität zu ermöglichen.

Wann ist aus dieser bedingungslosen Hilfe ein *Geschäft* geworden? Ein Geschäft mit Sicherheitsvideos als Druckmittel? Da ist etwas verdammt schiefgelaufen. Felicitas Raven würden die akkurat frisierten Haare zu Berge stehen, wenn sie ihr Vermächtnis heute sehen könnte.

Mein Blick gleitet über die Ravens vor mir, die in den Sesseln und Sitzsäcken herumlungern, Popcorn essen oder an ihren Getränken nippen. Bis auf wenige Ausnahmen sind sie nie in denselben Grüppchen unterwegs, sondern mischen sich immer neu, ohne Beachtung des sozialen Umfelds, zu dem sie jenseits der Mauern von Raven House zählen. Was nicht zuletzt auf das von unserer Vorsitzenden Valérie stets gepredigte Einheits- und Gleichheitsgefühl zurückzuführen ist. Wir sind alle Frauen. Der Rest interessiert sie nicht. Sie, die französische *Duchesse*, mit der ich außerhalb der Ravens wohl niemals auch nur ein Wort gewechselt hätte.

Tyler hat mit seiner Empfehlung nicht nur Schlechtes bewirkt – egal, welche finsteren Text- oder Sprachnachrichten Hannah während der letzten Tage geschickt hat. Seit ich vor einer Woche aus Tylers Apartment geflohen bin, konnte ich Hannah keinen einzigen freundlichen Ton über die Studentenverbindungen entlocken. Dabei haben sie und Felicitas Raven so viel gemeinsam. Die Gründerin würde sich gut auf Hannahs *Wall of Fame* im Büro des *Whisperer* machen – neben all den starken und wichtigen Frauen unserer Geschichte.

Je mehr Normalität sich bei den anderen inzwischen eingestellt hat, desto schräger kommt mir allein der Gedanke vor, diese – mit wenigen Ausnahmen – wundervolle Gemeinschaft zu zerstören, wie Hannah es von mir verlangt. Natürlich ist nicht alles perfekt – das ist es nie –, aber die Ravens geben mir so wahnsinnig viel. Ich kann einfach nicht glauben, dass hinter all dem nur eine Lüge, eine Tarnung für fiese Machtspielchen stecken soll. Deshalb habe ich Hannah angefleht, nichts ohne mich zu unternehmen, selbst wenn Josh in Lion Manor auf die Sicherheitsvideos stoßen sollte.

Der Gedanke an ihn knautscht meinen Magen zusammen. Nicht so stark wie vor einer Woche – als er mir auf dem großen Ball der Ravens die Wahrheit erzählt und ein Gefühl des Verrats in mir ausgelöst hat, das mich direkt in Tylers Arme getrieben hat –, aber dennoch auf eine unangenehme Art. Jetzt weiß ich, dass Tylers Schuld schwerer wiegt, sein Geheimnis weit größer ist, als ich mir je hätte vorstellen können. Dennoch haben mich beide Männer, die ich zuletzt in mein Leben gelassen habe, benutzt und enttäuscht – und ich hasse sie dafür. Seit Mason habe ich mich endlich wieder anderen geöffnet und sie haben die Tür vor meiner Nase wieder zugestoßen.

»Was seufzt du so?«, fragt mich Dione und sieht mich mit leicht geneigtem Kopf an. Ein Wasserfall aus lilafarbenen und blauen Haaren fällt weit über ihren nackten Arm, der tatsächlich noch bleicher ist als meiner. »Findest du den Film auch so langweilig? Der Kostümdesigner ist eine echte Niete.«

Sie verzieht die passend zu ihrem pinkfarbenen Haaransatz geschminkten Lippen zu einem Schmollmund, sodass ich unwillkürlich grinsen muss. Dione hat eine wirklich magische Ausstrahlung. Sie hat die Macht, jeden mit ihrer Begeisterung für Mode anzustecken. Selbst mich, die nicht einmal mit dem Markenlogo von D. A. vor der Nase das Label von Diones Mum, Danielle Anderton, erkannt hätte. Aber wie in Diones Entwürfen steckt auch in den D. A.-Kollektionen weit mehr als Oberflächlichkeit, was ich niemals gedacht hätte. Seit meinem Einzug und meiner Freundschaft mit Dione habe ich einiges darüber gelernt, was Kleidung mit uns anstellt und welche Bedeutung sie vor allem für uns Frauen hat.

Sie neigt sich weiter zu mir und flüstert: »Wieso hat man der offenbar starken Hauptfigur nicht etwas verpasst, das nur der Zuschauer sieht, als kleinen Akt der Rebellion?« Sie schüttelt den Kopf und mustert mich dann, als wäre ich jene Hauptfigur, bei der sie irgendwelche Ungereimtheiten aufdecken müsste. »Du hast dich nicht an den Klamotten gestört«, stellt sie fest. »Was ist los? War deine Woche so stressig? Ich habe dich ja kaum zu Gesicht bekommen. Seit dem Aufnahmeball muss ich wieder allein frühstücken.«

Ich verdrehe die Augen. »Du warst nicht allein, wenn ich den Gerüchten glauben kann«, erwidere ich, denn ich habe ihren leuchtenden Schopf und Austins Rastazöpfe mehr als einmal morgens im Speisesaal an einem Tisch gesehen, es aber nicht geschafft, mich zu den beiden zu setzen.

Wäre alles anders gekommen, wenn Josh es nicht darauf angelegt hätte, mit mir zu matchen, um mich auf Hannahs Bitte hin zu beschützen? Zwischen Dione und Austin hat sich ein festes Band entwickelt, das mir einen Stich versetzt und mich immer wieder daran erinnert, dass ich nur aufgrund einer Verwechslung und mieser Intrigen hier gelandet bin – im Gegensatz zu allen anderen.

»Ich würde Austin jederzeit gegen dich eintauschen.« Sie lächelt und der gesamte Lichthof scheint sich aufzuhellen. »Er ist morgens ein grauenvoller Gesprächspartner. Ich könnte genauso gut mit mir selbst reden.«

Ich lache auf. Dione hat mir vom ersten Moment an das Gefühl gegeben, dazuzugehören, und allein dafür liebe ich sie. Auch jetzt schafft sie es, mich aus dem Loch zu ziehen, in das ich mich am liebsten verkrochen hätte, um meinen düsteren Gedanken nachzuhängen. Wenn Dione, die schon jetzt in der Modewelt einen Namen hat und deren Eltern bereits eine Raven und ein Lion waren, mich als eine echte Raven sieht, wieso dann nicht ich selbst? Sie ist für mich der Beweis, dass hinter der Verbindung mehr als Intrigen stecken, dass es um Freundschaft und Zusammenhalt geht, wie Felicitas Raven es für alle Frauen gewollt hat.

»Dann sehen wir uns morgen zum Frühstück?«, frage ich, als der Abspann beginnt, die Seufzer und Hachs unter der hohen Decke verklingen und die ersten Lichter wieder angehen.

»Ja, bitte. Ich habe dich vermisst.«

Sie drückt mich so unvermittelt an sich, dass ich beinahe umkippe und von lila-blauen Haaren erstickt werde. Über ihre Schulter hinweg sehe ich Valérie bei Miley an der Theke stehen und mir mit ihrem Limonenwasser und einem zufriedenen Lächeln zuprosten.

3

SONNTAG 29. 11.

»Konntest du nicht schlafen oder warum hast du eine Laune wie Austin um diese Zeit?« Dione beißt von ihrem Croissant ab und grinst mich herausfordernd an. »Oder liegt es an mir?«

»Nein, nein, keine Sorge«, antworte ich wahrheitsgemäß und schneide mir ein Stück von meinem Toast mit Ei ab. »Ich habe sogar erstaunlich gut geschlafen.« Schnell schiebe ich mir die Gabel in den Mund, um Zeit zu gewinnen.

Ich schlafe jede Nacht wie ein Baby, weil ich meinen größten Traum lebe. Der Moment des Aufwachens ist das Problem. Wenn mir mit einem Schlag bewusst wird, dass ich in einem Zimmer in Raven House liege und der Schwesternschaft ausgeliefert bin – dass aus dem Traum ein Albtraum geworden ist. Denn die Ravens finanzieren mein Studium, zahlen alles, was ich an Büchern und Lehrmaterial brauche, organisieren exklusive Lerngruppen, die mir das Wissen so vermitteln, dass ich mich für jede Prüfung gewappnet fühle. Und sie können mir mit einem einzigen Video an den Dekan alles wieder wegnehmen. Sogar noch mehr als das, denn ich würde nicht nur das Stipendium und den Platz zum Schlafen verlieren, sondern von der Uni fliegen. Der Gedanke macht mich einfach fertig. So fertig, dass es seit vielen Tagen keinen Eintrag in mein Glückstagebuch mehr gegeben hat, auch wenn ich mich hin und wieder dabei ertappe, trotz allem einen flüchtigen Funken Glück zu verspüren. Ich kann die Bedeutung von Glück nicht mehr greifen, geschweige denn beschreiben.

Rasch schiebe ich die Bilder beiseite, wie ich versuche, meinen Tagen etwas Positives abzugewinnen und auf die leeren Seiten zu schreiben, und trinke einen Schluck von Mileys grandiosem Chai Latte, ehe ich hinzufüge: »Wer würde in den Betten nicht gut schlafen?« Ich strecke mich und gähne, was Dione ansteckt.

»Du machst dir immer noch Sorgen wegen der Videos, oder?«

Ich senke den Blick auf meine Tasse, was ihr als Antwort reicht. Wenigstens kann ich meine Nervosität und Unruhe der letzten Tage darauf schieben, denn die Wahrheit kann ich ihr nicht sagen – dass mich mein Match Josh nur benutzt hat, dass mich mein vermeintlich bester Freund Tyler belogen und offenbar etwas mit dem Verschwinden von Beverly Grey zu tun hat, die im letzten Jahr eine Raven-Anwärterin war.

Ich weiß nicht, wie tief eine oder mehrere Ravens mit drinstecken, ob sie überhaupt etwas wissen oder Beverlys Verschwinden tatsächlich als Laune einer entdeckungsfreudigen jungen Frau abtun. Dione glaubt jedenfalls an das, wofür die Ravens stehen. Woran ich auch so sehr glauben will. Auch wenn ich Dione wirklich mag und mein Bauchgefühl mir sagt, dass ich ihr vollends vertrauen kann, wittert mein Verstand überall weiteren Verrat.

Dione greift nach meiner Hand, in der ich die Gabel halte, und umschließt sie. »Ich habe mit meinen Eltern über diese Videos gesprochen, nachdem du beim Ball …« Sie sieht betreten zur Seite.

»Nachdem ich ausgerastet und abgehauen bin?«, vervollständige ich ihren Satz.

Dione nickt, ihr Blick gleitet noch immer an mir vorbei. »Du hast mich zum Nachdenken gebracht. Ich habe mich gefragt, was dieses Video in den falschen Händen anstellen könnte, und wurde panisch. Austin war absolut keine Hilfe, er meinte nur, dass es als Beweismittel vor Gericht nie gelten würde, weil es zusammengeschnitten ist, um den Match nicht ebenfalls anzuschwärzen, aber ich dachte nicht wie er zuerst an einen Prozess, sondern an dich. An deinen Vorwurf, dass eine Verbindung wie die Ravens ihre Loyalität nicht mit Druckmitteln sichern sollte. Jurastudenten!« Sie verdreht kurz die Augen. »Ich bin sogar zu meinen Eltern gefahren, weil ich es nicht am Telefon besprechen wollte. Ich war total paranoid.«

Willkommen im Klub. »Was haben deine Eltern gesagt?«

»Es wurde bislang noch nie eins der Videos tatsächlich benutzt. Allein das Wissen, dass es existiert, hält jede Raven und jeden Lion in der Spur.«

Ich hole tief Luft, weil ich wissen muss, was sie davon hält. »Und für dich ist es okay, auf diese Art erpressbar zu sein?«

Dass ihr Lächeln eher verzweifelt als ehrlich wirkt und nicht ansatzweise bis zu ihren Augen reicht, sagt mir alles. Aber es freut mich zu wissen, dass sie nicht blindlings allem folgt wie einige andere hier.

Beispielsweise Brittany, Cheryl und Laura, die gerade im Stechschritt die Stille im Speisesaal zerstören. Und natürlich bei uns stehen bleiben.

»Hat sich unser Traumpaar wieder versöhnt?«, fragt Brittany in honigsüßem Singsang, der Übelkeit bei mir hervorruft. »Oder wolltest du nur diesen zotteligen Typen loswerden? Was ich total verstehen könnte!«

Die drei würden es schaffen, selbst den Dalai Lama zur Weißglut zu treiben. Bei ihnen glaube ich sofort, dass sie jeden Befehl befolgen und allein für den Namen *Raven* alles tun würden, ohne über die Konsequenzen nachzudenken. Brittany und Cheryl sind Studentinnen im zweiten Jahr. Ich notiere mir in Gedanken, beide einzeln über Beverly auszufragen, sobald ich sie ohne ihre Anhängsel erwische. Der Plan – oder überhaupt einen Plan zu haben, sei er noch so aus der Luft gegriffen – lässt mich freier atmen und ich richte mich auf, während Dione bereits zum Angriff übergeht.

»Sprichst du etwa von Barron? So schlimm sieht er morgens doch gar nicht aus.« Sie erwidert den schockierten Blick von Laura, die definitiv mehr an ihrem Match Barron hängt, als sie zugeben will, mit einem fiesen Lächeln.

In solchen Momenten – wenn Dione es den Schnepfen mit gleicher Münze heimzahlt – ist sie mir regelrecht unheimlich. Während sie sich wieder zu mir dreht, wird ihr Grinsen ehrlich, ihre Augen funkeln belustigt und sie hat Mühe, nicht loszuprusten – was mich sofort ansteckt, sodass ich mich beinahe an meinem Chai Latte verschlucke.

Noch vor dem Mittagessen will ich mit meiner Familie skypen wie jede Woche, mit Ausnahme des vergangenen Sonntags. Meine kleine Schwester Phoebe nimmt das Gespräch an und ich sehe im Hintergrund die Poster an der Wand über ihrem Bett. Sie beansprucht mich wieder einmal zuerst für sich allein und quetscht mich über ihr Lieblingsthema aus – über das ich derzeit absolut gar nicht reden möchte.

»Mensch, Cara. Du musst mir einfach mehr über Joshua Prentiss erzählen. Meine Freundinnen brennen auf Neuigkeiten. Wie küsst er? Hast du schon bei ihm übernachtet? Durch dich bin ich zu einer echten Berühmtheit geworden! Einfach jeder weiß über dich und ihn Bescheid. Hast du ihn jetzt schon fotografiert? Ich warte noch auf den Beweis, dass die Bilder im Netz kein Fake sind.«

Phoebe redet wie ein Wasserfall. Ich öffne hin und wieder den Mund, um zu einer Antwort anzusetzen oder einen Themenwechsel einzuschieben, doch ich habe keine Chance. Ab und zu stockt sogar das Bild von ihr, weil die Übertragung die schnellen Lippenbewegungen nicht erfassen kann.

»Es ist aus!«, unterbreche ich schließlich ihren Redeschwall.

Sie verschluckt sich an der nächsten Frage und hustet. »Warum? Er ist dein Traumprinz!«

Ich lege meine beste »Ernsthaft?«-Miene auf.

Sie zuckt mit den Schultern. »Es ist *Joshua Prentiss*, verdammt. Kannst du ihn nicht wenigstens bis Weihnachten behalten, damit ich ihn kennenlernen kann? Das sind nur noch vier Wochen!«

»Du bist die egoistischste kleine Schwester, die man sich vorstellen kann!« Ich lasse mich lachend gegen die Rückenlehne des Lesesessels fallen, den mir Valérie angeboten hat und zu dem ich nicht Nein sagen konnte. Es ist der bequemste Sessel der Welt, die Beinstütze lässt sich per App perfekt ausrichten und die Massagefunktion ist der Hammer. Ich würde in dem Ding leben, wenn das Bett nicht ebenso bequem wäre.

»Mir bleiben doch nur meine Träume«, sagt sie in theatralischem Jammerton. »Du bist in dem coolsten Wohnheim der Welt, während ich zu Hause in meinem Zimmer hocke. Das ist so ungerecht!« Sie seufzt laut auf, während sie ihr Kopfkissen fest umarmt.

»Du bist zwei Jahre jünger als ich. Lass dir noch ein wenig Zeit und mach erst mal deinen Abschluss an der Highschool, dann kannst du auch hier studieren, wenn du willst.«

Phoebe wirft ihr Kopfkissen auf den Laptop, es ertönt ein knirschendes Geräusch, während das Bild verschwindet.

»Phee?«, rufe ich und richte mich instinktiv auf.

Diese Blödeleien und der Kontakt zu meiner Familie haben mich in der Realität verankert und mir über die Zeit hinweggeholfen, als sich Hannah vor lauter Geheimniskrämerei rund um Josh von mir distanziert hat – oder ich mich vor lauter Geheimniskrämerei rund um die Ravens von ihr distanziert habe. Ohne meine Familie würde ich durchdrehen. Daher bin ich erleichtert, als ich plötzlich wieder Phoebes Gesicht ganz nah vor mir sehe.

»Gib's zu, du hast Angst bekommen.« Sie lacht, während sie mit dem Laptop im Arm die Treppe hinabrennt, sodass mir beinahe übel wird, bevor sie sich neben meine Eltern aufs Sofa setzt, damit ich sie alle im Bild habe. Phoebe beugt sich jedoch weiter vor und belegt damit den größten Teil des Kamerabereichs. So kann ich das Zucken ihrer Augenbrauen oder ihr Augenverdrehen sehen, während ich meine Eltern auf den neusten Stand bringe. Tränen schimmern in ihren Augen, als sie erfahren, dass ich ein Stipendium erhalten habe.

Dadurch können sie sofort die hohen Kredite auslösen und Groß-tante Mary kann sogar die Hypothek auf ihr Haus tilgen. Erst an ihrer Erleichterung erkenne ich die Sorgen, die sie sich diesbezüglich gemacht haben. Sie haben sich für meinen Traum hoch verschuldet. Auch meine Augen brennen. Meine Familie zeigt mir, dass ich immer jemanden an meiner Seite habe, zu dem ich gehen kann. Grund genug, mein Glückstagebuch wieder herauszukramen und nach dem Skype-Gespräch den ersten Eintrag seit Langem hineinzuschreiben: *Glück ist … wenn du jemanden hast, zu dem du immer zurückkehren und auftanken kannst.*

Zufrieden mit mir blättere ich durch die Seiten, die ich seit meinem Eintreffen in Whitefield vollgeschrieben habe, und bleibe an dem einen oder anderen Satz hängen.

Glück ist … es auch zu erkennen, obwohl es sich zwischen Kummer und schlechter Laune versteckt.

An dem Tag habe ich mich furchtbar mit Hannah über die Ravens gestritten. Weil sie mir nicht vertraut hat, mir nicht erzählt hat, dass Josh ihre geheime Informationsquelle ist.

Glück ist … etwas überstanden zu haben, vor dem du Angst hattest.

Der Eintrag zur Matching Night. Rückblickend kann ich darüber nur lachen. Denn ich habe es nicht annähernd überstanden, eher im Gegenteil. In jener Nacht hat alles erst begonnen!

Glück ist … wenn eine federleichte Berührung für Herzrasen sorgt.

Gänsehaut überzieht meinen Körper, meine Nervenenden spannen sich an, als ich an jenen Moment zurückdenke. Josh hat mir die Funktionen der Smartwatch erklärt und die Herzfrequenzanzeige ist nahezu explodiert, als er mir mit sanfter Stimme ins Ohr gehaucht hat und mit seinen Fingern dabei zart über meinen Arm fuhr. Ich ärgere mich noch heute über mein verräterisches Herz, das auf seine Lügen hereingefallen ist, verdammt. Dabei hat er während der ganzen Zeit an eine andere Frau gedacht, nach einer anderen Frau gesucht. Nur wegen ihr ist er überhaupt am St. Joseph's. Und trotzdem ist mein Hirn so doof, ausgerechnet jetzt seine Stimme in mein Bewusstsein zu schubsen. So klar und deutlich, als würde er direkt neben mir stehen. Fluchend. Instinktiv hebe ich den Kopf, lausche in die Richtung, aus der seine vermeintliche Stimme kommt, und starre auf den Einbauschrank und die Wand Richtung Treppenhaus.

Hannah hat mir die ganze Woche immer wieder geraten, mich mit ihm auszusprechen, über alles zu reden und seine Entschuldigung anzunehmen. Doch ich bin zu stur, bringe es noch nicht über mich, mir die Blöße zu geben, dass ich auf ein hübsches Lächeln und seine nette Art hereingefallen bin wie eine Vierzehnjährige. Irgendwann würde ich mich aber aussprechen müssen und ich hoffe, dass mein Herz dann nicht mehr bei jedem Gedanken an ihn schneller schlägt.

Zuerst jedoch starre ich mit Gänsehaut an den Unterarmen die Wand hinter dem alten, nicht mehr genutzten Kamin neben dem Schrank nieder. Meine Paranoia interpretiert in jedes Geräusch der alten Mauern und in das Ächzen der hölzernen Bauteile ein Kratzen und Streifen eines Schattens, der sich an mich heranschleicht, um mich zu verraten wie alle anderen.

4

SONNTAG, 29. 11.

Der Drang, direkt nach dem Klopfen davonzurennen, ist schier übermächtig. Ich stehe vor der dunklen Holztür von Tylers Apartment – es Wohnheimzimmer zu nennen, wäre die Untertreibung des Jahrhunderts – und spüre meinen Herzschlag bis in die Halsbeuge. Ganz gleich, wie oft ich schlucke, der Kloß in meiner Kehle bleibt.

»Schnell rein und wieder raus«, sage ich leise vor mich hin wie auf dem gesamten Weg hierher.

Ich höre Schritte jenseits der Tür. Noch einmal setzt der Fluchtinstinkt ein und mein Blick huscht umher, sucht nach einem Ausweg – und bleibt an den Schuhen an der nächsten Tür hängen, die perfekt aufgereiht auf einer Fußmatte stehen, die dort garantiert nicht immer lag. Das Apartment nebenan gehört Josh. Seit er nach Lion Manor gezogen ist, wo es auch eine Security gibt, wohnt sein Bodyguard Jace allein dort. Ich denke an den Abend zurück, an dem mich diese Tatsache vor einem Rauswurf bei den Ravens bewahrt hat.

»*Josh hat die ganze Zeit auf dich aufgepasst*«, höre ich Hannahs Stimme im Ohr. Das hat er vielleicht. Leider hat er nicht darauf geachtet, mir dabei nicht versehentlich das Herz aus der Brust zu reißen. Aber seine Aufgabe war ja auch nicht, auf mein Herz aufzupassen, sondern mich vor Gefahren zu beschützen – dabei war er selbst eine davon.

Die Schritte jenseits der Tür verstummen und für einen klitzekleinen Moment erwäge ich, doch noch zur Seite zu springen und die Treppe hinunterzujagen wie bei einem Klingelstreich. Doch ich lasse die dumme Idee mit einem langen Atemzug aus mir heraus und richte den Blick auf die Stelle, an der gleich Tyler auftauchen wird.

»Hast du etwa noch geschlafen?«, entfährt es mir anstatt einer Begrüßung.

Tyler sieht tatsächlich aus, als wäre er direkt aus honigsüßen Träumen benommen zur Tür getapst. Seine dunklen Haare stehen ihm zu Berge, aus dem gewohnten Dreitagebart ist schon fast ein Vollbart geworden und seine Lider bedecken die braunen Augen noch zur Hälfte. Darunter liegen, von Bart- und Kopfhaar eingerahmt, dunkle Schatten wie schlecht abgeschminkte Wimperntusche. Sein Oberkörper ist nackt, das Piercing in seiner rechten Brustwarze weckt Erinnerungen, die ich nicht haben will. Schnell schaue ich auf.

Tyler reibt sich gerade über das Gesicht. Anschließend streckt er die Hand zur Seite und lehnt sich an die helle Zarge der Tür, als könnte er sich kaum auf den Beinen halten. Seine Muskulatur tanzt dabei unter seiner gebräunten Haut, zieht meinen Blick an wie ein Magnet.

»Ich wollte nur kurz meine Sachen holen«, sage ich in neutralem Ton.

Tyler mustert mich weiter unter halb gesenkten Lidern.

Ich versuche, mich an ihm vorbeizuschieben, doch sein Arm schnellt blitzschnell zur anderen Seite des Durchgangs und schiebt sich mir in den Weg, sodass ich dagegenstoße. Ich spüre Tylers Atem an meiner Haut, sein Flüstern fühlt sich an wie eine Berührung.

»Was ist los, C.?« Er schluckt hörbar. »Wir haben miteinander geschlafen, das ist … Falls du nicht mehr willst, ist das okay für mich, aber mir bedeutet unsere Freundschaft zu viel, als dass ich …«

Mein Kopf fährt zu ihm herum, gefüllt von unzähligen Gedanken, die ich ihm am liebsten entgegenschleudern würde. Alles ballt sich zu einem künstlich klingenden Konstrukt zusammen, das mechanisch aus mir herausquillt. »Wir hätten es nicht tun sollen. Es war ein Fehler.«

Tyler stößt den Atem aus, nickt langsam und gibt den Weg frei. Ich gehe den Flur entlang in Richtung Wohnzimmer, wo all die Erinnerungen an das letzte Wochenende lauern und auf mich einprasseln, sobald ich die Couch und dann das Bücherregal sehe. Sie bringen mich aus dem Gleichgewicht, ich stolpere über meine eigenen Füße.

»Ich habe die Sachen in der Kommode im Schlafzimmer«, sagt Tyler.

Ich ignoriere den Unterton in seiner Stimme. Er klingt niedergeschlagen, was in mir einen Reflex auslöst, ihn aufmuntern zu wollen, doch das kann ich mir nicht leisten.

Er entfernt sich mit schnellen Schritten. Das ist meine Gelegenheit. Ich renne zum Bücherregal, fahre hastig über die eng aneinandergedrängten Buchrücken auf der Suche nach dem einen Buch, das alles beweisen könnte. Doch es ist nicht mehr da. Hat Tyler bemerkt, dass ich …

»Suchst du nach etwas Bestimmtem?«

Mein Herzschlag dröhnt in meinen Ohren, ein Schauer rast über meinen Rücken, ich hebe die Mundwinkel, ehe ich mich umdrehe. Tyler mustert mich vom Durchgang zum Flur aus, lässig gegen den rauen Putz gelehnt.

»Du hast eine beeindruckende Klassikersammlung«, sage ich mit gepresster Stimme. Hat er mich auch letzte Woche gesehen und weiß nun, dass ich ihm im Fall Beverly auf der Spur bin?

Tyler winkt ab. »Mein Vater vergöttert Shakespeare und ist der Meinung, in jedes gute britische Haus gehören all seine Werke.« Er verdreht die Augen, was ihn so wahnsinnig jung aussehen lässt, dass sich mein Magen zusammenzieht.

»Hannah vergöttert Shakespeare auch«, murmele ich eher zu mir selbst als zu ihm. Nur dank ihrer Obsession haben Josh und ich eine der Aufgaben während der Matching-Phase geschafft. War auch Tylers Vater, der ehemalige Botschafter, früher ein Lion? Hat er Tyler die Klassiker als unauffällige Hilfe untergeschoben? Seine Position könnte darauf schließen lassen.

»Hier sind deine Sachen.«

Tyler tritt näher, ein Bündel aus glitzernder weißer Seide auf dem Arm – mein von Dione entworfenes Ballkleid mitsamt den passenden Riemchen-High-Heels und meiner Handtasche. Ich strecke die Hände danach aus, halte mich jedoch zurück, sofort nach dem Raven-Buch darin zu suchen, dessen Sätze unter meinem Namen sich in mein Hirn gebrannt haben: *Dieses Buch ist dein Mitgliedsausweis.*

Wenn du es verlierst, es dir gestohlen wird oder anderweitig abhanden-
kommt, verlierst du sämtliche Ansprüche einer Raven.

Möglichst unauffällig taste ich unter dem Berg aus glänzendem Stoff danach und kann meine Erleichterung kaum verbergen, als ich das Leder und den geprägten Raben auf dem Buchdeckel tatsächlich unter meinen Fingern spüre.

Tyler steht noch immer so dicht vor mir, dass ich seine Wärme spüren kann. »C.«, sagt er leise, seine Stimme voller Schmerz.

Ich kann nicht anders, als aufzusehen.

»Wenn ich gewusst hätte, dass …« Sein Kehlkopf hebt und senkt sich. »Wenn ich gewusst hätte, dass eine gemeinsame Nacht alles zwischen uns ausradieren würde, hätte ich niemals …«

Er kann es nicht aussprechen, weil es eine Lüge wäre. Seit unserem Kennenlernen – das laut Hannah nicht so zufällig war, wie ich immer gedacht habe – lag eine Spannung zwischen uns in der Luft, die sich irgendwann entladen musste, ganz gleich, ob sie von ihm forciert war oder nicht. Wir hatten dem nichts entgegenzusetzen. Jetzt ist dieser Umstand die perfekte Ausrede für mich.

»Ich brauche erst einmal Abstand«, bringe ich hervor und presse das Kleid mitsamt der darin eingebetteten Handtasche und dem Raven-Buch fest an die Brust.

Tyler schluckt, dann nickt er und tritt zur Seite.

Langsam und auf wackeligen Beinen gehe ich den Flur hinunter zur Apartmenttür, obwohl alles in mir danach schreit, erneut davonzurennen wie eine Woche zuvor.

»Ich vermisse dich, C.«

In seiner Stimme schwingt etwas mit, das mich verharren lässt, und ich drehe mich noch einmal zu Tyler um. Er hat die Hand nach mir ausgestreckt, ballt die Finger jedoch zu einer Faust, als müsste er sich zwingen, mich nicht zurückzuhalten.

Mein Herz hämmert gegen den Brustkorb, ich weiß nicht, ob vor Angst oder dieser unbestimmten Verbindung, die vom ersten Moment an zwischen uns bestanden hat. Phee würde es wohl als Chemie bezeichnen.

Ich schaffe es nicht, etwas zu sagen, ohne mich zu verraten, ohne ihm entgegenzubrüllen, dass er mich in diese Falle gelockt hat. Ich darf nicht riskieren, dass er diejenigen auf mich hetzt, die ihm dieses Foto geschickt haben. Daher nicke ich nur mit zusammengepressten Lippen, hinter denen ich die Worte zurückhalte.

Kaum dass Tyler die Tür hinter mir geschlossen hat, weicht meine Anspannung. Ich sinke gegen die kühle Wand und atme tief durch.

Mein Kopf ruckt hoch, als ich die Tür wieder aufgehen höre. Doch Tylers Türknauf bewegt sich nicht.

»Lass sie«, höre ich eine genervt klingende Stimme, die mir nur allzu bekannt vorkommt. Jace, Joshs Bodyguard und Tylers Nachbar. Ein kurzes Gerangel, die Tür schließt sich mit einem Klicken wieder.

Ich sende eine stumme Danksagung an Jace, denn nur durch ihn bleibt mir die Begegnung mit dem zweiten Typen, der mich bitter enttäuscht hat, erspart. Ich hole tief Luft und löse mich von der Wand zwischen den beiden Türen, um mich endlich auf den Weg zu Hannah zu machen. Meine Schritte beschleunigen sich wie von selbst. Raus hier, einfach nur raus. Weg von den beiden Typen, die mit meinem Herzen schlimmer gespielt haben als Mason damals.

Die es mir aus der Brust gerissen haben und darauf herumgetrampelt sind. Das werde ich nie wieder zulassen.

Hannah empfängt mich unten am Eingang zum Gebäude, nicht oben an der Tür zu ihrer und Alinas WG. Sie hat binnen Sekunden auf meine Nachricht mit der Bitte um ein Treffen reagiert. Nachdem ich vorgeschlagen hatte, sie nach meinem Besuch bei Tyler abzuholen, ist sie beinahe ausgerastet vor Sorge. Ein Wunder, dass sie nicht gleich vor Tylers Wohnheim aufgetaucht ist.

»Ich bin so froh, dich wiederzusehen«, flüstert sie und fragt nach einer kurzen Umarmung: »Hast du das Armband und dieses Foto?«

»Das Lion-Buch ist nicht mehr da. Aber immerhin habe ich meine Sachen.« Ich hebe das Bündel in meinen Armen hoch, als hätte sie das im Sonnenlicht wie ein geschliffener Diamant funkelnde Kleid übersehen können.

»Verdammter Mist. Das Foto hätte uns ganz sicher weitergebracht.« Hannah streift sich die dunklen Haare hinter das Ohr. »Alina ist übrigens da.« Sie wirft einen Blick in das Treppenhaus hinter der offen stehenden hölzernen Tür.

Irgendjemand hatte dafür gesorgt, dass Alina entgegen ihrer Pläne ein Semester früher angereist war, damit Hannah mich nicht weiter bei sich wohnen lassen konnte. In meiner Verzweiflung hatte ich deshalb das Angebot, in Raven House unterzukommen, für ein Wunder gehalten – nicht für eiskalte Berechnung. Das hat zumindest Josh behauptet.

»Ich wollte dich abfangen und mit dir spazieren gehen.« Mit einem Blick auf den glitzernden Kleiderberg fügt sie hinzu: »Aber vielleicht sollten wir das noch kurz hochbringen, sonst denken alle noch, du wärst eine Braut auf der Flucht.«

Ich lache auf, kann mich aber nicht gegen die Erinnerung wehren, dass ich am Abend des Aufnahmeballs tatsächlich wie eine Braut ausgesehen habe, genau wie die anderen Anwärterinnen, die es zu den Ravens geschafft haben. Nur Dione ist mit ihrem Outfit aus dem Rahmen gefallen. Ihr Kleid erinnerte an ein griechisches Gewand und machte aus ihr eine wahre Göttin. Eine Göttin mit flammend rosa-lilafarbenem Haar.

Der Gedanke an Dione und ihre Freundschaft wärmt mich von innen. Ich warte mit meiner Handtasche vom Ball, in der das Raven-Buch noch immer gut verstaut ist, neben der Eingangstür und beobachte eine beunruhigend fette Spinne, die in ihrem Netz in den Efeuranken eine Fliege gefangen hat und nun darauf zusteuert. Die Fliege zuckt und versucht zu entkommen, doch das Netz vibriert nur und fesselt sie immer mehr. Mir ist das Schicksal einer Fliege noch nie so vertraut vorgekommen wie in diesem Moment.

Die Spinne kommt gerade bei ihrer Beute an. Ich will nicht länger zusehen und verdränge die Ähnlichkeit mit meiner Situation. Doch im Gegensatz zur Fliege kenne ich meinen Gegner nicht. Ich weiß nicht, wer die Fäden in der Hand hält, weigere mich aber weiterhin, zu glauben, dass alle in Raven House und Lion Manor ein falsches Spiel spielen. Wir müssen die Spinne aus ihrem Netz locken.

Wie jedes Mal, wenn ich über meine Situation nachdenke, hallt in mir neben Tyler noch ein Name nach: Kellan, der Chef der Lions, der von Luca alle Neuigkeiten aus der Redaktion des *Whisperer* erhält, wenn man auf Jace' Aussage vertrauen kann. Aber hat er mich nicht ebenso getäuscht wie seinen Boss? Wem kann ich wirklich noch vertrauen?

»Erde an Cara!« Hannah schnippt mit den Fingern vor meiner Nase und klingt, als hätte sie bereits mehrfach versucht, auf sich aufmerksam zu machen. Dann springt sie mit vor Ekel verzogenem Gesicht zurück.

»Iiiiih!«, schreit sie, schüttelt sich und stammelt etwas von monsterhaft großer Spinne.

Ich grinse, weil ich an unsere gemeinsame Kindheit denken muss und wie oft ich meine beste Freundin vor den *scheußlichen Biestern* gerettet habe. So tough Hannah auch ist, alles, was mehr als vier Beine hat, versetzt sie in größere Angst als die viel bedrohlicheren geheimen Recherchen rund um Beverlys Verschwinden.

Wenig später lassen wir uns mit Coffee-to-Go-Bechern in der Hand auf eine einsame Parkbank im abgelegenen East Court nieder. Dem dunklen Holz nach hat sie schon seit Wochen keine Sonne mehr gesehen und wird deshalb vermutlich von den umherspazierenden Studenten auf dem entfernten Weg zwischen den Rasenflächen ignoriert. Sofort dringt die Feuchtigkeit durch meine Jeans und Kälte klettert über meinen Hintern den Rücken hinauf.

»Sie hat ein neues Bild gepostet«, sagt Hannah, um eine sachliche Stimmlage bemüht, was ihr gänzlich misslingt. Ihre neutrale Miene fällt komplett in sich zusammen, als sie Instagram öffnet und mir das Handy reicht. Beverly Greys natürliches Lächeln strahlt mir entgegen. Im Hintergrund sind etliche weiße Säulen zu erkennen, die scheinbar auf ihrer Handfläche ruhen. Der Ort ist mit Athen vertagt und ich erkenne in dem Gebäude über Beverlys Hand die Akropolis.

Das Bild ist definitiv kein Selfie. Beverlys andere Hand schmiegt sich seitlich an ihr Kleid, das dem von Dione beim letzten Ball ähnelt. Es sieht aus, als hätte Beverly ein Modeshooting vor der Kulisse Athens. Was jedoch mehr als alles andere auffällt, ist das Armband mit den winzigen Türkisen, das an ihrem erhobenen Handgelenk baumelt. Das Armband, das laut ihrem Instagram-Profil extra für sie angefertigt wurde – und das ich in Tylers Lion-Buch entdeckt habe.

»Wenn du genauer hinsiehst, kannst du erkennen, dass die Schatten nicht korrekt sind«, sagt Hannah und deutet auf ein karges Gewächs am unteren Bildrand, das einen deutlichen Schattenwurf zeigt, und dann auf Beverlys tiefes Dekolleté, das keinerlei Schatten von Kopf oder Brust aufweist. Auch ihre herabhängende Hand wirft keinen Schatten.

»Das kann selbst eine kostenlose Bildbearbeitungs-App korrigieren«, sage ich wenig überzeugt, starre dabei aber unentwegt auf das Armband.

»Ich weiß. Deshalb versuche ich ja auch, Kontakt aufzunehmen. Sie antwortet auf wirklich jeden Kommentar.« Hannah scrollt nach unten und zeigt mir, was sie meint. »Dafür erwidert sie keine einzige Direktnachricht.« Sie öffnet ihre Nachrichten und ich sehe den einseitigen Chatverlauf. »So geht es nicht nur mir, sondern auch Josh.«

Der Name verursacht einen Stich in meiner Brust. Wie Säure brennt sich der Verrat durch meine Adern – zusammen mit der Wut auf mein einfältiges Herz.

»Der deutlichste Beweis, dass etwas an den Bildern nicht stimmen kann, ist jedoch das Armband. Die Aufnahmen von ihr müssen also schon älter sein. Hätten wir das Armband, könnten wir damit endlich zur Polizei gehen, ohne dass wir für verrückt gehalten werden wie bisher.«

Ich schlucke. Deutlicher hätte sie kaum ausdrücken können, dass wir nur meinetwegen nichts in der Hand haben, auch wenn nicht der Hauch eines Vorwurfs in ihren Worten mitschwingt, sondern nur unendliche Traurigkeit, die mir die Kehle zuschnürt und den Drang in mir erweckt, alles zu tun, um meine Freundin etwas zu trösten. Ich räuspere mich und nehme Hannah in den Arm.

»Wir werden herausfinden, was mit ihr passiert ist. Und du erhältst deine exklusive Enthüllungsstory, mit der du jeden auf dich aufmerksam machen wirst, der in der Reporterwelt etwas zu sagen hat. Der Pulitzer-Preis ist dir sicher!« Ich drehe ihren Kopf, damit sie mich ansehen muss, und schenke ihr das aufmunterndste Lächeln, zu dem ich im Moment in der Lage bin.

Sie senkt langsam die Lider, ihre Kiefermuskulatur arbeitet. Das Lächeln, an dem sie sich nun versucht, ist nur ein mieser Abklatsch von meinem. Aber ganz gleich, wie lange ich sie ansehe und versuche, in ihre Gedanken vorzudringen wie früher, ich pralle an einem nicht greifbaren Hindernis ab, das sich mir unerbittlich entgegenstellt.

5

MONTAG, 30.11.

Die Glocke der Kapelle jenseits der altehrwürdigen Gebäude des Main Courts läutet zur vollen Stunde. Zum ersten Mal seit Wochen betrete ich die alte Bibliothek, in der sich zahlreiche Studenten der Magie des geschriebenen Wortes hingeben. Seit meiner Aufnahme bei den Ravens muss ich mich nicht mehr zur Recherche und zum Lernen in den nach Leder, Tinte und Staub riechenden Lesesaal zurückziehen, aber während ich die Studenten an ihren kleinen Tischchen passiere, spüre ich den Druck des Verlustes. Es mag angenehm sein, alles direkt vor die Füße – oder besser nach Raven House – getragen zu bekommen, aber es ist einfach nicht dasselbe Gefühl.

Ich gehe ganz langsam weiter, sauge die Eindrücke in mich auf. Die hellen Flecken, die von den letzten Sonnenstrahlen jenseits der Bogenfenster zu meiner Rechten auf den alten Holzboden und die massiven dunklen Regale getupft werden, den Staub, der im einfallenden Licht tanzt und den Duft alter Bücher verbreitet. Die angespannte Stille, die nur von umblätternden Seiten durchbrochen wird.

Dann komme ich an der Tür zur Redaktion des *Whisperer* an.

Schon als ich sie öffne, werde ich aus der ruhigen Welt der alten Bibliothek in das totale Chaos gerissen. Laute Stimmen und Musik prasseln mir entgegen, sodass ich im ersten Moment völlig verwirrt stehen bleibe, bis mir eine Studentin mit wilder Lockenmähne ein »Pst!« hinterherschleudert. Schnell betrete ich die Redaktionsräume und schließe die offenbar gut schallisolierte Tür hinter mir.

Hannah hat ihren Schreibtisch, den der Chefredakteurin, offenbar nicht länger für sich allein. Bei meinem letzten Besuch Anfang des Semesters hat sie die erste Ausgabe des *Whisperer* noch so gut wie ohne Unterstützung vorbereitet – weshalb ich meine Hilfe angeboten habe, obwohl ich keine Karriere in der Medienwelt anstrebe. Nun sitzen allein an ihrem durch einen großen Tisch verbreiterten Arbeitsplatz zwei weitere Studentinnen und aus dem großen Nebenraum, den Luca Santiago sonst fast immer nur für sich beanspruchen konnte, dringt die Geräuschkulisse einer Party. Der *Whisperer* ist ganz offensichtlich nicht länger unterbesetzt. Dadurch erscheint mir die Idee noch blöder, hier – vor Lucas Nase – weiter zu *recherchieren*, damit er Kellan oder wem auch immer Bericht davon erstattet, wie langweilig wir doch alle sind.

Dank des Stipendiums und der Zusatzkurse in Raven House habe ich tatsächlich auch die nötige Zeit für Spielchen dieser Art. *Isn't it ironic* ... Ich summe im Kopf die Melodie des Songs von Alanis Morissette und bin geistig offenbar so abwesend, dass mich jemand anrempelt.

»Oh, Cara, da bist du ja endlich!« Luca steht vor mir, zupft schon fast nervös an den überlangen Ärmeln seines hellgrauen Shirts herum und strahlt mich an.

Ganz neutral betrachtet – ohne ihn als Spion der Lions im Hinterkopf zu haben – sieht er gut aus. Wenn er lächelt wie jetzt gerade, wirken seine grünen Augen nicht zu blass in seinem noch vom Sommer gebräunten Gesicht, sondern funkeln wie Eis im Sonnenlicht.

Ich sehe mich nach Hannah um, doch sie ist weder an ihrem Platz noch unter den Studenten, die ich von meinem Standpunkt aus sehen kann. Nachdem ich Luca ebenfalls begrüßt habe, schiebt er mich in den Nebenraum, wo jeder Stuhl an jeder noch so kleinen Tischfläche besetzt ist. Es ist viel zu warm hier drin und die Luft ist abgestanden, es riecht nach Kaffee, irgendwelchem Gebäck und den Chips, die in der Mitte der zusammengeschobenen Tische – dem Hauptarbeitsbereich – in kleinen Schalen stehen.

Luca bemerkt, wie ich die Nase rümpfe, strebt direkt auf das Fenster hinter seinem Tisch zu und reißt es auf. Der Tisch stand bei meinem letzten Besuch noch hinter der Tür, sodass Luca immer gut spionieren konnte. Ich murmele ein »Danke!« und er nickt mir grinsend zu.

»Du musst wohl neben mir sitzen«, verkündet er dann und deutet auf einen Klappstuhl neben seinem gepolsterten Sessel mit Armlehnen.

Mein Hintern tut mir schon vom Draufgucken weh und ich erwäge, mir die Zeit der Gentlemen zurückzuwünschen. Stattdessen stelle ich meine Tasche mit einem Seufzen an die Wand unter dem Fenster und lasse mich auf den Klappstuhl sinken. Sinken, nicht fallen, weil ich mir nicht sicher bin, ob er unter meinem Gewicht zusammenbricht. Luca beobachtet amüsiert meine Verrenkungen, während er es sich in seinem Sessel bequem macht.

Als ich sicher bin, dass das klapprige Ding unter mir standhält, frage ich Luca, der noch immer vor sich hin grinst: »Wo steckt eigentlich Hannah?«

»Die trifft sich mit irgendeinem *ganz wichtigen* Informanten.« Er verdreht tatsächlich die Augen.

Von Hannah weiß ich, dass Luca Journalismus studiert, doch nach dieser Geste frage ich mich, ob er das freiwillig tut oder nur, um in irgendwelche Fußstapfen zu treten. Da wäre er schließlich nicht der Erste. Auch Tylers erster Studiengang war von seinem Dad bestimmt gewesen. Ich schließe kurz die Augen, um das Brennen zu lindern, und fahre dann an Luca gewandt fort: »Hat sie mir einen Arbeitsauftrag hinterlassen?« Ich schaue auf den chaotischen Stapel aus Zeitungen und Ausdrucken vor mir und hoffe bis zur letzten Sekunde, dass ich mich nicht …

»Du bist unser neuer Newsfilter, unser ›Blick in den Rest der journalistischen Welt‹.«

Für einen männlichen Studenten mit einem starken Bartschatten imitiert er Hannahs Stimme zu gut, um nicht beeindruckt zu sein. Ich lache unwillkürlich auf.

Er beißt sich auf die Lippe und haucht leise: »Sorry.«

Während der nächsten Stunde arbeite ich mich durch den Berg der neuen Pressemitteilungen aus aller Welt und reiche an Luca weiter, was ich für interessant genug halte, vielleicht im Online-Auftritt des *Whisperer* – für den Luca zuständig ist – erwähnt zu werden. Jedes Mal, wenn sein Handy auf dem Tisch mit sanftem Vibrieren eine Nachricht signalisiert, beobachte ich ihn. Fast immer erhellt sich sein Gesicht. Was auch immer er schreibt, es spiegelt sich in seiner Mimik wider wie die Abfolge von Emojis. Phoebe ist genauso. Selbst in unseren Video-Chats erkennt man die komplette Bandbreite an Emotionen in ihrem Gesicht.

Dass sich die beiden – wenn auch nur in dieser Sache – so wahnsinnig ähnlich sind, macht etwas mit mir. Ich sehe meine kleine Schwester vor mir und eine Art Beschützerinstinkt erwacht, der mir immer wieder dieselbe Frage in den Kopf schubst: Wie können wir Luca ernsthaft verdächtigen, für die Lions zu spionieren?

Mein Messenger-Ton unterbricht diese Gedanken. Trotz meiner korrigierten Meinung sorge ich dafür, dass Luca mein Display nicht sehen kann, dann öffne ich die Nachricht von Hannah.

> Ich schaffe es heute nicht mehr in
> die Redaktion. Luca weiß Bescheid.
> Falls du Zeit hast, würde ich mich
> sehr darüber freuen, wenn du bei
> mir im Wohnheim vorbeischaust.

Die Nachricht klingt so entsetzlich förmlich, dass ich für einen kurzen Moment überlege, ob wirklich Hannah sie geschrieben hat. Erst eine Nachricht später bin ich mir sicher, dass niemand ihr Handy gekapert hat.

> Ich habe Eclairs von Eva besorgt.

Und noch eine Nachricht.

Ich tippe rasch eine Antwort. Dann beende ich meine Arbeit für heute, verabschiede mich von Luca und mache mich auf den Weg zu Hannahs Wohnheim. Ein ungutes Gefühl folgt mir durch die Abkürzung über die Innenhöfe weiterer Wohnheime wie das Hallen meiner Schritte zwischen den alten Gebäuden.

Umhüllt vom besten Geruch der Welt, öffnet Hannah mir die Tür.

»Hast du in den Eclairs gebadet?«, frage ich mit einem Lachen und schnuppere immer wieder, während ich ihr in die Küche folge. Auf dem kleinen Tisch an der Wand stapeln sich die Tüten von *Evas Pâtisserie*.

Ausgerechnet mit meinem Lieblingsgebäck vor der Nase knotet sich mein Magen zusammen. Ich habe eine Art Déjà-vu. Damals gab es selbst gebackene Kekse. Stapelweise. So viele davon, dass sie den gesamten Tisch bedeckten.

Ich setze mich und warte auf Hannahs Beichte. Um es ihr leichter zu machen, konzentriere ich mich auf die Eclairs mit Sahnefüllung. Beim dritten erklingt endlich Hannahs Stimme.

»Ich untersuche Beverlys Verschwinden nicht für einen Artikel oder für Josh.«

Sofort sehe ich ihr in die Augen, dränge sie jedoch nicht, weiterzureden. Hannah verschließt sich, wenn sie eine Wand im Rücken hat. Unter Druck bekommt man nichts aus ihr heraus. Sie nestelt an einer der Papiertüten, das Rascheln erfüllt die angespannte Stille zwischen uns.

»Beverly und ich waren zusammen.«

Binnen eines Wimpernschlags rast eine andere Realität an mir vorbei. Mir gegenüber sitzt nicht länger die erwachsene Reporter-Hannah, sondern die jugendliche Version von ihr. Das Mädchen, das mir damals zwischen einem Berg von Keksen anvertraut hat, dass sie keine Jungs mag. Die Hannah, die nach ihrem Coming-out immer wieder auf die übelste Art beschimpft wurde und sich – abgesehen von mir – immer weiter von allen distanziert hat. Die Hannah, die am College endlich ein anderer Mensch sein und sich neu erfinden konnte. Die Hannah, die offenbar gleich in den ersten Tagen in Whitefield jemanden kennengelernt hat: Beverly Grey.

Ich schlucke den bitteren Geschmack herunter, den ich als Eifersucht oder Neid identifiziere. Ich wünsche Hannah nur das Allerbeste, aber mit Beverly gehen Gedanken an Josh Hand in Hand, die ich mir gerade nicht leisten kann. Nicht leisten will. Ich schiebe schnell das nächste Gebäckstück in den Mund und warte, bis Hannah zum Weitersprechen bereit ist – was in einem Starr-Wettbewerb ausartet. Nur ohne das Kichern und die Lachanfälle wie früher. Wir sind keine Kinder mehr, sondern vom Leben und früheren Beziehungen geschliffene und gezeichnete junge Erwachsene.

Hannah senkt den Blick auf die inzwischen zusammengeknüllte Papiertüte in ihren Händen, als sie weiterspricht. »Ich bin Beverly an ihrem ersten Tag in die Arme gelaufen.«

Sie schüttelt langsam den Kopf, ihre dunklen Haare ergießen sich über die Schultern. Trotzdem kann ich das traurige Lächeln auf ihren Lippen sehen.

»Es war so richtig klischeemäßig. Sie stand am Brunnen vor dem Hauptgebäude, die Sonnenstrahlen fingen sich in den kleinen Tropfen und ließen sie regelrecht erstrahlen.« Ein tiefer Atemzug. »Sie wirkte verloren, unentschlossen, ob sie sich hineintrauen soll. Ich bin zu ihr gegangen und habe sie gefragt, ob sie Hilfe braucht.«

Ich stelle mir vor, wie das hübscheste Mädchen, das ich je gesehen habe, das Mädchen mit dem Dauerlächeln auf all den Instagram-Bildern, verloren wirken kann, schaffe es aber nicht wirklich.

»Sie hat sich zu mir umgedreht und ich war plötzlich in einer anderen Welt.«

Ich wage es nicht, auszusprechen, dass die frühere Hannah sämtliche Filme oder Romane, die von Liebe auf den ersten Blick erzählten, übertrieben und kitschig fand. Doch es scheint, als hätte sich ihre Meinung dazu inzwischen geändert.

»Ich habe Beverly zur Anmeldung begleitet, direkt danach haben wir *Evas Pâtisserie* entdeckt.« Ihr Blick gleitet über die vielen Tüten mit dem Logo der Konditorei. »Wir haben den Rest des Tages gemeinsam verbracht, auch die Tage danach. Sie hat mir ständig von ihrem Freund, von ihrem alten Leben erzählt, weshalb ich das stets präsente Kribbeln im Bauch und das Herzflattern ignoriert habe. Ich wollte einfach nur in ihrer Nähe sein.« Ein melancholisches Seufzen schwebt vom süßen Eclairsduft begleitet über den Tisch. »Sie war es, die mich aus heiterem Himmel geküsst hat.« Ein kurzes Lachen. »Ich hatte ihr gerade von meinem Traum erzählt, irgendwann all die mutigen Frauen zu würdigen, die ein Vorbild an Stärke und Solidarität sind. In einem Moment hat sie mir erzählt, dass ihr Freund der Sohn meiner Favoritin Michelle Prentiss ist, im nächsten spürte ich ihre

Lippen auf meinen. Es war …«, Hannah schließt die Augen, als erlebe sie diesen Moment noch einmal,»atemberaubend.«

Sie räuspert sich – und mit dem nächsten Satz ist jede Schwärmerei, jeder glückliche Moment, der in ihrer Stimme bisher mitschwang, ausgelöscht. Sie sieht mich mit einer so ernsten Miene an, dass ich mich automatisch aufrichte.

»Dann wurde sie zu den Ravens *eingeladen.*«

Meine Unterarme sind von einer Gänsehaut überzogen, die Spannung ist nahezu greifbar. Während ich noch versuche zu verstehen, welche Folgen der Einzug in Raven House für die beiden hatte, kommt mir Hannah zuvor.

»Tyler Walsh war Beverlys Match.«

Erinnerungen an meine Matching Night ziehen binnen Sekunden vor meinem inneren Auge vorbei. Das Speeddating. Die doofen Spielchen. Der Maskenball. Josh. Die Plüschhandschellen.

Hannahs Stimme trieft nun vor Bitterkeit.»Tyler Walsh, Sohn eines ehemaligen Botschafters und aufstrebenden Londoner Politikers und der größte Sunnyboy des Empires, hatte es natürlich auf die hübsche Amerikanerin abgesehen und weiß Gott wen bestochen, damit er mit ihr matcht.« Es folgt ein herbes Auflachen voller angestauter Gefühle, sodass ich Hannah kaum wiedererkenne.»Sie hat ihn auf Abstand gehalten, nur die Aufgaben mit ihm erledigt, doch dazu gehörte eben auch, dass die beiden ein Paar spielen.«

Der Blick, den sie mir nun schenkt, ist nur ein Abklatsch der herausfordernden Miene der alten Hannah, ihre Braue ist erhoben, sie zielt damit ganz sicher auf meine Fake-Beziehung mit Josh ab, aber in ihren Augen flackert der Schmerz.

»Er hat sie immer mehr bedrängt, sah es offenbar als Herausforderung, sie zu erobern. Beziehungen außerhalb der Lions und Ravens sind während der Anwärterphase untersagt, bei Beverly kam noch hinzu, dass ihre Mutter ...« Hannah schluckt mehrmals, ehe sie weitersprechen kann. »Ihre Mutter hat sich sehr darüber gefreut, dass sie ›endlich einen Jungen kennengelernt hat, jemanden, der ihrer würdig ist‹.« Hannah blinzelt die Tränen weg, eine davon rollt über ihre Wange. »Ich habe mitgespielt und dabei zugesehen, wie sie von den Ravens mehr und mehr beansprucht wurde, sich abgesehen von wenigen Nachrichten immer mehr von mir distanziert hat, damit ›ich nicht ins Kreuzfeuer des sexistischen Mists gerate‹, der auf dem Campus läuft.« Sie beißt sich auf die Unterlippe und holt tief Luft. »Sie hätte nur noch ein einziges Wochenende durchhalten müssen. Das Auswahlwochenende mit dem Aufnahmeball fand irgendwo an der Küste in Norfolk statt. Ich hatte für ihre Rückkehr am Sonntag schon alles vorbereitet, wollte ihr sagen, was ich wirklich für sie empfinde, dass meine Gefühle weit über einen Flirt oder das Erkunden meiner Sexualität hinausgehen, aber dann ...« Hannahs Stimme bricht und mit ihr mein Herz. »Dann kam sie nicht mehr zurück.«

Ich umrunde den Tisch und drücke meine beste Freundin an mich. Sie lässt sich gegen mich fallen, Schluchzer erschüttern ihren Körper. Ihr Schmerz ist greifbar. Ihr wurde die erste echte Liebe aus dem Leben gerissen und endlich verstehe ich, warum sie nie geglaubt hat, dass Beverly einfach so abgehauen ist.

»Warum hast du ein Jahr gewartet und suchst erst jetzt nach ihr?«

Hannah befreit sich aus meiner Umarmung, reibt sich die Tränen aus dem Gesicht und schiebt sich eine Strähne hinter das Ohr.

Als sie nicht antwortet, erkläre ich ihr, was in mir vorgeht. »Ihr habt euch offenbar sehr gemocht, hattet etwas ganz Besonderes und Wundervolles, ich verstehe nicht …«

Weitere Tränen rinnen aus Hannahs inzwischen geröteten Augen. »Sie haben alles perfekt inszeniert. Ich habe ein Gespräch zwischen zwei frischgebackenen Ravens mitbekommen. Ich dachte, es wäre rein zufällig, denn ich kenne diese abfälligen Blicke, die mir zugeworfen werden, nur weil ich nicht an Jungs interessiert bin. Sie haben sich über mich unterhalten, darüber wie hart die Anwärteraufgabe von Beverly gewesen sei, ein Mädchen zu verführen, und dass sie es nicht bis zum Ende durchgezogen hätte.«

Ich höre Hannahs Herz erneut brechen, bis sie mir flüsternd gesteht: »Das Schlimmste daran ist, dass ich ihnen geglaubt habe, dass ich mich für wertlos gehalten habe. Ich hatte ständig diese Bilder vor mir. Beverly und ihren Freund. Ich hatte davor immer gedacht, dass es eine platonische Freundschaft war, nach der Aussage der beiden habe ich sie tatsächlich gegoogelt. Beverly ist in den USA berühmt, sie hatte ständig Affären mit irgendwelchen Söhnen von Berühmtheiten, war mit ihnen auf diversen Partys. Mir wurde schnell klar, dass ich damit niemals mithalten konnte, dass diese beiden Miststücke recht hatten und ich es nicht wert war.«

Ich ziehe Hannah wieder an mich. Hannah, die wertvollste Person in meinem Leben, die mich wortwörtlich aus den Fängen meines Ex-Freundes befreit und mir immer wieder beteuert hat, dass er mich nicht verdient habe. Nun ergießt sich auch aus meinen Augen ein endloser Strom an Tränen. Ich halte Hannah ganz fest und versuche, all das nachzuholen, was ich in den letzten Wochen verpasst habe, weil ich ausgerechnet ihr misstraut habe. Ich bin die mieseste Freundin der Welt.

»Warum hast du mich nicht angerufen und mir alles erzählt?«, bringe ich irgendwann hervor.

»Weil …« Ihre Stimme bricht. »Weil ich mir entsetzlich dämlich vorgekommen bin und mir die Blöße nicht geben konnte. Du warst dabei, dich hier in Whitefield zu bewerben, nachdem ich so geschwärmt hatte, und ich wollte nicht, dass du es dir anders überlegst. Ich wollte dich hierhaben, hier bei mir, wie früher.«

Wir liegen uns noch ewig in den Armen, weinen gemeinsam um die verpasste Zeit, um all die falschen Entscheidungen, bis Hannahs Tränen versiegt sind.

Schließlich finde ich den Mut, die eine Frage zu stellen: »Was hat deine Meinung geändert?«

»Josh.« Eine Pause. »Josh kam zu mir und hat mir erzählt, dass Beverly mich geliebt hat. Er war der von ihr erwähnte Freund, ihr bester Freund. Die beiden standen sich unglaublich nah. Er hat mich davon überzeugt, dass sie niemals einfach so abgehauen wäre.«

Den Rest der Geschichte kenne ich, doch jetzt sehe ich alles in einem anderen Licht.

»Ich war so oft kurz davor, dir alles zu erzählen, aber Josh …« Ich spüre, wie sie die Hand hinter meinem Rücken zur Faust ballt. »Josh bat mich darum, dir nichts zu sagen, weil er dich nicht kannte und nicht wusste, wie vertrauenswürdig du bist. Er hat mir nicht geglaubt, als ich beteuert habe, dass du nie deinen eigenen Vorteil über das Wohl anderer stellen würdest. Er machte sich zu große Sorgen und war sich sicher, dass du in noch größerer Gefahr wärst, wenn du von alldem wüsstest. Aber da hattest du die Einladung bereits und bist in Raven House eingezogen. Es war zu spät. Deshalb hat Josh vorgeschlagen, mit Jace auf dich aufzupassen. Also habe ich ihn gebeten, mit dir zu matchen.«

Auf mich aufzupassen.

Flüchtige Erinnerungen an flatterndes Herzklopfen, rettende Küsse und sein unverschämtes Lächeln legen sich als bitterer Geschmack auf meine Zunge. Ich schlucke so lange, bis er vergangen ist.

Also habe ich ihn gebeten, mit dir zu matchen.

Die Wärme seiner Nähe, die Fürsorglichkeit, das Kribbeln in meinem Inneren und die Herausforderung ... alles war nur gespielt. Auch wenn ich das bereits wusste, riss mir die klare Aussage noch einmal das Herz heraus. Ich starre es an, wie es da auf den alten Holzdielen liegt, stopfe es zurück in meine Brust und verschließe es gut. Ich kann Hannah keine Vorwürfe machen. Hätte ich auf sie gehört, wäre es nicht so weit gekommen.

»Versprich mir, dass du mit ihm redest«, bittet sie mich, aber ich schaffe es nicht einmal zu nicken. »Wir müssen zusammenarbeiten, um die Wahrheit herauszufinden.«

Etliche Stunden und sämtliche Eclairs später kehre ich im Dunkeln nach Raven House zurück. Nur Brittany und Cheryl sitzen noch am Tresen im Lichthof, mich wundert es geradezu, dass Laura sich ihnen nicht angeschlossen hat. Ich hasse die beiden Giftgurken und erinnere mich an die hässlichen Worte über Hannah letztens im Café ...

Mit schnellen Schritten trete ich zu ihnen und frage ohne Umschweife: »Kennt ihr Beverly Grey?«

Vollkommen überrumpelt erwidert Brittany mit gekrauster Nase: »Wer kennt sie nicht? Sie war Tylers Match und hatte Gerüchten zufolge während ihrer Anwartschaft eine Affäre mit einer außenstehenden Person. Zum Glück haben es alle mitbekommen und sie wurde offensichtlich keine Raven.«

Ich könnte wetten, dass Brittany und Cheryl die beiden Ravens waren, die Hannah *zufällig* gehört hat. Sie leben für jeglichen Gossip, und wenn man ihnen einen Krümel hinwirft, tratschen sie ewig darüber.

Nur wer hat ihnen verraten, dass Hannah angeblich eine von Beverlys Anwärter-Aufgaben war?

Als ich ihnen die Frage stelle, kann ich regelrecht sehen, wie sich die Rädchen in ihren Köpfen drehen. Deshalb bin ich mir auch sicher, dass es der Wahrheit entspricht, als Cheryl sagt: »Keine Ahnung.«

Ich nehme mir vor, es herauszufinden.

6

DONNERSTAG, 3.12.

Während der letzten zwei Tage habe ich Brittany und Cheryl akribisch beobachtet. Leider waren sie nicht allzu oft zusammen, denn Raven House hat sich zu einer chaotischen Mischung aus Galerie, Designstudio und Lager für gefühlt alles entwickelt.

Das laut Dione »größte Event für Ravens und Lions in Sachen Publicity überhaupt« steht kurz bevor: der *Whitefield Charity Ball*. Er wird jedes Jahr von aktiven Ravens und Lions veranstaltet, um zu zeigen, wie großartig und wohltätig die beiden Verbindungen doch sind.

Trotz Widerwillen reißt mich die vor Energie geladene Atmosphäre in Raven House mit. Überall glitzert und funkelt es. Stoffe für die spätere Dekoration quellen aus Kisten hervor, die wie Mauern im Lichthof gestapelt sind, jede Raven hat einen Auftrag zu erledigen oder sich einer Orga-Gruppe angeschlossen. Kaum jemand scheint zu schlafen, um das Pensum zu schaffen. Die Lerngruppen sind ausgesetzt, stattdessen wird an den Ansprachen einzelner Mitglieder gefeilt, die letzten Details werden geplant. Alle sind in die Vorbereitungen involviert, egal ob Stipendiaten oder

Ravens wie Dione, deren Familien schon seit Generationen dabei sind.

Genau von diesem Gemeinschaftsgefühl hat Valérie mir bei unserer ersten Begegnung vorgeschwärmt. Jetzt, wo die Anwärterphase vorbei ist, in der man uns Neulingen noch etwas distanziert begegnet ist, spüre ich es am eigenen Leib. Und trotz all der Angst, die immer noch tief in mir vor sich hin schwelt, fühlt es sich großartig an.

Die alte Cara wäre übrigens schreiend davongerannt, hätte man sie zur Mitorganisation eines so großen Events verpflichtet. Die neue, berechnende Cara sieht jedoch auch den Vorteil in dem ganzen Vorbereitungstrubel, der aktuell in Raven House herrscht. Leute kommen und gehen, nicht nur Lions – die einzigen Externen, die immer Zugang zu Raven House haben –, sondern auch Boten, Models für Diones Modenschau, Künstler, die sich an dem Event beteiligen werden, und nicht zuletzt Ehemalige, die ihre Außenwirkung aufpolieren müssen. In den vergangenen Tagen habe ich sicher ein Dutzend Interviews für den *Whisperer* geführt – auch wenn es meistens gereicht hätte, einfach den Namen des Interviewpartners auszutauschen. Es waren immer dieselben oberflächlichen, wie auswendig gelernten Antworten.

»Aus welchem Grund unterstützen Sie den Whitefield Charity Ball?«

»Mir ist es ein großes Anliegen, mich für diejenigen einzusetzen, die nicht so ein Glück hatten wie ich.«

Na klar. Es kostete mich jedes Mal eine enorme Anstrengung, weiterzulächeln und nicht dem Drang nachzugeben, die Augen zu verdrehen, laut loszulachen oder nachzuhaken, ob sie denn auch den Rest des Jahres wohltätig sind oder nur aufgrund der enormen Publicity dieses Events spontan ihre soziale Ader entdeckt haben. Aber wenigstens kann ich hin und wieder Cheryl ausquetschen, die Fotos von meinen Interviewpartnern schießt. Ohne Brittany ist sie recht still, ja schon beinahe schüchtern. Leider hat sie offenbar wirklich keine Ahnung, wer die Gerüchte im letzten Jahr gestreut hat. Eine weitere Sackgasse.

Mein Wecker klingelt heute früher als sonst, damit Dione und ich in Ruhe frühstücken können. Aber das Gewohnheitstier in mir hat etwas dagegen und kämpft gegen das Aufwachen an, obwohl ich eine echte Frühaufsteherin bin. Noch halb verschlafen tapse ich durch mein Zimmer und muss mich auf dem Weg nach unten erst einmal zwischen zwei Kleiderständern durchquetschen, da Dione ihren Arbeitsplatz auf den ganzen Flur ausgeweitet hat, anstatt die freien Räume auf der anderen Seite der Etage zu nutzen.

Gähnend will ich zur Treppe, als mein Hirn eine Bewegung registriert. Da sich mein Körper aber offenbar noch im Tiefschlaf befindet, reagiere ich mit der Geschwindigkeit eines Faultiers. So früh am Morgen dürfte niemand hier sein, denn nur Dione und ich kommen auf die Idee, freiwillig um fünf Uhr aufzustehen. Das bisschen Adrenalin, das ich um diese Zeit aufbringen kann, weckt mich so weit, dass ich mich in Richtung der Bewegung wende. Der dicke Teppichboden auf der Galerie schluckt meine Schritte. Zwei der Kleidersäcke an dem Ständer, der direkt vor der Wand am Treppenhaus steht, bewegen sich noch leicht, als hätte jemand sie gestreift. Der Rest der Müdigkeit verpufft wie nach einer Adrenalinspritze, denn ich sehe niemanden, der die Bewegung verursacht haben könnte. Meine Handflächen werden feucht, mein Herz klopft so schnell, dass sich meine Atemzüge anpassen müssen. Ich werde schneller.

Wenn ich jetzt schreie, würden mich die anderen Ravens dann hören? Ich überlege, bei Dione anzuklopfen, gehe aber davon aus, dass sie bereits mit Smartphone in der Hand vor ihrem Frühstück sitzt und »das Leben ihrer späteren Kunden stalkt, um bestens vorbereitet zu sein«. Ihre Beschreibung für »Stöbern in der Klatschpresse«.

Ich denke so lange darüber nach, bis die Bewegung der beiden Kleidersäcke plötzlich abbricht. Versteckt sich jemand dahinter, verharrt reglos direkt an der kalten Steinmauer neben der Besenkammer?

Ich trete näher, zögere, warte mit rasendem Puls. Dann nehme ich all meinen Mut zusammen, schiebe mit zitternden Händen die Kleidersäcke zur Seite – und blicke auf die leere Wand mit der Ornamenttapete.

Laut seufzend stoße ich die angehaltene Luft aus. Das alles macht mich paranoid! Ich lege den Kopf in den Nacken, schließe die Augen und atme tief durch, um mich zu beruhigen. Da streift etwas meine nackten Füße in den Plüschpantoffeln und ich schreie auf.

Noch während sich das Echo zu den Fenstern des Lichthofs arbeitet, hinter denen es noch stockfinster ist, sehe ich eine winzige graue Katze davonhuschen. Sie flitzt zur Treppe und hopst Stufe für Stufe nach unten. Etwas verzögert renne ich ihr hinterher und erwische sie kurz vor dem Erdgeschoss. Sie beschwert sich, windet sich in meiner Umklammerung und kratzt mich mit ihren fiesen Krallen.

Dione kommt aus dem Speisesaal gestürzt. »Was ist passiert?« Dann entdeckt sie das Fellknäuel in meinen Händen, dessen riesige schwarze Kulleraugen zum Dahinschmelzen aussehen. »Simba?«

»Du kennst die Katze?«, frage ich.

»Kater. Laut Austin war es bei den Jungs Liebe auf den ersten Blick und nun ist Simba das neue Maskottchen der Lions.« Dione krault den inzwischen etwas ruhigeren Kater auf meinem Arm. Dann deutet sie auf die roten Striemen direkt neben dem flauschigen grauen Fell. »Die Kratzer sollten wir desinfizieren. Simba ist bei Unbekannten manchmal etwas biestig.«

»Wie kommt er hierher?«, frage ich und wage es, meine Finger in Simbas weiches Fell zu graben. Ein leises Schnurren erklingt wie die schwächste Stufe des Vibrationsalarms am Handy.

»Er erkundet seine Umgebung. Das ist doch ganz natürlich.« Dione zuckt mit den Schultern. »Ich schreibe gleich Austin, nicht dass sich die Jungs Sorgen machen.«

Sie nimmt mir den Kater ab und wendet sich wieder der Tür zum Speisesaal zu. Ich folge ihr und stelle fest, dass ich offenbar die einzige Raven bin, die Simba nicht kennt. Miley, die Perle von Raven House, stürzt sich direkt auf ihn, wechselt zur Babysprache und verspricht dem winzigen Kater Leckereien aus der Küche. Bevor sie ihn wegträgt, verspricht sie mir, meinen Chai Latte sofort zu bringen, und bittet mich, mir zu überlegen, was ich frühstücken möchte.

Dione und ich gehen zu unserem Tisch und setzen uns. Während Dione Austin eine Nachricht schreibt, dass der Babykater hier herumstreift, sehe ich mich im Lichthof um, der sich seit gestern ebenso verändert hat wie der Rest von Raven House in den letzten Tagen.

Rund um die hübsch arrangierten Tische sind nackte Schaufenster-puppen an den Wänden aufgereiht, allesamt ohne Kopf und den-noch fühle ich mich beobachtet. Das Adrenalin hat meinen Blutkreis-lauf inzwischen verlassen und die frühe Uhrzeit holt mich erneut ein. Deshalb lehne ich ein Frühstück dankend ab, als Miley meinen Chai Latte neben das kleine Blütenarrangement auf den Tisch stellt.

Dione legt gerade ihr Handy zur Seite. »Mal sehen, wann Austin den Kleinen abholen kommt. Wenn ich ihn nicht immer wecken würde, wäre er vermutlich ständig zu seinen Kursen zu spät, obwohl er alle so gelegt hat, dass er nicht ›mitten in der Nacht‹ aufstehen muss.« Sie lacht und wirft eine lilafarbene Strähne über die Schulter. »Warum siehst du mich so an?«, fragt sie dann irritiert, schaut sofort prüfend an sich hinunter und streicht sich nicht vorhandene Krümel aus dem Gesicht. Dione wirkt so stark und selbstbewusst und ist dennoch so schnell zu verunsichern.

»Ihr verhaltet euch wie ein altes Ehepaar«, sage ich.

Zu meiner Schande schwingt etwas Wehmut in meinen Worten mit. Dione hat das, was ihre Eltern – eine Raven und ein Lion – hatten. Auch wenn sie sich vehement gegen ihre Gefühle wehrt und ständig nur behauptet, dass sie und Austin lediglich Freunde sind, Ex-Matches. Aber ich sehe das Leuchten in ihren Augen, das sich seit dem Ende der Anwärterphase jedes Mal einschleicht, sobald sie seinen Namen erwähnt. Ich tippe fest darauf, dass sie sich beide als Matches dagegen gesträubt haben, Gefühle zu entwickeln, um sich auf die Aufnahme in die Verbindungen konzentrieren zu können. Wäre Austin kein Lion geworden, wären die beiden heute sicher nicht mehr so eng miteinander, weil sich fast das gesamte Leben innerhalb der beiden Häuser abspielt. Das hätte ich vielleicht auch bedenken und mich nicht von Joshs Freundlichkeit einlullen lassen sollen. Dann würde sich nicht allein der Gedanke an ihn anfühlen wie ein Schlag in die Magengrube.

»Apropos Ehepaar. Was macht eigentlich unser Präsidentinnensohn? Ich habe ihn gestern mit seinem Bodyguard gesehen.« Dione setzt ein wissendes Grinsen auf, hebt ihre Tasse an und nimmt einen Schluck, ohne mich aus den hellblauen Augen zu lassen.

Dione hält uns nach wie vor für das perfekte Paar. Leider kann ich ihr nicht einfach erklären, was mich und Josh tatsächlich entzweit hat. Auch wenn ich weiß, dass sie nichts mit Beverlys Verschwinden zu tun haben kann und sie die ganze Sicherheitsvideosache ebenso wenig gutheißt wie ich, darf ich ihr – zumindest im Moment – nicht die Wahrheit sagen. Stattdessen spiele ich ihr gegenüber die Sitzengelassene, weil Josh laut meiner Behauptung froh ist, mich losgeworden zu sein.

»Josh und ich sind mit unserer Fake-Beziehung durch«, sage ich. »Wir waren während der Matching-Phase ein gutes Team, aber mehr ist da nicht.« Zur Verdeutlichung, dass es nichts weiter zu sagen gibt, nehme ich einen Schluck aus meiner Tasse.

»Und wie geht es Tyler?«

Ich verschlucke mich fast an meinem Milchschaum.

Dione runzelt kurz die Stirn. »Du hast diese Woche noch kein Wort über ihn verloren. Außerdem grinst du nicht mehr ständig in dein Handy, weil er dir unmoralische Angebote macht.«

Ich fühle, wie mir das Blut aus dem Gesicht weicht. »Wie kommst du jetzt auf ihn?«, bringe ich stockend hervor.

Dione hebt den rechten Mundwinkel. »Er hat mich gestern auf dem Campus angesprochen und nach dir gefragt.« Sie presst die Lippen aufeinander und wartet ab, was ich zu sagen habe.

Ich erwidere nichts, sondern kämpfe mit den tosenden Gefühlen in meinem Inneren, mit den Bildern von schweißnasser Haut, Tylers Geruch und stockenden Atemzügen.

»Es steht doch nichts mehr zwischen euch«, fährt sie fort.

Es kostet mich große Mühe, nicht damit herauszuplatzen, dass er etwas mit dem Verschwinden einer Studentin zu tun hat und dieser Umstand haushoch zwischen uns steht. Dione scannt jede Bewegung, ich fühle mich entblößt, durchschaut. Reglos sitze ich da und warte, bis sie zu einem Ergebnis kommt.

Sie grinst. »Schade für Tyler Walsh, aber wenn für dich verbotene Früchte am süßesten sind, müssen wir uns wohl nach einem Ersatz umschauen.«

Ich zwinge mich zu einem schwachen Lächeln und zucke mit den Schultern. Meine Gelegenheit, das Thema zu wechseln. »Ich habe den Auftrag, mich auf die Versteigerung vorzubereiten. Valérie möchte, dass ich sie moderiere, aber das kann ich nicht.«

»Natürlich kannst du das, so tough, wie du bist. Und von Kärtchen abzulesen und Listen durchzugehen dürfte ja wohl kein Problem sein. Wir können auch gern ›zum Ersten, zum Zweiten, zum Dritten verkauft an ...‹ inklusive Hammerschwingen üben, wenn du möchtest.« Sie setzt ihr Grinsekatzelächeln auf, worüber ich nur die Augen verdrehen kann.

»Cara!« Nun wird sie ernster und legt eine Hand auf meine. »Valérie sieht in dir das, was ich auch sehe. Du brauchst dich nicht im

Schatten der anderen zu verstecken, auch wenn du das am liebsten tun würdest.«

Treffer. Von dort aus könnte ich wunderbar alle beobachten.

»Sie tut dir einen Gefallen damit, dich auf die Bühne und ins Rampenlicht zu schubsen.«

Ich verziehe den Mund und will schon etwas einwerfen, doch Dione fährt unbeirrt fort.

»Wenn du von ganzem Herzen dagegen bist, sprich mit Valérie. Sie würde nie jemanden zu etwas zwingen, das weißt du. Also zumindest nach der Anwärterphase«, schiebt sie hinterher.

Ich hole tief Luft, lasse mir ihre Worte durch den Kopf gehen und seufze. »Du hast recht. Valérie ist gut darin, die Stärken von anderen zu erkennen und zu unterstützen.«

Ich erinnere mich an die erste offizielle Begegnung mit Valérie hier in Raven House. Zuvor war sie bei mir im Diner gewesen, in dem ich zu der Zeit noch jobben musste, um mein Leben überhaupt irgendwie zu finanzieren, und hatte mich beobachtet. Es kommt mir vor, als wäre das in einem anderen Leben gewesen. Tyler hat mich damals bis zur Grundstücksmauer begleitet und mich dann Valérie überlassen, einer waschechten französischen Duchesse. Sie hat mich vom ersten Moment an beeindruckt, als sie meiner Mitanwärterin Laura gegenüber klargemacht hat, dass alle Ravens gleich sind. Valérie lebt den Grundsatz der Gründerin Felicitas Raven. Sie hat mich durch Raven House geführt, sich im Lichthof mit mir unterhalten, und allein der Gedanke an diese Gemeinschaft starker Frauen, die sie mir an diesem Tag präsentiert hat, weckte in mir den Wunsch, Teil davon zu werden. Dabei wusste ich nicht einmal, dass in dem sowieso schon gigantischen Vorteilspaket einer Raven-Mitgliedschaft auch noch ein Vollstipendium steckt. Doch die Erinnerung, wem ich den Kontakt überhaupt zu verdanken habe – und weshalb –, verdunkelt den Moment des Gemeinschaftsgefühls, auch wenn ich Joshs Erklärung noch immer nicht wirklich nachempfinden kann. Für normale Menschen wie mich klingt es absolut unlogisch, einen vermeintlichen Spion in sein eigenes Heim zu holen und ihn auch noch reich zu beschenken. Aber Josh war beim Aufnahmeball absolut überzeugt davon, dass ich von Tyler ins Lebkuchenhaus gelockt wurde, um mich zu mästen und im Ernstfall vernichten zu können.

»Mach nicht so ein finsteres Gesicht«, reißt mich Dione aus der Düsternis. »Die Moderation wird schon nicht so schlimm werden, wie du sie dir offenbar gerade ausmalst.« Sie grinst mich an und ihre Augen funkeln vergnügt, als hecke sie etwas aus.

Was für mich heißt, dass es sogar noch viel schlimmer kommen wird, als ich es mir je ausmalen könnte.

7

SAMSTAG, 5.12.

»Das ist nicht euer Ernst!« Ich starre auf die vom Versteigerungsteam erstellten Moderationskärtchen, dann auf Dione, die bereits
fertig gestylt in einem ihrer eigenen zuckerwattefarbenen Entwürfe
steckt und gerade dabei ist, die letzten Korrekturen an den für mich
absolut zusammenhanglosen Roben der Models vorzunehmen. Es
ist gar nicht Diones Art, kein durchgehendes Konzept zu haben.

Ich kann nicht sagen, weshalb ich mich nicht früher mit der Versteigerung auseinandergesetzt habe, sondern dem Organisations-
team der Versteigerung, dem auch Dione angehört, blind vertraut
habe.

Dione hat ein noch frecheres Grinsen auf den Lippen als Phee an
ihren besten – oder schlimmsten! – Tagen.

»Du hast nie gefragt, *was* versteigert wird.«

»Weil ich davon ausgegangen bin, dass es *deine* Kollektion ist,
die versteigert wird, wenn du zum Versteigerungsteam gehörst.« Ich
rudere so wild mit den Armen, dass meine Brüste beinahe aus dem
trägerlosen Kleid rutschen, das Dione für mich ausgewählt hat.

Sie zuckt nur mit den Schultern, sodass die Hunderten rosafarbenen Ketten, aus denen ihr Kleid besteht, sanft in Schwingung versetzt werden, als hätten sie ein Eigenleben.

»Die würde nicht annähernd die Spenden einbringen wie die echte Ware.« Sie beißt sich auf die passend zu ihrem Haaransatz geschminkten pinkfarbenen Lippen. Dabei zuckt sie verheißungsvoll mit den perfekt nachgezogenen Brauen.

Ich will gerade etwas erwidern – jemand anderen für den Moderationsjob vorschlagen oder notfalls auf Knien darum flehen, mich zu verschonen –, da betritt Valérie das riesige, zum Vorbereitungsraum umfunktionierte Sportstudio des Parkhotels, in dem der Whitefield Charity Ball alljährlich stattfindet.

»Es ist so weit!«, ruft sie und klatscht in die Hände, als hätte sie nicht sowieso beim Betreten des Raums alle Blicke auf sich gezogen.

Sie sieht heute wieder atemberaubend aus. Valérie besitzt so zarte Gesichtszüge, dass ich sie, ohne mit der Wimper zu zucken, für die Rolle der reichen Adelstochter in einem historischen Film gecastet hätte. Selbst in ihrem heutigen etwas eigenwilligen Haute Couture Dress, in dem sie ein wenig wie ein in Goldfolie gewickeltes Bonbon aussieht, strahlt sie diese Erhabenheit aus, die wohl mit der Geburt einer Duchesse einhergeht. Ihre kinnlangen dunklen Haare sind streng nach hinten gegelt, sodass rein gar nichts vom drapierten hochstehenden Kragen ablenkt, der mit der Raffung am Dekolleté eine Einheit bildet.

In Anbetracht der mörderischen Stilettos kommt sie mit beeindruckend schnellen Schritten auf Dione und mich zu und strahlt uns an, als wären wir ihr persönliches verfrühtes Weihnachtsgeschenk.

Vielleicht steht sie aber auch auf Rosa, denn in diese Farbe ist Dione vom Ansatz bis zu den Beinen gehüllt.

»Ihr seht einfach fantastisch aus!« Valéries Blick gleitet über meine nackte Haut bis hinab zu den Pfauenfedern, die sich über den korsettähnlichen engen Teil meines Kleides winden wie ein Wirbel aus Federn, ehe sich der Stoff über der Hüfte weitet und in einer Kaskade aus türkisfarbenen Stofflagen bis zu meinen Füßen ergießt, die in schillernden Sandalen stecken.

Dann wendet sie sich Dione zu. »Bist du bereit?«

»Selbstverständlich«, erwidert meine Freundin, zwinkert mir kurz zu und lässt mich anschließend mit meinen Moderationskärtchen neben Valérie stehen, um ihre Models in die richtige Reihenfolge zu bringen. Von jenseits der Tür schwebt bereits die Ankündigung für »die exklusivste Modenschau, die das Whitefield Charity Programm je erlebt hat« durch den langen Flur, der das Fitnessstudio vom Veranstaltungssaal trennt.

»Ich bin so unfassbar stolz auf sie«, sagt Valérie neben mir.

Ich folge ihrem zufriedenen Blick, der fest auf Dione gerichtet ist, die wie ein rosa Blitz zwischen ihren Models hin und her schießt und ein letztes Mal an allen herumzupft.

»Wusstest du, dass sie erst abgelehnt hat?«

Mein Kopf ruckt so schnell herum, dass die langen Pfauenfederketten an meinen Ohren gegen den Hals baumeln und sich in einer losen Strähne meiner hochgesteckten Haare verheddern. Vorsichtig löse ich sie, während ich Valéries Einschätzung lausche.

»Sie ist so talentiert, hat aber das Selbstbewusstsein einer Schnecke. Bei der kleinsten Verunsicherung zieht sie sich zurück. Es ist nicht immer einfach, im Schatten einer großen Frau aufzuwachsen.«

Nach einer kurzen Pause, in der Valérie mich mustert, bis es mir fast unangenehm wird, fügt sie hinzu:»Du hast sie aus ihrem Haus gelockt, in die Sonne gezerrt. Ich danke dir dafür.«

Ich habe mir nie Gedanken darüber gemacht, warum sich Dione so schnell verunsichern lässt. Aber trotz der Liebe, die bei jedem Wort über ihre Mutter mitschwingt, kann ich mir gut vorstellen, dass deren Erfolg sie unter Druck setzt – ganz gleich ob bewusst oder unbewusst.

Ich will Valérie gerade fragen, was ich ihrer Meinung nach denn Besonderes getan habe, da verkündet eine männliche Stimme:»Viel Spaß mit der ersten atemberaubenden Kollektion von Dione Anderton, dem zukünftigen Star am Modehimmel!«

Tosender Applaus rauscht bis zu uns. Valérie schiebt mich über den Flur durch den hinteren Eingang in den Veranstaltungssaal, in dem die etlichen an langen Kabeln von der hohen Decke baumelnden Strahler so gedimmt sind, dass sich meine Augen erst an das Halbdunkel gewöhnen müssen.

Dann erlöscht das Licht ganz. Musik setzt ein, dicht gefolgt von einem Blitzlicht, das die Nebelschwaden sichtbar macht, die über die Bühne und den Laufsteg zwischen den vielen Tischen wabern. Es folgt erneut Dunkelheit.

Wir befinden uns im hinteren Bereich des Saals und bleiben dicht an der Wand wie viele der anderen Ravens und Lions, um die Aufmerksamkeit nicht von Diones Part des Abends abzulenken.

Das nächste Blitzlicht. Das erste Model tritt auf, eröffnet die Show mit einem nudefarbenen, für Diones Verhältnisse schon beinahe unauffälligen hautengen Anzug. Im Stroboskoplicht sieht es aus, als würde die Frau nackt und in stockenden Bewegungen über den Catwalk gehen. Dunkelheit. Das nächste Model zeigt so gut wie keine Haut, selbst die Hände stecken in Handschuhen, der Hals ist von einer Halskrause bedeckt, die Beine verschwinden unter dem ausladenden Rock. Mit jedem weiteren Auftritt zeigt Dione mehr. Sie hat die Mode der letzten Jahrhunderte zusammengerafft und bietet so eine modische Geschichtsstunde.

Erst beim letzten Lauf aller Models ohne Stroboskoplicht wird deutlich, was noch dahintersteckt. Die Models sind übertrieben geschminkt wie bei jeder Fashion Show, aber in ihrer Haltung zeigen sie das mit den Jahrzehnten gestiegene Selbstbewusstsein der Frauen. Erst jetzt fällt der gebückte Rücken des Models in dem historischen Ballkleid und im Gegensatz dazu die selbstbewusste, aufrechte Haltung des High Fashion Models auf, das an vorletzter Stelle in der Reihe gerade eine Drehung macht.

Das letzte Model in dem modernen, schon fast als Alltagskleidung durchgehenden Outfit zeigt kein einziges Mal das Gesicht. Die junge Frau starrt auf den Boden, ihre dunkelblonden Haare hängen wie ein Vorhang nach unten, die Arme hat sie vor Brust und Bauch verschränkt. Als sie bei dem ersten Model ankommt, das fast nackt aussieht, setzt die Melodie der Begleitmusik aus. Es bleibt lediglich der Beat, der einem Herzschlag gleicht.

Bumm-bumm. Bumm-bumm.

Das letzte Model hebt den Kopf. Die Frauen sehen sich an. Abschätzend, misstrauisch, als würden sie sich jeden Moment an die Gurgel gehen, Vorwürfe liegen in ihrem Blick und mir schießen eine

Menge Bemerkungen durch den Kopf, die sie sich zuwerfen könnten.

Du hast die Kraft, zu verändern.

Warum nutzt du deine Stimme nicht?

Sie gehen im Takt des Pulses der Musik weiter aufeinander zu, bis sie sich fast den Hals verrenken. Dann setzt die Melodie des Stücks wieder ein, der Moment ist vorbei, mein Puls rast vor Begeisterung. Diese Modenschau zeigt so viel mehr als hübsche Kleider. Unglaublich, was Dione da gezaubert hat. Ich bin so überwältigt, dass mein Blick verschwimmt und ich gegen die Tränen anblinzeln muss.

Im nächsten Moment spüre ich eine Hand sanft an meiner, mein Blick bleibt jedoch fest an der Bühne hängen. Eine flüchtige, beruhigende Berührung von Valérie, die ihren Stolz mit mir teilt.

Glück ist ... vor Stolz auf andere platzen zu können.

Die Models huschen hinter den Vorhang der Bühne und mit dem letzten Ton der Musik wird es wieder dunkel. Ein Atemzug lang, dann zwei. Die kleinen Kerzen auf den Tischen der Gäste sind die einzige Lichtquelle.

Ein dritter Atemzug.

Dann brandet tosender Applaus durch den Saal. Die Gäste springen auf, jubeln, rufen nach Dione. Ich muss meine Freude über den Erfolg meiner Freundin mit jemandem teilen und drehe mich zu Valérie – doch sie steht nicht länger neben mir. Mein erster Blick gilt meiner Hand, die wie die Hand eines Fremden in seiner liegt. Der Handrücken ist von etlichen dünnen Kratzern übersät.

Mein Herzschlag setzt aus.

Ich folge der maßgeschneiderten schwarzen Smokingjacke über

die breiten Schultern bis zu Joshs Gesicht, während ich ihm meine Hand entziehe. Dann schlucke ich, drehe mich um und verschwinde wieder durch die Tür, durch die ich mit Valérie gekommen bin. Im Flur lehne ich mich an die Wand und atme tief durch, genieße die Kühle der rauen Tapete. Seit einer Woche habe ich sämtliche Nachrichten und Anrufe von ihm ignoriert. Ich habe mir immer und immer wieder gesagt, dass ich von ihm und seinen Spielchen genug habe. Er hat mich benutzt, um bei den Lions aufgenommen zu werden. Warum zur Hölle kann mein Herz nicht meinem Verstand folgen?

Tränen der Verzweiflung und Überforderung drohen überzulaufen. Ich atme zitternd ein, während die Models Dione am Ende des Flurs jubelnd umringen und ihr zu der grandiosen Show gratulieren. Gemeinsam ziehen sie in den Vorbereitungsraum.

Glück ist … es für andere empfinden zu können.

Ich lasse meine zweifelhaften Emotionen hinter mir und versuche, zu Dione durchzukommen. Sie strahlt heller als das Blitzlicht vorhin, während sie so viele Hände schüttelt. Als sie mich entdeckt, drängt sie sich zu mir durch und fällt mir in die Arme.

»Es war absolut fantastisch, Dione«, sage ich und sie drückt mich fester. »Ich hatte eine Gänsehaut am ganzen Körper.«

Dione schluchzt, irgendwie muss der Rausch der Gefühle aus ihr heraus. Ich drücke sie ebenfalls fester, sie holt bebend Luft. Vielleicht zum ersten Mal seit Beginn der Show.

Eine warme Hand legt sich schwer auf meine nackte Schulter und alles in mir verkrampft sich. Erst die Stimme bringt Erlösung: »Darf ich Dione auch mal umarmen?«

Ich lasse meine Freundin los und grinse Austin an.

»Sie ist jetzt berühmt. Was bekomme ich denn dafür?« Meine Stimme zittert noch, während pure Erleichterung, Diones Match und nicht Josh vor mir zu haben, meinen Körper durchflutet.

Austin hebt die gepiercte Augenbraue und streicht sich die einzige Rastalocke, die nicht in dem Knäuel in seinem Nacken steckt, hinter das Ohr. Der Moment dauert nur eine Millisekunde, dennoch fühle ich mich ertappt und wende mich schnell ab. Während Dione von Austin umschlungen wird und sich lachend darüber beschwert, dass er ihr über den Kopf rubbelt und die Frisur zerstört, zerstreuen sich die Models, schnappen sich Champagnerkelche von einem Tablett und stoßen auf die gelungene Show an.

»Ich glaube, dein Typ ist gefragt.« Dione stupst mich an und reißt mich in die strahlend helle Realität zurück, in der gerade angekündigt wird, dass Diones Show das Highlight des Charity Balls in den Schatten stellen könnte. An der Stimmlage höre ich Valéries Grinsen.

»Aber ich schwöre Ihnen, verehrte Gäste, es lohnt sich, nun die Brieftaschen zu zücken und die Schilder mit Ihren gelisteten Nummern bereitzuhalten. Denn bei unserer diesjährigen Versteigerung bieten wir Ihnen nie dagewesene Schmuckstücke. Heißen Sie mit mir die Moderatorin der Auktion willkommen: Miss Cara Emerson!«

Ein höflicher Applaus erklingt, während Dione mich auf den Flur hinausschiebt und durch die Tür schubst, sodass ich nur noch zwei Schritte vom Spotlight des erhellten Rednerpults entfernt bin.

»Du schaffst das!«, ruft Dione mir hinterher.

Der Beifall endet mit meiner Ankunft bei Valérie, die mit einer galanten Verbeugung den Platz am Mikrofon freigibt und dabei im Scheinwerferlicht funkelt wie auf Hochglanz polierter Goldschmuck. »Brauchst du deine Nummer, um selbst mitzubieten?«, fragt sie mich und hebt kurz eins der Leuchtschilder hoch, die ich eben auch bei den Gästen gesehen habe. »Ich würde die Moderation dann kurzfristig übernehmen.«

Wäre es nicht zu unadelig, zu zwinkern, hätte sie es in diesem Moment garantiert getan. Ihre Lippen kräuseln sich zu einem wissenden Lächeln.

Ich hatte meinen Namen vorhin schon auf der Liste mit den Bieternummern gesehen, war vor lauter Fassungslosigkeit über die Aktions*ware* aber nicht in der Lage gewesen, nach dem Grund zu fragen, und schüttele nun schnell den Kopf. Valérie nimmt meine Nummer mit und verschwindet hinter dem Vorhang am Bühnenrand. Erst jetzt wird mir bewusst, dass mich all die dunklen Schemen in dem Meer aus Kerzenlicht dort unten anstarren. An der gegenüberliegenden Wand kann ich gerade noch so erkennen, dass meinem Programmpunkt nun alle Lions und Ravens beiwohnen, die gerade nichts anderes zu tun haben – wie ich zuvor bei Diones Modenschau.

Ich räuspere mich, setze ein möglichst strahlendes, selbstbewusstes Lächeln auf und widerstehe dem Drang, das trägerlose Kleid nach oben zu ziehen. Meine Hände zittern, sodass ich meine Moderationskärtchen auf dem Stehpult ablege, während ich die Gäste begrüße.

»Sie wollen sicher nicht länger warten und sich einen ersten

Überblick über die Aktionsware verschaffen«, lese ich von der ersten Karte ab, die noch so unverfänglich klingt. Dafür ernte ich ein Lachen, das durch den Raum tanzt.

Die zweite Karte war es, die vorhin dafür gesorgt hat, dass ich den Stapel fallengelassen habe und wieder neu ordnen musste.

»Begrüßen Sie mit mir die heutige Auswahl Ihrer potenziellen Begleiter für den Rest des Abends – oder darüber hinaus.«

Die Regieanweisung lautet *Zwinkern oder Augenbrauen zucken.* Ich wähle Letzteres, was beinahe in ein Augenverdrehen übergeht, und ein »Uuuuuuuh!«, dessen Ursprung ich nur allzu gut kenne, hallt an mir vorbei. Dione.

Ich versuche, sie im hinteren Teil des Saales auszumachen, doch die Gestalten, die dort im schummrigen Licht stehen, sind kaum voneinander zu unterscheiden – Frauen in tollen Roben und Männer in Smokings. Ganz vorne stehen die Lions, die darauf warten, über den Laufsteg zu mir zu kommen.

Die Atmosphäre angespannt zu nennen, wäre die Untertreibung des Jahrhunderts, und ich frage mich, wie es sein kann, dass offenbar alle hier anwesenden erfolgreichen Frauen so heiß darauf sind, sich einen wildfremden jungen Typen zu kaufen.

Ich hoffe, man sieht mir meine Gedanken nicht an, hole noch einmal tief Luft und lese die nächste Karte vor: »Ihr Büfett«, das Wort kommt mir kaum über die Lippen, »für den diesjährigen Whitefield Charity Ball startet mit den Neuzugängen unter den Lions: Barron Carstairs …« Ich unterdrücke ein Würgegeräusch, während Barron auf den Laufsteg springt, sich im Beifall der Gäste sonnt und präsentierend um die eigene Achse dreht. »Austin Sanders …« Austin klettert die drei Stufen am anderen Ende des Laufstegs empor und trottet wie ein Tier auf dem Weg zur Schlachtbank hinter Barron her.

»Und Joshua Prentiss ...«

Ich stocke. Zu viele Erinnerungen färben meine Stimme dunkler.

Wenn eine federleichte Berührung für Herzrasen sorgt.

Jemand räuspert sich neben mir, vermutlich Valérie, und ich schiebe die Erinnerung beiseite, während Josh über den Catwalk marschiert, als wäre er versehentlich im falschen Programmpunkt gelandet.

»Kellan Thomas, Nathan Sawyer, Sam Mattsson, Thimothée Tessier, Patrick Friedmann und last but not least Ryo Haniu«, rattere ich die anderen Namen herunter.

Die Jungs gehen wie an einer Schnur gezogen über den Laufsteg und werden neben der Bühne in Empfang genommen. Dann geht es mit Ryo los. Ich lese vor, was auf der Karte steht und welche Vorzüge Ryo bietet. Währenddessen präsentiert sich Ryo – mit leicht geröteten Wangen – dem applaudierenden Publikum.

»Das Startgebot liegt wie bei jeder Startnummer des Abends bei zwanzigtausend Pfund.«

Während ich mir überlege, was ich mit dieser Summe alles anstellen würde – vielleicht Phoebe ein Studium an ihrer Wunschuni ermöglichen –, schießen die Leuchtschilder mit den Nummern der Bieterinnen nach oben wie ein Feuerwerk. Die Summe klettert in schwindelerregende Höhen und macht Ryo proportional dazu immer selbstbewusster.

»Verkauft an die Nummer 126 für fantastische sechsundachtzigtausend Pfund.«

Begeisterter Applaus für die Bieterin, die sich nun von ihrem Tisch erhebt und einmal in die Runde nickt, während ich ihre Nummer auf Ryos Karte notiere.

Immer wieder gibt es einen regelrechten Bieterkrieg zwischen zwei Nummern, als würden sich die Besitzerinnen ein Duell liefern. Einzig Kellan scheint nicht sehr glücklich darüber, aber wenn ich es mir recht überlege, sieht er immer etwas düster aus und ein Lächeln scheint ihn enorm anzustrengen. Trotzdem steigert er den Umsatz für den guten Zweck und je mehr Jungs ich teuer an die Frau – und den Mann – bringe, desto mehr rede ich mich in einen regelrechten Rausch. Die Spannung ist mit Händen greifbar, kribbelt auf meiner Haut. Und dann folgt die nächste Karte.

Mein Herz gerät aus dem Takt, kann sich nicht entscheiden, ob es sich weiter dem Rausch ergeben oder gekränkt zurückziehen soll.

»Unser nächster Kandidat ist Joshua Prentiss, Sohn der mächtigsten Frau der Welt und …«

»Fünfzigtausend«, schreit die erste Bieterin, noch ehe ich Joshs Vorzüge vorlesen kann.

Wer zur Hölle hat dieses Kärtchen geschrieben? Da steht: *Sohn der mächtigsten Frau der Welt, Partykönig mit ewig charmantem Lächeln auf den Lippen. Er wird Ihnen einen zauberhaften Abend bereiten. Den Einblick ins Oval Office inklusive.*

Bis ich mich kopfschüttelnd wieder dem Publikum zugewandt habe, liegt Joshs Wert bereits bei neunzigtausend Pfund und es ist kein Ende in Sicht. Denn während Josh sich mit dem auf dem Kärtchen vermerkten charmanten Lächeln die Smokingjacke auszieht, lässig über die Schultern wirft und sich mit der anderen Hand die Haare aus dem Gesicht streicht, eskaliert es immer weiter, bis sich die männliche Stimme, die zur leuchtenden Nummer 34 gehört, und die Frau mit der Nummer 117 ein Duell liefern.

»Einhundertzwanzigtausend Pfund zum Ersten …«

»Einhundertfünfzigtausend«, ruft der Mann, dessen Gesicht ich nicht sehen kann, weil sein Leuchtschild mich zu sehr blendet. Was hat er mit Josh vor? Will er Kontakte zum Weißen Haus knüpfen?

»Einhundertfünfzigtausend Pfund zum Ersten, zum Zweiten und zum Dritten.« Ich schwinge meinen weiß lasierten Hammer. »Verkauft an die Nummer 34 für unglaubliche einhundertfünfzigtausend Pfund für wohltätige Zwecke.«

Jubel, Beifall, Standing Ovations für den geheimnisvollen Bieter, der nicht wie die anderen Gäste aufsteht und sich in der Bewunderung sonnt. Ich widerstehe dem Drang, auf der Liste nachzusehen. Zuerst bringe ich noch Barrons Auktion hinter mich, dessen Text ich etwas abwandle, bevor ich das höchste Gebot – das er niemals wert ist! – rasch bestätige und zu Austin übergehe.

»Nun kommen wir zum letzten Angebot des Abends. Liebe Gäste, ich präsentiere Ihnen den Mann der Stunde. Austin Sanders wird Ihnen mit jedem Satz ein Lächeln auf die Lippen zaubern und Ihnen das Gefühl geben, der Mittelpunkt des Universums zu sein. Mandanten werden in Strömen zu ihm eilen, seine Gegner vor Gericht können schon vor dem Eröffnungsplädoyer einpacken.«

Ich lächele bei der treffenden Beschreibung und suche unwillkürlich im Publikum nach Dione. Inzwischen sitzt sie beleuchtet von ihrem Bieterschild, das auf ihrem Schoß liegt, an einem der vorderen Tische direkt neben ihrer Mutter, Danielle Anderton, Inhaberin von D. A., dem Trendlabel der High Society.

Dione strahlt über das ganze Gesicht, ihr Blick trifft meinen und irgendetwas sagt mir, dass sie für den Text auf Austins Kärtchen verantwortlich ist und jedes Wort davon aus tiefstem Herzen kommt. Sie reißt als Erste ihr Leuchtschild mit der Nummer 30 nach oben und erstickt jedes weitere Gebot anderer Interessenten im Keim.

»Verkauft an die Nummer 30 für einhunderttausend Pfund!«, rufe ich und schwinge ein letztes Mal meinen Auktionshammer.

Dione springt jubelnd auf, ihre Mutter greift nach der Hand eines Mannes neben ihr, vermutlich Diones Vater, und die beiden sehen sich tief in die Augen. Bestimmt schwelgen sie in Erinnerungen an ihre Zeit bei den Lions und Ravens. Obwohl ich die beiden nicht persönlich kenne und im schwachen Kerzenlicht nicht einmal genau in ihren Gesichtern lesen kann, schaffen sie es, meine durch die Erlebnisse stark angeschlagene Meinung über die Verbindungen zu korrigieren. Weder die Lions noch die Ravens sind schlecht oder angsteinflößend. Nein. Sie bewirken tatsächlich Gutes. Und damit meine ich nicht nur die gigantischen Spenden am heutigen Abend, sondern auch, dass sie mittellosen Studenten und Studentinnen wie mir Möglichkeiten eröffnen, die ohne diese Unterstützung undenkbar gewesen wären.

Ich werde alles dafür tun, die schwarzen Schafe auszusortieren, damit noch viele weitere junge Frauen und Männer diese Möglichkeiten nutzen können.

»Du kannst aufhören zu grinsen und die Namen vorlesen.« Valérie steht neben mir, schiebt die Kärtchen beiseite und legt damit die Liste der Nummern mit den entsprechenden Bieternamen frei.

»Ich verlese nun die Namen der Höchstbietenden der heutigen Auktion. Wir danken Ihnen für die großzügigen Spenden und wünschen Ihnen einen wundervollen Abend.«

Das Publikum applaudiert, während ich die notierten Nummern der Kärtchen suche und nach und nach die Namen dazu vorlese. Bei Joshs Karte gerate ich erneut ins Stocken. Wieder und wieder folge ich der Zeile mit der Nummer 34, an dessen Ende *mein* Name steht. Mein Blick huscht zu Valérie neben mir, die ebenso ratlos aussieht. Ich übergehe das Kärtchen und lese die restlichen Namen vor.

»Ich bitte nun die Auktionsteilnehmenden und alle Höchstbietenden, nach vorn zu kommen.«

Überall erheben sich unter tosendem Beifall die Bieter mit ihren Schildern, während ich auf den Mann warte, der mit der Nummer 34 – meiner Nummer! – Josh ersteigert hat. Das muss alles ein schlechter Scherz sein.

Dione rennt in ihrem Zuckerwattekleid auf Austin zu, der sie in den Arm nimmt und herumwirbelt. Unterdessen tritt Diones Vater an Joshs Seite. Dione dreht sich zu mir um und grinst mich vielsagend an.

Das hat sie nicht ernsthaft getan, oder? Am liebsten würde ich im Bühnenboden versinken wie in diesen alten Shows. Mein Herz rast.

Josh mustert mit zusammengekniffen Augen den ihm unbekannten Mann, während sein Bodyguard Jace nur wenige Schritte dahinter in Alarmbereitschaft ist.

Noch immer um Fassung ringend, sehe ich zu, wie die einzelnen Paare durch eine Verbindungstür in einen kleineren Veranstaltungsraum geführt werden – nachdem die Auktionsgewinner ihre Schecks ausgehändigt haben. Die *Ware* sieht mal mehr, mal weniger begeistert aus. Der Award für den miesepetrigsten Blick geht an Kellan, obwohl er sich sichtlich bemüht, seine Begleiterin anzulächeln – eine Frau der Superlativen: in den höchsten Absätzen, dem kürzesten Minirock und mit dem tiefsten Ausschnitt der Welt. Zuletzt wird Josh von Brittany abgeholt, die zusammen mit anderen Ravens die Paare in den Nebenraum führt. Diones Vater entschuldigt sich bei Josh und verspricht, gleich nachzukommen.

Josh geht neben Brittany und dicht gefolgt von Jace nach nebenan. Dione winkt ihren Vater zu sich. Sie schnappt sich seine Hand und zerrt ihn zu mir. Nach meiner heruntergeleierten Dankesrede für die großzügige Spende stellt er den Scheck aus, sodass ich ihm die »Kaufurkunde« aushändigen kann, die – zu meinem Erschrecken – meinen Namen trägt.

»Viel Spaß, Cara«, sagt Dione, die gerade den Deckel auf den Füller schiebt. »Genieß den Abend … und vielleicht auch die Nacht.« Sie grinst dabei so breit, dass sich ihr ganzes Gesicht verzieht, und schnappt sich dann Austin, um an seiner Seite den Rest des Balls zu verbringen.

Lange starre ich auf die Urkunde in meiner Hand, dann hinüber zur Tür zum Nebenraum, den man von hier aus leider nicht einsehen kann. Mein Herz duelliert sich mit meinem Verstand.

Erst ein sanfter Stoß von Valérie und ihr aufforderndes Lächeln reißen mich aus meinen Gedanken. *»Du willst den Jungen doch nicht* *allein dort sitzen lassen*«, schwingt so deutlich in ihrem Blick mit, als hätte sie es ausgesprochen. Stattdessen raunt sie mir nur zu:»Tu nichts, was ich nicht auch tun würde.«

Hitze steigt in meine Wangen. Ganz offensichtlich steckt sie mit Dione unter einer Decke. Wahrscheinlich hat sie meine Bietertafel zu Diones Dad gebracht, während seine Tochter ihn dazu überredet hat, eine horrende Summe dafür auszugeben, dass ich den Abend mit meinem ehemaligen Match verbringen kann.

Ich hätte Dione nicht erzählen dürfen, dass ich mich mit Josh gestritten habe und seither Funkstille herrscht. Aber die wahren Gründe kann ich ihr einfach nicht anvertrauen. Also stapfe ich wie ein bockiges Kind zum Nebenraum, an dessen Eingang Jace steht. Er mustert mich kritisch mit heruntergezogenen Brauen, bis ihm das Dokument in meinen Händen auffällt. Ganz kurz weiten sich seine Augen, dann schafft es ein leichtes Grinsen durch die ernste Bodyguard-Maske und er deutet auf einen der von Kerzenlicht erhellten und großzügig verteilten Tische, an dem jemand mit dem Rücken zu mir sitzt.

Nicht irgendjemand, sondern Josh.

8

SAMSTAG, 5.12.

Langsam gehe ich an der mit schmalen weißen Holzleisten vertäfelten Wand entlang und versuche, mittels nicht vorhandener mentaler Kräfte meinen rasenden Puls zu beruhigen. Mein verräterisches Herz hat offenbar noch immer nicht gecheckt, dass mich Josh nur für seine Zwecke ausgenutzt hat und all die süßen Momente nicht echt waren. Ein bitterer Geschmack legt sich auf meine Zunge, als sich die Erinnerung an seine zarten Berührungen und das warme Gefühl seiner Lippen auf meinen wie ein Umhang um mich legt.

Ich straffe die Schultern und schlucke die Bitterkeit herunter.

Ich werde den Abend durchstehen, das Essen genießen, das Kellner bereits an den besetzten Tischen servieren, und dann hoffentlich auch mein Herz davon überzeugen, mit der Josh-Sache abzuschließen.

»Versprich mir, dass du mit ihm redest«, hat Hannah mich gebeten. »Damit wir auch nach dem Streit beim Aufnahmeball zusammenarbeiten können.« Ich habe ihr nichts versprochen, aber mit Blick auf Josh, der nur noch wenige Schritte entfernt ist und hochkonzentriert auf etwas hinabsieht, das ich nicht erkennen kann, zeichnet sich eine neue Möglichkeit ab. Die einzige Möglichkeit, wortwörtlich mitzuspielen, ohne dass mein Herz in Mitleidenschaft gezogen wird. Mein Blick schweift an der Wand entlang und bleibt an Kellan hängen, der seiner Begleitung mit dem größtmöglichen Abstand gegenübersitzt. Er scheint die Anbiederung der Frau, die sich so weit über den Tisch beugt, dass ihre Brüste beinahe auf dem Platzdeckchen liegen, ebenso peinlich zu finden wie ich. Er tut mir tatsächlich leid. Schnell sehe ich weg und habe wieder Joshs Rücken vor mir.

»*Tu nichts, was ich nicht auch tun würde*«, hat Valérie eben zu mir gesagt. Ihre Stimme hallt in meinem Kopf wider und bringt mich auf eine Idee ...

Mit einem hoffentlich überzeugenden Lächeln lege ich meine Hand auf Joshs Rücken und streiche mit den Fingern sanft über seinen Arm. Er springt so erschrocken auf, dass sein Stuhl laut über den Boden schabt und sich die Aufmerksamkeit aller Gäste auf uns richtet. Auch Diones, die ich erst jetzt entdecke und die dem Grinsen nach alles beobachtet hat. Sie und Austin sitzen rund fünf Meter entfernt in der Mitte des Raums.

Josh schenkt den anderen eine kurze entschuldigende Geste, dann dreht er sich zu mir um und weicht irritiert zurück. »Was machst du hier?«

Er blickt an mir vorbei, als würde er Jace dasselbe fragen wollen.

Binnen Sekunden schießen mir Dutzende mögliche Antworten durch den Kopf. Von der Tatsache, dass ihn das nicht zu interessieren hat, bis hin zur Wahrheit, dass Diones Dad ihn für mich ersteigert hat. Doch Ehrlichkeit hat er im Moment einfach nicht verdient, denn er mustert mich, als würde er überlegen, wie er mich am besten wieder loswird.

»Vielleicht habe ich Sehnsucht nach dir und den Höchstbietenden überrumpelt, um seinen Platz einzunehmen?«

Josh hat ganz offenbar eine Gabe dafür, die sarkastische Cara zum Vorschein zu bringen. Ich schenke ihm ein breites Lächeln, das aber eher für Dione und die anderen Neugierigen gedacht ist. Dione und Austin, die uns ganz unverhohlen beobachten, recken synchron die Daumen in die Höhe.

Und das ist mein Plan, um mit Josh zusammenarbeiten zu können, bis wir herausgefunden haben, wo sich Beverly aufhält: Wir spielen wieder ein Paar. Nur dass ich dieses Mal auch meine beste Raven-Freundin Dione davon überzeugen muss, dass unsere Gefühle füreinander echt sind.

»Wer's glaubt«, antwortet Josh grummelnd, seine Mimik schreit mir seine Ablehnung förmlich entgegen, und ich wäre ihm am liebsten ins Gesicht gesprungen.

»Du solltest mitspielen, wenn wir zusammenarbeiten wollen, ohne Aufmerksamkeit zu erregen«, zische ich ihm entgegen. Seine Laune färbt ganz offenbar auf mich ab.

»Als würdest du das wollen.«

Oh, die Rolle des Eingeschnappten hat Josh mehr als gut drauf. Ich verdrehe die Augen.

»Wie kommt es dann, dass du auf keinen meiner Anruf oder meine Nachrichten reagiert hast?«

»Du hast es nicht verdient«, poltert die Wahrheit aus mir heraus und ich kann das falsche Lächeln nicht mehr halten. Meine Hand ballt sich um die Besitzurkunde zusammen und das Knistern des Papiers lenkte Joshs Aufmerksamkeit darauf. Als er unsere Namen erfasst, weiten sich kurz seine Augen, dann hebt er die Braue.

»Ich habe einen Vorschlag.« Ich hebe die Urkunde hoch und flüstere ihm dabei zu: »Wir spielen weiter ein Paar, weil Dione offenbar denkt, dass es uns wirklich ernst war, die perfekte Tarnung, damit wir gemeinsam mit Hannah weiter nach Beverly suchen können.« Nachdem alle Worte in nur einem Atemzug aus mir herausgeflossen sind, ringe ich nach Luft.

Josh schiebt den Unterkiefer hin und her und ich verbrenne fast unter seinem sengenden Blick. Ganz kurz sieht er zu Dione und Austin, dann zu dem Kärtchen auf dem Tisch. Als er sich wieder mir zuwendet, liegt ein schon fast dämonisches Grinsen auf seinen Lippen.

Was habe ich nur getan?

Josh rückt mir den Stuhl zurecht und ich setze mich. Bis eben war ich mir sicher, dass ich die Situation unter Kontrolle habe, es die beste – und einzige – Möglichkeit ist, dem Ganzen ein schnelles Ende zu bereiten. Doch mit jeder Sekunde, in der Josh den charmanten Sohn der US-Präsidentin spielt, tropfen Erinnerungen durch die dicken Mauern rund um die Ereignisse der Matching-Phase. Ich verspachtele jedes Loch und widme mich dem köstlichen Essen, während ich so neutral wie möglich erkläre, dass Dione ihren Dad überzeugt hat, dass wir das perfekte Raven-Lion-Paar sind, genau wie ihre Eltern.

»Stimmt, Austin hat mir von ihnen erzählt«, sagt Josh und dreht eine der Bandnudeln auf seine Gabel, die in der Mitte des Tellers hübsch arrangiert sind. Erneut fallen mir die dünnen Kratzer an seinen Händen auf. »Die beiden sind wohl so etwas wie der legendäre Match, berühmter noch als die erste Raven und der erste Lion, die für das ganze Matching-Night-Zeug verantwortlich sind.« Er schiebt den Bissen in den Mund.

Ich bin gerade dabei, mich zu entspannen und das unverfängliche Thema zu genießen, da muss Josh den Moment natürlich zerstören. »Deshalb wusste ich, dass Valérie und Kellan auf den *echten* Match abfahren und alles andere vergessen würden.«

Er schenkt mir den schwachen Abklatsch eines Lächelns, während ich nur daran denken kann, wie wir den anderen bewiesen haben, dass es zwischen uns tatsächlich gefunkt hat. Josh hat mich an dem Abend mit seinem Kuss so überrumpelt, dass ich einfach mitmachen musste. Zumindest habe ich mir das eingeredet. Zu lange eingeredet. Hannah hat mich auch noch darin bekräftigt. Sie hat behauptet, dass Josh viel besser für mich wäre als Tyler, und dafür gesorgt, dass ich mehr in die Beziehung zu ihm hineininterpretiert habe, als gut für mich war. *Viel mehr.*

Ich erwidere nichts, esse schweigend die einzelnen Gänge und kann das ungute Gefühl, eine falsche Entscheidung getroffen zu haben, erst recht nicht abschütteln, als Josh mir sein Dessert zuschiebt, nachdem ich meins ganz unravenhaft hinuntergeschlungen habe. Aber die Crème brûlée ist so gut, dass ich das mikroskopisch kleine Glas sogar am liebsten ausgeleckt hätte.

Zum ersten Mal nach gefühlten Stunden sehe ich wieder zu Josh auf. Er schiebt das kleine Gläschen noch weiter zu mir und nickt auffordernd. Den Geschmack der Karamellkruste und der zarten Crème noch auf der Zunge, will ich zugreifen, doch Josh ist schneller und hält meine Hand fest.

»Wenn es dein Wunsch ist, spielen wir weiter das Paar«, sagt er in neutralem Ton. »Aber dann solltest du dich auch anstrengen, die anderen zu überzeugen.« Sein Blick huscht zu Diones und Austins Tisch, ohne dass er den Kopf bewegt.

Ich hebe rasch die Mundwinkel und schenke ihm ein Cheeeeeeese-Lächeln. »Aber sicher, mein Schatz.« Dann winde ich meine Hand aus seiner Umklammerung, schnappe mir das Dessert und genieße jedes einzelne Häppchen von dem viel zu kleinen Löffel.

Josh lässt sich nach hinten fallen und beobachtet mich grinsend.

»Was?«, stoße ich aus.

»Es ist fast schon gruselig, wie viel Freude dir Süßes bereitet, Emerson.«

Es geht zwar nur um meine Vorliebe für Süßigkeiten, aber Josh schafft es, selbst dieses Thema klingen zu lassen, als gehöre es hinter geschlossene Türen. Mein Gesicht wird warm, was er mit Genugtuung registriert. Seine Arme hat er inzwischen vor der Brust verschränkt.

»Ich finde es eher gruselig, dass du so etwas Leckeres freiwillig abgibst, *Prentiss*.«

Endlich zeigt sich ein echtes Lächeln auf seinen Lippen, das selbst seine mitternachtsblauen Augen erstrahlen lässt. Ein Punkt für mich, denke ich zufrieden und löffele weiter.

Nach dem ganzen Zucker offenbar milder gestimmt, frage ich irgendwann, wie denn der offizielle Plan für den weiteren Abend aussehe. Weil Josh nicht antwortet, schaue ich zu ihm auf, nachdem ich auch den letzten Rest meiner Crème brûlée zusammengekratzt und in den Mund geschoben habe.

Der Ausdruck auf seinem Gesicht lässt meine Geschmacksknospen absterben. Oder warum kann ich die Süße plötzlich nicht mehr schmecken, sondern habe ein Prickeln auf den Lippen, an denen Joshs Blick festzuhängen scheint? Meine Zunge gleitet wie von selbst darüber, prüft, ob noch irgendwelche Dessertreste daran kleben, was eine Kettenreaktion auslöst.

Joshs Kehlkopf hebt sich mehrmals, seine Lider senken sich und er atmet schwerer. Mein Puls erhöht sich und ich sehe wie von selbst an die Stelle, an der bis zum Entscheidungswochenende die Smartwatch saß – mit der Herzfrequenzmesser-App, die mein verräterisches Herz geoutet hat.

Wortlos schiebt Josh mir die Karte zu, in die er so vertieft gewesen war, als ich an den Tisch kam. Ich dachte, es wäre das Menü für den heutigen Abend, aber als ich die verschnörkelte goldene Schrift lese, kann sich mein Körper nicht entscheiden, ob davonrennen oder in Ohnmacht fallen die bessere Reaktion wäre.

Ich halte die Reservierung für die Honeymoon-Suite im obersten Stock des Parkhotels in der Hand. Die Schlüsselkarte steckt in einem Schlitz darunter.

Sofort sehe ich zu Dione hinüber. Sie und Austin haben offensichtlich nichts anderes zu tun, als Josh und mich ununterbrochen zu beobachten. Dione zuckt mit den Brauen und stößt Austin an, der sofort dasselbe tut.

Ich lasse mich ergeben nach hinten fallen. Wenn wir Dione auf diese Weise überzeugen können, übernachte ich eben mit Josh in der

Suite. Schnell schiebe ich die vollkommen unangebrachten Bilder von mir. Wenn die Honeymoon-Suite nur annähernd so dekadent ist wie der Rest des Parkhotels, gibt es genügend Platz, um Abstand halten zu können.

»Du wirst ja rot, Emerson.« Joshs Grinsen ist unverschämt und treibt mir weitere Hitze in die Wangen. »Wir haben doch bereits eine Nacht zusammen verbracht.«

»Wir haben nicht …«, setze ich an, gebe dann jedoch auf. Dieselbe Diskussion hatten wir nach der Übernachtung im eiskalten Turmzimmer.

»Gewonnen!«, flüstert Josh, nimmt den Kristallkelch und prostet mir zu.

Offenbar hat die Erinnerung, dass wir sogar eingesperrt in einem Zimmer die Nacht in nur einem Bett zusammen verbracht haben, ohne dass etwas passiert ist, das Eis gebrochen. Wir sprechen über Belangloses, über seine und meine Kurse und über Dione und Austin, die sich wohl beide nicht eingestehen, dass zwischen ihnen wirklich mehr ist als Freundschaft. Aus irgendeinem Grund freut es mich, dass Josh die beiden ebenso einschätzt wie ich. Wir leeren tatsächlich die ganze Champagnerflasche und als Josh dem Kellner etwas zuflüstert, woraufhin er uns zwei weitere Dessertgläschen bringt, wird mir ganz warm in der Brust, was mein Verstand mit aller Vehemenz auf den Alkohol schiebt.

Wir malen uns aus, wie wir Dione und Austin überzeugen könnten, sich gegenseitig ihre Gefühle zu offenbaren, und kommen auf die wildesten Ideen. Dabei umschiffen wir beide gekonnt jegliche Erwähnung unserer gemeinsamen Erlebnisse.

Schneller als erwartet ist es Mitternacht und der offizielle Teil des Charity Balls endet, ohne dass wir auch nur ein Mal getanzt haben. Aus dem Saal nebenan erklingt Valéries Stimme. Sie bedankt sich noch einmal für die großzügigen Spenden und wünscht allen, die sich nicht im Parkhotel einquartiert haben, eine gute Heimreise.

Tosender Applaus erklingt, als Valérie die Spendensumme nennt, bei der ich kurz nach Luft schnappe. Das gesamte Geld kommt Förderprojekten an Highschools in ganz Großbritannien zugute, um Schüler aus allen Gesellschaftsschichten zu unterstützen und ihnen den bestmöglichen Abschluss zu sichern. Die exorbitante Summe und all die Hilfe, die sie Schülern und Schülerinnen wie mir bietet, lässt Hannahs Vorhaben regelrecht teuflisch wirken. Die Ravens und die Lions tun Gutes. Sie dürfen nicht zerstört werden, wie Hannah es plant.

»Was ist los? Du siehst so … niedergeschlagen aus«, sagt Josh. »Wenn du doch nicht mit mir in diese …« Er hebt die Reservierungskarte hoch.

»Nein, ist schon okay«, rutscht es mir heraus und ich merke, dass es die Wahrheit ist. Daher keimt ein ganz neuer Plan in mir. Gemeinsam mit Josh könnte ich Hannah vielleicht davon überzeugen, nicht die Verbindungen als Ganzes zugrunde zu richten, sondern nur die Verantwortlichen zur Rechenschaft zu ziehen. Nicht nur um meinetwillen, weil ich ansonsten das Stipendium verlieren würde, sondern für all diejenigen, die wie ich von den Ravens und Lions unterstützt werden.

»Dann lass uns gehen«, sagt Josh leise, steht auf und bietet mir wie ein wahrer Gentleman seinen Arm an.

Ich erhebe mich ebenfalls und hake mich bei ihm unter. Eine Geste, die sich so schrecklich vertraut anfühlt, dass ich kurz überlege, ihm meine Hand wieder zu entreißen. Was hat Josh nur an sich? Warum fühle ich mich in seiner Gegenwart so wohl?

Ein in der gediegenen Kulisse viel zu euphorisches Jubeln erklingt und ich werfe Dione einen vernichtenden Blick zu, der jedoch an ihrem Kleid aus Kettengliedern abprallt wie an einer Rüstung. Sie grinst so breit, dass sie morgen Muskelkater in den Wangen haben muss. Und den hat sie so was von verdient!

Bis zum Fahrstuhl lasse ich mich über Diones und Austins kindisches Verhalten aus, doch mit dem Schließen der verspiegelten Türen verpufft jegliche Erheiterung. Befangenheit greift nach mir und umschlingt mich immer fester. Egal, wo ich hinsehe, aus den Spiegeln, die an allen Seiten des Fahrstuhls angebracht sind, blickt mir Josh entgegen. Josh in seinem hübschen Smoking – und ich in dem wundervollen Pfauenkleid von Dione, die Schultern so hochgezogen, dass die Federn meiner Ohrringe darauf liegen.

»Hey …« Josh tritt hinter mir näher, ich sehe es im Spiegel, aber vor allem spüre ich ihn, spüre seine Wärme, rieche sein Parfüm, dessen Duft mir in der kleinen Kabine die Sinne vernebelt.

»Hey«, erwidere ich, weiche seinem Blick im Spiegel jedoch aus.

»Wir müssen den Knopf nicht drücken, das weißt du.«

Ich schlucke. Ich könnte zurück auf den Campus fahren und mich in Raven House verkriechen, es spräche nichts dagegen. Mein Job für heute war die Moderation der Versteigerung – und danach erzwungenermaßen die Zeit bis zum Ende des Charity Balls mit Josh zu verbringen. Zu mehr bin ich nicht verpflichtet. Und doch fühle ich mich, als müsste ich es tun, müsste diese Farce weiterspielen. Ich bin es all den potenziellen Ravens schuldig, die ebenso eine Chance auf ein Studium am St. Joseph's verdient haben wie ich, vermutlich sogar noch mehr, weil ich nur aufgrund einer Verwechslung eingeladen wurde. Die Entschlossenheit sprengt die Enge in meiner Brust, gibt mir mehr Raum zum Atmen. Ich nehme Josh die Schlüsselkarte aus der Hand, halte sie vor den Scanner und drücke die Taste für die Honeymoon-Suite.

»Ich hatte gehofft, dass du dich so entscheidest«, flüstert Josh so nah an meinem Ohr, dass ich nicht sicher bin, ob mich sein Atem erschaudern lässt oder nur das Kitzeln der in Schwung versetzten Federn.

Für einen Moment erstarre ich, dann sage ich mit so fester Stimme wie möglich: »Lass es mich nicht bereuen.«

Die Fahrstuhltür öffnet sich mit einem leisen Klingeln und mit einem Schritt nach vorn aktiviert ein Bewegungsmelder die Lichter im Raum. Uns eröffnet sich der Blick auf die wohl luxuriöseste Suite, die ich jemals gesehen habe. Meine Absätze versinken in einem dicken Teppich. Ich streife die Schuhe von den Füßen und lasse sie vor dem Spiegel neben der Tür liegen.

Allein der Raum vor uns ist gigantisch und ich brauche etliche Schritte, um die komplett verglaste Wand gegenüber zu erreichen. Von dort aus eröffnet sich die perfekte Sicht auf das jenseits des Waldstücks gelegene Whitefield, dessen Lichter in der Dunkelheit funkeln wie Diamanten. Der Himmel ist sternenklar und der Mond spiegelt sich in dem kleinen See, an dem das Hotel liegt.

»Ich hatte ja erwartet, dass du bei *meinem* Anblick so guckst, Emerson.« Josh tritt näher und lacht leise.

Ich bin froh über seinen Versuch, die Situation aufzulockern.

»Oder starrst du etwa unauffällig mein Spiegelbild an?«

Jetzt erst fixiere ich unsere spiegelnden Schemen vor der Schwärze dahinter. Schwebende Gesichter vor dem Dunkel der Nacht. Mein Spiegelbild grinst tatsächlich.

»Na geht doch«, haucht er mir ins Ohr, was eine Gänsehaut bei mir auslöst. Dann wendet er sich ab, um die Suite zu erkunden.

Offenbar nimmt sie das gesamte Obergeschoss ein, denn jedes Zimmer, das wir durchqueren, hat eine komplett verglaste Wand, selbst das gigantische Schlafzimmer, das auf die Dachterrasse führt, auf der eine breite Rattanliege dazu einlädt, heiße Nächte unter dem Sternenhimmel zu verbringen. Josh öffnet die Schiebetür und wir gehen nach draußen. Die Kälte schlingt sich um meine nackten Arme und ich fühle mich unwillkürlich zu der Wärme hingezogen, die Joshs naher Körper mir schenkt. Falsche Gedanken ziehen durch meinen Kopf. Bilder, die mein Vorhaben, ihn einfach auf meine Seite zu ziehen und Hannah zu überzeugen, von ihren Plänen abzulassen, ins Wanken bringen.

Wir stehen nebeneinander, starren auf die Liege. Irgendwann geht ein Ruck durch Josh und er stößt die Luft aus, die in einer Wolke vor ihm kondensiert.

»Als würde jemand bei den Temperaturen auf die Idee kommen, im Freien zu schlafen«, sagt er und zerstört damit gekonnt jedes unangenehme Gefühl, das die Honeymoon-Suite aufkommen lässt.

Wir gehen zurück ins Wohnzimmer. Während er die Minibar

durchstöbert, fallen mir die beiden kleinen Reisetaschen mit dem D. A.-Logo auf, die auf dem Boden des in die Wand eingelassenen Garderobenschranks stehen. Misstrauisch gehe ich davor in die Hocke und ziehe den Reißverschluss der ersten Tasche auf. Zwischen einem meiner Longshirts, meinen Lieblingsleggins und meinen Sneakers lugt überall rote und blaue Spitze hervor und ich erstarre.

»Was hast du da?«, fragt Josh viel zu nah.

Ich spüre, wie er sich über mich beugt, um nachzusehen. Schnell schließe ich die Tasche wieder, räuspere mich und murmele in Richtung Tasche, damit er die Hitze in meinen Wangen nicht sieht: »Dione und Austin waren sich offenbar ganz sicher, dass wir das Übernachtungsangebot in Anspruch nehmen würden.«

Ich reiche ihm die andere Tasche nach hinten und höre kurz darauf den Reißverschluss. Als mein Gesicht hoffentlich wieder eine normale Farbe hat, drehe ich mich zu ihm um.

Josh versucht gerade hastig, die Tasche zu schließen, aber er hat weniger Talent dafür als ich. Peinlich berührt streift er sich die Haare aus dem Gesicht.

»Was hat Austin dir eingepackt?«, frage ich.

Mir gefällt der nicht ganz so selbstsichere Josh, der hin und wieder hinter der eisernen Maske des Präsidentinnensohns hervorblitzt.

Josh seufzt und hält die Tasche auf. Ich erhasche einen Blick auf den Saum einer Jogginghose, die in einem Meer von Kondomverpackungen untergeht. Um die Hitze, die nicht länger nur in meinen Wangen liegt, und das Kribbeln, das sich von meinem Bauch aus blitzartig im Rest des Körpers ausbreitet, zu vertuschen, wende ich mich ab.

»Welche Überraschung hatte Dione für dich?«

Josh will nach meiner Tasche greifen, doch ich bin schneller und ziehe sie an mich.

»Das wird wohl ein Geheimnis bleiben«, sage ich und grinse ihn breit an.

»Vergiss es! Wenn, dann leiden wir gemeinsam. Wir sind ein Paar, schon vergessen?« Seine Hand schnellt nach vorn und er zieht am seitlichen Tragegriff.

Als würde ich nachgeben, nur weil er es so will. Es ist eindeutig, dass Josh keine Geschwister hat.

»Auch Paare dürfen hin und wieder Geheimnisse voreinander haben«, kontere ich und öffne seine Finger wie früher die von Phoebe, wenn sie sich irgendwelche Sachen von mir gekrallt und bis aufs Äußerste verteidigt hat. Erst zu spät wird mir bewusst, wie er sich versteift, seine Hand sich keinen Millimeter mehr bewegt. Sie schwebt über dem Haltegriff, die Finger mit meinen verschlungen.

Keine Ahnung, wie lange wir in dieser seltsamen und unbequemen Haltung verharren. Ebenso wenig weiß ich, ob ich die Berührung genieße oder mich davor fürchte – die Mischung aus beidem vielleicht sogar aufregend finde. In mir herrscht das absolute Chaos.

Meine Hand – oder Joshs Hand? – zittert. Die einzige Bewegung in diesem zu einem Standbild erstarrten Moment. Dann schnellt Josh aus der Hocke hoch, sodass ich erschrocken nach hinten falle. Meine Füße sind eingeschlafen und mit einer Mischung aus Kribbeln und Brennen kehrt das Blut zurück.

Josh, der ganz offenbar die schlechte Eigenschaft hat, nicht aufzugeben, schnappt nach meiner Tasche, öffnet sie aber nicht. Triumphierend hebt er sie in die Höhe wie eine Siegestrophäe. Erst auf mein Augenverdrehen hin, lässt er sie sinken und streckt mir die freie Hand entgegen, um mir aufzuhelfen.

»Waffenstillstand?«

Ich greife zu. »Hab ich denn eine Wahl?«

Er grinst so verschmitzt, dass er mich damit ansteckt. »Absolut nicht.«

Mit einem starken Ruck zieht er mich nach oben, sodass ich auf meinen noch immer tauben Füßen fast gegen ihn pralle. Eine der Federn, die am Ausschnitt meines Kleids befestigt waren, schwebt langsam zu Boden. Ich sehe ihr nach, bis sie auf dem dicken Teppich landet, direkt neben meinen Schuhen.

Josh räuspert sich und ich sehe zu ihm auf. »Vielleicht solltest du dich umziehen.« Er reicht mir meine Tasche und deutet auf die Tür neben uns.

Ich nehme die Tasche und gehe ins Badezimmer, das durch mein Eintreten von etlichen kleinen Leuchten in der Decke erhellt wird. Überall blitzen verchromte Flächen auf und aus dem Spiegel lächelt mir eine strahlende Cara mit zart geröteten Wangen entgegen. Nicht dass dieser Anblick neu für mich ist. Meine Haut lässt vom bloßen Hinsehen das Blut durchscheinen. Es ist etwas anderes, das meinen Blick fesselt. In den Augen meines Spiegelbildes liegt ein Glanz, der vollkommen unangebracht ist.

Ich sehe schnell weg und versuche, den Reißverschluss an meinem Rücken zu öffnen. Die Verrenkung führt dazu, dass ich gegen die Tür pralle – und das dumpfe Geräusch Josh alarmiert.

»Ist alles okay? Brauchst du irgendwie Hilfe?«, ruft er durch die Tür.

Ja!, wäre die Wahrheit gewesen. Aber allein der Gedanke, dass er mich berührt, seine Finger über meine nackte Haut streifen, bringt mich total durcheinander.

»Nein!«, presse ich hervor und schaffe es endlich, den Reißverschluss zu erwischen und ihn umständlich zu öffnen, wobei ich einen Krampf in der Schulter bekomme, der mich aufstöhnen lässt. Es dauert, bis er nachlässt und ich mich umziehen kann. Die spitzenbesetzten Teile ignoriere ich dabei einfach. Zuletzt nehme ich die Federohrringe ab und zupfe die Haarnadeln aus der Hochsteckfrisur, eine Wohltat, die mich beinahe aufseufzen lässt.

Als ich zurück ins Wohnzimmer komme, sitzt Josh bereits in Jogginghose und T-Shirt auf dem Sofa. Seine Füße sind nackt und er hat eine der Decken und ein Kissen aus dem Schlafzimmer geholt.

Ich überlege zu lange, was ich tun soll.

»Willst du gleich schlafen gehen oder setzt du dich noch zu mir?«, fragt Josh.

Keine Ahnung.

Ich stehe weiter unschlüssig mitten im Raum, meine nackten Zehen graben sich in den flauschigen beigefarbenen Teppich.

»Wir haben seit dem Aufnahmeball nicht mehr miteinander geredet, Emerson.«

Mir liegt auf der Zunge, dass wir den ganzen Abend geredet haben, aber ich weiß, worauf er anspielt. Ich zögere, denn ich bin nicht sicher, ob ich die Wunde wirklich wieder aufreißen will, die er mir und meinem Selbstwertgefühl an jenem Abend zugefügt hat.

»Sorry, dass ich ein so großer Arsch war«, sagt er, den Blick starr auf mich gerichtet.

Mir entfährt ein Lachen.

»Das hab ich wohl verdient.« Er verzieht das Gesicht. »Aber es ist alles so … Ich weiß doch auch nicht.« Er fährt sich durch die Haare, lässt den Kopf dann auf die Rückenlehne sinken und starrt nach oben.

Er sieht so verletzlich aus, was einen Teil von mir anspricht, den ich für Phee und Hannah reserviert habe. Zumindest dachte ich das.

Bevor ich es mir anders überlegen kann, gehe ich zum Sofa, schnappe mir das kleine Dekokissen direkt neben der Armstütze und setze mich im Schneidersitz an die frei gewordene Stelle, das Kissen auf dem Schoß, um mich daran festzuhalten.

Josh sieht weiter zur Decke, seine Stimme schwebt durch den Raum. »Ich hätte es dir an dem Abend genauer erklären sollen, dich nicht überfallen dürfen. Ich habe dich noch ewig gesucht.« Sein Kehlkopf hebt und senkt sich mehrmals. »Hannah hat gesagt, dass ich dich damit direkt in Tylers Arme getrieben habe.«

Ich erstarre bei der Erwähnung des Namens, meine Finger krallen sich in den Stickereien des Kissens.

Lion Tyler Walsh.

Vergiss nicht, dass das Foto nur ein Teil des Videos ist.

»Es tut mir leid, dass er dir wehgetan hat.« Josh wendet sich mir zu. »Ich war egoistisch, habe nur daran gedacht, dass ich Bev finden muss und nicht daran, was ich anderen, was ich *dir* damit antue.«

Die Schwere in seiner Stimme füllt die Luft im Raum, macht sie dicker. Mir fällt das Atmen schwer.

»Dich trifft keine Schuld«, gebe ich schließlich zu. »Ich *wollte* eine Raven werden, habe mich von dem tollen Leben blenden lassen. Wie du es in jener Nacht gesagt hast. Irgendwie war ich wohl auch egoistisch.«

»Weil du es auf den attraktiven Lion abgesehen hattest?«

Ich werfe das Kissen nach ihm, doch er weicht geschickt aus und lacht. Bevor ich noch etwas kontern kann, fällt das Lachen in sich zusammen und der ernste Josh ist zurück.

»Als Bev sich nicht mehr gemeldet hat, bin ich immer mehr durchgedreht. Ich kenne sie seit der Highschool. Wir haben jeden Tag telefoniert oder Sprachnachrichten ausgetauscht, auch als ich den Deal mit der Militärakademie eingegangen bin. Ich habe von Anfang an nicht daran geglaubt, dass sie einfach so ihr Studium sausen lässt. Ich war mir sicher, dass etwas passiert sein musste, was sie so erschreckt hat, dass sie keinen anderen Ausweg sah, als sich komplett zurückzuziehen.«

Die Sehnsucht in seinen Augen lässt meine Kehle eng werden. Ich versuche zu schlucken, doch das Gefühl hält an.

Josh beugt sich vor und nimmt sein Handy vom Couchtisch. Er hält es mir offen hin, als gäbe es tatsächlich keine Geheimnisse mehr zwischen uns, während er den Messenger öffnet und den Chat mit Beverly anwählt. Schon nach kurzem Scrollen kommen mir ihre Nachrichten seltsam vor.

Ich kann gerade nicht telefonieren, bin unterwegs.

> Ich hab schlechtes Netz.

> Das Mobilfunknetz hier ist grausam.

Es sind immer dieselben Sätze, die Josh auf seine Bitte um ein Gespräch erhält – oder vermutlich auf seine Anrufe hin. Einsilbige Ausreden. Dazwischen gibt es aber auch längere Dialoge, die ich ähnlich auch mit Hannah führe. Über vergangene Ereignisse aus unserer Jugend.

Erst als Josh den Kopf zu mir dreht, merke ich, dass ich immer näher gerückt bin. Zwischen uns liegt kaum mehr eine Handbreit Abstand. Er scrollt schnell nach oben und mir fällt auf, dass Josh so gut wie immer geschrieben hat, während es von Beverly viele Sprachnachrichten gibt, einige davon nur ein paar Sekunden lang.

»Ich denke, *das hier* war Beverlys letzte Nachricht, bevor irgendetwas vorgefallen ist.«

Josh scrollt wieder etwas nach unten, bis November letzten Jahres. Im oberen Teil des Displays gibt es mehrere Sprachnachrichten von Beverly, darunter folgte eine Textnachricht:

> Ich schicke dir später eine Audio, okay?
> <3

Automatisch lese ich Joshs Nachricht davor:

Ich schwöre, wenn ich diesen
Tyler in die Finger bekomme ...
Pass auf dich auf.
Bitte.

»Worauf hast du geantwortet?« Ich deute vage auf seine Nachricht, und während das Display erlischt, erzählt er mir, dass er kurz vorher zum letzten Mal mit Beverly geskypt hatte.

»Sie war ganz euphorisch, weil das Versteckspiel mit Hannah, dem Mädchen, von dem sie ständig gesprochen hat, bald vorbei sein sollte. Ich habe mich so für sie gefreut.«

Zumindest jetzt, hier und heute strahlt er alles andere als Freude aus. Er lächelt nicht einmal bei der Erinnerung daran, auch wenn er es offenbar versucht. Sein Daumen streicht über das Display, über vermutlich Hunderte von Audios, die Beverly ihm geschickt hat.

»Es sollte das letzte Wochenende sein, an dem sie Tyler und den ganzen ›Verein‹, wie sie die Ravens und Lions nannte, ertragen musste. Das hat sie zumindest gesagt. Sie war irgendwo an der Küste, der Wind war mörderisch, sie hatte ständig ihre Haare im Gesicht, und ich weiß noch, dass ich gerade vor der Kaserne saß und am liebsten alles hingeworfen hätte, nur um zu ihr zu fliegen.«

Joshs Blick ist in die Ferne gerichtet und voller Sehnsucht, die mich an Heimweh erinnert. Meine Brust schnürt sich zusammen.

»Ich wünschte, ich hätte es getan.« Seine Stimme bricht und treibt mir ein Brennen in die Augen.

Ich überlege, ob ich seine Hand nehmen soll, die sich fest um das

Handy auf seinem Schoß krampft, aber die gefühlte Distanz zwischen uns hält mich zurück. Er befindet sich meilenweit entfernt, nicht hier im Parkhotel. Nicht bei mir.

Dann sieht er mich an, die Augen von ungeweinten Tränen gerötet. »Ich hätte es tun sollen. Ich hätte sofort die Academy abbrechen und herkommen sollen. Nach diesem Wochenende hat sie niemand mehr gesehen.«

Nun greife ich doch nach seiner Hand, bin in seinem Schmerz für ihn da, wie er vor zwei Wochen während meiner Panikattacke im Turm für mich dagewesen ist.

»Du kannst nichts dafür«, murmele ich immer wieder, aber er sieht das offenbar anders.

Er macht sich Vorwürfe, weil er nicht sofort alle Hebel genutzt hat, die er im Laufe des vergangenen Jahres in Bewegung gesetzt hat. Detektive, die nach all den Monaten nichts mehr herausfinden konnten, Spionagesoftware, mit der Jace illegalerweise versucht hat, Beverlys Handy zu orten. Aber ihre SIM-Karte ist längst deaktiviert – ebenso wie die allgemeine Ortungsfunktion.

»Es war alles zu spät. Selbst Samantha – Bevs Mom – hat den ganzen Fake-Spuren vertraut und wollte nichts unternehmen. Und meiner Mom waren die Hände gebunden. Nachdem nicht einmal Senatorin Grey ihre eigene Tochter als vermisst melden wollte, sondern ihr Verschwinden als störrische Anwandlung einer missratenen Jugendlichen abgetan hat, konnte selbst meine Mom sich nicht einmischen.«

Ich bin entsetzt, Mitleid flutet meinen Körper. Josh drückt meine Hand so fest, dass es fast wehtut, also greife ich mit der anderen danach und lockere seine Finger. Gleichzeitig versuche ich, ihn zu beruhigen, wie er mich beruhigt hat, als mich die Bilder meiner Vergangenheit eingeholt haben.

Wir reden die ganze Nacht. Er erzählt mir von seiner Jugend als Sohn einer starken Politikerin, vom Kampf, den seine Mutter gegen die konservativen Stimmen führen musste, die behaupteten, dass eine Frau niemals ins Weiße Haus ziehen sollte. Schon gar keine alleinerziehende Mutter – höchstens an der Seite des Präsidenten. Er erzählt von seiner rebellischen Phase und einige Anekdoten zeichnen hin und wieder sogar ein schwaches Lächeln auf seine Lippen. Immer war es Beverly Grey gewesen, die ihn und dadurch seine Mutter vor mieser Publicity gerettet hat. Es ist die reinste Liebeserklärung an Beverly und das Leuchten in seinen Augen kann gut mit dem von Hannah mithalten.

Ich meinerseits vertraue ihm auf seine Nachfrage hin an, weshalb ich im Turmzimmer zusammengebrochen bin, was damals mit Mason passiert ist. Wie er mich in seinem Zimmer eingesperrt hat, damit ich ihn nicht verlassen konnte – und wie Hannah mich gerettet und Stück für Stück wieder aufgebaut hat. Wie Tyler mit seinem Charme und seiner Offenheit dafür gesorgt hat, dass die Mauer, die ich um mein Herz errichtet hatte, zu bröckeln begann. Mit unverfänglichen Flirts, Tonnen von Süßkram und Filmabenden – wobei ich ihm auch beichte, dass ich Hannahs Warnungen konsequent ignoriert habe. Und endlich wage ich es, ihm von meinem Plan zu erzählen.

»Ich will Hannah helfen, natürlich will ich das. Sie hat es verdient, glücklich zu werden. Aber Hannah hat sich schon immer in Dinge hineingesteigert. Ihr reicht es nicht, den Schuldigen zu finden oder Tyler auffliegen zu lassen, der immerhin Beverlys Armband und dieses Foto hat. Sie sieht überall Verschwörungen. Dass ein Video von den beiden existiert, ist ihr Beweis genug, dass nicht nur er in Beverlys Verschwinden involviert ist. Deshalb will sie die Ravens und Lions vernichten. Die Druckmittel, die Diebstähle – sie sucht wie eine Irre nach Verbindungen unter den Ehemaligen. Dabei halte ich nicht einmal Brittany und Cheryl für mitverantwortlich, obwohl ich die beiden nicht ausstehen kann.« Ich erzähle ihm von den beiden und dass Hannah durch sie zufällig von Beverlys angeblicher Aufgabe erfahren hat. »Sie erfüllen lediglich das Klischee reicher Kids, die für jeden Gossip zu haben sind.«

»Du würdest Hannah alles verheimlichen wollen, was wir herausfinden? Und nicht mal diese beiden Tussis ans Messer liefern?« Joshs Stimme klingt erstaunt.

»Nicht, wenn ich gleichzeitig auch all die Stipendiaten verraten müsste.« Ich spiele mit der Ecke der weichen Decke, die Josh irgendwann über mich ausgebreitet hat.

Während sich Stille über uns senkt, in der ich meine Gedanken schweifen lasse, legt sich das Gewicht meines Vorhabens schwer auf meine Schultern. Plane ich gerade ernsthaft, meine beste Freundin freiwillig anzulügen, nur um die Ravens zu schützen? Meine Gedanken kreisen unentwegt wie die Planeten um die Sonne.

Jenseits der Scheiben ist inzwischen ein schwaches Schimmern zu sehen und beim Gedanken daran, die ganze Nacht hier auf der Couch verbracht zu haben, muss ich gähnen. Ich blinzele in die Dunkelheit um uns. Unsere Reglosigkeit hat das Licht deaktiviert.

Auch Josh reibt sich die Augen. Er ist so nah. Wann habe ich mich an ihn gelehnt?

»Ich wollte dich nicht die ganze Nacht wach halten.« Seine Stimme klingt rau.

Vielleicht haben wir die letzten Stunden gar nicht mehr geredet, sondern einfach nur zusammengesunken auf der Couch geschlafen? Als ich bei ihm nachfrage, zuckt er mit den Schultern und will sich erheben. Erst jetzt bemerkt er offenbar, dass ich nicht nur so nah bin, dass wir uns die Decke teilen, sondern dass ich inzwischen mehr auf als an ihm lehne, und er entspannt sich wieder. Kurz darauf legt er den Arm um mich und ich schmiege mich noch enger an ihn, atme die seltsam beruhigende Mischung aus Parfüm und einem Hauch von Waschmittel ein.

»Gute Nacht, Emerson«, flüstert Josh und drückt mir einen sanften Kuss auf den Scheitel.

Ich glaube, das Lächeln auf seinen Lippen zu spüren. Oder zu hören. Oder beides. Denkt er ebenfalls an die gemeinsame Übernachtung im Turmzimmer?

»Gute Nacht, Prentiss.«

Ich weiß, dass ich aufstehen und ins Bett gehen sollte – und das nicht nur, weil ich mir sicher bin, dass mein Nacken morgen mörderisch schmerzen wird. Aber schon halb vom Schlaf paralysiert, von einem starken Arm gehalten und dem Geruch nach Geborgenheit eingehüllt wie in einen Kokon, will ich das gar nicht.

Und so gleite ich schon zum zweiten Mal an Joshua Prentiss gepresst ins Land der Träume – nur dieses Mal nicht mit der Ausrede, dass wir ohne Kuscheln erfrieren würden.

9

DIENSTAG, 8.12.

Es sind zwei Tage vergangen und ich büße noch immer für die Nacht auf der Couch. Es war ganz so, als hätte sich der Plan, meiner besten Freundin Informationen vorzuenthalten, fest in meinen Nacken verbissen, eine konsequente Erinnerung an mein Vorhaben. Dabei sehen wir uns mehr denn je. Seit Montag habe ich jede freie Minute im *Whisperer* verbracht.

Auch jetzt sitze ich an Lucas Seite und recherchiere langweilige Themen, während ich ihn beobachte. Luca ist wirklich gut aussehend mit seinen dunklen Haaren, die sich im Nacken und rund um die Ohren locken, und den wie gemeißelten Gesichtszügen, als wäre er direkt einer grob skizzierten Zeichnung entsprungen. Absolut umwerfend wirkt er aber immer dann, wenn er an seinem Handy sitzt. Sein Gesicht erhellt sich, wird weicher und ein Leuchten tritt in seine Augen, das nur noch von einem entrückten Lächeln getoppt wird. Jetzt beißt er sich gerade auf die Unterlippe, vollkommen konzentriert auf das, was er schreibt.

»Wenn du mit so starken Emotionen Artikel schreibst, ist dir der Pulitzer sicher.«

Es dauert, bis meine Worte bei ihm ankommen, und er schaut mit zusammengezogenen Brauen zu mir.

»Wie heißt denn die Glückliche?«, frage ich.

Er wirkt kurz irritiert, dann sieht er sich im Raum um, ob uns jemand hören kann. »Kellan Thomas.«

Das habe ich nicht erwartet. Jace hat herausgefunden, dass Luca für Kellan *spioniert*. Dass es Bettgeflüster ist, hat mir niemand gesagt. Hat denn keiner gecheckt, dass die beiden ein Paar sind? Ich muss ihn vollkommen schockiert ansehen, denn Luca knirscht laut mit den Zähnen. Offenbar hat er die falschen Schlüsse gezogen und hält mich nun für eine homophobe Zicke.

»Hey, ich freu mich doch für euch. Aber warum macht ihr so ein Geheimnis daraus?«, frage ich. Nicht nur, um von seinem Eindruck von mir abzulenken, sondern aus ehrlichem Interesse.

Luca mustert mich lange, blickt auf sein Handy und dann wieder zu mir. In einem langen Atemzug stößt er die Luft aus. »Das war nicht immer so und eigentlich wollen wir das auch gar nicht.« Er verzieht das Gesicht. »Kellan wird von seinen Eltern unter Druck gesetzt. Wenn es nach ihnen ginge, hätte er das Studium schon längst beenden sollen, um Geld für die Familie zu verdienen, blablabla.«

Die Worte triefen vor Abscheu, die sich auch in Lucas Gesicht spiegelt. Einmal angefangen, poltern weitere Sätze so schnell aus seinem Mund, dass ich kaum mitkomme.

»Das letzte Jahr lief nicht optimal für ihn, und seine Mum schiebt das auf unsere Beziehung. Ich würde ihn nur ablenken und er hätte das Studium freiwillig in die Länge gezogen, um bei mir zu bleiben.« Luca verdreht die leuchtend grünen Augen und sieht dabei unglaublich jung aus. »Kellan leidet seither unter Verfolgungswahn. Sie ruft anscheinend ständig bei ihm an und er ist sich sicher, dass seine Eltern Spione auf dem Campus haben.« Er schüttelt langsam den Kopf. »Ich liebe ihn zu sehr, um nicht mitzuspielen. Nur noch dieses eine Jahr und wir können Whitefield gemeinsam verlassen.« Bei diesen Worten wird sein Blick ganz weich und ein Lächeln schleicht sich auf seine Lippen.

Ich versuche, den mürrischen Chef der Lions mit dem Bild in Einklang zu bringen, das Luca ganz offensichtlich von ihm hat, aber es will mir nicht gelingen. Luca hat mir damit jedoch nicht nur einen unbeabsichtigten Hinweis gegeben, sondern auch eine potenzielle Erklärung, warum Kellan immer so unnahbar und abweisend wirkt. Er hat etwas zu verbergen – seine Gefühle für den Jungen neben mir, was mich so sehr an Hannah und Beverly erinnert, dass ich schlucken muss. Ich wünsche den beiden eine hoffnungsvollere Zukunft.

»Ich drücke euch ganz fest die Daumen«, sage ich, was offenbar so überzeugend klingt, dass Luca mir ein scheues Lächeln zuwirft und »Danke!« flüstert.

Eine halbe Stunde später überquere ich in strömendem Regen den Main Court, meine Jacke fest um mich geschlungen und die Schultern hochgezogen, damit mir der Wind nicht ständig Wasser in den Nacken peitscht. Ich bin unterwegs zu Josh, um ihm die neuesten Informationen mitzuteilen.

Joshs beziehungsweise Jace' Wohnung außerhalb von Lion Manor ist der beste Ort, um sich unbeobachtet zu treffen und reden zu können. Dennoch schlucke ich, als ich den so vertrauten Weg zum wohl teuersten Wohnheimgebäude des Campus entlangrenne und dabei so gut wie möglich Pfützen ausweiche. Wie oft habe ich die Wege zwischen den Innenhöfen überquert und überlegt, was die alten Gebäude wohl schon alles gesehen haben?

Ich verdränge sämtliche Erinnerungen an meine früheren Besuche im Wohnheim, dessen Mauern so dick sind, dass sie am Eingang einer kleinen Überdachung gleichen. Ich husche in die Nische und hole erst einmal tief Luft, bevor ich die schwere Holztür aufdrücke und wie gewohnt die Treppe hinaufsteige. Meine Socken und sogar die Füße in den Sneakers sind klitschnass und geben seltsame Geräusche von sich. Hätte ich heute Morgen mit diesem sintflutartigen Regen gerechnet, hätte ich mir andere Schuhe angezogen und einen Schirm mitgenommen.

Ehe ich mich versehe, stehe ich vor Tylers Tür, die Hand bereits zum Klopfen erhoben. Ich stolpere zurück, als hätte Tyler die Tür aufgerissen und mich geschubst. Meine Beine haben sich von selbst hierher bewegt. Von so vielen gemeinsamen Abenden getragen. Momente, die es in mein Glückstagebuch geschafft haben.

Tyler hat sich in der kurzen Zeit seit Trimesterbeginn in mein Leben geschlichen, sich fest darin angekettet, als demonstriere er für sein Recht, Teil davon zu sein. Auch all die Nachrichten, die ich nahezu ungelesen gelöscht habe, seit ich vor ihm geflüchtet bin, beweisen seinen Kampfgeist. Ihm tue es leid, mich überrumpelt zu haben. Ich solle ihm verzeihen, dass er meine Situation ausgenutzt hätte. Er habe mir einfach nicht widerstehen können …

Der Schmerz in meiner Brust macht mir das Atmen unmöglich

und die nahenden Schritte hinter seiner Apartmenttür wirken wie ein Elektroschock. Ich husche zur Tür nebenan und während ich klopfe und auf das perfekt im rechten Winkel zur Wand stehende Paar Schuhe auf dem Boden hinabsehe, flehe ich inständig, dass Jace oder Josh schnell genug öffnet, damit ich Tyler nicht begegnen muss.

Das Glück ist ausnahmsweise auf meiner Seite. Nur ist diese Art von Glück keinen Eintrag in mein Tagebuch wert. Nicht einmal die sarkastische Stimme in mir, die inzwischen vor Verbitterung trieft, hat dazu etwas zu sagen. Dafür flattert mein Puls, als Josh vollkommen zerzaust die Tür öffnet. Hastig dränge ich mich an ihm vorbei und atme dabei sein Parfüm ein, das sich mit dem Geruch von Leder mischt.

Meine Schuhe quietschen auf den polierten alten Holzdielen und während ich warte, bis Josh die Tür geschlossen hat, bildet sich bereits eine Pfütze unter mir.

Josh hat eine Augenbraue gehoben, lässt meine durchnässte Erscheinung auf sich wirken und starrt auf die wachsende Pfütze. Dann kratzt er sich im Nacken. »Jace wird die Krise kriegen, wenn wir das nicht aufwischen.«

Die Aussage ist so absurd – Jace ist Joshs Bodyguard, sein Angestellter –, dass ein Lachen aus mir herausbricht.

»Du lachst nicht mehr, wenn du mal eine Stunde lang zuhören musstest, wie man Ordnung hält«, sagt Josh grimmig.

Sofort presse ich mit aller Kraft die Lippen zusammen, um nicht weiterzuprusten.

»Und du solltest die nassen Sachen ausziehen.«

Anfangs lächelt er noch, doch schnell wird ihm klar – genau wie mir –, dass wir dieses Gespräch schon einmal geführt haben. Eingesperrt in einer Turmkammer, ich zitternd vor Kälte und verfolgt von Bildern aus meiner Vergangenheit. Binnen Millisekunden beschließe ich, Mason keine Kontrolle mehr über mein Leben zu geben, mich nicht an den Zusammenbruch zu erinnern, und lasse meiner schlagfertigen Seite freien Lauf.

»Musst du immer zu irgendwelchen Wettertricks greifen, damit sich die Frauen vor dir ausziehen, Prentiss?«

Joshs Augen funkeln, aber er spielt mit und grinst verschmitzt.

»Das ist doch erst der Anfang, Emerson.«

Er kommt näher und für einen Moment werden seine Augen eine Nuance dunkler, das Blau ist kaum mehr als solches zu erkennen. Wie in Zeitlupe hebt er die Hand. Ich erstarre, unfähig zu entscheiden, ob ich fliehen oder den knisternden Moment genießen soll. Joshs Nähe verwirrt mich mehr denn je, obwohl ich davon ausgegangen war, klare Grenzen geschaffen zu haben.

Ich sehe seine Hand näher kommen, meine Wange prickelt vor Erwartung einer Berührung. Doch dann zieht sie plötzlich an mir vorbei, legt sich auf meinen Rücken, dreht mich um und schiebt mich voran. So schnell, dass ich gerade noch mit quietschenden Sohlen mein Gleichgewicht halten kann.

»Da ist das Badezimmer. Du ziehst dich aus, ich bringe dir trockene Sachen und beseitige das Chaos.« Er schubst mich praktisch in den Raum und rennt davon. Kurz darauf bringt er mir einen Stapel Kleidung und drückt ihn mir in die Arme.

Ich beobachte, wie er einen Wischmopp aus einem schmalen

Schrank im Flur zieht und tatsächlich die Pfütze und meine Schuhabdrücke wegwischt.

»Hast du noch nie jemanden beim Bodenwischen gesehen?«, sagt er mit dem Rücken zu mir.

Ertappt weiche ich zwei Schritte zurück und schließe hastig die Tür, um nicht länger das Muskelspiel unter seinem engen hellgrauen Shirt zu verfolgen. Ich wäre nie auf die Idee gekommen, dass Josh weiß, wie man einen Wischmopp korrekt benutzt – oder wie unwiderstehlich sein Anblick dabei ist.

Hastig ziehe ich mich aus und schlüpfe in die viel zu große Jogginghose und den weiten Pullover. Letzterer duftet frisch gewaschen und mein Gehirn verbindet den Geruch des Waschmittels automatisch mit Josh.

Weil mir auffällt, wie die wenigen Utensilien über dem Waschbecken akribisch geordnet sind, hänge ich meine nassen Klamotten gewissenhaft über die ausziehbaren Stangen über der Badewanne und öffne anschließend zögernd die Tür. Josh steht direkt dahinter, scannt das Bad und prüft offenbar, ob ich alles ordnungsgemäß hinterlassen habe.

»Ich hätte nie vermutet, dass du so ein ordentlicher Mensch bist«, sage ich, nachdem er – sichtlich zufrieden – zurück in den Flur getreten ist.

»Meine Mutter würde eher das Gegenteil behaupten«, erwidert er, was ihn dem Seufzen nach kurz in die Vergangenheit zieht. »Aber ich möchte Jace nicht stressen.«

Während ich vergeblich versuche, eine Verbindung zu ziehen, erklärt er: »Jace leidet an einer Zwangsstörung, die ihn beinahe die

Ausbildung gekostet hätte. Wenn nicht alles ordentlich ist, versetzt ihn das in eine Stresssituation. Also tue ich alles, um das zu vermeiden.«

Ich weiß nicht, was mich mehr überrascht. Seine entwaffnende Aufrichtigkeit oder die Tatsache, dass ihm so viel an Jace liegt. Während ich noch darüber nachdenke, scheint Josh die Situation unangenehm zu werden, denn ich starre ihn unentwegt an.

Er fährt sich durch die Haare, fixiert einen Punkt hinter mir und fragt: »Was hast du für neue Informationen?«

Den Grund meines Besuches hätte ich fast vergessen.

»Luca und Kellan sind ein Paar! Luca *spioniert* nicht für die Lions. Falls es so aussieht, hängt das lediglich mit der Tarnung zusammen, die sich die beiden zurechtgelegt haben.«

Ich sehe, wie es hinter Joshs Stirn zu arbeiten beginnt, und bin gespannt auf seinen Kommentar dazu.

»Ich dachte, du suchst nur nach einer Ausrede, mich besuchen zu können«, sagt er schließlich mit einem Schulterzucken.

»Ernsthaft?«, frage ich.

Josh grinst nur. »Ich werde das mit Jace besprechen, aber vorher ...« Er schiebt mich den Flur entlang.

Obwohl das Apartment direkt neben Tylers Wohnung liegt, ist es ganz anders angeordnet. Der Flur ist ein langer Schlauch, der am Treppenhaus hinter der Wand vorbeiführt. Erst am Ende öffnet er sich zu einem weitläufigen Wohnzimmer. Ich bleibe direkt auf der Türschwelle stehen und starre auf den Couchtisch, auf dem sich in einem akkurat angeordneten Meer aus identischen Schüsseln allerhand Süßigkeiten befinden.

Josh steht direkt neben mir und beobachtet mich.

»Ich hätte dich sowieso heute angerufen und gefragt, ob du vorbeikommst. Jace hat mir das Apartment überlassen, aber ich musste ihm versprechen, den ganzen Abend hierzubleiben.«

»Aber was …«, stammele ich, weil ich nicht ganz sicher bin, was ich von alldem halten soll.

»Du hast im Parkhotel von deinen Filmabenden mit Tyler erzählt und ich habe mitbekommen, wie viel es dir bedeutet hat, auch mal etwas Abstand zu den Ravens zu haben. Deshalb dachte ich …«

Ich schlinge meine Arme um ihn und drücke ihm einen Kuss auf die Wange. »Danke«, hauche ich ihm völlig überwältigt ins Ohr.

Ganz kurz spüre ich seine Hand an meinem Rücken, weil er mich instinktiv ebenfalls umarmt, doch er lässt mich schnell wieder los und zieht sich zurück.

»Jetzt müssen wir uns nur noch auf einen Film einigen«, sagt er.

10

FREITAG, 11.12.

Ich stehe unter der Dusche und denke zum gefühlt hundertsten Mal an den Abend mit Josh zurück. Es war natürlich nicht bei einem Film geblieben. Jeder von uns hat einen ausgesucht, und wenn ich es nicht besser wüsste, hätte ich schwören können, dass Josh den dämlichen Horrorstreifen aus demselben Grund ausgewählt hat wie die Jungs in schmalzigen Highschool-Romanzen – damit sich das Mädchen immer wieder eng an ihn kuschelt und er beweisen kann, wie toll er ist. Doch dieser Plan hätte sowieso nicht funktioniert. Wir saßen nebeneinander, mit den Schüsseln voller Süßigkeiten auf dem Schoß, um bloß nicht zu krümeln, und haben uns entweder totgelacht oder über die idiotischen Figuren gelästert. Es hat sich angefühlt wie ein Abend mit Tyler.

Hannah begrüßt mich seitdem jeden Nachmittag mit einem anzüglichen Grinsen, wenn ich das Redaktionsbüro des *Whisperer* betrete. Sie hakt ständig nach und hat meine Erklärung, dass »da vielleicht etwas mehr ist«, viel zu freudig aufgenommen. Sollte sie mich nicht eigentlich davor warnen, mein Herz einem Typen zu schenken, der nach seiner Freundin sucht, die ihm offenbar mehr

bedeutet als alles andere auf der Welt? Stattdessen habe ich das Gefühl, von Hannah mit aller Gewalt noch weiter auf Josh zugeschubst
zu werden. Liegt das an ihrem schlechten Gewissen, weil sie mich
über seine wahren Beweggründe angelogen hat?

Ich schiebe den Gedanken beiseite und trete aus der Dusche. Als
ich in ein Handtuch gewickelt aus dem Badezimmer tapse, liegt auf
meinem Bett ein kleines Kärtchen, das meinen Puls sofort in die
Höhe schnellen lässt. Es sieht aus wie die Aufgabenkärtchen aus der
Anwärterphase. Mit zitternden Händen nehme ich das Kärtchen an
mich und drehe es um.

Schlägt dein Herz etwa gerade schneller?
Dann solltest du nicht ständig an mich denken, Emerson.
J.

Ich fühle mich ertappt, spüre, wie meine Wangen aufleuchten, und
bin unschlüssig, ob ich verärgert oder amüsiert darüber sein soll,
dass Josh offenbar extra eingebrochen ist, um mir das Kärtchen da-
zulassen. Dämlich grinsend starre ich auf die gleichmäßigen Buchstaben. Jemand schrammt draußen an der Wand zum Treppenhaus
vorbei, ich höre ein kratzendes Geräusch, dicht gefolgt von einem …
Fauchen? Und einem lauten Fluchen.

Ich lasse die Karte auf das Bett fallen, gehe zur Tür und schaue
durch einen Spalt auf den Flur. Im ersten Moment sehe ich niemanden, dann schießt ein dunkelgrauer flauschiger Fellball an mir vorbei und weiter die Galerie entlang.

»Simba?«, rufe ich und beuge mich zur Tür hinaus, doch der Kater reagiert nicht. Irgendwer wird ihn hoffentlich wieder einfangen und zu den Lions zurückbringen.

Hinter mir erklingt ein Räuspern und dann Joshs Stimme: »Ich stehe auf Frottee.«

Er zupft am oberen Rand meines Handtuchs, streift dabei meinen nackten Rücken und meine Finger krallen sich in den dicken Stoff, während ich rasch zurückweiche und gegen den Herzstillstand ankämpfe, den mir der Schock verpasst hat.

»Willst du mich umbringen?«, presse ich schrill hervor, was Josh offensichtlich tierisch witzig findet.

»Was tust du hier?«, frage ich gereizt.

»Du weißt schon, dass die Lions freien Zugang haben, oder? Du solltest dich hier draußen nicht so blicken lassen.« Er starrt eindringlich auf mein Handtuch, bis ich das Gefühl habe, nackt vor ihm zu stehen.

Nachdem ich meine Befangenheit heruntergeschluckt und die Hitze in meinen Wangen akzeptiert habe, werfe ich ihm einen vorwurfsvollen Blick zu. »Danke, dass du dich um die Wahrung meiner Tugend sorgst – oder was auch immer. Jemand könnte ja tatsächlich meine Beine sehen!«

Gespielt schockiert reiße ich Mund und Augen auf. Ich hätte gern noch theatralisch die Hände an die Wangen gelegt, aber der Halt meines Handtuchs ist mir wichtiger.

»So war es doch gar nicht gemeint.« Josh klingt pikiert. »Ich hätte nur lieber das Exklusivrecht auf diesen hinreißenden Anblick. Als dein *fester Freund*«, erinnert er mich an unseren Deal.

»Dann bedank dich bei eurem Maskottchen«, sage ich und gehe

in mein Zimmer zurück. »Simba hat einen Riesenradau veranstaltet – und das direkt, nachdem ich deine Karte gefunden habe. Da fällt mir ein …« Ich drehe mich um.

Josh schließt gerade meine Zimmertür hinter sich, und als er sich mir zuwendet, pike ich ihm fest in die Brust.

»Au!«, beschwert er sich. »Womit hab ich das denn verdient?«

»Das war für den Einbruch in mein Zimmer.«

Josh sieht sich um, als hätte er den Raum nicht kurz zuvor illegal betreten, während ich *unter der Dusche* stand!

»Oder hat das Jace für dich erledigt?«

Er zuckt mit den Schultern und schenkt mir sein Kameralächeln. Ich schüttele den Kopf. Er ist unbelehrbar!

»Konntest du in Lion Manor schon etwas Neues über die Ausgeschiedenen herausfinden?«, frage ich, während ich zum Kleiderschrank gehe und umständlich Klamotten herausziehe, weil ich mit einer Hand immer noch das Handtuch festhalte.

»Nein. Ich habe versucht, mit Barron ins Gespräch zu kommen, um ihn als *Zweiten* über Kellan auszuquetschen. Aber sowie ich sein Gesicht sehe, muss ich mich echt beherrschen, ihm keinen dummen Spruch an den Kopf zu werfen.« Er grummelt vor sich hin und ich muss grinsen, während ich mit dem Kleiderstapel ins Badezimmer gehe und mich rasch anziehe.

Ich kann Josh gut verstehen. Kellans Stellvertreter bei den Lions ist ein schleimiger Idiot, der dazu erzogen wurde, alles zu bekommen, was er will – ob verdient oder nicht. Zum Glück hat sich meine Beziehung zu unserer Stellvertreterin, Barrons Ex-Match Laura, nach dem Ende der Anwärterphase gebessert. Sie ist eine Stipendiatin wie ich und war noch verbissener darauf, eine Raven zu werden, was sie mit den fiesesten Mitteln durchgesetzt hat. Manche kämpfen unfairer als andere um das, was ihnen der eigenen Meinung nach zusteht.

Aber wie Dione festgestellt hat, haben wir irritierenderweise einiges gemeinsam und ich bemühe mich, mit allen Ravens gut klarzukommen. Zumindest so lange, bis wirklich bewiesen ist, dass Hannah mit ihrer Theorie über eine groß angelegte Vertuschung von Lions *und* Ravens richtigliegt. Bislang ist nur Tyler nachweislich involviert. Die Gerüchte, die Brittany und Cheryl weitergetragen haben, entsprechen lediglich ihrer Natur, nicht bösen Absichten.

Als ich aus dem Badezimmer trete, sitzt Josh auf meinem Bett und ich schlucke kurz.

»Ich wollte mich gleich mit Laura an der Bar treffen«, sage ich dann mit kratziger Stimme, als würde das Bild von Josh auf dem Bett – oder eher, was mein Gehirn daraus macht – an meinen Stimmbändern reiben.

Reiß dich zusammen, verdammt!

»Wartet sie vielleicht schon unten?«, frage ich Josh, um mich abzulenken.

»Woher soll ich das wissen?«, erwidert er und sieht zum Fenster hinaus, wo die Sonne sich tatsächlich durch einen kleinen Spalt in der ewigen Wolkendecke der letzten Tage gedrängt hat.

»Weil du direkt an ihr vorbeigegangen sein musst?«, erkläre ich ihm. »Aber dann war sie offenbar noch nicht da, sonst wäre sie dir sicher aufgefallen.«

Josh dreht sich um, sein Blick wirkt nachdenklich. »Meinst du, die im letzten Jahr ausgeschiedenen Anwärter rücken tatsächlich mit Informationen heraus? Falls wir sie überhaupt finden«, fügt er hinzu. »Ich bin mir nicht sicher, ob wir da nicht in eine Sackgasse rennen.«

Ich zucke mit den Schultern. »Solange wir keine andere Spur haben? Jede Information zählt. Vielleicht hat jemand von ihnen mehr gesehen. Zumindest die Finalisten waren auf demselben Ball wie Beverly am Tag ihres Verschwindens. Deshalb müssen wir mit Barron und Laura sprechen. Wenn wir direkt zu Valérie und Kellan gehen und offen danach fragen, wäre das viel zu auffällig.«

Ich habe schon mit einigen Ravens gesprochen, aber niemand konnte mir mehr über Beverly erzählen – oder wieso auf mysteriöse Weise alle Ausgeschiedenen des letzten Jahres die Uni verlassen haben. Laura als Zweite hat jedoch auch Einsicht in die Mitgliedsakten der Ravens.

»Deshalb will ich Laura darauf ansetzen – sie holt garantiert Brittany und Cheryl mit ins Boot, damit hätten wir das perfekte Spionagetrio.«

»Was ich immer noch für gefährlich halte.«

»Sie finden einfach alles heraus«, verteidige ich mich erneut.

»Und wenn du nicht die Einzige bist, die mit Laura oder Brittany und Cheryl spricht, um diese ›spezielle Fähigkeit‹ auszunutzen? Vielleicht wurden sie ja gezielt mit den Infos über Bevs vermeintliche Aufgabe versorgt.«

Mir liegt eine Erwiderung auf der Zunge, aber ich bringe sie nicht über die Lippen. Den Gedanken hatte ich auch schon. Die drei mit hineinzuziehen, ist nicht meine erste Wahl. Aber mein erster Vorschlag, Tyler direkt darauf anzusprechen, wurde von Josh vehement abgelehnt. Ebenso von Hannah. Josh hat meiner Freundin trotz unserer Abmachung brühwarm davon erzählt und sie ist total ausgeflippt.

»Wage es ja nicht, auch nur in Tylers Nähe zu kommen!«, hat sie mit besorgniserregend ruhiger Stimme und kreidebleichem Gesicht gesagt. Nachdem ich zurückgerudert war, haben wir uns auf Plan B geeinigt, der Suche nach den ehemaligen Anwärtern, die es im letzten Jahr nicht in die Verbindungen geschafft haben, um sie nach jenem Abend zu befragen.

»Du heckst doch irgendetwas aus«, stellt Josh fest. »Keine Geheimnisse zwischen uns, das war die Abmachung.«

Ich verdrehe die Augen.

Josh kommt näher und legt die Hände auf meine Schultern. Die Kratzer an seiner Hand sind fast wieder verheilt, aber offenbar sind neue dazugekommen. »Das ist mein Ernst, Cara. Keine Geheimnisse, keine Alleingänge. Sonst ist unser Deal Geschichte, Hannah über deine wahren Absichten, die Verbindungen zu schützen, im Dunkeln zu lassen.«

Sein ehrlich besorgter Blick brennt sich durch meine Haut, so intensiv wie eine Berührung. Sein Atem streift mich, süßlich mit einem Hauch Zitrone. Joshs Gesicht kommt näher.

»Versprich es mir!«

Ich schlucke, nicke dann aber.

Zufrieden tritt Josh zurück.

»Ich muss jetzt runter zu Laura«, flüstere ich, weil ich meiner Stimme nicht traue.

Fluchtartig verlasse ich mein Zimmer, renne die Treppe nach

unten und suche den Lichthof nach dem weißblonden Pixie-Cut ab, den man definitiv nicht übersehen kann.

Laura sitzt wie vereinbart an der Bar und unterhält sich angeregt mit Miley. Letztere sieht mich kommen und lächelt mir entgegen.

»Dasselbe wie immer?«, fragt Miley und ich nicke.

»Wird ja auch langsam Zeit.«

Ich verspanne mich bei Lauras überheblichem Tonfall.

»Gehen die Uhren auf deiner Seite des Gebäudes anders?«, fragt sie barsch. Ihre Sprüche hat sie auch nach der Anwärterphase nicht abgelegt.

»Du warst ja auch nicht pünktlich«, gebe ich zurück.

»Und ob ich das war«, verteidigt sie sich prompt. »Ich sitze schon seit fast einer halben Stunde hier, du kannst Miley fragen.«

Miley dreht sich kurz um und nickt, ehe sie weiter Milch aufschäumt.

»Dann hat Josh dich offenbar doch übersehen«, murmele ich.

»Josh?«

»Er hat dich nicht gesehen, als er vorhin ins Wohnheim kam, um mich zu besuchen.«

»Ich habe ihn auch nicht gesehen.« Laura zuckt mit den Schultern und hebt das Kinn. Für einen kurzen Moment huscht ein finsterer Ausdruck über ihr Gesicht. Selbst wenn sie ihn gesehen hätte, würde sie das nie zugeben.

»Aber nun zum Grund, warum ich dich als *Zweite* sehen wollte«, lenke ich schnell ab und packe Laura damit bei ihrer Ehre als Valéries Stellvertreterin. Sie richtet sich auf und wirkt geschmeichelt, wenn nicht sogar neugierig.

»Ich habe mich gestern mit Nasreen getroffen«, beginne ich mit der Lüge, die ich mir zurechtgelegt habe, und rühre wie in Gedanken versunken in dem Chai Latte, den Miley mir hingestellt hat, während ich Laura insgeheim nicht aus den Augen lasse.

»Mit wem?« Ihre im Vergleich zu den weißblonden Haaren fast schwarzen Augenbrauen ziehen sich zusammen.

»Ernsthaft, Laura? Nasreen Jasaari, sie war der Match von Thomas Baumgärtner«, erkläre ich und kann kaum fassen, dass Laura die ausgeschiedene Anwärterin bereits vergessen hat.

»Ach so, *die*. Was ... Wie geht es ihr?«

Zumindest erinnert sich Laura an so etwas wie gute Erziehung.

»Ganz gut. Sie ist natürlich traurig, dass sie wieder in ihr ehemaliges Wohnheim ziehen musste, aber ansonsten ist alles okay. Sie hat mich gefragt, ob ich Kontakt zu anderen ehemaligen Anwärtern habe oder ob das irgendwie verboten ist.«

Ich arbeite mich langsam auf meine eigentliche Frage zu und trinke einen Schluck, damit Laura Zeit hat, etwas einzuwerfen. Sie tut mir den Gefallen.

»Nicht dass ich wüsste. In den Regeln steht jedenfalls nichts davon.«

»Das ist klasse«, sage ich hoffentlich nicht zu enthusiastisch. »Haben denn Brittany und Cheryl noch Kontakt zu ehemaligen Anwärterinnen aus ihrem Jahr?«

Laura, die ja ständig mit den beiden abhängt, überlegt nicht lange. »Soweit ich weiß, ist keine der ausgeschiedenen Anwärterinnen mehr am St. Joseph's.«

»Wie seltsam«, spiele ich mit. »Weißt du, warum?«

»Wieso sollte ich? Viele brechen ihr Studium einfach ab«, sagt sie wenig überzeugt. Ich sehe die Synapsen hinter den Spitzen ihres zur Seite gekämmten Ponys arbeiten.

Ziel erreicht! Ich bin mir ziemlich sicher, dass Laura, die sich in wirklich alles verbeißt, weiter nachbohren wird und irgendwann mit ihrem frisch erworbenen Wissen angeben wird. Das habe ich direkt bei unserem ersten Aufeinandertreffen am eigenen Leib erfahren – und für einen miesen Charakterzug gehalten, der uns jetzt weiterhelfen kann. Ich habe nicht mal ein schlechtes Gewissen, sie für unser Vorhaben einzubinden. Schließlich hat sie während der Anwärterphase die Kabinentür der Damentoilette blockiert, damit Josh und ich einen Minuspunkt kassieren.

»Wie läuft es denn mit Joshua Prentiss?«, fragt sie dann aus heiterem Himmel.

Ich spucke beinahe meinen Schluck Chai Latte auf den Tresen. Dass sie Small Talk hält, ist mir neu.

»Gut?«, erwidere ich, was eher nach einer Frage klingt.

»Ich finde es toll, dass du ihm alles verziehen hast.«

Ihr herausfordernder Tonfall erinnert mich so erschreckend an die Laura aus der Anwärterphase, dass bei mir sämtliche Alarmglocken schrillen.

»Wovon genau sprichst du?«, bringe ich stockend hervor, im Kopf den Berg an Dingen, die zwischen Josh und mir vorgefallen sind und die ich hinter mir lassen musste, um ihm überhaupt wieder vertrauen zu können – und von denen Laura eigentlich nichts wissen sollte.

»Na, das mit dieser Fotografin zum Beispiel, die er angeheuert hat, damit sie ein Paparazzi-Bild von euch schießt. Und erzähl mir bloß nicht, dass er dich vorher gefragt hat.«

Ich will etwas einwerfen, doch sie hebt ihre zarte Hand. Ich schließe den Mund wieder.

»Okay, darüber hätte ich vielleicht auch noch hinwegsehen können. Aber eins geht selbst mir zu weit …« Laura macht eine dramatische Pause und mein Herz schlägt immer schneller. »Es ist schon ziemlich mies, einfach an Kellan weiterzugeben, dass du dich mit einem Nicht-Lion triffst, nur um dich küssen und retten zu können.« Sie schüttelt den Kopf.

Die Temperatur an der Bar fällt rapide ab. Ich klammere mich an mein Glas und bemühe mich, einen neutralen Ausdruck zu bewahren. Er entgleitet mir trotzdem, was Laura mit einem schmalen Lächeln registriert. Ich hebe mein Glas und gebe vor zu trinken, obwohl ich um Atem ringe.

»Wie kommst du darauf?«, würge ich irgendwann hervor.

»Ich habe mich umgehört, das Ausschlussverfahren genutzt und einfach eins und eins zusammengezählt. Der Hinweis war anonym, kann aber nur von ihm stammen.« Ihr zufriedenes Grinsen macht mich schier wahnsinnig. Dennoch sage ich so gefasst wie möglich: »Wir haben uns ausgesprochen.«

Laura nickt. »Dann geh mal schön wieder zu ihm. Er wartet doch oben bestimmt sehnsüchtig auf dich.« Sie leert ihre Teetasse und springt vom Barhocker. »Bis bald, Cara.«

Mit großen Schritten durchquert sie den Lichthof und läuft zu beschwingt die Treppe hinauf.

»Ist alles okay?«, fragt mich Miley, als sie Lauras Tasse wegräumt. »Du siehst auf einmal so bleich aus.«

»Alles okay«, sage ich schnell, leere mein Glas und verabschiede mich von Miley.

Mit jeder Stufe, die ich zu meinem Zimmer – zu Josh – hinaufgehe, steigert sich meine Wut auf ihn weiter.

11

FREITAG, 11. 12.

»Keine Geheimnisse mehr, ja?«, rufe ich beim Betreten meines Zimmers und stoße dabei die Tür mit so viel Schwung auf, dass sie gegen die Wand knallt. »Dann verrate mir mal, warum du mir nicht gesagt hast, dass *du* Tyler und mich an Kellan verraten hast!«

Die ganze Zeit war ich davon ausgegangen, dass Laura die Information weitergegeben hat. Doch ich erhalte keine Antwort. Mein Blick fliegt über den Einbauschrank, den stillgelegten Kamin, das unsymmetrische Wandregal, mein Bett, den Nachttisch, die Kommode bis zum Schreibtisch unter dem Fenster. Josh ist nirgendwo. Ich sehe sogar im Badezimmer nach.

Innerhalb eines Atemzugs habe ich das Handy aus der Tasche gezogen und über die Raven-App seinen Namen gewählt.

»Ist etwas passiert?« Er klingt alarmiert. Die Anrufe über die App sind für Notfälle reserviert. Trotz Stummschaltung des Smartphones klingeln sie wie ein nationaler Alarm.

»Wo steckst du?«, frage ich.

»Lion Manor, warum?« Er scheint vollkommen verwirrt und verunsichert mich damit.

»Laura und ich haben dich nicht gehen sehen«, sage ich knapp.

»Hast du bei Laura etwas herausgefunden?«, lenkt er ab, leider in die falsche Richtung. Meine Wut auf ihn steigert sich erneut und fegt die Verwirrung, dass er nicht mehr in meinem Zimmer ist, beiseite. »O ja, das habe ich.« Meine Stimme wird immer lauter und ich schließe schnell die Tür zu meinem Zimmer. »Hast *du* Tyler und mich verraten?«

Ich zähle fünf Atemzüge, in denen absolute Stille herrscht. Dann seufzt Josh am anderen Ende der Leitung, doch bevor er etwas sagen kann, lege ich auf.

Ich lasse mich auf mein Bett fallen und schalte das Handy aus, weil Josh unentwegt über die App anruft.

Es klopft an der Tür.

»Nein!«, brülle ich.

Wie schnell ist er denn gerannt?

»Cara?«, ruft eine zaghafte Stimme, die nicht Josh gehört.

»Dione?«, frage ich zurück, als wäre es völlig abwegig, dass meine Zimmernachbarin an meine Tür klopft.

»Wer denn sonst?«

Ich kann sie nicht sehen, höre aber das Lächeln in ihrem Tonfall und bitte sie herein.

»Mit wem hast du dich gestritten?« Sie schließt die Tür hinter sich und sieht sich um.

»Mit Josh.« Sein Name klingt verdienterweise wie ein Schimpfwort.

Dione setzt sich neben mich aufs Bett und streicht ihr Galaxie-Haar über die Schulter.

»Was hat er denn angestellt? Für mich hat es so ausgesehen, als würde zwischen euch alles super laufen.«

Ich schnappe mir mein altes beigefarbenes Dekokissen von zu Hause und pule an den Knötchen herum, während ich Dione erzähle, was ich gerade von Laura erfahren habe. Dass alles darauf hindeutet, dass Josh meinen Abend mit Tyler ausgeplaudert hat.

»Warum gibst du dich überhaupt mit Laura ab?«, fragt sie, als ich mir allen Ärger von der Seele geredet und dabei ein Meer aus Fusseln erzeugt habe, die nun die Oberfläche meines Nachttischchens bedecken wie eine Schicht Pulverschnee.

»Mehr hast du nicht dazu zu sagen?«, frage ich mit einer Mischung aus Schock und Enttäuschung.

»Warum sprichst du nicht in Ruhe mit Josh darüber?« Sie hebt ihre Braue so weit, dass der sonst kaum sichtbare rosafarbene Glitzer auf ihrem Oberlid zum Vorschein kommt. »Wenn Laura nur annimmt, dass er ...«

»Deshalb hatte ich ihn doch angerufen.«

»Und was hat er zu seiner Verteidigung gesagt?«

Zwei weitere Knötchen sammeln sich zwischen Daumen und Zeigefinger. »Ich habe ihn damit konfrontiert und er hat sich nicht einmal verteidigt.«

»Weil du aufgelegt hast.«

Sie kennt mich offenbar viel zu gut. Ich presse die Zähne aufeinander und Dione grinst.

»Wie Austin sagen würde: Im Zweifel für den Angeklagten. Josh würde dich niemals verraten. Selbst wenn er den anonymen Hinweis gegeben hat ...« Sie überlegt angestrengt, ich sehe förmlich, wie sie nach Erklärungen sucht. »Vielleicht dachte er nur, es wäre besser, wenn er es meldet, als jemand anderes. So konnte er sich … vorbereiten. Und das hat er ja anscheinend ganz gut gemacht.« Sie zuckt verheißungsvoll mit den Brauen und lächelt vollkommen entzückt.

Auch ich denke automatisch an unseren ersten Kuss, der mich völlig überrumpelt hat und sich nicht so gut hätte anfühlen dürfen, weil ich niemals meine Zustimmung gegeben hätte.

»Na, siehst du?« Dione stupst mich mit ihren dunkellila lackierten Fingernägeln an, als hätte sie meine Gedanken direkt verfolgt. »Rede mit ihm. Dazu müssen übrigens *beide* zu Wort kommen, nicht nur du. Sonst bleibt es am Ende nur bei irgendwelchen Vorwürfen.«

Ich sehe Dione an, wie sehr sie sich wünscht, dass es zwischen mir und Josh gut läuft, ich weiß jedoch nicht, warum. »Wieso hängst du dich da so rein?«

»Ernsthaft? Du bist meine beste Freundin und ich will, dass du glücklich bist. Und er macht dich glücklich, Cara. Vielleicht erkennst du es selbst nicht, aber ich habe dich in Gegenwart von Tyler gesehen, den du anscheinend mochtest, und ich habe dich zusammen mit Josh gesehen.«

»Und?« Mehr bekomme ich nicht heraus, weil Tylers Name mir die Kehle zuschnürt.

»Das mit Tyler war nicht mehr als oberflächliches Teenie-Geplänkel.« Diones wegwerfende Handbewegung lässt die dünnen silbernen Armreifen an ihrem Handgelenk klimpern.

»Und mit Josh?«, frage ich, obwohl ich die Antwort vielleicht gar nicht hören will.

Dione greift nach meiner Hand und lockert meine Finger, sodass ein paar Fusseln zwischen uns regnen – das Kissen ist schon fast wieder so glatt wie damals, als Dad es mir geschenkt hat.

»Mit Josh geht es tiefer, egal, was du dir einredest. Auch wenn ihr euch doofe Sprüche an den Kopf werft, habt ihr während der Anwärterphase zusammengehalten.«

»Das war unsere Aufgabe. Sonst wäre ich jetzt nicht hier.« Ich will ihr meine Hand entziehen, doch sie drückt sie fest.

»Das glaube ich nicht, Cara. Und du glaubst es tief in dir auch nicht.« Sie stupst mich an. »Ich kriege doch mit, wie er dich ansieht, nein, wie *ihr euch* anseht. Auch jetzt noch. Kein Lion ist so oft in Raven House wie Josh und schleicht durch die Gänge, nur um dich *zufällig* zu sehen.«

Tut er das? Ich ziehe die Brauen zusammen, was Dione natürlich gleich dazu animiert, weiterzubohren und eine Dauerwerbesendung für Josh aus dem Gespräch zu machen. Dabei denke ich nur daran, dass wir lediglich ein *Team* sind, kein romantisches Paar.

»… jedes Mal, wenn er dich auf dem Charity Ball irgendwo entdeckt hat, hat sich sein Lächeln in ein Strahlen verwandelt. Und beim Dinner hat er sich dir zugewandt, als würdest du die Anziehungskraft der Sonne auf ihn ausüben.«

An Dione ist offensichtlich eine Poetin verloren gegangen, vermutlich sind ihre Entwürfe deshalb so tiefgründig und dadurch einfach genial. Ich würde ihr so gern die Wahrheit sagen, über Beverly, ihr Verschwinden, die Verstrickung mit Tyler … Aber ich habe Hannah und Josh versprochen, mit niemandem darüber zu reden.

»Er hängt noch an einem anderen Mädchen«, platze ich heraus.

Ich muss es einfach loswerden. Vielleicht, weil ich mir nicht länger anhören kann, wie toll Josh ist.

Mit dieser Aussage unterbreche ich endlich ihre Schwärmerei.

»Wie bitte? Welches andere Mädchen?«

Ich umschiffe die Details, so gut es geht, und erzähle ihr nur, wie sich Beverly in einzelnen Momenten immer zwischen uns gedrängt hat. Selbst dabei legt sich ein bitterer Geschmack auf meine Zunge, weil es sich anfühlt, als würde ich nicht nur Josh, sondern auch Hannah und sogar Beverly irgendwie hintergehen. Aber Dione muss wissen, dass es nur nach außen hin so *perfekt* wirkt. Außerdem tut es auch ganz gut, mit jemandem zu sprechen, der keine vor Sehnsucht leuchtenden Augen bekommt, wenn der Name Beverly Grey fällt.

Ich verrate Dione jedoch nicht, dass Josh hier ist, um sie zu suchen, oder in welcher Beziehung Tyler zu ihr steht. Letzteres, weil ich es ja selbst nicht wirklich weiß.

Alle Ereignisse seit meinem Einzug in Raven House so zusammengerafft zu erzählen, schickt mich auf eine emotionale Achterbahnfahrt und ich habe Mühe, mich auf das Detail zu konzentrieren, auf das ich Diones Aufmerksamkeit richten will. Josh hängt an Beverly – nicht an mir. Das ist ein Fakt.

»Scheiße«, sagt sie, springt unvermittelt auf und beginnt, durch mein Zimmer zu gehen. Sie bleibt immer wieder kurz stehen, will etwas sagen, lässt es jedoch bleiben und dreht weiter ihre Runden. Das inzwischen knötchenfreie Kissen lege ich beiseite und überlege, ob ich den Flaum auf meinem Nachttisch wegräumen sollte, da springt Dione auf mich zu und geht vor mir in die Hocke.

»Ich habe da eine Idee.«

Ihr Blick verheißt nichts Gutes, aber auf meine Nachfrage hin lenkt sie nur ab.

»Du hast dein Kleid für den Snowball noch nicht anprobiert. Ich kenne deine Maße zwar inzwischen genau, aber mir ist es lieber, wenn du kurz hineinschlüpfst, falls ich mich irgendwie vertan habe.« Sie erhebt sich und streckt mir die Hand hin, um mich hochzuziehen.

»Du hast mir schon wieder ein Kleid genäht? Ich dachte, ich ziehe das vom Aufnahmeball an. Es ist weiß, funkelt wie Schnee …«

»Aber du kannst doch nicht zweimal dasselbe Kleid tragen, wenn du zu einem Ball gehst!« Das Entsetzen in ihrem Gesicht ist nicht gespielt. Sie zerrt so lange an meinem Arm, bis ich aufstehe und ihr ergeben über den Flur nach nebenan folge.

Wenig später sehe ich mich in Diones Zimmer um, das durch die zahlreichen Schneiderpuppen in blassblauen Kleidern beengt wirkt wie immer.

»Ich dachte, es wäre ein Snowball. Müssten die Kleider nicht weiß sein?« Ich streiche über eine Stola aus weißen und eisblauen Marabu-Federn, die schon vom Windhauch vor meiner Berührung erzittern.

»Keine Ahnung, warum sich Weiß beim Aufnahmeball durchgesetzt hat, aber da das nun mal eine Tatsache ist, habe ich mich bei den Kleidern für den Snowball auf Eis konzentriert.« Sie deutet auf eine Modezeichnung auf dem Tisch.

Allein durch die wenigen Striche, mit denen Dione das Kleid und den Umhang skizziert hat, ergänzt mein Gehirn den fehlenden Kopf mit dem weißblonden langen Zopf.

»Elsa aus *Die Eiskönigin* ist dein Vorbild?«

»Exakt. Und sag das nicht so, als wäre das etwas Schlechtes. Ich liebe Elsa!«

Sie stimmt *Let it go* an, und weil es mein allerliebstes Disneylied ist, singe ich wie von selbst mit, während ich mich von Dione einkleiden lasse. Wir blamieren vermutlich gerade alle Ravens mit unserem schlechten und sehr lauten Gesang, aber ich hatte seit Wochen nicht mehr so viel Spaß.

Erst als ich mich von ihr auf die verspiegelte Seite des Paravents ziehen lasse, fällt mir auf, wie gekonnt sie mich abgelenkt hat. Sie hat einfach eine schon fast magische Fähigkeit, jeden mitzureißen und zu begeistern.

»Ist das nicht etwas zu freizügig?«, frage ich ihr Spiegelbild, das direkt hinter meinem steht und an den drei gefährlich dünnen Silberbändern zieht, die hoffentlich nicht allein für den Halt des für meinen Geschmack zu tiefen Ausschnitts sorgen. Wie schon beim Aufnahmeball hat sich Dione an meine Vorliebe für schlichtere Designs gehalten. Der transparente, mit etlichen irisierenden Pailletten bestickte Stoff über dem formgebenden weißen Unterrock fällt von dem untersten Silberband um meine Taille fast gerade nach unten. Der obere Teil des Kleides besteht jedoch nur aus zwei breiten Streifen der Stoffkombination, die meine Brust gerade so bedecken.

Dione lächelt mich im Spiegel an. »Deshalb wollte ich, dass du es anziehst«, beruhigt sie mich und schiebt die noch leicht zusammengerafften Stoffbahnen so weit auseinander, dass man nicht länger fast bis zu meinem Bauchnabel sehen kann. Anschließend zaubert sie eine Tube Stoffkleber herbei und fixiert die silbernen Bänder am Stoff.

»Wird das halten?«, frage ich skeptisch.

»Ich nähe es gleich noch fest. Doppelt hält besser. Dreh dich mal!«

Ich tue ihr den Gefallen. Die obere Stofflage bauscht sich auf und ich fühle mich wie früher, als Phee und ich Prinzessinnen gespielt haben.

Dione seufzt entzückt. »Ein paar Minuten müssen wir noch warten, dann ist der Kleber trocken.« Sie macht Anstalten, sich einer der Ankleidepuppen zuzuwenden, aber ich halte sie zurück.

»Wirst du mir von deiner Idee erzählen?« Sie glaubt doch nicht, dass ich die ganze inszenierte Ablenkung nicht durchschaue.

»Welche Idee?«, fragt sie nur, schenkt mir ein zuckersüßes Grinsen und streift mit den Fingern über die Marabufedern. »Wen wirst du eigentlich zum Ball einladen?«

Ihr Blick fliegt zu ihrem vollgepackten Schreibtisch, auf dem zwei weiß glitzernde Karten für den Snowball auf Resten des irisierenden Stoffes um die Wette funkeln. Auf einem von ihnen steht Diones Name, die andere ist für ihren Gast. Genau wie die beiden Karten, die ich vor ein paar Tagen auf meinem Bett vorgefunden habe, denn zum Snowball soll jede Raven und jeder Lion jemanden von außerhalb mitbringen.

»Hannah natürlich. Ich habe sonst kaum Kontakt zu Kommilitonen außerhalb der Ravens und Lions.« Ich lasse unerwähnt, dass es mich einiges an Überzeugungskraft gekostet hat, sie zu überreden. Ihr Reporterinstinkt und ihre Neugier haben mich dann jedoch gewinnen lassen.

Dione zuckt mit den Schultern. »Mir geht es genauso. Austin hat die zweite Karte einer Jurastudentin aus seinem Strafrechtkurs gegeben, die ihn ständig anbaggert, aber ich …« Sie schluckt und ich spüre die Eifersucht, die an ihr nagt, ob sie es zugeben will oder nicht.

»Du findest garantiert noch jemanden, den du einladen kannst. Wir werden Spaß haben. Und du wirst Hannah lieben!«, versuche ich sie aufzumuntern und habe damit sogar Erfolg. Dabei nehme ich mir vor, ein ernstes Wörtchen mit Austin zu reden.

Weil Austins Handy ständig ausgeschaltet ist, folge ich rund eine Stunde später das erste Mal dem gepflasterten Weg, der an der Fassade von Raven House entlang zum Wohnheim der Lions führt. Zwischen leeren Blumenbeeten und gestutzten Gräsern, kleinen immergrünen Büschen und perfekten englischen Rasenflächen führt der Weg auf das gusseiserne Tor zu, das die Grundstücke der beiden Studentenverbindungen trennt. Ich schiebe es auf, entgegen meiner Erwartung quietscht es nicht. Auch der Garten der Lions ist bereits in Winterstimmung und lässt Raum für Fantasie. Während ich unter etlichen blattlosen Bäumen einer Allee entlanggehe, stelle ich mir vor, wie herrlich alles im Frühjahr oder vielleicht sogar im Sommer aussehen muss – wenn Lion Manor nicht bereits durch die kargen Äste zu sehen ist, sondern erst am Ende des Weges vor dem Besucher auftaucht. Erhaben, majestätisch, absolut protzig. Das ist jedenfalls mein erster Eindruck. Raven House stellt schon mehr dar, als man von einem Wohnheim auf einem Campus erwarten könnte, aber Lion Manor ist das, was bei Wikipedia unter dem Begriff »Lustschloss« zu finden wäre.

Die letzten hundert Meter des gepflasterten Weges führen mich auf geschwungenen Bahnen zu dem barocken Gebäude, das noch höher in den blauen Himmel ragt als Raven House, ihm jedoch vom Aufbau her erschreckend ähnlich ist. Auch Lion Manor hat im Erdgeschoss einen Zugang für Lieferanten und Personal. Valérie nennt das Pendant in Raven House immer »ehemaligen Dienstboteneingang«. Seitlich führen zwei lange geschwungene Freitreppen zum Haupteingang, über dessen Rundbogenfenster zwei Relieflöwen einander zugewandt auf den Hinterbeinen stehen wie auf einem alten Wappen eines Lords. Vielleicht *ist* es das Wappen eines Lords, geht mir durch den Kopf, während ich die linke Freitreppe hinaufsteige.

Vor der dunklen Eingangstür mit Sprossenfenster zögere ich, ob ich klingeln oder einfach eintreten soll. Lion Manor wird wie Raven House von zahlreichen Kameras überwacht. Die Sicherheitsleute haben ihren Arbeitsplatz im Erdgeschoss und schreiten sofort ein, wenn eine unautorisierte Person das Grundstück betritt. Durch Joshs Anwesenheit wurden die Sicherheitsvorkehrungen verschärft und die Security zahlenmäßig aufgestockt.

Als Raven habe ich die Erlaubnis, Lion Manor zu betreten, daher hole ich nur kurz tief Luft und schiebe dann die Tür auf. Beim Durchtreten ertönt ein leises Summen, das mich erschrocken hin und her schauen lässt, bis ich die grüne Lampe aufleuchten sehe, über der auf einem Schild »Metalldetektor« steht. Unter der Decke sirrt ganz leise eine Kamera und beobachtet mich mit ihrem einzelnen Auge. Nach dem kleinen Windfang, in dem zahlreiche bunte Jacken hängen und sich Schuhe stapeln, betrete ich eine Welt aus Rot und Weiß.

Wo unser Lichthof in den Farben aus Barock und Renaissance erstrahlt, gleicht der von Lion Manor einem antiken griechischen Tempel. Wie bei uns gibt es an den Wänden etliche Reliefs, Medaillons und Zierleisten, doch hier ist ihnen jegliche Farbe entzogen. Selbst die Sprossen der großen Rundbogenfenster sind weiß gestrichen. Die Marmorstatuen auf ihren Sockeln in den gewölbten Nischen neben einem Durchgang verstärken die Tempelatmosphäre noch. Die oberen Stockwerke sind durch eine Galerie einsehbar, die Geländer bestehen aus Hunderten kleinen weißen Säulen.

Die überwiegend im dunklen Rot der Lions gehaltene Einrichtung wirkt deshalb grotesk grell – eine ausladende Sofalandschaft und zahlreiche Sessel, die den Saal sprenkeln wie Blutspritzer auf einem Hochzeitskleid. Ich habe auch hier wie bei uns eine kleine Bar erwartet, aber die Jungs scheinen keinen Wert darauf zu legen. Oder überhaupt auf den Aufenthalt hier.

Erst auf den zweiten Blick entdecke ich ein paar Beine in Jeans und schwarzen Turnschuhen, die über der Seitenlehne eines Sessels hängen. Ich bin mir sicher, dass die Beine nicht Austin gehören, aber ich könnte den Jungen zumindest fragen, wo ich Austins Zimmer finde. Alles andere als lautlos – meine Schuhe quietschen auf dem polierten weißen Marmor – nähere ich mich dem Sessel und umrunde ihn.

Kellan ist vollkommen in sein Handy vertieft. Er tippt wild darauf ein, wartet und zieht die Stirn in Falten. Als ich mich räuspere, lässt er vor Schreck das Handy fallen, richtet sich ruckartig auf und nimmt die Beine von der Lehne. Er wirkt wie in flagranti ertappt und ich muss grinsen.

Zum Glück landet das Handy auf dem kleinen weißen Flokatiteppich unter dem Sessel. Der Marmorboden wäre vermutlich sein Tod gewesen. Doch das Geräusch lässt ein graues flauschiges Etwas über den Boden fegen. Simba ist binnen eines Wimpernschlags aus meiner Sicht in Richtung des bogenförmigen Durchgangs verschwunden.

»Willst du mich umbringen?«, keucht Kellan und holt tief Luft, während er sich nach dem Handy bückt.

»Eigentlich suche ich nach Austin, aber wenn du so schreckhaft bist ...« Ich zucke mit den Schultern und ernte den typisch finsteren Kellan-Blick.

»Ich glaube, er holt den Smoking für morgen ab, aber du kannst gern hier auf ihn warten«, sagt er. »Oder du gehst hoch zu Josh. Er müsste in seinem Zimmer sein.«

Seine Aufmerksamkeit wird direkt wieder von seinem Mobiltelefon in Anspruch genommen und auch mein Blick wird davon wie magisch angezogen.

Eine Nachricht von *Honey* ist eingegangen. Ich grinse über den Spitznamen für Luca und rühre mich kein Stück von der Stelle.

»Kann ich sonst noch was für dich tun?«, fragt Kellan genervt, die Augen inzwischen so weit zusammengekniffen, dass ich die Farbe nur noch erahnen kann.

»Nein, nein«, erwidere ich schnell und schüttele den Kopf. »Ich versuche einfach, Austin anzurufen und mich später mit ihm zu treffen.«

Scheinbar zufrieden mit meiner Antwort lässt sich Kellan wieder in den Sessel fallen und tippt eine Antwort an *Honey*. Dabei sieht er aber nicht annähernd so verträumt aus wie der Junge am anderen Ende der Leitung. Während Luca beim Chatten immer mehr erstrahlt, scheint es für Kellan so anstrengend zu sein, dass er höchst konzentriert die Brauen zusammenzieht und mit angespanntem Kiefer Buchstabe für Buchstabe tippt.

»Viel Spaß noch beim Flirten«, sage ich und ernte dafür einen vollkommen schockierten Blick, weshalb ich lieber die Klappe halte, anstatt mich zu erklären. Kellan Thomas und ich liegen eindeutig nicht auf einer Wellenlänge wie Luca und ich. Bei den beiden trifft wohl das berühmte »Gegensätze ziehen sich an« zu.

Auch wenn ich neugierig auf Lion Manor jenseits des weißen Tempels bin und mein von Dione aufgestacheltes Herz bei der Vorstellung, Joshs Zimmer zu betreten, vor Freude einen Satz macht, verlasse ich das Verbindungsgebäude. Auf dem Weg durch den Garten kommen mir ein paar Helfer mit großen Kartons entgegen.

Auch in Raven House werden die letzten Vorbereitungen für den morgigen Snowball getroffen. Als ich den Lichthof betrete, fühle ich mich wie in der Garderobe für ein Eiskönigin-Theaterstück.

Miley winkt mir zu und ich beäuge die Kistenberge und die großen Säcke mit Kunstschnee und weißem Vlies, die gerade von den Männern einer Transportfirma zum Ausgang und hinüber nach Lion Manor geschleppt werden. In einem von ihnen erkenne ich sogar meinen Umzugshelfer wieder und ich lächele ihn an. Er scheint mich nicht zu erkennen, sondern geht schnurstracks an mir vorbei.

»Darf ich dir einen Frozen Coffee bringen?«, fragt Miley und grinst mich an. »Inspiriert von all dem Kram hier musste ich etwas austesten.«

»Da fragst du noch?« Ich setze mich an die Theke und sehe zu, wie sie Eiswürfel, Puderzucker und Instant-Kaffeepulver mit kalter Milch mixt. Das Ergebnis ist ein cremiger, süßer Traum mit Kaffeegeschmack, dessen winzige Eissplitter auf der Zunge zergehen.

»Ich will nie wieder etwas anderes«, seufze ich, was Miley zufrieden lächeln lässt.

Glück ist … das ehrliche Lächeln deines Gegenübers.

12

SAMSTAG, 12.12.

Nach meinem gestrigen Blick in die Villa der Lions wundert es mich nicht mehr, dass der Snowball in Lion Manor stattfindet. Einer Prozession gleich ziehen alle Ravens am Samstagabend in weißblauen Roben – und ohne Jacken! – den von Tausenden kleinen weißen Lichtern in den Bäumen erhellten Weg entlang zu unserer Partnerverbindung. Der Durchgang in der Mauer zwischen den Grundstücken wurde mit gigantischen geschnitzten Eisblöcken in das Tor zu einer anderen Welt verwandelt, in der ewiger Winter herrscht. Lautstarke Kanonen beschießen uns mit winzigen Eiskristallen. Der am Vortag noch weitläufig grüne Rasen ist nun unter einer Decke aus funkelndem Kunstschnee verborgen. Eisskulpturen – überwiegend majestätische Löwen und Fantasiewesen – verstärken den märchenhaften Eindruck noch.

Valérie könnte die Schneekönigin höchstpersönlich verkörpern. Ihr hellblau schimmerndes Meerjungfrauenkleid sieht aus wie eine zweite Haut und der durch Drähte in Form gebrachte Rundbogenausschnitt scheint aus reinem Eis zu bestehen. Sie geht neben Dione, Laura und mir den mit weißem Teppich ausgelegten Weg entlang. Ihr heutiges Parfüm, ein intensiver Rosenduft, hüllt uns ein.

»Ihr wisst, dass der Snowball die einzige Gelegenheit im Jahr ist, mit externen Studierenden auf Lion Manor zu feiern«, sagt sie. »Habt ihr auch eure Gäste-Einladungen vergeben?«

Sie sieht von Laura zu Dione und dann zu mir. Ich nicke schnell, genau wie Laura und zu meiner Überraschung auch Dione. Valérie wirkt zufrieden. Bevor ich Dione fragen kann, wen sie denn nun eingeladen hat, fährt Valérie fort.

»Und ihr habt auch eure eigenen Einladungen und die Bücher dabei?«

»Natürlich«, sage ich. Wie von selbst gleitet meine Hand zu der kleinen Tasche, in der beides steckt. Mein Raven-Buch habe ich immer bei mir. Es gleitet inzwischen schon wie von selbst in die jeweilige Tasche wie mein Handy oder das Portemonnaie.

»Wofür brauchen wir die Bücher überhaupt?«, nimmt mir Laura die Frage aus dem Mund, während sie ihre kleine weiße Plüschtasche fest umklammert hält.

Die Bücher sind Segen und Fluch der Ravens. Sie sind unser Ticket in die Verbindung, aber das Video, wie wir sie uns beschafft haben, könnte unser Untergang sein.

»Sie sind euer Einsatz, solltet ihr mitspielen«, sagt Valérie in einem geheimnisvollen Tonfall, der mich selbst in der gegenwärtigen Kälte erschaudern lässt. »Kellan wird gleich alles Weitere erläutern.«

Ich hatte bereits mehrmals das Gefühl, dass Valérie den unangenehmen Teil gern auf ihr männliches Pendant schiebt und die Kälte ballt sich in meinem Magen zusammen, während wir auf Lion

Manor zuhalten. Zu meiner Verwunderung betreten wir nicht das vollkommen unbeleuchtete Gebäude, das über uns aufragt, sondern nutzen den »Dienstboteneingang«, der von zwei gigantischen Eislöwen flankiert wird, die mit Spots in Szene gesetzt sind. Über der Tür hängen Eiszapfen in unterschiedlicher Länge und verbergen so gekonnt den hier ebenfalls angebrachten Metalldetektor. Ein eisiger Tropfen fällt mir in den Nacken, als ich hinter Valérie unter ihnen hindurchgehe. Dahinter öffnet sich ein langer Flur, der durch etliche Kilometer Stoff zu einem Eistunnel umdekoriert wurde. Wummernde Bässe lassen die Stoffbahnen erzittern und die kleinen Dioden dahinter wie Eis im Sonnenlicht funkeln.

»Geht wenigstens aus dem Weg, wenn ihr nur den Flur anstarren wollt«, zerstört Laura den zauberhaften Moment und schiebt mich und Dione zur Seite.

Durch eine gut getarnte Schwingtür tritt ein Kellner in weißem Anzug mit weißer Weste und weißer Fliege. Selbst sein Gesicht und die Lippen sind weiß geschminkt. Ihm folgen weitere Bedienstete, die genauso gekleidet sind. Alle tragen Tabletts mit kleinen leeren Gläsern. Wir folgen ihnen, bis sich der Eistunnel zu einer magischen Höhle weitet, in der sich bereits zahlreiche Lions in Gruppen zusammengefunden haben. Ein DJ steht am Rand der Tanzfläche, die einem zugefrorenen See nachempfunden ist, und presst sich einen Kopfhörer ans linke Ohr. Aus diversen Lautsprechern dringt Musik, aber nicht annähernd so laut, wie ich es vom Flur aus erwartet hätte. Die Akustik im Gewölbe ist erstaunlich. Man kann sich sogar einigermaßen gut unterhalten, was Kellan, den ich in diesem Moment entdecke, auch tut. Vor ihm stehen mit dem Rücken zu uns die neuen

Lions: Josh, Austin und Barron. Gemeinsam mit Valérie durchqueren wir den Raum und gehen auf sie zu.

Auch hier sind die Wände verkleidet wie im Flur. Von der hohen Decke hängen Leuchten in Eiszapfenform herab und lassen den Glitzer aufschimmern, der wie eine Staubschicht auf einfach allem zu liegen scheint.

Austin, in dessen zusammengebundenen Rastazöpfen Eiskristalle hängen, dreht sich als Erster zu uns um und zaubert pures Glück in Diones Augen.

Nach einem scheuen Lächeln wendet sie sich mir zu und macht eine ausladende Geste in den Saal. »Ich hatte es mir bereits fantastisch vorgestellt, aber das hier ist …«, beginnt sie, greift nach meiner Hand und drückt sie.

»… atemberaubend«, beendet Josh ihren Satz mit belegter Stimme. Er hat sich ebenfalls zu uns umgedreht, bewegt sich langsam weiter auf uns zu und lässt mich dabei keine Millisekunde aus den Augen.

Sein Blick gleitet über jeden Zentimeter meiner von Glitzerpuder überzogenen Haut, was bei mir ein stärkeres Prickeln verursacht als die Eissplitter des Kunstschnees auf dem Weg hierher. Er hält mich vollkommen in seinem Bann. Meine Brust schnürt sich zu, als hätte Dione die drei silbernen Bänder zu eng geschnürt. Die Unterversorgung meines Hirns mit Sauerstoff hat zur Folge, dass ich Josh anstarre wie einen aus einem Buch gefallenen Eisprinzen, den er definitiv verkörpern könnte. Seine nach hinten gekämmten Haare betonen seine Gesichtszüge, geben ihnen etwas Fremdartiges, sodass ich unwillkürlich nach etwas Vertrautem suche. Seine Augen wirken in dem Eiskristalllicht viel heller, die Wangenknochen treten mehr hervor.

Kellans Klatschen unterbricht mein peinliches Starren. Valérie tritt neben ihn und wir wenden uns ihnen zu. Das ungute Gefühl von vorhin kehrt mit einem Schlag zurück.

»Der Snowball ist für uns ein ganz besonderes Jahreshighlight«, setzt Kellan an und wiederholt, was Valérie zuvor über externe Gäste gesagt hat. Meine Gedanken schweifen beinahe ab, bis er von den traditionellen Spielen am Abend des Snowballs berichtet. »Die Teilnahme ist natürlich freiwillig. Aber um euch einen kleinen Anreiz zu geben ...«

»Wer die Herausforderung annimmt und am Ende gewinnt, dem erfüllen wir einen Wunsch!«, unterbricht ihn Valérie und jauchzt vergnügt.

Kellans Grinsen wirkt wie immer gefährlich, während seine Augen jedoch in die Ferne gerichtet sind. Was er sich wohl wünscht?

»Egal, worum es sich handelt«, fügt Valérie mit Nachdruck hinzu und sieht uns sechs Neuzugänge nacheinander in die Augen, »sofern es in unserer Macht steht, bekommt der Sieger oder die Siegerin jeglichen Wunsch erfüllt.«

Ich will mein Video, schießt mir als Erstes durch den Kopf. Aber wäre das tatsächlich möglich? Würde ich es zurückbekommen, wenn ich – welche Spiele auch immer – durchstehen und gewinnen würde?

»Wo ist der Haken?«, fragt Laura.

Natürlich antwortet Kellan. »Die Person mit den wenigsten Punkten erhält ihr Buch nicht zurück.«

Sofort ziehe ich meine Gedanken an eine potenzielle Teilnahme zurück. Ohne das Buch wäre ich keine Raven mehr. Wer ist so bescheuert und riskiert so was?

Als würde er auf meine Gedanken antworten, erklärt Kellan: »Die meisten, die schon länger dabei sind, haben ihre Bücher bereits abgegeben und ihre Namen mit dem Wunsch in den Topf geworfen.«

Er deutet ein paar Meter neben sich auf einen Mann, der eine geöffnete weiße Kiste bewacht und als Einziger einen schwarzen Anzug trägt, sodass er aus all dem Blau und Weiß der Ravens und Lions fast bedrohlich hervorsticht.

Brittany und Cheryl sind gerade dabei, ihre Raven-Bücher hineinzulegen. Im Anschluss notieren sie an einem Stehtisch etwas auf ihren funkelnden Einladungen, die sie danach in eine brusthohe gläserne Säule werfen, in dem schon etliche Karten von einem Gebläse herumgewirbelt werden.

So viele Ravens und Lions riskieren die Mitgliedschaft und damit ihre … Zukunft? Wobei Letzteres wahrscheinlich nur für die Stipendiaten gilt, denn alle anderen haben genug Geld, um ihr Studium auch ohne die finanzielle Unterstützung der Verbindungen zu beenden. Wieder einmal wird deutlich, dass eben doch Unterschiede zwischen uns herrschen, das Streben nach Gleichbehandlung hin oder her.

»Was sich Brittany wohl wünscht?«, fragt Barron mit einem widerlichen Grinsen im Gesicht, das Austin und Josh mit einem Kopfschütteln quittieren.

Laura bemerkt es nicht und erwidert mit einem abfälligen Blick:

»Ihre Mum steht kurz vor einem wichtigen Vertragsabschluss. Vielleicht braucht sie ja noch Unterstützung.«

Passend zu meinem vorherigen Gedanken gehen mir die enormen Kreise und exklusiven Kontakte der beiden Verbindungen und ihrer einflussreichen Ehemaligen durch den Kopf. Wenn selbst so etwas möglich ist, wäre die Herausgabe meines Videos ja eine Kleinigkeit, oder? Meine Finger klammern sich um meine Handtasche, während Laura und Barron bereits losgehen, um ihre Bücher und Einladungen abzugeben.

»Wusstest du davon?«, frage ich Dione, die den beiden hinterherschaut.

Gedankenverloren schüttelt sie den Kopf. Ich bin mir nicht sicher, ob es eine Reaktion auf meine Frage ist oder an sie selbst gerichtet.

»Was würdest du dir wünschen?«, frage ich leise.

Sie dreht sich langsam zu mir, doch ihr Blick bleibt an Austin hängen, der sich mit Josh unterhält. Die beiden lachen und Austin klopft Josh auf die Schulter.

»Ich weiß es nicht. Aber mir wird sicher etwas einfallen.« Sie lächelt, ihre Augen sind leicht trüb. »Aber es geht um den Spaß, oder?«

»Falls ihr dabei sein wollt, solltet ihr jetzt eure Bücher abgeben und eure Namen in den Topf werfen«, sagt Valérie so laut, dass auch Josh und Austin es hören, die immer noch herumscherzen. »Gleich beginnt der Einlass für die externen Gäste, bis dahin müssen zumindest die Bücher sicher verwahrt sein. Denn dieser Teil unserer Verbindungen geht niemanden etwas an.«

Josh zieht das Lion-Buch aus seiner weißen Smokingjacke und steuert auf die Truhe zu. Austin tauscht einen kurzen Blick mit Dione, bevor er Josh folgt.

»Los, das wird bestimmt lustig!«, fordert mich Dione auf und hakt sich bei mir unter. Tausende Federn mit glitzernden Spitzen, aus denen ihr heutiges Kleid besteht, kitzeln meine Haut.

Josh schreibt gerade etwas auf seine Karte, dann wirft er sie in die Säule. Ob er sich Beverly zurückwünscht? Könnte er auf seinen Wunsch hin all die Geheimnisse aufdecken, die den Weg zu ihr versperren?

»Es ist überhaupt nicht lustig, wenn ich alles verliere«, erwidere ich auf Diones Bemerkung und schlucke, doch die Wahrheit hinterlässt einen bitteren Geschmack in meinem Mund.

»Das wird nicht passieren. Schau mal, wie viele Karten da drin sind!« Sie zieht mich näher zu der gläsernen Säule. »Egal, mit wem du zusammenspielst, du wirst sicher nicht die wenigsten Punkte bekommen.«

»Ich muss mit jemandem zusammenspielen?« Sofort denke ich an Josh, an die Anwärterphase, an all den Blödsinn, den wir mitmachen mussten, und das Blut weicht aus meinem Gesicht.

»Hast du nicht zugehört, was Kellan gerade erklärt hat?« In einem Ton für ungehorsame Kinder fährt sie fort: »Die externen Gäste dürfen ebenfalls mitmachen. Der offizielle Preis ist ein Scheck über fünftausend Pfund. Nur was *wir* im Gewinnfall bekommen, weiß niemand.« Sie gestikuliert in Richtung all der Lions und Ravens im Saal. »Es wird also noch viel mehr Teilnehmer geben und die Chance, dass du dein Buch verlierst, sinkt gegen null.«

Wir stehen vor der großen weißen Truhe zu Füßen des Mannes im schwarzen Anzug. Aus dem Inneren leuchten kleine weiße Lichter zwischen den Büchern hervor.

Dione öffnet ihre Handtasche, zieht ihr Buch heraus und legt es sorgfältig in die Truhe. Anschließend geht sie zum Stehtisch, zupft an der Tischdecke herum, um eine Falte zu glätten, und notiert dann etwas auf ihrer Einladung, die sie anschließend in die gläserne Säule wirft. Der goldene Name darauf reflektiert das Licht, als die Karte nach unten flattert.

»Jetzt du«, sagt sie. Ihre Worte werden fast von der Ansage des DJs verschluckt, der den Einlass der von uns eingeladenen Gäste ankündigt.

»Schnell!«, drängt Dione.

In meinem Kopf duellieren sich Pro und Kontra. Wenn ich von all diesen Namen am schlechtesten abschneide, lande ich dort, wo ich vor ein paar Wochen stand. Aber für den ebenso unwahrscheinlichen Fall, dass ich gewinne, wäre ich all den Druck und die Angst los, die mir das Video bereiten. Es ist egoistisch, so zu denken, und ich ärgere mich darüber, aber dieser Schatten, der mich unentwegt begleitet, lässt mich kaum frei atmen und verdüstert jeden noch so positiven Moment meines Studentenlebens. Ich hole tief Luft und ziehe mein Raven-Buch aus der Tasche.

Der Mann im Anzug nickt, und kaum habe ich das Buch in die Truhe gelegt, klappt er den Deckel zu. Wie aus dem Nichts taucht ein perfektes Ebenbild von ihm auf, die beiden Männer heben die Truhe hoch und tragen sie weg.

Ich brauche mein Buch zurück!

Die Angst, dass ich doch die wenigsten Punkte haben könnte, überkommt mich wie eine Welle. Ich will den beiden nachlaufen, aber Dione hält mich zurück.

»Es ist alles gut, glaub mir«, sagt sie vollkommen überzeugt. »Schreib deinen Wunsch auf die Karte und dann holen wir Hannah vom Eingang ab.«

Meine Hand zittert so stark, dass ich nicht zum Schreiben fähig bin. Dione reibt mir in beruhigenden Bewegungen über den Rücken, als Valérie zu uns an den Tisch tritt und erklärt, dass ich den Wunsch im Gewinnfall auch später äußern könnte. Dankbar atme ich aus und lasse meine Einladung in die Säule fallen.

Da auf den Gästekarten um Pünktlichkeit gebeten wurde – mit dem winzigen Vermerk ganz unten, dass der exklusive Snowball seinen Einlass eine halbe Stunde nach Öffnung wieder schließt –, füllt sich der Saal wirklich rasch. Die Musik wird etwas lauter und die Stimmung hebt sich. Die externen weiblichen Gäste, wie Hannah neben mir, heben sich deutlich von uns Ravens ab. Sie tragen fast alle Weiß – wie ich es ohne Dione auch getan hätte – und die meisten bestaunen mit großen Augen die Dekoration. Hannah und Dione verstehen sich wie erwartet vom ersten Moment an. Hannahs anfangs noch skeptische Miene wird von Diones positiver Art einfach hinweggefegt. Die beiden liegen sogar so sehr auf einer Wellenlänge, dass meine Sorge, Hannah könnte sich wie das fünfte Rad am Wagen fühlen, sofort verfliegt. Sie scherzt sogar locker mit Austin, und als sich Josh zu uns gesellt, geben wir für Dione und die anderen im Raum weiter ein Paar ab.

»Josh hier kennst du ja schon.« Ich ziehe ihn demonstrativ näher und fordere Hannah mit Blicken auf, mitzuspielen.

Sie beißt sofort an und begrüßt Josh, der sich offenbar nicht sehr wohl dabei fühlt, denn sein Blick weicht meiner Freundin aus. Ob er automatisch an Beverly denkt, wenn er Hannah vor sich hat? Mein aufgesetztes Lächeln fällt in sich zusammen. Wieder steht Beverly zwischen uns. Der DJ unterbricht die unangenehme Situation, als ich gerade zur Ablenkung nach Diones noch immer fehlendem Gast fragen will.

»Es ist Zeit für das Highlight des Abends … die Auslosung der Spielpaare. Und dafür habe ich mir eine ganz besondere Muse ausgesucht: Dione Anderton!«

Applaus ertönt, während ich Dione fragend ansehe. Sie grinst nur total unverschämt und ich weiß, was sie vorhat. Sie wird dafür sorgen, dass ich mit Josh spielen muss.

»Grummele nicht so.« Hannah stößt mich mit der Schulter an. »Es geht um fünftausend Pfund!«

Seit sie am Einlass erfahren hat, dass die Einladungen gleichzeitig ein Teilnahmeschein für ein Spiel sind, bei dem die externen Gäste diese Summe gewinnen können, schwärmt sie von neuen Computern für den *Whisperer*. Sie ist unverbesserlich und hat ihre Karte natürlich längst zu den anderen geworfen.

Dione zieht immer zwei Namenskärtchen aus der Säule und reicht sie dem DJ, der die Spielpartner verkündet. Immer wieder herrscht ein reges Durcheinander, bis sich die Paare zusammengefunden haben, die sich vorher nicht kannten. Die perfekte Taktik, um der Grüppchenbildung entgegenzuwirken, die sich sonst oft einstellt. Es wird applaudiert und gejubelt, was die Stimmung zusätzlich anheizt.

»Cara Emerson«, ruft der DJ gerade und ich starre auf Dione, die bereits die nächsten Kärtchen zieht und weitergibt, dann zu Josh, dessen Name sicher gleich genannt wird. Dione hat garantiert irgendwie getrickst. Josh starrt ebenso zu mir und ich verdrehe gerade die Augen, als der DJ seinen Satz beendet: »... und Tyler Walsh.«

Josh sieht so geschockt aus, wie ich mich fühle. Hannah neben mir klammert sich an meinen Arm – oder ich mich an ihren. Langsam drehe ich mich zu ihr um und muss blinzeln, weil meine Augen total trocken sind.

»Du musst nicht mitspielen«, flüstert sie.

»O doch, das muss sie«, sagt eine mir nur zu bekannte Stimme direkt hinter uns – und mein Herz setzt mehrere Schläge lang aus.

13

SAMSTAG, 12.12.

»Was tust du hier?«, kommt Josh mir zuvor. Seine Stimme ist schärfer als die falschen Eissplitter, die zur Dekoration auf den Stehtischen liegen. Er baut sich schützend vor mir auf, sodass ich Tyler nicht mehr sehen kann, ohne Josh zur Seite zu schieben.

»Darf ich bitten?« Tyler ignoriert Josh komplett und hält mir seinen Arm hin, der ebenfalls in einem weißen Smoking steckt. Weil ich nicht reagiere, streckt er seinen Arm ein wenig weiter, sein freundliches Lächeln wirkt etwas angestrengt.

»Wer hat dich eingeladen?«, will ich wissen.

Tylers Blick huscht zu Dione, die noch immer Spielpaare zieht, und seine Augen leuchten auf. Hannah wird aufgerufen, vergewissert sich jedoch zuerst, ob ich zurechtkomme. Ich sehe ihr an, dass sie nicht gehen will, daher fordere ich sie mit Nachdruck auf, und sie macht sich auf die Suche nach ihrem Spielpartner: Ryo von den Lions.

Tyler lässt nicht locker. »Wenn du mir aus dem Weg gehst, muss ich jede Chance nutzen, mit dir zu sprechen, C.«

C. Ein Buchstabe, der mich direkt in die Vergangenheit reißt, zu den spielerischen Flirts, all den spaßigen Abenden, die wir hatten, und zu dem Moment, der alles zerstört hat.

»Du lässt sie gefälligst in Ruhe!«, mischt sich Josh ein.

Tyler bleibt völlig ruhig. »Bevormundet er dich etwa immer noch so? Das bist nicht du.«

Damit liegt er sogar richtig. Bei mir setzt eine gefährliche Anspannung ein.

»Allerdings«, sage ich zu Josh, der die Zähne so fest aufeinanderpresst, dass die Kiefermuskulatur unentwegt arbeitet, was durch die zurückgekämmten Haare noch deutlicher zum Vorschein kommt als sonst.

»Es ist wohl Zeit für Plan A«, flüstere ich ihm zu, damit Tyler es nicht hören kann.

Joshs Augen weiten sich. »Vergiss es!«

Er will nach meiner Hand greifen, doch ich hake mich schnell bei Tyler unter. Joshs Finger streifen mich lediglich, jagen aber trotz allem einen Schauer durch meinen Körper.

»Joshua Prentiss«, erklingt die Stimme des DJs, »und Laura Sanderson.«

Ich sehe zu Dione, die meinen Blick auffängt und mit einem Schulterzucken verdeutlicht, dass sie *damit* nichts zu tun hat. Was mir aber umso bewusster macht, dass sie bei Tyler und mir tatsächlich die Finger im Spiel hatte. Wie hat sie das nur angestellt und warum?

Laura taucht wie ein Schatten zwischen uns auf und hängt sich an Josh, noch ehe er etwas sagen kann. Nun hat sie doch noch das erreicht, was sie sich von der Matching Night erhofft hatte. Sie grinst mich mit kokettem Augenaufschlag an. Von wegen, unser Verhältnis hat sich gebessert. Sie hat sich nur besser getarnt als in den ersten Wochen.

»Lass uns etwas zu trinken holen, bevor es losgeht«, sagt Tyler. Er zieht mich jedoch nicht mit sich, sondern wartet, bis ich das Blickduell gegen Josh aufgebe und mich zum Gehen wende.

Tyler schweigt, was mir die Gelegenheit gibt, Plan A etwas auszuarbeiten. Ich kann ihn nicht einfach auf Beverly ansprechen, aber ich werde den passenden Moment abwarten, um das Thema anzuschneiden.

Viel zu schnell stehen wir vor dem polierten Eisklotz, aus dem die Bar besteht. Tyler bestellt zwei Cola, was mich ebenso überrascht wie den Barkeeper, der weiß geschminkt ist wie alle Angestellten, sodass sie kaum voneinander zu unterschieden sind. Eine große Tafel im Hintergrund wirbt für die exklusiven Snowball-Drinks.

»Ich will mich hier nicht betrinken, sondern gewinnen«, erklärt Tyler. Sein Blick bohrt sich mit einer Intensität in mich hinein, die deutlich macht, was er zu gewinnen beabsichtigt.

Hat er wirklich keine Ahnung? Hat ihm – wer auch immer ihn mit dem Foto erpresst, das in seinem Lion-Buch steckt – nicht gesagt, in welcher Verbindung wir alle zueinander stehen? Josh hat behauptet, Tyler wurde auf mich angesetzt. Warum tut er dann so, als würde er mich tatsächlich nur zurückgewinnen wollen?

Es ist der perfekte Abend, um das herauszufinden.

Jemand stößt mich leicht von hinten an und ich wende mich automatisch um. Vor mir steht Dione und auf meinen vorwurfsvollen Blick hin grinst sie so breit, als hätte sie den Beste-Freundinnen-

Award gewonnen. Dann lehnt sie sich zu mir, umarmt mich, dass mich überall Federn kitzeln, und flüstert mir ins Ohr:»Wenn *er* noch immer an eine andere denkt, obwohl du den Abend mit deinem Ex-Lover verbringst«, sie ignoriert mein Aufkeuchen und presst mich weiter an sich,»dann ist er definitiv ein Riesenarsch und hat dich nicht verdient. Wenn wir es nicht auf diese Art herausfinden, erfahren wir es wohl nie.«

Sie haucht noch einen Kuss neben meine Wange und wendet sich ihrer Spielpartnerin zu. Ich kenne das Mädchen in dem dünnen weißen Sommerkleidchen nicht, sie ist also auch ein externer Gast. Ihrem Blick nach zu urteilen ist sie vollkommen überwältigt davon, hier zu sein und auch noch Dione neben sich zu haben. Sie bringt nicht einmal eine Begrüßung hervor, als Dione uns vorstellt.

»Selina ist etwas schüchtern, aber das wird noch«, sagt Dione und hakt sich bei ihr unter.»Wir wollen schließlich gewinnen.«

Selina nickt eifrig.

»Kommt ihr gleich mit? Die erste Runde startet bald und wir sind dabei.«

»Die erste Runde wovon?«, frage ich, weil uns das bisher niemand erklärt hat, auch nicht, wie die Punkte vergeben werden. Alles ist so anders als während der Matching Night und der Anwärterphase. Chaotischer, unorganisierter. Oder bin ich inzwischen so sehr an die Ravens gewöhnt, dass mich »Externe« durcheinanderbringen? Das wäre eine echt miese Entwicklung, Cara.

»Lass uns mitgehen und unsere Gegner ausspionieren«, sagt Tyler mit einem charmanten Lächeln, das er als Politikersohn wun-

derbar draufhat. Aber das Funkeln in seinen Augen ist echt –
und gefährlich. Schließlich bin ich schon einmal darauf hereingefallen.

»Hast du eine Ahnung, wie entschieden wird, wer gewinnt?«,
frage ich, um sicherzugehen, dass ich die Erklärung nicht auch verpasst habe.

»Ja, das wurde uns am Einlass gesagt. Sonst wüsste ich ja gar
nichts von den Spielen.«

Wie kann er mir so direkt ins Gesicht lügen? Er war ein Lion-
Anwärter. Er weiß doch garantiert von allem hier. Weil ich nichts
sage, fasst er die Informationen zusammen, die er kennt. Im Prinzip
läuft es darauf hinaus, dass man alle Spiele mitmacht, um keine
Minuspunkte zu kassieren. Wir spielen in Gruppen und innerhalb
dieser Gruppen müssen wir als Paar am besten abschneiden. Wenn
das funktioniert, steigen meine Chancen auf die Erfüllung meines
Wunsches. Das dritte und letzte Spiel entscheidet dann, welcher der
Spielpartner den Preis gewinnt. Aber auch Tyler hat keine Ahnung,
welche Spiele gespielt werden, und ich glaube ihm.

Wir folgen Dione und Selina durch einen hinter künstlichen
Schneebergen versteckten Durchgang in einen weiteren Eishöhlen-
flur. Von dort aus hören wir schon Anfeuerungsrufe und ich ahne
Böses.

Kurz darauf stehen wir in einem nur spärlich dekorierten Raum.
Er ist – wie schon der Aufenthaltsraum der Lions oben – sowieso
fast weiß. Halbsäulen stehen vor den Wänden und ich komme mir
vor wie in einem antiken griechischen Tempel. Nur die lange Bar
zerstört dein Eindruck etwas. Im Zentrum des Raumes stehen die

Gäste in Gruppen rund um Billardtische und Tischkicker, auf denen große weiße Holzplatten liegen.

Jubel bricht aus, als ein Mädchen in ein Glas getroffen hat.

»Beer-Pong?«, stöhne ich. »Ernsthaft?« Ich habe schon Kopfschmerzen, wenn ich nur daran denke.

»Nein, kein Beer-Pong, sondern Dare-Pong«, sagt eine Stimme neben uns. Kellan steht an der Seite der Bar neben der Tür und hält wie in der Anwärterphase ein Tablet in der Hand. »Für das bessere Kennenlernen.« Seine zusammengekniffenen Augen ruhen auf Tyler, der wie erstarrt ist. »Ich wünsche euch viel Spaß.«

So wie er das sagt, klingt es nach dem Gegenteil und passend dazu dröhnt aus unsichtbaren Boxen gerade *Highway to Hell*.

Erneuter Jubel bricht aus, dann wird einer der Tische frei und Dione stellt sich Selina gegenüber auf. Ihnen folgen weitere Spielpaare, bevor es losgeht. Ich habe keine Ahnung, wie Kellan alles von seinem Platz neben der Bar im Blick behält, aber er rührt sich nicht ein Mal von der Stelle. Ich traue den Lions zu, dass in der Decke überall Kameras eingelassen sind, und suche automatisch danach. Natürlich vergeblich.

Schnell wird klar, dass Dare-Pong eine Mischung aus Bälle-Versenken und Flaschendrehen ist. Landet der Tischtennisball in einem der zehn zu einem Dreieck angeordneten Gläser des Gegenübers, darf der Werfer selbst oder die Gruppe des Werfers die jeweilige Aufgabe umsetzen und bestimmen, was genau der Spielpartner zu tun hat. Auf je zwei Gläsern steht eine der folgenden Aufgaben: »Ich habe noch nie …«, »Wahrheit«, »Pflicht«, »Würdest du lieber …« und »Joker«. Jeder hat drei Versuche, zumindest einen Treffer zu landen. Gelingt es nicht, ist die andere Gruppe dran. Ist der Ball im Glas, wird es vom Tisch genommen und die entsprechende Aufgabe muss erfüllt werden. Es darf so lange weitergeworfen werden, bis jemand danebenschießt oder keine Gläser mehr da sind.

Dione ist eine katastrophale Werferin, wie ich feststelle, und je nervöser sie wird, desto weiter schießt sie daneben. Ihre Partnerin ist in der Beziehung leider auch eine Katastrophe. Aber Dione scheint dennoch Spaß zu haben, sich Aufgaben für die anderen aus ihrer Gruppe auszudenken, wenn ihnen nichts einfällt und die Werfer nicht auf das von allen Seiten tönende »Küssen! Küssen!« eingehen.

In mir häufen sich die Fragen, die ich an Tyler loswerden will. Zuvor muss ich leider treffen.

Einer der Kellner in Weiß sammelt die nächsten Gruppen ein, die Kellan zusammengestellt hat. Ein Tisch wird frei und ich stelle mich Tyler gegenüber auf. Sam Mattsson und Nathan Sawyer, die beide bei der Versteigerung mitgemacht haben, beginnen das Spiel. Sie sind in Partylaune und Nathan muss mehrere Gläser einer roten Flüssigkeit trinken, die für die »Ich habe noch nie …«-Runden auf einem Servierwagen zwischen den Tischen bereitstehen, während er selbst nicht einen Ball versenkt. Wenigstens haben sie so als Spielpaar ein paar Punkte gesammelt. Auch die nächsten Spielpaare sind bester Laune und ich lasse mich von den Anfeuerungsrufen und dem Jubel bei jedem Treffer mitreißen. Es ist tatsächlich eher ein Kennenlernen als ein Wettkampf, wie Kellan gesagt hat.

Tyler und ich treten als letztes Paar an den Tisch. Jemand drückt mir einen Tischtennisball in die Hand und klopft mir motivierend auf die Schulter. Der weiße Ball ist leicht klebrig und wiegt noch weniger, als ich Tischtennisbälle in Erinnerung habe.

Ich konzentriere mich auf die Gläser, die vor Tyler stehen. Meine Oberschenkel pressen sich gegen die harte Tischkante. Während ich das mittlere Glas fixiere, gehe ich meine möglichen Fragen beziehungsweise Aufgaben für Tyler durch.

Wahrheit: Hast du mir schon mal etwas verheimlicht?
Pflicht: Erzähl mir ein Geheimnis.
Ich habe noch nie ... jemanden verraten.
Ich würde lieber ... meine eigene Haut retten, als ein düsteres Geheimnis zu lüften.

Ich ziele auf die Mitte des Tisches, damit der Ball einmal aufprallen kann und nicht direkt wieder aus dem Glas springt, wie es bei Nathan der Fall war. Das Dreieck aus Gläsern verschwimmt im Hintergrund. Wäre der Ball nicht so klebrig, hätte ich ihn vielleicht geküsst wie früher die Würfel beim Spielen mit Phee und Hannah.

In meiner Gruppe werden die »Cara«-Rufe immer lauter, während das »Buh!« unserer Gegner über den Tisch fegt. Ich hole ein letztes Mal tief Luft und lasse den Ball los.

Er fliegt aus meiner Hand, springt an der geplanten Stelle auf, ist dann aber zu flach, um einen Treffer zu landen. Er prallt am ersten Glas ab, springt zur Seite und rollt anschließend mitsamt meiner Hoffnung auf Antworten vom Tisch. Die beiden weiteren Bälle ereilt dasselbe Schicksal.

Ich hätte sie wohl doch küssen sollen.

»Mach dir nichts draus«, sagt Sam aufmunternd. Er hat gut reden, schließlich hat er jedes Mal getroffen.

Ein mir unbekannter Junge reicht Tyler den Ball. Er wirft ihn lässig hoch und fängt ihn ohne Mühe wieder auf. Dabei sieht er mich unentwegt an. Nur mit Mühe widerstehe ich dem Drang, die Arme vor der Brust zu verschränken.

Jetzt lässt Tyler den Ball zwischen seinen langen Fingern tanzen wie ein Zauberkünstler. Ganz offensichtlich hat er so etwas schon oft gespielt. Ich erinnere mich an die Bilder seiner wilden Jugend, die er mir geschickt hat, nachdem er Josh heruntergemacht hatte. Zu der Zeit habe ich in Tyler nur den netten Jungen gesehen, der mit mir geflirtet und mich zum Lächeln gebracht hat. Ich wollte nicht wahrhaben, dass er sich nur verstellt, habe nicht auf Hannahs Warnung gehört.

Es war alles nur Berechnung!, rufe ich mir ins Gedächtnis, während der Ball aus seinen Händen saust, auf dem Tisch aufspringt und mit einem eindeutigen Geräusch in einem der Gläser landet. Ohne hinzusehen! Er hat die ganze Zeit meinen Blick nicht losgelassen.

Rauschender Applaus aus seiner Richtung, Grummeln auf meiner Seite.

Endlich überwinde ich mich, einen Blick auf die Gläser vor mir zu werfen, um zu sehen, welcher Aufgabe ich mich stellen muss, doch hinter mir ist jemand schneller.

»Joker!«, ruft eine weibliche Stimme. »Welche Aufgabe willst du für sie nehmen?«

»Frag sie, ob sie die Nacht mit dir verbringen würde!«, schlägt ein Typ vor.

Ich spüre die Röte in meine Wangen steigen. Das haben wir bereits hinter uns. Ich sehe schnell weg, weiche Tylers sengendem Blick aus.

»Wie wäre es mit Pflicht und einem *Heißkalten Kuss*?«, schlägt Laura vor.

Direkt neben ihr steht Josh – kurz davor, zu explodieren. Was offenbar auch Tyler bemerkt, denn seine Stimme wird samtig weich, als er den Vorschlag annimmt. Ich trete instinktiv einen Schritt zurück.

Tylers Kehlkopf hebt sich, dann nennt er die Aufgabe: »Ein *Heißkalter Kuss*, egal mit wem, und du hast die Aufgabe gemeistert.«

Jubel von seiner Seite, Anfeuerungsrufe von meiner. Ich habe hinter der Bar im Hauptsaal den Namen des Drinks gelesen, aber keine Ahnung, was sich dahinter verbirgt. Tyler wirft seinen zweiten Ball und ich bin mir sicher, dass er absichtlich nicht trifft. Meine Mannschaft ist sowieso schon dabei, mich zum Ausgang zu schieben. Unsere Gegner folgen uns.

Tyler ordert an der funkelnden Bar aus Eis den laut Plakat »Must-Have-Drink des Snowballs«. Eins der winzigen Schnapsgläser mit der blauen Füllung stellt er vor mich hin, das andere lässt er unberührt.

»Es ist deine Entscheidung, ob du den *Kuss* und die Punkte willst.« Tylers Grinsen hat einen Wikipedia-Eintrag unter dem Schlagwort »dämonisch« verdient, seine Stimme ist dabei so dunkel und rau, als würde er von einem echten Kuss sprechen.

»Ein Drink, mehr nicht!«, sage ich, schiebe ihm das Glas mit dem etwas helleren Inhalt hin, weil es nach mehr Alkohol aussieht, und nehme das andere Glas in die Hand. Es ist unglaublich kalt und wird sofort glitschig. Es besteht aus Eis!

»Ein *Heißkalter Kuss*, mehr nicht.« Tyler hebt sein Glas, um mir zuzuprosten.

»Vergiss es, Walsh!« Josh steht auf einmal zwischen Tyler und mir, drängt mich zurück.

»Du willst übernehmen, Prentiss?«, fragt Tyler. »Das sollte wohl besser Cara entscheiden.«

Die beiden Jungs wirken, als würden sie gleich aufeinander losgehen.

Josh schiebt mich noch ein Stück von Tyler weg und zischt: »Besser ich als du!«

Dieses Machogehabe ist für mich ein absolutes No-Go.

»Seid ihr komplett bescheuert?«, frage ich.

Erst nach einem Raunen hinter mir wird mir wieder unser Publikum bewusst, das inzwischen aus mehr als nur unseren Dare-Pong-Mannschaften besteht.

»Du solltest besser aufpassen, worauf du dich einlässt, Cara.« Joshs Stimme ist schärfer als ein Laser. Ohne Tyler aus den Augen zu lassen, schiebt er mir eine der laminierten Cocktailkarten zu, die überall in Schlitzen in der Eistheke stecken, und tippt an eine Stelle.

Ich fliege über die Zeilen und meine Augen weiten sich.

»Vergiss es!«, sage ich nun ebenfalls zu Tyler.

»Denk an die Punkte«, erwidert er gelassen. »Ich habe nie verlangt, dass du mit mir trinkst. Wenn du möchtest, kann auch Prentiss übernehmen.« Sein Versuch, gelassen zu bleiben, scheitert an seiner niedergeschlagenen Miene. Josh rückt näher, als hätte er tatsächlich das Recht auf seiner Seite.

Ich schlucke, starre von einem zum anderen. Beide haben mir einen Teil meines Herzens aus der Brust gerissen. Aber ich will die Aufgabe schaffen. Offenbar sieht man mir meine Verzweiflung an, denn jemand reißt mit einem Räuspern meine Aufmerksamkeit an sich. Laura.

»Vergiss die Typen!«, sagt sie nur, nimmt das andere Glas und kippt den Inhalt nach einem kurzen Zuprosten hinunter.

Ich blinzele, sehe wie in Zeitlupe, wie die Flüssigkeit in ihrem Mund verschwindet. Als sie das Glas auf den Boden wirft, wo es in winzige Eissplitter zerbricht, setze auch ich den Drink an die Lippen.

Der Inhalt ist so widerlich süß, dass mir beinahe die Zunge am Gaumen kleben bleibt. Erst im Nachgang spüre ich, wie der Alkohol sich entflammt und brennend meine Kehle hinabrinnt. Die Hitze ist schlimmer als nach den Chilischoten, die Hannah und ich am Beginn unserer Highschoolzeit als dämliche Mutprobe pur gegessen haben.

Unsere Zuschauer halten offenbar den Atem an. Zur Erheiterung aller schüttele ich mich und schnappe nach Luft, ehe ich das glitschige Glas auf die Theke stelle. Ich will gerade Wasser zum Nachspülen bestellen, da nähert sich Laura.

»Jetzt schnell zu Teil zwei. Sonst geht der Geschmack flöten«, sagt sie in schon beinahe vergnügtem Ton. Dabei streift mich ihr Atem, frisch und klar wie eiskalte Bergluft, mit einem Hauch Minze versetzt, während mein Mund von der Süße explodiert und der Alkohol jeden Zentimeter Schleimhaut verbrennt. Ich schwöre mir, nie wieder dieses Teufelszeug auch nur anzusehen. Von den Konsequenzen ganz zu schweigen. Dass uns alle Anwesenden erwartungsvoll anstarren, macht es nicht besser.

»Bereit?«, fragt Laura, und ehe ich antworten kann, presst sie ihre Lippen auf meine. Sie sind eiskalt.

Was mir unter normalen Umständen vielleicht unangenehm gewesen wäre, erfüllt mich nun mit einem instinktgedrängten Wunsch nach mehr. Ich erwidere den Kuss, genieße, wie meine Lippen nicht länger brennen, sehne mich regelrecht nach der wohltuenden Kälte.

Ich öffne die Lippen, und die Minze, die sich offenbar in ihrem Getränk befand, strömt mit ihrem Atem in meinen Mund, lindert die Hitze. Der Kuss macht seinem Namen alle Ehre und ist wortwörtlich meine Rettung.

»Sonderpunkte für Laura und Cara, die sich an den *Heißkalten Kuss* getraut haben!«, jubelt Valéries Stimme dicht neben uns.

Ich löse mich von Laura, endlich wieder zu normalem Atmen fähig. Der Barkeeper schiebt uns zwei Gläser Wasser hin und gratuliert uns. Während ich das Wasser in einem Zug austrinke, überlege ich, ob Tyler von den Sonderpunkten gewusst hat und damit meinen misslungenen Wurf ausgleichen wollte.

Ich versuche, irgendeine Gefühlsregung aus seiner Miene zu lesen, scheitere jedoch kläglich. Er hat noch nie so unnahbar auf mich gewirkt wie jetzt, während Laura sich offenbar schon von dem *Heißkalten Kuss* erholt hat und sich Joshs Arm schnappt, um sich der zweiten Aufgabe zu stellen.

14

SAMSTAG, 12.12.

Tyler und ich folgen den anderen in den Flur zurück und zum nächsten Raum. Wie groß ist das Erdgeschoss eigentlich? Direkt beim Eintreten habe ich das Gefühl, in einem Fitnessstudio gelandet zu sein. Hantelbänke und andere Fitnessgeräte wurden an die hintere Wand gerückt und mit den Tüchern abgedeckt, die bei den Ravens gelagert waren. Es riecht nicht muffig, aber die Mischung aus Desinfektionsspray, Reinigungsmittel und keine Ahnung was noch erinnert mich so sehr an Mason, dass ich instinktiv stehen bleibe.

»Alles in Ordnung, C.?«, fragt Tyler.

Ich wische die Erinnerungen an Mason beiseite, nicke und gehe weiter. Die Wände zwischen den dekorativen Halbsäulen sind mit antiken Motiven bemalt – von einem hübschen Ausblick auf eine vermutlich griechische Kleinstadt am Meer, über eine Bucht mit azurblauem Wasser bis hin zu halb nackten Typen, die für einen Wettkampf trainieren.

Die bereits eingetroffenen Spielpaare stehen lose in ihren Dare-Pong-Gruppen zusammen, daher schließen Tyler und ich uns unserer Gruppe an. Doch es scheinen noch einige zu fehlen.

»Willkommen zum zweiten Spiel des Abends«, ertönt Valéries Stimme. Sie betritt neben Kellan den Raum. »Seid ihr bereit?«

»Unsere Gruppe ist noch nicht vollzählig«, sage ich und wie ein Echo höre ich dasselbe noch von irgendwo aus der Menge.

Valérie und Kellan wechseln einen Blick, er sieht auf sein Tablet und nickt ihr dann zu.

»Wir sind vollzählig. Die anderen sind nach der ersten Runde ausgeschieden. Ihr spielt weiterhin um den Gewinn.«

Das letzte Wort hallt im absolut stillen Raum nach. Dann jubeln die Nicht-Verbindungsmitglieder, während auf vielen Gesichtern der Ravens und Lions Erleichterung zu sehen ist, die ich garantiert spiegele. Ich werde weiterhin eine Raven sein! Sofort suche ich unter den Jubelnden nach Hannah, kann aber weder sie noch ihren Spielpartner Ryo entdecken. Ich hoffe, Hannah ist nicht allzu traurig, dass der *Whisperer* keine neue IT-Ausstattung bekommt.

Dann wende ich mich zur Seite und sehe Tyler an, dem ich vermutlich zu verdanken habe, dass ich Hannahs Schicksal nicht teile, weil er mich zu diesem Drink gezwungen hat. Sein Blick ruht auf mir wie eine wärmende Umarmung. Er verwirrt mich noch immer, und trotz des Wissens, dass er etwas mit Beverlys Verschwinden zu tun hat, spüre ich ihm gegenüber nicht nur Abscheu und Enttäuschung. Selbst die Tatsache, von ihm belogen worden zu sein, wird unter einer hauchdünnen Schicht Dankbarkeit begraben.

»Ich hoffe, ihr habt euch eure Spielpartner gut eingeprägt.« Valéries breites Lächeln schwingt deutlich in ihren Worten mit.

Alle sehen sich fragend an. Ich für meinen Teil kenne meinen Partner mehr, als mir lieb ist.

Valérie geht durch den Raum und hinterlässt eine breite Schneise. »Die einen Partner stellen sich bitte auf dieser Seite auf, die anderen dort.« Sie deutet mit ihren grazilen Händen von einer Wand zur anderen und die Hälfte der Anwesenden setzt sich in Bewegung, als hätte ihre Geste sie dirigiert wie Puppen. Auch Tyler gehört dazu. Er stellt sich nicht weit von Josh entfernt auf die gegenüberliegende Seite.

»Sehr gut«, erhebt Kellan nun das Wort und betritt den breiten Gang zwischen den Gruppen. »Alle Frauen erhalten nun Umhänge.«

Ein paar weißgesichtige Kellner tauchen auf und reichen mir und den anderen weiblichen Gästen schwere wollene Umhänge, die wir überwerfen und verschließen müssen, sodass sie unsere Kleidung komplett verbergen. Ein Mädchen in einem schon fast hochzeitstauglichen Kleid beschwert sich.

Auf Kellans scharfen Blick hin verstummt sie und verschnürt den Umhang.

»Es wäre viel zu einfach, aufgrund der Kleider sein Ziel zu finden, und niemand soll einen Vorteil haben. Die Männer tragen schließlich auch alle nahezu identische Anzüge und Smokings.« Er setzt sein altbekanntes dämonisches Grinsen auf, das eine Gänsehaut bei mir verursacht. Für Luca kann ich mir nur wünschen, dass er ihm ein anderes Lächeln schenkt.

Ich sehe von Kellan zu Tyler und fange dabei Joshs Blick auf, der sich in meinen bohrt und dann über mich streift, als wollte er sich jeden Millimeter von mir einprägen.

Weitere Bedienstete treten ein und verteilen an jeden Anwesenden ein weißes Tuch. Ich nehme es wortlos entgegen und warte auf weitere Anweisungen. Dabei suche ich in der Gruppe gegenüber nach Selina, weil Dione nirgendwo an der gegenüberliegenden Wand steht. Zu meiner Schande kann ich nicht mit Sicherheit sagen, welche der mir unbekannten Gesichter ihres ist. Ich war schon immer schlecht darin, mir Gesichter zu merken, und da die Kleider unter den dicken Umhängen versteckt sind, fehlt mir das einzige klare Erkennungsmerkmal.

»Die Angestellten werden euch helfen, die Augenbinden anzulegen«, erklärt Valérie.

Ich starre auf das Seidentuch in meinen Händen und ahne Böses.

»Wie ihr sicher bereits erraten habt, müsst ihr eure Spielpartner blind finden«, bestätigt Valérie meine Befürchtung.

»Wer spricht, wird von uns aus dem Raum entfernt.« Kellan übernimmt wieder die negative Rolle, wie mir bereits aufgefallen ist. »Bindet die Tücher nun um.«

Es gibt deutlich weniger Gemecker als erwartet, als die teils aufwendigen Frisuren zerstört werden. Bedienstete huschen zwischen den Anwesenden umher und helfen beim Festbinden. Als mir das kalte Seidentuch über die Augen gelegt und mir die Sicht geraubt wird, rast mir ein Schauer über den Rücken.

Mit meinem Sehsinn verliere ich dann auch jegliches Zeitgefühl. Ich stehe nur reglos da und warte, während meine Gedanken auf Wanderschaft gehen. Sie kehren immer wieder zu Tyler und der Überlegung zurück, ob er mir die Punkte geschenkt hat – oder eher aufgezwungen. Aber dennoch hat er mich vor dem Verlust meines Raven-Buchs gerettet und mir die Chance auf meinen Wunsch bewahrt, mein Sicherheitsvideo zu erhalten.

»Damit niemand schummelt, werden wir die Sache etwas spannender machen«, sagt Kellan irgendwann in das sich ausdehnende Nichts um mich herum.

Ich habe die Augen unter dem Tuch geschlossen, aber das Licht hinter meinen Lidern ist zu erkennen. Mit einem Mal verschwindet es und ich bin in tiefster Schwärze gefangen.

»Jetzt schnell die Regeln«, fährt Kellan fort, seine Stimme klingt für mich nun viel lauter, durchdringender. »Wie schon gesagt, wer spricht, fliegt raus. Im Gegensatz zu euch können wir euch sehen, und wir werden uns unter euch mischen«, warnt er diejenigen, die vermutlich gerade auf falsche Gedanken gekommen sind. »Das erste Paar, das sich findet, bekommt Sonderpunkte. Wenn ihr euch *beide* sicher seid, haltet euch an den Händen fest und hebt sie in die Höhe. Wir werden euch dann abholen. Habt ihr alles verstanden?«

Ich höre nur am Rascheln, dass überhaupt jemand reagiert. Auch ich nicke, ein Ende des Seidentuchs gleitet dabei über meine Schulter nach vorn. Da keine weitere Erklärung folgt, gehe ich davon aus, dass niemand den Kopf geschüttelt hat – oder Kellan nur zusätzlichen Druck mit der Aussage machen wollte, dass er uns sehen kann.

»Macht euch bereit«, ruft Valérie und ein kollektives Rascheln tanzt durch den Raum. »Und los!«

Ich atme tief durch. Die Luft riecht für mich nun irgendwie anders. Ich nehme feinere Nuancen wahr wie das viel zu süße Parfüm der Person zu meiner Rechten. Eine Zitrusnote mischt sich gerade darunter, als ich mit vorsichtigen Schritten losgehe, die Hände vor mir ausgestreckt. Ich habe mich seit dem Umbinden des Tuches nicht bewegt. Daher müsste ich direkt auf Tyler zugehen, sofern er nicht eine andere Richtung eingeschlagen hat. Nach fünf Schritten streift mich etwas und ich hätte beinahe aufgeschrien. So auf mich fixiert, in einer tiefdunklen Welt eingeschlossen, ist selbst jeder Lufthauch deutlich zu spüren. Vorsichtig schiebe ich mich weiter voran, einen Schritt nach dem anderen. Dann treffen meine Hände auf Wollstoff. Ich spüre eine Berührung etwas unterhalb meiner Brust und wäre am liebsten einen Schritt zurückgewichen. Die Hand verschwindet sofort, als sie den Umhang ertastet. Die Frau und ich rempeln uns an, weil wir beide in dieselbe Richtung ausweichen wollen, der Geruch ihres Haarsprays krallt sich in meiner Nase fest. Wir halten uns an den Händen, um unsere Bewegung abzustimmen, dann lassen wir uns los.

Nun achte ich auf sich nähernde Schritte. Doch der Boden schluckt sie. Er ist weich, fällt mir nun auf, was ich im Besitz meines Sehsinns nicht registriert hatte. Auch meine eigenen Schritte sind trotz Pfennigabsätzen nahezu lautlos.

Meine Fingerspitzen streifen Stoff, keine Wolle. Meine Schritte werden noch vorsichtiger, um nicht mit meinem Gegenüber zusammenzustoßen. Ich atme tief ein, nehme eine leichte Note von Leder wahr. Die Mischung mit dem frischen Aftershave reißt mich in einen Erinnerungsstrom.

Unser erster Tag als Match, Josh wartet vor dem Raven-Grundstück und begrüßt mich – für Tyler – mit einer Umarmung, der Geruch seiner Lederjacke ist einfach überall.

Josh und ich kauern in einer Nische, bis der Wachmann vorbeigegangen ist.

Ich kralle mich an Josh und presse meinen Helm an seinen Rücken,
als er mit mir über die Straßen jagt.

Mein Gegenüber hält die Luft an. Weiß Josh, dass ich es bin? Kann er mich ebenso am Geruch erkennen? Habe ich überhaupt einen typischen Geruch? Eine flatterhafte Berührung an meinem Umhang über dem linken Arm, kurz darauf an der Schulter. Auch ich kann nicht mehr atmen. Mein Herz klopft so laut, dass Josh es hören muss. Es setzt mindestens einen Schlag aus, als ich eine flüchtige Berührung an meinem Hals spüre. Fingerspitzen streichen sanft meinen Nacken entlang bis hoch zum Haaransatz, hinterlassen Gänsehaut und Hitze zugleich. Sein Atem geht nun schwer. Seine Hände wandern von meinem Haar über meine Wange, sorgen für ein Brennen, als sie meinen Kiefer entlangfahren. Meine Lippen sind trocken, in meinen Ohren rauscht es.

Wie ferngesteuert, einem Instinkt ergeben, hebe ich die Hände und taste nach seinem Gesicht. Meine Fingerkuppen spüren leichte Bartstoppeln, die mir zuvor gar nicht aufgefallen sind. Dabei schmiege ich mich wie von selbst an seine weiche Hand, die nun meine gesamte Seite umfasst und pulsierende Wärme durch meinen Körper jagt. Sein Atem streift mich flüchtig, so nah, dass nur noch wenige Zentimeter zwischen uns sein können. Die federleichte Berührung an meinen Lippen hat die Wirkung eines Stromstoßes. Ich unterdrücke ein Keuchen, lasse meine Hand fallen. Er fängt sie auf, legt sie auf seine Brust, damit ich das Echo meines schnellen Herzschlags spüren kann. Seine andere Hand ruht noch immer an meiner Wange, sein Daumen streift über meine Lippen. Ich bin wie paralysiert. Betäubt von seinem Geruch, seiner Berührung, seiner

Wärme, die wieder näher kommt. Dieses Mal lasse ich den Kuss zu, öffne bereits die Lippen, als mich eine Berührung am Arm aus dem süßen Nebel reißt.

Joshs Hand streift gerade an meiner Augenbinde entlang, seine andere drückt noch immer meine Hand an seine Brust. Ich höre jemanden atmen. So nah an meinem Ohr, dass ich erschaudere. Im nächsten Moment nehme ich Tylers Duschgel wahr, es frisst sich durch den Geruch von Josh. Eine Berührung an meinem Nacken, weiche Lippen und ein kratzender Fünftagebart. Ich versteife mich. Josh lässt sofort von mir ab, seine Wärme verschwindet, meine Hand fällt gegen meinen Umhang.

Tyler tastet an meiner Seite entlang, stellt sich mir gegenüber und greift nach meinen Händen, um sie hoch über unsere Köpfe zu heben. Ich spüre seine Haare kitzeln, ehe er seine Stirn an meine legt und ich die Luft anhalte. Ich konzentriere mich darauf, die Erinnerungen an jene Nacht zu verdrängen, aber hier, ihm so nah und von seinem Geruch eingehüllt, ist das nahezu unmöglich. Ganz gleich, wie oft ich mir das Lion-Buch, Beverlys Armband und das Foto der beiden ins Gedächtnis rufe.

»Bravo«, flüstert eine Stimme direkt neben uns und ich zucke zusammen.

Valérie – ich erkenne sie an ihrem leichten Rosenduft – greift nach unseren Händen und löst sie voneinander. Dann lockert jemand den Seidenschal. Er gleitet um meinen Hals und sofort sind trotz der Dunkelheit um uns einzelne Schemen zu erkennen. Valérie deutet auf einen kleinen roten Leuchtpunkt an der Wand und schiebt uns in diese Richtung. Die Quelle des Lichts ist ein Laserpointer in Kellans Hand. Als wir bei ihm angekommen sind, tippt er auf sein Tablet und dreht es uns zu.

Schnell überfliege ich die Zeilen:

Ihr werdet uns nun helfen, die anderen herzuführen. Geht herum und folgt Valéries Beispiel, wenn sich zwei Partner gefunden haben. Aber seid leise!

Ich nicke und mache mich an die Arbeit, fliehe beinahe vor Tyler, den ich die ganze Zeit nicht ein einziges Mal angesehen habe. Ich husche vorsichtig durch die Lücken zwischen den tastenden, schon beinahe komisch wirkenden Spielteilnehmern und halte Ausschau nach Dione. Sie hat schon in Runde eins keine Punkte bekommen, daher will ich versuchen, ihr ein wenig zu helfen. Ich weigere mich ganz fest, auch nur daran zu denken, dass ihre Partnerin auch zu wenig Punkte hatte und sie als Spielpaar bereits ausgeschieden sind. Leider hebt sich im Dunkeln ihr auffälligstes Merkmal, ihre Haarfarbe, nicht von den anderen ab.

Bei meiner Suche stoße ich beinahe mit Laura zusammen, die kurz davor ist, Josh zu berühren. Am liebsten würde ich mich dazwischenschieben, bleibe dann jedoch stehen und beobachte die beiden. Wenn sich die Eifersucht immer weiter durch meine Eingeweide nagt, wird das Grummeln in meinem Bauch bestimmt irgendwann zu hören sein. Josh tastet gerade von ihrem Nacken über ihren Hinterkopf an dem Seidenband vorbei zu ihren zurückgegelten Haaren. Als er sich offenbar sicher ist, sucht er nach ihren Händen, aber Laura entzieht sie ihm immer wieder, betatscht Joshs

Gesicht, seine Haare, seine Lippen, sodass er immer wieder danebengreift.

Verdammtes Miststück!

Ich will mich gerade einmischen und Josh retten, da verliert auch er die Geduld und greift weniger sanft zu. Sie hängt sich mit vollem Gewicht an seine Arme, Josh schafft es aber trotzdem, sie über den Kopf zu halten und das Spiel zu beenden. Im letzten Moment zwingt sie ihm noch einen schnellen Kuss auf.

»Stillhalten«, flüstere ich und Joshs Stirn legt sich in Falten. Er schnuppert kurz in meine Richtung, dann erscheint ein Lächeln auf seinen Lippen. Ich löse zuerst seine Augenbinde und lasse mich kurz von seinem betörenden Blick mitreißen, bevor ich mich zu Laura drehe und auch sie unsanft von dem Seidentuch befreie. Sie grinst Josh an, doch als sie mich entdeckt, verfinstert sich ihre Miene sofort.

Ich schicke die beiden zu Kellan und suche weiter nach Dione. Doch je mehr Spielpaare befreit werden, desto klarer wird mir, dass meine Freundin Hannahs Schicksal teilt. Sie ist ebenfalls nach der ersten Runde ausgeschieden. Ich muss sie später unbedingt nach ihrem Wunsch fragen.

Nachdem das letzte Spielpaar – Thimothée von den Lions und ein Junge, den ich nicht kenne – etliche Male aneinander vorbeigelaufen sind, sodass alle bereits ein Kichern unterdrücken müssen, befreit Valérie die beiden aus ihrer offenbar unlösbaren Lage.

Das aufflammende Licht etlicher Deckenstrahler sorgt für Schmerzen, die sich mir direkt ins Hirn bohren. Ich bin nicht die Einzige, die aufstöhnt und sich die Augen reibt.

»Die Sonderpunkte gehen an Tyler Walsh und Cara Emerson«, verkündet Valérie. »Herzlichen Glückwunsch!«

Ich schlucke, während ich nicke. Dieses Spiel war wie ein Kurztrip in die Vergangenheit, und wenn ich könnte, würde ich vor dem Gefühlschaos, das in meinem Inneren tobt, davonrennen. Als ich wieder aufsehe, fange ich Joshs Blick auf. Das Lächeln von zuvor ist von seinen Lippen gewichen, stattdessen mahlt er mit dem Kiefer, was mir sofort Sorgen bereitet.

Valéries Schilderung der nächsten Aufgabe bestätigt, dass diese nicht unbegründet sind.

15

SAMSTAG, 12. 12.

Ich stehe da und starre auf die identischen kleinen Iglus aus weiß lasiertem Holz, die überall in dem großen Raum verteilt sind. Sie passen so gar nicht zu der Hitze, die in dem Raum herrscht. Ich beginne zu schwitzen, kaum dass Valérie die Tür hinter uns geschlossen hat. Sofort löse ich den schweren Wollumhang, der noch immer über meinen Schultern hängt. Die anderen Spielerinnen folgen meinem Beispiel.

Erneut frage ich mich, ob der Keller unendlich groß ist. Der Flur ging noch weiter, als Valérie Tyler und mich zusammen mit weiteren neun Spielpaaren für die finale Aufgabe durch diese Tür geführt hat und uns die Spielregeln erklärte. Doch ich habe ein anderes Ziel. Meine gewünschten Antworten lauern hinter einem dieser Iglus.

»Und vergesst nicht: Es gibt Sonderpunkte für das Paar, das es am längsten aushält. Viel Spaß in den Eishöhlen.«

Sie klatscht Beifall, während Kellan ständig voller Sorge auf sein Handy starrt. Ich beobachte ihn, bis Tyler nach meiner Hand greift und mich zu einer der kleinen kugelförmigen Hütten zieht, die mich am höchsten Punkt vielleicht einen halben Meter überragen. Er deutet eine Verbeugung an und gibt mir den Vortritt durch den abgerundeten Vorbau mit der Holztür. Ich sehe mich um und stelle fest, dass Laura eben gebückt durch den Eingang des Iglus neben uns geht.

Josh fängt meinen Blick auf. Er sieht aus, als wüsste er genau, was ich vorhabe, und schüttelt den Kopf. Eine Warnung steht deutlich in seinem Gesicht.

»Vergiss Plan A«, sagt er lautlos, doch ich kann ihn trotzdem hören. Oder ich bilde mir alles ein und er hat mir viel Glück gewünscht.

Schnell ducke ich mich und betrete die feuchtwarme Luft im Inneren des Iglus. Sofort fällt mir das Atmen schwer. Die Hütte wirkt innen nicht ganz so klein wie außen. Die typischen Holzbänke einer Sauna ziehen sich an den gebogenen Wänden entlang. Direkt neben dem Eingang ist ein Metallkorb mit schwarzen Steinen in die Bank eingelassen und droht, mich zu versengen. Das schwache Licht im Iglu geht von der indirekten Beleuchtung dieser Steine aus.

Tyler schiebt mich weiter in die Hitze hinein, ich setze mich auf die Bank und er streckt sich mir gegenüber aus. Seine Beine sind so lang, dass sie beinahe bis zu mir reichen. Meinen Umhang lege ich neben mich.

»Alle sind in ihren Iglus«, verkündet Valéries Stimme. »Wir schließen jetzt die Türen. Sie sind alarmgesichert. Ihr hört also, wenn die anderen abbrechen.«

Ich sehe zu dem kleinen Durchgang direkt gegenüber, wenige Sekunden später wird mir die Sicht auf den Rest des Raums genommen.

»Die Zeit läuft ab jetzt. Und tut nichts, was ich nicht auch tun würde.«

Valéries Worte hängen mehr als unangenehm zwischen Tyler und mir und machen mir das Atmen noch schwerer. Schon nach wenigen Sekunden spüre ich, wie sich die ersten Schweißperlen zwischen meinen Brüsten sammeln. Nun bin ich froh über den wenigen Stoff, den Dione mir verpasst hat, und danke ihr in Gedanken dafür.

Tyler zieht sein weißes Jackett aus und wirft es auf die Bank neben sich, beunruhigend nah am Sauna-Ofen. Die Weste darunter folgt. Dann löst er die Fliege und beginnt, die Knöpfe zu öffnen.

»Stopp!«, sage ich leise, was in dem kleinen Raum dennoch laut zu hören ist.

Tyler sieht zu mir auf. Seine Stirn glänzt feucht. Doch auf seinen Lippen liegt ein spitzbübisches Lächeln. »Es gibt nichts zu sehen, das du nicht bereits kennst«, sagt er, löst dann jedoch nur die Manschettenknöpfe und krempelt akribisch genau die Ärmel hoch.

Ein lautes Heulen peitscht durch den Raum, bringt das Holz zum Vibrieren. Es verstummt kurz darauf und wir hören Valéries Erklärung: »Das war der Alarm. Das erste Paar ist raus.«

»Dann müssen wir nur noch weitere acht Signale abwarten«, sagt Tyler leise und lehnt sich lässig zurück. Mit dem aufgeknöpften und hochgekrempelten Hemd wirkt er total entspannt, aber sein Blick ist durchdringend, als er noch leiser weiterspricht. »Wir müssen reden, Cara.«

Er benutzt meinen Namen so gut wie nie und ich schlucke bei der Erinnerung an das letzte Mal, als er ihn ausgesprochen hat. Mir war mindestens genauso heiß wie jetzt, aber ich hatte deutlich weniger

Klamotten an. Röte steigt mir in die Wangen, die nichts mit den glühenden Steinen im Metallkorb neben dem Eingang zu tun haben. Ich starre sie an, während ich mir die Worte zurechtlege.

»Du warst ein Lion-Anwärter«, beginne ich, als ein weiterer Alarmton erklingt und mich zu einer Pause zwingt, in der ich Tylers Reaktion genau beobachten kann. Er wirkt nicht mehr so entspannt, ballt die Hände neben seinen Oberschenkeln zu Fäusten. Dann nickt er.

»Woher weißt du es?«, flüstert er, als der Alarm verstummt ist.

Noch sieben Paare und wir. Zwischen meinen Brüsten sammelt sich immer mehr Schweiß.

»Ich habe dein Buch gefunden.« Mehr sage ich nicht, sondern verfolge, wie sich die Erkenntnis auf Tylers Gesicht zeigt. Seine Augen weiten sich, dann huscht sein Blick hin und her.

»Wem hast du davon erzählt?« Er beugt sich nach vorn, stützt den Unterarm auf seinen Knien ab. Er ist zu nah für ein solches Gespräch. Schweiß rinnt zwischen meinen Schulterblättern hinab, während ich von ihm wegrutsche, auf den Eingang zu und näher an den Ofen auf Tylers Seite heran. Ich gehe nicht auf seine Frage ein, sondern hake den nächsten Punkt auf meiner imaginären Liste ab.

»Dein Match war Beverly Grey.«

Sämtliche Farbe weicht aus Tylers Gesicht, was ich bei der Hitze kaum für möglich gehalten hätte.

»Was ist in der Nacht des Aufnahmeballs passiert, Tyler?«

Meine Frage wabert in der glühenden Hitze zwischen uns, eine unbestimmte Angst mischt sich darunter. Schweiß rinnt meine Schläfe entlang und ich schiebe mich weiter auf den Eingang zu, sodass ich notfalls nach draußen fliehen kann. Die Sonderpunkte sind mir egal. Mein Hirn will mir weismachen, dass Tyler gefährlich ist und sich jeden Moment auf mich stürzen könnte. Das hat mir Josh mit seiner Paranoia eingeredet.

Doch Tyler rührt sich keinen Millimeter. Ein weiterer Alarmton erklingt, seine dunklen Haare locken sich inzwischen und der mehrlagige Stoff meines Kleids nimmt immer mehr Feuchtigkeit auf.

»Erzähl es mir, Tyler. Bitte.« Mein Herz hat Mühe, das Blut in die geweiteten Adern zu pumpen. Mein Atem geht stockend. »Ich habe die Warnung auf dem Bild gelesen. Was hast du mit dem Verschwinden von Beverly zu tun?«

Noch ein Alarm und ich zucke zusammen.

Tyler streift sich die feuchten Strähnen aus dem Gesicht. Er wirkt vollkommen verloren. Sein Blick huscht zum Eingang, dann zurück zu mir. Seine Augen sind gerötet – von der Hitze, vom Schweiß oder aufgrund einer schrecklichen Erinnerung.

Ich will mir mit dem langen Stoff meines Kleids Luft zufächern, doch der Windhauch, den ich erzeuge, ist sengend heiß und ich keuche auf. Stattdessen nehme ich den Wollumhang und reibe mir den Schweiß aus dem Gesicht, vom Hals und vom Nacken, um Tyler Zeit zu geben, genau über seine Antwort nachzudenken.

Ein weiteres Heulen zerreißt die Stille, dann noch eins. Es sind noch drei Paare außer uns übrig. Ob Josh und Laura noch in ihrem Iglu sind? Sie hat ihn gegen seinen Willen geküsst und die wildesten Bilder einer Strip-Show ziehen vor meinem inneren Auge vorüber. Wie nutzt Laura wohl diese Gelegenheit, mit Josh allein zu sein? Sie braucht sich nicht einmal einen Grund auszudenken, um sich auszuziehen. Die Hitze bietet ihr die perfekte Ausrede. Mein Magen verkrampft sich unangenehm und ich versuche, in dem Knarren des Holzes aus dem Iglu nebenan nicht ein Stöhnen herauszuhören, das weitere Bilder provoziert.

Ich weiß nicht, wie lange wir bereits hier drin sitzen, ich habe jegliches Zeitgefühl verloren. Tyler schweigt noch immer und reibt sich mit dem Handrücken die Tropfen aus dem Gesicht. Seine Brust hebt und senkt sich schnell, was durch das aufgeknöpfte Hemd deutlich erkennbar ist. Liegt es an der Hitze oder an meiner Frage?

Ein weiterer Alarm. In der nachfolgenden Stille räuspert sich Tyler, fährt sich mit beiden Händen über das Gesicht und streicht dann die Haare nach hinten, ehe er sich aufrichtet und näher rückt. Mein Herzschlag beschleunigt sich. Er folgt meinem Blick zum Ausgang. Meine Füße stemmen sich bereits in die Dielen unter uns. Angstschweiß mischt sich unter den der Hitze. Mein gesamter Körper steht unter Strom und das Jaulen des nächsten Alarms lässt mich aufspringen.

Tyler sieht zu mir auf, gleicht einem verletzten Tier. Seine Hand, die er nach mir ausstreckt, zittert. »In jener Nacht ist ein Streit eskaliert«, sagt er mit bebender Stimme.

Der gequälte Ausdruck in seinem Gesicht sorgt dafür, dass ich mich wieder setze. Auf die andere Seite meines Umhangs. Direkt neben den Eingang, weiterhin bereit zur Flucht. Die Hitze des Sauna-Ofens brennt auf meiner rechten Gesichtshälfte. Ich atme stockend ein und auf mein Kopfnicken hin holt auch Tyler noch einmal Luft.

»Schon mein Dad war zu seiner Zeit am St. Joseph's ein Lion«, holt er aus. »Daher war klar, dass auch ich eingeladen werde.« Er sagt es in einem abfälligen Ton, als verabscheue er sich allein für diese Tatsache. »Ich war damals ein anderer Mensch, ein Idiot oder – wie Beverly mir ständig ins Gesicht sagte – ein riesengroßer sexistischer Arsch.« Er stößt ein freudloses Lachen aus, ehe er offenbar angewidert von sich selbst fortfährt. »Ich habe kein Nein akzeptiert. Es hat mich in meiner *männlichen Ehre* verletzt, dass sie mich wieder und wieder hat abblitzen lassen, selbst als ich dafür gesorgt habe, dass sie mein Match wird.« Tyler schüttelt den Kopf. »Am Tag des Aufnahmeballs hat Kellan mir gesagt, dass ich mir mein Siegel noch nicht verdient habe, weil ich mich nicht entsprechend benehme, den Ansprüchen der Lions nicht gerecht werde.« Er knirscht mit den Zähnen. »Während die anderen ihre Aufnahme gefeiert haben, habe ich den Ärger in Alkohol ertränkt und dann etwas Dämliches gemacht.«

Ich halte die Luft an und reibe mir über die Unterarme, obwohl sich bei der Hitze keine Gänsehaut bilden kann.

Tyler sieht durch die Steine in dem Metallkorb hindurch in eine andere Zeit. »Ich habe Beverly um eine Aussprache gebeten, um mein Siegel doch noch zu erhalten. Aber die Situation ist außer Kontrolle geraten.«

Ich höre, wie er mehrmals schluckt. Die Stille darauf zieht sich endlos hin.

»Wir sind zusammen über das Grundstück der Lancasters gegangen und Beverly … Sie hat mir ins Gesicht gesagt, was für ein Arsch ich bin, ich …« Voller Verzweiflung fährt sich Tyler durch die Haare. »Sie hat damit gedroht, die Machenschaften der Verbindungen und die Erpressungen mit den Diebstahl-Videos an die Presse zu geben.

Sie hat mir Sprachnachrichten vorgespielt, dass einige der anderen ehemaligen Anwärter genauso denken. Mein betrunkenes Ich hat die Chance gesehen, das Siegel zu erhalten, indem ich Bev davon überzeuge, es nicht zu tun und die Aussagen der anderen zu vernichten. Einige von ihnen haben es nicht in die Verbindungen geschafft. Ich wollte die Aufnahme auf dem Handy löschen, doch sie hat es nicht herausgerückt. Dann ...«

Der Alarm ertönt und mein Herzschlag setzt aus. Wir haben gewonnen ...

Tyler will sich erheben, doch ich bitte ihn, fortzufahren. Er starrt auf seine ineinander verkrampften Finger und flüstert kaum hörbar: »Ich wollte ihr das Handy notfalls mit Gewalt wegnehmen. Sie ist zurückgewichen, gestolpert ... und von der Klippe gestürzt.«

Mein Keuchen erfüllt den Raum, der sich zu drehen beginnt. Ich zittere am ganzen Körper, will aufstehen und wegrennen, schaffe es jedoch nicht. Tyler macht keine Anstalten, mich zurückzuhalten.

Tyler hat Beverly *getötet.*

Meine Lippen beben, meine Augen brennen. Ich sehe zu dem Jungen hinüber, der mir so eine große Stütze war – und dabei in Wahrheit ein Mörder ist. Das Iglu scheint ins Wanken zu geraten.

Jemand reißt die Tür auf, der hereindringende Alarm ist lauter als die anderen. Josh tritt in unser Iglu, erfasst den Raum mit einem Blick. Als er mich näher betrachtet, ballt er die Faust.

»Verschwinde!«, brüllt er.

Tyler steht wortlos auf und verlässt das Iglu.

Sofort kommt Josh zu mir und geht vor mir in die Hocke. »Hat er dir etwas getan?«

Ich schüttele langsam den Kopf, blinzele Josh träge an. Er schwitzt kein bisschen, hat nicht einmal einen Knopf an seinem Hemd geöffnet.

»Cara, ist alles okay?«, flüstert er, sein Gesicht ganz nah an meinem und seine kühle Hand auf meinem Bein.

Ich kann nicht antworten, muss erst realisieren, was Tyler mir gerade gesagt hat. Tränen mischen sich mit dem Schweiß auf meinen Wangen. Wie soll ich Josh nur sagen, dass Beverly, die er seit über einem Jahr sucht ... dass sie tot ist?

Josh erhebt sich. »Du musst raus aus der Hitze, sonst brichst du zusammen.«

Ich lache beinahe hysterisch auf. Wenn es doch nur an der Hitze liegen würde! Er streckt mir die Hand entgegen. Zögernd nehme ich sie an. Josh zieht mich vorsichtig hoch und stützt mich. Sein Blick ist voller Sorge. Er legt den Arm um meine Taille und begleitet jeden meiner wackeligen Schritte.

»Die Saunagänge sollten wir wohl noch üben, Emerson«, flüstert er nah an meinem Ohr. »Natürlich am besten in den Klamotten aus dem Turmzimmer.« Er zuckt mit den Brauen und ich bedanke mich für seine Aufmunterungsbemühung mit einem schwachen Lächeln.

Als wir aus dem Iglu treten, brandet Beifall auf.

»Herzlichen Glückwunsch, Cara!«, ruft Valérie, stürzt auf mich zu und umarmt mich, bevor sie mir eine offene Flasche Wasser reicht, aus der ich sofort ein paar gierige Schlucke trinke. Dann suche ich nach Tyler, doch ich kann ihn nirgendwo sehen.

Laura sprüht pures Gift in meine Richtung und ganz kurz flackern die nun so nebensächlichen Peep-Show-Bilder wieder vor meinem inneren Auge auf.

Nichts davon hat mehr eine Bedeutung.

O Gott, wie soll ich es nur Josh oder auch Hannah erklären?

»Nicht weinen, Liebes.« Valérie reibt mir über den Arm. »Komm mit, du bist ja vollkommen dehydriert. Es hat auch noch nie jemand so lange durchgehalten.« Sie zieht die schmalen Augenbrauen zusammen. »Und das auch noch angezogen.«

Der irritierte Ausdruck und ihre Bemerkung sind in dem Moment so absurd, dass ich laut auflache.

»Na, geht doch. Jetzt komm mit, es ist Zeit für die Siegerehrung. Ich bin so stolz auf dich, Cara. Du hast es verdient.« Sie tätschelt mir den Rücken und schiebt mich vor sich her.

Es dauert den ganzen Weg den Flur entlang zurück zum Ballsaal und auf die Bühne, bis mir die Bedeutung ihrer Worte wirklich bewusst wird. Habe ich es tatsächlich geschafft? Kann ich tatsächlich mein Video einfordern?

Valérie zerrt mich zu dem kleinen Podest des DJs, wo Dione zuvor die Kärtchen gezogen hat.

»Warte hier. Und trink das.« Sie zaubert von irgendwoher eine weitere Flasche Wasser hervor und reicht sie mir.

Dankbar lasse ich das kühle Nass in den Mund fließen und spüre, wie es meine Kehle hinabrinnt, während Valérie und Kellan das Podest betreten. Langsam wieder bei klaren Sinnen, suche ich in der Menge im Saal nach Hannah und Dione.

»Die Spiele sind beendet«, erklärt Valérie dem Publikum, nachdem der DJ die Musik leiser gedreht hat.

Alle im Saal wenden sich ihrer Stimme zu.

»Wie immer im Leben gibt es Gewinner und Verlierer. Wir beginnen natürlich mit der Gewinnerin des heutigen Abends. Applaus für meine Raven-Schwester Cara Emerson!«

Klatschen und Jubelschreie dröhnen durch den Saal bis hoch zu den Eiszapfen.

»Komm zu mir, Cara!«

Ich stelle meine Wasserflasche auf den Stehtisch neben mir und steige die Stufen zu Valérie hinauf. Sie lächelt mir verschwörerisch zu, hält das Mikrofon von sich weg und flüstert mir zu: »Über deinen Wunsch auf der Karte sprechen wir gleich.«

Mir fällt ein, dass ich ihn gar nicht notiert habe, was ich ihr sage, als sie bereits wieder das Mikro an die Lippen führt. »Dann nenn ihn mir gleich im Anschluss.«

Das letzte Wort ist bereits für alle zu hören und die Aufmerksamkeit richtet sich wieder auf Valérie.

Ich male mir aus, wie ich das Video von ihr überreicht bekomme, und der Druck, damit zu Dingen gezwungen zu werden, die ich nicht tun möchte, fällt von mir ab. Ich habe es geschafft. Ich kann nun ohne Angst, von der Uni zu fliegen, dabei helfen, nach Bev… Meine Gedanken geraten ins Stolpern, als mich Tylers Geständnis im Iglu einholt. Wir müssen nicht mehr nachforschen, was mit Beverly passiert ist. Meine Augen brennen und ich blinzele heftig. Die Situation überfordert mich total.

»Leider haben wir auch eine Verliererin, die von nun an mit den Konsequenzen leben muss.«

Die irritierenden Worte holen mich in die Gegenwart zurück, in der ich nicht länger das Damoklesschwert des Videos über mir hängen habe.

Valéries Blick sucht nach jemandem in der Menge. »Dione Anderton, leider hast du die wenigsten Punkte von allen – keine.«

Die Gesichter der Ravens in der ersten Reihe spiegeln meinen Schock.

»Es tut mir leid, Dione.«

Dione löst sich aus der Menge. Jegliches Glück scheint aus ihrem Körper gewichen zu sein. Tränen rinnen über ihre Wangen, während ihr Blick meinen festhält. Austin ist an ihrer Seite, flüstert ihr Worte ins Ohr, die sie nicht erreichen. Mit ausdruckslosem Gesicht kommt sie zu uns, während Valérie den Gästen weiterhin viel Spaß wünscht und auf die Snowball-Drinks hinweist, die es »in sich haben«.

Ich höre nur mit halbem Ohr hin, gehe dann die Stufen nach unten auf Dione zu und nehme sie in den Arm. Die Musik wird wieder lauter. Valérie und Kellan kommen zu uns und ich löse mich von Dione.

»Die Verbindungsbücher sind im Nebenraum. Ihr könnt sie abholen«, sagt Kellan zu Austin und Josh, die sich eben durch die Menge schieben und deren entsetzte Blicke auf Dione ruhen.

Nun nimmt auch Valérie Dione in den Arm. »Es tut mir so leid.«

Ich spüre, wie unangenehm die Situation ihr ist, und ich kann sie gut verstehen. Weitere Ravens und Lions treten nach vorn und umarmen Dione.

Als ich sie endlich wieder für mich allein habe, drücke ich sie ganz fest an mich, lasse mir von ihren lilafarbenen Haaren die Tränen aus dem Gesicht wischen, während wir ganz unravenhaft laut schniefen.

Sie war vom ersten Tag an wie eine Schwester für mich – meine Raven-Schwester – und ich weiß, was die Verbindung ihr bedeutet. Ihr und ihren Eltern, die nach all der Zeit noch immer glückliche Ex-Matches sind.

»Ich will nicht, dass du gehst«, sage ich.

Sie schenkt mir ein flüchtiges Lächeln. Ihre pinkfarbenen Lippen zittern und sie ist noch bleicher als sonst. Wie soll ich ohne sie bei den Ravens überleben? Sie ist vom ersten Tag an mein Halt hier gewesen, sorgt mit ihrer positiven Art schon beim Frühstück für gute Laune, als wäre sie purer Sonnenschein. Ich brauche sie!

Aus einem Impuls heraus höre ich mich an Valérie gerichtet sagen: »Mein Wunsch ist, dass Dione eine Raven bleibt.«

16

SONNTAG, 13.12.

Ein Klopfen reißt mich aus dem Schlaf. Hinter dem Fenster zeigt sich gerade mal ein schmaler Streifen Orange am Horizont. Es ist zu früh für einen Sonntag, selbst für die Frühaufsteherin Dione.

»Cara, wach auf!« Diones Stimme klingt aufgebracht, fast wütend. Sie rüttelt an der Türklinke. »Wenn du mir nicht endlich aufmachst, komme ich auf anderem Weg rein.«

Ich setze mich auf und reibe mir den Schlaf aus den Augen. Noch während Dione nach meinem Wunsch umjubelt wurde, habe ich mein Raven-Buch geholt und mich ohne jegliche Verabschiedung verdrückt. Selbst Hannah habe ich nur eine kurze Nachricht geschickt, dass es mir nicht gut gehe, was definitiv der Wahrheit entsprach. Noch immer fühle ich mich elend, zerschmettert von dem Wissen über Beverlys Schicksal und der Verantwortung, die damit einhergeht. Dass ich meine einzige Chance, das Druckmittel gegen mich loszuwerden, verpasst habe, ist reine Nebensache.

»Cara Emerson! Mach die verdammte Tür auf! Wir müssen reden!«

Ich schiebe mich aus dem Bett, tapse schlaftrunken zur Tür und drehe den Schlüssel um, bevor ich kehrtmache und mich mit dem Gesicht voran auf mein Bett fallen lasse. Ich höre Diones Schritte, obwohl sie ausnahmsweise keine klappernden Stöckelschuhe trägt. Ihr süßes Parfüm dringt mir in die Nase, als sie sich neben mich setzt.

»Du hättest alles haben können, Cara.« Wie immer ist Dione absolut direkt und redet nicht um den heißen Brei herum. »Wie konntest du deinen Wunsch nur für mich verschwenden? Ich hätte wetten können, dass du dir dein Video wünschst.« Ihr Ton klingt vorwurfsvoll, aber er kann nicht über die Erleichterung hinwegtäuschen, die sie ganz offensichtlich empfindet.

Ich lächele in mein Kissen und drehe dann den Kopf zur Seite. Sie kennt mich so gut. Aber was spielen meine Sicherheit oder das Stipendium noch für eine Rolle im Vergleich zu dem Geheimnis, das ich seit gestern mit mir herumschleppe? Wie soll ich Josh und Hannah jemals wieder in die Augen schauen können? Sie ansehen und sagen: Das Mädchen, das ihr beide so sehr liebt, ist tot … und der Typ, mit dem ich geschlafen habe, hat sie umgebracht.

Aber ich muss es ihnen sagen, bevor ich damit zur Polizei gehe. Beverlys Tod darf nicht ohne Konsequenzen bleiben.

Ich scheitere daran, die Gedanken mit Augenreiben aus meinem Kopf zu kriegen, und konzentriere mich darauf, dass Dione noch immer das Kleid vom Snowball trägt.

»Kommst du jetzt erst von der Party?«, frage ich und setze mich auf.

Diones Wangen werden rosa wie ihr verschmierter Lippenstift. Moment …

»Hast du mir etwas zu sagen?«, ziehe ich sie auf, dankbar für jede Ablenkung.

Dione grinst wie bei der Präsentation eines neuen Entwurfs. Ihre Augen funkeln wie Saphire, dann senkt sie schüchtern den Blick und spielt an ihren Armreifen herum.

»Austin hat mir gesagt, dass er bei dem Gedanken, mich nicht mehr direkt nebenan zu haben, fast durchgedreht wäre. Also habe ich ihn geküsst, damit er endlich die Klappe hält, sonst wäre ich in Tränen ausgebrochen.«

Sie zuckt mit den Schultern, als wäre es keine große Sache, aber ihre Anspannung verrät sie. Sie wartet auf meine Meinung, die ziemlich knapp ausfällt.

»Das wurde ja auch Zeit!«

Sie fällt mir um den Hals und drückt mich. Zumindest hat es sich nun von selbst erledigt, Austin aufzusuchen und ihm mit dem Zaunpfahl zuzuwinken – oder ihn damit zu schlagen.

»Danke, dass du deinen Wunsch für mich geopfert hast«, lenkt sie ein. »Ich schulde dir einfach alles. Wenn du irgendetwas brauchst, dann sag es mir.«

Ich löse sie von mir und nicke.

»Das ist mein Ernst, Cara.«

»Ich werd's mir merken«, sage ich und löchere sie mit weiteren Fragen über die vergangene Nacht. Dione springt sofort darauf an und ich rudere zurück, als die Details zu pikant werden.

»Okay, okay. Das reicht mir«, unterbreche ich sie.

Mitten in ihrem Redeschwall schließt sie den Mund und wird ernst. Sehr ernst. Als hätte man einen Schalter umgelegt. »Der Abend ist definitiv anders gelaufen als geplant.« Ihre Stimme klingt leise, aber eindringlich.

Wir sitzen noch immer auf meinem Bett, beide an die Wand gelehnt, doch nun winkelt sie ein Bein an, dreht sich mir zu und drückt kurz meine Hand.

»Ich wollte dir helfen und habe Tyler eingeladen, damit Josh endlich einsieht, was für ein Idiot er ist, wenn er an ein anderes Mädchen denkt, wo er doch dich haben kann.« Ich erwidere ihre ehrlichen Worte mit dem krampfhaften Versuch eines Lächelns. Es verrutscht jedoch schnell, als die Lawine an Konsequenzen des gestrigen Gesprächs mit Tyler über mich hinwegrollt.

Beverly ist tot.

»Ich wollte, dass Josh eifersüchtig wird, und ich glaube, das habe ich erreicht. Er hat dich gestern keine Sekunde aus den Augen gelassen und ist seiner Aussage nach durchgedreht, als du nicht aus der Sauna gekommen bist. Ich habe Austin auf ihn angesetzt.« Sie zieht die Brauen zusammen. »Wusstest du, dass Josh der Erste war, der die Eishöhle verlassen hat?«

Damit hat sie nun doch meine Aufmerksamkeit. Es waren nur wenige Sekunden nach dem Abriegeln vergangen, als der erste Alarm erklang.

»Laura wollte ihm beim Ausziehen *behilflich* sein. Dieses Miststück! Sie will einfach nicht einsehen, dass Josh nicht auf sie steht.«

Dione zetert weiter vor sich hin, während ich allein aufgrund der Tatsache, dass sie es versucht hat, einen Stich der Eifersucht verspüre – der sofort im Keim erstickt wird, als mir die vor mir liegende

Aufgabe wieder bewusst wird. Ich muss es ihm und Hannah sagen. Ich muss ihnen beiden das Herz aus der Brust reißen.

»Er will mich nur beschützen, nicht mehr.« Die Lüge kommt mir zu glatt über die Lippen, die beim Gedanken an das Spiel des Vorabends und an seine Berührungen in der undurchdringlichen Dunkelheit zu kribbeln beginnen.

»Sprich mit ihm. Wie ich mit Austin«, fügt sie mit einem Grinsen hinzu. Ihre Augenbrauen hüpfen dabei eindeutig zweideutig.

Ich sehe auf die Uhr auf meinem Handy. Vermutlich ist es zu früh, Josh und Hannah um ein Treffen zu bitten, aber ich schreibe ihnen trotzdem jeweils dieselbe Nachricht.

> Ich muss mit dir sprechen.
> Können wir uns treffen?

Zu meiner Überraschung antworten beide sofort und wir verabreden uns in Jace' Wohnung.

Ich entschuldige mich bei Dione, die mein Vorhaben, mich mit Josh auszusprechen, sofort stark befürwortet. Wenn sie wüsste, worüber ich mit ihm sprechen will, würde sie mich vermutlich nicht ins Badezimmer schieben, sondern mich einschließen.

Rund dreißig Minuten später bin ich mit dicker Wollmütze über den noch feuchten Haaren auf dem Weg durch die morgendliche Kälte, die den Campus noch fest im Griff hat. Die Rasenflächen schimmern weiß, als hätte man sie schockgefrostet, mein Atem kondensiert direkt vor meinen Lippen und winzige Eispartikel rieseln bei jedem kleinsten Windzug von den blattlosen Bäumen und kitzeln auf meinen Wangen. Mit dem Snowball ist offenbar tatsächlich der Winter eingezogen. Fehlt nur noch der Schnee.

Wo bleibst du denn?

Auf Hannahs Nachricht folgen eine Reihe Augenverdreh-Emojis.

Bin gleich da.

Ich beschleunige meine Schritte, haste über die Fußwege und hoffe dabei, dass sie nicht von einer Eisschicht überzogen sind und ich mich jeden Moment auf die Nase lege. Kurz darauf betrete ich Joshs ehemaliges Wohnheim. Schon fast außer Atem renne ich die Treppe hinauf und bleibe vor Jace' Apartmenttür mit den akkurat platzierten Schuhen auf der Fußmatte stehen, stütze mich auf den Oberschenkeln ab und ringe nach Luft. In Sachen Kondition habe ich definitiv Spielraum nach oben. Ich atme mehrmals tief durch und richte mich auf, um anzuklopfen, da öffnet sich die Tür nebenan.

Ich erstarre bei Tylers Anblick. Er sieht aus wie ein Zombie, die Augen rot geädert und von dunklen Schatten unterstrichen. Seine sonst so gut gebräunte Haut wirkt heute fahl. Vermutlich hat er keine Minute geschlafen.

»Cara?«, flüstert er und schaut mich an wie einen Geist. »Was tust du hi…« Er sieht zur Wohnung nebenan und beendet den Satz nicht. »Ich wollte gerade zu dir.«

»Weshalb?«, frage ich misstrauisch und weiche einen Schritt zur Seite, näher zu Jace' Tür.

»Ich möchte, dass du weißt, dass ich … Verdammt!« Er fährt sich durch die Haare. »Ich will dir alles erzählen, was passiert ist. Du bist in Gefahr und das hat nichts mit mir zu tun, glaub mir! Vertrau mir!« Seine Stimme ist so eindringlich, sein Blick so ernst, dass ich ihm glaube.

»Dann rede!«, fordere ich ihn auf, die Arme vor der Brust verschränkt, um cooler zu wirken, als ich mich fühle – und um mich davon abzuhalten, nervös an den Fingern herumzuknibbeln.

»Nicht hier. Komm rein.« Er tritt zur Seite und neigt den Kopf in Richtung Wohnzimmer.

Hastig schüttele ich den Kopf. Das wäre vielleicht die dämlichste Entscheidung meines Lebens. Noch dämlicher als die Teenager in Horrorfilmen.

»Wenn du reden willst, dann hier.« Ich deute mit dem Zeigefinger auf genau die Stelle, an der ich stehe.

Tyler schluckt, nickt dann aber.

»Bevor ich dir sage, warum du vorsichtig sein musst, sollst du alles erfahren, was sich an jenem Abend abgespielt hat«, beginnt er und lässt sich am Türrahmen nach unten gleiten. Er muss seine Beine stark anwinkeln, um dazwischen zu passen. Aus seinem Apartment kommt ein warmer Luftzug und mit einem Schaudern wird mir die Kälte um mich herum bewusst.

Ich setze mich nicht zu ihm. Es ist keine Plauderstunde unter Freunden, sondern ein Geständnis, das ich in der Realität nie hätte hören wollen. Schon gar nicht von jemandem, den ich wirklich aus tiefstem Herzen gemocht habe.

Tyler sieht mich nicht an, starrt vor sich hin und stützt die Unterarme auf die Knie. »Beverly ist gestolpert und gefallen, weil sie Angst vor mir hatte.«

Ich presse fest die Lippen zusammen, um nicht loszuschreien, mit Vorwürfen um mich zu schlagen.

»Sie hatte Angst, weil ich ihr das Handy abnehmen wollte.« Tyler legt die Stirn auf seine abgestützten Arme und atmet tief durch, ehe er sich wieder aufrichtet und mich ansieht. »Ich habe instinktiv nach ihr gegriffen, sie sogar für einen winzigen Moment festgehalten, in dem ich tatsächlich noch gehofft habe, dass sie doch nicht fällt.«

Ich sehe diesen kurzen Hoffnungsschimmer in seinen Augen erlöschen. Sein Blick wird glasig. Während er spricht, greift seine Hand nach der Erinnerung von Beverly, versucht, die Vergangenheit zu verändern.

»Sie ist mir entglitten und ich konnte sie nicht retten.« Er starrt auf seine leere Handfläche. »Das Einzige, was ich retten konnte, war das Armband.«

Nach einer kurzen Stille, die nur von meinem Frösteln und Tylers keuchenden Atemzügen gefüllt ist, frage ich: »Was ist dann geschehen?«

Er vergräbt erneut das Gesicht in seinen Händen, erzählt mir, dass es ein Unfall war, dass er Panik bekommen hat und nicht wusste, was er tun sollte. »Ich habe mich im Gefängnis gesehen und tierische Angst bekommen. Es ist so lächerlich, aber in diesem Moment war meine Panik lauter als alles andere, lauter als jede Vernunft.« Tylers Schultern beben. »Ich hatte noch nie wirkliche Angst verspürt. Angst, die sich in dich verbeißt, die auf der Haut wie tausend Nadelstiche wirkt, dein Herz erstarren lässt und das Atmen unmöglich macht.«

Tyler richtet sich auf und reibt sich das beschriebene Gefühl von den bloßen Unterarmen. »Weil ich nicht wusste, was ich tun sollte, habe ich Kellan angerufen. Er hat mir gesagt, dass ich ruhig bleiben soll, dass er zu mir kommt und wir eine Lösung finden – aber ich bin abgehauen, bevor er an den Klippen war.«

»Und Kellan hat dann alles vertuscht?« Meine Stimme klingt belegt, von einer Eisschicht überzogen wie der Rasen auf dem Campus. »Aber wenn du sie nicht absichtlich … wenn es ein Unfall war, dann …«

Was dann? Tot ist tot, oder?

»Es *war* ein Unfall. Ich wollte am nächsten Tag zur Polizei gehen, doch Kellan hat mich zurückgehalten. Es würde ein schlechtes Bild auf die Lions werfen und ich wüsste, welche Folgen ein solcher Verstoß gegen die Regeln haben könnte.« Tyler schüttelt den Kopf, fährt sich wieder durch die Haare. »Kellan stand schon im letzten Jahr kurz vor dem Abschluss. Er ist Stipendiat und würde alles für die Lions tun. Er ist auf die Verbindung angewiesen.« Tylers Fingerkuppen massieren seine Schläfen. »Selbst als er meinen Dad ins Spiel gebracht hat, der zu dieser Zeit mit der sinkenden Unterstützung seiner Partei zu kämpfen hatte, und das kurz vor seiner Wahl zum Abgeordneten, sah ich mich im Recht. Es war ein Unfall, man konnte mir nichts vorwerfen – höchstens, dass ich aus Angst davongelaufen war. Es war kein Vorsatz, kein Mord, nur reine Panik. Doch Kellan sah das anders.« Eine kurze Pause. Tylers Hände zittern. »Er hat mir ein Video gezeigt … auf dem nicht zu unterscheiden ist, ob ich sie retten wollte oder vorsätzlich gestoßen habe.« Er reibt sich über die Augen, schiebt die Finger in die dicken Strähnen seiner Haare, um sie nach hinten zu streichen, verharrt dann jedoch.

»Ich konnte nicht zur Polizei gehen. Nicht, wenn es einen Beweis gab, der gegen die Unfalltheorie sprach und Dads Kontrahenten in die Hände spielen würde. Mit einem tragischen Unfall und ehrlicher Reue könnten Dads Presseleute arbeiten, nicht jedoch mit Mord und anschließender Flucht. Das Foto steckt noch immer in meinem Lion-Mitgliedsbuch.« Ein finsteres Lachen. »Mir waren die Hände gebunden. Ich konnte das meinem Dad so kurz nach Mums Tod nicht antun. Also habe ich versucht, das zu tun, was Kellan verlangt hat.«

»Und das war?«, frage ich.

»Ich sollte einfach weitermachen wie bisher«, spuckt er die Worte abfällig in den Flur. »Aber ich bin durchgedreht, zu keinem Kurs mehr gegangen, wieder in dieses Zimmer gezogen. Ich habe Lion Manor nicht mehr betreten, doch es hat nicht gereicht. Was ich getan habe, hat mich verfolgt. Jede Nacht und jede Minute an jedem Tag. Also habe ich Whitefield heimlich verlassen und mich zu Hause verkrochen. Weit weg von den Geschehnissen.«

»Deshalb haben alle vermutet, du seist ebenso verschwunden wie Beverly.«

Er schluckt, nickt dann aber. Die Reue steht ihm klar ins Gesicht geschrieben. Aber dennoch hat er nichts unternommen, alle im Unklaren gelassen. Selbst jetzt, nachdem Beverlys Verschwinden durch Hannahs und Joshs Recherche wieder zur Sprache gekommen ist – was mich an Joshs Worte beim Aufnahmeball erinnert.

»Warum bist du wieder hier?« Ich wollte ihn nicht in die Richtung stoßen, in die Josh gedacht hat. Vielleicht lag er ja ganz falsch?

»Kellan hat mich angerufen und mir eine Nachricht geschickt, dass jemand über ›das Video-Wochenende‹ recherchiere und ich sofort nach Whitefield zurückkehren muss.«

»Und du hast alles stehen und liegen gelassen?«

Tyler zuckt mit den Schultern. »Was hatte ich denn für eine Wahl?« Seine Augen schimmern verdächtig, doch er wendet sich zu schnell ab, starrt auf einen dicken Kratzer im Türrahmen, obwohl er mich direkt anspricht. »Nachdem Alina Prescott«, meine Augen weiten sich bei der Erwähnung von Hannahs Mitbewohnerin, »von ihren Eltern dazu überredet wurde, schon dieses Trimester mit dem Studium zu beginnen, um dich zu isolieren, wurde ich auf dich angesetzt. Ich sollte dich ausspionieren und deine Leichen im Keller suchen«, bestätigt er Joshs Vermutung.

Ich wende mich ab, weil ich offenbar bis zuletzt gehofft habe, dass etwas Ehrliches zwischen uns entstanden war. Den Schock darüber, dass auch Alinas Eltern Ehemalige waren, verbot ich mir. Darüber konnte ich später nachdenken.

»Zu Kellans Enttäuschung habe ich meine Aufgabe etwas schleifen lassen, nachdem ich dich besser kennengelernt hatte. Du bist außergewöhnlich, C. Bitte lass dir nie etwas anderes einreden.« Er schenkt mir ein schwaches Lächeln. »Weil der ursprüngliche Plan nicht funktioniert hat, wurdest du zu den Ravens eingeladen, um dir eine Leiche in den Keller zu legen.«

Ich will gerade darauf eingehen, als die Wohnungstür nebenan aufgeht und ich Joshs eindringliche Stimme höre.

»Sie hat Hannah geschrieben, dass sie gleich da ist, und sie ist immer noch nicht aufgetaucht. Natürlich werde ich sie suchen, verdammt.«

Als er die Tür hinter sich schließt, läuft er rückwärts in mich hinein. Mit einer Entschuldigung auf den Lippen wendet er sich um. Sofort zeigt sich pure Erleichterung auf seinen Zügen, als er erkennt, wen er angerempelt hat. Er reißt mich an sich, wühlt mir durch die noch immer feuchten Strähnen im Nacken, die aus der Mütze quellen, während Jace die Tür aufreißt und gerade noch zurückstolpert, bevor er ebenfalls in uns hineinläuft.

Josh flüstert mir zu: »Ich habe mir solche Sorgen um dich gem…« Mit einem Mal verstummt er und schiebt mich hinter sich.

»Jace!«, ruft er nach seinem Bodyguard, der sofort bereitsteht. Josh drängt mich zur Seite, damit Jace freie Sicht auf Tyler hat, der wie eine Stoffpuppe ohne Füllung am Türrahmen lehnt. Vielleicht haben die Geheimnisse dafür gesorgt, ihn aufrecht zu halten. Was auch immer es gewesen ist, es ist weg und hat nur einen Schatten des Tylers zurückgelassen, den ich kennengelernt habe.

Während Jace sich schützend zwischen Tyler und uns aufbaut und Josh mich in das Apartment bugsiert, ruft Tyler: »Euer Herumschnüffeln hat die Aufmerksamkeit des Dekans auf sich gezogen. Sollte er entscheiden, dass es nun an der Zeit wäre, über die Zuwendungen der ehemaligen Ravens und Lions hinwegzusehen und der Realität ins Auge zu blicken, könnten die Häuser geschlossen werden.«

»Was sie verdient haben!«, antwortet Josh abfällig.

Ich widerspreche ihm nicht. Nicht mehr. Die Lions – oder war es tatsächlich nur Kellan? – haben den schrecklichen Tod eines Mädchens vertuscht, um nicht in ein schlechtes Licht zu geraten. Das wiegt schwerer als all die Förderung bedürftiger Schüler oder die Stipendien am St.Joseph's. Ich hätte Hannah von Anfang an glauben sollen.

»Hey, was ist los?«, fragt Josh. Seine Finger streifen mich flüchtig am Kinn, damit ich zu ihm aufsehe.

Ich hole tief Luft. Es ist Zeit für die Wahrheit. »Tyler hat euch etwas zu erzählen.«

17

SONNTAG, 13.12.

Nachdem Josh sich geweigert hat, Tyler mit in Jace' Wohnung zu nehmen, hocken wir nun auf der Couch in Tylers Apartment und starren uns finster an. Ich sitze auf dem Schenkel des Ecksofas, damit ich Hannah und Josh auf dem Längsteil besser beobachten kann. Beide erdolchen Tyler mit ihren Blicken. Er hat auf dem Ledersessel gegenüber Platz genommen, Jace steht dicht bei Josh und hält ihn das eine oder andere Mal davon ab, auf Tyler loszugehen, der die Geschehnisse der Matching Night aus dem vergangenen Jahr zusammenfasst. Sowohl Hannah als auch Josh fiebern mit Beverly mit, Hannahs Blick rückt hin und wieder in die Ferne, gleicht das Gesagte mit den Details ab, die Tyler nun von der anderen Seite berichtet. Das Verbot, sich während der Anwärterphase mit Außenstehenden einzulassen, hat Hannah am meisten wehgetan.

Als Tyler mit gesenktem Blick erzählt, wie Beverly gestolpert und die Klippe hinabgestürzt ist, springt nicht Josh, sondern Hannah auf. Sie wirft sich auf Tyler und prügelt auf seine Brust ein. Ihr Schmerzensschrei hallt durch das Wohnzimmer und zerreißt mir das Herz, während Tyler alles stoisch über sich ergehen lässt.

»Hannah …«, sage ich leise, nachdem ich ihr eine Hand auf den Rücken gelegt habe. Sie hört nicht auf, Tyler voller Verzweiflung zu schlagen, der sich immer noch nicht wehrt, vielleicht weil er innerlich gar nichts mehr spürt oder ihren Ausbruch als Bestrafung akzeptiert.

Ich ziehe Hannah zurück, lege die Arme um sie und halte sie ganz fest, weil sie bei jedem Schluchzen auseinanderzubrechen droht. Ich teile ihren Schmerz, wie beste Freundinnen es tun, habe mit ihr eine große Liebe verloren.

Nur beiläufig registriere ich, dass Josh gefährlich ruhig ist. Er, Jace und Tyler wechseln inzwischen sogar vereinzelt Worte.

»Wer steckt seither hinter ihrem Instagram-Account?«, höre ich Josh fragen und merke, dass auch Hannah zuhört. Sie wischt sich mit dem Ärmel über das Gesicht, ihre Zähne knirschen heftig. Ihre mieseste Angewohnheit überhaupt. Das Geräusch löst eine Gänsehaut bei mir aus, während wir alle auf Tylers Antwort warten.

Doch der zuckt nur mit den Schultern. »Ich weiß es nicht mit Sicherheit, vermute aber, dass es Kellan ist.«

»Die Bilder sind fast perfekt. Es sind nur Kleinigkeiten falsch, auf die man nicht achtet, wenn man nicht danach sucht.« Hannahs Stimme ist rau, brüchig wie ein zusammengepresster Sandklumpen, den man zwischen den Händen reibt. Ich kann nur hoffen, dass sie nicht komplett zerstört wird, und drücke sie erneut an mich.

Jace ist natürlich ganz Profi und stellt eine Frage, die ich bis jetzt übersehen habe. »Wovor hast du Cara vorhin gewarnt?«

Tyler lehnt sich nach vorn. »Ich habe gehört, dass die Collegeleitung die Studentenverbindungen auf dem Radar hat. Kellan wird alles dafür tun, sich zu schützen. Wenn er in die Ecke gedrängt wird …« Tyler schluckt hörbar, während Josh als Reaktion die Hände so fest zu Fäusten ballt, dass die Muskulatur seiner Unterarme deutlich hervortritt.

Ich glaube Tyler und traue Kellan zu, dass er die Lions mit der Verbissenheit eines … nun ja, Löwen schützen würde. Ich habe nicht einmal gewusst, dass er Stipendiat ist wie ich.

»Nur was sagen wir jetzt der Polizei?«, frage ich und sofort stehe ich im Zentrum der Aufmerksamkeit. Selbst Hannah schiebt sich von mir weg und mustert mich schockiert.

»Wir können nicht zur Polizei, wenn es sich um bloße Vermutungen handelt. Ich hatte bereits Kontakt zur lokalen Polizei. Sie würden die Ermittlungen – falls sie überhaupt losgehen und wir nicht einfach für verrückt erklärt werden – schnell fallen lassen, wenn es keine Beweise gibt. Und die haben wir nicht«, sagt Hannah in erschreckend monotonem Tonfall, als zitiere sie einen Zeitungsartikel. Sie tippt sich an den Daumen. »Die ganzen Bilder sind lediglich ein Indiz dafür, dass jemand gut mit Photoshop umgehen kann – wessen Bilder sind heute nicht bearbeitet? Auch die Kette könnte kein Einzelstück oder kopiert worden sein.« Sie tippt nacheinander an den Zeigefinger und den Mittelfinger. »Beverly antwortet auf Kommentare, postet Bilder, ändert ihren Status. Von außen sieht es aus, als würde sie sich vor *uns* verstecken. Ihre Mutter hat ebenfalls keine Vermisstenmeldung abgesetzt, ich habe es prüfen lassen.«

Mit jedem Punkt, den sie abhakt, sinke ich mehr in mich zusammen. Sie hat recht.

»Aber was ist mit dem Video?«, frage ich und sehe dabei zu Tyler.

»Das habe ich nur auf Kellans Handy gesehen, er hat es mir nicht geschickt.« Langsam bewegt er den Kopf hin und her.

Verdammt! Wie kann es sein, dass wir wissen, wann und wie ein Mädchen gestorben ist und wir doch nichts unternehmen können?

»Was ist mit einem Geständnis von Tyler?«, bohre ich weiter. »Er könnte doch noch immer zur Polizei gehen.«

Ich warte auf seine Reaktion, da mischt sich Jace ein: »Auch wenn er nach all dieser Zeit gesteht – ohne Leiche oder Beweise wird ihn jeder Anwalt raushauen können. Selbst das Foto der beiden würde einen Staranwalt nur zum Lächeln bringen.«

Ich drehe mich zu ihm um, als er gerade das Gesicht verzieht. »Es wäre nicht das erste Mal. Und würdet ihr wirklich Kellan ungestraft davonkommen lassen wollen? Vielleicht hätte man Beverly retten können, wenn er nicht darauf gedrängt hätte, alles zu vertuschen. Vielleicht hat sie den Sturz ins Meer überlebt und ist erst viel später vollkommen entkräftet ertrunken.«

Seiner Ansprache folgen Bilder, die mir Tränen in die Augen treiben. Hannah schluchzt wieder und ich reibe ihr langsam über den Rücken, bis sie sich entspannt.

»Wir brauchen dieses Video!«, fasst Josh zusammen. »Wenn es auf Kellans Handy ist, müssen wir es uns eben kurz *ausleihen*.«

»Illegal beschaffte Beweismittel sind nicht zulässig«, sage ich und hoffe, dass mein Anwaltsserienwissen auch tatsächlich stimmt.

»Du hast recht«, erwidert Josh. »Aber wenn wir wissen, dass das Video tatsächlich auf seinem Handy ist, können wir mit dem Foto zur Polizei gehen und erzählen, wo das genannte Video zu finden ist.« Er strahlt pure Entschlossenheit aus und wechselt einen kurzen Blick mit Jace, der wenig begeistert nickt.

Gehört es tatsächlich zu seinen Aufgaben, bei illegalen Aktionen mitzumachen oder in mein Zimmer einzubrechen, um mir Zettelchen von seinem Boss zu hinterlassen?

»Dann werde ich mal in Lion Manor nachsehen, ob Kellan noch schläft. Ich komme danach zu dir«, sagt Josh und sieht mich zum ersten Mal seit Tylers Geständnis direkt an. So direkt, dass meine Fingerspitzen zu kribbeln beginnen.

»Und was mache ich?«, fragt Hannah.

»Du kommst mit zu mir«, bestimme ich. »Und mir ist egal, ob Außenstehende in Raven House gern gesehen sind oder nicht. Du darfst jetzt nicht allein sein.«

Sie lächelt schwach, dann stehen wir auf und verlassen Tylers Wohnzimmer. Er hat kein einziges Wort mehr gesagt und ich will nicht darüber nachdenken, wie er sich fühlt, während er seine Zukunft Stück für Stück zerbrechen sieht – und die seines Dads gleich mit. Ich ersticke den Funken Mitleid im Keim, zerre an Hannahs Hand und öffne die Tür zum Apartment, als Josh mit schnellen Schritten auf uns zukommt.

»Kann ich kurz mit Cara reden?«, fragt er Hannah anstatt mich.

Ich presse die Zähne fest aufeinander und nicke Hannah dann auf ihren fragenden Blick hin zu.

»Ich warte auf dem Flur«, sagt sie und lässt uns allein.

Wir sehen ihr beide nach. Als das Klicken des Schlosses verhallt ist, breitet sich Totenstille aus.

»Jace wird Tyler bewachen«, beginnt Josh und dreht sich kurz zum Wohnzimmer um. Ich sehe, wie sich sein Kehlkopf hebt und er offenbar seinen Mut sammelt, bevor er sich wieder mir zuwendet und sich eine schmerzhafte Gewissheit in mir manifestiert.

»Ich wollte dich da nie mit hineinziehen«, sagt er leise. »Danke, dass du uns trotz allem geholfen hast, Bev zu finden.« Tränen schimmern in seinen mitternachtsblauen Augen, die bei mir sofort den Drang auslösen, ihn in den Arm zu nehmen. Was ich dann auch tue, obwohl sämtliche Alarmglocken schrillen, die mein Herz beschützen.

Er entspannt sich sofort merklich, krallt sich mit den Fingern aber an meinem Pullover fest. Sein bebender Atem streift immer wieder meinen Nacken. Dann schiebt er sich so schnell von mir, als hätte ich ihn in die Schulter gebissen.

»Wenn du mich umarmen willst, kannst du es gern ohne das ganze Drama tun, Emerson.«

Es ist nur ein Abklatsch der herausfordernden Stimme, die mir so vertraut geworden ist, aber dennoch lösen die Erinnerungen an all die positiven Momente einen Schauer bei mir aus und meine Sicht verschwimmt.

»Wir sehen uns dann in Raven House«, presse ich hervor, drehe mich um und greife zur Türklinke.

Josh hält mich zurück. Er zieht mich zu sich, und bevor ich reagieren kann, liegen seine Lippen auf meinen, während er mich gegen die hölzerne Tür presst und mich küsst, als wäre es die letzte Gelegenheit. Plötzlich hält er inne, die Lippen so dicht vor meinen, dass die Fast-Berührung noch immer als Kuss durchgehen könnte.

»Sorry, ich wollte dich nicht überfallen«, flüstert er, jeder Buchstabe streift einzeln über meine Haut. Er gibt mir die Gelegenheit zu fliehen, aber das will ich nicht. Ich öffne den Mund und erwidere den Kuss, der salzige Geschmack unterstreicht die bittere Süße des Moments, der so sehr nach Abschied schreit, dass ich losbrüllen möchte.

Josh hat sein Ziel erreicht. Er hat Beverly gefunden. Er holt sich noch den Beweis bei Kellan, dann wird er Whitefield verlassen. Es ist nur noch eine Frage der Zeit. Ich genieße den Kuss bis zur allerletzten Sekunde, ertrinke weiter im Gefühlschaos, tauche nur langsam auf und kratze meinen letzten Willen zusammen, um mich von ihm zu lösen.

Auch sein Atem geht keuchend. Er senkt seine Stirn auf meine und haucht ein »Danke!« auf meine Lippen, das sich wie ein sanfter Abschiedskuss anfühlt.

Der Abschied von was auch immer zwischen uns war.

Ich schlucke, damit meine Stimme hoffentlich nicht so zerbrochen klingt, wie ich mich fühle. »Wir sehen uns gleich. Viel Erfolg.«

Den letzten Satz bringe ich gerade noch so hervor, ehe ich zur Tür hinausstürze. Ich muss jetzt stark sein für Hannah. Sie hat ihre große Liebe auf grausame Weise für immer verloren, da kann ich ihr nicht vorheulen, dass ich mich an Josh hätte gewöhnen können.

Also blinzele ich unentwegt die Tränen weg und denke zur Ablenkung an die noch abzuarbeitende Liste von Professorin Deveraux, um nicht in Selbstmitleid zu ertrinken, während wir die Wege entlanggehen. Inzwischen ist es später Vormittag und etliche Studierende sind unterwegs. Susan, eine der neuen Fotografinnen des *Whisperer*, kommt uns entgegen und spricht Hannah an.

»Ich habe die Fotos für den Bericht über die Renovierungsarbeiten. Kann ich sie dir gleich in der Redaktion zeigen?«, sagt sie voller Elan.

Am liebsten würde ich sie wegschicken, doch Hannah ist Vollprofi und entscheidet sich, Susan in die Redaktion zu begleiten. Vermutlich wird ihr etwas Ablenkung guttun und ich gebe mein Okay, als sie mich fragt. Kurz darauf trennen sich unsere Wege.

Der Rückweg nach Raven House zieht sich ewig hin. Ich dürfte jetzt ebenfalls nicht allein sein. Ich spüre noch immer Joshs Kuss auf den Lippen, nicht einmal die Kälte schafft es, die Hitze in mir zu vertreiben, die mit einer unerträglichen Sehnsucht einhergeht.

Joshs Tränen waren der Beweis dafür, wie sehr er sie geliebt hat. Seine Gefühle für sie muss er auf mich projiziert haben. Zwischen ihnen war mehr als Freundschaft, ganz gleich, was Hannah sagt. Beverly war während unserer ganzen Zeit zugegen. Und sie war es auch bei unserem letzten Kuss.

Dann mache ich den Fehler, mein Handy aus der Tasche zu ziehen und die beiden zu googeln, um herauszufinden, was Josh mir verheimlicht hat. Ich scrolle bis zu den Partyfotos, die mir Tyler vor Wochen geschickt hat, springe von einem Bericht zum nächsten, quäle mich selbst, indem ich mir Josh und Beverly zusammen ansehe – ein abartig glückliches Paar im Blitzlichtgewitter, intime Blicke und innige Küsse inklusive. Jede Headline zerstört mich noch mehr, bringt mich zum Stolpern.

DAS TRAUMPAAR DER POLITIK!

»DIE LIEBE MEINES LEBENS!«

»OHNE SIE WÄRE ICH VERLOREN.«

Jeder Interviewausschnitt klingt wie eine Liebeserklärung. Auch wenn Hannah glaubt, dass Beverlys Gefühle für Josh platonischer Art gewesen sind, dass Beverly sie wirklich geliebt hat, wie Josh behauptet – seine Gefühle für sie haben sich nie geändert. Er hat sie immer geliebt und die Tatsache bricht mir das Herz.

Ich bin so in Gedanken versunken und kämpfe mit den Tränen, dass ich Cheryl beim Betreten des Wohnheims erst bemerke, als sie mich anspricht.

»Geht es dir gut, Cara?« Sie richtet sich an ihrem Tisch im Lichthof auf und klappt das Buch in ihrer Hand zu, um es zur Seite zu legen.

Ich sehe sie an, als würde ich ihr zum ersten Mal begegnen. Vielleicht ist es sogar das erste Mal, dass ich sie in ihrer Freizeit allein – ohne Brittany – treffe, die ihr ganz offensichtlich immer die Empathie absaugt wie ein Emotionsvampir.

»Ist es wegen Josh?«, hakt sie nach.

Mir entgleisen vermutlich alle Gesichtszüge. »Woher …«

Sie lacht leise auf. »Ernsthaft? Jeder Blinde spürt die Schwingungen zwischen euch.«

Nun lache ich und murmele: »Wenn es doch nur so wäre.«

»Wo liegt das Problem?«, will sie wissen.

Ich möchte nicht länger mit meinen Gedanken allein sein und überlege tatsächlich, mich zu Cheryl Bennetton zu setzen und mit ihr über mein nicht vorhandenes Liebesleben zu sprechen. Etwas an ihrer Art, das freundliche, offene Lächeln und die Tatsache, dass sie den Stuhl neben sich etwas vom Tisch rückt, nehmen mir schließlich die Entscheidung ab.

»Soll ich dir bei Miley etwas zu trinken besorgen?«, fragt sie, aber ich lehne mit einem Kopfschütteln ab.

Noch bevor es zu einer unangenehmen Stille zwischen uns kommen kann, hakt sie nach: »Was hat er getan?«

»Woher weißt du, dass er Schuld hat?«, frage ich.

»Männer bringen immer Probleme mit sich. Ich hatte viele Beziehungen und die mit Jungs waren am stressigsten.« Sie verdreht die Augen und zieht an ihrem Strohhalm.

So habe ich Zeit, angemessen zu reagieren und ihr nicht schreiend vorzuwerfen, wie mies es ist, gemeinsam mit Brittany über Hannah zu lästern, wenn sie selbst auf Mädchen steht. Doch dann gerate ich ins Stocken. Vielleicht hat Cheryl nie mitgelästert, sondern Brittany beschwichtigt – wie einmal, als ich auf sie losgegangen bin, um Hannah zu verteidigen. Auch da hat Cheryl ihrer Freundin deutlich gemacht, dass man nicht automatisch jede Frau mit Blicken auszieht, nur weil man lesbisch ist.

»Muss ich noch mal fragen oder erzählst du es mir?« Cheryl stellt ihr Glas wieder ab und wartet.

»Josh hängt noch an seiner ehemaligen großen Liebe. Ich habe es erst jetzt erkannt und die beiden gegoogelt.« Ich aktiviere das Display und schiebe ihr mein Handy hin, von dem Josh und Beverly uns entgegenlächeln.

»Beverly Grey?«, fragt Cheryl ungläubig. Ihre Stimme überschlägt sich dabei fast.

Sie verunsichert mich damit so sehr, dass ich nicht weiß, wie ich reagieren soll.

»Beverly steht *kein bisschen* auf Jungs. Die beiden sind seit Jahren miteinander befreundet, er hat ihr nur geholfen, den Schein zu wahren. Sie konnte sich nicht outen. Ihre Mutter ist sehr konservativ und ihre Partei würde sie vermutlich für eine lesbische Tochter steinigen. Die Amis sind manchmal so altmodisch.« Sie verdreht die Augen und schnaubt dabei. »Josh war ihre Tarnung, sie hat ihn sogar unter ›Honey‹ in ihrem Handy abgespeichert. Ihre Mum hat irgendwann herausbekommen, dass ihre Beziehung nicht echt war und sie hierhergeschickt, damit sie während der Matching Night einen Lion zugewiesen bekommt und sich vielleicht doch mit einem Jungen arrangieren kann.« Sie schüttelt den Kopf. »Als wäre das möglich! Wie bescheuert kann man sein?«

»Woher weißt du das alles?«, frage ich noch immer vollkommen überrascht – auch wenn der Ton der Brittany-Cheryl langsam wieder an die Oberfläche dringt.

»Sie hat es mir erzählt. Nachdem sie bei Valérie wieder mal mit der Forderung nach einem anderen Match abgeblitzt ist. Tyler Walsh war aber auch nervig! Was läuft eigentlich zwischen dir und ihm? Belästigt er dich auch?«

»Was? Nein!« Sie bringt mich mit ihren Gedankensprüngen vollkommen aus dem Konzept.

»Gut. Ich habe schon das Schlimmste befürchtet, als es hieß, er wäre wieder auf dem Campus.«

Ich fühle mich von all ihrem Wissen vollkommen überrollt. Erst nach und nach sickern alle Details in mein Hirn.

»Wenn du wusstest, dass Beverly auf Mädchen steht, wieso hast du nichts gesagt, als ich dich und Brittany nach den Gerüchten über sie ausgefragt habe?«

Cheryl wendet sich ab, zieht die Lippen zwischen die Zähne und kaut darauf herum. Ich spüre, dass sie einen inneren Kampf austrägt. »Brittany weiß nicht, dass ich mit manchen der Mädchen nicht nur befreundet bin«, gesteht sie dann leise.

»Warum gibst du dich mit ihr ab, wenn du in ihrer Gegenwart nicht du selbst sein kannst?« Ich bemühe mich um einen nicht vorwurfsvollen Ton, was mir nicht ganz gelingt.

»Sie war vom ersten Tag an das für mich, was Dione für dich ist. Eine beste Freundin, eine Schwester. Wir haben alles gemeinsam gemacht.« Sie blinzelt mehrmals.

Ich spare mir die Entgegnung, dass sie und Brittany wohl doch nicht wie Dione und ich sind, wenn sie ihrer vermeintlich besten Freundin so etwas verheimlichen muss. Ihrem Ausdruck nach weiß sie das genau, und das tut mir sehr leid für sie.

»Wieso hast du es mir erzählt?« Ich muss nicht erwähnen, dass wir nicht annähernd beste Freundinnen sind.

»Vielleicht, weil es an der Zeit ist. Und weil ich weiß, dass du damit umgehen kannst. Ich habe dich und deine Freundin Hannah beobachtet.« Die Sehnsucht schwimmt in ihrer Stimme mit und ich warte, dass sie weiterspricht. »Was hast du jetzt mit Josh vor?«, wechselt sie dann jedoch das Thema. Sie richtet sich auf und ich spüre, dass sie nicht mehr über Brittany oder das Geheimnis zwischen ihnen sprechen will.

Um sie von ihrem Schmerz abzulenken und vielleicht auch, weil ich dieses vertrauensvolle Band zwischen uns spüre, erzähle ich ihr von meiner Vermutung – dass ich glaube, Joshs Gefühle für Beverly seien mehr als rein freundschaftlich.

»Das ist Quatsch. Er liebt sie wie eine Schwester, hat Beverly jedenfalls behauptet. Und würde er sonst die ganze Zeit durch die Geheimgänge schleichen und bei dir herumhängen? Apropos, wenn man vom Teufel spricht …«

Sie deutet mit dem Kinn Richtung Hintereingang und Treppenhaus und ich drehe mich um, die Frage nach den Geheimgängen noch auf den Lippen. Josh steht da und sieht sich um. Sobald sich unsere Blicke treffen, schüttelt er langsam den Kopf und kommt näher.

Cheryl trinkt ihr Glas aus und erhebt sich. »Ich lasse euch Turteltäubchen wohl besser allein.«

Ich will sie aufhalten, weiter mit ihr reden – was ich nie gedacht hätte! –, aber sie rauscht schon davon. Als sie an Josh vorbeigeht, wirft sie ihm ein abfälliges »Männer!« zu, das mich schon beinahe zum Grinsen bringt.

»Was hat sie für ein Problem?«, fragt Josh, der offenbar kurz den Grund vergessen hat, weshalb er zu mir kommen wollte.

»Hast du Kellans Handy nicht gefunden?«

»Doch. Es war nicht einmal gesperrt. Ich habe Nathan gebeten, ihn in ein Gespräch zu verwickeln, und konnte es in Ruhe durchsuchen.«

»Du hast noch jemanden mit reingezogen?«

Er setzt eine nicht überzeugende entschuldigende Miene auf, die jedoch direkt wieder von purer Enttäuschung weggeschwemmt wird. »Auf dem Handy ist absolut nichts! Weder das Video, das Kellan angeblich Tyler gezeigt hat, noch irgendwelche Fotos. Außerdem gibt es nur drei Kontakte außerhalb der Raven-App. Luca Santiago, Dad und Mum.«

»Woher weißt du, dass es Luca ist?«

»Weil sein Name dort stand? Ist aber ja auch klar, wenn die beiden zusammen sind, wie du gesagt hast.« Er zuckt mit den Schultern.

»Das meine ich nicht. Als ich Kellan letztens beim Chatten erwischt habe, kamen Nachrichten von …« Ich verschlucke mich an dem Kosenamen.

»Was?«, fragt Josh ungeduldig.

»Cheryl hat eben erzählt, dass Beverly dich unter ›Honey‹ im Telefon gespeichert hat.«

Joshs Züge werden sofort weicher. »Stimmt. Um ihre Mom davon zu überzeugen, dass wir zusammen sind. Als hätte das funktioniert.« Niedergeschlagen senkt er den Kopf und schiebt den Unterkiefer hin und her.

»Kellan hat *Beverlys* Handy!« Ich verhaspele mich bei den wenigen Worten, die viel zu schnell aus mir herausfließen. »Ich habe gedacht, er schreibt mit Luca! Dabei kam eine Nachricht von *dir*! Deshalb war er so erschrocken, als ich ihn neulich in Lion Manor überrascht habe.«

Joshs Blick schießt hin und her, als suche er die Puzzleteile zusammen. »Beverlys Handy? Bist du sicher?« Wir gleichen die Marke ab, aber jeder zweite auf dem Campus scheint gefühlt dasselbe Modell zu besitzen. »Wenn es tatsächlich in seinem Besitz ist, dann war es vielleicht *ihr* Handy, auf dem Kellan Tyler das Video gezeigt hat! Wir müssen es finden!«

Er schnappt meine Hand und zieht mich mit sich. »Komm mit! Wir sollten uns mit Jace und Tyler unterhalten.«

18

SONNTAG, 13.12.

Wenn mehrere Personen dasselbe Ziel verfolgen, ist es egal, ob sie sich mögen oder hassen. Das dachte ich zumindest immer, bis ich von der Spannung in der Luft beinahe erdrückt werde und mir das Atmen schwerfällt. Wir sitzen an dem großen Glastisch in Tylers Wohnung. Ich bin an der Stirnseite zwischen Tyler und Josh gelandet, die sich unentwegt mit Blicken töten wollen. Jace sitzt neben Josh und ich bin mir sicher, dass er ihn hin und wieder unter dem Tisch anrempelt, um zu verhindern, dass Josh aufspringt und sich auf Tyler stürzt. Doch sosehr ich auch durch das Glas starre, er macht es so unauffällig, dass ich es nicht sehen kann. Hannah mir gegenüber sieht zwischen den beiden hin und her, als verfolge sie ein Tennismatch.

»Egal, was wir jetzt hier vereinbaren, er wird sich nicht daran halten!« Josh lehnt sich auf seinem ledernen Schwingstuhl zurück und fährt sich durch die Haare.

»Wenn er es nicht tut, übergeben wir das Video der Polizei. Wir haben dann unseren Beweis.« Hannahs Stimme ist schneidend kalt.

Seit ihrem Zusammenbruch vorhin nur wenige Meter von hier

entfernt auf der Couch, hat sie einen Schalter umgelegt und lässt nicht den Hauch einer Emotion nach draußen, was mir große Sorgen bereitet. Sie hat niemals so fertig ausgesehen, jeglicher Hoffnung beraubt, als hätte sie einfach aufgegeben.

Tyler mahlt mit dem Kiefer und fängt meinen Blick mit seinen dunklen Augen ein. »Du weißt, dass ich nicht mehr der Typ vom letzten Jahr bin, Cara.«

Seine Stimme ist so eindringlich, dass sie in meiner Brust nachhallt und Josh erneut scharf zu Jace blickt, der seinen Schützling keine Sekunde aus den Augen lässt.

»Nur Tyler kann sich das Video noch einmal von Kellan zeigen lassen«, beharre ich. »Wir müssen einfach hoffen, dass es auf Beverlys Handy gespeichert ist.«

»Und dann nimmt er das Handy an sich, vernichtet alle Beweise und wir stehen noch schlechter da als vorher.« Josh kocht vor Wut. »Du glaubst doch nicht, dass er sich wirklich stellen wird? So naiv kannst du nicht sein, Emerson.«

Der Vorwurf ist wie ein Schlag ins Gesicht. Hannah schnappt nach Luft und ich wäre geplatzt, hätte ich in diesem Moment nicht das Zucken an Tylers Mundwinkel gesehen. Er provoziert Josh, wo er nur kann, um … was genau zu erreichen? Joshs Beschuldigungen direkt zu folgen? War das sein Plan? Oder um Josh und mich weiter auseinanderzubringen und die Lücke dann selbst zu füllen?

»Du hast recht«, lenke ich ein und Josh hebt überrascht den Kopf. »Wir werden zuerst selbst versuchen, das Handy in die Finger zu bekommen. Sollten wir keinen Erfolg haben, können wir es immer noch auf Tylers Weise probieren.«

Ich höre, wie Tyler mit den Zähnen knirscht. Ein widerliches Geräusch, das mir durch Mark und Bein geht.

»Das kann nicht dein Ernst sein, C. Du tust noch immer, was er sagt? Egal, was er dir vorwirft?«

Nun bin ich kurz davor, mit den Zähnen zu knirschen. Tyler weiß, wie ich denke und fühle. Und er nutzt diese Tatsache schamlos aus. Doch ich lasse mich nicht ausnutzen. Ich bin mir sicher, dass das Flehen in Joshs Augen eine Entschuldigung ist, ehe er mir ein dankbares Lächeln zuwirft, das so wackelig ist, dass es mir das Herz zerreißt.

Dann erkläre ich ihnen den zweiten Teil meines Plans. »Mit dem Handy werden wir die Herausgabe der Sicherheitsvideos verlangen und so endlich alle Ravens und Lions, die nichts mit diesen finsteren Machenschaften zu tun haben, aus der Schusslinie nehmen.«

Dieser Teil ist auf dem gemeinsamen Weg mit Josh hierher Stück für Stück in mir gereift. Ich kann nicht nur *meinen* Wunsch erfüllen, sondern ihn gleich auf alle anderen Verbindungsmitglieder ausweiten. Selbst wenn ich dafür zu *ihren* Mitteln greifen muss.

Hannah springt auf, ihr Stuhl schabt über den Boden und schwingt gefährlich nach. »Wir wollten die Verbindungen zerstören, die Beverly getötet haben oder keinen Ton über ihr Verschwinden gesagt haben!«, schreit sie. »Sie haben es nicht verdient, einfach weiterzumachen wie bisher.«

Ich erhebe mich ebenfalls und gehe zu Hannah, die sich inzwischen abgewandt hat und am Küchentresen abstützt. Ihre Schultern beben. Ich bin froh, dass sie ihre Gefühle endlich rauslässt. Ihr kriegerischer Feldzug ist dennoch falsch, was ich ihr leise flüsternd zu erklären versuche, während sie sich immer weiter anspannt und ich befürchte, dass sie mir jeden Moment entgleitet.

»Das bist nicht du, Hannah. Du würdest nie zulassen, dass so viele Stipendiaten ihren Traum verlieren. Es ist die Trauer, die dich so reagieren lässt. Das darfst du nicht zulassen.« Ich reibe ihr über den Rücken, bis sich ihre am schwarzen Marmor festgekrallten Finger etwas lockern.

»Glück ist, eine Freundin zu haben, die einem den Spiegel vorhält und verhindert, zu der schlimmsten Version seiner selbst zu werden«, flüstert sie mit belegter Stimme und jede Silbe treibt mir Tränen in die Augen.

»Immer«, flüstere ich zurück, schiebe mich näher an sie heran, bis ich sie umarmen kann.

Sie dreht sich um und drückt mich ebenso fest an sich wie ich sie. Hannah hat mir in den dunkelsten Momenten zur Seite gestanden, mich nicht zerbrechen lassen, und ich werde es ebenso wenig zulassen.

»Ich unterstütze dich und Josh.« Hannah sieht zu den Jungs am Tisch. »Ich will nur, dass *er* für Beverlys Tod zur Verantwortung gezogen wird.«

»Das wird er«, versichere ich ihr. »Egal, ob es ein Unfall war oder Absicht, er wird sich für diese Tat der Polizei stellen. Und mit ihm alle, die ihr Verschwinden vertuscht haben. Ich verspreche es.«

Hannah zieht die Nase hoch und reibt sich über die Augen. »Ich werde den Artikel vorbereiten. Sobald Tyler zur Polizei geht, wird der Text online gestellt.«

Ich hadere mit mir, ob ich sie in dem Zustand gehen lassen kann, ob sie allein sein darf. Ich sehe zwischen ihr und den Jungs hin und her. Sie kann nicht dabei helfen, in Kellans Zimmer einzubrechen und nach dem Handy zu suchen. Hannah hat keinen Zutritt zu Lion Manor. Also stimme ich schweren Herzens zu und begleite sie zur Tür. Sie braucht eine Beschäftigung, um nicht noch mehr durchzudrehen.

»Du wirst aber nichts im Alleingang veröffentlichen!«, beschwöre ich sie, als sie die Türklinke nach unten drückt. »Versprich es mir.«

Sie dreht sich langsam zu mir um und ich glaube ihrem ehrlichen Blick, als sie es mir verspricht.

Mein »Danke!« begleitet sie nach draußen. Kaum dass ich die Tür hinter ihr geschlossen habe, ziehe ich mein Handy aus der Tasche und rufe in der Redaktion an.

Luca ist der verantwortungsvollste Mensch der Welt und natürlich bereits dort. Ich erzähle ihm, dass es Hannah nicht sehr gut geht und er auf sie achten soll, bevor sie etwas Dummes tut. Er gibt verwirrt seine Zustimmung und ich empfinde unendlich viel Dankbarkeit für seine Unterstützung, die von einem bitteren Geschmack auf meiner Zunge begleitet wird. Wir wollen gleich seinen Freund bestehlen. Ich verdränge die Zweifel an unserem Vorhaben, auch wenn sie sich mit Widerhaken in meinem Hirn festsetzen wollen. Anschließend kehre ich in die testosterongeladene Luft am Tisch zurück. Es scheint, als hätte jemand Pause gedrückt und die Szene in dem Moment angehalten, als ich den Raum verlassen habe.

»Hast du jemanden informiert, der auf sie aufpasst?«, fragt Josh.

Offenbar gehen ihm dieselben Sorgen durch den Kopf, die auch ich hatte, und ich nicke ihm zu, erwähne jedoch nicht, wen ich darum gebeten habe. Josh sieht in Luca den Freund eines Feindes. Aber er kennt ihn nicht, wie ich ihn kenne, und würde es deshalb vielleicht nicht verstehen. Außerdem habe ich keine Lust, mich noch einmal naiv nennen zu lassen, Entschuldigung hin oder her.

Wir planen kurz das weitere Vorgehen. Während wir nach dem Handy suchen werden, wird Jace bei Tyler bleiben. Kurz darauf eilen wir in Schweigen gehüllt und mit einer unüberwindbaren Mauer zwischen uns über den dunklen Campus. Die Schatten zwischen den Wegleuchten scheinen heute dichter als sonst und ich habe das Gefühl, verfolgt zu werden.

Der Signalton meines Handys zerreißt trotz Stummschaltung die Stille, hallt zwischen den alten Gebäuden wider, bis ich es mit vor Schreck zitternden Fingern aus der Tasche hole. Die Raven-App signalisiert einen eingehenden Anruf von Cheryl.

Josh sieht mich fragend an, während ich das Gespräch annehme und langsam weitergehe. Dabei schaue ich mich um, suche in den Schatten nach der Ursache für das anhaltende Prickeln im Nacken.

»Cheryl?«, frage ich, obwohl ich weiß, wer am anderen Ende ist.

»Du hast Laura beauftragt, herumzuschnüffeln?«, fragt sie mich ohne jegliche Begrüßung.

»Nein«, erwidere ich. Dann fällt mir mein Gespräch mit Laura wieder ein – das vor ihrer weiteren Intrige, Josh und mich auseinanderzutreiben.

»Sie behauptet, du hättest nach den ausgeschiedenen Anwärtern vom letzten Jahr gefragt. Wie konntest du ausgerechnet *sie* dazu befragen? Wieso bist du nicht zu mir gekommen?«

Eine Ausrede liegt mir auf der Zunge, sie kommt mir aber nicht über die Lippen. »Weil ich dich für Brittanys Anhängsel gehalten habe«, gestehe ich schließlich. »Und weil ich dachte, Laura wäre seit der Aufnahme netter geworden.«

»Verdammt, Cara!« Sie seufzt so laut, dass es vermutlich sogar Josh hören kann, der mich ungeduldig ansieht, während ich zielstrebig auf das Tor zum Lion-Grundstück zugehe. »Es ist gefährlich, was du da tust. Die Ravens können nicht nur coole Partys schmeißen. Sie sind total verbissen, wenn es um die Außenwirkung geht. Das wurde den Ravens, deren Mütter bereits hier waren, mit der Muttermilch eingeflößt.«

Ich schlucke. »Ich weiß.«

»Laura hat sich diesen Codex am meisten zu Herzen genommen. Sie lebt dafür, alles an Valérie weiterzugeben, kämpft um jedes bisschen Anerkennung. Sie hofft darauf, zur Vorsitzenden ernannt zu werden, sobald Valérie ihren Abschluss macht. Auf den Bällen knüpft sie fleißig Kontakte zu Ehemaligen, um sich deren Unterstützung zu sichern, wenn es so weit ist. Pass besser auf, was du in ihrer Gegenwart sagst. Du bist eine Raven, wie meine Mutter sie sich immer vorgestellt hat. Wirf es nicht weg. Für *sie*.«

Sie legt auf, ohne mir zu erklären, wen sie mit »sie« gemeint hat. Ein Gefühl sagt mir, dass sie nicht von ihrer Mutter spricht, sondern von Beverly. Was weiß Cheryl?

Während ich Josh update, versuche ich, sie noch einmal zu erreichen, doch der Anruf landet im Nichts. Wir befinden uns bereits auf dem besser beleuchteten Weg zwischen den Rasenflächen, der direkt auf das hell erleuchtete Lion Manor zusteuert, als Josh mich anhält.

»Vertraust du ihr?«, fragt er mich, doch ich kann ihm nicht die Antwort geben, die er haben will.

Ich weiß nicht mehr, wem ich trauen kann oder wer mich dorthin lockt, wo er mich haben will. Selbst Tyler hat Josh manipuliert, bis er ihn von mir entfernt hat.

»Keine Ahnung. Ohne das Gespräch mit ihr und ihrem Hinweis zu ›Honey‹ wären wir nicht darauf gekommen, dass Kellan Beverlys Handy hat«, sage ich leise und drücke mein eigenes Telefon ganz fest, um irgendwo Halt zu finden.

»Das hätte ich dir auch sagen können. Wenn ich von deiner Begegnung mit Kellan gewusst hätte.«

»*Wenn du mir einfach mal alles erzählen würdest*«, schwebt lautlos hinterher, was mich heftiger trifft als der ausgesprochene Teil, doch ich lasse den Vorwurf an mir abprallen.

Josh reibt sich mit der rechten Faust die Schläfe und holt tief Luft. »Es macht mich verrückt.«

»Lass uns einfach dieses Handy suchen und der Sache ein Ende bereiten.«

Ich folge weiter dem Weg, Lion Manor wächst vor mir empor. Ein funkelndes Lustschloss und doch so düster wie das Schloss des Biests. Mein Herz klopft immer schneller, während ein verräterischer Teil von mir genau darauf achtet, wann Josh mir folgt. Ich würde diesen Teil so gern aus mir herausschneiden. Ich will, dass es endet.

19

SONNTAG, 13.12.

»Es ist ein mieser Plan«, wiederhole ich.

Wir betreten gerade Joshs Zimmer in Lion Manor und er betätigt den Lichtschalter. Der Raum ist das Gegenteil von Jace' ordentlichem Apartment. Auf dem Relaxsessel in der Ecke liegen mehr Klamotten als in meinem Kleiderschrank und auf dem Schreibtisch gibt es keine einzige freie Fläche. Würde das Servicepersonal nicht den Boden aufräumen und wischen, wäre er garantiert unbegehbar.

»Ich muss deiner Mum wohl zustimmen«, platzt es aus mir heraus, was Josh vollkommen irritiert.

»Womit?«

»Du bist ganz sicher kein Ordnungsfreak.«

Bei seiner genervten Miene muss ich unwillkürlich grinsen.

»Ich habe es dir gesagt.« Er geht zum Sessel und schnappt sich den Berg an Klamotten. Doch anstatt die Sachen wegzuräumen, wirft er alles einfach auf den Boden. »Du kannst dich setzen.«

Ich verdrehe die Augen, was er mit einem finsteren Blick kommentiert, und setze mich tatsächlich.

Er beugt sich über den Sessel und flüstert mir ins Ohr: »Und es ist ein guter Plan.«

Ich zucke zusammen, Gänsehaut legt sich offenbar selbst auf meine Stimmbänder, denn ich bekomme kein Wort heraus.

Nicht einmal, als er sich wieder erhebt und sich auf den Schreibtischstuhl setzt. »Wir sind ja auch nicht am helllichten Tag in das Büro des Dekans eingebrochen, um die Bücher zu holen.«

Während die Spannung aus all den ungesagten Dingen zwischen uns immer weiter ansteigt, obwohl wir beide mit unseren Handys beschäftigt sind und ich kurz mit Hannah chatte, hören wir von draußen eine immer lauter werdende Stimme.

Ein paar Atemzüge lang lauschen wir, aber ich verstehe kein Wort. Josh geht zum Fenster und öffnet es leise. Die Stimme dringt nun klar und deutlich zu uns herein. Es ist Kellan.

Ich gehe so leise wie möglich zum Fenster und lehne mich neben Josh auf die Fensterbank.

»Beruhige dich, Luca!«, zischt Kellan gerade in sein Handy. »Du bist Reporter, du weißt, dass nur Fakten zählen und nicht, was sich irgendwer zusammenreimt.«

Während Luca antwortet, kondensiert Joshs und mein Atem zu einer Wolke vor uns.

»Du glaubst deiner Chefin also mehr als mir? Wo ist dein Vertrauen in mich?«

Ich halte den Atem an. Hat Hannah etwa mit Luca gesprochen? Mein Herz pumpt immer schneller und meine Hand zittert. Josh legt seine darauf und sendet damit eine Welle der Beruhigung durch meinen Körper.

»Schick mir den Artikel. Ich komme gleich zu dir.«

Luca hat den Entwurf gefunden! Verdammt, Hannah! Meine Finger werden trotz Joshs Wärme eiskalt.

»Ja, ich weiß, dass es mitten in der Nacht ist. Aber ich kann das nicht so stehen lassen und auch nicht am Telefon erklären. Danke! Bis gleich.«

Ich spähe vorsichtig über das Fensterbrett hinweg und sehe gerade noch, wie Kellan unter uns wieder ins Gebäude geht.

»Wir müssen zu Hannah!«, sage ich schnell.

»Schreib ihr eine Nachricht. Sie soll sofort zu Jace gehen. Wenn Kellan jetzt verschwindet, müssen wir nicht erst warten, bis er schläft. Das ist die beste Gelegenheit, um uns noch einmal in seinem Arbeitszimmer umzusehen.«

Ich bin hin- und hergerissen, stimme dann jedoch zu und wir eilen auf den Flur.

Hinter den unzähligen kleinen weißen Säulen des Galerie-Geländers versteckt, beobachten wir Kellan, der gerade mit Nathan spricht. Seine Erklärung, er müsse noch etwas Dringendes erledigen, schwebt glasklar zu uns empor. Hier könnte man flüstern und die kahle Innenarchitektur würde alles weitertragen.

Während Kellan das Wohnheim verlässt, wirft sich Nathan auf eines der roten Sofas, zieht sein Handy heraus und tippt gedankenversunken darauf herum. Josh gibt mir ein Zeichen, mitzukommen. Wir schleichen geduckt über die Galerie und ich habe ein Déjà-vu, als Josh mich hinter eine der tragenden Säulen zerrt, weil Schritte erklingen. Mein Herz pocht gegen meine Brust, die sich Shirt an Shirt mit der von Josh befindet. In jener Nacht im Hauptgebäude des St. Joseph's wurde meine *Loyalität* gegenüber den Ravens und Lions gesichert. Jetzt, heute Nacht, würde ich den Grundstein dafür legen, dass ich nie zu etwas gezwungen werde, was ich nicht möchte und von dem ich nicht überzeugt bin.

Kaum, dass die Schritte verhallt sind, löse ich mich von Josh und hole wieder tief Luft, ohne seinen Geruch nach Leder einzuatmen, was mir nur unerwünschte Erinnerungen bescheren würde.

Wir steigen die Treppe zu Kellans Arbeitszimmer im obersten Stockwerk hinauf. Josh geht zielstrebig darauf zu und öffnet die Tür, als hätte er jedes Recht der Welt, hier zu sein.

»Schnell, komm rein!«, fordert er mich auf und schließt die Tür wieder, ehe er den Lichtschalter drückt. Der Raum ist das trostloseste Büro, das ich je gesehen habe. Es wirkt so steril, dass ich das Gefühl habe, der Schreibtisch könnte genauso gut ein OP-Tisch sein und der Chefsessel dahinter sich nur hierher verirrt haben. Auch hier sind die Wände weiß, besitzen jedoch keinerlei Schnörkel oder Zierleisten – abgesehen von dem geöffneten kleinen Tresor, der in die Wand links von uns eingelassen ist. Selbst aus der Entfernung erkenne ich, dass er leer ist. Der Rest besteht einfach nur aus nacktem Weiß, das einen hellgrauen Boden einrahmt. Ein hüfthoher geschlossener Rollladenschrank neben dem Fenster ist das einzige Möbelstück an der Wand.

Ohne uns abzusprechen, geht Josh zu dem Schrank, während ich den Schreibtisch umrunde, um die erste Schublade aufzuziehen. Natürlich ist sie verschlossen wie der Rollladenschrank, an dem Josh nun rüttelt. Das Geräusch wird im Raum hin und her geworfen. Josh zuckt ebenso zusammen wie ich, zieht dann jedoch ein kleines

Täschchen aus der Innentasche seiner Lederjacke. Fasziniert beobachte ich, wie er sich an dem Schloss zu schaffen macht.

»Dieses Mal bin ich vorbereitet«, murmelt er.

Als ich näher treten will, zieht eine Reflexion auf dem Schreibtisch meine Aufmerksamkeit auf sich. Zwischen den Stiften in einer kleinen weißen Box liegt ein Bund aus kleinen Schlüsseln. Ohne lange zu überlegen, probiere ich einen nach dem anderen an der obersten Schublade aus. Der dritte passt und mit triumphierendem Grinsen gehe ich zu Josh, der offenbar seine Schlossknackerfähigkeiten rigoros überschätzt hat. Verbissen liefert er sich einen Starr-Wettbewerb mit dem Rollladenschrank und beißt sich konzentriert auf die Lippe, während er im Schloss herumstochert. Ich halte ihm die Schlüssel vor die Nase und er schreckt zusammen, was ich mit Genugtuung registriere.

»Das solltest du besser noch üben, Prentiss«, höre ich mich, in alte Zeiten zurückversetzt, herausfordernd sagen und verfluche mich im selben Moment dafür.

Josh grinst mich kurz an und ich wende mich schnell ab, um den Schreibtisch zu durchsuchen, während er die verschiedenen Schlüssel ausprobiert. Er schimpft dabei vor sich hin und ich kann ihm nur zustimmen, weil sich in den Schreibtischschubladen nur Büroutensilien befinden. In der untersten stoße ich auf eine Hängeregistratur, die offenbar Informationen über die einzelnen Lions enthält.

Ich ziehe die Akte von Josh heraus, finde jedoch nur ganz alltägliche Informationen wie Studienfächer und Mitgliedschaftsbeginn. Ich schließe die Schubladen und gehe zu Josh.

»Ha!«, sagt er in diesem Moment, dreht den Schlüssel im Schloss und schiebt die Rollladentür nach oben. Der Inhalt ist enttäuschend. Weitere Hängeregister nach Abschlussjahren geordnet, was eine fein säuberliche Handschrift auf kleinen Aufklebern verrät. Hier kann sich kein Handy verstecken, das nicht dünn wie ein Stück Papier ist. Enttäuscht sacken meine Schultern nach unten, doch Josh gibt nicht auf. Er zieht eine Mappe nach vorn und wühlt sich mit den Fingern hindurch. Seine Verzweiflung ist greifbar und droht auf mich überzuschwappen. Ich lege ihm die Hand zwischen die Schulterblätter und er verspannt sich.

»Wir müssen hier weg, bevor wir beim Schnüffeln erwischt werden«, sage ich in hoffentlich beruhigendem Ton, obwohl ich kaum Luft bekomme. Die Enttäuschung legt sich schwer um meine Brust. Josh ist wie erstarrt, seine Finger sind um das Register gekrallt, die andere Hand liegt am Griff der Schiebevorrichtung. Ich löse ihn langsam davon und spüre seinen Blick auf mir, als ich alles wieder in den Schrank schiebe, den Rollladen nach unten ziehe und abschließe. Dann bringe ich die Schlüssel dorthin zurück, wo ich sie gefunden habe.

Ich bücke mich nach Joshs Werkzeug und gehe zur Tür. Er folgt mir erst nach ausdrücklicher Aufforderung. Ohne jemandem zu begegnen, gehen wir die Treppe Etage für Etage nach unten, bis ich stehen bleibe und er in mich hineinläuft.

»Wo ist Kellans Zimmer?«, frage ich.

Josh stößt den Atem aus. »Sein Zimmer befindet sich ganz oben und ist immer verschlossen. Deshalb habe ich mir von Jace zeigen lassen, wie man Schlösser knackt. Aber keine Chance. Da kommen wir nicht rein.«

Eine bissige Bemerkung über seine Unfähigkeit in diesem Metier bleibt mir angesichts seiner Hoffnungslosigkeit auf der Zunge kleben. »Dann lass uns zu Jace und Hannah gehen. Wir müssen wohl doch auf Tylers Hilfe zählen.« Ich sehe Josh genau an, was er davon hält, aber immerhin ersetzt der Trotz den lethargischen Ausdruck von eben.

Als wir am Wohnheim ankommen, hat sich Josh wieder einigermaßen gefangen. Er reagiert sogar auf meine Neckereien bezüglich seiner nicht vorhandenen Einbrecherkenntnisse und ich bin froh, dass meine Aufmunterungsversuche funktionieren.

»Ein Wort darüber zu Jace und ich muss dich wohl zum Schweigen bringen, Emerson«, sagt er, als ich an ihm vorbei durch die aufgehaltene Wohnheimtür gehe.

»Und wie willst du das anstellen, Prentiss?«, erwidere ich und bin irgendwie erleichtert, dass wir uns wieder auf vertrautem Terrain bewegen. Ich will gerade die erste Stufe der Treppe nehmen, da ist er schon bei mir. Seine Hand schießt nach vorn und umgreift das Geländer, sodass er mir den Weg versperrt. Alles passiert so schnell, dass ich direkt in seinen Arm hineinlaufe und zurückpralle, bis er mich mit dem anderen stoppt.

»Ich wüsste da eine Möglichkeit, aber ich bin mir sicher, sie würde dir nicht gefallen.« Seine Zunge gleitet über seine Unterlippe, lenkt meine Aufmerksamkeit auf sich und mir wird heiß und kalt, während meine Hormone offenbar Tango tanzen.

Ich presse die Lippen fest zusammen, um nicht zu erwidern, wie falsch er damit liegt, wie sehr ich mir wünsche, er würde ebenso Gefallen daran finden – und wie dämlich ich deshalb bin.

Er blinzelt langsam, die Zeit dehnt sich. Dann zieht er sich so schnell zurück, wie er mich eingefangen hat.

Mit noch immer marathonähnlichem Puls steige ich die Treppe hinauf. Doch alles, was mich eben noch so durcheinandergebracht hat, wird mit einem Blick auf die weit offene Tür und den reglosen Beinen in auf Hochglanz polierten Schuhen aus meinem Hirn gefegt.

20

MONTAG, 14. 12.

Mir läuft es eiskalt den Rücken hinunter. Der von Filmen und Serien geprägte Teil von mir erwartet, dass sich gleich eine große Blutlache ausbreitet, ich wehre mich vergeblich gegen die Bilder und bleibe wie festgewachsen stehen.

Josh läuft in mich hinein, und als er Jace entdeckt, stürzt er an mir vorbei. Als die Beine zu zucken beginnen und ich bereits das Schlimmste befürchte, dringt Hannahs Stimme zu uns.

»Jace, wach auf!«

Ich befreie mich endlich aus der Erstarrung, meine Schritte hallen durch den Flur.

Josh wirft sich vor Jace auf die Knie, direkt neben Hannah, die noch immer an Jace' Oberkörper rüttelt, um ihn wach zu bekommen. Josh ist da etwas pragmatischer und schlägt ihm auf die Wange. Das Klatschen klingt wie ein Schuss.

»Ich habe ihn so gefunden«, wimmert Hannah, offensichtlich nicht weniger verstört als ich.

Vollkommen hilflos stehe ich daneben und frage mich, was Ersthelferkurse bringen, wenn man nicht agieren kann? Ich bewege mich wie in Zeitlupe, während Josh fachmännisch die Atmung und dann den Puls checkt. Seinem erleichterten Seufzen nach ist Jace soweit in Ordnung und etwas Leben kehrt in mich zurück.

»Wo ist Tyler?«, frage ich Hannah, doch sie zuckt nur mit den Schultern.

Josh stößt einen Fluch aus und schlägt Jace erneut auf die Wange. »Wach auf, verdammt!«, ruft er und hebt Jace' Lider an, um die Pupillenreaktion zu prüfen. »Er hat irgendetwas intus«, sagt er dann in unsere Richtung. »Wir müssen ihn in ein Krankenhaus bringen.«

Hannah hat ihr Handy bereits in der Hand und wählt den Notruf. Sie gibt durch, wo wir uns befinden. Dann bleibt uns nichts übrig, als zu warten.

»Tyler muss ihm unbemerkt etwas gegeben haben, vielleicht in sein Getränk gemischt.« Joshs Hand ruht auf Jace' Handgelenk. »Mom hat mich mal zu einem Vortrag geschickt und Jace hat mich danach detailliert über alles aufgeklärt.« Er streicht sich mit der freien Hand die Haare aus der Stirn. »Sie hätten nicht in Tylers Wohnung bleiben dürfen.«

»Wir konnten nicht wissen, dass er hier … irgendwelche Drogen bunkert.« Ich schlucke.

Mein Gehirn produziert Bilder, die ich nicht sehen will. Ganz und gar nicht sehen will. Mir wird übel. Hannah kommt zu mir und drückt mich an sich. Sie sieht die Bilder ebenso, da bin ich mir sicher.

Eine Unendlichkeit später wird der Flur von rotem und blauem Licht erhellt, das durch die Fenster im Treppenhaus dringt. Keine

Sirenen. Nicht mitten in der Nacht. Ich werfe einen Blick auf mein Handydisplay. Es ist kurz nach Mitternacht.

Ein Mann und eine Frau kommen die Treppe hoch. Hannah winkt sie zu uns. Der Rest zieht wie eine Filmszene an mir vorüber. Der Sanitäter rennt wieder los, kommt mit einem weiteren Mann und einer Trage zurück. Die Frau hat Jace bereits eine Infusion angelegt.

»Ich komme mit«, sagt Josh und läuft den Männern mit der Trage nach.

Die Frau schüttelt den Kopf. »Aber Sie können uns folgen.« Sie nennt uns das Krankenhaus, in das sie Jace bringen werden.

Ich halte Josh zurück, als er widersprechen will. Glücklicherweise kämpft er nicht gegen mich an.

»Wir fahren ihm gemeinsam hinterher«, sage ich. Meine Stimme klingt fremd, so … autoritär.

Hannah nickt sofort zustimmend. »Mein Auto steht direkt am Main Court. Ich fahre.«

Ich nehme Joshs Hand. Sie ist eiskalt. Aber er erwidert den leichten Druck, während wir die Treppe nach unten und zu Hannahs Auto gehen.

»Musst du nicht irgendwen informieren?«, frage ich Josh auf dem Rücksitz von Hannahs Wagen.

Er blinzelt mich nur langsam an, scheint völlig in Gedanken versunken zu sein.

»Er ist dein Bodyguard, brauchst du nicht … Ersatz oder so?« Es klingt falsch, sobald ich es ausspreche, und Josh verzieht entsprechend das Gesicht.

»Kyle und Martin sind sicher schon alarmiert«, presst er hervor. Ich habe die Namen nie zuvor gehört. »Mom hätte mich doch nie mit nur einem Bodyguard über den Atlantik geschickt.« Er klingt, als würde er gern die Augen verdrehen, kann es in der Situation jedoch nicht. »Das Protokoll verlangt, dass Jace sich alle paar Minuten mit ihnen austauscht. Sie suchen garantiert schon nach mir.«

Ein schweres Seufzen, seine Hand verkrampft sich. Ich stelle fest, dass seine Finger noch immer mit meinen verschränkt sind.

»Dann hätten wir doch auf sie warten sollen, oder etwa nicht?«, sage ich und beuge mich zwischen den Sitzen nach vorn. »Hannah, wir sollten umdrehen.«

»Nein!«, ruft Josh schnell. »Bitte! Ich werde die beiden gleich informieren, wo wir sind.«

Er zieht sein Handy aus der Tasche und tippt auf eine der vielen unbeantworteten Anrufe. Ich lausche, wie er mit einem der Bodyguards diskutiert, die im Prinzip nie normal antworten, sondern nur schreien. Sie müssen außer sich sein. Irgendwann legt Josh einfach auf.

»Sie wissen Bescheid und werden vermutlich noch vor uns am Krankenhaus sein.« Er stöhnt und beugt sich vor, lehnt sich fest in den Gurt. Sein rechter Ellbogen liegt auf seinem Oberschenkel. Meine Hand hat er in all der Zeit nicht losgelassen und ich bin sehr froh darüber.

Hannah und ich sitzen auf einer bequemen Couch im First-Class-Warteraum. Ich starre abwechselnd von einem leise brummenden Getränkespender, der auf einem Tisch mit Servietten neben einem

Heißgetränkeautomaten steht, zu Josh, der mit zwei Männern diskutiert – oder eher streitet, zumindest den wilden Gesten nach zu urteilen. Die beiden könnten direkt aus *Men in Black* stammen und sind vielleicht Mitte vierzig. Ich glaube, dass ich einen von ihnen schon auf einem der Bälle gesehen habe, aber ihre Gesichter haben nichts Greifbares, keine markanten Züge, die man sich schnell merken könnte. Sie gehen perfekt in einer Menge unter, weil das Auge einfach über sie hinweggleitet.

Irgendwann stapft Josh wutentbrannt zu uns zurück und wirft sich auf den freien Stuhl neben mir. Die Männer versperren weiterhin allen Personen den Zugang zu diesem Wartesaal.

»Sie informieren meine Mom.« Sein Kiefer arbeitet, die Muskulatur pulsiert geradezu.

»Und was bedeutet das?« Ich wage es kaum, diese Frage zu stellen.

»Ich schätze, sie wird recht schnell zu dem Schluss kommen, dass ich hier nicht mehr sicher bin. Verdammt!« Er fährt sich mit beiden Händen durch die Haare und massiert danach seine Schläfen.

In mir schreit alles danach, ihn aufhalten zu müssen. Verlustangst. Ich kann ihn nicht verlieren, ganz gleich, wie er zu mir steht.

»Ist das sicher?«, flüstere ich, weil ich meiner Stimme kein bisschen traue.

Er stößt ein Schnauben aus. Pure Verzweiflung. Seine Finger sind pausenlos in Bewegung, er knetet sie, knibbelt an den Fransen seiner Jeans, kratzt über die Armlehne der Couch neben sich und wirkt, als würde er im nächsten Moment aufspringen und vor seinem Leben davonrennen.

Ich würde ihm so gern helfen, irgendetwas tun, aber ich kann ja schlecht die Präsidentin der USA anrufen und sagen, dass ihr Sohn doch bitte bleiben soll. Allein der Gedanke sorgt für ein hysterisches Auflachen, das mir die gesammelte Aufmerksamkeit einbringt. Die beiden Men in Black starren mich ausdruckslos an.

Ich muss Josh irgendwie ablenken. Also wende ich mich Hannah rechts neben mir zu. Sie klammert sich an ihrer Kaffeetasse fest und rührt zum vermutlich hundertsten Mal um.

»Was genau hast du denn in dem Artikel geschrieben, das Luca so aufgebracht hat?«, frage ich.

Sie schließt kurz die Augen und atmet durch. Dann stellt sie ihre Tasse auf den Beistelltisch und holt ihr Handy heraus. Sie tippt kurz darauf herum und reicht es mir. Josh beugt sich ganz nah zu mir und liest mit. Sein Atem streift immer wieder meine Wange und seine Haare kitzeln mich. Sein Duft nach Leder und dem sportlichen Aftershave macht mir das konzentrierte Lesen verdammt schwer.

RAVENS UND LIONS VERTUSCHEN DEN TOD EINER STUDENTIN

Die Schlagzeile sieht in der Standardschrift so belanglos aus, aber ich stelle mir automatisch vor, wie sie in großen Lettern auf der Titelseite prangt. Darunter schildert Hannah die vermeintlichen Ereignisse jener Nacht und nennt sogar die Namen der involvierten Personen, obwohl das gar nicht ihre Art ist. Aber in ihrem ersten Entwurf wollte sie vermutlich niemanden anonymisieren – und der Name Kellan Thomas muss Luca entgegengesprungen sein.

Noch bevor ich zu Ende gelesen habe, fragt Hannah, ob wir eigentlich erfolgreich waren.

Ich erzähle nichts von Joshs miesen Schlossknacker-Fähigkeiten, sondern schildere nur knapp, dass wir weder das Handy noch irgendwelche Sicherheitsvideos entdeckt haben. Nach den Videos hatten Josh und Jace schließlich schon einmal bei Kellan gesucht.

Als Man in Black Nummer eins zu Josh kommt und ihm sagt, dass es Jace gut gehe, aber niemand zu ihm dürfe, beschließen wir, zum Campus zurückzukehren, um wenigstens noch etwas Schlaf abzubekommen, bevor die Montagsvorlesungen starten. Mir graut schon davor.

Weil ich keine Lust auf Diskussionen habe, gebe ich mein Okay, dass uns irgendwelche angeheuerten Sicherheitsleute folgen und auf uns aufpassen. Sie fahren direkt hinter Hannah und mir her und folgen uns wie Schatten in unsere Wohnheime. Auf dem Grundstück der Ravens werden sie von der regulären Security im Erdgeschoss durchleuchtet, bevor sie mich hineinbegleiten dürfen.

Zum Glück ist um diese Zeit keine Raven unterwegs und ich muss niemandem erklären, warum ein unbekannter Typ auf der Galerie vor meinem Zimmer steht. Ich vermute, dass sich die beiden abwechseln.

Ich gehe ins Bad und mache mich bettfertig. Kaum, dass mein Kopf das Kissen berührt, falle ich in einen unruhigen Schlaf, aus dem mich ein Geräusch weckt, das nicht zu meinen verwirrenden Träumen passt. Ich halte die Bilder von Tyler, der sich eine Westernschießerei mit Jace liefert, noch einen Moment fest, ehe sie komplett verblassen und ein Schaben und Kratzen an der Wand meine Härchen auf dem Unterarm zu Berge stehen lässt. Was zur Hölle?

Mein Wecker schrillt los und ich habe beinahe einen Herzstillstand. Ich schnappe mir mein Handy vom Nachttisch und deaktiviere den Alarm, um noch einmal auf das Geräusch an der Wand zu lauschen. Doch da ist nichts.

21

DONNERSTAG, 17.12.

Man gewöhnt sich sehr schnell an seine Schatten. Schon vor drei Tagen wurden die örtlichen Sicherheitsbeamten, die Hannah und mich bewacht haben, von Men in Black abgelöst, die offenbar direkt nach Joshs Anruf bei seiner Mum ins Flugzeug gesetzt worden waren. Er hat sie überzeugt, noch bis zum Weihnachtsball zu bleiben – wenn er das Trimester schon nicht offiziell beenden darf. Die Gegenwart der Secret Service Typen gibt mir Sicherheit, obwohl ich sie tatsächlich so gut wie nie sehe. Und ich habe es oft versucht. Ich bin durch die langen Flure des Kursgebäudes gegangen, habe mich in Nischen gedrückt und gewartet, wann mein Schatten auftaucht, ihn aber trotz allem so gut wie nie zu Gesicht bekommen.

Jace wird heute endlich wieder aus dem Krankenhaus entlassen und Josh sieht aus, als würde ein vermisstes Familienmitglied von einer langen Reise zurückkehren. Er ist regelrecht aufgedreht und hibbelig, als wir uns wie in den letzten Tagen zum Mittagessen treffen. Hannah hat sich mal wieder kurzfristig entschuldigt, ihre Ausreden werden jeden Tag dämlicher.

»Und welchen Grund hat sie heute?«, fragt Josh belustigt, aber die

Fassade ist nur ein trauriger Abklatsch von früher. Er durchschaut meine beste Freundin genauso wie ich.

Ich mustere ihn. Er sieht müde aus, die dunklen Augenringe der Sorge um Jace nehmen einen Teil des Glanzes aus seinen Augen. Neue Kratzer zieren seine Handrücken.

»Sie hat einen Termin mit einem Imker, der sich nicht verschieben lässt.« Ich kann die Augen gar nicht so oft verdrehen, wie ich es gern würde.

»Ihr scheint es ultrawichtig zu sein, dass wir Zeit für uns allein haben. Sonst würde sie nicht täglich ein gemeinsames Mittagessen arrangieren, zu dem sie dann nicht erscheint.« Josh rutscht näher und die alte Holzbank am Fluss bewegt sich unter mir.

Seine Gegenwart macht es mir so verdammt leicht, alles andere zu vergessen. Ich habe mich damit abgefunden, dass Josh noch immer an Beverly hängt, sein Herz vielleicht für immer ihr gehören wird. Der Schmerz in meiner Brust tut auch nicht mehr so weh wie am Anfang. Wann immer die Nähe zwischen uns zu intensiv wird, ziehe ich mich zurück, schicke ihn in die Friendzone, wo er hingehört, damit er mir nicht das Herz brechen kann. Wir sind ein gutes Team. Mehr werden wir niemals sein. Mein Blick fällt wieder auf die Kratzer und endlich frage ich danach.

»Simba«, antwortet er schlicht und löst damit eine Lawine der Erleichterung von meinem Herzen. Ich habe mir schon die seltsamsten Dinge zur Erklärung ausgemalt, aber an das winzige Fellknäuel habe ich nicht gedacht.

»Hast du gestern noch irgendetwas herausgefunden?«, fragt er mich dann.

Ich schüttele den Kopf. »Keine Raven kennt das Versteck der Sicherheitsvideos. Nicht einmal Cheryl, und das will was heißen.«

Das ist unser Plan B, die anderen auszuhorchen und mich unauffällig in Raven House umzusehen. Schließlich muss ich irgendetwas tun, während Josh versucht, sich heimlich Zutritt zu Kellans Zimmer zu verschaffen und nach dem Handy zu suchen. Wir sind uns inzwischen ganz sicher, dass es dort ist. Kellan hatte es seither nicht mehr bei sich. Vielleicht wurde er erst durch Hannahs Artikelentwurf vorgewarnt, vielleicht ist er vorsichtiger geworden, nachdem ich ihn damit ertappt habe. Josh hat jedes Mal, wenn Kellan versunken auf das Display geschaut hat, eine Nachricht an Beverly geschickt, um Kellan auf frischer Tat zu ertappen. Die Antworten kamen jedoch immer erst, nachdem Kellan in sein Zimmer zurückgekehrt war. Es muss sich einfach dort befinden.

Wir wissen nicht einmal, ob Tyler auf Kellan zugegangen ist und es ihm bereits abgenommen hat. Von Tyler fehlt seit der Nacht vom Sonntag zum Montag jede Spur. Die Polizei sucht nach ihm, immerhin hat er Jace betäubt. Außerdem wurde bei der Durchsuchung seiner Wohnung ein ganzer Koffer voller illegaler Medikamente und verschiedener Drogen sichergestellt.

Bei meiner Aussage auf dem örtlichen Polizeirevier konnte ich gar nicht so schnell schlucken, wie mir die Säure die Kehle hinaufkletterte. Hannah hat mich jedoch eindringlich davor gewarnt, den Polizisten von den Gründen – die alle mit Beverly zusammenhängen – zu erzählen. Ihre Untätigkeit in Bezug auf Hannahs Vermisstenmeldung sei Beweis genug, dass sie sich nicht für das Gesetz, sondern für die Verbindungen einsetzen. Irgendwo, weit oben in der

Hierarchie der britischen Polizei, sitzen Hannahs Meinung nach irgendwelche Lions oder Ravens, die Untersuchungen über die Verbindungen verhindern. Vor ein paar Wochen hätte ich Hannah ins Gesicht gesagt, dass sie mal wieder vollkommen übertreibe. Heute jedoch traue ich den Verbindungen alles zu und schweige daher über die wahren Motive für Jace' Zusammenbruch.

Tyler ist definitiv nicht der Mensch gewesen, für den ich ihn gehalten habe. Allein der Gedanke an seinen Namen löst regelmäßig ein Erschaudern bei mir aus. Was Josh jetzt offenbar bemerkt.

»Ist dir kalt?«, fragt er.

Die echte Besorgnis in seiner Stimme wärmt mich wie die kargen Sonnenstrahlen, die es ab und zu durch die dichte Wolkendecke schaffen. Unsere Schatten werden vor uns aufs Gras geworfen, verschwinden aber sofort wieder. Ich sage ihm die Wahrheit und er rückt noch näher, vertreibt die festgebissene Kälte in meinem Inneren.

»Ich werde direkt nach der Vorlesung weitersuchen«, nehme ich mir vor und schnappe Josh schneller ein Stück Pommes frites weg, als er die Tüte zurückziehen kann. Seine gespielte Beschwerde sorgt für so viel Normalität, dass ich die beiden Men in Black, die in genügend Abstand zu uns wie Statuen herumstehen, gar nicht beachte. Werde ich froh sein, wenn Jace wieder da ist, um für Joshs Sicherheit zu sorgen. Er ist mir um Längen sympathischer.

Nach meiner Lerngruppe mit Professorin Deveraux mache ich mich weiter daran, unauffällig die leer stehenden Zimmer in Raven House zu begutachten – die Arbeitszimmer auf meiner Etage, die eigentlich niemand benutzt, oder auch die Gästezimmer im hinteren Bereich des obersten Stockwerks, die nur selten belegt sind, weil die Ehemaligen sich lieber den Luxus des Parkhotels gönnen. Mein auf eine Lösung drängendes Hirn hat die vage Idee ausgespuckt, dass eins dieser Zimmer der perfekte Ort für die Sicherheitsvideos sein könnte. Doch Fehlanzeige.

Die Zimmer der ausgeschiedenen Anwärter im ersten Stock sind schwerer zu durchsuchen, weil hier viel mehr Betrieb herrscht. Auch wenn ich nicht wirklich glaube, dass die Videos hier versteckt sind, schleiche ich vor Charlottes ehemaligem Zimmer herum, drücke in einem unbeobachteten Moment die Klinke und husche hinein.

Charlotte ist erst wenige Wochen weg und doch fühle ich mich, als würde ich in einem schon lange unbewohnten Zimmer in einer Villa auf dem Land stehen. Die Möbel sind mit weißen Tüchern abgedeckt und es riecht nach Holzpflegemittel. Mir wird wieder bewusst, wie endlich das Leben hier ist und wie schnell es vorbei sein kann.

Als ich gerade mit der Suche beginnen will, höre ich ein Geräusch, wieder dieses Kratzen und Schaben, und gehe unwillkürlich rückwärts zur Tür. Ich ignoriere die Sinnestäuschung, dass sich das Laken über der Stehlampe bewegt – ich hoffe zumindest auf eine Sinnestäuschung oder einen sanften Luftzug unter der Tür hindurch – und atme erst wieder, als ich auf dem Flur stehe und die Tür von außen schließe. Mein Kopf liegt auf dem kühlen Holz, als ich Schritte höre.

Schnell reiße ich mich zusammen und gehe mit hoffentlich unbekümmertem Ausdruck den Flur entlang in Richtung Treppenhaus. Über die Galerie hinweg sehe ich Dione zu ihrem Zimmer eilen. Ich bin schon fast vor dem Abstellraum zwischen meinem Zimmer und dem Treppenhaus, da tritt sie wieder auf den Flur, mehrere Kleidersäcke über den Arm gelegt.

»Warum schleichst du hier so durch die Gänge?«, spricht sie mich unvermittelt an.

Ich fühle mich so ertappt, dass es mir die Sprache verschlägt. Hat sie mich beobachtet? Weil ich keinen Ton herausbringe, redet sie einfach weiter.

»Bist du zu Josh unterwegs?« Ihr Kopf ist auf die unauffällige schmale Tür der Besenkammer neben mir gerichtet, die selbst für meinen nicht sehr ausgeprägten Orientierungssinn nicht im Osten liegt wie Lion Manor.

»Der ›Geheimgang‹ ist kein Geheimnis, du kannst offen darüber sprechen. Austin nutzt ihn auch ständig, damit der *arme Junge* nicht draußen in der Kälte herumrennen muss. Deshalb hat ihn allein der Gedanke, dass ich keine Raven mehr sein könnte, völlig fertiggemacht.«

Ihr Lachen ist echt, und während ich hin- und hergerissen bin, ob ich mich eingeweiht geben oder die tatsächliche Unwissenheit rauslassen soll, klingt ein Miauen aus der Besenkammer.

Dione verdreht die Augen und seufzt theatralisch auf. »Simba liebt die Tunnel.«

Sie öffnet die Tür und schon huscht uns das kleine Fellknäuel entgegen. Dione ruft mir zu, dass ich Simba aufhalten soll, und im Affekt schaffe ich das sogar.

»Kannst du ihn zu den Lions zurückbringen? Ich habe noch etwas zu erledigen.« Zur Verdeutlichung hebt sie den Arm mit den Kleidersäcken. »Wenn du zurück bist, können wir dein Kleid für den Weihnachtsball morgen noch mal probieren. Kommst du vorbei?«

Ich nicke nur mechanisch und kraule den widerborstigen Simba auf meinem Arm, während meine gesamte Gehirnkapazität für den Blick in die Besenkammer draufgeht. *Geheimgang.* Am hinteren Ende des länglichen Raums ist ein deutliches Rechteck in die Holzverkleidung eingelassen. Kaum, dass sich Dione bedankt und verabschiedet hat, gehe ich zwischen Staubsauger, Besen und etlichen schmalen Schränken mit Bettwäsche, Handtüchern und Putzutensilien vorbei. Der Putzwagen, den ich schon oft auf dem Flur gesehen habe, steht voll beladen an der rechten Wand.

Simba versucht zu fliehen, ich kraule ihn weiter und er beruhigt sich. Ich will nicht unbedingt mit etlichen Kratzern auf dem Handrücken enden wie Josh. Der Geruch nach Zitrusreiniger und Holzpolitur folgt mir bis durch die Schwingtür hindurch. Dann stehe ich in einem von kleinen Fenstern erhellten weiteren Treppenhaus, das eher einer Art Feuertreppe ähnelt. Vielleicht ist es das auch?

Ich folge der schmalen Wendeltreppe aus quietschendem Metall ein Stockwerk nach unten ins Erdgeschoss. Auch hier befindet sich eine nahezu identische Besenkammer hinter einer Schwingtür. Doch die Treppe führt noch weiter. Ich höre Stimmen und Geräusche, die mit jeder Stufe lauter werden. Das Geklapper von Töpfen und Geschirr dringt durch die Schwingtür und mein Magen antwortet auf den Duft nach Kräutern und warmen Gerichten mit einem lauten Knurren, das Simba irritiert. Ich bin im Untergeschoss gelandet, in dessen Pendant in Lion Manor der Snowball stattgefunden hat. Doch die Wendeltreppe schraubt sich noch weiter nach unten.

Simba springt von meinem Arm und rast dem Geruch nach Essen entgegen. Die Schwingtür ist zu schwer für den winzigen Kater und ich nehme ihn unter Protest wieder auf den Arm.

Gemeinsam wagen wir uns in das dunkle Loch und steigen immer weiter in die fensterlose Tiefe.

22

DONNERSTAG, 17.12.

Simbas Zuversicht beruhigt mich immer weniger und ich bin kurz davor, mein Handy aus der Gesäßtasche zu ziehen, um die Taschenlampenfunktion zu nutzen, doch das ist gar nicht nötig. Sowie ich am Fuß der Wendeltreppe angekommen bin, aktiviert ein Bewegungssensor eine kleine runde Lampe an der Wand und gedämpftes Licht fällt in ein altes Gewölbe. Die Wände bestehen aus kahlen gemauerten Steinen, die Decke erinnert mich an einen uralten Eisenbahntunnel. Ich drücke Simba offenbar zu sehr, denn seine Beschwerde hallt den Tunnel entlang und verliert sich irgendwo in der Dunkelheit.

Vorsichtig gehe ich weiter, das Handy nun doch in der Hand, sollte das schwache Licht ausfallen. Aber die Bewegungssensoren funktionieren einwandfrei. Bevor der Tunnel vor uns in Dunkelheit getaucht wird, aktivieren meine vorsichtigen Schritte jedes Mal eine weitere Lampe. Nach vielleicht einhundert Metern – ich kann das hier unten noch schlechter abschätzen als im Freien – zweigen hin und wieder Tunnel ab, die aber nicht beleuchtet sind, ganz gleich, wie weit ich mich vorwage. Meine Schuhsohlen hinterlassen Abdrücke in der dicken Staubschicht, der Lichtkegel der Handytaschen-lampe streift lediglich Spinnennetze. An weiteren Abzweigungen gehe ich vorbei und folge nur noch dem Haupttunnel.

Trotz der Beleuchtung fällt mir das Atmen immer schwerer, als drücke die Last der vielen Meter Erde über mir auf meine Brust. Es ist nicht direkt stickig hier, aber trotzdem staubtrocken und es riecht etwas abgestanden. Ich sehne mich nach frischer Luft. Hin und wie-der dringen leise Geräusche bis zu mir, weitergetragen vom endlosen Gewölbe und ich will mir gar nicht ausmalen, was hier unten in den staubigen Abzweigungen außer Spinnen noch so haust. Brrrr!

»Emerson?«

Die Stimme peitscht mir entgegen, als hätte Josh meinen Namen gebrüllt.

Ich zucke zusammen und lasse Simba los, der fauchend in der Dunkelheit verschwindet, ohne den Bewegungsmelder zu aktivie-ren.

»Bist du bescheuert?« Meine Stimme klingt nach Micky Maus. Ich drehe mich um und Josh steht vor der Abzweigung, die ich eben passiert habe.

»Sorry.« Sein Auflachen widerspricht seiner Entschuldigung. »Aber du schleichst hier herum wie ein Geist.« Er kommt näher und der Geruch seiner Lederjacke verdrängt alles andere.

»Du wusstest von diesem Tunnel?« Die eigentliche Frage, warum er mir – mal wieder! – nichts gesagt hat, schwebt zwischen uns.

»Natürlich. Weiß nicht jeder davon?« Er runzelt die Stirn.

»Äh, nein. Ich bis eben nicht.« Mein Vorwurf ist jetzt deutlich zu hören.

»Dann hast *du* wohl bei der Führung nicht aufgepasst, Emerson.«
Er tippt mich knapp über der Brust mit dem Finger an.

Die kurze Berührung sendet ein absolut unangebrachtes Kribbeln durch meinen Körper und ich weiche einen Schritt zurück.

»Was tust du hier?«, frage ich, um mich abzulenken.

Josh starrt auf den blanken Estrich zu unseren Füßen. »Vielleicht war ich mal wieder auf dem Weg zu dir?«

»Das klingt total überzeugend. Vor allem, wenn man bedenkt, dass du aus einem der finsteren, staubigen Seitengänge gesprungen bist.«

Joshs Lachen hallt den Tunnel entlang. »Hab ich dich etwa erschreckt?«

Sein Grinsen macht mich wahnsinnig und ich schnaube.

»Ich bin nicht herausgesprungen, sondern habe Schritte gehört und wollte nachsehen, wer es ist. Ich habe nicht einmal ›Buh!‹ gerufen«, versucht er sich zu rechtfertigen.

»Und dafür soll ich dir jetzt auch noch dankbar sein, Prentiss?«

»Das wäre doch ein Anfang.« Sein Grinsen wird immer breiter und lässt seine Augen selbst im gedämpften Licht aufleuchten.

»Und was heißt hier ›mal wieder‹?« Mein Hirn leidet unter dem Sauerstoffmangel und spuckt nur verzögert Informationen aus. Weil Josh nicht versteht, worauf ich hinauswill, erkläre ich es ihm. »Du hast gesagt, dass du vielleicht ›mal wieder‹ auf dem Weg zu mir warst.«

Er starrt auf die unregelmäßigen Fugen der Wand neben uns und fährt sie dann mit den Fingern nach. Ich glaube schon, dass er gar nicht mehr antwortet, als er leise sagt: »Seit Jace im Krankenhaus ist, schaue ich öfter vorbei und übernehme auch seine Schicht.«

»Wie bitte?«

Endlich sieht er mich an, seine Handfläche ruht auf den unebenen Steinen, während sein Blick mich durchbohrt.

»Glaubst du, ich lasse dich unbewacht in dem Haus, in das man dich gelockt hat, um dich zu erpressen?«

Ich schlucke. Ich muss nicht nicken. Josh kennt die Antwort, das sehe ich an dem Vorwurf in seiner Miene.

»Du hast ein sehr schlechtes Bild von mir, Emerson. Ich war immer da. Und wenn ich nicht konnte, war Jace da. Dein Zimmer liegt direkt neben dem Gang. Ich hätte es nicht besser planen können. Durch die Tür in deinem Kleiderschrank hätten wir immer sofort eingegriffen, wenn es nötig gewesen wäre.«

»Du hast in meinem Kleiderschrank gesessen?«, stammele ich.

Die kratzenden Geräusche, das Schaben an der Wand. Die Einbildung seines Fluchens, das ich auf mein vermeintlich verrücktes Hirn geschoben habe.

»Nein. *Hinter* deinem Schrank. Die Gänge innerhalb der Häuser sind Dienstbotengänge. Personal sollte früher nicht gesehen werden. Auch nicht, wenn es die Kleider zurück in die Schränke hängt. Dein Kleiderschrank ist ein Durchgang wie die Affärentür im Steward-Anwesen. Du kannst dich noch erinnern?«

Er wartet meine Reaktion nicht ab. Während die Bilder unserer nebeneinanderliegenden Zimmer durch meinen Kopf rauschen und sich der Anblick des schlafenden Josh immer schärfer stellt, redet er bereits weiter.

»Ich war nur ein einziges Mal *in* deinem Zimmer, um dir eine Nachricht zu hinterlassen.«

»Als ich unter der Dusche stand …«

Ich sehe das kleine Kärtchen wieder vor mir: *Schlägt dein Herz etwa gerade schneller? Dann solltest du nicht ständig an mich denken, Emerson. J.*

Er nickt, während meine Synapsen bereits weiterfeuern.

»Du bist auch durch den Tunnel gekommen, als ich mit Laura verabredet war. Und durch ihn verschwunden! Deshalb hast du sie unten nicht gesehen und warst auch nicht mehr in meinem Zimmer, als ich dich zur Rede stellen wollte, weil *du* Tyler und mich an Kellan verpetzt hast!« Die Wut auf ihn kehrt wie ein Bumerang zurück.

»Ich dachte, das wäre dir klar. Und ich habe dich nicht verpetzt. Ich habe dich beschützt. Wie immer.«

Er kommt einen Schritt auf mich zu und nimmt seine Hand von der Wand, um sie auf meinen Arm zu legen. Die Kälte dringt sofort durch den Stoff meines Pullovers und ich fröstele. Es war nicht geplant, dass ich mich von der Wärme in Raven House entferne.

»Ich habe dich nur beschützt, Cara. Das habe ich Hannah versprochen.«

Immer wenn er meinen Vornamen benutzt, löst er etwas in mir aus.

»Ich muss nicht beschützt werden«, presse ich hervor. »Und vor allem muss ich nicht belogen werden.«

Seine Hand ruht nach wie vor auf meinem Arm, als hätte Josh ihn vergessen.

»Gibt es sonst noch Geheimnisse, die du mir vorenthalten hast?«
Ich gestikuliere in Richtung Tunnel. »Oder irgendetwas, das du mir
bisher verschwiegen hast, um mich *zu beschützen*?« Der Tonfall eines
zickigen Teenagers verwächst sich offenbar nicht mit dem Alter.

Josh wird ernst und ich wappne mich innerlich für einen weiteren
Schlag. Er öffnet den Mund, schließt ihn dann jedoch sofort wieder.

»Raus damit, oder unsere Teamarbeit ist beendet.«

»Es gibt da tatsächlich etwas«, setzt er an. Nicht nur seine Stimme,
sondern seine komplette Haltung haben sich vollkommen verändert.

Alarmiert warte ich auf eine Erklärung.

Josh räuspert sich, das Geräusch wird vom Tunnel weitergetragen. Auf seinem Gesicht sind binnen kürzester Zeit so viele Emotionen zu lesen, dass ich gar nicht mitkomme. Es ist, als müsste er die
Worte erst im Geiste durchgehen, bevor er sie aussprechen kann.

Ich bin nicht mehr sicher, ob ich sie wirklich hören will, wenn
es ihm eine solche Verzweiflung in die Augen treibt wie in dem
Moment, als er den Mund erneut öffnet. Beinahe hätte ich ihn aufgehalten.

»Ich bin der mieseste Freund aller Zeiten.« Eine kurze Pause.
»Mein Egoismus zerreißt mich, Cara.« Er schlägt langsam die Lider
nieder, raubt mir den Blick auf die mitternachtsblauen Augen, hinter denen die widersprüchlichsten Gefühle toben.

Ich rühre mich nicht, halte den Atem an, bis er endlich weiterspricht.

»Ich bin so egoistisch, dass ich trotz des Verlustes meiner besten
Freundin in jeder Sekunde nur an dich denken kann.«

Die Worte entziehen dem Tunnel auch den letzten Rest Sauerstoff, rauben mir den Atem. Als er die Augen öffnet, brennen darin seine Gefühle mit solcher Intensität, dass ich schaudere. Während ich mich noch immer nicht rühren kann, weil ich krampfhaft versuche, zu verstehen, was er gerade gesagt hat, verringert er den Abstand zwischen uns.

»Ich fühle mich jedes Mal wie das größte Arschloch, wenn ich zulasse, dass meine Trauer und die unsägliche Wut in meinem Inneren von dir durchbrochen werden. Ich halte es nicht mehr aus. Ohne dich wäre ich in den letzten Tagen zerbrochen, Cara.« Er greift nach meinen Händen. »Ich bin wegen Beverly nach Whitefield gekommen, habe mir wieder und wieder eingeredet, dass ihr nichts Ernstes zugestoßen ist. Nur dieser Gedanke hat mich auch an der Militärakademie am Leben gehalten.«

Er drückt meine Hände so fest, dass es beinahe wehtut. Ich weiß nicht, was ich erwidern soll, denn es gibt keine Worte, die ihm diesen Schmerz nehmen können.

»Dabei wusste ich insgeheim während all der Zeit, dass sie nie abgehauen wäre, ohne mit mir darüber zu sprechen.« Seine Stimme bebt, stockt wie sein Atem, der mich immer wieder streift. »Als ich noch Hoffnung hatte und das Ziel, ein Lion zu werden und sie aufzuspüren, habe ich etwas gefunden, nach dem ich ganz sicher nicht gesucht habe.«

Er wiegt ganz langsam den Kopf hin und her. Eine Haarsträhne fällt ihm über die Augen. Am liebsten würde ich sie zurückstreichen, aber ich bin immer noch wie erstarrt.

»Ich genieße deine Nähe, Cara. Mehr als das sogar.«

Mein Herz setzt einen Schlag aus. Zumindest fühlt es sich so an.

»Ich liebe deine nervtötende Art, deine ständigen Konter und die Falte zwischen deinen Brauen, wenn du zu viel nachdenkst.« Er lässt meine linke Hand los und streift mit einer sanften Berührung über meinen Nasenrücken bis zur Stirn.

Ich stehe noch immer stocksteif da und kralle mich an seiner Hand fest, nicht mehr er an meiner. Wann hat sich die Welt um einhundertachtzig Grad gedreht?

Josh beißt sich auf die Unterlippe und hebt die Augenbrauen. »Hat es dir etwa die Sprache verschlagen, Emerson?«

Sein Grinsen ist so unglaublich frech, dass es mir die Worte von den Lippen reißt.

»Ach, sei still, Prentiss!« Ich ziehe ihn zu mir, stelle mich auf die Zehenspitzen und küsse ihn.

Schneller, als ich die Bewegung registrieren kann, liegen seine Hände auf meinem Rücken und ziehen mich noch näher. Unsere Körper schmiegen sich perfekt ineinander, der Geruch nach Leder und die Frische seines Aftershaves benebeln meine Sinne, während unser Kuss immer tiefer wird und das Atmen schwerer. Ich kann nicht mehr denken oder fühlen, jede Faser meines Seins ist in diesem Moment auf Josh ausgerichtet, auf den Tanz unserer Zungen und die Hitze seiner Gefühle, die mich wie ein wärmendes Kaminfeuer einhüllt.

Der Kuss dauert Minuten, Stunden, Jahre. Hier unten existiert keine Zeit, nicht einmal Licht. Die Bewegungssensoren erfassen keine sich küssenden Paare. Es gibt nur uns beide in der Dunkelheit. Irgendwann löse ich mich keuchend von Josh und hole erst einmal tief Luft, während ich einen Schritt zurückweiche und das Licht wieder angeht.

Joshs Haare sind total zerzaust, woran wohl ich schuld bin. Er fährt sich mit der Hand hindurch und fesselt mich mit seinem Blick. »Wenn du mich dann immer so zum Schweigen bringst, lege ich mir gern eine ganze Liste an potenziellen Beleidigungen an.« Seine Stimme ist rau und sein Lächeln so verschmitzt, dass ich grinsen muss.

»Idiot!« Warum klingt es wie eine Liebeserklärung?

Ich ziehe ihn ein weiteres Mal an mich und stehle mir einen weiteren Kuss. Dann bemühe ich mich um einen ernsten Tonfall, aber das Lächeln will nicht von meinen Lippen weichen und verleiht jedem Wort eine beschwingte Note.

»Wir sollten darüber reden.«

»Ich dachte, das haben wir gerade.«

Diese funkelnden Augen bringen mich um den Verstand. Und das ist nicht nur positiv gemeint.

»Wir können gern weitersprechen.« Er beugt sich bereits wieder zu mir, doch ich drücke ihm meine Hand auf die Brust und halte ihn damit auf Abstand.

»Beim Reden benutzt man Wörter, Prentiss!« Ich verdrehe die Augen.

Er seufzt theatralisch, wird dann jedoch ernst. »Aber nicht hier. Du frierst.«

Er reibt mir über die Arme und drückt mir einen Kuss auf den Scheitel. Erst jetzt spüre ich, wie kalt mir inzwischen tatsächlich ist. Meine Füße sind nur noch Eisklötze.

»Gehen wir zu mir, das ist näher.« Er deutet in die Dunkelheit, in die Simba verschwunden ist, und legt dann seinen Arm um mich, um mich zu wärmen.

Seite an Seite gehen wir durch den unterirdischen Gang auf Lion Manor zu.

23

DONNERSTAG, 17.12.

Mit einer heißen Schokolade mit Sahne und Marshmallows in der Hand, die Josh mir aufgeschwatzt hat, folge ich ihm zum Treppenhaus. Natürlich ist es weiß wie alles andere hier. Der Innenarchitekt von Lion Manor muss Farben echt gehasst haben. Ich bin mir sicher, dass es selbst in antiken Tempeln wenigstens kleine Farbtupfer gegeben hat.

Bei jedem Schritt an Joshs Seite fühle ich mich wie auf Wolken. Mein Inneres kribbelt vor purem Glück, das die nächsten Seiten des Tagebuchs füllen könnte. Ich speichere den Moment ab wie die zuvor – Joshs raue Stimme, die flüstert, was er an mir liebt, den Kuss in der Dunkelheit. Ich spüre, wie ich immer leichter werde, bis ich das Gefühl habe, die Stufen hinaufzuschweben.

Joshs Zimmer liegt an der dem Treppenhaus entgegengesetzten Ecke von Lion Manor. Wir treffen auf dem langen Weg an den Säulen der Balustrade entlang jedoch nur auf Sam Mattsson, der uns kurz grüßt. Warum fühlt es sich an, als würden wir etwas Verbotenes tun, schlimmer noch als mein Herumschnüffeln in den Räumen der ausgeschiedenen Ravens?

Josh öffnet die Tür zu seinem Zimmer und lässt mir den Vortritt, nachdem er den Lichtschalter gedrückt hat.

»Komm rein.« Seine Stimme klingt belegt, vielleicht ist er sich der veränderten Situation ebenfalls bewusst, der Schwere des Moments.

Ich straffe die Schultern und balanciere die heiße Schokolade »nach Josh Art«, wie er es genannt hat, vor mir, während ich mich mit anderen Augen umsehe als bei meinem letzten Besuch. Hier ist es alles andere als farblos. Dass überall Klamotten herumliegen, ist nichts Neues, aber die rote E-Gitarre auf dem Ständer in der Ecke ist mir noch nicht aufgefallen, genau wie die Poster von offensichtlich ziemlich blutigen Filmen an der Wand, der ich vor ein paar Tagen den Rücken zugewandt hatte. Sie bringen das Rot der Lions auf ziemlich eklige Weise zum Ausdruck.

Ich hätte sein Zimmer jederzeit auch blind erkannt, stelle ich fest, denn sein Aftershave schwebt hier über allem und ich ertappe mich dabei, wie ich die Augen schließe und tief einatme, nachdem ich mich auf das kleine Sofa gesetzt habe. Inzwischen ist mir wieder warm, meine Finger sind von der Hitze der Tasse aufgetaut und haben die übrige Wärme bis zu meinen Zehen geschickt. Draußen ist es schon dunkel, was mir tatsächlich erst in Joshs Zimmer auffällt. Das Dach von Lion Manor ist massiv und selbst im Treppenhaus gibt es keinerlei Fenster, wenn ich es richtig registriert habe. Das Gebäude wurde wahrscheinlich von lichtscheuen Vampiren gebaut, die sich dann einen Tunnel zu ihrer Nahrungsquelle gegraben haben.

Ich lache über meine Gedanken und Joshs skeptisches Gesicht feuert mich noch mehr an. Als ich mich wieder gefasst habe, erkläre ich ihm den Grund für meinen Lachanfall und wir schieben die ernste Unterhaltung noch etwas auf, füllen die Zeit mit möglichen Theorien über die Vergangenheit des Gebäudes, bevor Josh mir die langweilige Realität verrät. Die vielen Gänge direkt um Lion Manor waren Fluchttunnel. Von nahezu jedem Zimmer aus konnte man in kürzester Zeit ins Freie gelangen. Der Erbauer muss paranoid gewesen sein. Kaum Fenster, Fluchttunnel ...

Als die Ravens später zu Verbündeten wurden, hat man einen der Tunnel bis nach Raven House erweitert. Das war noch zu einer Zeit, in der Männer und Frauen nicht gern zusammen gesehen wurden, wenn sie noch keinen Ring am Finger trugen. Die Verbindungen waren damals tatsächlich modern. Doch leider haben sie sich nicht zeitgemäß entwickelt und die Hierarchie und alles andere ist inzwischen total eingestaubt.

Nachdem meine heiße Schokolade à la Josh leer ist und er ausgiebig mit Küssen getestet hat, ob der Geschmack auch richtig war, kann ich das eigentliche Thema nicht länger hinauszögern.

»Was du vorhin im Tunnel gesagt hast«, beginne ich, doch Josh unterbricht mich mit noch einem Kuss.

»Hey!«, schimpfe ich.

»Ich dachte, das wäre die britische Variante von Reden, Emerson«, verteidigt er sich.

Und tatsächlich würde ich ihm das Grinsen nur zu gern von den Lippen küssen.

»Ich weiß, dass du dich lieber ablenken würdest ...«

Er beugt sich so schnell wieder nach vorn und drückt mir einen schnellen Kuss auf den Mundwinkel, dass ich gar nicht reagieren kann.

Ich rutsche ein Stück von ihm weg. »Josh, egal, wie wohl du dich mit der Ablenkung fühlst, deine Gefühle würden immer unter der Oberfläche schwelen, dich aushöhlen. Du musst darüber reden. *Wir* müssen darüber reden.«

Er senkt das Kinn auf die Brust. Der grinsende Josh ist verschwunden und einer melancholischen Version gewichen.

»Es ist, wie ich bereits gesagt habe«, sagt er leise, ohne mich anzusehen. »Jeder noch so kurze glückliche Moment mit dir verursacht schmerzhafte Schuldgefühle gegenüber Beverly. Ich habe es eigentlich die ganze Zeit über gewusst ... dass sie tot ist. Aber ich habe mir jeglichen Gedanken daran verboten.«

Seine Unterlippe bebt, mit zitternden Händen fährt er sich über das Gesicht und lässt sie dann wieder neben seinen Oberschenkeln sinken. Ich lege meine Hand darauf und seine Finger verschränken sich mit meinen.

»Ich habe die Möglichkeit ausgeschlossen, dass der liebste, sonnigste Mensch der Welt tot sein könnte. Ich habe mir ausgemalt, dass Beverly mit dem Mädchen, von dem sie ständig so geschwärmt hat, vor ihrer Mom und dem Rest der Welt geflohen ist, dass die beiden auf einer einsamen Insel ein erfülltes Leben führen. Ich habe mich hineingesteigert, sie irgendwo aufzuspüren, um mir sicher zu sein. Und dann habe ich Hannah hier gefunden.«

Seine Stimme bricht und ich sehe vor mir, wie all seine zurechtgelegten Bilder von Beverlys Leben in Tausende Scherben zersplittert sind.

»Ich habe mir weitere Ausreden überlegt, eine verrückter als die andere, habe mich mit dem Gedanken aufrecht gehalten, sie könnte entführt worden sein, nur um nicht davon ausgehen zu müssen, dass sie nicht mehr am Leben ist.« Nach einer kurzen Pause sieht er endlich zu mir. »Du kannst ruhig sagen, wie bescheuert das ist, mich für vollkommen verrückt erklären …«

»Jeder geht anders mit Verlusten um.« Ich drücke seine Hand. Langsam wärmt sie sich in meiner. »Ich würde bis zum Gegenbeweis auch immer glauben wollen, dass es Hannah gut geht. Immer. Sie ist neben meiner Familie der wichtigste Mensch in meinem Leben und ich kann mir gar nicht vorstellen, wie eine Welt, *meine* Welt, ohne sie wäre.«

Josh sieht mich lange an. Seine Mundwinkel hängen nach unten. Dann nickt er langsam.

»Danke.« Er versucht zu lächeln, scheitert jedoch daran. »Es fühlt sich so falsch an, Cara. Ich weiß, dass Beverly niemals gewollt hätte, dass ich mich schlecht fühle, wenn ich endlich jemanden gefunden habe …« Ein kurzes Aufleuchten zeigt sich in seinen Augen, doch die Schuldgefühle löschen es sofort wieder aus. »Sie hätte mir in den Hintern getreten, wenn ich es ihr erzählt hätte.«

Sein Blick gleitet in die Ferne und Beverly zaubert ein echtes Lächeln – zwar schwach, aber vorhanden – auf seine Lippen. Doch dieses Mal bleibt der Stich der Eifersucht aus. Josh entspannt sich, offenbar mit sich im Reinen, gibt aber noch immer eine nervöse Energie ab, die mich ganz kribbelig macht. Der Grund dafür ist leicht zu finden.

»Es ist keine Schande, so zu empfinden«, sage ich noch einmal für den Fall, dass er es hören muss. »Du brauchst einen Abschluss. Für sie. Für dich. Wir werden die Verantwortlichen zur Rechenschaft ziehen. Gemeinsam. Ohne Geheimnisse!«

Ich weiß, dass nun nichts mehr zwischen uns stehen wird. Nichts, außer der Tatsache, dass Josh einen miserablen Filmgeschmack hat, was mir schon durch die Poster an der Wand hätte klar sein sollen.

Nachdem wir beschlossen haben, einen Film zu schauen, finde ich auf seiner Watchlist eine endlose Liste sinnfreier Horrorschocker, in denen das Blut nur so spritzt.

»Das ist eine Kunstform«, beschwert er sich, als ich all seine Vorschläge mit angewidertem Gesicht ablehne. Ich lache wirklich gern über die Handlung von Horrorfilmen und *Scary Movie* hätte aus meiner Feder stammen können, aber über pures Gemetzel kann man sich nicht wirklich lustig machen. Also scrolle ich durch das allgemeine Angebot und verberge dabei das Tablet-Display vor ihm.

Josh stört meine Konzentration massiv mit seiner Nähe, während er versucht, über meine Schulter zu schauen. Sein Atem streift meinen Nacken und der flüchtige Kuss, der anschließend folgt, lässt mich vollends vergessen.

Ich senke das Tablet, ohne einen Film ausgewählt zu haben, und drehe mich zu ihm um.

»Und womit willst du mich nun foltern, Emerson?«, fragt er schmollend. »Beverly hat ständig Marvel-Filme geguckt und mir geraten, mir ein Beispiel an Tony Stark zu nehmen.« Er verdreht die Augen, lächelt dabei aber erneut wehmütig.

»Ich habe eine viel bessere Idee, Prentiss.« Meine Stimme klingt ganz anders, kämpft sich durch die knisternde Spannung, die in der Luft liegt.

»Und die wäre?« Der tiefe Ton vibriert direkt an meinen Lippen und löst eine Schwingung aus, die sich durch meinen ganzen Körper arbeitet.

Es sind nur noch wenige Millimeter zwischen uns, ich spüre ihn, obwohl wir uns nicht berühren. Alle Nervenenden sind auf diesen Jungen neben mir ausgerichtet, auf die angestauten Gefühle zwischen uns, all die Emotionen des gemeinsam Durchlebten. Ich will ihn näher spüren, viel näher, und den Rest der Nacht an nichts mehr denken – außer an seine Haut auf meiner.

Er liest mir den Wunsch von den Lippen ab, erwidert ihn mit dunklem Begehren in den Augen, verschlingt ihn hungrig, bis wir uns küssen, als würden wir niemals damit aufhören wollen. Der Raum ist nur noch von unseren keuchenden Atemzügen erfüllt.

Er trägt mich zum Bett, ohne seine Lippen von meinen zu nehmen, und nachdem mein Oberteil wie von Zauberhand verschwunden ist und die Kühle des Seidenlakens über meine Haut streift, sind seine Hände plötzlich überall.

Josh liegt neben mir, sein Blick ist verhangen, während er jeden Zentimeter meiner nackten Haut ertastet und mich damit in den Wahnsinn treibt. Immer wieder nähern sich seine Finger meiner Jeans, ergreifen aber jedes Mal die Flucht und schlagen eine andere Richtung ein.

Ich gehe in die Offensive und versuche, sein Shirt nach oben zu schieben, was bei – keine Ahnung wie vielen Kilogramm Muskelmasse – unmöglich ist.

»Irgendwie ist es ungerecht, dass du mich hier allein halb nackt herumliegen lässt, findest du nicht?«

Er stiehlt mein Grinsen mit einem Kuss, ehe er sich auf den Rücken dreht und halb aufsetzt. Während ich ihm sein Shirt ausziehen will, küsst er mich immer wieder und bringt mich damit völlig aus dem Konzept. Endlich hebt er ergeben die Arme, damit ich ihm das störende Stück Stoff über den Kopf ziehen kann.

Auch wenn es nicht das erste Mal ist, dass ich Josh so sehe, halte ich in diesem besonderen Moment inne, um seinen Anblick zu genießen. Er liegt wieder auf dem Rücken, den Kopf zu mir gedreht, und beobachtet mich dabei, wie ich seinen Körper erkunde, jeden Muskel unter der gebräunten Haut nachfahre und ihm damit eine Gänsehaut bereite. Seine Lider flattern und ich höre seinen Atem stocken, als ich über seinen Bauch streife.

»Du machst mich verrückt, Cara.«

Die raue Stimme, irgendwo zwischen Flüstern und reiner Begierde, drückt einen Schalter in meinem Kopf, den ich bisher nicht gekannt hatte. Ich will mehr von ihm, mehr Küsse, mehr Berührungen, mehr von diesem sengenden Blick, wenn er mich betrachtet, als sei ich das schönste Kunstwerk auf Erden.

Und er tut mir den Gefallen und küsst mich, bis mir schwindelig wird, ehe er das Tempo wieder drosselt und quälend langsam die Knöpfe meiner Jeans öffnet. Ich verfluche den Designer für die unnötige Verzögerung und strecke ihm die Hüfte entgegen, was Josh ein fieses Grinsen ins Gesicht zaubert, während er das Tempo noch weiter verringert. Seine Finger streifen extra langsam den Bund entlang, etliche kleine Explosionen lassen mich erschaudern und sein Mund nimmt das leise Stöhnen auf, das meinen Lippen entkommt. Und dann gibt es kein Halten mehr.

Außerhalb dieses Zimmers existiert nichts mehr für uns, keine

Ravens, keine Lions, keine Beverly, keine Sicherheitsvideos und kein Danach. Es gibt nur noch den Moment mit Josh, dessen Küsse und Berührungen jede Zelle meines Körpers entflammen und den ich meinerseits um den Verstand bringe, bis in der Welt jenseits von Hitze und keuchenden Atemzügen der Morgen graut.

24

FREITAG, 18.12.

Dione empfängt mich mit einem Grinsen, das sogar die Grinsekatze neidisch gemacht hätte, an unserem Tisch im Speisesaal von Raven House. Sie legt ihr Handy demonstrativ zur Seite, während ich mich langsam setze.

»Ich habe dir bereits Frühstück bestellt«, sagt sie und deutet auf den vermutlich inzwischen kalten Toast und das Glas, in dem der Milchschaum schon in sich zusammengesunken ist. »Es gibt also keinen Grund, mit den pikanten Details zu warten, damit Miley sie nicht mitbekommt.«

Ihre blauen Augen funkeln wie das Meerwasser auf den Kalenderfotos von einsamen Buchten und weißem Sand. Ihre Haare sind ungewohnt unordentlich, selbst für die Uhrzeit, und mir wird klar, dass dieses gewisse Lächeln und der Gesichtsausdruck nicht nur meiner Nachricht geschuldet sein können, dass ich mich verspäte, weil ich in Lion Manor übernachtet habe.

Sie erkennt den Moment, in dem ich verstehe, und schlägt schon beinahe schüchtern die Lider nieder.

»Ich glaube, du hast mindestens so viel zu erzählen wie ich.«

Dione quiekt kurz vor überschäumender Begeisterung und berichtet schon fast zu detailliert, wie ihr Abend nach dem Kinobesuch ablief. Sie ist so dermaßen glücklich, dass es mich überschwemmt und ich nicht anders kann, als mich mitzufreuen. Schließlich war mir schon länger klar, dass sie und Austin zusammengehören wie damals Diones Eltern.

Meine Schilderung der Ereignisse ist etwas weniger ausführlich, aber ich spüre die Dauerbelastung meiner Wangenmuskulatur überdeutlich. Vermutlich wirken wir auf alle anderen Ravens wie auf Glücksdrogen. Als Brittany, Cheryl und Laura den Saal betreten, sehen sie uns vollkommen irritiert an – was unsere Laune aber kein Stück schmälert.

»Wie kam es eigentlich dazu? Mein letzter Stand war ›Wir sind nur Freunde‹ und ich hatte die Hoffnung schon fast aufgegeben.« Dione zuckt übertrieben mit den Augenbrauen.

»Wir sind uns im Tunnel begegnet und … er hat mir von seinen Schuldgefühlen erzählt, weil er glücklich ist, obwohl er trauert.«

Zwischen Diones Brauen entsteht nun eine Furche. Sie denkt länger über meine Worte nach und trinkt dabei einen Schluck, bis sie sich alles zusammengereimt hat. »Das Mädchen, das zwischen euch steht, ist weg, oder?«

Ich nicke langsam, mein Lächeln verschwindet beim Gedanken an die Umstände von selbst. Ich wage mich vor, will ihr zumindest ein paar der uns trennenden Geheimnisse anvertrauen. »Sie war im letzten Jahr eine Anwärterin.«

Dione lässt ihre Tasse klirrend auf den Unterteller fallen und alle Ravens starren in unsere Richtung. Dione hat Mühe, nicht sofort zu sprechen, setzt ein entschuldigendes Grinsen auf und fängt die Blicke der anderen so lange ein, bis sie sich wieder ihrem Frühstück widmen.

»Sie war was?« Für ein Flüstern ist Dione ziemlich laut.

»Beverly war eine Raven-Anwärterin und Josh sucht nach ihr.« Dione hat eine Idee nach der anderen, wie wir sie aufspüren könnten, doch ich muss jedes Mal ihre ansteckende Begeisterung im Keim ersticken, weil wir das alles bereits versucht haben. Ich halte unsere bisherigen Taten vorerst bewusst zurück, weil ich hoffe, dass ihr Einblick von außen einen neuen Impuls gibt, sie an etwas denkt, was wir bisher übersehen haben und was uns endlich zu einem echten Beweis führen könnte. Doch es ergeben sich nur Dinge, die wir bereits wissen. Ehemalige, die ich vage bei den Interviews zum Charity Ball ausgefragt habe, die Verbindungsmitglieder die im letzten Jahr dazugestoßen sind, aus denen aber nichts herauszubekommen ist …

»Und die ausgeschiedenen Anwärter vom vergangenen Jahr sind alle nicht mehr am St. Joseph's – oder überhaupt in Whitefield«, sage ich geschlagen. Die kribbelnde Energie der Hoffnung, Dione könnte einen neuen Impuls geben, ist inzwischen verpufft.

Miley bereitet schon alles für den Mittagssnack vor, daher haben wir den Speisesaal verlassen. Die meisten Ravens essen irgendwo außerhalb zwischen den Kursen, die wir heute auf Diones Drängen hin geschwänzt haben, weshalb wir den Lichthof noch eine ganze Weile für uns haben. Doch wir kommen nicht weiter und ich will Dione nicht von Tyler, den Klippen und Beverlys Tod erzählen. So weit bin ich noch nicht.

Einige Tees und Chai Lattes später, die Zeiger der alten Pendeluhr zeigen inzwischen kurz vor zwei, wiegt Dione den Kopf hin und her, wie um ihre Gedanken in Schwung zu halten. Ein paar lose Haarsträhnen streifen immer wieder ihre Wangen und sie pustet sie weg. »Ich werde mir etwas überlegen, okay? Aber jetzt sollten wir uns langsam in die Kleider für den Weihnachtsball werfen.« Sie springt auf und reißt mich mit ihrer Energie mit sich.

Ich habe den Weihnachtsball der Verbindungen heute Abend total verdrängt, obwohl uns Valérie in den letzten Tagen mehrmals daran erinnert hat und ich das Kleid für den Abend bereits Anfang der Woche anprobiert habe. Es gab einfach Wichtigeres als den Ball, auf dem alle Ehemaligen und amtierenden Ravens und Lions mit ihren Familien anwesend sein werden. Die letzte Pflichtveranstaltung in diesem Jahr, ehe es in die Weihnachtsferien geht, die alle zu Hause oder an irgendeinem traumhaften Ort verbringen.

Wenig später stecke ich in dem aus bronzefarbenen Stoff bestehenden asymmetrischem Meerjungfrauenkleid, das wieder einmal bei jeder Bewegung funkelt und glitzert. Mein linker Arm ist bis zum Handgelenk bedeckt, der rechte ist komplett nackt. Dione hält mir mehrere schmale Armreifen entgegen und wartet, bis ich sie übergestreift habe.

»Du siehst aus wie ein Bronze-Engel!« Ihr Singsang und ihre strahlenden Augen halten mein Naserümpfen zurück. »Das Kleid passt einfach perfekt zu deinen Haaren. Du solltest sie dazu in leichten Wellen über die nackte Schulter fallen lassen.« Sie stellt sich hinter mich und zeigt mir im Spiegel, wie sie sich die Frisur vorstellt.

Als ich in mein Zimmer rüber will, um mich zurechtzumachen,

drückt sie mir noch ein Döschen in die Hand. Funkelnder bronze-farbener Lidschatten, der selbst den kleinsten Lichtstrahl reflektiert. »Auch wenn deine Augen heute schon ohne Schminke strahlen wie nie zuvor«, fügt sie mit einem Grinsen hinzu, das meine Wangen erhitzt. »Jetzt aber husch, husch! Mach dich fertig, damit ihr pünktlich im Parkhotel ankommt.« Sie schiebt mich zur Tür und wirft mich praktisch raus.

»Meine Klamotten!«, erinnere ich sie, schon habe ich ein Bündel auf dem Arm und gehe barfuß über den Flur zu meinem Zimmer.

Kaum, dass ich die Tür geöffnet habe, fällt mir das Bündel aus der Hand. Josh sitzt auf meinem Bett und sieht aus, als hätte er sich unentwegt die Haare gerauft.

25

FREITAG, 18. 12.

Ich lasse das Bild von Josh mit den zerzausten Haaren, die mich auf völlig falsche Gedanken bringen, kurz auf mich wirken, ehe ich die Tür wieder hinter mir schließe.

Josh springt auf und kommt mir entgegen. »Wo warst du? Ich bin durchgedreht vor Sorge!«

Er umarmt mich – oder tastet mich ab? – und drückt mir einen schon fast verzweifelten Kuss auf die Lippen. Damit nimmt er mir jede Möglichkeit zum Antworten. Als er sich von mir löst, ruhen seine Hände aber noch immer auf mir, als hätte er tatsächlich Angst, ich würde verschwinden.

»Ist alles okay?«, frage ich endlich.

»Dein Handy ist aus, ich wusste nicht, wo du bist, in deinen Kursen warst du nicht, in eurem Aufenthaltsraum hab ich auch nachgesehen ... und ich bin beinahe durchgedreht, weil ...«

Er muss nicht aussprechen, dass seine Kontaktversuche zu Beverly ebenso verlaufen sind.

»Wie du dich bestimmt erinnern kannst, habe ich die Nacht nicht in meinem Zimmer verbracht«, sage ich ganz langsam, damit ich den

Glanz, der in seine Augen steigt, genießen kann. »Deshalb war mein Akku heute Morgen leer und ich habe das Handy in meinem Zimmer gelassen, als ich zum Frühstück bin.«

»Frühstück?« Er sieht auf sein Handydisplay. »Um halb drei?«

»Es war wohl eher ein ausgedehnter Brunch, wir saßen ewig im Speisesaal, zu der Zeit warst du vermutlich im Lichthof«, erwidere ich mit einem Schulterzucken. Mein Kleid wirft Glitzerfunken auf Joshs Gesicht, als die Sonne kurz hinter den Wolken hervorkriecht.

»Du siehst wunderschön aus«, haucht Josh, als würde er das Ballkleid jetzt erst bemerken. Er streift mir die offenen Haare über die Schulter und küsst die unbedeckte Haut auf der rechten Seite.

»Müssen wir schon los oder warum sitzt du hier in meinem – verschlossenen – Zimmer?« Ich betrachte ihn genauer. Er trägt keinen Smoking, sondern Jeans, Hoodie und Lederjacke.

Erst nach meiner Frage scheint er sich wieder daran zu erinnern, warum er hergekommen ist. »Ich glaube, ich habe endlich den Gang zu Kellans Zimmer gefunden. Aber Jace ist noch nicht auf der Höhe und die anderen will ich nicht in den Plan einweihen, weil sie mich aufhalten würden. Deshalb brauche ich dich.«

Ich grinse bis über beide Ohren. »Du brauchst mich? Um dich zu beschützen?«

Er lacht auf und ich stupse ihm gegen die Brust, woraufhin er gespielt die Hand auf die *Verletzung* legt.

»Ich brauche dich immer.« Er macht eine kurze Pause, in der sein Blick bis in meine Seele dringt, dann wird er wieder professionell. »Aber in diesem besonderen Fall brauche ich jemanden, der aufpasst und mir hilft – und notfalls Jace alarmieren kann.« Er streift sanft meine Wange und tupft einen Kuss auf meine Lippen. »Außerdem sind wir ein eingespieltes Team, was Einbruch und Diebstahl angeht«, haucht er in mein Ohr.

Auf einmal klingt die Aufforderung zu einem weiteren Einbruch sehr verlockend und schon fast romantisch. Joshs Finger gleiten über meine Gänsehaut, die deutlich macht, was allein sein Flüstern in mir auslöst.

»Du solltest dich aber vielleicht besser umziehen. Sonst kriegt Dione einen Schock, wenn sich Spinnweben in dem Glitzerzeug verheddern.«

»Du schaffst es, jeden guten Moment schlecht zu machen, Prentiss.« Ich schaudere beim Gedanken an die staubigen Gänge und mein Gehirn macht aus den Spinnweben an der Tunneldecke, die ich gestern gesehen habe, ganze Vorhänge, durch die wir uns kämpfen müssen.

Josh lacht über mein angewidertes Gesicht, sammelt meine Klamotten vom Boden neben der Tür auf, wo ich sie fallen gelassen habe, und drückt sie mir in die Hand. Ich wende mich dem Badezimmer zu, aber sein spitzbübisches Grinsen lässt mich innehalten.

»Was?«

Nun tut er so unschuldig wie Simba und zuckt mit den Schultern.

»Blödmann!«, sage ich mit einem Lächeln und verschwinde im Bad, um mich umzuziehen. »Die Stripshow hätte übrigens *ich* mir verdient!«, rufe ich aus dem Badezimmer, erhalte jedoch keine Antwort. Als ich mir die Haare zu einem Dutt gedreht habe und die Tür öffne, steht Josh direkt davor. Erschrocken zucke ich zusammen.

»Du denkst, du hast dir das verdient?«, fragt er mit verführerisch dunkler Stimme, die sämtliche Bilder von gigantischen Spinnennetzen aus meinem Kopf vertreibt. Sein Atem streift mich und umhüllt mich mit dem Duft eines süßen Kaugummis, während er sich am Türrahmen abstützt und zu mir beugt.

»Natürlich«, sage ich, meine Stimme zerrinnt unter seinem sengenden Blick. Unsere Gesichter kommen sich immer näher.

»Vielleicht stimme ich ja zu, Emerson.« Sein Mundwinkel zuckt. »Wenn du mich vor den fiesen Spinnen und den Ratten beschützt, die ich da unten gesehen habe.« Er drückt sich nach hinten ab und ich sehe noch das Grinsen auf seinen Lippen, als er sich abwendet und auf meinen Schrank zugeht.

»Du bist so ein Idiot, Prentiss«, rufe ich ihm hinterher und sammele meine Sinne zusammen.

Er dreht sich zu mir um. »*Dein* Idiot, Emerson.«

Wenig später kriechen wir durch meinen Schrank und Kindheitserinnerungen an Narnia werden wach. Hannah, Phee und ich haben den ersten Teil unzählige Male gesehen und waren uns sicher, dass der eingestaubte alte Schrank auf dem Dachboden von Hannahs Großvater auch ein geheimer Eingang sein musste. Die Erinnerung macht es mir leichter, mich unserem spinnen- und potenziell rattenreichen Vorhaben zu stellen.

»Hier ist es«, sagt Josh und leuchtet mit einer Taschenlampe – einer echten, gleißend hellen Taschenlampe, nicht der Handy-Version – in den Gang.

Der Lichtstrahl gleitet über rauen Stein, das Gewölbe wirkt weit unansehnlicher als der später gebaute Tunnel zwischen Raven House und Lion Manor, in dem offenbar sogar jemand regelmäßig putzt. Josh vermeidet es, an die Decke zu leuchten, weshalb ich seine Hand nehme und es selbst tue, um nicht plötzlich von irgendetwas angefallen zu werden, das sich in der Dunkelheit über uns versteckt. Doch dort hängen weit weniger Spinnweben als erwartet. In der dicken Staubschicht auf dem Boden ist auch deutlich ein Pfad zu erkennen, als wäre dieser Tunnel nicht gerade selten in Gebrauch.

Josh greift mit seiner freien Hand nach meiner und wir folgen dem Lichtkegel vor uns. Zweimal kommen wir an Abzweigungen vorbei, aber die Spur aus Schuhabdrücken ist eindeutig.

»Bist du seit heute Morgen hier unterwegs?«, frage ich leise, dennoch hallt meine Stimme durch den Tunnel wie Geschrei und ich zucke zusammen.

»So ziemlich«, flüstert Josh. »Ich habe kurz Jace besucht, ihn auf den neusten Stand gebracht und bin dann losgezogen. Vorhin habe ich ihm noch eine Nachricht geschickt. Er weiß also, dass ich dich als Ersatz für ihn dabeihabe.«

Ich brauche ihn gar nicht anzusehen, denn das Schmunzeln in seiner Stimme ist nicht zu überhören.

»Dann sitzt der arme Jace jetzt in seinem Luxuswohnheimzimmer und bangt um seinen Job? Du bist nicht nett, Prentiss.«

»Das bin ich nur zu dir.«

Er bleibt stehen, gibt mir einen kurzen Kuss, und bevor ich etwas erwidern kann, legt er den Zeigefinger auf die Lippen und leuchtet in den Tunnel hinein, der ein paar Meter weiter eine scharfe Biegung macht. Direkt dahinter führt wie in Raven House eine metallene Wendeltreppe mit Gitterstufen nach oben. Schon nach den ersten

Stufen wünsche ich mir eine leise knarzende Holztreppe herbei, denn jeder noch so vorsichtige Schritt auf dem Metall hallt im Tunnel von Lion Manor wider. Jetzt verstehe ich, warum Josh auf Schweigen beharrt hat. Wir hören die Geräusche aus der Küche der Lions, das Klappern von Schüsseln und ein Gespräch über die Vorbereitungen für das morgige Frühstück und eine Mitternachtssuppe, falls ein paar Lions schon früher vom Weihnachtsball zurückkehren. Mein Magenknurren mischt sich mit den Geräuschen unserer Schritte, als uns der Duft irgendeines Eintopfs erreicht.

Josh wirft mir einen vorwurfsvollen Blick zu, während ich bereits die Hände auf meinen Bauch lege und entschuldigend mit den Schultern zucke. Wir steigen weiter Stufe für Stufe empor, ich kann gar nicht mehr mitzählen. Es gehen keine weiteren Türen ab, dieser Gang ist offenbar weit privater als die anderen und in Gedanken sehe ich Männer aus dem vergangenen Jahrhundert über eine abgenutzte Holztreppe huschen, die irgendwann durch die Metallvariante ersetzt wurde. Die Abzweigungen unten führen vielleicht zu damaligen Gästezimmern für diskrete Besuche. Natürlich hat Kellan als Vorsitzender der Lions das Zimmer mit dem einzigen Zugang zu diesem Tunnel von Lion Manor aus.

Am Ende der Treppe angekommen, drückt Josh sein Ohr gegen die Holztür, die vermutlich die Rückwand eines Schrankes bildet wie bei mir.

»Ich glaube, er duscht«, flüstert Josh nahezu geräuschlos.

Ich horche ebenfalls und nicke dann.

»Die perfekte Gelegenheit«, flüstert er. »Ich gehe jetzt rein.«

Er zieht die Holzverkleidung auf und wir stehen plötzlich da wie auf dem Präsentierteller. Die Schranktüren stehen weit offen, in Kellans Zimmer sind gefühlt tausend Lampen eingeschaltet, deren Licht mir in die Augen sticht.

Josh fängt sich schnell wieder, steigt dann unter den leeren Bügeln hindurch, die leise hin und her baumeln, und signalisiert mir, im Schrank zu warten. Wie ein Ninja huscht er zum Schreibtisch und zieht leise die Schubladen auf, die glücklicherweise nicht abgeschlossen sind. Dann wühlt er in einer Kommode herum. Kellan hat so viele Möbel in den Raum gestopft, dass es keine einzige freie Wand gibt. Mit jeder Sekunde sinkt Joshs Chance, das Handy zu finden. Ich lehne mich unter den Kleiderbügeln gegen die Schrankwand und starre unentwegt zur Badezimmertür hinüber, unter der Dampf hervorkriecht und die Luft mit dem Geruch eines sportlichen Duschgels tränkt.

Mein Handy vibriert in meiner Tasche, das Brummen wirkt im Schrank noch verstärkt. Ich zucke sofort zurück, ziehe es aus der Tasche und schalte es komplett lautlos. Josh hat das plötzliche Brummen jedoch so sehr erschreckt, dass er sich den Kopf an der Kommode stößt, vor der er sich zum Boden gebückt hat. Ich höre sein Fluchen, obwohl sich lediglich seine Lippen bewegen. Er hat sich perfekt unter Kontrolle.

Mit meinem Handy in der Hand kommt mir plötzlich eine Idee, die zwar riskant ist, aber aufgrund der begrenzten Zeit – Kellan wird schließlich nicht ewig duschen – auch unsere einzige Chance bleibt. Vielleicht haben wir ja Glück.

Ich wähle die Raven-App auf meinem Display und suche nach Beverlys Namen. Aufgrund der Chats, die Valérie mir gezeigt hat, weiß ich, dass sie noch nicht aus dem System gelöscht wurde. Ich drücke das Anrufsymbol und ein lautes Krächzen erklingt nah an meinem Ohr. Ich ducke mich instinktiv, ziehe den Kopf zwischen die Schultern, bis mir klar wird, dass dies Beverlys Signalton für die Raven-App sein muss. Kellan *hat* Beverlys Handy und er hat es nicht einmal ausgeschaltet.

Schnell springe ich aus dem Schrank und sehe in das breite Regalfach über mir, das mit T-Shirts vollgestopft ist. Durch die Resonanz des Schrankkörpers ist es schwer, abzuschätzen, woher genau der Signalton kommt. Josh ist inzwischen bei mir und wir wühlen uns durch Kellans Klamotten. Josh übernimmt die oberen Fächer, ich die seitlich der Kleiderstange und die kleinen Schubladen für Socken und Unterwäsche. Das Krächzen gleicht einem Schrei, als ich eine Schublade mit vielen kleinen Fächern aufziehe, in denen eingerollte Krawatten liegen – und ein Handy.

Sofort beende ich den Anruf. Es wird erdrückend still im Raum, was nicht nur am unterbrochenen Anrufton liegt.

Das Rauschen der Dusche fehlt ebenso, dafür sind gedämpfte Schritte zu hören.

»Schnell!«, flüstert Josh.

Er schnappt sich Beverlys Handy, macht in derselben Bewegung die Schublade zu, schiebt mich in den Schrank und weiter zur Treppe. Dann lässt er Beverlys Handy in der Hosentasche verschwinden, damit er beide Hände frei hat, um die Rückwand des Schranks so leise wie möglich zu schließen.

Mein Herz wummert in meiner Brust, als das leise Knarren einer Tür erklingt. Kellan kommt aus dem Badezimmer. Der Geruch seines Duschgels kriecht mit dem Dampf durch jede Ritze. Wir verharren vollkommen lautlos hinter der dünnen Rückwand des Schranks. Nun können wir nur beten, dass er uns nicht bemerkt hat. Es raschelt direkt hinter der dünnen Wand. Das leise Quietschen der Bügel sagt mir, dass Kellan nur ein paar Zentimeter von uns entfernt ist, und ich kann nur hoffen, dass er meinen dröhnenden Herzschlag nicht hört. Ich halte den Atem an und sende stumme Stoßgebete aus, dass ich das Kitzeln in der Nase, das von seiner viel zu intensiven Parfüm-Nutzung herrührt, ignorieren kann.

Meine Lunge verlangt nach Sauerstoff und ich atme ganz langsam aus, halte mir die Nase zu, um das Jucken unter Kontrolle zu bekommen. Dabei vergesse ich, wie sehr mich frisch versprühtes Parfüm im Hals kratzt, weshalb ich nie Zerstäuber verwende. Ich presse die Lippen fest zusammen, halte mir nun beide Hände vor den Mund, um den nicht mehr aufzuhaltenden Husten so weit zu dämmen wie möglich.

Josh spürt meine Panik. Er deutet mit dem Kopf zur Treppe und ich versuche, ganz leise einen Schritt zurückzumachen, gerate mit meinen vor Angst zitternden Beinen jedoch ins Stolpern. Josh springt auf mich zu und ich sehe bereits vor mir, wie er auf dem Gitter der Treppe landet, um mich aufzufangen, während das dröhnende Geräusch Kellan alarmiert.

Der Glockenschlag ist nahezu ohrenbetäubend und ich bin so verwirrt und erschrocken, dass mein Hustenreiz verpufft. Ein weiterer Glockenschlag ertönt und bringt die Metalltreppe zum Vibrieren. In meinen Fingern kribbelt es, weil meine Hände das Geländer fest umklammern.

Josh legt seine Hand auf meine und hebt drei Finger der anderen. Einen davon nimmt er beim nächsten Glockenschlag weg. Dann den nächsten. Er zählt den Takt mit dem verbliebenen Zeigefinger, und als die E-Gitarre mit dem Intro des AC/DC-Songs *Hells Bells* beginnt, sagt er laut genug, dass ich es hören kann: »Los!«

Unsere donnernden Schritte auf der Treppe gehen in E-Gitarre und Glockenschlägen der viel zu lauten Musik unter und wir schaffen es noch vor Einsatz des Gesangs an der Küche vorbei. Atemlos hetzten wir die letzten Stufen nach unten, rennen den Gang weiter, bis wir kurz vor dem Haupttunnel zwischen Raven House und Lion Manor ankommen.

Wir fallen uns keuchend in die Arme und holen erst einmal tief Luft. Dass mich AC/DC eines Tages retten würde, hätte ich auch nie gedacht. Aber ich schwöre mir, der Band dafür ewig dankbar zu sein.

»Wer hat dich denn angerufen?«, fragt Josh und erinnert mich wieder an die Vibration, die uns beinahe verraten und mich dann auf die Idee mit der App gebracht hat. Ich ziehe mein Handy aus der Hosentasche und sehe drei verpasste Anrufe von Dione und eine Menge Nachrichten.

> Bist du schon fertig oder soll ich dir bei den Haaren helfen?

> Wo steckst du? Ich stehe vor deiner Tür!

> Ich muss jetzt los, mein Wagen ist schon da, weil ich mich vor dem Ball noch mit meinen Eltern treffe. Sie sind nur heute in Whitefield. Bis später!

Ich werfe einen Blick auf die Uhr. »Wir müssen in einer halben Stunde am Parkhotel sein«, sage ich und sehe an Joshs Miene, dass er darüber nachdenkt, den Ball sausen zu lassen.

»Du musst deine Rede halten«, erinnere ich ihn.

Die Falte zwischen seinen Brauen vertieft sich.

»Und falls wir auf Beverlys Handy nichts finden, ist es umso wichtiger, dass wir uns unauffällig verhalten«, lege ich nach und scheine ihn zumindest ein wenig zu überzeugen. »Wir werden uns das Handy auf dem Weg zum Parkhotel anschauen, in Ordnung?« Ich sehe ihm an, wie hin- und hergerissen er noch immer ist.

Schließlich gibt er nach. »Okay, wir treffen uns in fünfzehn Minuten hinten auf dem Parkplatz. Reicht dir das?«

Die Skepsis in seiner Stimme nehme ich als Herausforderung. »Wetten, dass ich schneller fertig bin als du?«

»Die Wette gilt – wenn ich mir aussuchen darf, was ich gewinne.« Er zuckt mit den Brauen.

»Du wirst nicht gewinnen«, kontere ich und wende mich schon zum Gehen, als mir etwas einfällt. »Gib mir das Handy«, verlange ich. »Ich will nicht, dass du es dir anders überlegst.«

Widerstrebend reicht er mir unsere heißeste Spur. Aber egal, wie sehr er zögert – er beweist mir damit sein Vertrauen. Ich schnappe danach und renne los, immer weiter den Tunnel entlang, die Wendeltreppe zu meinem Zimmer hinauf und durch den Schrank. Ich ziehe mich in rekordverdächtigem Tempo um und style mir einigermaßen die Haare, die glücklicherweise in den von Dione verlangten weichen Wellen über meine Schulter fallen, als ich meinen Dutt öffne. Ich bin bereit, meinen Wunsch von Josh einzufordern, weil ich beabsichtige, zu gewinnen.

Exakt vierzehn Minuten nachdem ich im Tunnel auf die Uhr gesehen habe, durchquere ich das Eisentor zum Parkplatz. Von Josh ist noch nichts zu sehen. Jenseits der Mauer geht ein eiskalter Wind und das Rascheln der Bäume und Büsche klingt wie ein leises Flüstern.

Ich taste nach meinem Handy und will es gerade aus der Tasche ziehen, als mich eine Stimme ganz nah an meinem Ohr erstarren lässt.

»Ich habe gehofft, dass ich dich allein erwische.«

26

Die Temperatur sinkt um mehrere Grad. Mit rasendem Puls schätze ich die Entfernung zu der wartenden Limousine ab. Würde der Fahrer meine Schreie hören? Er scheint mich bisher nicht bemerkt zu haben, sonst wäre er sicher bereits ausgestiegen, um mir die Tür zu öffnen. Durch unsere Verspätung habe ich mir das aber selbst zuzuschreiben.

»Es tut mir leid, C.« Tylers Stimme klingt erstickt.

Ich drehe mich nicht um, stemme die verfluchten Plateau-Sandalen von Dione so fest es geht in den losen Kies.

»Cara, ich musste gehen. Dass ich Jace ausgeknockt habe, tut mir leid, aber ich musste zu meinem Dad und mit ihm reden. Ich kann ihn nicht für meine Fehler büßen lassen.«

Seine Stimme hallt in mir nach. Meine Beine entspannen sich ein wenig, aber ich bin immer noch bereit, meine Handtasche mitsamt Raven-Buch, meinem und Beverlys Handy und all dem Kram, den ich aus Zeitgründen nicht mehr ausgepackt habe, als Waffe zu benutzen. Ich wünschte sogar, ich hätte noch Backsteine als zusätzliches Gewicht dabei.

»Ich werde morgen früh zur Polizei gehen und mich für den Unfall verantworten.«

Diese Aussage lässt mich dann doch herumfahren. Ich muss in sein Gesicht sehen, muss wissen, ob er mich belügt. Doch wieso hätte er dann herkommen sollen?

Tyler steht im Schatten der Mauer, halb im Gebüsch versteckt. Nur der schwache Mond beleuchtet sein Gesicht und doch sehe ich die dunklen Ringe unter seinen Augen. Er sieht aus, als hätte er nicht mehr geschlafen, seit wir ihn mit Jace in seinem Apartment zurückgelassen haben.

Ich schlucke, um meine Stimme fester klingen zu lassen. »Gut.«

»Es war mir wichtig, dass du es von mir erfährst. Du hast mich zu einem anderen Menschen gemacht, Cara.«

Der Klang meines Namens fordert Bilder zutage, die ich nicht im Kopf haben will, die ich weit weggeschoben habe.

»Ohne dich hätte ich mich nie dazu entschieden. Ich wollte nur, dass du das weißt.«

Ich presse die Zähne fest zusammen, dann nicke ich. »Du solltest gehen. Josh wird jeden Moment hier sein.«

Ich will keine weitere Auseinandersetzung zwischen Josh und ihm. Tyler soll sich einfach der Polizei stellen, damit er und auch Josh endgültig mit Beverlys Schicksal abschließen können. Mein Gewissen meldet sich, aber bevor ich etwas unternehmen kann, erklingen schnelle Schritte hinter der Mauer.

Tyler sieht zum Tor, dann zurück zu mir. »Leb wohl, C. Und danke für alles.«

Im nächsten Moment ist er mit der Dunkelheit verschmolzen.

Mit zitternden Fingern greife ich in die Handtasche und suche nach Diones Metallic-Lidschatten, den ich beim Verlassen meines Zimmers eingesteckt habe und in der Limousine auftragen wollte. Jetzt ist er perfekt, um mich abzulenken.

»Du schummelst«, sagt eine atemlose Stimme hinter mir.

Ich drehe mich zu Josh um und hoffe, dass er im Halbdunkel nicht sieht, wie bleich ich bin.

»Ich schummele nicht, ich sehe nur nach, ob alles sitzt«, erwidere ich mit erstaunlich sicherer Stimme. »Und ich habe einen Wunsch frei.«

Mein Lächeln gerät ins Wanken, deshalb hake ich mich schnell bei Josh unter, der auf dem Weg über den Parkplatz über die doofe Fliege und die Smokingweste schimpft – ohne die er locker gewonnen hätte.

Der Fahrer hat offenbar nicht mehr mit seinen Gästen gerechnet und schreckt zusammen, als wir näher kommen. Josh öffnet mir die Tür und wir steigen ein. Der Fahrer entschuldigt sich in einem Atemzug mit der Begrüßung, Josh nickt nur und lässt die Trennscheibe nach oben fahren.

»Hast du das Handy dabei?«, fragt er und beantwortet die Frage gleich selbst. »Natürlich hast du. Sorry.«

Ich verbanne sämtliche Gedanken an Tyler aus meinem Kopf und wühle in der viel zu großen Tasche, die Dione vermutlich als unpassend bezeichnen wird, nach Beverlys Handy. Ich reiche es direkt an Josh weiter und er aktiviert das Display. Zum Glück ist das Handy nicht durch einen Code gesichert, sodass Josh direkt auf die Foto-App klicken kann, in der sich seitenweise Bilder von Beverly befinden – mit allen möglichen europäischen Sehenswürdigkeiten im Hintergrund –, die bisher noch nicht auf Instagram aufgetaucht sind. Wie viel Mühe sich Kellan gemacht hat, so viele Bilder zu bearbeiten! Ich bekomme eine Gänsehaut am ganzen Körper. Weit schlimmer als die, die Tyler verursacht hat.

Josh flucht immer mehr, weil er nirgendwo das Video findet, nach dem wir eigentlich gesucht haben. Das Video, mit dem Tyler erpresst wurde. Dabei waren wir uns so sicher, dass es auf diesem Handy zu finden ist. Es ist dasselbe Modell wie das von Kellan, mit dem er Tyler das Video vorgespielt hat. Es hat alles so gut gepasst, verdammt!

Joshs Bewegungen sind inzwischen so fahrig, dass ich ihm das Handy abnehme, um etwas systematischer vorzugehen. Wir scrollen durch die wenigen Chats, die teils mit unbekannten Nummern geführt wurden – doch auch hier finden wir kein Video.

Die letzte Nachricht im Chat mit *Mom* lässt mich dann jedoch erstarren.

> Wenn du tatsächlich mit diesem Mädchen durchgebrannt bist, brauchst du nie wieder hier aufzutauchen. Du bist eine Schande für den Namen Grey und nicht mehr meine Tochter.

Aus den Zeilen schwingt so viel Abscheu mit, dass ich mehrmals schlucken muss, ehe ich wieder sprechen kann. »Wie kann eine Mutter nur so etwas schreiben?«

»Samantha Grey bedeutet nur ihre Reputation etwas. Für ihre erzkonservative Wählerschaft ist eine homosexuelle Tochter undenkbar.« Josh verzieht angewidert das Gesicht. »Ich bin froh, dass Beverly diese Nachrichten nicht mehr lesen musste.«

Tränen glänzen in seinen Augen, während wir die Nachrichten davor überfliegen: Vorwürfe, Beschimpfungen, Hinweise auf irgendwelche Spione, die Senatorin Grey zugetragen haben, dass Beverly eine Freundin hat. Egal, wie weit wir scrollen, es kommt kein einziges »Hab dich lieb« oder »Ich vermisse dich«.

»Das erklärt, warum sie jeglichen Versuch, ihre Tochter aufzuspüren und meine Suche zu unterstützen, im Keim erstickt hat.« Joshs Hand ist so fest zur Faust geballt, dass seine Sehnen hervortreten.

Es grenzt an ein Wunder, dass Beverly zu einer so freundlichen Person werden konnte, wie Josh und Hannah sie beschreiben.

»Ich habe Senatorin Grey beim Aufnahmeball auch darauf angesprochen, aber sie …«

»Bei *unserem* Aufnahmeball? Auf dem Steward-Anwesen?«

Josh nickt.

»Beverlys Mum war dort?« Meine Stimme überschlägt sich beinahe.

»Sie war für die Wachssiegel in den Verbindungsbüchern verantwortlich. Bei dir doch bestimmt auch.«

Valérie und Kellan hatten die Frau »Senatorin« genannt, aber ich wäre nie auf die Idee gekommen, dass …

»Valérie und Kellan hatten wahnsinnigen Respekt vor ihr«, spreche ich meine Gedanken laut aus. »Meinst du, sie hat etwas mit der Vertuschung zu tun?«

»Laut Beverly hat sie ein Vermögen gespendet, um mehr Einfluss in der eingestaubten Hierarchie zu erhalten – und für die Anwartschaft von Beverly.« Josh stößt ein langes Seufzen aus. »Die Verbindungen sind ihrer Meinung nach vorbildlich, weil nur Ravens und Lions in der Matching Night zu Paaren werden.«

Er wartet, bis ich seinen Worten folgen kann. Vor Zorn wird mein Sichtfeld immer kleiner.

»Darüber habe ich mir nie Gedanken gemacht«, gebe ich zu. »Aber Cheryl steht auch auf Mädchen und Jungs und Kellan nur auf Männer – gerade für ihn muss es genauso übel gewesen sein, mit irgendeinem Mädchen das große Traumpaar zu spielen, während er sich in Wirklichkeit überhaupt nicht für sie interessiert. Beverly ging es mit Tyler ja genauso. Apropos Tyler …« Ich sehe auf Beverlys Handy in meinem Schoß, um noch kurz Luft zu holen, als ein Hinweis auf den geringen Speicherplatz und die Frage nach dem Auslagern von Apps aufploppt. Neugierig öffne ich die Einstellungen.

»Was ist mit Tyler?« Joshs Stimme klingt angespannt.

»Er wird sich morgen der Polizei stellen«, sage ich schnell und wünschte, ich hätte nicht damit angefangen. Denn während Josh neben mir fragt, woher ich das weiß, stelle ich fest, dass Beverlys Handyspeicher riesengroß ist und ausgerechnet die Sprachmemo-App ganz oben aufgelistet ist – und beinahe den gesamten Speicher füllt.

»Hörst du mir überhaupt zu?« Josh rüttelt sanft an meiner Schulter.

Ich schrecke auf und sehe ihn an.

»Woher weißt du, dass Tyler sich stellen will? Hat er dir geschrieben?« Sorgenfalten graben sich in seine Stirn.

»Er war eben auf dem Parkplatz.«

Josh zieht scharf die Luft ein und ich rede schnell weiter, damit er nicht noch platzt.

»Ich glaube ihm. Er hat sich entschuldigt – auch dafür, was er mit Jace gemacht hat. Er wollte nur mit seinem Vater sprechen, bevor er zur Polizei geht.«

Josh knirscht mit den Zähnen. »Der Vorfall könnte Jace den Job kosten!«

Es folgen einige wüste Flüche über Tyler, die ich jedoch ignoriere. Stattdessen lenke ich ihn ab.

»Sieh dir das mal an.« Ich zeige auf das Display.

Josh runzelt die Stirn. »Das ist typisch Beverly. Sie benutzt die Sprachmemos als Tagebuch. Ihr ›geheimes Voicediary‹, hat sie das genannt. Kein Wunder, dass die App so viel Speicherkapazität verbraucht.«

»Aber schau dir an, wann die App zuletzt benutzt wurde.« Ich deute auf das Datum.

Josh sieht ein weiteres Mal auf das Display und seine Augen weiten sich für einen Moment.

»Tyler hat gesagt, sie hätte ihm an der Klippe Sprachnachrichten vorgespielt. Vielleicht waren es aber gar keine Sprachnachrichten, sondern Sprachmemos.« Ich suche in dem Chaos der Apps, die Beverly in Hunderten Ordnern völlig wahllos untergebracht hat, nach der für Sprachmemos. Ich gebe schnell auf und öffne die App über die Suchfunktion.

»Die letzte Sprachmemo ist mehrere Stunden lang. Und sie ist vom 15. November letzten Jahres … Beverlys Todestag.«

Josh starrt auf das Display, sein Gesicht ist bleich wie nie. Dann nickt er schwach. »Spiel sie ab.« Seine Stimme bricht.

Mit pochendem Herzen drücke ich auf die oberste Notiz und anschließend auf das kleine Dreieck. Josh schließt die Augen, wappnet sich für den Schmerz, Beverly zu hören. Doch über den tosenden Wind und sich brechenden Wellen erklingt keine Frauenstimme.

»*Du hast nicht das Recht, uns zu verurteilen.*«

Es ist eindeutig Tyler und er klingt sehr aufgebracht. Beverly muss das von Tyler geschilderte Gespräch heimlich aufgezeichnet haben.

»*Gib mir das Handy!*«, verlangt er.

Mein Herz klopft immer schneller.

»*Vergiss es!*«, erwidert eine energische Frauenstimme.

Joshs presst die Lippen fest zusammen. Sie muss Beverly gehören.

»*Ich werde mit den Aufnahmen zur Polizei gehen. Das alles muss ein Ende haben, Tyler. Diese sexistischen Matching Nights, all das Hierarchiegehabe. Und dieses Mal wird dich auch dein Dad nicht retten können.*«

Die Drohung schwappt aus dem Lautsprecher und meine Nackenhärchen richten sich auf. An den Scheiben der Limousine rauschen im Dunkeln bereits die Bäume des Parks vorbei. Ich bin hier und doch bin ich auch dort. Ich sehe alles genau vor mir. Die vom Wind umtoste Steilküste, Beverlys flatternde Haare, die im Mondlicht glitzernden endlosen Wellen bis zum Horizont.

Ich weiß, was gleich passieren wird, schaffe es aber nicht, auf Pause zu drücken, um Josh das Mithören von Beverlys letzten Sekunden zu ersparen. Ich bin wie erstarrt, lausche mehrere Augenblicke lang den regelmäßigen Wellen, die gegen die Steilküste branden, wie Tyler es beschrieben hat. Sie untermalen Beverlys markerschütternden Schrei, der einem Rascheln und einem dumpfen Geräusch folgt, was mir Tränen in die Augen treibt.

»*Beverly!*«, ruft Tyler panisch.

Das Handy muss Beverly aus der Hand gefallen sein, unbemerkt von Tyler, der nun mehrmals laut ihren Namen brüllt. Die Laute dazwischen klingen nach einem verletzten Tier, ansonsten antworten ihm nur die Wellen in ihrem immer gleichen Rhythmus. Ich sehe Tyler vor mir, wie er am Abgrund kniet, der Wind an seinen Haaren zerrt, ihn ebenso in die Tiefe ziehen will.

»*Kellan! Du musst sofort kommen!*« Tylers Stimme ist rau von den Schreien nach Beverly. »*Es geht um Beverly. Sie ist … Es war ein Unfall.*«

Tyler ist kaum noch zu verstehen, er muss sich von Beverlys Handy entfernt haben, geht vielleicht unruhig hin und her, während er mit Kellan spricht.

»*Ich warte*«, höre ich, dann wird nur noch der regelmäßige Schlag der Wellen gegen die felsige Küste aufgezeichnet.

Tyler ist weg und langsam reagieren meine Finger wieder auf meinen Willen, schweben über dem Pausezeichen. Ich sehe Josh fragend an und schlucke. Er hat die Lider geschlossen, sein vom Display beleuchtetes Gesicht ist schmerzverzerrt. Ich muss ihm helfen, ihm den Schmerz nehmen. Als ich das Meeresrauschen unterbrechen will, erklingt eine unerwartete Stimme.

»*Tyler?*«, ruft Beverly, die Silben abgehackt und vom Wind verzerrt. »*Tyler! Wo bist du? Mir ist schwindelig. Ich brauche Hilfe! Ich bin direkt unter dir, hier ist ein ... Felsvorsprung. Mein Bein ... es ist verletzt.«*

»Sie lebt?« Joshs Stimme bebt vor Aufregung. »Aber ...«

Eine weitere Stimme ist zu hören und geht in Joshs ersticktem Keuchen unter, als die letzten fehlenden Puzzleteile an ihren Platz fallen.

27

Wir bitten den Fahrer, uns am Anfang der langen Auffahrt zum Parkhotel aussteigen zu lassen. Ich brauche frische Luft, muss erst einmal wieder klare Gedanken fassen. Josh sieht aus, wie ich mich fühle – völlig durch den Wind und erschüttert über die Tragweite dessen, was wir vorhaben.

»Ich muss wohl kurz mit ihnen sprechen«, sagt Josh und deutet mit missmutigem Gesicht auf seine Schatten, die gerade die Auffahrt entlangrennen.

Ich nicke und trete etwas zur Seite, damit er sich ungestört mit ihnen unterhalten kann. Währenddessen tippe ich eine Nachricht an Hannah, sende sie jedoch nicht ab. Josh winkt mich zu sich und wir gehen Seite an Seite die Auffahrt entlang. Kurz vor dem Hotel, das von Spots im Boden angestrahlt wird, bleiben wir stehen.

Josh zupft mit zitternden Fingern an seinem Smoking herum, seine Fliege sitzt noch schräger als zuvor. Ich helfe ihm, alles korrekt zu richten, denn ich weiß, dass er das Outfit wie eine Uniform trägt, die ihn zu dem anderen Josh werden lässt. Den Sohn der US-Präsidentin, der heute eine Lobeshymne über die Lions und die Ravens halten soll – vor allen derzeitigen Bewohnern von Lion Manor und Raven House und den versammelten hochrangigen Ehemaligen.

»Bist du bereit?«, frage ich, sehe ihm direkt in die Augen und finde dort, wonach ich gesucht habe. Er ist sich unseres Plans tausendprozentig sicher.

Es wird ein für alle Mal enden. Wir werden die Akte Beverly Grey schließen können und die Verantwortlichen zur Rechenschaft ziehen.

Anstatt einer Antwort zieht er mich an sich und presst seine Lippen auf meine. Kein romantischer Kuss, kein Necken oder Zögern. Pure Entschlossenheit in diesem letzten Moment der Zweisamkeit, der Ruhe vor dem Sturm. Der Augenblick ist nur kurz und doch sind wir beide atemlos, als wir uns voneinander lösen.

»Jetzt bin ich bereit«, sagt er und nimmt meine Hand.

Gemeinsam steigen wir die breite, von hohen Säulen flankierte Treppe zum Eingang des Parkhotels hinauf. Joshs Schatten folgen uns. Zwei Portiers öffnen uns die beiden Flügel der Tür. Dahinter entdecken wir Valérie, die auf ihr Handy einredet, während sie nervös hin und her läuft. Sie lässt das Telefon enttäuscht sinken, dann entdeckt sie uns und ihre Miene hellt sich auf.

»Na endlich!«, ruft sie und kommt uns durch das Foyer mit den Kristallleuchtern entgegen. Ihre Schritte auf dem polierten Marmor hallen bis weit nach oben, etliche Reflexionen ihres mit Glitzersteinen bestickten schwarzen Cocktailkleids tanzen über ihr Dekolleté.

»Ein Schäferstündchen vor der wichtigsten Rede des Jahres ist keine gute Idee.« Kurz huscht ein vorwurfsvoller Blick über ihr Gesicht, doch sie setzt gleich wieder ihr professionelles strahlendes

Lächeln auf. »Du bist gleich dran, Josh. Alle dort drin warten schon auf dich.«

Sie gibt uns keine Gelegenheit für eine Antwort. Valérie schiebt Josh auf eine unscheinbare Tür unter der geschwungenen Treppe zu und öffnet sie. Ich gebe vor, in meiner Handtasche nach etwas zu suchen, und sende die eben getippte Nachricht an Hannah ab. Danach schalte ich mein Handy aus.

»Warte kurz hier, ich kündige dich an.« Valérie ist bereits halb in der Dunkelheit jenseits der Tür verschwunden, da dreht sie sich noch einmal um. »Übrigens sind heute ausgewählte Presseleute anwesend. Wir haben ein paar der großen Medienunternehmen den Tipp gegeben, dass Joshua Prentiss die Jahresabschlussrede halten wird, um etwas Werbung für unsere gute Sache zu machen. Ich hoffe, das ist okay für dich?«

Sie deutet auf die Flachbildschirme, die nur wenige Schritte entfernt in die Wand des Foyers eingelassen sind und auf denen verschiedene Sender laufen. Einer von ihnen zeigt die Liveübertragung eines Lokalsenders, auf dem aktuell eine leere Bühne mit einem Stehpult zu sehen ist. An genau diesem Pult habe ich vor Kurzem gestanden, die Versteigerung moderiert und mir selbst versprochen, für die gute Seite der Ravens zu kämpfen. Die Laufschrift am unteren Rand des Bildschirms teilt mit, dass gleich Joshua Prentiss, der Sohn der US-Präsidentin Michelle Prentiss, eine Rede halten wird.

Ich sehe zurück zu Josh, der Valérie mit einem Nicken sein Einverständnis gibt. Seine Hand greift nach meiner. Er zittert nicht mehr.

Valérie scheint den schon fast wahnsinnigen Glanz in seinen Augen nicht zu bemerken. Aber ich glaube, genau zu wissen, was er denkt.

Perfekter hätten wir es nicht inszenieren können, der Welt die Wahrheit über Beverly Grey mitzuteilen. Und die Wahrheit über die Lions und die Ravens.

»Dann bis gleich.«

Valérie taucht in die Dunkelheit ein und nur wenige Sekunden später auf dem Bildschirm der Liveübertragung wieder auf. Ihre Stimme dringt etwas gedämpft durch die geschlossenen Türen des Bankettsaals. Die Kamera zoomt Valérie näher heran, der Text am Bildschirmrand erklärt, dass sie die Vorsitzende der Ravens ist, einer karitativen Studentenverbindung, die es sich zum Ziel gesetzt hat, Frauen aus allen sozialen Schicht zu unterstützen. Valérie ist für die Medien die Inkarnation von Felicitas Raven.

Ich denke gerade an das große Porträt der Raven-Gründerin über dem Kamin in Raven House und mit welchem Stolz Valérie von ihrem Einsatz für weibliche Studentinnen erzählt hat, da rauscht tosender Applaus durch den Saal.

Valérie sieht zur Seite der Bühne.

»Das ist dann wohl mein Signal«, sagt Josh.

Ich drücke noch ein letztes Mal kurz seine Hand und flüstere: »Viel Glück!«

»Das brauche ich nicht.« Er lächelt schwach. »Wir haben die Wahrheit auf unserer Seite.«

28

FREITAG, 18.12.

Die Anwesenden überschlagen sich nahezu vor Applaus und es dauert etliche Minuten, bis er abgeebbt ist. Josh lächelt währenddessen professionell in alle Kameras, sodass ich das Gefühl habe, er könne mich durch den Bildschirm hindurch sehen.

»Vielen Dank, Valérie«, antwortet er auf ihre übertriebene Ankündigung.

Sie strahlt bis über beide Ohren, während sie zwei Schritte zur Seite geht, um das Rampenlicht ganz Josh zu überlassen. Im Hintergrund verschmelzen Joshs Bodyguards beinahe mit dem schwarzen Vorhang.

Josh begrüßt die Anwesenden, natürlich auch die Vertreter der Presse. Die Kamera fängt die Reaktion der Gäste ein. Wohlwollendes Nicken, strahlendes Lächeln, als er das St. Joseph's und zwei ganz besondere Studentenverbindungen erwähnt. »Es ist mir eine große Ehre, heute die wichtigste Rede des Jahres zu halten.«

Erneut höflicher Applaus, der Bildschirm zeigt die gesamte Bühne. Auch Valérie klatscht in die Hände und nickt als Reaktion auf Joshs Aussage.

Josh greift in die Innentasche seines Jacketts und zieht Beverlys Handy hervor, was für vereinzelte Lacher aus dem Publikum sorgt, weil offenbar einige denken, Josh müsse davon ablesen. Valérie kann es von ihrem Blickwinkel aus nicht sehen, ihr Lächeln wirkt angestrengt, weil sie die Reaktionen nicht verstehen kann. Jemand rennt so dicht vor der Kamera vorbei, dass die Person nicht zu erkennen ist.

»Ich weiß, dass die Ravens und die Lions eine große Bedeutung in Ihrem Leben haben.«

Josh spricht trotz Applaus weiter, am Rand der Bühne regt sich etwas. Einer von Joshs Bodyguards geht auf den Tumult außerhalb des Kamerawinkels zu, doch die Kamera folgt ihm schnell und zeigt, wie Kellan von einem der Sicherheitsleute des Hotels und nun auch von Joshs Bodyguard davon abgehalten wird, auf die Bühne zu stürmen.

Kellan muss das Handy sofort erkannt haben. Valérie kann ihr Lächeln kaum noch aufrechterhalten, während Josh fortfährt, ohne auf das Geschehen einzugehen.

»Sie alle unterstützen sich gegenseitig, nehmen das Siegel, das uns verbindet, ernst. *Todernst.*«

Stille im Saal. Die Kamera schwenkt auf das Publikum, das nur aus hochrangigen Mitgliedern der Gesellschaft besteht, deren Mienen plötzlich teils wie erstarrt sind, während andere fragende Blicke über die hübsch dekorierten Tische hinweg austauschen, ein unsicheres Lächeln für die Kamera auf den Lippen. Unter ihnen ist auch Tylers Dad, der sichtlich erbleicht. Tyler hat also die Wahrheit gesagt und mit ihm gesprochen. Trotz all der Geschehnisse empfinde ich so etwas wie Stolz für ihn.

Dann kommen die Tische der amtierenden Ravens und Lions ins Bild. Ich sehe Brittany, Laura und Cheryl, drei wunderhübsche junge Frauen, denen der Schock ins Gesicht geschrieben steht. Selbst Barron neben Laura starrt fassungslos zur Bühne. Dione presst den Kopf an die Brust von Austin, der ohne zu blinzeln immer wieder den Kopf schüttelt.

Josh zieht die Stille in die Länge, bis die ersten Gäste hörbar ihre Stühle zurückschieben, kurz davor, dem Vorwurf und der erdrückenden Atmosphäre im Saal zu entfliehen.

Die Kamera schwenkt zu Josh zurück, der gerade mit dem Finger auf das Stehpult tippt. Beverlys Handy ist aus der Kameraperspektive nicht zu sehen. Valérie steht nicht mehr hinter Josh, auch der zweite Bodyguard ist verschwunden, offenbar unbemerkt vom Kameramann.

»Ich wollte nie ein Lion werden«, gesteht Josh, »aber äußere Umstände haben dazu geführt, dass ich dazugehören *musste*.« Die Kamera ist nun direkt auf ihn gerichtet, fängt den Schmerz und die Verzweiflung in seinen Augen in Großaufnahme ein. »Meine beste Freundin Beverly Grey wurde im vergangenen Jahr dazu gedrängt, Anwärterin zu werden. Sie hat die Machenschaften und die Politik der Verbindungen verurteilt. Und dafür musste sie sterben!«

Ein kollektives Aufkeuchen, die Kamera schwenkt kurz zum Publikum, zu den theatralisch vor den Mund gehaltenen Händen, den fassungslosen Blicken derer, für die es unvorstellbar ist, dass die Verbindungen so weit gehen könnten.

»Ich musste ein Lion werden, um herauszufinden, was mit ihr geschehen ist. Und heute will ich Sie alle daran teilhaben lassen.«

Er hebt Beverlys Handy zum Mikrofon und spielt die Sprachmemo ab. Kellan am Rand der Bühne kämpft gegen die Wand aus mehreren Sicherheitsleuten. Während Beverlys Aufnahme läuft, sehe ich zur gläsernen Eingangstür des Parkhotels, hinter der gerade ein Polizeiwagen nach dem anderen mit quietschenden Reifen hält. Die Einsatzkräfte formieren sich und stürmen ins Foyer. Hannah hat ihren Kontakt zur lokalen Polizei spielen lassen und meine Instruktionen offenbar direkt weitergegeben.

Die Tür zum Saal wird geöffnet und ich höre über das leise Fußgetrappel hinweg, wie Tyler auf der Aufnahme mit Kellan spricht. Das Publikum ist wie erstarrt, die Kamera fängt einzelne bleiche Gesichter ein, zeigt dann Kellan, der nun noch heftiger gegen den festen Griff der anderen Männer aufbegehrt. Die Presseleute haben offenbar ihre Hausaufgaben gemacht, denn sie können den von Tyler genannten Namen direkt mit dem obersten Lion in Verbindung bringen. Sein Name wird kurz darauf sogar am unteren Bildschirmrand eingeblendet. *Kellan Thomas. Vorsitzender der karitativen Studentenverbindung »Lions«.*

Während die Wellen gegen die Küste donnern, zoomt die Kamera immer weiter auf Kellan und teilt das Entsetzen in seinem Gesicht mit der ganzen Welt, als nach unerträglichen Minuten stiller Wartezeit plötzlich Beverlys Stimme nach Tyler ruft.

Kellan hält inne, sieht sich im Saal und auf der Bühne um, sein hasserfüllter Blick trägt all die Wut in seinem Inneren nach außen. Er schafft es, sich aus dem Griff der Security zu befreien, und stürmt auf die Bühne. Joshs Bodyguard folgt ihm, will Josh zur Seite reißen, doch er ist nicht länger Kellans Ziel.

»Du verfluchte Schlange!«, brüllt Kellan.

Ich habe ihn noch nie so außer Kontrolle gesehen. So verzweifelt, zu allem bereit. Joshs Bodyguard packt ihn im Vorbeirennen, sodass er sich nur noch hilflos winden kann, während er weiter tobt und mit der Wahrheit um sich wirft.

»Du hast mich erpresst und mir gedroht, weil ich dachte, einer meiner Jungs wäre für den Tod einer Raven verantwortlich!« Seine Stimme ist vor Wut verzerrt.

Die Kamera filmt kurz ins Publikum, das live miterlebt, wie Kellan jenen Abend im Detail schildert, während Beverlys Stimme aus den Lautsprechern immer wieder nach Tyler ruft.

»Sie war am Leben, als Tyler gegangen ist. Und du hast mich für ihren Tod mitverantwortlich gemacht!« Er schüttelt den Kopf, windet sich weiter im eisernen Griff des Bodyguards. Tränen glänzen auf seinen Wangen, fangen das Licht der unzähligen Hängeleuchten ein.

Die Kamera schwenkt immer wieder zum Vorhang, hinter dem sich die Person verbirgt, an die Kellans Worte gerichtet sind.

»Du hast mich gezwungen, ihren *vermeintlichen* Tod zu vertuschen.« Seine Stimme bricht. Er stößt irgendein unverständliches Gebet aus. Oder einen Fluch. »Du hast mein Leben zerstört!«

Auf einen weiteren Hilfeschrei von Beverly aus den Lautsprechern folgt endlich eine Antwort. Die Erkenntnis blitzt in Kellans Augen auf, ehe er sich fallen lässt, sodass der Bodyguard nachgreifen muss. Diesen Moment nutzt Kellan, um sich erneut loszureißen. Er stürmt weiter, direkt auf den seitlichen Vorhang der Bühne zu – der Besitzerin der Stimme entgegen, die nun aus den Lautsprechern hallt, und die von Joshs zweitem Bodyguard hinter dem Vorhang seitlich der Bühne festgehalten wird, den Kellan gerade zur Seite zerrt.

»Beverly?«, erklingt Valéries Stimme aus dem Lautsprecher.

Der Bildschirm zeigt nun die gesamte Bühne. Wie ein Schauspiel. Ein Drama. Eine Tragödie. Nur dass alles wirklich passiert ist, wir durch Beverlys Sprachmemo alles live miterleben.

»*Valérie?*«, ruft Beverlys Stimme etwas leiser.

»*Ja, ich bin hier, Süße. Was ist passiert?*« Ihre Stimme klingt so besorgt, so freundlich und hilfsbereit wie immer.

»*Tyler ist vollkommen durchgedreht! Er wollte mir mein Handy wegnehmen und ich bin gestolpert. Der Idiot hat nicht einmal versucht, mir zu helfen. Keine Ahnung, wie lange ich bewusstlos war.*«

»*Es ist alles gut, Bev. Kannst du meine Hand sehen?*«

»*Vielleicht solltest du einen der Jungs holen?*«

»*Wir sind starke Ravens. Wir schaffen das auch ohne Männer.*«

Aus den Lautsprechern dringt ein Rascheln. Rauschen. Stöhnen. Ein Schmerzenslaut, gepaart mit Flüchen in einem kaum verständlichen amerikanischen Akzent. Dann keuchende Atemzüge. Ein dumpfes Geräusch. Erleichtertes Aufatmen.

Ich kenne die Aufnahme bereits und doch fiebere ich erneut mit, bete für einen anderen Ausgang. Die Polizei rückt gerade leise durch den Seiteneingang zur Bühne vor, den Josh zuvor auch benutzt hat, und sichert gleichzeitig den Haupteingang.

»*Setz dich. Ich rufe Hilfe.*«

Schritte, vom Wind hinweggerissene Sprachfetzen, dann wird Valéries Stimme wieder lauter. »*Willst du mir erzählen, worüber ihr euch gestritten habt?*«

Ich stelle mir vor, wie Valérie Beverlys Hand tätschelt, sie beruhigt.

»Wie kommst du darauf, dass wir uns gestritten haben?«

»Ich habe euch gesehen. Ich stand dort oben auf dem Balkon und habe gerade die Aussicht auf die glitzernden Wellen genossen. Eine kurze Ruhepause, du kennst das sicher.«

Von dort aus ist das Video entstanden, mit dem Tyler erpresst wurde. Da sind Josh und ich uns einig.

»Du hast mich gerettet, Valérie, und dafür bin ich dir überaus dankbar. Aber ich muss dem ein Ende bereiten. Ich kann nicht dabei zusehen, wie die Loyalität guter Menschen erzwungen wird. Ich werde an die Öffentlichkeit gehen, wir werden die Videos finden und gemeinsam zum Dekan gehen. Wir werden alles aufklären.«

»Dafür habe ich vollstes Verständnis«, sagt Valérie in besorgniserregend ruhigem Ton.

»Hast du?« Beverly klingt vollkommen verunsichert.

»Natürlich, Süße. Komm her.« Das Rascheln klingt nach einer festen Umarmung.

»Hey! Was tust du …«

Beverlys Stimme ist nur noch ein Krächzen, ihr gebrochener Schrei wird vom Wind und den Wellen davongetragen – oder dem Tod.

Meine Sicht verschwimmt. Ich blinzele gegen die Tränen an, sehe wie sie Josh unentwegt über die Wangen laufen. Seine Hand, die das Handy an das Mikrofon hält, zittert. Ich muss zu ihm.

»Es tut mir nicht leid«, erklingt noch einmal Valéries Stimme. *»Ich muss mein Zuhause beschützten, meine Familie. Egal, zu welchem Preis. Leb wohl, Beverly Grey.«*

Ein dumpfes Aufprallen, das Scharren von Beinen über den rauen Boden, Valéries angestrengtes Stöhnen. Zuletzt bilde ich mir ein, den klatschenden Aufprall von Beverlys leblosem Körper im Meer zu hören. Aber es waren sicher nur die Wellen, die Beverly in ihrem nassen Grab empfangen haben.

»Kellan? … gut, du hast es schon gehört. Du hast ein ernsthaftes Problem. Er ist einer deiner Leute. Du bist für ihn verantwortlich. Und für den Ruf der Lions. Sorge dafür, dass niemand nach ihr fragt, oder Luca Santiago ereilt dasselbe Schicksal wie Beverly.«

Josh stoppt die Aufnahme. Ich halte mitten in meiner Bewegung zum seitlichen Eingang inne. Das nun fehlende Geräusch der donnernden Wellen lässt die Stille im Saal noch erdrückender wirken. Kein Flüstern, kein Keuchen. Nur absolutes Schweigen im gesamten Parkhotel. Die Kamera ist auf Valérie gerichtet, deren Arme hinter ihrem Rücken von einem Sicherheitsmann festgehalten werden. In der Limousine hatte ich noch Zweifel, habe mir ausgemalt, dass unsere Vorsitzende Opfer einer digitalen Manipulation geworden sein könnte. Aber der Blick in die berechnenden hellblauen Augen ohne jegliche Reue beweisen mir, wie eiskalt sie unter der Maske der relaxten adligen Dauerstudentin tatsächlich ist.

»Ich habe all eure Videos«, brüllt sie durch den Saal und versucht, einzelne Ehemalige zu fixieren. »Nicht nur die aus eurer Studienzeit«, ergänzt sie. Die Kamera folgt ihrem vermeintlichen Blick, zeigt berühmte Anwältinnen, Großkonzernleiter, Politiker, denen sie Bilder des Endes ihrer Karriere in die Köpfe zeichnet. »Ich habe über die Jahre genug Beweise für Manipulationen gesammelt, die für euch alle das Aus bedeuten!«

»Cara!«, hallt Hannahs Stimme durch das Foyer.

Sie wird am Eingang von zwei Polizisten gestoppt, schwenkt aber eine kleine dunkelgraue Tasche hin und her. Hinter ihr sehe ich das Gesicht von Luca Santiago.

»Wir haben sie!«

Ich bin so erleichtert. Hannah spricht mit einer der weiblichen Einsatzkräfte und wird dann mit Luca zu mir gebracht.

»Die Ehre sollten Sie haben«, sagt die dunkelhaarige Frau, die sich kurz als Einsatzleiterin Marylin Lesson vorstellt.

Sie führt uns durch den Haupteingang in den Saal, wo Valérie die Ängste der aktiven Lions und Ravens schürt. »Ihr könnt direkt eure Sachen packen und unter die Brücke ziehen. Keine Uni des Landes wird euch aufnehmen, wenn bekannt wird, dass ihr beim Dekan eingebrochen seid. Ich habe die Beweise und werde sie nutzen!«

»Du meinst die hier?« Hannahs Stimme fegt durch den Saal bis zur Bühne. Wie ein Feld voller Sonnenblumen drehen sich die Köpfe der Anwesenden zu ihr um.

Sie hält die kleine Tasche noch ein Stück höher und öffnet sie vorsichtig, damit keiner der enthaltenen USB-Sticks herausfällt. Die Sticks sind mit Jahreszahlen beschriftet und es sind so unglaublich viele, dass es sich nicht nur um die Videos der derzeitigen Studenten handeln kann, sondern Valérie ganz offenbar bei ihrer Drohung gegenüber den Ehemaligen nicht gelogen hat.

Ich sehe zu Dione, deren Lippen beben. Auch für sie muss eine Welt zusammenbrechen, die ihr durch ihre Eltern so vertraut war und auf die sie sich verlassen konnte.

Hannah zeigt die geöffnete Tasche, während sie mit großen Schritten den Gang entlang zur Bühne geht. Ich folge ihr und Mrs Lesson, Luca ist neben mir.

Valéries Porzellangesicht wird noch bleicher, während Hannah weiterspricht.

»Wie gut, dass Kellan von dem Schließfach wusste. Und Luca davon erzählt hat.«

Wir steigen die vier Stufen zur Bühne hinauf. Hannah schubst Luca mehr oder weniger ins Rampenlicht, der sich verlegen durch die Haare fährt. Josh kommt zu mir und schlingt seine Arme um meine Schultern, während ich meine um seine Taille lege.

»Es ist vorbei«, flüstere ich ihm zu und er holt so tief Luft, als könne er erst jetzt – an meiner Seite – wieder atmen.

»Nun ist Schluss mit den Erpressungen«, sagt Hannah ins Mikrofon, damit sie nicht mehr schreien muss.

Ihre Worte wirken dadurch noch intensiver, schweben durch den Raum, irren zwischen den Hängeleuchten umher. Sie fixiert Valérie, ballt die Hände zu Fäusten und entspannt sie wieder.

»*Du* hast meine Freundin getötet, weil sie mit den Methoden der Ravens und Lions nicht einverstanden war.« Ihre Augen füllen sich mit Tränen. »Auch wenn es für Beverly zu spät ist«, sie schluckt so laut, dass das Mikrofon das Geräusch einfängt, »bin ich stolz, dass wir heute ihren letzten Wunsch erfüllen konnten und der Welt gezeigt haben, wie viel Gift sich innerhalb der Verbindungen ausgebreitet hat.«

Ihre Stimme bricht, Tränen rollen aus ihren Augen. Ich renne zu ihr, ziehe sie an mich und halte sie fest, während Valérie Handschellen angelegt werden.

Mrs Lesson betritt die Bühne und nimmt Hannah die Tasche ab. Mein Blick bleibt daran hängen, an dem Beweis für den Einbruch, den Grund, vom St. Joseph's geworfen zu werden. Doch so schrecklich der Gedanke, Whitefield verlassen zu müssen, vor ein paar Wochen noch gewesen sein mag, in diesem Moment bricht mir nur noch der Gedanke an meine Familie das Herz. Aber sie werden es verstehen. Sie werden meine Meinung teilen, dass es Wichtigeres gibt als einen Abschluss an einer Elite-Uni. Sie werden genauso stolz auf mich sein, wie ich es selbst bin.

Wir haben es geschafft.

Wir haben Beverlys grausamen und unnötigen Tod aufgeklärt und die Verantwortliche in die Obhut der Polizei übergeben. Valérie wird gerade in Handschellen durch den Saal geführt, ein letzter großer Auftritt für die jahrelange Vorsitzende der Ravens.

Ich ziehe Hannah mit mir zum Bühnenrand, wo Josh uns beide in den Arm nimmt und fest an sich drückt, während die Einsatzleiterin weitere Anweisungen erteilt, bevor sie an das Mikrofon tritt.

»Wir werden all Ihre Personalien aufnehmen und mit den Beweisstücken abgleichen«, verkündet sie.

Die Stimmung im Saal schwingt um. Der allgemeine Schockzustand weicht tiefer Sorge und Angst. Ich kann die Unsicherheit der Leute nachvollziehen, die in diesem Moment auf die Tasche starren, die offenbar weit mehr als nur die Diebstahlvideos enthält – eventuell sogar das Video der Unfallnacht, das Valérie offenbar nur geschnitten an Kellan weitergegeben hat, um Tyler zu erpressen.

Kellan drückt ein letztes Mal Luca an sich, bevor er von zwei Polizisten flankiert zum Rand der Bühne geführt wird. Sie tauschen noch einen letzten sehnsüchtigen Blick, dann ist Kellan aus dem Saal verschwunden.

»Es wird alles gut!«, ruft Luca ihm so überzeugend hinterher, dass sogar ich ihm glaube. Doch es wird nicht alles gut. Das kann es angesichts der Beweislast in der Tasche gar nicht.

Seufzend sehe ich der dunkelgrauen Ledertasche hinterher, die nun in der Hand eines Polizisten am seitlichen Bühneneingang hinausgetragen wird.

Wir alle müssen uns für unsere Taten verantworten. Jede Raven und jeder Lion, ob aktives oder ehemaliges Mitglied, hat mindestens einen dunklen Fleck auf der Weste. Ob durch die Spiele während der Matching-Phase oder durch spätere Erpressungen – einige der Anwesenden haben sicherlich nicht nur ihre guten Beziehungen genutzt.

Auch ich habe Angst. Angst vor der Zukunft. Angst davor, ohne Abschluss dazustehen. Aber ich weiß, dass es das Richtige ist. Und ich trage die Konsequenzen dafür.

29

FREITAG, 18. 12.

Wie angekündigt werden beim Verlassen des Bankettsaals alle Personalien aufgenommen. Egal wie hochrangig die Gäste sind, sie werden durchweg gleich behandelt. Auch Tylers Dad kommt nicht ohne seine Angaben aus dem Hotel.

Nachdem auch wir das Prozedere hinter uns gebracht haben, finden wir im Foyer zahlreiche Grüppchen aus Studierenden vor. Obwohl sie alle für den Weihnachtsball besonders herausgeputzt sind, kann man in diesem Moment deutlich erkennen, welche Raven und welcher Lion durch ein Stipendium unterstützt wird. In ihren Gesichtern steht Ratlosigkeit, Sorge und Angst – ich teile jedes einzelne Gefühl mit ihnen.

Josh redet unentwegt beruhigend auf mich ein und versucht, mir die Sorge zu nehmen. Er schlägt sogar vor, ihm in die USA zu folgen und dort zu studieren. Seine Mutter könnte ihren Einfluss geltend machen. Doch ich will meine Zukunft nicht auf Beziehungen und Einfluss aufbauen, so verlockend das Angebot auch klingen mag. Ich habe aus den vergangenen Wochen gelernt. Ich will es aus eigener Kraft schaffen, oder eben scheitern.

»Cara!«

Ich wende mich sofort Dione zu, die Hand in Hand mit Austin die Polizeibeamten hinter sich lässt, die alle Daten aufnehmen. Sie zieht Austin mit sich, rennt mir entgegen und presst mich so fest an sich, dass ich kaum atmen kann.

»Ich fasse es einfach nicht«, sagt sie atemlos. »Meine Eltern sind noch drin. Sie sind genauso schockiert wie wir.«

Sie sieht kurz zu Austin, der völlig in Gedanken versunken auf seiner Unterlippe kaut. Vermutlich legt er sich gerade die Worte für sein Plädoyer zurecht.

»Wieso hast du mir nicht alles über Beverly erzählt? Ich hätte dich unterstützt!« Die Tränen in ihren Augen bezeugen ihre Aufrichtigkeit.

»Es war nicht mein Geheimnis. Ich habe dir soweit von ihr erzählt, wie ich konnte.« Ich hebe kurz Joshs und meine verschränkten Hände.

Dione versteht meine Geste. Sie nickt langsam, dann flüstert sie: »Ich hoffe, dass jetzt nichts mehr zwischen euch steht. Ich wünsche es mir von ganzem Herzen für dich.«

Ich dränge die gigantische Welle aus Gedanken zurück, die in meinen Kopf strömt. Die Konsequenzen unseres Erfolgs. Josh hat sein Ziel erreicht, wir werden alle das St. Joseph's verlassen müssen, sobald die Polizei die Datensticks gesichtet hat und unsere Einbrüche dem Dekan gemeldet wurden. Beverly mag vielleicht nicht mehr zwischen uns stehen, dafür ein Turm an Folgen, den wir selbst errichtet haben und der eine gemeinsame Zukunft unmöglich macht.

Ich senke die Lider und beiße mir fest auf die Zunge, um die Tränen zurückzuhalten, die das unsägliche Brennen in meinen Augen löschen wollen. Joshs sanfte Stimme dicht an meinem Ohr lässt mich wieder aufschauen.

»Ich glaube, da will dich jemand sprechen.«

Cheryl hat sich aus der Gruppe, die sich rund um Brittany und sie geschart hat, gelöst und kommt zielstrebig auf uns zu, einen wissenden Blick fest auf mich gerichtet.

»Es ist doch erstaunlich, dass ein kleines unschuldiges Mädchen aus Dorset die großen Persönlichkeiten des Landes zu Fall bringen kann.«

Auch wenn ihre Stimme noch immer klingt wie ein Seitenhieb, eine Herausforderung, sagt das sanfte Lächeln auf ihren vollen Lippen etwas ganz anderes.

Dione sieht zwischen Cheryl und mir hin und her, Hannah mustert Cheryl in ihrem hauchzarten Nichts, das sie Kleid nennt, mit hochgezogener Braue.

»Ich komme auch aus Dorset«, sagt sie, bevor ich etwas erwidern kann.

Cheryls Lächeln wird breiter, als sie sich Hannah zuwendet. »Vielleicht habe ich ja dich gemeint.«

Hannah öffnet den Mund, schließt ihn dann aber wieder und setzt ihren finsteren Hannah-Blick ein wie einen Schutzschild. Doch Cheryl ist Cheryl, sie hat Tag für Tag Brittany an ihrer Seite, sie ist abgehärtet.

Während die beiden sich mit Blicken duellieren, kommt Mrs Lesson zu uns.

»Wir haben die ersten Datensticks überprüft«, wendet sie sich an

Luca und ich lausche gespannt, warte auf die Vorwürfe und die Konsequenzen für uns alle. »Sie sind alle leer.«

Ich richte mich auf, sehe mich um, presse Joshs Finger ganz fest. Ich muss sichergehen, dass ich nicht träume oder halluziniere. Josh zuckt nur mit den Schultern.

Luca sieht aus wie die Unschuld in Person, während er seine Hände in die Gürtelschlaufen steckt. »Ich habe Hannah nach ihrem Anruf nur zum Bahnhof gefahren und ihr den Code für das Schließfach genannt, den mein überfürsorglicher Freund mir für den Fall genannt hat, dass ihm etwas zustoßen sollte.«

Der Blick aus seinen großen dunklen Augen lässt selbst mich zweifeln.

Erst mein Seitenblick zu Hannah, die sich nun viel gerader hält und mir zulächelt, während sie mit Cheryl spricht, lässt mich vor Dankbarkeit fast platzen.

Nachdem Mrs Lesson davongerauscht ist, kommt Hannah wieder zu uns und die beiden weihen uns ein.

»Wir«, sie wartet Lucas Nicken ab, »konnten nicht verantworten, dass alle von der Uni fliegen. *Ich* konnte es einfach nicht«, betont sie extra. »Egal, wie sehr ich nach meiner ersten Begegnung mit Josh darauf gepocht habe. Luca hat meinen Vorschlag sofort unterstützt, den Inhalt der USB-Sticks zu löschen. Während der Fahrt hierher habe ich sie durch das Datenvernichtungsprogramm des *Whisperer* laufen lassen. Keiner wird sie je wieder gegen euch verwenden können.« Nach einer kurzen Pause fügt sie hinzu: »Wir haben nur die fauligen Früchte aus dem Obstkorb entfernt. Ganz so, wie du es wolltest. Die Videos sind vernichtet.«

Ich reiße sie an mich, erdrücke sie mit all dem Stolz, der gerade meine Brust anschwellen lässt, als hätte Hannah den Pulitzer gewonnen.

Dann flüstert sie: »Zumindest fast alle Videos.«

30

SAMSTAG, 19.12.

Es sind noch keine vierundzwanzig Stunden vergangen, seit Valérie verhaftet und die Polizei die Datensticks an sich genommen hat – und doch hat sich so viel verändert. Josh und Jace sind noch in der Nacht mit den anderen Secret Service Typen abgereist. Josh hatte keine Wahl, sosehr er auch versucht hat, seine Mutter zu überreden. Es war wichtig, ihn so weit wie möglich von den Berichterstattungen rund um die Ereignisse fernzuhalten, die die aufgedeckten Machenschaften der Ravens und der Lions nach sich ziehen. Auch jetzt kann ich noch nicht begreifen, dass ich ihn vielleicht nie wiedersehen werde. Alles ging so verdammt schnell. Wir konnten uns nicht einmal verabschieden.

Weder Hannah noch ich haben in der Nacht auch nur eine Minute geschlafen. In der Redaktion gab es alle Hände voll zu tun. Neben Dione und Austin haben sich weitere Ravens und Lions eingefunden, um die Wahrheit in die Welt hinauszutragen. Darunter Cheryl, Brittany und Laura.

Nun stehe ich neben Luca im Nebenraum des *Whisperer* und sehe wie alle Anwesenden auf den großen Fernseher an der gegenüberliegenden Wand, auf dem gerade eine Frau in die Kamera spricht – und zwar keine Geringere als Brianne MacKellan, die Chefin des selbst aufgebauten Medienimperiums, die auch auf einem der Bilder an Hannahs *Wall of Fame* zu sehen ist. Hinter der ungefähr Dreißigjährigen ragen die vertrauten Campusgebäude auf.

»Sämtliche Reporterinnen und Reporter des Landes belagern derzeit mehrere Villen, Bürokomplexe und Amtsgebäude. Doch die exklusiven Hintergrundstorys zu den einzelnen Verhaftungen der letzten Nacht gibt es lediglich im *St. Joseph's Whisperer* zu lesen, der kleinen Campuszeitung des St. Joseph's Colleges der University of Whitefield.«

Die Kamera schwenkt von ihr weg, zeigt das Gebäude, in dem wir uns gerade befinden, und zoomt dann auf das kleine Bronzeschild mit der Aufschrift »St. Joseph's Whisperer, 1. Etage« unter der historischen Plakette mit zahlreichen berühmten Persönlichkeiten, die in der Bibliothek nächtelang Wissen in sich aufgesogen haben.

»Die verantwortliche Chefredakteurin Hannah Blythe wollte nicht selbst vor die Kamera treten, hat uns in einem Gespräch jedoch erzählt, dass sie nur ihren Job gemacht habe. Ihr und ihrem Team ging es allein darum, der Ungerechtigkeit ein Ende zu bereiten.«

Ich sehe zu Hannah, deren Augen leuchten, während die Reporterin weiterspricht.

»Die junge Studentin und Stipendiatin am St. Joseph's College hat gemeinsam mit ihrem Online-Redakteur Luca Santiago eine Schlüsselrolle in der Aufdeckung einer Reihe dunkler Machenschaften ehemaliger Studentinnen und Studenten der Universität gespielt. Die Collegeleitung ist entsetzt über die illegalen Absprachen Ehemaliger, die unter anderem zur Festnahme von Baumagnatin Madeleine Davenport und einer Prüfung des von Abgeordneten Tress im Eilverfahren genehmigten Bauantrages geführt hat. Inwieweit die hinter hohen Mauern verborgenen Studentenverbindungen Ravens und Lions darin involviert sind, ist noch unklar.«

Eine Luftbildaufnahme wird eingeblendet, auf der die Mauern rund um die Grundstücke der Ravens und Lions leuchtend Rot markiert sind.

»Da sich aber sowohl der Vorsitzende der Lions, Kellan Thomas, als auch die Verbindungsvorsitzende der benachbarten Ravens, Valérie de Messier, inzwischen in Untersuchungshaft befinden, liegt die Vermutung eines Zusammenhangs nahe.«

Kurz wird ein Bild von Kellan eingeblendet und Luca neben mir atmet schwer ein. Ich lege ihm die Hand auf die Schulter. Ein schwacher Trost, aber mehr kann ich nicht für ihn tun. Kellan muss die Verantwortung für die Vertuschung von Beverlys Tod übernehmen, auch wenn er dazu genötigt wurde. Kellans Bild wird durch ein Schwarz-Weiß-Foto von Valérie ersetzt, auf dem sie mehr denn je wie eine waschechte Adelige aussieht.

»Valérie de Messier ist Erbin eines alten französischen Adelsgeschlechts, dessen Stammbaum bis in das französische Königshaus zurückreicht. Der Glanz der Familie verblasst jedoch schon seit Jahrzehnten, Gerüchte über Fehlinvestitionen und der Verkauf etlicher Besitztümer erhärten den Verdacht, dass die de Messiers kurz vor dem Bankrott stehen.«

Nun bin ich es, die scharf die Luft einzieht. Ich sehe hinüber zu Hannah, die mit vollkommen unberührter Miene auf den Bildschirm starrt. Sie spürt meinen Blick und schaut zu mir. Leider kann ich an ihrer undurchdringlichen Miene nicht erkennen, ob sie davon wusste oder ob Brianne MacKellans Recherchen diese Tatsachen ans Licht gebracht haben.

»Wir halten Sie weiter auf dem Laufenden und berichten exklusiv vom Campus – direkt von der Quelle. Ein Dank von mir geht an Hannah Blythe für das Vertrauen, das sie uns mit ihrem exklusiven Interview geschenkt hat.«

Hannah will bereits den Fernseher ausschalten, als der Nachrichtensprecher im Studio wieder übernimmt, der jedoch nach einer kurzen Überleitung direkt an einen jungen Reporter in London übergibt.

»Ich stehe hier vor der Villa des ehemaligen Botschafters Walsh, der gestern Abend nach seiner Rückkehr von einer Gala in Whitefield von zahlreichen Reportern empfangen wurde. Bislang hat er keinen Kommentar zu seinem Sohn abgegeben. Falls Sie jetzt erst zugeschaltet haben: Tyler Walsh, der Sohn des Politikers, hat sich gestern am frühen Abend bei der Polizei gemeldet und gestanden, für das Verschwinden einer amerikanischen Studentin im vergangenen Jahr verantwortlich zu sein. Details sind noch unklar, aber alle Neuigkeiten erfahren Sie zuerst bei uns. Also bleiben Sie dran.«

Der Bildschirm wird schwarz, Stille breitet sich unter den Anwesenden aus. Hannah senkt soeben die Fernbedienung. Sie hat es abgelehnt, auf den Erfolg für die exklusiven Berichte anzustoßen, obwohl der *Whisperer* und ihr Name nun in jeder Zeitung des Landes auftauchen. Sie ist zu einer Berühmtheit geworden. Die Sektflaschen, die einige Redaktionsmitglieder besorgt haben, stehen unbe-achtet in der kleinen Küchennische.

Ich kann nur hoffen, dass Hannah irgendwann mit dem Verlust von Beverly umzugehen lernt. Die Geschehnisse haben sie härter werden lassen, unbeugsam und auch etwas stur – noch sturer als früher –, alles Eigenschaften, die eine gute Reporterin braucht. Dennoch wünsche ich mir, dass ihr Kern weiterhin so weich bleibt, wie sie es gestern bewiesen hat, als sie auf der Fahrt die Daten-sticks gesichtet und die Diebstahlvideos gelöscht hat, nicht jedoch die Beweise für Erpressungen und Schiebungen, die kaum als kleine Freundschaftsdienste zu entschuldigen sind. Letztendlich hat sie an die Unschuld aller nicht direkt involvierten Ravens und Lions geglaubt und sogar Kellan die Vertuschung verziehen – was aber hauptsächlich an Luca lag, der sehr überzeugend sein kann, wenn er etwas will.

»Wir müssen los!« Dione schiebt sich zwischen Luca und mich. »Die Gemeinschaftsversammlung beginnt gleich und unsere Zweite wird keine Verspätung dulden.«

Sie deutet mit dem Kinn auf Laura, die soeben zusammen mit Brittany und Cheryl aus dem Raum geht. Barron, Kellans Stellver-treter, hat sich hier nicht blicken lassen. Auch sein Dad steht in-zwischen unter Korruptionsverdacht und er hat eine »Stinkwut auf Hannah und Luca«, wie Cheryl mir weitergetragen hat, »wird sich aber wieder beruhigen«, denkt zumindest Cheryl.

Ich verabschiede mich noch von Hannah und gehe Seite an Seite mit Dione und Austin Richtung Lion Manor, doch der Weg wird von einem Pulk aus Reportern belagert, die es uns unmöglich machen, bis zum Tor zu kommen. Der sonst nicht aus der Ruhe zu bringende Austin richtet sich auf und zeigt uns eine ganz andere Seite von sich.

»Sollten Sie uns nicht sofort durchlassen, werden wir die Campuspolizei rufen und dafür sorgen, dass der Platz geräumt wird. Selbst der Weg befindet sich bereits auf Privatbesitz und Sie machen sich strafbar, wenn Sie weiterhin hier campieren.«

Dione strahlt bis über beide Ohren und schreitet förmlich zwischen den sich nun teilenden Reportern hindurch. Hand in Hand mit ihrem Liebsten. Ich folge den beiden wie das fünfte Rad am Wagen.

Das imposante Gebäude am Ende des Kiesweges hat für mich an Glanz verloren. Es ist bereits so dunkel, dass die Spots die Fassade erhellen, die bei näherem Hinsehen zahlreiche kleine Risse im Putz aufweist. Wir steigen nicht die Freitreppe hinauf, sondern benutzen den Eingang im Erdgeschoss, der zu dem gewölbeartigen Raum führt, in dem zuletzt der Snowball stattgefunden hat.

Er ist groß genug für alle Lions und Ravens, ohne sich auf die Füße zu treten. Doch ich sehe nur Kommilitonen, keine Ehemaligen, sosehr ich meinen Kopf auch hin und her drehe. Die Stimmung ist angespannt, reicht von coolen Fassaden über Nervosität bis hin zu zweifelnden Mienen und vorsichtigen Blicke der Stipendiaten. Sie hocken durchmischt auf schnell verteilten Sitzpolstern auf dem Boden. Barron spricht gerade mit Patrick Friedmann, der ziemlich geknickt aussieht, und klopft ihm aufmunternd auf die Schulter. Laura unterbricht das Gespräch und zieht Barron mit sich nach vorn, wo sich gerade Professorin Deveraux umdreht. Sie ist die einzige Ex-Bewohnerin von Raven House im Raum.

»Ich heiße Sie alle willkommen. Wie Sie sehen, bin ich die einzige Ehemalige hier. Laura und Barron haben mich gebeten, dieser historischen Versammlung beizuwohnen. Daher gebe ich nun das Wort an die beiden.«

Ich wappne mich für Vorwürfe jeglicher Art, als Barron zuerst das Wort ergreift. Er sieht jedoch so verunsichert aus wie nie zuvor. Die Arroganz ist aus seinem Gesicht verschwunden und seine sonst so stolze Haltung wird durch den gebeugten Rücken zerstört, als er vor uns tritt.

»Meine Eltern haben mir beigebracht, dass der Name Carstairs besser ist als andere, was wir uns durch harte Arbeit verdient hätten.« Er verzieht das Gesicht. »Nun zu erfahren, dass all diese *Verdienste* auf Korruption zurückzuführen sind, widert mich an.«

Er lässt die Worte an die Gewölbedecke hinaufschweben. Überall werden verstohlene Blicke hin und her geworfen.

»Es gibt einige unter uns, denen es geht wie mir.«

Er fixiert ein paar Gesichter, die ich anhand der Hinterköpfe nicht zuordnen kann.

»Deshalb wollten Laura und ich diese Versammlung ohne die Ehemaligen abhalten. Professorin Deveraux ist die einzige Ausnahme, denn sie soll als Vermittlerin fungieren.«

Die Professorin nickt ihm aufmunternd zu, so etwas wie Stolz spiegelt sich in ihrer sonst so kühlen Miene.

»In der Geschichte der Lions und der Ravens haben die Ehemaligen immer wieder eingegriffen und über *unsere* Zukunft entschieden. Inwieweit sie auch für Valéries Fehlverhalten verantwortlich sind oder durch die Beweisvideos von ihr genötigt wurden, wissen wir nicht. Für die Zukunft wünsche ich mir aber, dass Lions wie Ravens unabhängige Gemeinschaften von Studierenden sind, ohne Einfluss der Ehemaligen. Aufgrund der Verwicklungen meiner Eltern trete ich von der Position des Stellvertreters und Interimsvorsitzenden zurück.«

Als ein leises Klatschen ertönt, löse ich mich aus meiner Erstarrung und falle in den Applaus ein.

Laura hebt die Hand und bittet um Ruhe. »Für mich war es eine Ehre, bei den Ravens aufgenommen zu werden«, beginnt sie. Ihre sonst so stark geschminkten Lippen sind heute blass, die kurzen Haare nicht so akkurat frisiert wie sonst. »Ich habe geglaubt, es verdient zu haben, weil ich bereits in meiner Highschoolzeit Leistungen erbracht und Erfolge erzielt habe, von denen manche in ihrer gesamten Karriere nur träumen können. Ich hatte ein Vollstipendium für die Whitefield University, doch die zahlreichen Angebote aus dem Kreis der Ehemaligen, meine Laborarbeiten zu finanzieren, waren zu verlockend.« Sie senkt den Blick, ihre Wangenknochen werfen scharfe Schatten in dem grellen Licht. »Weil ich den Preis nicht kannte«, fügt sie leise hinzu, ehe sie die Lider wieder hebt und von einem Anwesenden zum nächsten sieht. »Ich habe Valérie als mein großes Vorbild gewählt, wollte ein wichtiger Teil dieser ganzen Maschinerie sein, die die Zukunft von Wissenschaft und Forschung unterstützt. Doch nachdem ich mit Barron beim Dekan eingebrochen war, hat mein großes Vorbild mich erpresst.«

Nun fängt sie gezielt meinen Blick ein und blinzelt kurz. Offenbar Lauras verquere Version einer Entschuldigung. Mehr habe ich wohl nicht zu erwarten.

»Ich entschuldige mich bei allen, die unter meiner Fehleinschätzung zu leiden hatten, und trete hiermit ebenfalls von meiner Position als Stellvertreterin und Interimsvorsitzende zurück.«

Stille, Ratlosigkeit.

Auch mir wird erst jetzt wirklich bewusst, dass wir nun ... keine Führungsspitzen mehr haben. Was die Anwesenheit von Professorin Deveraux erklärt, die mit stolzem Lächeln zwischen die beiden tritt und ihnen je eine Hand auf die Schultern legt.

»Auch ich bin eine Ehemalige, die von nun an keinerlei Entscheidungsgewalt mehr haben wird. Aber ich will euch jederzeit beratend zur Seite stehen. Ihr sollt gemeinschaftlich entscheiden, wie die Zukunft der Verbindungen aussieht. Die Stipendien sind trotz eingefrorener Konten mancher Mitglieder für alle Anwesenden gesichert. Soweit kann ich Sie heute schon beruhigen.«

Erleichterung durchflutet mich und dringt in Form von Seufzern wie ein Echo meiner Gefühle von allen Seiten auf mich ein.

»Der Dekan erwartet die Meldung der neuen Ansprechpartner Ihrer Häuser direkt nach den Weihnachtsferien. Sie sollten also schnellstmöglich Nachfolger bestimmen.«

Ich schüttele den Kopf und erhebe mich dabei. »Wir können keine Vorsitzenden *bestimmen*. Wir müssen eine Wahl abhalten, damit jeder dieselben Chancen hat. Es wurde oft genug etwas bestimmt, mit dem nicht alle einverstanden waren.«

Eifriges Nicken, zustimmendes Gemurmel und vereinzeltes Klatschen.

Professorin Deveraux nickt zufrieden. »Dann sollten Sie eine Wahl abhalten, bevor die meisten Wahlberechtigten in die Ferien fahren.«

Dione neben mir springt auf. »Ich nominiere Cara Emerson als Vorsitzende der Ravens!«

Ihre Stimme ist so laut, dass ich zusammenzucke. Aufgrund des Beifalls und des Zuspruchs bleibt mir die sofortige Absage auf der Zunge kleben und ich setze mich mit einem angestrengten Lächeln wieder hin.

»Und Austin Sanders für die Lions!«, legt sie nach, bevor sie sich ebenfalls wieder auf das Sitzpolster fallen lässt.

Erneut gibt es Zuspruch, aber auch eine kritische Stimme.

»Sie ist eine Raven, sie kann doch keinen Lion nominieren!«

Es entsteht eine Diskussion, auf die mein Deutschlehrer in der Highschool stolz gewesen wäre. Alle verhalten sich vorbildlich, es werden neue Regeln vorgeschlagen und debattiert, bis entschieden wird, die eigentlichen Wahlen auf später zu verschieben und in den jeweiligen Häusern abzuhalten.

Schon jetzt wirken die Verbindungen entstaubt und kommen so langsam im 21. Jahrhundert an. Wärme breitet sich in meiner Brust aus, weil ich Teil dieser Entwicklung sein darf.

»Die Matching Nights müssen aufhören!«, schlage ich als weiteren Punkt für die Liste vor, ernte dafür jedoch entsetzte Blicke, weshalb ich mich automatisch rechtfertige. »Sie sind sexistisch und rassistisch«, sage ich und erläutere sicherheitshalber meine Gründe.

»Sie sind Tradition«, erwidert Brittany, weitere – vermutlich unfreundliche – Worte auf den Lippen.

Cheryl stimmt sofort mit ein. »Sie sind wichtig für den Zusammenhalt der beiden Verbindungen.«

»Aber denkst du nicht, dass manche Ravens lieber eine Raven

und manche Lions lieber einen Lion als Match hätten?«, halte ich dagegen.

Natürlich will ich sie nicht vor allen anderen outen, sie hat sich mir anvertraut und ich werde dieses Vertrauen nicht beschmutzen, aber das Thema muss angesprochen werden.

»Und wäre es nicht besser, vorher gefragt zu werden, ob man für die Beziehungspflege der Verbindung überhaupt herhalten will?« Ich lasse meinen Kommilitonen Zeit, darüber nachzudenken. »Beverly Grey wollte Tyler nicht als Match. Sie hat sich sogar an Valérie gewandt, aber die hat ihren Einspruch ignoriert.«

Wohin das geführt hat, brauche ich nicht zu erwähnen.

Professorin Deveraux klatscht ermahnend in die Hände, als die Diskussionen immer lauter werden. »Ich würde vorschlagen, dass solche Entscheidungen *nach* der Wahl und der Ernennung der beiden Vorsitzenden getroffen werden. Bis zur nächsten Matching Night haben Sie noch etliche Monate Zeit, um ein neues Konzept auszuarbeiten.«

31

SONNTAG, 20.12.

»Und du willst das tatsächlich?«, fragt Hannah.

Sie sieht so ernst aus, dass ich beinahe an meiner eigenen Entscheidung zweifele. Ihre Augenbraue hebt sich auf ein neues Höchstniveau, doch dann muss ich wieder daran denken, was unter Valéries Herrschaft schiefgelaufen ist. Sofort festigt sich mein Entschluss.

»Ich möchte etwas verändern«, sage ich voller Überzeugung. »Wie du, oder wie sie.«

Ich richte den Blick auf Hannahs *Wall of Fame*, an der inzwischen auch Felicitas Raven einen Platz gefunden hat, und deute auf die Raven-Gründerin. Ich habe mich auf die alten Werte der Gleichheit und Unterstützung berufen und die Wahl zu Valéries Nachfolgerin einstimmig für mich entschieden. Niemand wollte sich aufstellen lassen, niemand hat seine Stimme enthalten oder auf dem Wahlzettel seine Ablehnung ausgedrückt. Nun habe ich es in der Hand, die Ravens in ein neues Jahr und in eine neue Zukunft zu führen.

»Und ich brauche Ablenkung.«

Schnell ziehe ich die Lippen zwischen die Zähne, damit sie nicht anfangen zu zittern und die Tränen zum Überlaufen bringen. Ich vermisse Josh so sehr, wie es für die kurze Zeit, seit wir uns kennen, unmöglich sein sollte. Er hat mir geschrieben, dass seine Mutter am Durchdrehen ist, nachdem sie den wahren Grund über seinen Besuch in Whitefield aus der Presse erfahren hat. Seine letzte Nachricht lautete:

> Vermutlich sperrt sie mich für die nächsten zehn Jahre in meinem Zimmer ein. Falls du nichts mehr von mir hörst, rette mich bitte!

Das war kurz vor der gestrigen Versammlung in Raven House, wo ich die Wahl unter den Augen von Felicitas Raven angenommen habe. Meine Antwort hat er bislang nicht einmal abgerufen.

> Brauchst du etwa meine Hilfe, Prentiss? Das wird teuer ;-)

»Du wirst die beste Verbindungschefin sein, die sich alle wünschen können«, versichert mir Hannah. »Denn du bist die stärkste Frau, die ich kenne. Ich bin so stolz auf dich.« Hannah blinzelt das Schimmern in ihren Augen weg. »Auch wenn ich sehr enttäuscht darüber bin, dass du mir für dieses äußerst wichtige Gespräch heute keine Eclairs mitgebracht hast.«

Sie tut beleidigt, aber ihre Mundwinkel zucken schon nach kürzester Zeit und ich lache los.

»Ich kann dir nachher welche vorbeibringen. Jetzt treffe ich mich mit dem neu gewählten Chef der Lions bei Eva für die ›Abstimmung unserer Politik‹, wie Professorin Deveraux es vorgeschlagen hat.«

Ich drücke Hannah noch kurz über den Schreibtisch hinweg, werfe Luca im Nebenraum einen Abschiedsgruß zu und verlasse die Redaktion mit der gedanklichen Liste an Themen, die ich mit Kellans Nachfolger absprechen will. Eines meiner Hauptanliegen wird es sein, auch gleichgeschlechtliche Matches zuzulassen, wenn die Matching Night weiter bestehen bleiben sollen. Für Beverly.

Der eisige Wind draußen pustet ein paar Schneeflocken zwischen den kargen Bäumen umher, die jedoch sofort wegtauen, ganz gleich, wo sie landen. Ich hoffe, dass es so bleibt, sonst endet Hannahs und meine morgige Heimreise nach Dorset vermutlich im Verkehrschaos. Mit hochgezogenen Schultern eile ich über den Campus bis zur Altstadt von Whitefield mit dem Kopfsteinpflaster und den süßen überdachten Schaufenstern, hinter denen fast überall Dunkelheit herrscht. Glücklicherweise nicht bei *Evas Pâtisserie*. Mit gefrorenen Fingern schiebe ich die Tür auf und mit dem Klang der Glöckchen strömen Wärme und der herrliche Duft nach Kaffee und Gebäck auf mich ein.

Für einen Sonntag sind nur sehr wenige Tische besetzt, die meisten Studenten sind bereits auf dem Weg zu ihren Familien oder wollten vielleicht nicht in die Kälte raus. Die Tür hinter mir schließt sich mit einem weiteren Glöckchenklang, während ich den Gastraum nach Barron absuche. Austin hat Dione auf dem Laufenden gehalten, was die Favoritenrolle für den Job angeht, und durch seine Ansprache gestern hat er sogar bei mir ein paar Sympathiepunkte gewonnen. Auch wenn er auf meiner Skala noch weit im Minus ist, habe ich nichts mehr gegen eine Zusammenarbeit. Sein dunkles Haar ist jedoch nirgends zu sehen. Die alte Bahnhofsuhr an der Wand sagt mir, dass ich überpünktlich bin und noch keinen Grund habe, Barrons Liste einen weiteren Minuspunkt für Verspätung hinzuzufügen.

Ich hole mir an der Theke einen Kaffee und balanciere ihn gemeinsam mit einem Teller voller Eclairs zu einem freien Tisch am Fenster. Während ich den ersten Biss in mein Eclair regelrecht zelebriere und dabei die Augen schließe, dringt ein Lachen an meine Ohren, dass mich aus dem Vergnügen reißt. Ich verschlucke mich beinahe und mir wird heiß und kalt zugleich, als eine Stimme dicht an meinem Ohr flüstert: »Auf diesen Gesichtsausdruck habe ich gehofft ...«

Die Worte kitzeln meinen Hals, ich bin wie erstarrt, unfähig, mich so blitzschnell umzudrehen und aufzuspringen, wie ich will.

»Aber nicht in Verbindung mit Essen, Emerson«, fügt Josh hinzu. Er umrundet den Tisch und lässt sich auf den Stuhl mir gegenüber fallen. Ich starre ihn noch immer an, ohne mich zu rühren.

»Was tust du hier?«, bringe ich irgendwann hervor.

»Wir sind verabredet. Und ein Date mit einem Mädchen, das sich sogar in Essen verliebt, kann man doch nicht sausen lassen.« Er lehnt sich nach hinten und sieht dabei so gelassen aus, wie ich ihn noch nie erlebt habe.

»Ich meine hier in Whitefield. Ich dachte, deine Mum hätte dich eingesperrt, weil du nicht mal auf meine Nachricht geantwortet hast. Und ... Moment. *Wir* sind verabredet?«

»Meine Mom kann mir doch nicht verbieten, meinem Herzen zu folgen. Tief in ihrem Inneren ist *Madame President* eine hoffnungslose Romantikerin. Und als sie gehört hat, dass ich mich hier unsterblich verliebt habe, hat sie ihr Okay gegeben, dass ich wieder zurückkehren darf. Unter Auflagen natürlich.«

Er deutet kurz zu einem Nebentisch, an dem zwei Typen sitzen, deren Outfit ganz laut Secret Service schreit. Dann sieht er wieder zu mir. Sein schon beinahe schüchternes Grinsen lässt mein Herz schneller schlagen, bevor die Bedeutung seiner Worte in mein Bewusstsein sickert. Er streicht sich die Haare aus der Stirn und beugt sich nach vorn.

»Nicht starren, Emerson. Wo sind denn deine Manieren geblieben«, neckt er mich und reißt mich damit endlich aus der endlosen Bahn meiner ungläubig kreisenden Gedanken.

»Unsterblich verliebt, hm?«, kontere ich bemüht lässig, auch wenn die Muskeln in meinem Gesicht protestieren, weil sie mir das breiteste Lächeln überhaupt verpassen wollen. »Du bist offenbar ein ebenso hoffnungsloser Romantiker, Prentiss.«

Er beugt sich noch mehr über den kleinen runden Tisch, auch ich lehne mich wie von selbst immer weiter vor und kann das Lächeln nicht mehr zurückhalten. Mein Glück will aus mir herausplatzen, will es allen zeigen, der Welt verkünden. Ich strahle vermutlich heller als die Deckenlampen über uns.

»Erzähl es bloß keinem, ich habe einen Ruf zu verlieren.«

»Ich erzähle es jedem! Zufällig habe ich einen sehr guten Draht zu der aktuell wohl bekanntesten Journalismus-Studentin der Welt. Sie wäre sicher an einem Exklusiv-Interview interessiert.«

Gott, wie mir das gefehlt hat! Der ständige Schlagabtausch mit ihm und …

Ich überwinde die Distanz zwischen uns, drücke ihm einen schnellen Kuss auf die Lippen und weiche dann hastig wieder zurück. Meine Wangen sind heiß, vermutlich von dem Strahlegrinsen.

Josh fährt sich mit der Zunge über die Unterlippe. »Bekomme ich mehr davon, wenn ich ganz lieb frage?«

»Versuch's doch mal.«

Er richtet sich auf, nimmt so etwas wie eine militärische Haltung an und wirkt plötzlich wieder so selbstsicher und arrogant wie bei unserer ersten Begegnung. »Vielleicht stehst du ja gar nicht auf Bitten, sondern auf Titel? Vor dir sitzt der frisch gewählte Vorsitzende der Lions.« Er streicht seinen nicht vorhandenen Jackettkragen glatt.

Ich lache, noch immer überschäumend vor Glück, weil er tatsächlich hier ist. Weil er zurückgekommen ist. Weil er gesagt hat, dass er sich unsterblich verliebt hat. Genau wie ich.

»Vielleicht sollten wir das erste Gespräch zwischen den neuen Vorsitzenden woanders fortsetzen«, bringe ich hervor und sehe dabei auf meine nervös an der Tischdecke herumzupfenden Finger.

»Welchen Ort schlägst du denn vor?«

Seine Stimme ist plötzlich so viel tiefer, bringt etwas in mir zum Schwingen, das nicht unbedingt für die Öffentlichkeit gemacht ist. Als ich wieder aufblicke, steht ein Verlangen in seinen Augen, das mich erschaudern lässt.

Die fehlende Zeit vom Verlassen des Tisches – und dem Zurücklassen der Eclairs – bis zur Ankunft in meinem Zimmer in Raven House ist im Nachhinein nur mit einem Blackout zu erklären. Ich kann nicht mit Sicherheit sagen, ob wir gerannt, gelaufen, über den Campus gestolpert oder geflogen sind, ohne die Lippen voneinander zu lösen. Ich weiß nur, dass es anstrengend war, denn sonst wären wir nicht derart atemlos auf mein Bett gefallen, kaum in der Lage, vernünftig zu sprechen.

Aber wer will schon reden, wenn man auch einfach küssen kann? Seine Lippen finden meine, und während unsere Klamotten nach und nach wie von Zauberhand verschwinden, wird mir bewusst, dass wir bereits zum dritten Mal unbekleidet nebeneinander in einem Bett liegen.

»Amüsiere ich dich, Emerson?«, fragt Josh zwischen seinen Küssen an meinem Bauch hinab und ich verrate ihm, woran ich gerade gedacht habe.

»Du glaubst gar nicht, wie sehr ich mich schon im Turmzimmer beherrschen musste, um nicht das hier zu tun.«

Er setzt seinen Erkundungsgang fort und meine Antwort verliert sich in einem Stöhnen, ehe sich alles um uns herum auflöst und nur unsere keuchenden Atemzüge, die geteilte Hitze und das gemeinsame Erschaudern existieren.

Zum dritten Mal erwache ich neben dem unbekleideten Sohn der mächtigsten Frau der Welt, aber zum ersten Mal fühlt es sich richtig an, mich an seine Seite zu schmiegen und seinen Geruch einzuatmen. Nicht länger ragen Schatten über mir auf, die jegliches Glücksgefühl immer wieder ausgelöscht haben. Die Anwärterphase, die Sicherheitsvideos, zuletzt die Abreise von Josh … all diese Schatten können wir hinter uns lassen und uns nun dem Licht des neuen Jahres zuwenden. Wir werden Ravens und Lions gemeinsam in eine neue Ära führen, ohne Druck und Erpressungen.

Nachdem ich Joshs entspannte und zufriedene, ja sogar glücklich wirkende Züge lange genug studiert habe, stehe ich ganz langsam auf, um ihn nicht zu wecken. Ich lasse ihn nicht aus den Augen, während ich rückwärts zu meinem Schreibtisch gehe und die letzte Seite des Glückstagebuchs aufschlage.

Glück ist … die Person zu finden, mit der man es teilen will.

Nachwort

Eine Danksagung für eine Neuauflage zu schreiben ist immer etwas Besonderes. Warum? Weil es nur eine Neuauflage gibt, wenn noch immer genug Interesse an der Geschichte da ist. Daher gilt mein allererster Dank all jenen, die »Matching Night« geliebt haben, ihre Begeisterung weitergetragen, es rezensiert, fotografiert und/oder gefilmt und sogar auf den ersten Platz des Lovelybooks Leserpreises gevotet haben.

Nur dank euch gibt es diese wundervolle Gesamtausgabe!

Der nächste Dank geht an meine wundervolle Lektorin Kathrin bei Ravensburger, deren Liebe für Caras Geschichte (oder vielleicht auch für Josh?) ungebrochen ist. Danke, dass du »Matching Night« noch ein zweites Leben schenkst.

Für das fantastische neue Äußere der Dilogie muss ich mich bei Andrea Janas bedanken. Es passiert ganz selten, dass ich eine E-Mail mit dem Coverentwurf öffne und von der ersten Sekunde an absolut begeistert bin, weil es einfach so perfekt passt. Ich bin noch immer absolut verliebt in die neue Optik. Um das Äußere mit dem Inneren zu verbinden: Glück ist ... ein so perfekt passendes Cover zu bekommen. Danke!

Nun bin ich natürlich gespannt, wie es dir in Whitefield gefallen hat.
Hattest du eine schöne Zeit bei den Ravens?
Bist du #TeamJosh oder #TeamTyler?
Ich freue mich über jedes Feedback zum Buch – egal ob als Rezension, Kundenmeinung, Post, Video oder als Nachricht auf Instagram (@stefaniehasse), Tiktok (@stefanie.hasse) oder per E-Mail (kontakt@stefaniehasse.de).

Rezensionen sind wie Trinkgeld für uns Autor:innen und wir sind darüber in jeder Form dankbar.

Ich wünsche dir einen wundervollen Tag und hoffe, das Buch konnte dir den ein oder anderen Glücksmoment bescheren.

Deine Steffi